近代江西文存

THE COLLECTED WORKS OF MODERN JIANGXI

上官涛　胡迎建　编注

社会科学文献出版社
SOCIAL SCIENCES ACADEMIC PRESS (CHINA)

总　序

　　作为人类探索世界和改造世界的精神成果，社会科学承载着"认识世界、传承文明、创新理论、资政育人、服务社会"的特殊使命，在中国进入全面建成小康社会的关键时期，以创新的社会科学成果引领全民共同开创中国特色社会主义事业新局面，为经济、政治、社会、文化和生态的全面协调发展提供强有力的思想保证、精神动力、理论支撑和智力支持，这是时代发展对社会科学的基本要求，也是社会科学进一步繁荣发展的内在要求。

　　江西素有"物华天宝，人杰地灵"之美称。千百年来，勤劳、勇敢、智慧的江西人民，在这片富饶美丽的大地上，创造了灿烂的历史文化，在中华民族文明史上书写了辉煌的篇章。在这片自古就有"文章节义之邦"盛誉的赣鄱大地上，文化昌盛，人文荟萃，名人辈出，群星璀璨，他们创造的灿若星辰的文化经典，承载着中华文明成果，汇入了中华民族的不朽史册。作为当代江西人，作为当代江西社会科学工作者，我们有责任继往开来，不断推出新的成果。今天，我们已经站在了新的历史起点上，面临许多新情况、新问题，需要我们给出科学的答案。汲取历史文明的精华，适应新形势、新变化、新任务的要求，创造出今日江西的辉煌，是每一个社会科学工作者的愿望和孜孜以求的目标。

　　社会科学推动历史发展的主要价值在于推动社会进步、提升文明水平、提高人的素质。然而，社会科学的自身特性又决定了它只有得到民众的认同并为其所掌握，才会变成认识和改造自然与社会的巨大物质力量。因此，社会科学的繁荣发展和其作用的发挥，离不开其成果的运用、交流与广泛传播。

　　为充分发挥哲学社会科学研究优秀成果和优秀人才的示范带动作用，促进江西省哲学社会科学进一步繁荣发展，我们设立了江西省哲学社会科学成果出版资助项目，全力打造《江西省哲学社会科学成果文库》。

　　《江西省哲学社会科学成果文库》由江西省社会科学界联合会设立，资助江西省哲学社会科学工作者的优秀著作出版。该文库每年评审一次，通过作者申报和同行专家严格评审的程序，每年资助出版30部左右代表江西现阶段社会科学研究前沿水平、体现江西社会科学界学术创造力的优秀著作。

　　《江西省哲学社会科学成果文库》涵盖整个社会科学领域，收入文库的都是具有较高价值的学术著作和具有思想性、科学性、艺术性的社会科学普及和成果转化推广著作，并按照"统一标识、统一封面、统一版式、统一标准"的总体要求组织出版。希望通过持之以恒地组织出版，持续推出江西社会科学研究的最新优秀成果，不断提升江西社会科学的影响力，逐步形成学术品牌，展示江西社会科学工作者的群体气势，为增强江西的综合实力发挥积极作用。

祝黄河

2013 年 6 月

前　言

胡迎建

近代中国是政治制度转轨迅速、社会动荡剧烈的时代，在新旧交织、西学东渐的文学思潮中，近代文学发生了前所未有的变革。"散文"作为传统文学样式，得到空前发展，涌现众多的作家和作品。

道光年间，国门初开，鸦片战争发生。接踵而来的是太平天国运动、中法战争、英法联军入京，内忧外患丛生，天灾人祸交加，大清帝国元气大伤。更因政治体制落后，士习衰恶，人才枯竭，吏治腐败，加剧了时势的衰变。由云龙说："道咸以来，国事日非，非讲求经世之学，不足以济时；非主张通变之道，不足以应用。于是今文之学兴，公羊三世之学盛。其时学者如龚定庵、魏默深，皆今文学家，喜谈经济。"① 龚定庵即龚自珍，浙江仁和人。早在鸦片战争前夜，他就觉察到这个时代"士不知耻，为国家之大耻"，"如是而封疆万万之一有缓急，则纷纷鸠燕逝而已"；② 魏默深即魏源，湖南邵阳人。他担心乱世将临，落入"乐生乱；乱久习患，患生忧……"③ 的地步。

同治年间，依靠湘军与皖军的相继崛起，挽救了清朝廷覆灭的命运，史称"同治中兴"。随之而来的光绪年间的甲午战争，中国惨败，给国人以极大刺激，要求变法的呼声越来越强烈。光绪帝谋求变法以致富强，抵

---

① 由云龙：《定庵诗话》卷上，张寅彭编《民国诗话丛编》第3册，上海书店出版社，2002，第563页。
② 龚自珍：《明良论》二，《龚自珍全集》第1辑31~32页，上海人民出版社，1975，第31~32页。
③ 魏源：《默觚下·治篇二》，《魏源集》上册，中华书局，1976，第39页。

御外侮，支持变法的官员与在野的有识之士形成互动之势。其时，西学东渐，维系国脉纲常的儒学与礼教也开始动摇，尚变维新思潮起伏。其时陈宝箴在湖南推行新政，康有为在京中联络当时的进步人士成立强学会，大造变法舆论。这一时期，江西籍人陈炽、文廷式、陈三立等均积极为变法奔走著书。陈三立不仅列名强学会，而且在湖南佐其父推行变法，引荐梁启超主办时务学堂。然而，以慈禧为首的后党发动戊戌政变，捉拿维新党人，令"天下寒心"。继而是八国联军入京，慈禧挟光绪帝西逃西安。维新变法失败后，社会危机更加深重，伴随着思想文化领域内的除旧布新，各体新派文学相继崛起，士人不满情绪日益高涨。此时封疆大吏张之洞仍在继续调和汉学宋学之争，倡"中学为体，西学为用"。这也就是近代以降的时势变化。

近代江西先后出现不少古文大家。他们既以文学成就名重一时，而更重要的是，他们的作品，反映了这一时代的现实，国门洞开，英夷不断以鸦片荼毒生灵，随后而来的太平军攻入江西，对江西地方上造成极大震荡。这样的惨痛历史，在江西文人笔下，无不有切肤之恨、百端之忧，并为之筹策议论，希望上书朝廷或地方大吏。还有不少作品，补史志之不足，不少勇毅有为之士，才华英彦，在传记、墓志铭中为后人留下了生动具体的记载。

近代以来，学术文化一大变，从文化背景来看，清初黄宗羲、顾炎武等提倡经世以致用。康熙、雍正时期，宗法程朱，理学盛行，是谓宋学。至乾隆、嘉庆间，屡兴文字狱，学者多遁入书斋，缄默不言政治，海内竞尚考据，汉学盛行。于是宗宋学者讥笑汉学为饾饤，为琐屑，而固守汉学者则攻击宋学为空疏无用。在越来越严重的社会矛盾与危机中，无论是汉学还是宋学都无力解决面临的危机。儒学要继续发挥其社会功能，就必须适应形势而有所创新。此时出现汉宋调和、汉宋会通或汉宋融合的趋向。而在江西作家中，他们对汉学、宋学都提出自己的见解，同时敢于批判传统儒学，特别表现在刘孚京、陈宝箴父子等人的论说中。

江西三面环山，北峙庐山，鄱阳湖汇入长江之口，又耸起石钟山；南昌附近蟠结西山、云居山；东部绵亘怀玉山、三清山、鹅湖山、龙虎山；东南拔起麻姑山、华盖山；赣中盘踞青原山，西障井冈山、武功山；赣南横迤大庾岭等。其间众多山岭难以尽数。赣江、信江、抚河、昌河、修水五大水系注入鄱阳湖。山雄水秀，清代刘献廷比较江西与江南（江苏一带）山水时说：“江西风土与江南迥异：江南山水树木，虽美丽而有富贵闺阁气……江西则皆森秀疏插，有超然远举之致。吾谓目中所见山水，当以此为第一。”① 江西每一处山水名胜，都有其儒佛道文化，都有美好的传说，都有人杰活动于其间，人文底蕴丰厚。近代江西文人作品中，有不少游记，描述了江西山水自然美、风俗人文美。

道光、咸丰年间，禁鸦片烟名臣黄爵滋，既在古文实践中有较高成就，诚如自言“谬窃时望”（《仙屏书屋初集文录自序》），又在古文论方面有树立旗帜的言论。他曾追溯古文变通之道，反对“作者斤斤侈言家数，不思文以足言，言以足志，百变一宗，曾何畦畛？”主张“但应求之真，亦有本来。妍丑之实，岂能自掩？……文之为物，在唐宋而变益通，洎元明而变亦穷。虽然，变穷于文，不穷于道。以言乎文，则自皇古以历三代，其变已甚；以言乎道，则自秦汉以迄于今，其不变犹是。故曰修辞立诚，不诚无物，尔曹但无妄作可也”（《仙屏书屋初集文录自序》）。黄爵滋的论说、序论、书信、记叙文、游记，往往从高处、大处着眼，特别是奏议，注重国计民生，针对性强，反复申说，多方设譬，屡用排比，气势充沛。

黄爵滋与其友人徐湘潭、郭仪霄、吴嘉宾、杨士达、陈偕灿，形成以抚州、吉州文人为主的群体。徐湘潭才大心细，其文擅长立论而翻新出奇，如“晶霜肃轹”，其对仗则阳开阴合，气象万千，恢宏而精密，纵横而谨严。人以为“世道人心所不可少之文”。陈偕灿的古文，声情并茂。他在《仙屏书屋初集诗录自序》中说：

夫九州大而四海遥，山林奇崛之士，未能遍观而尽识也。然以予生平所知，若徐子东松之严于许可，张子亨甫之宏于裁鉴，郭子羽可之善于激发，艾子至堂之慎于规守，汤子海秋之敏于攻错，门人潘四农之精于审择，家兄寿泉之密于体察，赏奇析疑，肝膈尽吐，故予所

① 刘献廷：《广阳杂记》卷四，《清代史料笔记丛刊》，中华书局，1957。

就商者，数君为多。

此皆黄氏之知音，虽只是品评诗风，但也可见这一群体在一起作诗论文商榷之频繁。

稍后有"不事摹仿、不求工巧，自然流露"而"见其真"的刘绎（江西最后一名状元）。他后来归故里守孝，遭逢太平军战事，遂未回京城，而是隐居故里，讲学白鹭洲书院。刘绎的古文，以记叙文、序文、书信、墓志铭为主，情真气足，他虽然名重一时，然作文往往目光向下，记下层人物的悲欢遭遇，深刻反映当时的社会现实。

以刘绎为首，形成庐陵文人群体。其弟子胡友梅，古文利落，情深于文。另一弟子龙文彬的古文，"明通透辟，有大纯而无小疵"（何邦彦语）。还有大弟子萧鹤龄，从游三十余年，得其指授，古文明达峻洁。另一弟子何邦彦，何曾一度师从徐湘潭。他关心时局，对江西诗文传统有很精辟的论述或卓识。他下笔有波澜存风韵，气体春容，脉络丝丝相贯，文气畅达。其文"气体清高，议论精警，意主训诫，不为游词蔓语"。刘绎序其文曰："议论多闳肆，纵横上下，辄成汪洋大篇。其诸小品亦自具风致，盖其用力也专而蓄积也久，故发而见诸言者皆磊落钦奇，卓然有以自拔也。"还有永新尹继美，学问淹博，论断精确。所撰《鼎吉堂文钞》收有杂著、记、传、表、序、跋、书、祭文、赋，林林总总，情感充沛，嬉笑怒骂中见挚情刚性。其《铁公祠堂记》一篇，深得两汉、唐宋八大家行文之神韵，为人所传诵。萧质斋评曰："简明精当，歌辞亦缠绵悱恻，崇节阐幽，必传之文也。"龚蔼人评曰："高古而深韵，文境至此，无懈可击，歌辞尤雅健。"又有泰和萧鹤龄，二十五年游学于刘绎门下。与黄翔云、龙文彬等人切磋文章，学问大进。性嗜书，好古文，他在阅读中对先贤如韩愈、文天祥充满了敬意，同时对时人不当的言论加以辩驳。时人序其文曰："先生文盘空硬语类昌黎，而神韵逸出于六一翁尤近。"他的游记也写得整饬有文采。同时，他还记载了当时太平军进攻吉安的战事，虽然他是站在太平军的对立面而作，但毕竟留下了一份实录。

桐城文派在江西有支脉，以新城（今黎川）陈用光为首。陈用光所属的江西新城学人群体由姻亲族戚构成，主要成员程度不同地浸渍于姚学，扩大了姚学的影响。后学如杨士达，羁留京都时，与桐城派古文家梅曾亮、姚莹等人交谊颇深。著有《耐轩文钞》。"下笔省净"，桐城姚元之称其文"渊懿其内，廉悍其外，敛而益肆，洁而愈腴"，"叙事文尤详而有体，赡而不秽，简而思深，于欧阳公《五代》、《史记》为近。"宜黄黄爵滋以为其"才近侯（朝宗）、魏（禧）"。汤海秋以为："韩豪柳洁兼有之，卓然可传。"惜《江西文学史》均未述及杨耐轩与陈溥。

这一时期还有新建县人丁亨，字简轩。其文词简意深，气势宏博，文笔峭削，气韵风生。武宁县人吴觉的小品文，省净简穆而风趣。金溪县赵承恩，为文古直平正。吉水胡宗元，其文劲直。诸家文字各具风格。

同治年间，临川大文人李联琇与江苏吴县人江湜的诗学辩论，是文坛的有名公案。湖口张宿煌，才华横溢，或骈文，或辞赋，或游记，或序跋，不仅为家乡石钟山、庐山风物之美写下不少动人篇章，且因与故友杨辰三之情挚而发为文章，情辞并茂。其时湖口人高心夔，为湖湘诗派的干将，他的散文高古奇崛，纵横排奡，然时有拗口难读之处。永新龙文彬，是一位史学家，他的史论深刻而新见迭出。光绪年间，有以新建勒深之、陶福祝、丰城欧阳熙、瑞金陈炽齐名的四子当时四人很年轻，相交游而相互评诗并论文。编有《四子诗录》。

陈宝箴在湖南推行新法，拉开了戊戌变法的序幕，他是一位干练大臣，同时诗文俱为上乘。所作《上曾相国书》，郭嵩焘就评说："此文出笔，兼学韩欧，韩之沉郁，欧之昭晰，与题称也。然如两公道紧处，觉犹有未至。"

陈炽，字次亮，瑞金县人。始终致力于国家富强，深究天下利病，探寻经国要术，"才雅达时变，有名当世"[①]。其时民族危机日益严重，救亡是时代的主题，他常痛惜国弱民穷，认为中国当今首务不在"强兵"，而在"富国"，多次抨击洋务派"兢兢于海防而不知其本原乃在商务"。曾游历沿海商埠及香港、澳门等地，详细考察其政治、经济诸情况，旁考群书，尤重西书，综合心得，撰《庸书》百篇，提出发展工商业，反对列强

[①]　陈三立：《清故候选教谕瑞金陈君墓志铭》，《散原精舍诗文集》，上海古籍出版社，2003，第824页。

把持海关，倡议实行君民共主政体，采用议院制，要求民权等主张。此书经翁同龢推荐，得以进呈光绪皇帝御览，对以后维新运动的开展起了一定的积极作用。光绪二十二年（1896），陈炽在重译英人斯密德之《富国策》基础上撰写了一部振兴实业的专著《续富国策》，以深知中国之利病，更求在农林、畜牧、水利、渔业、文化、教育、科技等方面寻求改革。其文切于实用，气势充沛，犀利明快。

萍乡文廷式，其文多忧国改制之作。南丰刘孚京，亦一古文大家，极得陈宝箴赞许。刘孚京，字镐仲，南丰县人。为文多政论、史论、学术评论，观点鲜明，气势充沛，擅长用排比、对比，安插骈句，反复恳到以说明之。"深醇朴茂，直追周秦，不袭而入于古。"陈三立评其文曰："文体博而义醇，涵演渊懿，蹈于自然，终与其县人曾子固氏相表里。"

赣县胡发琅，是一位年仅 29 岁就去世的英才。他以西学引入传说实学，陈三立序其《肃藻遗书》云："好学深思，于世所称义理、考据、词章，皆涉其藩，皆旋寓而旋纵之。其志嘐嘐然，其心休休然。尤究切昭代典章制度、生民利病，蕲可施行，其意不至于古之所谓士不止也。"评价甚高。选入本书中的治河诸议即是他关于治水的主张，恺切而情文并茂。

清末民初，陈三立是驰名海内的古文大师。陈灝一说："近世以古文为大师者，桐城马通伯（其昶）、义宁陈伯严（三立）其尤著也。尝读《散原精舍》与《抱润轩文》，当知其沉酣经史、笼罩百家。马之严正精洁，尚守桐城师法，陈则雄健挺拔，自成一家之言，亦非可以桐城限之也。"[1]

青年陈三立即以古文出名。李肖聃说："伯严自弱岁名能古文，光绪六年序《鲁通甫集》，年才二十，文已斐然。"[2] 在长沙时还常与郭嵩焘等切磋作文，其子隆恪等说："先君壮岁所为文，多与湘阴郭筠仙侍郎、湘潭罗顺循提学辈往复商榷，故去取独谨。"[3] 光绪六年（1880）四月十七日，郭嵩焘读到陈三立所撰古文一卷，在日记中大加赞赏说："阅陈三立

---

①　陈灝一：《论桐城派》，载《青鹤》1933 年第 1 卷第 20 期。

②　李肖聃：《星庐笔记》，《散原精舍诗文集》附录"上"，上海古籍出版社，2003，第 1210 页。

③　陈隆恪等：《散原精舍文集识语》，《散原精舍诗文集》附录"中"，第 1217 页。

伯严、朱文通次江所撰古文各一卷。次江笔力简括，而不如陈君根柢深厚。其与袁绥瑜论《汉学师承记》一书，尤能尽发其覆，指摘无遗，盖非徒以文士见长而已。"

陈三立退居江宁，不少学者、文士、诗人以及名公巨卿后裔请他作序或作墓志。李渔叔说："及戊戌政变后，中丞被议，散原亦落职，自是乃专以文章名世矣。"[1] 郑孝胥在《哭顾五子朋》组诗第四首评论陈三立古文，有如李聃与韩非子之文笔："江西陈伯严，为文有古姿。他年求下笔，窃比聃与非。"徐一士说："新城王晋卿与散原年相若，亦同年进士，所为文有盛名，时人以'南陈北王'并称。王氏著作颇多，特以文家境诣论，似犹略逊于散原耳。"[2] 他的古文创作也因而成为其文化活动的重要部分。

从陈三立古文渊源来看，转益多师，终成大家。樊增祥认为其文"禀经酌雅"。[3] 李肖聃转述梁璧园的看法，认为摹仿过欧阳修的文章："梁璧园焕奎谓伯严诗文初无定主，中年文拟庐陵（欧阳修）。"[4] 此就其文风的迂回婉畅而言。这也许与其父亲的影响有关，郭嵩焘认为陈宝箴《疏广论》"兼有南丰（曾巩）、庐陵之胜……论事理曲折，心平气夷，虑之周而见之远，又足见其所学与养之邃也"。[5]

陈三立主张文章有变有不变，乃因时代、社会有所变，须以古文之变而融通其同与异者。为马其昶文集作序云："天地之变，文章之变亦与之无穷，然而非变也，变而通其同异，而后能维百世之变者。"[6] 他的古文写人记事，为拯救社会、救治人心而作。涉及面广，上至大臣，下至底层平民，内容充实而丰富。文风清醇而雅健，气遒而格严。有恣肆奇峻的气势、蕴藉夷犹的韵味。

陈三立主张古文创作要有益于实用，在《刘斐村衷圣斋文集序》中说：

① 李渔叔：《鱼千里斋随笔》，转引《散原精舍诗文集》附录（中），第1248页。
② 徐一士著《一士类稿》，山西古籍出版社，1996，第116页。
③ 樊增祥：《陈考功六十寿序》，《樊山集》卷七，转引马卫中、董琭著《陈三立年谱》第五卷，第346页。
④ 李肖聃：《星庐笔记》，《散原精舍诗文集》附录"上"，第1210页。
⑤ 郭嵩焘：《题右铭文集后》，《郭嵩焘诗文集》，岳麓书社，1984。
⑥ 陈三立：《抱润轩文集序》，《散原精舍诗文集》卷十"文集"，第950页。

　　自尸为新学之风尚炽，见诸文字，例当争言政治，凡非涉富强之术、纵横之策，固皆视为无用之空文，覆瓿之不暇。然古先贤哲儒素声香臭泽，类假而传之，以渐渍于后死者之心，荡摩神识，绵络运会，有在于是，而况君又为天下后世尤所极衰之一人。①

　　这里强调的是，新学之风兴起，见诸文字，理应议论政治，而不涉及"富强之术"、"纵横之策"的内容，都是"无用之空文"。并以为古代"先贤哲儒"的言行也都是因其有用而流芳后世，其经世致用的目的性可见一斑。这与他在《廖笙陔诗序》中所说"余尝愤中国士大夫耽究空文而废实用"②的观点是一致的。

　　据上海古籍出版社 2003 年版《散原精舍诗文集》统计，共 189 篇古文。青壮年时以书感为主，多是对古代学术的评论，晚年为人所作的诗集序与墓志铭为多。

　　序跋多为丛书、文集、诗集而作，能探源举要，精义络绎。既有学术性的论断，片言中的，也有对所序者的介绍，往往体现陈三立的文史观及其学术思想。光绪六年（1880），陈宝箴在河北道刊刻王定甫的《龙壁山房文集》。陈三立序中论其文承接桐城派之绪，阐明他对桐城派长短得失的看法，可谓深中肯綮：

　　桐城家之言兴，相奖以束于一途，固以严天下之辨矣，而墨守之过，狃于意局，或稍无以餍高材者之心。然而其所自建立，究其指要，准古先之言，皆足达其心之淑懿条贯于事物，倡一世于物，则乐易之途，以互弹其能，而不为奇邪诡辨，淫志而破道，阶于浮夸之尤。③

他认为桐城派文论能严明义理，但过于墨守成规，反而束缚才智之士的发

---

①　陈三立：《散原精舍诗文集》卷八"文集"，第 907 页。

②　陈三立：《廖笙陔诗序》，《散原精舍诗文集》卷五"文集"，第 833 页。

③　陈三立：《龙壁山房文集叙》，《散原精会诗文集》卷一"文集"，第 765 ~ 766 页。

挥。他指出为文的理想境界，应是既能不违先哲之言，又能抒其淑懿之心志。这也正是他努力的方向。此文既出，为并时古文家所称赞，也可印证前所引诸人的看法。

陈三立在国势衰微、列强窥伺之际，主张士人要研究实用之学，而非凭意气盲目排外，也不能束手无策，收入本书的《廖笙陔诗序》中即深刻指出，士大夫如果将精力用在苟且偷生、夸饰斗捷方面，想要消弭外侮、匡救国家，是不可能的，必须"变今之法，矫今之习"。

在《书韩退之柳子厚墓志铭后》一文中，他痛心地写到"衰世情伪"、"忧患观变"。柳子厚佐助王叔文，想要收回宦官兵权，立不世之功，失败后反而承担恶名，连友人韩愈也说他"不自贵重"。如此，"吾恐灰志士之心，塞公尔忘私、国尔忘家之义。……兹则为所大惧，而天下万世之所极哀也"。这也说明他对官场社会不思进取、习于敝陋风气的愤懑。

又有《杂说》五篇，或因人因事而作，都是以具体场景、某一侧面寄托针砭时弊之心。第一篇，反对有人认为国家治政在得人之说，认为重要的是建立法纪社会，而不是把希望寄托在一二个能人的出现，否则难免混乱。第二篇记载光绪二十六年（1904）秋大旱，老农向他诉说"饥且死，而科征不可缓，死益无地也"。慨叹"法益弊而吏益巧"，制度败坏，官吏诈巧，更使百姓陷于憔悴不获喘息的惨境。他把败坏的宪法比作陷阱与毒草："故弊法不可守，犹陷阱之不可迩、毒草之不可尝也，其为害至痛也"。一旦有人提出要改革法制，就会有人反对，说是"藐成宪也"、"莠言乱政"。批判犀利。第三篇记西山豺狼先后啮食行者、二小儿、一老妇人，可是族人畏豺，邻人认为那是人家的儿子，里正认为不关他的职事，老儒以为豺乃神兽，不可杀害。作者愤慨指出这样下去，恐怕是将连族人、邻人、里正与老儒统统吃掉。以寓言讽刺那些祸不关己、最终也将为祸所害的人。

陈三立所作记叙文讲求气韵，受韩昌黎影响，而此类文章则有柳宗元峭洁文风的影响。如《崝庐记》先总写其地方概貌，继写墓地之所与其旁筑屋之状，以及取名之由。可谓叙次整饬而简洁。接着写到崝庐与父亲的关系，其中有对其父为政的叙述。父逝之后，他痛定思痛，在此文中追溯当年推行新法的动因与经过："初，吾父为湖南巡抚，痛窳败无以为国，方深观三代教育理人之源，颇采泰西富强所已效相表里者，仿行其法。会天子慨然更化，力新政，吾父图之益自喜，竟以此得罪，免归南昌。"① 正是由于湖南维新变法的艰难与挫折，使他以前车之鉴作反思。然后换一角度，从吾父处其屋中看周围环境之美：

> 楼轩窗三面当西山，若列屏，若张图画，温穆杳霭，空翠溶然，扑几榻，须眉、帷帐、衣履，皆掩映黛色。庐右为田家，老树十馀蔽亏之。入秋，叶尽赤，与霄霞落日混茫为一，吾父澹荡哦对其中，忘饥渴焉。

描绘生动如画，一个勘破生死大关的旷达老人与此环境何其相契，料想不到的是而今一切都变了，似是而非的恍惚情景与昨日空旷宜人的境界形成鲜明反衬：

> 尝登楼迹吾父坐卧凭眺处，耸而向者，山邪？演迤而逝者，陂邪？畴邪？缭邪？缭而幻者，烟云邪？草树之深以蔚邪？牛之眠者斗邪？犬之吠、鸡之鸣邪？鹊鸱群雉之噪而啄、响而飞邪？惨然满目，凄然满听，长号而下。已而沉冥而思，今天下祸变既大矣烈矣，海国兵犹据京师，两宫久蒙尘，九州四万万之人民皆危慄，莫必其命，益恸彼，转幸吾父之无所睹闻于兹世者也。

先写所见之模糊、所听之幻觉，正是作者哀而疑虑心境的外化。连用九个"邪"字作反问，用排比句式表达其痛苦感受与抑郁情怀，写幽寂之景，兼写孤独之人，情景相融，每句字数或长或多，构成迂回顿挫的气势。然后言今之世非吾父所见之世，反而活着不如早死，写出他对当前局势极端的畏惧感，融入深沉的身世之感、家国之恨，低徊凄惋之情，动人心弦。

铭文既有圹志铭，也有哀祭诔文，如《故妻罗孺人哀祭文》《祭于晦若侍郎文》《祭易实甫文》均附有铭赞。概写逝者之生平，寄托作者之哀

---

① 陈三立：《散原精舍诗文集》卷六"文集"，第 858 ~ 859 页。

痛。夹叙夹议，每句四言，间有七言或用骚体，讲求押韵。情文并茂，荡气回肠，催人泪下。

陈三立古文之成就卓著，在能承前人之所长，深造自得，刻苦经营。吴宗慈曾记他论作文之旨："应割爱，由篇审段，由段审句，由句审字，必使词不泛设，字无虚砌。"[①] 此外，其成就还与其家学、交友以及人品之峻洁、见识之卓荦有关。

其时还有李瑞清，临川人，学术渊博，精通中西文化，诗书画皆工。其序跋诸文字乃精气所凝，奇倔劲健，洵为大手笔。

清末民初，新昌（今宜丰）胡思敬无疑是值得注意的一位大家。他在北京做御史时即以耿介敢言著称，其奏议针对清官场的腐败，即有理有据而又引史为鉴。他勤于著述，如《国闻备乘》《戊戌履霜录》等，留下历史风烟的印记。还在清末亡时就毅然挂冠归故里，后又来南昌建问影庐藏书、搜书、校书，不遗余力，刊刻《豫章丛书》。他写有大量的政论、传记、书信、序论，其气盛言宜，劲峭犀利，观点鲜明，江西人以文章节义著称，在他身上似乎得到了验证。

以胡思敬与南昌人魏元旷为中心，包括都昌黄锡朋、临川黄维翰、以及与胡思敬并称"西江两御史"的南丰饶芝祥，还有稍后的都昌胡雪抱等，所谓民国初年的江西遗老遗少，他们的心态大抵是，有志于事业，而形势所迫，"不志于潜而终潜"（魏元旷《潜园后记》），只有隐居以荷节操，作文以寄托自家志趣，企图维护道统于不坠。他们声气相求，并由此而形成民国初年的江西古文群体。诚如黄维翰所说：

> 懔亡国改物之忧，发为痛哭流涕长太息之言，既不获从龙比游，则吞炭茹茶以终其身，此退庐胡子之行也；"韩亡子房愤，秦帝鲁连耻"，虽晓然知其不可为，力而犹庶几于万一，此潜楼刘子之行也；其进也，不为仕荣，其退也，不为名高。人皆鹜所徇，我乃立于独，此持庵华子之行也。伥伥乎其身，皇皇乎其心，不拘挛于寻常绳墨之论，而卒蹈乎大方，此剑秋吴子之行也。谓以中国之道，治今日之中

① 吴宗慈：《陈三立传略》，《散原精舍诗文集》附录（上），第 1198 页。

国，不假外求而自裕，日发挥而张皇之，修之其身，传之其徒，忽忽乎不知老之将至，此潜园魏子之行也。之数子者，予咸与之友，尝上下其议论，而潜园年最长，咸兄事之。[①]

此段引文分别提到胡思敬、刘廷琛、华焯、吴剑秋、魏元旷等江西籍的清遗老。知其心态性情，写其志节操行。

魏元旷也是一位著述大家，早年在京城作官，即与胡思敬结为好友。民国初年，胡思敬邀请他来退庐一道编刻《豫章丛书》。胡思敬未待书刻完即去世了，剩下的工程即由魏元旷克底于成。他所著《潜园文集》，量多质高，较胡思敬的恺切激昂而不同的是，他的古文娓娓婉达。收入本书中的魏元旷作品，以传记为主，但传主非当时的重臣、名家，而是一系列的下层有作为的士绅，或有才华而不得志的读书人，写来栩栩如生，再现清末民初的社会生活情景。他的一些小品文，清雅别致，堪供品味。

崇仁黄维翰，其史学、文学兼擅，其史论，气息深厚，颇似欧阳修《五代史》小序。因其曾在黑龙江作官，作有《黑水先民传》诸作，考证黑龙江一带地理形势与女真族习俗。其文峻伟朴茂，气骨味三者逼近秦汉古文，雄奇似韩昌黎。《魏潜园七十寿序》，文法从《庄子·天下篇》脱胎而来，笔法苍老。《灵谷云海图跋》以写景为主，奇境奇文，较柳宗元游山诸作，尤为雄壮。令人心旷神怡。

黄锡朋的《蛰庐文略》，其中既见作者史学见解，亦表现其文学美文的细节描写。同时还是研究乡邦文化的珍贵资料。可以了解都昌、湖口一带耕读人家如何起家并进而通过科考走向仕途的艰苦历程。了解到乡村社会人们的生活状态，特别是都昌人到景德镇业陶活动的一些缩影。他的书信整炼遒雅，笔蘸深情，结语折旋以达，得欧阳修古文之态，令人涵泳低徊无尽。所作寿序得作文布置之法，往往在开篇提醒眉目以著笔，振荡而下，词旨警切，不支不蔓，笔法学古，得韩史部之雄健，有苏玉局之畅达，节节转换，渐入佳境。末乃揭示主旨，笔意超拔而灵动。他的书信见识远，有如高屋建瓴。得楚骚之遗意，有孟子之笔意。条次整雅，昭晰婉

---

① 见本书黄维翰《魏潜园七十寿序》。

至，笔力清劲，能达难显之情。控纵自如，沉挚而淡远。声情之茂，沁人心脾，情愫盎然。

民国以来，代表新学兴起的一批江西文人，虽仍以文言文写作，但思想是新的，观念是现代的，继承传统、又有创新，呈现多彩斑斓的时代特色。最初有被誉为"报界之奇才""民国初三大名记者"的黄为基，以擅长写新闻通讯与政论文而著称于世，其特点是题材重大，记载翔实；二是针砭时弊，忧国忧民；三是细致详尽，幽隐毕达；四是通俗自然，不拘一格。

清末民初，江西籍的两位学人汪辟疆、王易，同就读于京师大学堂，后来同在南昌心远大学教书。1927 年国民政府再定都于南京时，两人一同应聘于第四中山大学（后改名中央大学），后来汪辟疆为中央大学系主任，王易应聘中正大学为系主任。他们都是国学大师级的人物，一位主要研究诗，一位主要研究词，然其宏篇巨著，莫不以文言为之，其特点是锤炼整饬而自如，妙言精彩，读来趣味盎然，声韵铿锵。汪辟疆的《近代诗派与地域》，是中国诗学史中有关地域文学的开山之作，其《光宣诗坛点将录》在诗界影响甚大；王易的《词曲史》在当时是较早用现代学术眼光论述中国词、曲、南戏、传奇渊源、发展、盛衰的学术著作。诚如周岸登在序中评说："能以科学之成规，本史家之观察，具系统，明分数，整齐而剖解之，牢笼万有，兼师众长，为精密之研究、忠实之讨论、平正之际判断，俾学者读此一编，靡不宣究，为谈艺家别开生面者。"与王国维《宋元戏曲史》之作相比，显得气度更为恢宏。其时还有陈隆恪的《文人画之价值》一文，是二十世纪在国画理论上颇有建树的扛鼎之作。

自 1917 年开始，以胡适、陈独秀为代表的新文学运动领袖提倡白话，反对文言。更有甚者，钱玄同之流竟然主张取消汉字，用洋文代替国文；将文言写作贬为"桐城谬种，选学妖孽"。在东南大学的"学衡派"与在北京大学的新文学领袖胡适之、陈独秀展开了激烈论战。胡适《文学改良刍议》等文以千百年来的诗文为死文学，白话文为活文学。胡先骕针对胡适之论而作《中国文学改良论》（载《南京高等师范日刊》，1919 年《东方杂志》转载），认为文学革命之说偏激，是将中国文学不惜尽情推翻。针对胡适认为只有白话才能写实述意的说法，他认为："韵文者以有声韵之辞句，附以清逸隽秀之词藻，以感人美术道德宗教之感想者也。故其功用不专在达意而必有文采焉，而必能表情焉，写景焉，再上则以能造境焉"；"如杜工部之《兵车行》……诸诗，皆情文兼至之作，其他唐宋名家指不胜屈，岂皆不能言情达意，而必俟今日之白话诗乎？"认为白话诗不能完全取代旧体诗，要创造新文学，必以古文学为根基而发扬光大之。任何新产生的文学样式，只是为文艺百花园增添一枝花，不应是"我花开后百花杀"。应继承传统，融化西学，创新文学。胡先骕受新人文主义影响，特别是受美国白璧德"艺术即选择"主张的影响，他的论述，其法眼之高、胆识之超卓、见解之公允，一时罕有人可比。当时人们把这次论争称为"南北二胡之争"。

胡先骕列近数十年来具有伟大魄力之作家与学者，将陈寅恪与康有为、梁启超、章炳麟、王国维等相并列。陈寅恪在《王观堂先生纪念碑铭》中所昭示的"独立之精神、自由之思想，历千万祀，与天壤而同久，共三光而永光"，至今为学界常常引述。他的《读吴其昌〈梁启超传〉书后》一文，对近代变法思潮特别是康有为学说之利弊有深刻的剖析，很有考史价值。其时他依然以文言著述，不曲附阿世，纵不能回狂澜于既倒，亦仍独立苍茫对四海。

关于文言文的价值观，陈寅恪在1932年夏应中文系刘叔雅先生之请，为下一学年招生出道国文考试题，想出高招，以出对子方式考验学子的国文程度。之所以如此，他在此信中申述了理由，认为以此可以测验文法程度，了解考生对词类的分辨，考验考生对四声的了解，检查考生有无学问。对成语，须多读古人的书，方能随手掇拾以对偶，因妙对、巧对既要字面平仄虚实尽对，意思也要相对而不同，方能一反一正相合。陈先生出的上联是"孙行者"，答卷中有的对"胡适之"，有的对"王引之"。他以为都可以，不过，最好应对"祖冲之"。"祖"与"孙"相连；"行"与"冲"均为动词，"者"与"之"虚词相对，如此最为合璧。这一题目出得妙，对于文史大师、教授中的教授陈先生而言，连牛刀小试都谈不上，然看似小事，但却表明了陈先生对汉语言文学的特征、美质最有深刻认识。

正是在文言白话彼此消长的特殊时代，江西名家林立，风格多样，不少作品成为这一时期的重要历史文献。

　　本书稿按时代先后，精心搜集、整理、选取四十位作家、四百余篇作品。其内容涉及政治、军事、史学、哲学，特别是理学与心学等各个方面。注重江西近代文学作家群体、流派中的散文，注重散文、议论文、奏疏、赠序、碑记、序跋、传记、游记、赋等不同体式以及不同风格的作品，突出重要作家；兼顾中小作家。采取点校加简注方式，每位作家简介其生平与主要成就。其价值在于：一是保存了众多几近湮没的作家作品，挖掘了江西地域文化的精华，从而丰富江西文化的艺术宝库；有助于传统文化的继往开来，作为今天江西文学的兴起繁荣的借鉴；二是为近代江西地域文学研究、史学研究能起到积极的推动作用，将研究立足于坚实的文献基础之上。

　　兹略作简述如上，不当之处，敬希方家指正、批评。

胡迎建写于 2013 年 3 月

目　录

凡　例

一、本书搜集的古文上限为鸦片战争（1840）发生以后，下限至新中国建立前（1949），即在这一时期创作的文言文作品，而不计作家生年或卒年是否在此时期。

二、本书选文的体式主要有：策论、史论、政论、奏议、序跋、赠序、碑记、游记、小品文、行状、墓志铭，凡上乘之作，均在入选之列。

三、本书选取的基本原则：（1）有史料价值，有一定考史价值；（2）能表明其观点，有学术价值；（3）思想性与艺术性并重，并能反映其人的文风特征；（4）描写江西山川风貌、民情风俗的文章。

四、本书共收录近代江西籍作家 38 人，作品 371 篇。包括政论、史论、序跋、游记、书信、奏札、墓志铭等各种文体。

五、排列顺序大致以作者生年为序，每位作者前附有 200 字左右的生平介绍，均列字号，别名，生卒年，籍贯，仕履，著作情况。以及古人对其人的评价。

六、文中涉及当时的人名，稍加简注，特别是因不少人物以字号、别名、斋名出现。古今地名有变化，亦作有简单注释，但也确有部分无法查考而未注，只有留待来者。至于文中涉及的先秦至唐宋时期为人所熟知的人名、地名，则未作注释。干支纪年者，若前无朝代或庙号纪元，也加以注明，并加括注公元，省去公元与年字，以免累赘。

七、原文中有少量错字、脱字，酌列校记。

八、使用简体字，以新式标点点校，凡异体字径改通行字。

徐湘潭

徐湘潭（1783～1850），字睦堂，号东松，又号兰台，永丰县人。嘉庆十八年（1813）拔贡。道光七年（1827）南丰县续修县志，湘潭受聘为总纂。道光二十六年，应湖南临湘知县刘德熙的聘请，修《临湘县志》，主讲草湖书院。刘德熙调任耒阳，又请湘潭同往，并为其修建"半榻轩"。黄爵滋往游南岳，招他一起论诗。后来染病卒于耒阳。好古文，才思浩博，议论精纯，叙事简净逼真，风格清深蕴藉，有时缠绵之情，出之以峭拔之笔。时人评其文曰："义理之阔深，气体之阔大，词旨之修洁，意趣格法之雅淡大方，渊然渟然，有局有度，识者固莫不奉为六一之高足。"著有《睦堂诗集》、《睦堂文集》等。以下诸文选自道光二十二年刊本。

汉高帝论[①]

汉高帝，一豪猾耳，其得天下，幸也。好酒色、薄诗书、轻士为谩骂。居山东及入咸阳时，贪货财而身恋逸乐玩好，晚年犹因狎一宦阉，称病十馀日，不出视事。又其于伦常间，尤有迥反乎常情者。太公被获，项羽置于俎上，言将烹之以胁帝降。帝乃傲然答云："果尔，则愿分我一杯羹。"兹虽一时权谲语，然亦岂为人子者所忍出诸口哉！羽当时闻此言，怒甚，果即欲烹之矣。赖项伯之谏而止，否则帝虽后已贵为天子，富有天下，亦岂能宽此终天之恨与赎此通天之罪乎哉！是皆无德不道，非可谓之小小瑕疵，余谓其去嬴政也殆无几矣。

其身自将兵，决胜亦每不如项羽，是又其才之短绌也。故韩信直谓其只堪十万，为不善将兵焉。独其遭逢之奇合，举事之初，即得萧何、张良，以为心膂股肱。何又极力荐达韩信以为爪牙，帝能言听计从，雷迈风飞，简节而疏目，纵辔而远骋。中间又适有反侧危疑之英布，浮游无所，属之彭越，可招而用之，以为强援，用能集群策群力以成大业焉。然其生性挥霍，喜怒轻倪，转变无恒，则虽能听人言而易于为善，亦每凭私臆而易于为恶。初年天下纷争，东窜西驰岌岌乎！盖屡濒于危矣。中间左枝右梧，拒命者相次平定，惟独项羽为劲对。最后垓下之役，不惜捐数千里膏腴隘塞之地以啖韩彭，知不如此，则彼将不为我用，而其地亦终不得为吾所有。盖合亲军及韩、彭数十万之众，以敌羽之十万，而后仅乃得胜。然初战犹且小衄，其难抵踏也如此。帝之厚封韩彭，盖本勉强而出于势所万不获已耳。及夫劲敌已死，四海一家，于是帝之事既成，帝之志既遂，而帝之心忌诸将乃渐深矣，韩彭其尤也。帝之意以为是诸人者，其才智皆我伯仲，向之为我用者，彼穷贱，吾有以饵之故耳。今彼势地既大，垂将敌国，恐无厌，将又欲效我所为。且吾子孙蒙业而安，将奚所用？于若辈一或跋扈，则恐无能制之者矣。芳兰当门，不得不除，卧榻之侧，岂容虎豹安寝？帝之贪心与惧心，常交索于胸中而莫能释焉，惟恨无间可乘以发难耳。当时元勋大臣，惟张良能窥其几，故早谢病闲处。更数年，帝之春秋愈高，其害益甚，汲汲乎急，何能择矣！于是族韩信、灭彭越，虽以萧何之谨愿、樊哙之忠直，一旦以无罪见疑，悍然遂欲杀之而不顾。盖帝之天资险薄、巧构诬枉、摇毒自防，以德为仇，于此乃毕露其底里焉，而世顾以其颠倒英雄为驾驭多之。

古先王推心置腹，使臣以礼，未闻须所谓颠倒驾驭也，岂当世尽纯正笃实之君子哉？固之以恩、威之以义、等之以分，使之自然有所不忍与不敢而已。若夫猜嫌挫辱，任术数以多为之防，不特使小人愤激而生变，兼亦使君子携远而自危。盖帝之所谓颠倒驾驭者，吾亦屡见其危矣。即其幸获无事者，亦其适然，而非有必全必得之道也。何以言之？英布以九江王归汉，帝踞床洗足而见之，布悔来，欲自杀。使当时布甚愤恨，不能容倏忽间，果即自杀，将奈何？潜夺张耳、韩信军而令耳备守赵地，使信以赵兵未发者击齐。使当时耳、信不服，合计而相与据赵叛，奈何？耳即不敢叛信，既破齐，即据齐叛，奈何？项羽初死，复袭夺韩信军，而徙其封于楚，信即据楚叛，奈何？盖彼皆所谓独患无身者耳。已得摄尺寸之柄，其云蒸龙变，皆欲有所会其度。故自帝起兵以迄于其崩，十馀年间，反叛者八九起。虽以陈豨、卢绾之庸才，又最亲幸，亦狡焉而思逞。盖帝之傲慢不检、机械叵测，多市井驵侩之风，鲜恭俭君人之度，诚有以启之致之焉耳。世之盛称其颠倒驾驭者，非独语卑识陋，不可为训，抑亦何其疏于考事也。且夫信、布诸人，衍才贪利，欲依附帝以取功名富贵，故甘为所操纵侮弄而不辞。若夫四皓、伏生之徒，恶其无礼，不睨爵禄，辄超然远去之。帝虽欲颠倒驾驭，而亦何所从施也哉！陈平有言："项王恭敬爱人，士之廉节好礼者多归之。至于行功爵邑重之士亦以此不附。今大王慢而少礼，士廉节者不来，然能饶人以爵邑士之顽钝嗜利无耻者，亦多归汉。"观此则刘、项之互为短长可见，而汉之得天下为幸，亦可徵矣。

　　史称汉王宽厚长者，此乃当代臣子谀颂之美辞。果若其然，则何以杀人三族、妖挟书之令？皆沿亡秦之暴制，直至孝、惠、高后时始除，于此知约法三章，特其初入关时之美言，权行之暂事。若乃外示豁达，中实阴鸷，昧心负义，菹醢功臣，遂致其从世子孙，动以小故，击戮将相，斩伤元气，凌败礼俗，莫斯为甚。迨于东京^②而此风乃革焉。世见其祚传四百，遂谓规模宏远，后此开创贤君，如光武昭烈、唐宗宋祖，皆在其范围中。不知夏祚四百、商祚六百，岂可谓禹之功德不及汤哉？且如尧舜之圣，其子即不堪承位，不能不禅让于其大臣矣，亦岂其才德之薄，无以贻及其后世哉？呜呼！此徒据事后成败长短以断优劣得失之谫见，固不足以论人也。

注释：
　　① 汉高帝：刘邦，字季，江苏沛县人。曾任泗水亭长。秦末陈胜起义，他起兵响应，称沛公。乘项羽与秦军在巨鹿决战，率军入关，攻占咸阳，推翻秦朝。后与项羽展开五年的楚汉之争，于前202年战胜项羽，建立汉朝，定都长安（今西安）。
　　② 东京：东汉建都于洛阳，时人称为东京。

论张巡、许远传①

张睢阳之忠勇可以穷天地、亘万世而不沫者也，盖一至之行，易以动人。其用兵尤善以寡敌众，先后乘城捍贼经三年大小四百馀战，每战皆所得偿过所失，杀贼凡十馀万。持孤军遏方张之寇，屏遮江淮，使不得乘势南蹢。贼既分力，发大众久顿坚城下，损师费财，屡益屡耗，如挹热膏频注焦釜。故郭、李诸将从事于河北、关东者，亦易以克复，虽终于陷城拼命，然其功岂可没，而其志亦岂不甚可哀也哉！许远才固不及张，然其忠挚则同。当时以远死稍后，遂疑其或贰。又有咎二公见睢阳粮尽，不持满按队出再生之路者，则按以《新唐书》二公本传所载，与韩昌黎之所辩，信合矣。独其当粮匮时，巡杀爱姜以飨士，远亦杀其奴僮，又杀妇人及老弱男子以充食，凡遭杀食者三万人。此则当时议者之纷纭，谓与其食人，何如全人。其说良自有见，非可概以为浮言而抹杀之也。

何以明之？城以衙人，人以衙国，国仍以爱人为本，天生民而立之君，使司牧之，古之至言也。荀子亦曰："天之生民，非为君也；天之立君，以为民也"。圣人不忍杀一不辜而得天下，彼姜僮与城中妇女老弱夫何罪？虽二公以之为国，而非以自为，然力有所极，义有所裁，官率民以死守城可也。终不能守，则己以死报朝廷、谢百姓可也，百姓无皆以死殉城之道也。或城以持久而后下，不幸而遇暴寇虓将，即尽杀城中之人以泄忿，亦不可追咎于坚守之主将也。自杀其城中无辜之人数万，而曰为君守城，古所未闻也。太王有言："君子不以养人者害人。"因弃国而避于岐，太王于时一小诸侯耳，其国固有所传授秉承，与唐之郡守、县令相去亦岂甚远哉，然《孟子·滕文公》引其事与死守并列，而使之自择，曾不以为非焉。以太王所为，固非后世事势所可行、法令所能容也，然念彼太王者，独何心争地以战，杀人盈野；争城以战，杀人盈城。孟子谓之率土地而食人肉。孟子所言之人，盖通两国之人而言耳，犹且不可，况于自杀己国之人，而真食其肉以守以战者耶？大中至正之道，岂如是耶？

或曰：二公之意，固以为贼可困也、城可守也，所杀食之无辜有限，而所全之无辜者实多也。不幸而功不遂耳，子奚不相谅耶？答曰：唯唯否否，二公之意，固如子所言矣。《唐书·传赞》亦谓"引利偿害，以百易万，可矣。"虽然，是枉尺直寻之说也。君子之衡事也，一主于理，而成败之说不参焉。虽遭变，用权不能准于时势，亦宜无戾于理体。苟杀所当杀，虽千万人不为多，否则，虽妄戮一人亦有憾。若二公之所为，虽幸而功成，犹非君子所忍道，况其终于不能然者耶？二公并力初守睢阳时，合士民六万，及城破，除军士千馀外，遗民四百而已。盖杀以充食者半，战死饥疲死者半也。充子之言，则城或得再保数日，即此四百遗民亦将可尽杀而食之耶？二公徒以保此空城为事耶？孔子谓仲弓曰："举尔所知，尔所不知，人其舍诸，由斯以谈。"二公自尽职分之正，斯足矣，庸可过量？睢阳若陷，则江淮数千里之守土将兵者，皆将不能御贼，而必尽以睢阳城中之妇女老弱宰割烹糜以喂军，为他郡邑人缀敌缓难、冤受此亘古未有之惨苦痛毒耶！

　　其后尹子奇既破睢阳，闻其伪主空虋，即悉十万之众，西驰赴其大队，终无救于其败亡。王师既收两京，陈留②人即杀子奇以降，其死时距破睢阳止旬日间耳。二公先所虑睢阳一失，则贼将乘胜而南，江淮必亡者，其语何尝果验耶？此固赖有郭、李诸将，据上游建瓴之势，电扫贼魁，光复旧物也。以故睢阳虽破，而贼将仍不敢顺流南下，必亟亟返顾其凶渠。后之论者，犹得以犄角坚守缀敌之功推归于二公焉。设不幸诸将皆挫衄不支，则贼虽分力于睢阳，其根本仍无伤。彼既据有二京，奄包河济矣，则二公授命之后，睢阳亡，江淮诚亦未必能独存，然则二公之杀食数万人不徒然耶？止为江淮人多，延数十日之命，究何益耶？睢阳冤杀之数万人已不可复活，而二公所欲保障夫江淮之人与地，则仍不免于丧与失，是以百易百，且不能矣，何言乎以百易万耶？即不论理道而但较利害，二公之为此计，夫亦岂非行乎至险而未可竟恃者耶？秦汉以来，始有屠城之事，然彼虽仇敌，亦止杀之而已，未闻取数万人之骨肉以充食，视生人等鸡豚雀鼠也！幸而二公之后至今已历千年馀，累朝之为国守城而竭力者，未或效之也。世固难其忠，亦不忍效其过。若以谓吾所为者国，杀而食者民，民固当效死以为国，于是乎视为无伤于义而急仿效之，则吾恐方隅稍有事，百姓不独畏寇而且畏官，必将纷纷预为逃祸，窜伏于穷原旷野、绝壑嵾岩间，而无敢依城当通衢以居者矣，官将谁与其守？前此朱粲在南阳，以人充食，于是所部诸城皆逃散，其明征矣。粲虽寇盗，不可比忠臣之食人以守城而为国者，然民之逃生畏死，其情则一耳。吾固曰：此实二公贤者之过也。

子贡问政，子曰："足食足兵，民信之矣"。子贡曰："必不得已而去，于斯三者何先？"曰："去兵"。子贡曰："必不得已而去于斯二者，何先？"曰："去食。自古皆有死，民无信不立。"若二公之日杀己民以充食饷军，而为国守城，其有合于孔子之所谓去兵、去食以存信者耶？抑与相反耶？兽相食且人恶之，为民父母乃躬自率人以食人，此岂人道所可为耶？无论正谊、明道之君也，即稍有仁心者，望其臣民之竭忠，亦岂至于此耶？是时二公皆兼京朝官运，又副河南节度使，非专职郡守，不可弃城越境者比，且巡初以县令起兵，已知弃城越境之行权，未为不可矣。为二公计，当子奇之三围睢阳也，知贼志在必得，既粮少而救兵不至，贼因以不攻，为持久计，则宜及粮未尽时，引众持满溃围走，别择便利地而处之，或择他将之可依者而与并力。仍如运之初，弃真源而走雍邱，与贾贲合，又弃雍邱而拔众保宁陵，至睢阳，复与许远合者，固无讥也。当时元勋首将如郭、李二公，且不免有胜负得失，相时势为进退去就矣。昌黎所谓"苟此不能守，虽避之他处何益者"，岂通论耶？如其不然也，即奔赴行在，如颜真卿之在平原[③]所为，亦可也。

先是，禄山使子奇与史思明再陷河北诸郡，平原虽固守，而人心危惧。真卿谋于众曰："贼锐，甚难与抗，若委命辱国，非计也。不如径赴行在，朝廷若诛败军罪，吾死不恨"。乃弃郡。而间关至凤翔谒帝，帝即擢为宪部尚书，曷尝以弃城图存罪之耶？然犹曰二公斯时犹未知救兵之必不至也。因侵寻盼待之久，而误于不早计也。及夫食既尽矣，而救援犹不至矣，斯时则不能率饥众以出走矣。即但如李澄、卢奕、颜杲卿之守死善道，斯可也，斯皆因粮尽力屈而以身殉难者。奕则前遣妻子怀印间道走京师，澄则知力不敌部校，皆夜追去，亦听之。然论者指数忠烈，必以此诸公与二公并焉，未闻或短其尚不能如二公之所为，必捐所爱于鼎镬，杀良民以充食，驱士庶以强战，至于城邑将墟，乃就死而后可为忠之极也。

夫知二颜、李、卢诸公之所为，皆无亏损于其忠与义，则知张、许二公之所为，诚过矣！是故昌黎之为二公辩也，亦为之浑其辞曰："人相食且尽不言，二公之使杀数万人以充军食也，盖其事固不可为训，为贤者讳之，庶不为恶人所藉口而贻祸于后世之民生耳"。宋祁不达此意，其为《唐书》列传乃直书其事，又为以百易万之说，并昌黎之所为二公讳者，而亦附会称说之，何其谬也！彼昌黎之辩，已得失参半，而未免于粗疏偏倚矣。若宋祁则又沿讹而益加甚焉者也。抑其事更有可言者，巡始与贾贲复雍邱，令狐潮家口在城中。时潮为贼领兵，行部还攻雍邱，潮素与巡善，使巡能挟以招之，赦其罪戾，开以大义，动以目前身家之安危祸福，诱进以同力匡王殄逆之功名富贵，以巡之英襟毅概、奇材异能，为潮信服久矣。自忖所处孰吉孰凶，所得孰少孰多，所贪觊孰虚孰实，潮岂迷复而不知所转计？其必率贼党以降，贼大半由胁从得尽力于正，如婴儿脱虎狼、依慈母。以巡之略加以数万强旅，鼓行而前，孰能御者？勋业当与汾阳、临淮相上下，何至牵绊踟蹰，卒困踣于梁宋数百里间？顾乃因一时忠愤，遽屠磔其家口于城上，致潮衔恨入骨，无所顾望，殚力寇攻，百败不挠，使巡拮据鏖战于戈戈一邑中几一载，因而弗获乘锐成破竹之势，以奏恢复之大功，岂不深可惜哉！

或又曰：否否，巡之屠潮家口，正以人心疑贰之际，激将士之心而作其忠义之气耳。潮身附逆贼狼子野心，未必大义所可晓、家口所能招也。明张献忠之妻被获，守臣不杀，冀以招徕献忠，而卒无济，斯亦可知已。余又谓不然，斯时巡与贾贲之义师合，已有二千。先是，贲已击走贼大将张通晤矣，雍邱之人共迎贲入城，士心久知奋，不必藉屠潮家口为激作也。古之招降贼将而且赖以成功者颇多，岂可概谓狼子野心，必不可道使返正耶？即巡后此在睢阳，亦当招降贼将李怀忠并其党数十人矣。巡本传又言其前后招降贼将甚多，皆得其死力，兹非其明征耶？况潮有家口系其心，尤易乐为从也，且潮素善巡计，其人亦非全不省礼义。若明季献贼之悍逆凶毒，无复人理，乃亘古所创见者，非如令狐潮之比，献贼只其妻被获，亦与潮之全家生死在巡掌握中者不同。矧献贼乃欲自为帝王，潮于是时，特以区区县令降贼，本起于畏死顾家，继乃欲立功见能，希贼显擢耳。为日无几，尚未睹禄山父子之面，非如孙孝哲、高尚、崔乾祐辈，久为贼渠之心膂股肱，不惜以身家从之也。故吾谓潮之可招，以常情度之，殆十而八九矣。即使其不从也，然巡业已招之，则雅故之谊已尽，然后从而诛其家以伸国法，潮虽怨毒巡，谅亦不至如是之甚焉耳。

噫！愚非敢妄议古贤也，彼昌黎所谓弃守而苟且图存，若高仙芝、窦廷芝、虢王巨之流无义以处，而非可以颜真卿及郭、李二公之知所取舍为比者，其罪固不待追议，而后明即拥强兵观望，如贺兰进明、许叔冀、尚衡间、邱晓诸人，虽愚人亦岂不知唾骂之哉！若张、许二公，则千古忠臣中之最赫烈者矣！自昌黎④代为申办后，无复有疵议之者，然高其忠而为之讳其过，斯可尔；因其忠而遂曲护其过，则吾恐其贻误于天下万世也。由前之说，知太王、孔、孟之处其任而必有所不忍为；如后之说，即诸葛武侯⑤、李忠定⑥、王文成⑦亦必有所以慎处其间，而不径情以将事矣。屈原，楚之宗臣也，哀国之将亡而先自戕，此盖死伤勇者也，而害不及人。然朱子⑧犹谓屈原之忠，忠而过者也；屈原之过，过于忠者也。吾于张、许二公亦云尔，不知后之精义君子，其将以吾言为不悖于道否耶？

注释：

① 张巡：唐邓州南阳（今属河南）人，开元间进士。安史之乱时率兵抵抗安禄山。至德二载（757），移守睢阳（今河南商丘），与太守许远共同作战，阻止叛军南下，在内无粮草、外无援兵的情况下，坚守数月不屈。睢阳失守后，与部将南霁云等同遭杀害。许远：（709～757），唐杭州盐官（今浙江海宁西南）人，字令威。安禄山叛乱时，被玄宗任为睢阳太守。至德二载（757），与张巡协力守睢阳，坚持数月，阻止叛军南下，兵粮俱尽后城陷被杀。

② 陈留：秦置，在今开封东南陈留城。又西汉陈留郡，治陈留县。北魏时治浚仪，隋唐为汴州陈留郡。1957年并入开封县，现成为开封市区一部分。

③ 平原：汉初从齐郡分置平原郡，晋朝改为平原国。宋、后魏、后周改为平原郡，隋初废平原郡，置德州。唐朝再置德州，又改平原郡。在今山东德州市陵县。

④ 昌黎：韩愈，号昌黎，作有《张中丞传后叙》。

⑤ 诸葛武侯：诸葛亮，号孔明，蜀国相国，卒谥武侯。

⑥ 李忠定：李纲，福建邵武人，南宋初官至宰相，一生忠君爱国，待民如子。

⑦ 王文成：王守仁，号阳明，卒谥文成，浙江余姚人。曾多次平定叛乱，官至吏部尚书。

⑧ 朱子：朱熹，南宋婺源人，大理学家。尝撰《楚辞集注》，此语出自集注序中。

士先器识而后文艺论

昔唐初王、杨、卢、骆[①]，负天下文望，号称"四杰"。裴行俭[②]独轻之曰："士之致远，先器识后文艺。勃等虽有才，而浮躁炫露，岂享爵禄者哉！炯颇沉嘿，可至令长，馀皆不得。"其死后果悉如其言。人人服其精鉴，然夷考行俭生平，观人料事，刻期奇验，非据人情物理之常所能臆度，似皆由精于术数得之。即其所重者，苏味道与勃之兄剧决，其后皆掌铨衡固不谬，然一以模棱贻讥，一以阿比贾祸，则其意毋乃主于爵禄之崇卑，而贤不肖在所轻乎？且王、杨二子行事诚多疵，若卢升之之孝，居父丧号，呕丹辄出。骆丞之介岸，不就行俭掌书奏之辞，卒发愤于忠义，固未可以成败论也，岂得据行俭之言贬之欤！

然其言则诚有理矣，请节取而推论之："盖士有本有末。德者，本也；才者，末节也。而才又有辩焉，经方致远、谋王断国，才之大端也；操觚削椠、缋章绘句，才之末节也。"行俭之所谓器识者，兼乎德与才而言，而文艺特才之一术耳。自周末文盛，诸子百家各矜著述，至汉而文士尤众，接乎魏晋之君，好尚浮华，相沿成习。南北朝取士率凭辞章藻采之工，如梁沈约、隋李谔之所讥切详矣。夫文者，识之发，艺亦器之分，二者岂可判然异视哉！然或理不足而辞有馀，知及之而仁不足以行，甚且如宋景文所谓恃以取败者有之，朋奸饰伪者有之，于是乎文艺之与器识，当分观其长短矣。就唐以前而论，相如有窃赀之丑，扬雄有投阁之羞，谷永倾心于王氏，马融失身于梁冀。六朝南北，织利隽生，轻险浮夸，明小暗大，以致名污身丧，害及天下国家者，尤不胜指数。斯岂其文艺不足哉？器识短也。是故士有器识、文艺兼优者，譬之羽毛，其犹麟凤乎复哉！尚已器识优而文艺绌者，其牛马之负重致远乎？视符被之暴残，而仪貌疑于麟者则胜矣。鹰隼之劲翮决云乎？视泽雉之拘钝，而文采疑于凤者则胜矣，此二者先后之辩也。

虽然，器识者易伪而猝不可辩，而文艺则难伪者也。唐虞用人，亦首曰"敷纳以言"，古乡举城选之法难行，取士固必以文艺为端，果其明鉴入微者，即士之器识，亦可于文艺间辩之矣，又岂可概薄之乎？且人难求备，而材需器使，文章之士，虽不可概施以重任，而使讨论坟典黼黻、皇猷缋著之权，以宣昭乎声明文物，以垂教乎天下后世，顾不亦美也哉！

注释：

① 王、杨、卢、骆：王勃，字子安，绛州龙门（今山西河津）人，出身儒学世家，与杨炯、卢照邻、骆宾王并称为"初唐四杰"。虢州参军。在参军任上，因私杀官奴二次被贬。上元三年（676 年）八月，自交趾探望父亲返回时，不幸渡海溺水，惊悸而死。代表作品有《滕王阁序》等。 杨炯，弘农华阴（今属陕西）人，排行第七。年仅 11 岁被举为神童，上元三年授校书郎。后任崇文馆学士，迁詹事、司直。垂拱元年（685 年），降官为梓州司法参军。如意元年（692 年）秋后改任盈川县令，卒于任所。后人称为"杨盈川"。 卢照邻，字升之，幽州范阳人。工诗歌骈文，以歌行体为佳。 骆宾王，婺州义乌人。历武功、长安主簿。仪凤三年，入为侍御史，因事下狱，次年遇赦，后任临海丞。为起兵扬州反武则天的李敬业作《代李敬业传檄天下文》，敬业败，亡命不知所之。

② 裴行俭：字守约，唐绛州闻喜人，历任吏部侍郎、礼部尚书等职，封闻喜县公。善于用兵，颇有识见。有《裴行俭集》、《选谱》等，今佚。

《诵芬堂诗集》序

羽可①孝廉在都刻其诗集行世，而以书来属曰："吾迫于交游之趣，付剞劂也，不及悉寄子订正，然必乞我一序，否则此集为之不光矣。"噫！是其谦也，羽可之诗，岂藉予序而显哉！未几，羽可归，又数督促，予亦遂以诗序请，羽可既为之矣，予其可以无言。

盖羽可与予舅鹤舫②先生为中表，本丈人行，而以同学习狎，又其长予不十年也，故予待之若平交。忆予尚童年，馆于其家时，羽可既从鹤舫先生学诗于瑞金学署，数年归而渐有名于乡邑，而予以家贫甚，虽慕吾舅而不能往从。是年始多用力于诗学，顾羽可不鄙予，有作辄见示予，有言亦率蒙听纳，而予之受教于羽可固多也。次年遂骈名同附籍于县学，督学李小松先生亦颇赏予诗。间一年，而予又馆于其族连岁，其后羽可又从鹤舫先生于青原山数年，予亦不能往，然每见必互出所作相赏析。自是羽可常家居两家，近隔十里，岁时邮筒来往，未易以数计也。故羽可四十前后，见其诗文最多者，所尊师辈则鹤舫先生，所亲狎中则予而已。

予以饥驱常奔走于外，交游寝广，所识名流颇多，每为言羽可之才，而诸君若不甚措意。间以试事聚于会城，诸君或遇羽可于予所，予欲诸君以所以交予者并交羽可，诸君或然或不然，或以臭味小差池，或以造访之先后，彼此均不能豁形迹之见，而予又未便悉以告羽可也，羽可当时已稍稍疑贰之矣。谷梁子曰："心志既通，名誉不著，友之过也。"嗟乎！士之声光显晦前后之际，虽同学久相熟识者，亦或视形势为低昂，况于泛漠疏远，未知其实，而能凭信于一二人之言，遽为折节款洽乎？

及羽可举于乡，有他郡友谓予曰："羽可以老诗人得举，亦快事。"是友于时，初未当与羽可谋面，且未交予时，亦从不闻羽可名。若是乎，诸君又未始不以予之言为信也。既而羽可数赴公车，诸君亦先后累累与同集京师，于是凡知余者，鲜不知羽可，而羽可之交游且视予较广，所识著人显者愈较多矣。某年，羽可自都中归，以事与余左其意，言殊可骇，迥不类向之所以待予者。余自是貌加敬于羽可，而亲之则减于前时，盖彼此不以文艺相镌切者将十年。

近年来羽可交于黄君树斋③、张君亨甫④也寖深。二君者才名烜赫下，以提倡风雅为己任，其论诗不徇世俗之见，其论人亦不随炎凉之见，最喜余诗。其知余也，亦不仅以诗闻，二君时时于羽可言余之无他，亨甫见予则又为言羽可之无他，迨羽可刻集归而自持以示，则其言语情貌间，所以待予者，果又颇复如前少壮时焉。余亦不能不渐以前之所以待羽可者待之矣。首观集端作序者数家，多余师友，皆海内博学能文、雄骏君子也，而羽可犹拳拳索予一言，得非以少小里闬之亲，能言其生平为学之次第，与攻苦之微也耶？羽可于诗善悟而又得所师，遭境殊宽，而为时多暇，其构思弄翰，沉吟低回，必斟酌乎意匠神韵而出之。近体盖往往似渔洋，其五言古体亦以近韦、柳二家者为尤胜。至近作则变态益备，驰骋古今而涵淹自得，翘然不愧作者之选。缘都中人才总汇，更多师以为师，则其所造弥进，齿愈宿而意愈新，固其所尔。予性暗塞，又束缚于境地，摧挫其志气。所为诗文，大都凭其方隅之见，与所窥测于古人一二者率意而出之，故常自病其质胜于文，以视羽可诗之秀婉巧倩，善于润泽，能使人爱玩流连而不忍释者，则自知相去远矣。颇怪人之见余两人曩忽龃龉也，或疑为好胜争名之私。呜呼！名者，实之宾也，诗文之名，又名之末也。吾与羽可少时自期，岂徒欲以诗文名乎？且名亦丰随争为重轻乎？争于一时矣，能争于久远乎？彼争名者，己之不足，故欲掩人以为胜也。若自信自重之君子，其亦屑为之乎？古诗人之齐名者不乏，如唐之王、孟、韩、孟⑤，宋之欧、梅、苏、黄⑥，虽贵贱差殊，才亦分伯仲，而其彼此倾引之意如一也。盖君子慎护同类，不遗故旧之道固如此。然犹曰：此诸公皆君子也，若白文公⑦、元微之⑧，则贤否歧矣！然文公不以微之晚节之隳也而绝其欢，微之亦不以文公势位之逊也而替其好，彼一君子、一小人且能尔，况余与羽可皆铮铮焉自命欲为君子之归者乎？又况予两人者后此之升沉悬殊则难量，今则处境贫富菀枯虽不同，要皆为坎坷不达者乎？

吁！余五十之年忽焉已至，羽可则近六十矣！少时之逐队同气，可与谈道讲艺者今存几何？迟任⑨有言曰："人惟求旧"，以数十年乡党姻戚，风风雨雨、旦夕并首同砥砺者，而生摧猜肆排挤，其何以交天下士乎？吾与羽可固当时念此。羽可近有书抵予曰："天生吾二人于咫尺地，良匪轻易，继鹤舫先生而起，恐不数数然。"斯言诚壮，予亦未敢让也。幸矣！然则予即或终老藜蒿，羽可虽异时得志，其必不肯遐弃乎我。踵倾轧陵，盖之习可知已矣！

昔读吾乡彭躬庵⑩集，见其晚年与人书，自叙与魏叔子⑪始合中睽，而终竟为石交之由，缕缕逾千言，未当不慨焉。太息于交道之难，以谓二先生志同道合，犹不能不扺牾于中途，不意吾与羽可，曩者亦复蹈之。兹之为羽可序，若第以美辞塞请，人或将疑其出于伪，因详述两人历来相与为学之情、疏密之故，而不避辞费之讥，乃以见予之与羽可亲厚犹昔。故羽可必得予序，而予不嫌以兹文进，亦兼以悉解往蓝天之疑窦云尔。

注释：

① 羽可：郭仪霄（1775～1859），字羽可，永丰人。嘉庆二十四年（1819）年举人，后屡考进士不中，授内阁中书。诗书画皆有盛名，时称三绝。最喜画竹。历主琅琊、夷山、经训、梅江、鹭洲等书院讲席。著有《诵芬堂诗钞》《诵芬堂文钞》等。

②鹤舫：张琼英，字鹤舫，永丰人，作者舅父。年未二十中举，任瑞金县教谕，后知天长县，改官饶州府。先后纂修《永丰县志》《鄱阳县志》。

③黄君树斋：即黄爵滋，号树斋。

④张君亨甫：张际亮，张际亮，字亨甫，号松寥山人，福建建宁人。道光十五年中举。次年赴京都会试落第。在京与黄爵滋、陈庆镛、臧纡青、吴嘉宾等人唱和诗文，议论时政。

⑤王、孟、韩、孟：王维、孟浩然、韩愈、孟郊，均唐代大诗人。

⑥欧、梅、苏、黄：欧阳修、梅尧臣、苏轼、黄庭坚，均宋代大诗人。

⑦白文公：白居易，卒谥文，人称白文公。

⑧元微之：元稹，号微之，白居易好友。

⑨迟任：传说中的上古贤人。商盘庚迁殷，曾引他的话来教导人民。《书·盘庚上》："迟任有言曰：'人惟求旧；器非求旧，惟新。'"蔡沈集传："迟任，古之贤人。"

⑩彭躬庵：彭士望，南昌人。清初往宁都翠微峰依魏禧论学，为易堂九子之一。

⑪魏叔子：魏禧，宁都人，为易堂九子之首领，清初著名学者，文学家。

重刻《玉耕堂诗》序

余少观《随园诗话》①所载广昌孝廉何在田鹤年诗②，欣然美之。随园言得此于蒋心馀③先生，时先生病风，口不能言，犹力疾以左手书此数联示之。余因叹先生才震天下，顾倾心于乡里寒畯如此。其忧才乐善，何减古贤！又因以揣鹤年之能得此于先生，必其相契有素，而非仅以数语之偶工也。

自是间访其诗于其郡邑，人率云未之见。属者，泸溪黄君④访余于南丰客馆，乃投一编，曰《玉耕堂诗》。求作序，撷观则鹤年之诗集也。盖距予初阅其诗时几三十年矣！余甚快夙心，迅读之，埒于随园所称者尚多。大都措辞遣意，虽取新隽而不流纤佻，务归其切而绝去浮伪，笃于家庭朋旧，又时留意于风俗人心，亦或嗟伤贫贱而不过于怨怼愤激。即其言以求其人，殆志节高雅之士，于是又知先生之所契于鹤年者，盖非徒以其诗之工焉。惜乎坎坷早终，年仅逾三十，不独未得仕以行其志，即诗亦未极其才力。又以世次稍后，不获与赵山南、杨子载、汪辇云辈附先生齐名并称，故今海内谈诗，无不知乾隆初江西有此四家，而鹤年者少矣。要其诗，实可称作者，以接武四家而追列伯仲间，无愧也。

旧本为其友所刻，颇未精整，黄君言板久不存，以是外间罕传。因邀所知，集赀兼欲访其遗稿，裒而重刻之。夫贤士之得志于世者，其事业堪不朽，则言之传否，犹可勿计也。未得志者，惟赖其言传其生平、性情、行实乃与之俱传。故南昌杜登圣先生录《安雅集》，多收不得志之文，以谓为人收拾遗编残稿，不异痊暴骸、哺弃儿。李穆堂⑤先生每称叹为至言焉。今诸君斯举，与诸先生之用意岂异哉！视旧刻之出于其故人者，尤为常情所难已。

捐赀为赵君德梅，南丰人；林君用晋，亦泸溪人；潘君懋修，乃云南人也。辑稿及纠赀则黄君偕同邑魏君崇基、黄君中灵。

时道光六年孟冬月永丰徐湘潭撰序

注释：

①《随园诗话》：清袁枚所著，袁枚，乾隆嘉庆间著名诗人，居江宁，号随园。

② 何在田：字鹤年，江西广昌人，清乾嘉之际诗人。著有《玉耕堂诗集》等。

③ 蒋心馀：蒋士铨，号心馀，江西铅山人，著名作家，为江左三大家之一。

④ 泸溪黄君：黄爵滋，时在泸溪任训导。

⑤ 李穆堂：李绂，字巨来，号穆堂，临川县人。历仕侍郎，三礼馆副总裁、江南乡试正考官。著有《穆堂类稿》《春秋一是》《陆子学谱》《朱子晚年全论》《阳明学录》《八旗志书》。

吴子顾诗序①

呜呼！李贺②、王令③，古也有人。嗟若子顾，才慧类之，而年更促矣，造物者果何意也哉！余所识早慧者颇多，要莫过子顾者。忆余初至南丰识子顾，年甫十五，为县学生已数年也，与同饮酒李牧臣家中席。牧臣出《游山图》请题，子顾且饮且笑谈，顷刻成古体长句一章，粲然足观，余固以奇之。次日过其旅，子顾又出宿所作古今体诗文及词曲种种，余益奇之。自是逢相识之士必以子顾告，顾每诵传所作，人或不之信，谓童子何渠能至是。已而因吾言物色之者稍稍与接习，辄惊叹于是。子顾同郡邑人士寖知子顾为奇童矣。不数年，子顾中拔萃科，会考省会，与诸英俊角逐，于是通江西二千里之省域，亦多知有子顾者矣。入都朝考第一，学习部司公卿争引重，于是都中士大夫亦往往知子顾，而子顾才名传天下矣。

余方幸子顾仕途早发足迹，他日累致通显固易易。其宦都中，师友闻见日广，必且大成其学，而极其才之所至，将为海内有数之名人无疑也。不谓子顾在都年馀，遽以寒疾卒矣，年止二十有四耳！余闻而为位哭之，作诗四章以抒悲逝者。子顾之兄子序④因牧臣⑤访余之便，寓书属余，为子顾诗序，且曰："子顾从先生游最早，虽同邑知子顾者皆后于先生，且皆由先生亟称之，其必能达往者难显之情也。"又曰："悲夫！曾未十年而始发其闻，继骇其进，旋序其终集，先生其有不可解于中者乎！"噫！余与子顾之情，岂文辞所能悉达，而诗序固自所心许久矣。子顾初与余议论殊乖违，后乃渐合，久而益亲洽。余长子顾年以倍，以弟待之，隐然视为畏友。顾隔岁月相见，子顾辄大欢跃，急握余手摩挲移晷刻，如不胜情。数以试事同在会城，盖无三五日不相索也，每聚谈酣嬉、淋漓留连不忍去。子顾于他人所不肯言者，于余则无不尽，余所未易与他人深言者，于子顾亦无不尽也。

子顾生世家，藏书甚富，博览耽思，于文章各体皆深通，于诗尤工。天资高妙，幼即好效汉魏晋体制，耻言唐季及宋以下人，其后深悟体势推变、异曲同工之故，渐乃酌剂诸家，能事益多矣。然其戛戛自异、深隽幽古、超迥萧远之概，揉之不懈而舒之有度，洁之不已而澄之有方，宿⑥如无尽，味之愈出，要为诗场之别调冷蹊、高致精品也。虽专家之老宿，亦未易淘汰融释，矫然能自为如此矣。集虽删存甚严，才仅百首耳，然已足流传于后。彼古诗人之声施至今者，其篇什岂尽皆繁富哉！后世知言之士，论诗人之志高才迈而早成者，其当不能遗吾子顾也欤！惜乎天夺之年，犹未克充其志而尽其才也。令子顾即仅得下寿，其所成就更当何如哉！至其他志事之未遂者，读其诗亦又可概想矣。嗟乎！此岂独吾侪友朋兄弟私情之恨乎？是为序。

注释：

①　吴子顾：吴嘉言（1804～1827），字子顾，南丰人，吴嘉宾弟。道光五年选拔朝考第一，为工部屯田司七品庶官。著有《一篑草存诗》等。

②　李贺：字长吉，唐代河南福昌（今河南省洛阳市宜阳县）人。世称李长吉、鬼才、诗鬼，年二十七卒。

③　王令：初字钟美，后改字逢原。原籍元城（今河北大名）。随其叔祖王乙居广陵（今江苏扬州）。长大后在天长、高邮等地以教学为生。王安石甚推重之。有《广陵先生文章》《十七史蒙求》。早卒。

④　子序：吴嘉宾，字子序，吴子顾之兄，南丰县人。道光十八年（1838）进士，选庶吉士，授翰林院编修。同治三年（1864），在南丰县三都墟口与太平军作战时被杀。少即聪慧，"笃志治经"，与其胞弟嘉言并称神童。著有《周易说》《诗说》《丧服会通说》《求自得之室文钞》《尚絅庐诗存》等。

⑤　牧臣：地方长官。

⑥　窅（yǎo）：幽深遥远状。

《仙屏书屋诗》序

古之诗，乐之依也。司马迁曰："诗三百五篇，孔子皆弦歌之，以求合韶武雅颂之音。"后世之诗，固非可尽被于管弦也，然而审其辞气之曲直、丰瘠、廉肉，声容之广狭偏正、抑扬进退，而乐之理寓焉矣。乐尚中和，诗固亦然。或旨之乖，或音之忒，其发也流荡，否则亢；其敛也淹湫，否则弛。斯戾于轨，则不亦远乎！黄君树斋之诗①，近乎中和者也，芊茸而有质，温雅而有度，愔愔乎意趣之正也，鲜鲜乎色味之新也，瀏瀏乎神理之融也。不吊诡以为奇，不嚣欢以矜才，不纤谐以取悦，于世俗佻生险夫之自喜以眩溺人者，概不犯焉。盖诗为心声，君中之所存者易良，则其发也驯粹，诚所谓彬彬君子之言乎！

余与君交二十年矣，虽遭遇悬殊，而爱好不渝。至于文艺之末，则所互契者尤在诗。君之诗与余诗，以貌求之，固鲜符也，而其求合于古风雅中和之意，则一尔。余才拙不敢望君，顾君每谬勤咨质，谦谦焉若以为所畏慕而欲其相济调者，然视彼好同恶异、临深为高，与夫一朝得气，遂欲概陵掩乎旧学寒畯之著人以自标雄异者，其识量相去何如哉！昔《秦誓》[2]思一个臣之休休能容，孟子谓"好善优于天下"。君他日列位愈高，操柄愈大，且必将推此意以宏施于海内之硕彦，其集思广益，又岂徒在文学辞章之间而已也！君比年声望浸隆，所纳交贤豪益多，于韦布中又最善闽之诗伯张亨甫。亨甫之与余友也亦由君，君常以昔人论诗所谓大家者推余与亨甫，而自期以如王右丞[3]之回翔于李杜间。亨甫诗诚兼有李杜之遗音，余于二家则何能一为役，若君于右丞则其优游惬适之致、恬澹清远之风，乃正相仿佛也。君今由编修迁御史，编修词臣也，而御史亦言官。孔子曰："不学诗，无以言。"温柔敦厚，诗之教也，言之准也。《乐记》亦曰："刚气不怒，柔气不慑。"传又曰："颂而无谄，谏而无骄。"斯言官之中，斯言官之和，吾自是将观君诗学之实用焉矣。

注释：

① 黄树斋：黄爵滋，字德成，号树斋，江西宜黄人。道光三年（1823）进士，授翰林院编修。历官陕西道监察御史，工科给事中，鸿胪寺卿等职。

② 《秦誓》：《尚书》中的经典章节。

③ 王右丞：王维，官右丞，故人称之。

《娄光堂诗》序

建宁县万山中在昔鲜文人，明季谢耳伯稍以诗著，然特乡郡之俊耳。入国朝至乾隆中朱筠园、梅崖二先生①，兄弟分业诗文，各以所能名一世，顾筠园诗迥非梅崖文之敌也。盖文章之道，以择所法而正，以能自得而成。偭弃规矩、荡滥无检者，非也；尺寸摹拟，徒取形似，甚而不能自创一意、不能自遣一辞、不能自主其气，至使人循览毕，辄不能留于胸次者，亦非也。梅崖抗心希古，其才杰，然足自树而善变，殆可谓天下之选。筠园则似规格具而精气寡焉耳，然自是而建宁学古之士彬彬出矣。

越今数十年，其尤者又得张君怡亭、亨甫[2]兄弟。怡亭诗文并攻，亨甫攻诗而旁及文。余昔从友人得怡亭诗，称其为高人韵士之言。去年亨甫过余广信客馆，示以近刻《娄光堂诗》，俾余序。余读之，叹其才大而气雄，几于万夫之勇，滔滔焉、汩汩焉。权奇磊落，涉笔辄有骠姚飞动、不可控抑之势，而其情之感人、辞之中度，又非徒夸侈观听者比也。以之追配梅崖之交，殆有过无不及，所谓异曲同工者欤！今之五七言诗，自汉魏以来，卓尔成家者綦众，亨甫皆欲躔蹦融合之而仍自成，其为亨甫之所以微少者，储、王、孟、韦[3]之清音耳，怡亭则于此独长。其兄弟能各出其美，以互相为资益，盖二君继二朱先生而代兴，而皆各有增胜前脩之处，于此见学问文章之渊源有开必先，盖天时、地气、人事之推衍类如此。然则建宁山川之灵秀，自是其将盛发而莫御已乎！

亨甫谬好予诗，其许与过当。余亦酷嗜亨甫诗，过人辄乐道之，或颇疑余喜誉己而相报。盖亨甫诗称之者固多，訾之者亦时有。夫世俗好以爵位声势论人尔！昔人谓亲见扬子云[4]，禄位、容貌不足动人，故轻其书，要之定论既彰，则耳食者亦从而附和之矣。文章如金玉，市有定价，岂能以私意为爱憎去取哉！悠悠之言，盖不足计也。

亨甫心存用世，讲求实学，且不欲仅以诗人为名。夫诗文虽小技，然论其正且至者，固与道俱，第有深于道而乃不能者矣，未有于道概无所得而能之者也。八闽古列荒服，至宋而人材之盛方驾上国，学之正如杨、罗、李、朱[5]才望之隆若李忠定。虽所遇不遂，而论者推为三代之英、王佐之才，今岂遂远乎？夫亦视所志焉耳！遭逢者，天也，士所得自力者，人而已矣！尽其所可为而徐以听其所不可知，是之谓善用其志。

注释：

①朱筠园：朱仕玠，字筠园，福建建宁人，以拔贡游京师，乾隆二十八年任凤山县学教谕。著有《小琉球漫志》。素工诗。弟仕琇，字梅崖，善古文辞，均有名公卿间。

②张亨甫：字际亮，号松寥山人，福建建宁人。道光间举人。与林则徐、黄爵滋相交谊厚，极力赞成禁烟，著有《娄光堂诗稿》《松寥山人诗集》等。

③储、王、孟、韦：储光羲、王维、孟浩然、韦应物。

④ 扬子云：扬雄，字子云，西汉著名学者，文学家。

⑤ 杨、罗、李、朱：扬时、罗从彦、李侗、朱熹，均宋代闽人，理学闽派著名学者。

⑥ 李忠定：李纲，字纲纪，福建邵武人。官江西安抚制置大使兼知洪州。卒谥号忠定。著有《梁溪集》。

读《李穆堂侍郎集》上①

《穆堂先生初稿》及《二集》《外稿》，予均曾观之，又于他书颇得谙其行事。其学识鸿达，才业光明，气节刚毅不回，数经白刃交颈，而辞色毫无挠变，终得叨圣主天鉴，身名俱泰，考终于邱园。

生平虽清修疾恶，然宅衷恺悌，严而不残。泗城土司之事，总督锐意剿戮，调兵十馀万，先生从容开解，乃罢兵，所保全人性命殆难以数计。加之爱才若渴，不惜破格冒嫌，极力以荐登寒微，尤征大臣之器量焉。虽已历卿贰任封疆，建树卓卓，顾犹惜其屡遭寮案倾陷，忽起忽仆，未极于大用久用焉耳。此即于辞章不甚工，亦何愧为一代之伟人魁儒乎！然其古文亦颇自负，其自谓学刘原甫②，然殊觉不相似。原甫古茂苍健，先生文畅而太浅易而太直，爽朗有馀，深厚醇洁不足也。惟长于叙事，简雅老当，洵称馆阁宗工。其他议论透辟、考说确核之文，亦多有益于世不可废者，固不必尽以行文法度绳之也。先生宗陆、王之学③，微有主张过当之处，然宗朱子者，亦十人而九如此。陆、王二公之遭诋诬更不少，即朱子之讥陆子，罗文庄④之驳阳明，亦时或失平，无论其他也。先生每为直其屈，亦大快人意尔。中行不易得，狂狷皆可以入道，天理虽人心所同具，而圣贤皆各有所得力。言行小疵，或过或不及，非上圣孰能全无焉。朱、陆虽贤，要均未至于圣也。孔子曰："君子和而不同"，又曰："君子以同而异。"学者澄心渺虑，公听并观，恭取前贤之所得而去其失，以知策所行，以行验所知，高明沉潜，既就性之所近以为基，刚克柔克，复知己之所短，而交济如此，则凡前言往行，识大识小，皆吾畜德之资矣。民言犹可酌，何况成德达材者之语，断章可取义，兼又有有为而为之谈，或辞似相反而意实无歧，或义各明一，须互参乃备。有自诚而明，有自明而诚，仁知之见虽各殊，道器之蕴总一贯，一即本以该末，一因流而溯源，古人之知言与诲人何其通！后儒之局守与论人，何其泥执而用中！舜之所以为大知也，夫子焉不学而亦何常师之有？孔子之所以为至圣也，奚必专主一家，自处隘卑，稍见与己异趣者辄喧呼搪拒，如睹怪物耶！先生之所致力于朱子者，大都言论解说之间，即间涉及其性行，亦非甚关贤否之处，然犹时时称朱子为大贤，谓其足以衍孔孟之传，非如俗儒纤夫，谬附于尊朱，以恣攻陆、王，挥排其学术，且并其心术行谊、政治功绩之荦荦赫赫者，而亦欲污蔑之也。当湖陆清献公⑤，固希风朱、罗者，非此等之比也，然其讥驳陆、王过当之处，又倍蓰于朱、罗焉。故夫先生之力为陆、王二公洗雪，固不可少，非独为二公计，亦所以为学术补偏救弊计，而近日朱梅崖乃等之于秀才闲气之争，则妄也。或谓先生与陆子同郡人耳，王文成则宗陆者也，誉其所近，固不足为凭焉。噫，兹言也！吾又有以折之，孙夏峰、汤文正皆北人也，今天下推为昭代醇儒之最焉，何以亦不非陆、王乎？陆清献以书挑汤公，及既得其答书，何以清献亦即无辞乎？吾当谓清献力行近仁、见义有勇而智稍不及，自信过坚、察言未周，痛斥阳明，亦贬高顾，而反深有取于陈建、张烈辈，滞陋诬妄之书，下及吕留良谲戾之徒，智之于贤否也，岂不难乎？视孙、汤二公之渊通闳大，固有间哉！独恨先生年辈稍后，未及与清献反复穷难，令后学得饱观其彼此输攻墨守之奇也，抑或互相切劘久而渐归于合一焉，亦未可知也。

先生天挺殊资，为诗文日可数十首，观书日可数十卷，虽早登仕途，政务倥偬，然中年时已自云阅书五万卷矣。世多言陆王乃禅教，使人孤陋而废学，此固未尝细观二公之书，道听而途说者之辞，即第观于先生，亦可知其廷诬尔。又闻之乡先辈，云先生精力绝人，能数十日夜不寐，观其漕行日记，自言催漕时劳勤之甚，竟至弥月不寝，固可信矣。诗集中又自言巡抚广西时，幕中并无襄理政治之友，惟课训子孙之塾师而已。王新城称其有万夫之禀，不虚也哉！

本朝二百年来，吾乡名臣虽多，求其兼立德、立功、立言之三不朽者，惟先生与朱文端公⑥二人而已。才难，不其然乎？虽然德与言可自致者也，功则须有其遇焉。且名位不达而又不苟求人知，所处或陋乡穷谷，无师友声气华要之揄扬，则虽有德有言者，其能暴著于世亦鲜矣。潜德幽光，何时无之欤！是又论人者所不可不知也。近有论国朝古文者，以先生及魏叔子、袁简斋为三大文豪，以先生方叔子，学则过之而文不无少逊，然犹庶几同调矣。缀简斋于后，毋乃拟不于伦耶！简斋人虽佚荡，然议论可取者亦不乏，特其文伤于叫嚣轻谐，大都露浮薄气，近传奇体耳。古骨雅音、仁思义色之风杳如也，而乃自许为平生文艺中所最长，岂其明知此为所短，故作违心之谈以张之耶？抑当时东南耆旧凋丧，无识而妄相推奉者多，彼遂浸习于长傲，遂非而不自觉也。

颇自谓持平之论矣，然使忿攻陆、王者见之，必又以我为子也，莫之执中也。虽明知难谐乎众论，然心之所见如此，不能不云。至真是非，固难自定，尔若存炎凉菀枯之见，徒美于人之所同附，而强作违衷之谈，以肥此瘠彼，是即曲学阿世矣，深所不敢为也。

注释：

① 李穆堂：李绂（1673～1750），字巨来，号穆堂，江西临川人。康熙四十七年（1708）进士，历任翰林院编修、内阁学士、广西巡抚、直隶总督等职。平生倡行理学，学问宏深渊博。著有《穆堂初稿、续稿、外稿》《朱子晚年全论》《陆子学谱》等。

② 原甫：刘敞字原父，父通甫，号公是，新喻县（今新余市）人。庆历六年（1046）与弟刘攽同中进士，历任太子中允、直集贤院，权度支判官。迁起居舍人，知郓州（今山东东平），京东路安抚使。主持嘉祐四年（1059）礼部考试。门人私谥"公是先生"，今存《公是集》五十四卷。

③ 陆、王之学：陆九渊、王阳明之学说，以立心、致良知为要。

④ 罗钦顺（1465～1547），字允升，号整庵，泰和人。弘治六年（1493）进士，授编修，迁南京国子监司业。官至礼部尚书。潜心格物致知之学，专力于穷理、存心、知性。当时王守仁以心学立教，大江南北翕然从之。他不以为然，尝与守仁往返探究致知与格物的关系。他认为，"通天地，亘古今，无非一气而已。"赠太子太保，谥文庄。有《困知论》、《整庵存稿》。

⑤ 陆清献：陆陇其（1630～1692），字稼书，浙江平湖人。康熙九年（1670）进士，任河北灵寿知县。终身佩服朱熹，以朱熹的是非为是非，认为"宗朱子者为正学，不宗朱子即非正学。……今有不宗朱子之学者，亦当绝其道，勿使并进"，反对王守仁"致良知"说，被清廷誉为"本朝理学儒臣第一"，与陆世仪并称"二陆"。死谥清

献，从祀孔庙。著有《困勉录》《读书志疑》《三鱼堂文集》等。

　　⑥朱文端公：朱轼，高安人，官至文华殿大学士兼吏部尚书。卒谥文端。

读《李穆堂侍郎集》下

　　予所见先生撰著此三种外，尚有《陆子年谱》三卷，《志学编》及《志学附编》。《志学编》系选宋元明大儒之文，《附编》则其自作者，已散见文集中。然其自序又谓先有笔而存之，积成六卷者，则予尚未之见也。此外，又有《春秋一是》《陆子学谱》《朱子晚年全论》三书各二十卷，《阳明学录》若干卷。凡此诸书，皆予所梦想欲见者，而《春秋一是》尤萦心焉。

　　予于诸经自三礼外，惟《春秋》疑窦最多。盖欲明《春秋》者，必须得《鲁史》旧文与夫子手定之《春秋》参较之，方知笔削之真。既得其笔削之真，然后可因而推求圣人之意，然犹虑未必悉当也。况今不惟不见《鲁史》旧本，即夫子所手定者，三传所传，亦或歧异，将何所取正乎？即就其不歧者，以诸家之说广参，尚觉未能豁然于心者，不胜数也。张子①尝曰："《春秋》惟孟子能知之，非理明义精殆未可学。先儒未及此而治之，故其说多凿，是固然已。"然张子同时如程子②，在后如朱子，固世所推为足绍孔孟道统之正传者，顾伊川③之说《春秋》，不如后儒之精审者颇多，朱子亦屡言《春秋》难通，有此生不敢问之叹，故其解说无成书。陆子年至五十后始欲著书，常言诸儒说《春秋》之谬尤其于诸经，将先作传，值得守荆门之命未果。陆子解悟在伊川之上，然集中说《春秋》诸条，未甚精惬者，亦非止一二端焉，甚矣其难也！今先生自名其书曰《春秋一是》，盖自许为能折衷于至当者耶？虽未易克当，谅亦多可采者。观集中解说经史诸篇，识鉴周澈者居大半可知也。或曰：康熙中《钦定春秋传说汇纂》，先生以卿贰为分修其说，谅不外乎是书所载者矣。答曰：分修非总裁之比，且官书众修，虽总裁亦难尽行其意焉，况分修哉！观集中两与同馆论《春秋》义例书，亦可知矣。是时先生年才四十馀，所见亦恐尚未定，《春秋一是》当成于晚年也。

昔归熙甫④云："自秦火之后，诸儒区区掇拾，而文艺之全者尠矣。非孔子复生，莫之能复也"。谓即今诸经之见存者，真伪糅杂，简编错乱，解说纷纭，亦非孔子复生莫之能正定矣。嗟夫！六经之书，圣人所以裁成天地之道、辅相天地之宜以左右民，而期其将与天地为无终穷者也，顾不明不备若此，盖已历二千年于兹矣，岂非天地间一大缺憾事耶！有心者亦将若之何哉？亦将若之何哉？

注释：

① 张子：张载，字子厚，祖籍大梁（今开封），徙家凤翔郿县（今宝鸡眉县）横渠镇，人称横渠先生。嘉祐二年（1057）进士，授祁州司法参军，官至知太常礼院。北宋理学创始人之一。

② 程子：程颢，字伯淳，学者称明道先生，原籍河南府，生于湖北黄陂县。北宋"洛学"创始人之一。与程颐为同胞兄弟，世称"二程"。

③ 伊川：程颐，北宋洛阳伊川人。北宋理学家，与其兄程颢共创洛学。

④ 归熙甫：归有光，字熙甫，明代昆山人。著名学者、文学家。

与鹤舫①先生书

鹤舫先生，大舅大人阁下：

去秋得书即欲奉复，因一时少便，是以迟迟。即尊处有来饶者，每于去后始知耳。比想尊履康吉，阖署平安，时致心祝。子和、子庆学业各进，三幼表弟闻资性亦甚开悟也。

甥自前季别后，毫无长益，而所处跋疐万状，更难告语。向时气盛，果于自负，谬期指顾，致通显立功名。既久困场屋，遂幡[1]然退省，谓不能出有所为。其唯处有以自娱，又苦家无斗筲，势难安居。乃思托笔江湖，少藉赢馀，置田数十亩可岁食，其出闭户咏歌，求先生君子之遗意，稍有所论著以托不腐。而迂拙不偶，所如寡合，廿年旅食，究未知息肩之期焉。近则非惟斯二者之难期也，而于贫困之中更有他人所未经而甚难措置者。嗟乎！非吾舅休戚相关，的然信之，于其素而又深知世态情伪之百

出，固不敢以缕续也。大约如尪羸之夫，而责以乌获②之重任；身且为涸
鲋，而犹望其沫濡者甚众。盖自去年大旱，疾疹流行，服属群从中素多告
窳，又构灾祲、穷饿不自存者，凡十馀户，无聊颠倒，罔顾礼体，先代遗
宅、仪器、重物皆思斥卖，甘受讪嘲，贻辱宗先，不以为耻。劝令母，然
则藉此指取邀索于我。去腊既已将友朋所赠刻诗之费酌量分借，且又将拟
偿他处逋负者，转移相救矣。然牛蹄之涔洇之者，多槁坏病叶，杯勺难
苏，度岁未几，旋告瓶罄。不以我为破格远览，勉为人所难为，而更用私
心相揣度，以德为怨，断断窳视，穷之以力所必不能，却之以无可解免之
责。即或明知其心诚，出于不获已，事非出于故相难，然舍此更无旁贷，
亦且昧心以相诬胁，终朝哄嚣，无复情理，恫疑虚喝，志在裂溃，而耽耽
旁睨者又暗讦明煽，构局倾挤。一的群射，彼众我寡，致使老亲闻之，而
怔忪孺弱，惊怯而掩耳。甥亦积怒生瘿，肌癯深室人之忧，颜瘁致外人之
诧，然犹忍拘循。念若辈情状固难堪，而其迫窘亦可悯，不得已，又得情
甘转贷，冒迹微高，无如入厨，难逢百啄焉。济平居、讲道义、号友姻，
及至卑恭礼请，以急相商，即掉头不顾，且或伪为筹画，任意推约，酒食
与马，空耗数金，展转俯求，迁延数月，竟无幸焉。其宿有欠项而难再徇
者犹可原，甚则挟私而幸其不能支者亦有之。久之乃有邻氓、农叟愤其义
困，慨然为之巧计通移，不使其人者得知。《传》所谓"礼失而求诸野"
者欤！然而投喂饿虎，饥将又哮，积薪压火，不炽不已。目前虽苟安难
继，犹可虑且铤而走险，急何能择？邻叟义虽高，顾亦属转贷，势难由
己，程限甚迫，计日取偿。是以决计前月仗剑出门，不畏卜筮之危疑，不
计资斧之微薄，思惟文章赏音者希，或兼曲艺可悦雅俗。苟可逭于人之诸
责，夫何辞乎？士以技贱，廖五经、蔡牧堂父子非儒者哉！即近日彭躬
庵、沈六圃、袁易斋诸名流，有以相地请者，亦往往不惜应之也。薄游螺
城。小住旬日，囊金已匮，几欲旋轸，赖有显者，稍分馀润，得至豫章。

今自出门来，已将一月矣，正届邻叟转贷所约偿之期矣，逆邸支诎，
萧然仰屋，箧衣需用，无可质鬻。非不欲干谒，而亦须俟有可乘之机；非
不有托荐，而亦难即得合契之人。晨宵搔首，星月满天，寰区旷大，英雄
窘足。扰扰尘途，谁别骥驽？今兹之来，原为谋利，至于科名，观兹偃
蹇，衰门陵替，殆难侥望，早知无益，于贫何为？举债日暑而远客。慨念

古昔寻数，今人怀才早达者累累，即或名途漠落，然亦挟其所有，取重一世，享用优饶。如又不然，亦不失为安闲之贫，安有如甥之奇困难处不得自如者耶？盖虽自幼早历单寒，备受窘抑，然总未若去腊至今春数月间之甚者也。昔孟氏谓"天将降大任于斯人，必先苦其心志、劳其筋骨、饿其体肤、空乏其身，行拂乱其所为"，甥自审无具，安敢妄媲，然其困准于数语，可谓尽矣。

噫，嗟乎！家无半亩，食口甚深，既不可处，又不能出，择地而蹈，动有颠踬，早窃文名，适足为累，交游虽多，非妒即惧，相契有几，或远莫致，逋负至四百馀金，忍尤怀惠，思之可为心悸，而扰之者又无已，外间悠悠不相谅者，且犹攒讥竦诮，苛其责备。吁！岂不深可异乎！向非父母、妻子情爱之难捐，承先启后之责所攸，萃恩怨报复之难于泯记，八尺之躯，所关匪细，则郁郁如此，殆不知有生之趣矣！如闻吾舅，遂欲投绂，窃谓似太早，计必须退有可守，庶克高尚其志。若退居不能无求于人，何如隐于吏耶！情幝[1]词繁，不知所裁，因风便递。曷任翘企，不宣。

六月十七日　愚甥徐湘潭谨上

校：

〔1〕幝：当为幝。

注释：

① 鹤舫：张琼英（1767？~1825），字鹤舫，江西永丰人。嘉庆六年（1801）进士，先后在安徽天长县、饶州府等地任职。纂修《永丰县志》《鄱阳县志》，著有《采馨堂诗集》《白水诗集》《笃雅堂古文》等。

② 乌获：战国时秦国大力士，力能牵牛尾而牛不可行，事见《吕氏春秋》。

初游庐山记

嘉庆二十有一年秋，予至省会应乡试。试毕，与宜黄余君学闽敬中、黄君爵滋德成、南丰李君觉牧臣、东乡艾君畅美中，约为庐山之游。

八月廿五日发舟，次日至吴城镇易舟，廿九日达南康，遂舍舟陆行，至白鹿洞书院宿焉。院之外，冈阜罗远，前瞰回溪，松风谡谡，水声潺然，若鸣环珮。院中多名人石刻，抚朱子手植桂，慨然怀仰前贤。凌晨起行至三峡桥，水石喧豗[1]，万雷殷地，诚如苏子瞻诗所状。桥端古树槎枒，俯荫深涧，森沉可怖。更行至栖贤寺，饭后登楼观舍利，乃非是，又索观宋漫堂尚书所留玉带，亦久为寺僧以赝者易去。

予与李、艾、黄三君往登五老峰，余君仍留寺。行可三里许，道旁居民言，适顷二虎过此，皆悚然有戒心。乃觅人导途，山麓迤逦渐高，过庐岳祠以上，则峻崖峭壁，径窄阻如垂缕、如螺旋、如蛇盘。将至欢喜亭，予俯睨跬下，悬临数千尺，神精摇眩，股颤不能步，乃趺坐磐石，其息焉。黄君思予疲弱，语李、艾宜辍游，相偕返。予谓兹游讵可若是草草，且徐图之良久，稍定，又行至山额迤北途，忽仰忽夷，及万松坪已曛黑矣。投小寺，甚庳陋，无题额，僧云"九屏寺"也。寺负五老峰之背，高寒甚，既夜饮，各以衣被薄不能睡，乃共围炉以待曙。诸君多谈虎事，因而说及他神怪，甚足壮听。

明日饭后，僧修传为导，攀蔓缘磴。前者之趾，正压后者之顶，逾时乃造颠。云海荡胸，江湖紫带，尺吴寸楚，皆在烟雾中。东望饶州，思鹤舫先生不得同来此，为怅然。峰巅有石板横出崖壁丈许，广仅数尺，悬临山下数千仞。艾君奋身坐其上，顾予曰："东松不如我。"予戏答云："君不闻东坡与章子厚游山事乎？"艾君乃大笑。向自栖贤望五老峰，不甚高，近若在一二里间，意谓并高，计之不过五六里，易达。及至此，正不下三十里也！夹道多茅栗、多楂，饥即取食。石上往往见前人刻擘窠书，杳不闻鸟声。修传言从此西往黄龙寺，仅十馀里，予欲往，或言余君独在栖贤，难久待，遂返。过昨所息处，乃知其高尚是三之一耳。迨至栖贤，亦已暮。

明晨俱行，过万杉寺早饭，西行一里至秀峰寺，即古开先寺。寺后有南唐中主读书台，李梦阳游记谓梁昭明太子者，误也。下有泉，名"聪明泉"，王文成于此摩[1]崖纪擒宸濠功[2]。西出数十步，过漱玉亭，临青玉峡，题壁刻石者愈众，米襄阳书尤奇伟。仰睨瀑布，远自黄岩来，蜿蜒千丈，下注一壑，跳波溅沫，仍飞流斜激乱石间，曲折出山，洵天下之奇观也。寺僧言登黄岩绝顶观瀑布，乃益奇，咸怵其路险，不往。遂往瞻云寺，即古归宗寺也，寺之大，为庐山最。相传王右军所舍宅。徘徊养鹅池久之，予与李、艾二君欲从此遂循山北诸胜，而余、黄二君以省闱揭晓期近，欲返，乃仍返秀峰宿。

是夜大雨，明日观瀑布更壮。僧出宋尚书像请题③，各为二章。午后雨止，回南康，约七里。是行也，计于庐山未历其十之五，然山之南已略得梗概。他日补游，盖非穷一二月之力，不足尽其胜也。

四君谓予宜为记，遂名之曰《初游庐山记》。

校：

〔1〕摩：原文为"磨"。

注释：

① 飕（huī）：撞击。

② 王文成：王守仁，号阳明，谥文成。秀峰读书台下有其刻石纪功。

③ 宋尚书：宋荦，河南商丘人，康熙间曾任江西巡抚，后为吏部尚书。

石胆山房记

南昌姜君樟圃修扩所居之后屋，石工凿石得石胆焉，色青黑，大如鹅卵，略类蟾蜍形。既毕工，樟圃遂颜屋楣曰"石胆山房"。

越数年，而樟圃晤予于会城，乃请为记。予未尝至姜君居，因问山高度之规制若何，内外之风物景趣若何。樟圃言曰："吾族自宋迁居于其地，数百年矣。村境统名曰'夏岸村'，北曰'樟树园'。有巨樟，相传未迁之前物，吾之取号'樟圃'也，以此山房距樟不数武也。屋横三间，中轩广丈馀，深过之，东西厢各广不及丈深，埒中轩。轩后又列书屋数间，古樟附其南，墙额有石刻，曰'樟圃书屋'，前太子少保、萍乡刘公金门先生所书也。樟大可五抱，馀中空可容二三人坐，吾因树为巢，间坐其间，读书作字，盖仿昔人榕巢之意焉。丰城徐稼生太史为作'樟圃书巢'四字扁于树之腰。山房之左右皆为园，园有杂花、竹木、蔬果之类，凡数十种。

左园之外，长林小阜，环之出林，北行数十步，又有园广十亩许，亦吾业也。更北行即临镜沥湖，湖之口，接青岚湖，盖鄱湖之西汊，为吾南昌第一巨浸也。山房之近景若此。至若远望，则鄱湖潆濴于东北，西山巉嶪乎兑隅。西北庐山，亦隐约在苍烟翠霭中，必极晴霁乃朗见。南望泉峰，即龚幼文、熊梅边读书之所。莺山俯睨乎风湖，刘都督父子之享堂①在焉。西南望白湖岭，晏元献②之所留咏。北望北山，即伯颜子中、熊伯几及二熊尚书之故里也。其正当山房之对面，即陶梦桂平远山庄所在，而傅箕、傅衡二先生兄弟，其居址亦相近。诸多可发人遥想者，不知为记之所宜及耶？抑不必耶？"予未及答，樟圃又言曰："敝居虽乡陬也，而湖山云树之胜概，迥非荒隈僻壤可比，特惜无奇文表之耳。君其许我乎否？"予曰："噫！柳子所谓眩耀为文，锦心绣口，观者舞悦，夸谈雷吼者，世当不乏人矣。予之文固未能奇也，何辱命之哉！"

顾吾思所见豪家巨族园池亭馆之美多矣，类侈意于景物，而书籍图史之法物不称焉，其稍知庀此者，则又鲜能读而好，好而实有得于中者，此人事之所以多有憾，而美善之每难并也。今樟圃性酷嗜书，见之必观，力能致即购，手置书将万卷，塞架充栋。而意犹未足，兼禀敏健之姿，强记不忘，博稽群籍，实事求是，所著考辨之文，多明识确义，日婆娑啸歌于明窗净几间，快然而自适，洵所谓能读而好，好而有得于中者耶！他日学成业著，将使千百年后，数其地而思其人，如龚、熊、陶、傅诸先生之地，以人传焉。然则能为所居之地重者，固在樟圃也，岂藉赖予之文哉！第以樟圃之请不可却，因为次第其所述，而稍附以己意为之记。至夫山房成造之岁月及若工费之计数，则固皆不必详者尔。

注释：

①刘都督父子之享堂：指明代刘显、刘綎父子，均明中叶著名将领，南昌人。享堂即祠堂。

②晏元献：晏殊，临川文港（今划归进贤）人。北宋名相，卒谥元献。著名词人。

③柳子：柳宗元，唐代河东人。著名诗人，古文家为唐宋八大家之一。

仙屏书屋记

　　城邑之与山林，皆有可乐，而趣难两兼者也。彼偏州僻县，因山以为城，堑险以为固，风习陋而人文衰，彼都人士之诗之所美者无有焉。于是即其山，用草木烟云之色态、里巷室庐之形状，亦觉黤黮而不耀、湫郁而不舒，夫如是，又恶足乐而可谓之兼乎！予行历天下郡邑城多矣，所见兼二者之胜趣则惟宜黄县。城中大半皆山也，石山半戴土，冈峦起伏，分支擘节，磅礴雄奇，往往一石为一山。石色或绛或黝黑，苔草点缀蒙披，青鲜翠苍，宛若图画。其俗文而有礼，敏而好事业，士者每得志，故益众且奋，弦诵之声洋洋然。贵家华族率有闲轩别馆，为藏修息游之所，又以接宾客、畅欢情，极文藻唱酬之乐焉。

　　仙屏书屋者，翰林黄君树斋之大父所创也，尊父守垣先生加拓治，君幼随父师读书于此。正踞仙人石之半麓，外垣与家之后院相接。仙人石者，城中主山也，高可十仞，横广数倍之，皆一石之所为，故以石名，而山名遂隐。相传宋代邹提刑遇吕仙，于山顶书屋所负处平列如屏，以是取名"仙屏"云。君与予相好甚，数数见招为客，两次设榻于是。门窗洞达，棂槛朴雅，前荣俯瞰深池，游鱼时瀺灂可玩，四围药阑花径，芬馥缭绕。常于夜阑人静，与君携手上仙石，南睇军峰，北顾凤冈，左抚卓望，右挹南华。宜、黄二水窈窕西来，合流城南，折而东北，以走临川。水光敛滟，月色晃朗，万家飞甍，广厦间厕，竹篱茅斋，高高下下，错列于山罅石腋之内。古木丛篁，疏桐甘蕉，风来有声，露叶泥泥，披襟纳爽，倾耳送籁，两人窅然自得，相对无言。盖其地擅山林之清超，而非同一丘一壑之枯寂，具都邑之繁富，而又便岩栖谷饮之逍遥，信所谓乐土福地也欤！

　　余与君约他日当来结邻。君谓子既爱吾庐，不可无言，予乃为《仙人石诗》，又属为书屋之记。夫昔之人曰地灵、曰人杰，两相致也，亦两相资以名于世。古贤者伟人，发名成业，虽其偶尔寄寓之地，后人犹流传寻访，想像其风徽，而况生长成学于是者耶！是虽一亩之宫、环堵之室也，千百载下，其将传说为宜黄之故焉矣。

五湖书院记

　　湖平王氏旧有山阴书院，废于胜国末，入本朝，众屡谋之矣，而不克复。近年则鼎端太学慨然欲独力任之，亦未果。至今令子静山君始能成厥志，以用相宅家言，别择村畔五湖岭之地建之，即更名曰"五湖书院"。经始于道光十年庚寅，历甲午岁乃竣，其广二百尺，输居广十之九而有奇。于讲堂后为寝三，中寝祀王氏诸先儒，自文中子后凡几人；东寝祀迁居湖平以后诸先士，而以鼎端太学祀于西寝焉。太学家不及万金，卒时静山年甫冠耳，且又无兄弟，众咸虑其志之未必遂也，顾静山为此首尾绵络五年，每兴作，辄早夜督视，不避寒暑雨风，或至不解衣而卧，竟克藏①事，计费钱将三百万，殆抵其家产之值三之一，洵可谓勤挚焉矣。族士君然德之，乃更为静山设长生栗主，附置于厥考主位之旁，而又请予为记，云以表太学父子之义，且欲予以己之意稍稍言学问之事也。

　　予惟古之教者，家有塾，党有庠，术有序，国有学，今村教乡都众建之书院，即党、庠、术、序之制也。古无书院之称，始萌芽于唐宋初，则四大书院最著。其后如周、程、张、朱、陆子辈及凡诸名贤讲学过化之地，累累有所增建，赐名题额，每颁宸翰，声教所昭，海宇向风，儒道之昌明，迥非汉唐所可方矣。洪文敏①亦一代大儒者，乃谓州县既有学，不当又设书院，其说可谓大谬妄矣。元虽不重儒生，而书院亦繁兴，司其教者沿宋之旧称曰"山长"，盖用五代蒋维东故事。而宋元更即以为官号，品秩视郡邑之教官，类辟举惇师老德名流以充焉，故其时经学质行文章，犹皆有南宋之遗风。迄于前明，则各府、州、县学校之外，莫不有书院、社学之类以辅之，家诵孔孟，户说程朱。自景泰、天顺以后，道学诸公多跻显仕，登高而呼，飚流益扬。正、嘉之间，士大夫岁时订地会讲，闻风奔听者，不远千里，赢粮蹑屩，车马填拥，或盈千人以上。以故一代人材之懿，几追宋而轶元，亦可谓盛矣。顾从古无不敝之法，久而口谈道德，心骛名利，甚而标榜树党，角立门户，以至妖[1]冶恣睢者固往往而有，其矫然自修者又或陈义奇高，衡量时贵犯其所忌。至万历初，张居正当国，乃一切废之。夫书院可废，则各郡邑之学校亦将可废乎？居正素自方于伊吕，而兹事已远不及。子产语有之："仓廪实而知礼节，衣食足而知荣辱。"表端则景正，天下有道，则庶人不议，宰天下者曾不思正本清源，而徒为杜口防川之计，此所以居正当国，虽能几致富强，而终不免乎粗才俗吏之归，功过相半，未能为君子所深许者，良以此也。居正既败书院，乃复兴焉，讲学之风仍不减于前，虽政乱于上，而教犹明于下。至天启中，当路群小复深忌③道学，诸君子之清议，又踵居正之所为而矫旨废禁。然其流风遗俗之大于人心者已深，故暨其末祚，荩臣④烈士纷纷视死如归，下至皂隶流丐之贱，亦时激发乎廉耻之节、忠孝之义。盖举汉唐宋元之季皆不能及之，此岂不有籁然乎哉！然则书院之废兴，视乎其时之治乱，其盛衰得失不惟关系于当世，亦且流及乎后世，即以前累代之往事，其炯鉴也尔。

我朝以神武开国，文治亦隆。于往代学校书院之制，大抵仍明之旧，而尤务崇敦厚、抑浮竞，无许士子结社联盟，放言高论。二百年来真儒辈出，在上在下不胜历数矣！然士或滥竽泥迹，不深维朝廷所以立制取士之原，而徒求合于笔墨之际，拘守太过，不推所以监前杜弊之意，而苟安于小谨之节，自束发入塾，惟知斤斤讲习举业，即其凡所读之他书，亦总为供举业之用，觊以弋获科名，营致富贵焉尔。至或穷乡僻壤，目未尝见经文之全，口不能道子史之名，于记诵词章之功，且因陋就简，剽割稗贩，只取足应文具，而无志于高深远大之规矣！况于道德、经济之实，岂暇措之意乎？一有有志者崛起奋出于其间，欲为古之所谓三不朽者，众则忌且嗤之，曰沽名、曰好异、曰色庄，或曰谬妄不自量，必使其缄口卷舌而不敢以谈乃大快焉。噫！人言之尚恶闻之，人行之尚恶见之，尚安望其能自言之而自行之乎？豪杰之士，惟有闭户暗修，独弦哀歌而已，欲求切磋琢磨、丽泽相资之益，寥乎其难也矣！盖若辈徒见夫世之得科第者，或以易致之，而出于旁人之所不意也，初不必概资乎此也，其为此者固甚不易矣，而又往往未能必得志于世。夫是故以此为不急之需也，兼恐翻有妨于举业也。

吁嗟乎！科名富贵者有命焉主之耳，非以人所求之切与否而分得失也。道德经济文章者，求之在我也，得尺则尺、得寸则寸，实以我之求与否为有无多寡也，诚使致力于斯焉，命应富贵耶，则国家之设科制爵期之以佐君泽民者，正欲求如此之士也。得之固其所也，且所得者非徒富贵而已，即不得也，亦其命然耳，夫岂可反归咎于其素所务术之非也？况其所以自成，成人之实固在也，不以科名之得失为加损也。彼徒志于富贵者，命应得耶，虽得之矣，而无所以成己成人之实也。命所不应得耶，虽求之切矣，亦竟不能得矣，而徒失乎所以成己成人之实也。故夫徒志于富贵者，是驰其末也，多有两失而断无两得也。致力于道德、经济、文章者，是操其本也，或有两得而断无两失也。学者可不深思而早知所以择术耶。今诸君子不鄙予庸暗，殷勤下问，欲以追媲近世贤哲诸名记，其可谓有志者欤！推是心也，其肯为俗学所囿欤？予自愧读书数十年，于学亦实无所得者也，何以为诸君子益？且为学之方、极致之功之用，前哲言之已备矣，姑陈弇陋劝学之意以答诸君子，庶可乎？是为记。

校：

〔1〕妖：原文作跃，误，径改。

注释：

① 蒇（chǎn）：完成，解决。

② 洪文敏：洪迈，南宋鄱阳人。官参知政事，卒谥文敏。著有《容斋随笔》。

③ 惎（jì）：憎恨。

④ 荩（jìn）臣：原指帝王所进用的臣子，后称忠诚之臣。

陈偕灿

陈偕灿（1790～1860），字少春，晚号呐呐斋居士，宜黄县人。道光元年（1821）举人，其后九上公车不中，历任福建长泰、惠安知县。诗文书画皆精。著有《鸥汀渔隐诗集》等。下文选自清道光二十年忏琴阁刊本。

《鸥汀渔隐诗集》自序

天地间一真意所流贯而已矣。黄钟大吕，非瓦缶所能争也；景星卿云，非锦绮所能炫也；江海潮汐，非横潦支流所可似也。最初为真，后起非真；信于己者为真，徇于人者非真；足于己者为真，袭于人者非真。是故读书有真种子，论文有真血脉，而论诗则有真气骨。得其真鼎，一花一木、一石一水、一讴一咏，皆有天趣，足以移人；人失其真，则虽镂金错采、累牍连篇，吾不知其中何所有也。

古今论诗有二：曰性情，曰格调。性情真也，袭格调而丧其面目，伪矣；格调亦真也，离性情而饰其衣冠，伪矣。此杜少陵所以有别裁伪体之说也。嗟夫！士习之伪也，浮华竞向，立身行己，既尠能以圣贤自律，降而为辞章，又复不能卓然自立，以与古大家相抗衡。徒偷为一切，依草附木，与并世之人较短长、博时誉而已。宜夫为之者日众，而风雅之旨愈离而愈远也。呜呼！是岂独诗之优哉！且夫诗至汉魏，古矣，而伪汉魏何如真？齐梁三唐美矣，而伪三唐何如真？两宋、初盛唐高矣，而伪初盛唐何如真？中晚推之，伪李杜不若真元白，伪王孟不若真温李，此其得失较然，不待智者而后知也。然则诗何以伪？其故亦有二：近代才华之士自诩风流，务为绮靡轻佻之词，以取悦庸近耳目，甚且嘲谑诮嫚，拉杂成篇，而自以为真性情，一概靡然效之，其流弊至于纤滑鄙琐，几使风雅扫地殆尽。而矫其弊者，又复蹈袭前人格调，拾其糟粕，遗其远神。每一诗成，不曰少陵，即曰太白、昌黎，渐离于有明前后七子之习，其实诣力所至，视七子尚不逮。周人瑰玮，叶公好龙，舍彝鼎而取康瓠，其愈于纤滑琐言者又几何哉！此无它，一则戾古而徇时，一则袭古以欺世，其为失真则一耳。

余凤好吟咏，读汉魏、六朝、唐宋诸家诗，稍得其胎息气味，然不欲专事橅拟，窃谓所得之浅深，视己力之所至为程，但期无乖于风雅之道而止。中年复膺多故，所遇辄坎壈，饥驱奔走，历齐、鲁、燕、赵、吴、越、闽、楚诸邦，流离颠沛，厄塞险阻，其间山川雨雪之苦、羁旅迁谪之况，往往于诗发之。每至日暮途穷，登高吊古，酒酣耳热，携惊人句搔首问青天，至于激切悲啸、慷慨泣下而不能自已。于是伸纸滚滚长言之、嗟叹之，如飘风急雨之骤至，如轻车骏马之奔驰，如豪竹哀丝、急管繁弦之杂沓进伦，突然而来，戛然而止。其为汉魏，为梁齐？吾不得而知也。为三唐，为两宋？吾不得而知也。为初、盛、中晚，为元、白、温、李？吾亦不得而知也。真耶？伪耶？览者亮能辨之。兹及门醵金请梓全集，重违其意，勉出所存诗如千首，不加删润，漫付剞劂。非信为可传也，存其真云尔！昔曹子建有云："文之美恶，我自有之，后世谁相知？定我文者。"苏东坡每为诗文，曰留侯五百年后人论定。嗟夫！使后世有知我者，因一篇一韵为之悽怆烦忧，仿佛其平生，而悯其所遇之多穷，则余之真不没矣！虽然，太上三不朽，先功德而后立言。以余浮沉困苦，至垂老而无成，积毁丛过，几无以自立于天地之间，犹欲假区区辞章之末，以自见其真，岂不重可悲哉！

少香陈偕灿自序

黄爵滋

黄爵滋（1793~1853），字德成，号树斋，晚号一峰居士，宜黄县人。道光三年（1823）进士，选庶吉士，授翰林院编修。历官陕西道监察御史、工科给事中、鸿胪寺卿、大理寺少卿、礼部侍郎、刑部侍郎等职。晚年在南昌担任豫章书院、经训书院山长。曾于道光十八年（1838），上《严塞漏厄以培国本疏》，痛陈鸦片祸害，首倡严禁鸦片，在当时产生极大影响。著有《黄少司寇奏议》《仙屏书屋诗集》《仙屏书屋文集》等。以下诸文选自台湾文海出版社刊本。

《仙屏书屋初集文录》自序

物穷则变，变则通，通则久。文亦物也。《尚书序》疏曰："诸经史因物立名，物有本形，形从事著。圣贤阐教，事显于言，言惬群心，书而示法。既书有法，因号曰书，故百氏六经，总曰书也。"虽然，书之道尊，文之道衍，书之义严，文之义肆，作文者动曰著书，僭也。六籍曰书，文之常也；百家曰文，书之变也。以言乎变，亦云久矣。善言变者，莫如扬子①，《虞夏》浑浑，《商书》灏灏，《周书》噩噩，上下千古，数语尽之。孔孟之书，兼包上代，不以文论。苏氏评《孟》③，丘氏评《论》，僭莫大焉！若夫六经四子而外，其文可得而言。周、秦之文，变为两汉。两汉之文，变为魏晋。魏晋之文，变为齐梁。齐梁之文，变为唐宋八家，八家而外则无文焉。注疏语录，释经明义，附书而行，亦不以文例也。"文无定体，求其一是。"此言虽近，厥旨惟允。六朝而后，骈散乃分。作者斤斤侈言家数，不思文以足言，言以足志，百变一宗，曾何畦畛？或曰："有韵谓文，无韵谓笔。"辨体则似，求要则非。

予材疏殖浅，愧负所学，猥以鄙陋，谬窃时望。但应求之真，亦有本来。妍丑之实，岂能自掩？辄徇儿辈之请，略而存之，姑示生平未尝有所托撰，亦不欲使人假名耳。既存而告之曰：文之为物，在唐宋而变益通，泊元明而变亦穷。虽然，变穷于文，不穷于道。以言乎文，则自皇古以历三代，其变已甚；以言乎道，则自秦汉以迄于今，其不变犹是。故曰修辞立诚，不诚无物。尔曹但无妄作，可也。

道光戊申仲秋，宜黄黄爵滋

注释：

① 扬子：扬雄（前53年～公元18年），字子云，西汉蜀郡成都人。年四十余，始游京师长安，以文见召，奏《甘泉》《河东》等赋。成帝时任给事黄门郎。王莽时任大夫，校书天禄阁。曾撰《太玄》等，把源于老子之道的玄作为最高范畴，并在构筑宇宙生成图式、探索事物发展规律时，对道家思想多有融摄和发展。

②《虞夏》，《商书》，《周书》：均《尚书》中的篇名。

③ 苏氏评孟：《苏评孟子》二卷（兵部侍郎纪昀家藏本），旧本题"宋苏洵评"。考是书《宋志》不著录。孙绪《无用闲谈》称其论文颇精，而摘其中引洪迈之语在洵以后，知出于依托，大概是明人所撰，正德年间是书已流行。

汉宋学术定论论

古今之儒有异乎？曰无异也；古今之学有异乎？曰无异也。然则何独于汉、宋人而异之也？夫学以孔氏为宗者也，三代以前，惟黄、老之学与孔氏异；两汉而后，惟释氏之学与孔氏异。然老氏之学曰静，其病在一"无"字；释氏之学亦曰静，其病在一"空"字。学者犹以其静之一语与孔氏合，欲使反有而归实。

况汉、宋学者，皆孔氏之徒。孔氏之学定，则汉、宋之学定矣。韩子曰："莫为之前，虽美弗彰；莫为之后，虽盛弗传。"汉儒去圣未远，实事求是，时明则献之于上，世纂则守之于下。宋儒因之，由训诂以明释说，由解说以窥制作，由制作以剖理义，由理义以通性道。无汉儒之训诂，则宋儒之性道无由而发；无宋儒之性道，则汉儒之训诂无由而归。是汉儒孔氏之功臣，而宋儒又汉儒之功臣也。

然则其何以异之也？曰：今之为汉学者，巧托于汉，而非汉儒有用之学之有待于宋儒也。今之为宋学者，伪托于宋，而非宋儒有用之学之克承于汉儒也。托于汉以攻于宋，托于宋以攻于汉，愈巧愈窒，愈伪愈浮，于是著书满家，而曾无一字之有益于今；膴仕①毕生，而曾无一事之有合乎古，是则较老、释②空无之学而患又甚焉。而犹曰吾汉学也，吾宋学也，呜呼异矣。

注释：

① 膴（wǔ）仕：高官厚禄。《诗·小雅·节南山》："琐琐姻亚，则无膴仕。"毛传："膴，厚也。"宋·王安石《节度使加宣徽使制》："比以明扬，屡更烦使，逐跻膴仕，良副讦谟。"

② 老、释：道教、佛教。道教以老子为教祖，佛教以释迦牟尼为教祖。

知县论

今之为县官者，皆士也，士皆自其县来也。其县之官，有善政乎？士必曰善；有不善政乎？士必曰不善，此士之天良也。一旦易士为官，则将取向为士时所善于其县之官者而法之，所不善于其县之官者而戒之，则官之天良也，而往往不能者，何也？理欲乱其中，而利害夺其外也。今夫一官之利，孰与夫一县之利？一官之害，孰与夫一县之害？然则害一官以利一县，为之可也，况乎其未必害也；然则利一官以害一县，不为可也，况乎其未必利也。故知县者患不知耳，知其有必兴之利，有必除之害，虽明日去之，今日行之可也。虽然，欲明利害，先辨理欲，理欲分而善恶判矣。

　　夫县官者，民之父母也。天下有爱子之父母，无伤子之父母。今或嫉之若仇敌，或慢之若奴隶，或刈之若菅蒯^①，或躏之若禽兽。强而伤之，以至于残；懦而伤之，以至于忍；激而伤之，以至于裂；玩而伤之，以至于溃。于是又昌其蠹，以伤其生；又肆其毒，以伤其元。甚则伤其善类，以绝其口；伤其愚氓，以陨其心。呜呼！今日之官，昔日之士也。昔者惟望其县之官之有一善也，今不思其亦有望之者乎？昔者惟恐其县之官之有一不善也，今不思其亦有恐之者乎？是故局外常明，局中常暗，自视则昧，对观则昭。是故今日之官，仍取昔日为士时所善于其县之官者而法之，且思其所以善者，则过半矣，其不善者戒之，而思其所以不善者，则又过半矣。是故勤思则理通，理通则欲绝，欲绝则智生，智生则勇出，勇出则事行，事行则政立。

　　或曰：今之为县官者，有大难焉，伺候上司是已。夫一县官也，上之有府有道，又上之有臬有藩，又上之有督有抚。其征利者无论已，或勤事而以为纷扰，或废事而以为安静，催科缉私，聊以塞责，讳灾讳盗，不得不尔。甚或假处分之公私，以市其威福，藉缺分之肥瘠，以售其报施，岂非奔走之不遑，避就之无策欤？虽然，此可以难庸吏，不可以难能吏；可以难能吏，不可以难良吏。良吏曰："吾得罪于上司，可也；吾得罪于百姓，不可也。吾得罪百姓而见好于上司，不可也；吾得罪于百姓而归咎于上司，尤不可也，吾自矢吾天良而已。"然则为上司者舍天良，又乌能以别善恶、明黜陟哉！

注释：

　　① 蒯（kuǎi）：多年生草本植物，生长在水边或阴湿的地方，茎可编席，亦可造纸。

弭盗论

　　古无所谓弭盗也。周官司徒之掌，有曰除盗贼，特荒政之一端耳。比长，五家相受，相和亲，有罪奇邪则相及。后世本之以为保甲，盖有弭盗之实，而无弭盗之名。然则言弭盗者，其本末盖可辨矣。今夫盗之所由来也，天使之乎？人使之乎？旱干水溢，饥馑荐臻，老稚弃沟壑，少壮转四方，强者狼噬豸吞，弱者狗偷鼠窃，鲜不曰天使之矣。虽然，平日无仁义之教，无勤俭之养，无知感之恩，无知畏之法，其气足以上干天和，其事足以上触天怒，盗之来也，非天使之，乃天欲诛之也。天欲诛之，官反纵之。于是良民见官之不可诉也，则相与隐忍之；奸民知官之不能理也，则相与把持之，而盗不可弭矣。武健之吏，出而承之，严刑酷法，势可稍戢。然而习俗刁敝，元气亏丧。及其去也，而啸聚如故，仇杀且益甚，而盗愈不可弭矣。

然则弭之将如何？夫圣人防民于未然，恐民之无教也，则隆士以率之；恐民之无养也，则重农以劝之。恐民之无感也，则赏必信；恐民之无畏也，则罚必明。诚本周官之法，参酌行之，实而不浮，真而不伪。小民本无为盗之心，何至有为盗之事。故弭盗者，在无形不在有形。或曰：保甲果为弭盗乎？曰：保甲非为弭盗也。然保甲行则无盗，盗失其所恃也。保甲废则有盗，盗得其所藏也。夫所谓废者，非废其名，废其实也。无教无养，而相受之实废；无赏无罚，而相及之实又废。其始以良容莠，有民有盗；其终以莠挟良，有盗无民。呜呼！天使之乎？人使之乎？

《朱子全书》序[①]

自孔子垂六经，教万世，汉儒彬彬，去古未远，循诵习传，各有家法，然训诂之学，亦云杂矣。宋朱子出，而后集诸儒之大成。盖前有横渠、明道[②]，以开其奥，后有蔡、黄、刘、真[③]，以昌其绪，如山岳之累而后崇也，如川渎之放而不溢也。方诸马、郑[④]诸儒之授受，殆非伦比。但汉儒承秦火煨烬之余，道在专明义类；宋儒当斯文绝续之际，道在力陈理要。其本末之诡殊，亦古今之势然也。故六经简矣，而训诂繁，朱子之书以繁治繁者也。繁而不杂，犹夫简也。学者欲不为圣人之徒则已，欲为圣人之徒，以探圣人之心，舍朱子其曷从哉！朱子生于尤溪，后居崇安，晚迁考亭[⑤]，盖始终一闽人也。其宦绩尝著于泉、漳二州。夫今之闽，独非昔之闽哉？朱子尝曰："四海利病，视斯民休戚；斯民休戚，视守令贤否。"诚大明其学，以正士习而厚民风，大贤之教行，圣人之道复矣。

道光庚子，爵滋偕祁尚书隽藻、比部雷君以诚、罗君天池于役闽南，重经兹邑，因得祗谒庙庭，载瞻堂庑。署令周君培适有修理全书之举。继自今读是书者，不谓莫殚莫究，以为易言易行，浚源培本，以集其功，警媮奋庸，以作其气，其于斯道，岂曰小补。若夫束置儒书，背驰古训，讥竭职为好事，戒议道为迂谭，匪独名教之罪人，抑亦尚考证、切问难者所不齿已。是为序。

注释：

① 朱子：朱熹（1130～1200），字元晦，号晦庵，别号紫阳，卒谥文，徽州婺源（今属江西）人。南宋著名理学家。著有《晦庵先生朱文公集》。另有与弟子问答的记录《朱子语录》。

② 横渠：张载，字子厚，人称横渠先生；明道：程颢，学者称明道先生。两人均北宋著名理学家。

③ 蔡、黄、刘、真：蔡沈、黄干、刘刚中、真德秀。俱南宋学者，朱熹弟子或再传弟子。

④ 马、郑：马融、郑玄，俱东汉经学大师、训诂家。

⑤ 考亭：在福建建阳县西南。朱熹晚年居此，建沧洲精舍。淳祐四年（1244），宋理宗赐名考亭书院。

《归震川先生全集》序①

震川先生制举义，余幼时即喜习之。史称其湛深经术，盖本于王弇州②之言。顾弇州于其古文词，仅言出自《史》《汉》，而大较折衷于昌黎、庐陵，不事雕饰，自有风味，超然当名家。此虽推重甚至，不若史称其原本经术为其要焉。夫经者，圣人之道，如太阳之经天，无能外其照也；如大海之环地，无能遗其归也。昌黎《五原》、庐陵《本论》，何一不本于经。然则称震川者，亦称其原可矣。震川说经之文，人所共见，其他所著，要可类推。虽极绚烂，驰骋上下古今，揆其义法之正，殆未有出于经术外者。然则有明一代之文，推先生为大家可矣，何仅谓制举义为大家哉！

余主经训书院，尝集诸生告之：凡为文，克本经术，虽其笔稍平近，犹足附知言之末。矧夫根柢厚而波澜富，陶冶精而化裁广，有不凌轹《史》《汉》，跨轶唐、宋者乎？同年萧昆圃广文[3]，博极群书，于先生文尤所笃嗜，重订全集，使其甥王君豫生昆季校而刊之，书成示余，岿然焕然。今而后知先生之文，即经训之学，仰前贤之圭臬，俯后学之津梁，窃为同志幸之。

注释：

① 归震川：归有光，字熙甫，人称震川先生，江苏昆山人。嘉庆四十四年（1565）进士，授长兴知县。仕至南京太仆丞。其为古文，原本经术。著有《震川文集》等。

② 王弇州：王世贞，字元美，号凤洲，又号弇州山人，江苏太仓人。嘉靖二十六年（1547）进士，授刑部主事，迁郎中。父王忬以滦河战事失利，下狱论死，遂解官赴难。隆庆初复出，累官南京刑部尚书。其才学富赡，好诗古文，著有《弇州山人四部稿》等。

③ 广文：唐天宝九年设广文馆，设博士、助教等职，主持国学。明清时因称训导或教授为“广文”。

试赋汇海序

昔陆平原之称赋也[①]，曰“体物浏亮”。善乎！斯言简而赅矣。若左思《三都》、张衡《两京》、窦臮《述书》之类，长或数千言，或至万言。问：“有溢于斯旨者乎？”曰：“无有也。若张翰《豆羹》、傅咸《蜉蝣》、江淹《石蛣》之类，短或百余字，或数十字。”问：“有歉于斯旨者乎？”曰：“无有也，故曰简而赅也。”或曰：“如律赋何？”曰：“末流所趋，非滥则涸，示之以律，乃得准绳，此唐制试士之善法也。因律制体，而体无不正；因律构韵，而韵无不谐。神明变化，因心而生。”问：“有悖于斯旨者乎？"曰："无有也。""然则学之者如何？"曰："博览名理，综会体要，取材于《骚》《选》、六朝，受范于三唐、近代，斯燕、许之笔、麟角之才、韩、白、范、苏③之义，可复睹也。"

我朝赋学之盛，远轶李唐，其用律也宏，其制体也精，其构韵也整，学者之趋向，于是乎在。前辈法时帆祭酒撰《三十科同馆赋钞》，盖继锺氏同馆课艺而作也。第锺选而非钞，法钞而不选，自后每科编辑，遂为成例，卷帙繁富，累数千牍。嘉庆乙亥，尝与家寿泉兄简炼商榷，以备揣摩。比居京师，益得纵览近科之作，遂自乾隆乙丑迄嘉庆庚辰，厘而订之，得赋若干首，都为前集；其采自各家专集中及坊间流传、耳目所及者，都为后集。名曰《汇海》，援囊时诗刻之义也。或曰："赋止于是乎？"曰："因赋以存题，因题以存赋，以言程式，庶几备矣。若夫识力之充实、才思之颖异、宪时贤之迹，以求合乎先哲之旨，大而通之，是在学者。"

注释：

① 陆平原：陆机（261～303），字士衡，吴郡华亭人（今上海松江县）。曾任平原内史，祭酒。西晋时著名文学家。

② 燕许之笔：唐代名相苏颋封许国公，张说封燕国公。当世号为"燕许大手笔"。

③ 韩、白、范、苏：韩愈、白居易、范仲淹、苏轼。

豫章经训两书院课艺序

书院之设，与府州县学相为表里。自京师有金台书院，所以著首善之宏模，拓成均之余绪，各省因之，生徒备奖赏，师长可议叙，典至隆，事至周也。顾士先器识后文艺，今以皇皇训士之规，而为区区售世之术，议者犹讥其舍本而务末，收华而遗实。矧流俗猥鄙，习尚佻达，视功令若弁髦，并所业而粪土之者乎？夫艺虽末而本具，文虽华而实存，非敬无以执事，非诚无以居业，非尚志无以自拔，非知命无以相安。曾子曰："君子以文会友，以友辅仁。"乃若荒经背道，弃礼遗法，冒群居终日之消，习行险侥幸之智，即论文艺，不已偾①乎？

匡庐炳灵，贤达辈出。予尝过鹿洞，历鹅湖，缅教泽之留贻，切奋兴于向往，眷言桑梓，未尝去怀。顾欲近求俊杰，博访群彦，相与上追先轨，下诒来者。此中甘苦，可为求知者道，其不求知者听之而已。虽然，曲直者大匠之所裁也，美恶者工师之所示也。薰莸不同气，而或昧于所别；妍媸不同情，而或淆于所镜。然则文艺虽末，亦曲直美恶之所由见耳。爰自去春迄今，得豫章书院课艺若干作，别而存之，又得经训书院课艺若干作，附而益之。炳然蔚然，可以观矣。

夫国家乡、会试之制，首四书八韵，次五经五策，而学政则三年一试优贡，十二年一试选贡，经解诗赋，靡不旁及。书院既与府、州、县学相表里，又况省会所设施，为各府、州、县之表率。此在当事，必非以为名也，如为名，则适以藉废事者之口；在学者，亦必非以为利也。如为利，则适以便乱真者之私。是故考业必有其常，而程效必有其实。今以皇皇训士之规，为区区售世之术，而犹不能使之一其趋向，易其志虑，匪惟奉者之过，抑亦主者之咎也。且学者内求，内求则劝勉皆同；文者外求，外求则好尚非一。夫岂能以一己之好尚，例他人之好尚哉！然则诸生其务以学为劝勉，予之劝勉诸生，亦惟以学为先务，则非独予一己之好尚，而天下古今之所共相好尚者也。

呜呼！江河下而颓埶挽，日月逝而景常新。诚知今日之文，不必遽让于古，则古人之学，亦何必遽绝于今日哉！刻是集成，姑书以贻今日之论书院者。

注释：

① 慎：颠倒，同"颠"。

《仙屏书屋课草》自序

文未尝无神韵也，而制胜者必以理；诗未尝无理也，而制胜者必以神韵。王官居士之品诗，曰："流水今日，明月前身。"又曰："如将白云清风与归，神韵之的也，理可以解解，神韵以不解解。"虽然，公输子刻竹木为鹊，鹊成，飞三日不下，可谓巧矣。扬州道人画莲，五六日仅作一叶，每风起则叶动露倾，已而复然，可谓神矣。要其诣，亦乌可猝至哉！试律固以雕刻、藻绘为事者也，及其至也，神而明之之道寓焉。唐人惟得味外味，故其传至今不废。

余自髫龄从先生游，即能为五言、六韵、八韵。迨司训泸阳，倡课同学，时时间作，积数遂多，体貌则略备矣。以言夫神韵，则余亦未审其庶几乎否也。今年秋，诸同志促检旧箧，恐他日不为贵重，遂致散佚，偶汇数帙付梓，附以小赋数首，而序其存之之意如此。

《戊申楚游草》自序

夫居藩篱者，恒廑①云霄之慕；处蹄涔者，必致江湖之思。黄子于是携虎仆，命龙宾，解缆西山之东，挂帆南浦之北。乃溯九江，望三峡，循赤岸，指苍梧而返焉。时则舫雪犹寒，舻波初绿；江桃忽鳜，林桑已鸠。青阳谢而筝语留春，朱炎起而扇情却暑。鸾月控其游骖，龙雷翼其归棹。于是一卷之中，一篇之内，第其岁月，岂无炎凉之叹；眷此山川，亦有合离之感。约而存之，以示来者。若夫子山②泰岱之从，斜川③罗浮之侍，以今视昔，略有同情，爰附秩林作并如左，亦往时商丘[1]诗例也。

校：

　〔1〕丘：原文作邱。

注释：

　①廑（qín）：殷切挂念。

　②子山：庾信，字子山，任梁代萧纲的东宫学士。侯景叛乱时，逃往江陵，辅佐梁元帝，后奉命出使西魏，被强迫留在北方，官至车骑大将军、开府仪同三司。北周代魏后，更迁为骠骑大将军、开府仪同三司，人称"庾开府"。其骈文、骈赋与鲍照并举，代表南北朝骈文、骈赋的最高成就。

　③斜川：苏过，字叔党，号斜川，苏轼之季子，著有《斜川集》。

《仙屏书屋初集诗录》自序

予幼尝以读于家素堂先生。先生日事吟咏，案头自《昭明文选》外，惟王渔洋^①、沈归愚^②两先生所选古今诸体诗集。取而玩之，已知三百篇为古诗之源，而古诗又为唐、宋以来诸大家之源也。已复遍取近时闻人诸集读之，喟然叹大道之榛芜，而习俗之波靡也。顾见闻未广，识趣不专，闲适指归，殊少成就。尝游庐山，登绝顶五老峰头，目无障碍，洵如鸿鹄高举，见天地之方圆矣。虽然，力不坚者无以永其神也，虑不通者无以闳其用也。尝观侪俗之作，有数非焉。或声调便利，靡而不振；或意旨蹇涩，枯而不泽，若是者非体。或驰骋挥霍，剽而不留；或堆垛襞积，滞而鲜通，若是者非气。或貌似神离，虚而不实；或以文饰俗，杂而不清，若是者非理。或苦心束缚，自谓亲切；或任情泛滥，自谓周至，若是者非法。去兹数非，求其一是，然后可以语山水之助，发智仁之妙也，而其道之靡穷，业之不倦，则又贵有毕生之阅历，同志之观摩焉。

夫九州大而四海遥，山林奇崛之士，未能遍观而尽识也。然以予生平所知，若徐子东松之严于许可，张子亨甫之宏于裁鉴，郭子羽可之善于激发，艾子至堂之慎于规守，汤子海秋之敏于攻摘，门人潘四农之精于审择，家兄寿泉之密于体察，赏奇析疑，肝膈尽吐，故予所就商者，数君为多。

东松尝论予《己卯三月初九作》曰："此等诗，一片天趣，竹木瓦砾，拈来皆见道机，严沧浪所谓透澈之悟也。"论《东才先生将归德兴临别有作》曰："此等诗，隽趣而古，风韵盎然，不落轻薄佻谲派，看似宋诗，实则唐人格度，直是字字入解矣。"论《早行辕端望月作》曰："秀骨珊珊，清韵泠泠，仍不掩其浑古之神味，此最作者能事。"论《丁氏女作》曰："事奇诗奇，似梁药亭《孤儿行》，然梁未免好奇之过，此虽诘屈曲折，而分明正当，当为胜之矣。"论《古诗八首》曰："此等诗拉杂引喻，长于讽喻，得古诗人之遗，然不知其本意者，亦难识其妙矣。"论《题徐健庵尚书遂园修禊图作》曰："此等诗虽无甚佳处，然熨贴切合，通体完善，无牵率之态，有清泠之韵，便不可废也。"论《抚州行》曰："此等诗固不以工拙论，况诗亦未尝不工乎？"论《辛巳送秋作》曰："此等圆美之制，诚诸君所共赏，然在集中，则犹为中驷也。"论《相见行》曰："此等乃真是上乘之作，意深曲而辞巧妙。"

亨甫尝论予《邺下怀古作》曰："不作激昂慷慨、讽刺刻深之语，倍觉读之感人。此在书家为中锋，在诗家为正声，集中如此等作甚夥。"论《东阿道中望鱼山作》曰："炼气归神，骨韵高绝，此种诗真今之广陵散也。"论《明湖谒南丰先生祠待月返棹作》亦然。论《哭长女作》曰："性情既真，诗无不工者，然惟有性情人能之，无性情人一生不见有此等语也，非其人无可伤可悼之事，但到此等真挚处，便无处下笔，即下笔，皆搬运故实，无一本色语耳。余所见天下名士如此者不少，因览此三诗为之浩叹。"论《抚州行》曰："蒿目时艰，宜通风谕，况在桑梓风俗之可忧者乎？淋漓辣快，诗佳固不待言，而余尤感其意之忠厚也。今之诗人，大率干贵显、侈燕会耳，至于民瘼，久置之不问，有言及之者，且以为无病呻吟也，噫！"论《有酒八首》曰："古今论诗者多矣，未有如此精通简穆者也。称心而谈，人亦易足，有志者，幸共勉之。"论《咏物二十六首》曰："近人咏物诗多旁敲侧映，弄口角以取媚，作者独从正面落想，不屑为纤媚宛转之态，故乍阅之不见其工，细味之而工处实不可及。"

羽可尝论予《岁暮杂感作》曰："高古深重，所感者大如此，乃不敢以诗为小道。"论《送汤茗孙中翰归临川作》曰："中正无邪之旨，足以维持诗教者，此类是也。"论《除大母服作》曰："真挚之言，凄感神骨，不计诗而诗臻绝顶。"论《海防篇》曰："集中不可无此题，此题不可无此诗，忠诚悱恻，历劫不磨，即以诗论，亦不朽盛业也。"

至堂尝论予《后抚州行》曰："乐操土风，似谚似谣，离奇处从太白乐府出，老朴处从杜甫歌行出。"论《江西行》曰："似歌似谣，忽转忽断忽铺，真得古乐府神理。"论《悔过诗》曰："古在味在骨，似几杖诸铭，似《抑戒》诗。"论《和武芝田廉吏行》曰："从周、秦诸子出，似骚似谣，似命训诸体，老杜而外，又别有创格也。"论《思寡过篇》曰："矜炼似魏、晋人，学三百篇作，而意义层出，本末具见，非有真性情者，不能为也。"论《咏怀古迹》曰："诸诗或正写，或旁写，抚今追昔，意在笔先。昔儒所谓天理人情，烂熟胸中者，诗之为道，如此而已。"

海秋尝论予《梅关行》曰："绝无依傍，自成一家，此等诗，他人望而却步，作者每优为之。"论《读汉魏六朝人文集》诗曰："合校一百首，有实写者，有虚写者，有旁见者，有兼及者，有承说者，有补论者，有举一事以概其生平者，有就一人以知其当世者，神明规矩，无法不备，直变司马迁史论为韵语，岂不奇绝，岂不创绝。他人徒以简易读过，岂知作者神妙乎？"论《辛卯岁除作》曰："性情之沉挚，人事之艰辛，合而成此诗，故字字血诚，却字字典则，非是他手，要作长篇，便放长些，其胸中本无不可以已于言者也。"

四农尝论予《赠郭羽可南旋并寄余东才作》曰："此等诗，运意全在空际，所以高不可攀。"论《齐讴行》曰："一片古骨，蕴藉而复遒亮。此种五古，虽国初诸老，不能到也。"论《得赵直夫甘泉书作》曰："此种诗，一气旋转，李西涯以善用虚字自负，盖炼实字易，炼虚字难也。"论《送张亨甫赴郑州作》曰："诗真则易率，殊不然。真则郁，郁则焉得率哉！此诗是也。"论《至德州怀徐东松暨卢魏二生作》曰："转折空阔者，其难更甚于细密，我夫子诗之胜场，全在转折得空阔。盖诗之功候，专在转折。又须看其密与阔之分别，大抵取裁于唐以上者，转折乃无不阔也。如此诗可谓示人真正门庭矣。"论《神木歌》曰："转捩如神，不可方物，此等诗佳处从题外发议，而实于题之筋骨自生肉采，乃非霸才无主也。"论《磁州行》曰："此等诗，看似奔注，其实尽而不尽，此诗之所以为诗也。"论《论诗偶述》八首曰："诸作发前人所未发，补前人所不及，而知人论世具见。若徒以论诗求之，失讽谕之旨矣。"论《有酒八首》曰："以源御流，至简至大，论诗至此，直可抉经心、执圣权矣。"

寿泉尝论予《入闽途中杂诗》二十一首曰："诸诗用意真，写景奇，分之自成章法，合之各有格律，是工部杰构，较《武功县居》三十首有过之无不及也。"论《漫兴》诸作曰："此前后数十首，回环往复，无限声情，自来长句，罕此绝构。"论《吴门题孔绣山图册》曰："一篇有数十层转折，感旧述今，义兼各体，语语崛岬，字字铿锵，至忘其为次韵之作，集中多创体老格，如此等诗，尤于圆整中得奇纵，真绝技也。"论《西湖纪游》曰："山水诗不难镵削而难深涵。集中游览诸作，随物赋形，会心独远，乃合康乐、少陵、柳州为一手。"论《丰台观芍药歌》曰："此首已诣元、白胜处，集中多雄阔之作，正不可不存此一种，令人想见张绪当年。凡兹梗概，非为标榜，更当证同异，辨离合耳。"

亨甫尝谓余曰："君自有君之可传，吾自有吾之可传，何必与他人较是非、执长短哉！"

悲夫，四农逝矣，亨甫、海秋复相继夭殁，东松远客湖湘，羽可退老青原，至堂宦隐阁皂。向之樽酒论文，相忘晨夕；今或数年一见，或十数年一见。渭树江云，只增愁绪，故余前后所作，惟寿泉及严君问樵、陈君云乃得备观之耳。

问樵论《登韶州九成台作》曰："诗乐同源，发出绝大议论，实有人心世道之忧，岂词章家所能办。"论《燕歌行》曰："此等诗寄托遥深，曼声读之，不胜身世之感。"论《淮安北门城楼金天德大钟歌》曰："此等诗，包孕宏远，吐属自然、瑰异，近人徒争考据，自诩淹通，视此有黄钟瓦缶之别。"

云乃论《黄河篇》曰："搔首皱眉，以歌当泣，绝不作愤激之谈，乃局外能知当局苦心者，是真乐府，更不待言。"论《南蝗作》曰："如此惊涛骇浪中有甘雨和风，善读者自得之。"盖严君洞晓音律，陈君深究治术，故有此论。

曩在翰林，与徐廉峰前辈论诗最早。迨居鸿胪，与叶筠潭前辈论诗亦数年。两君皆风雅坛坫，今亡其人矣。独祁春浦前辈抗志希古，殷情好士，而身居枢要，延访为难，亦时会使然也。自游庐后，更欲广览四方风俗，阴求天下奇士，赖京师为文人荟萃之区，朝考夕稽，不无所契。又尝乘传四出，东临渤海，西揽太华，南浮鹭岛，江淮河汾海岱之间，足迹经数万里，所过山川风雨、草木禽鱼、阴阳变化，皆在其中。其先有《鹤城诗草》，己卯《北行草》，癸未《南旋草》，乙酉《粤游草》、《江左使车吟草》，己亥《重使江南草》，皆自为序刻，今都所作，复有删益。盖自定之难，且犹若此，况他人乎？

夫作诗者，一代不过数人，论诗亦然。渔洋所取尚已，归愚嗣之，一宗于正，诚一代巨擘也。惜其所著述未闳，而其门徒亦鲜有昌其学者，若木亏而爝火耀，反舌噪而长离喑，诗道至此，不云敝乎？然今学者亦稍变矣。使如廉峰诸君提唱于上，亨甫、四农诸子相与奋发而周旋之，则斯道复兴之机也。失兹良友，如去轮翼，天实为之，谓之何哉！予才疏力薄，何能为役！顾念生平所学，自汉、魏、六朝以迄唐、宋、元、明诸大家，靡不略涉藩奥。虽未尝有所专长，而去其非，以求其是，要亦不乖于体，不乱于气，不悖于理，不诡于法。杜少陵云："文章千古事，得失寸心知。"矧夫宝剑有射斗之光，洪钟有应霜之节，固亦识者所共见而共闻也。

先是，龚木民刺史索予诗付梓，尝与门人苏赓堂、叶润臣商订，所存迄无定本。比年左青士大令暨门人赵莲友又各有梓诗之请，卒未有以应也。去岁过泾，翟君西园复以泥字排印为请，遂于旅次付门人洪子龄、王句生暨儿子秩林重为订之。句生寓予书曰："集中精奥美善之故，如江海含灵，一任抱注者之取，求各足而已。又如佛舍利光，其青黄赤白，随学者分量之高下浅深，各见所见，不容相假。"翼凤亦颇能心知其妙，而不必一一名言也。

往岁廉峰前辈尝谓予曰："读君和汤海秋叙怀惜别之作，危言苦语，大声疾呼，有障百川、挽狂澜之大志，集中诸作，亦实是正法眼藏，窃愿与同志诸君共张之。"嗣在榕城行馆，春浦前辈尝示予曰："君集中句云：'大儒立天地，发言流心声。理夷出极险，语凿涵至精。'又曰：'志壹神先定，功深语必韬。多材归有用，小技惜徒劳。'又曰：'一字必矜慎，诣苦而意甘。'读君诗者，观其自道，可以知其学焉。"念此者所以自勉，非敢以自信也。

注释：

① 王渔洋：王士祯（1634～1711），字贻上，号阮亭，自号渔洋山人，山东新城人。清初著名诗人，倡神韵说。著有《渔洋诗集》《渔洋文略》等。

② 沈归愚：（1673～1769）即沈德潜，字确士，号归愚，江苏长洲人。清代著名文学家。著有《竹啸轩诗钞》《归愚诗文钞》等。

《简梦岩诗》序

国朝岭南以诗名者，余最喜程周量、黎简民二家。盖程以学涵，黎以才峙，譬诸罗浮风雨，合则皆奇，巨石楼台，分亦竞异，前贤允矣，后起从之。简子梦岩，余同年友也，其知余也以诗，余之知梦岩也亦以诗。梦岩之诗，味腴而律细，学似程，格老而气豪；才似黎，与张南山司马，刘湘华、家香铁两孝廉并驰声岭南表异。

今日四子皆余交，而香铁、梦岩倡和尤密，梦岩则又较香铁为最久也。昔者萧晨浣后静夕谈馀。或命驾而寻暄，或开襟而延爽。余方郁郁，负此盛年；君每琅琅，锡之佳句。虽复涯角多睽，踪迹鲜合。而清风入户，停云在空。心性之感，不期而然。况日月逝于上，人事迁于下。抚琴而恸朱丝，揽镜而嗔白发。安得青天作纸，共写愁思，沧海一杯，还淘健笔。梦岩于是谓余："自念此生，有志未逮，惟于诗道，颇耗心力。君其知我，可无一言。"夫以君意气之迈、阅历之深，使十年之心不负，千里之志克遂，犹将流弦歌于邦国，振金石于庙堂。如其不然，则且吞吐白云，咀嚼丹荔。临海日之遗址，访草堂之故居。招程、黎二生之魂而酹之。他日重与论文，君当饮吾于龙岩泉石间也。

《艾至堂诗》序①

夫北海苍梧之吟，菩提明镜之偈，犹以证无上，觉有情，至真至妙，无念无妄。矧学圣人之道，守经生之训，而旨昧咏叹，才疏讽谕，则是缁衣泯好贤之诚，巷伯掩恶恶之实。风雅不作，谁职其咎哉！揆诗之衰，固亦有由。自众作滥夫齐、梁，陈氏亟复其古；昆体荡夫钱、晏，欧公必矫以气。而风会所移，波流独甚，语皆浮脆，词或荒诞。若夫效韩而肆，步苏而纤，拟白徒率，师黄益艰，非孙叔之遇优孟，即黄老之变申、韩焉！故夫作诗匪难，知诗为难。

吾友艾至堂君，天姿沉毅，识解超彻。砭愚订顽，幼读横渠之铭；宣文措政，长悟伯安之学。尝论诗之为道，贵乎中有所得，故激发本乎良知，而悲悯集于中处，可谓知诗矣。故其作诗也，因物绘理，随事触机，如鉴之澈，可以照胆；如镞之利，可以贯札。构思沉冥之乡，得意飞腾之境。江山凄婉，鬼神惊泣。非矜别趣，自发真诠。鸣呼盛矣！

今之诗人，就所知交，略可指数；若梅叔振举于山东，孝长腾骧于荆楚，亨甫凌跨于八闽，香铁轩蠹于岭南，四农奋发于江左，东松踔厉于豫章，皆抑塞未通，沉沦莫拔，而至堂亦挫折英锐，韬匿光焰。呜呼！物有极而必变，道有微而必彰。但使养性治心，即是真灵之业；回明破暗，自参缘觉之机。斯尤化张莫尽，赞咏无穷。君儒者也，而诣证九丹，道通三昧。敢附知言，还以相质。

注释：

① 艾至堂：艾畅，字玉东，号至堂，江西东乡人。著有《至堂诗钞》等。

经训书院记

夫通天、地、人曰儒。儒之道，本乎六经者也。《礼经解疏》曰："经解者，以其记六艺政教之得失也。故曰温柔敦厚，《诗》教也；疏通知远，《书》教也；广博易良，《乐》教也；絜静精微，《易》教也；恭俭庄敬，《礼》教也；属辞比事，《春秋》教也。"又曰："《诗》之失愚，《书》之失诬，《乐》之失奢，《易》之失贼，《礼》之失烦，《春秋》之失乱。温柔敦厚而不愚，则深于《诗》者也；疏通知远而不诬，则深于《书》者也；广博易良而不奢，则深于《乐》者也；絜静精微而不贼，则深于《易》者也；恭俭庄敬而不烦，则深于《礼》者也；属辞比事而不乱，而深于《春秋》者也。

夫是自汉儒述之，则曰"经解"；自孔子言之，即为"经训"。六经之教，先王所以载道，然其学有浅深，故其事有得失，矧废其教而易其道哉！故曰"经"，径也。如径路无所不通，可常用也。"训"，道也，古训先王之遗典也。汉儒以经术饰吏治，尚矣。至宋而理学始有专门，朱、陆户分，党伐遂起。其实新安问学①，与金溪德性②，揆诸六经，初无异辙。至如泉州之治③、荆门之化④，凡所布施，又何一不共秉经术哉！然则鹿洞、鹅湖，典型具在，其所争固不在章句训诂而已。江右自宋大贤后，名儒间出，则有若元之临川⑤、国朝之高安⑥，尤卓然以其学为一代巨擘，后生小子，远宗近仰，宜在于斯。譬诸观河知源，登岳识径，苟徒欲掩空疏之名，矜涉猎之誉，斯不亦昧厥指归，何裨荒陋！

天下四大书院，江右实居其二，意必有忠信才德、魁奇绝特之士，踵生其间，而未闻也。毋亦谋利之心，胜于谋义；作伪之机，劳于作德。上以实求，犹恐下以虚应，矧夫未尝求之，而曷为应之哉！前廉访赵城刘公陈枲江右，有经训书院之举，比刘公擢去，事几废。越数年，后廉访汉阴温公始亟兴之，温公旋亦擢去。今廉访海昌陆公至，而书院适成，于是章程聿定，详课士之式，酌善后之宜，六经之教，将被于无穷矣。

抑尝考之经者，道之常也。孔子恶乡愿，恐其乱德，孟子独归本于反经，曰："经正则庶民兴，庶民兴，斯无邪慝。"《诗》之《泮水》有曰："淑问如皋陶。"《书》命皋陶曰："明于五刑，以弼五教。"又曰："民协于中时，乃功易噬嗑利用狱，其在贲为反对，则曰君子以明庶政，无敢折狱。"《礼·乐记》曰："礼义立则贵贱等，乐文同则上下和，好恶著则贤不肖别，刑禁暴、爵赏贤则政均。"春秋郑铸刑书，叔向诒子产书有曰："诲之以忠，耸之以行，教之以务，使之以和，临之以敬，涖之以强，断之以刚，犹求圣哲之上，明察之官，忠信之长，慈惠之师，民于是可任使而不生祸乱。"由是观之，六经之教，莫不先德后刑，内本外末。

今观三君子之所设教，洵能禀酌前经，允合古训，则如《经解》所云，犹衡之于轻重，绳墨之于曲直，规矩之于方圆，不诚隆礼，由礼蒸蒸然，以有方之士，率无方之民哉！属以猥鄙，承之师儒，四载于兹，乐观厥成，聊陈末议，以告来者。院计讲堂一所，题其额曰"景陆"。右先儒祠，表所宗也；左刘公祠，著所倡也。堂东北为山长院，题其额曰"不蕑畬斋"。韩昌黎曰："文章岂不贵，经训乃菑畬。"要非计其利而为之，因时顺理，《易》之义也。又东北计斋舍若干所。董斯役者，为南昌教谕黎君树培，其事之始末，费之多寡，具详于册，兹不备书，而举其课则如左。

道光戊申夏至　　宜黄黄爵滋记

注释：

　① 新安问学：朱熹，新安郡人。主张道问学。

② 金溪德性：陆九渊，金溪人。主张尊德性。

③ 泉州之治：朱熹中进士后曾任泉州同安主簿。

④ 荆门之化：陆九渊晚年知荆门军。

⑤ 元之临川：指元代吴澄。

⑥ 国朝之高安：朱轼，高安人。

泸溪县重建来鹤亭记①

夫气感则情动，情动则迹昭。彼翱翔乎穆清之表，超轶乎尘坱之外。偶有所托，非其所滞。然其来也，若可喜；其去也，若可思。

泸溪之平步山有亭，建自置县之始，以鹤来故名。予司训泸溪时，尝曳履出西郭，转而北渡桥，访友人傅笃圃读书处。或古梅横路，雪月虚皓，或碧桃始花，风霭在髫，携手兹亭，徘徊瞻瞩。惜鹤之不复来也。而予之去此已二十年矣。

岁癸未②，予自京师归道樊城③，遇鉴泉杨君于逆旅，因订交焉。越六载庚寅，杨君以谒选得泸溪令。其治泸也，崇士恤民，政简俗安。余门人卢龁寄书京师曰："侯循吏也，民知之，鹤亦知之矣。"

今岁丁酉④，侯以政暇重建来鹤亭，亲制上梁文，诣亭拜祝。适有三鹤自妙高峰后飞来，朱嘴长胫，毫光射目，俄一鹤随后至向亭际，回翔而逝。噫，仙耶？鹤耶？侯召之耶？其昔之鹤耶？其非昔之鹤耶？愿以告余。惟杨君之治泸也，惠其士民而已，而其气有所感，情有所动，若此则信乎循吏之可为也。独惜乎侯将老矣，譬如鹤焉，其来也，使泸之人喜；其去也，使泸之人思。思而颂，颂而传，夫如是侯亦可以乐矣。著今之亭，为他日思侯者券也。

注释：

① 泸溪县：隶属建昌府。民国初年改名资溪县。今属抚州市。

② 岁癸未：道光三年（1823）。

③ 樊城：在湖北省西北部，汉水中游，今归入襄樊市。

④ 丁酉：道光十七年（1837）。

登祝融峰游记

山水如朋友遇合之缘，盖亦有数。自予与徐东松①诸君为庐岳之游，一时胜践，取决晤谭之顷，迄今逾三十年。今岁正月既望，由豫章发舟游楚，计过九江，当造东林，补游山北诸胜，而风不得泊，乃径趋武昌。迨三月既望，过洞庭，抵长沙，方定计游衡岳。东松尚客耒阳，驰使招之，以四月八日先至谒岳庙，盖东松久蓄此诚，又与予契阔，久思一见也。予自湘潭携儿子秩林②陆行，赴衡山县，以二十五日始至，晤东松旅次。次日，偕赴岳庙，假三元宫斋宿。又次日，礼神毕，候杨八愚明府③登岳，适有案当诣验，未至。东松以脚疾不能往，舆从方独候予，雨，不果行，乃复与东松剧谭，历探其所刻诗文集数十卷，间道古今兴废出处大略。东松时作呻吟，予为快论豪辩，欲使忘其苦累也。

东松既晤予，甚慰，期次日返耒阳。及晨，见日出，予决计登祝融峰，候东松去已亭午，复阴翳，予曰："即冒雨行，亦快事也。"岳有五路，予所登为第一路。路盘纡而磴高广，自岳庙前循寿涧，经祝高峰上南天门，僧云谷、道士李宝林先在候。饮茶稍憩，入上封寺，将至寺门，则阴翳乍开，众峰离离，悉出胯下。坐寺中复顷，复见阴雾四塞，不辨庭宇。予曰："此去祝融绝顶，仅二里许，顷已开矣，安知其不再开也。"将至，日炯炯果复出。

诣铁瓦殿，肃拜毕，由门左扶掖踞磐石坐。石形块聚，凹凸拆裂，周广约数十丈，乘空万仞，或曰即风穴也，其旁即雷池。于是九霄虚静，六合夷旷，三湘九疑，嘘吸无际。方凝睇间，则林莽坌涌，涧谷骤失，波涛重叠，势与胸平。山或出一角，露一脊，如水中奇兽腾跃，仅隐隐可辨。所坐石若动摇，作泛舟状，予语秩林曰："此云海也，黄山之观，不是过已。"盖衡之奇在云，自世附会昌黎祷岳之说，遂若以云为衡累者，惟明丘毛伯云说所纪历览诸胜，与今所见略符。然谓云之聚散，使山若隐若现，若可见若不可见，是则犹泥其迹，未浑其神。予因指以示诸导师曰：

"今兹吾等不居然排云而驭空乎?"适秩林遍览诸石上,得大书篆刻"云海"二字,殆前人所见,已悟到真实境界,非仅谓荡吾心胸,如铁脚道人之犹为虚锋语也。已而奇处渐平,忽有随风飞旋,如盖著人头,上复四垂而下为一片白地光明,疑天在履舄间,直不知若何变幻也。

透迤循旧径下,憩半山亭。从夕照中回望重峦,紫雾赪霞,萦回天际,下瞰村郭,灿烂若绣绮。至玉版桥以东,则复闻夹涧瀑泉与旁溪禽鸟相答,而声色之妙远,尤以络丝潭为最。至庙,已曛黑,仍宿三元宫。次日,返衡山县,饮杨明府署中,明府为具舟返湘潭,又次日解缆。秩林请为记,因详述之,以补前人之路,且寄耒阳,使东松闻之,亦如身遇之为乐也。时道光戊申端一日书。

注释:

① 徐东松:即徐湘潭。

② 秩林:黄秩林,字子干,号仙樵,黄爵滋长子,道光二十三年举人。

③ 明府:对知县的尊称。

与扬威将军书

盖闻斩恶木者必锄其根,擒狡兔者必焚其窟。该夷之盘踞广东,犹木之有根,兔之有窟也。方今锐师向浙,而彼以广东在其掌握之中,可无返顾之虞,势必肆情鼓动,放心骚扰,且可出其馀力,分向苏洋以北,张皇声势,以遂其牵制之计。汉奸从而勾诱,何处疏虞,则何处破败,此不可了之局也。查夷船分赴闽、浙,则广东、香港等处,势必单薄,徒以奸民从中作梗,窥我懦怯,反用羁縻。局外旁观,为之齿冷,奈何竟堕其术中哉!闽之鼓浪屿,尚有夷船盘踞,摧折之兵,不能遽进,则闽方自顾之不暇,岂能与浙为应援乎?

然而有不应之应、不援之援者,何也?闽洋一击,则浙洋之夷船必将返闽;粤洋一击,则返闽之夷船必皆返粤。粤中预集锐师,并力剿办,晓谕恭顺各国,使其通商如故,独绝该夷之市,有能助我擒献渠首,免其国茶、黄等税若干，如此则情顺而事亦顺矣。

至于北路，则天津汉奸最多，明查暗访，绝其内线，此第一急著也。登州北黄城岛抵旅顺口、铁山，海面深广，风力难驶，夷船之来，必藉汉奸引水取径近岛，山东、奉天两省，岂得诿为过而不问。果使北路严紧，声势联络，彼必不敢北向，惟有聚而返粤。粤无可归，彼必茶然而退。夷船既退，汉奸犹恐不散，然彼时图之，亦易为力矣。今欲为浙洋大举之势，必预为粤、闽共发之谋，否则浙洋即可暂退，而他处仍复披靡，去此则集彼，去彼则集此，虽有勇将锐师，能若是之疲于奔命乎？此又堕其术中，而不堪设想者也。明之倭患垂二十年，然倭人早退，后所诛者惟汉奸耳。将来事势正复类此。今宜通盘筹画，谋定后行，利器善事，不妨宽以时日，若犹枝枝节节为之，虽有小效，何补大局！天下虽大，亦安得此不竭之府，为有损无益之用哉！

将军天潢重望，济世宏才。英断协乎宸衷，谦受赅乎群策。苟有所见，敢不以闻。窃以海防大势，须合北三省为一局，江苏、浙江为一局，福建、广东又各为一局。今之出师，名不过一隅，而利害实兼七省，暗持既恐其事乖，关白又患其事阻，于各自为守、各自为战之中，寓互相应援之法，不独夷技立穷，即汉奸亦无所售其术。傥可奏请施行，一俟庙谟既定，询谟佥同，然后约期举事，则奇功可决就矣。

请严塞漏卮以培国本折

奏为请严塞漏卮以培国本事：

臣维皇上宵衣旰食，所以为天下万世计者，至勤至切；而国用未充，民生罕裕，情势渐积，一岁非一岁之比，其故何哉？考诸纯庙①之世，筹边之需几何？巡幸之费几何？修造之用又几何？而上下充盈，号称极富。至嘉庆以来，犹征丰裕，士夫之家以及巨商大贾奢靡成习，较之目前，不啻霄壤。岂愈奢则愈丰，愈俭则愈啬耶？臣窃见近年银价递增，每银一两易制钱一千六百有零。非耗银于内地，实漏银于外夷也。

盖自鸦片流入中国，我仁宗睿皇帝②知其必有害也，故告诫谆谆，例有明禁。然当时臣工亦不料其流毒至于此极。使早知其若此，必有严刑重法，遇于将萌。查例载，凡夷船到广，必先取具洋商保结，保其必无夹带鸦片，然后准其入口。尔时虽有保结，视为具文，夹带断不能免。故道光三年以前，每岁漏银数百万两。其初，不过纨绔子弟，习为浮靡，尚知敛戢。嗣后，上自官府缙绅，下至工商优隶，以及妇女、僧尼、道士，随在吸食，置买烟具，为市日中。盛京③等处为我朝根本重地，近亦渐染成风。外洋来烟渐多，另有趸船载烟，不进虎门海口，停泊零丁洋④中之老万山、大屿山等处，粤省奸商勾通巡海兵弁，用扒龙、快蟹等船，运银出洋，运烟入口。故自道光三年至十一年岁漏银一千七、八百万两；自十一年至十四年，岁漏银二千余万两；自十四年至今，渐漏至三千万两之多。此外，福建、江浙、山东、天津各海口合之，亦数千万两。以中国有用之财，填海外无穷之壑，易此害人之物，渐成病国之忧，日复一日，年复一年，臣不知伊于胡底。

各省州县地丁漕粮征钱为多，及办奏销，皆以钱易银，折耗太苦，故前此多有盈余，今则无不赔垫。各省盐商卖盐，俱系钱文，交课尽归银两，昔则争为利薮，今则视为畏途。若再三数年间，银价愈贵，奏销如何能办？税课如何能清？设有不测之用，又如何能支？臣每念及此，辗转不寐。

今天下皆知漏卮在鸦片，所以塞之之法，亦纷纷讲求。或谓严查海口，杜其出入之路，固也，无如稽查员弁，未必悉公正。每岁既有数千万之交易，分润毫厘，亦不下数百万两，利之所在，谁肯认真查办？偶有所获，已属寥寥，况沿海万余里，随在皆可出入。此不能塞漏卮者一也。

或曰：禁止通商，拔其贻害之本。似也，不知洋夷载入呢羽、钟表，与所载出茶叶、大黄、湖丝，通计交易，不足千万两，其中沾润利息，不过数百万两，尚系以货易货，较之鸦片之利，不敌数十分之一。故夷人之著意，不在彼而在此。今虽割弃粤海关税，不准通商，而烟船本不进口，停泊大洋，居为奇货，内地食烟之人刻不容缓，自有奸人搬运。故难防者，不在夷商而在奸民。此不能塞漏卮者二也。

或曰：查拿兴贩，严治烟馆，虽不能清其源，亦庶可遏其流。不知自定例以来，兴贩鸦片者，发边远充军；开设烟馆者，照左道惑人、引诱良家子弟例，罪至绞候。今天下兴贩者不知几何，开设烟馆者不知几何，而各省办此案者绝少。盖原粤省总办鸦片之人，广设窑口，自广东以至各省，沿途关口，声势联络。各省贩烟之人，其资本重者，窑口沿途包送，关津胥吏，容隐放行，转于来往客商借查烟为名，恣意留难勒索。其各府州县开设烟馆者类皆奸滑吏役兵丁，勾结故家大族不肖子弟，素有声势，于重门深巷之中，聚众吸食。地方官之幕友、家人半溺于此，未有不庇其同好。此不能塞漏卮者三也。

或又曰：开种罂粟之禁，听内地熬烟，庶可抵挡外夷所入，积之渐久，不致纹银出洋。殊不知内地所熬之烟，食之不能过瘾，不过兴贩之人用以掺合洋烟，希图重利。此虽开罂粟之禁，亦不能塞漏卮者四也。

然则鸦片之害，其终不能禁乎？臣谓非不能禁，实未知所以禁也。夫耗银之多，由于贩烟之盛；贩烟之盛，由于食烟之众。无吸食，自无兴贩；无兴贩，则外夷之烟自不来矣。今欲加重罪名，必先重治吸食。臣请皇上严降谕旨，自今年某月日起，至明年某月日止，准给一年期限戒烟。虽至大之瘾，未有不能断绝。若一年以后仍然吸食，是不奉法之乱民，置之重刑，无不平允。查旧例，吸食鸦片者罪仅枷杖，其不指出兴贩者，罪杖一百，徒三年。然皆系活罪。断瘾之苦，甚于枷杖与徒，故甘犯明刑，不肯断绝。若罪以死论，是临刑之惨急，更苦于断瘾之苟延。臣知其情愿断瘾而死于家，必不愿受刑而死于市。惟皇上明慎用刑之至意，诚恐立法稍严，互相告讦，必至波及无辜。然吸食鸦片者，有瘾无瘾，到官熬审，立刻可辨。如非吸食之人，虽大怨深仇，不能诬枉良善；果系吸食，究亦无从掩饰。故虽用重刑，并无流弊。

臣查余文仪《台湾志》云："咬留吧⑤本轻捷善斗，红毛⑥制造鸦片，诱使食之，遂疲羸受制，其地竟为所据。红毛人有自食鸦片者，其法集众红毛人环视，系其人竿上，以炮击之入海。故红毛无敢食者。"今入中国之鸦片，来自英吉利等国，其国法有食鸦片者以死论。故各国只有造烟之人，无一食烟之人。臣又闻夷船到广，由孟迈⑦经安南⑧边境，初诱安南人食之，安南人觉其阴谋，立即严刑示禁，凡有食鸦斤者死不赦。夫以外夷之力，尚能令行禁止，况我皇上雷霆之威，赫然震怒，虽愚顽之人，沉溺既久，自足以发聩振聋。但天下大计，非常情所及，惟圣明乾纲独断，不必众言皆合。诚恐畏事之人未肯为国任怨，明知非严刑不治，托言吸食人多，治之过骤，则有决裂之患，今宽限一年，是缓图也。在谕旨初降之时，总以严切为要。皇上之旨严，则奉法之吏肃；奉法之吏肃，则犯法之人畏。一年之内，尚未用刑，十已戒其八九。此皇上止辟之大权，即好生之盛德也。

伏请饬谕各省督抚，严切晓谕，广传戒烟药方，毋得逾限吸食。并一面严饬各府州县，清查保甲，预先晓谕居民，定于一年后，取具五家邻右互结，仍有犯者，准令举发，给与优奖。倘有容隐，一经查出，本犯照新例处死外，互结之人，照例治罪。至如通都大邑，五方杂处，往来客商，去留无定，邻右难以查察，责成铺店，如有容留食烟之人，照窝藏匪类治罪。现在文武大小各官，如有逾限吸食者，是以奉法之人甘为犯法之事，应照常人加等。除本犯官治罪外，其子孙不准考试。地方官于定例一年后，如有实心任事，拿获多起者，照获盗例，请恩议叙，以示鼓励。其地方官署内，官亲、幕友、家丁仍有吸食被获者，除本犯治罪外，该本管官严加议处。各省满汉营兵，每伍取结，照地方保甲办理；其管辖失察之人，照地方官衙门办理。庶几军民一体，上下肃清。无论穷乡僻壤，务必布告详明，使天下晓然于皇上爱惜民财、保全民命之至意。向之吸食鸦片者，自当畏刑感德，革面洗心。如是则漏卮可塞，银价不致再昂，然后讲求理财之方，诚天下万世臣民之福也。

臣愚昧之见，是否有当，伏乞圣鉴，谨奏。

注释：

① 纯庙，即清高宗乾隆皇帝。

② 仁宗睿皇帝：即嘉庆皇帝。

③ 盛京：今辽宁沈阳市。

④ 零丁洋：在今广东珠江口外。

⑤ 咬留吧：指印尼巴达维亚人。

⑥ 红毛：明清时称荷兰人为红毛，亦称红毛夷。

⑦ 孟迈：即今印度孟买市。

⑧ 安南：今越南。

刘　绎

刘绎（1797～1878），字瞻岩，一作詹岩，号岳云，永丰县人。道光十一年（1831）中举，十五年中状元，授翰林院编修。十七年，入值南书房，次年，出任山东学政。二十一年，以父老乞假南归，后主讲于青原、白鹭书院三十余年，培养人才甚众。曾纂修《江西通志》《永丰县志》及《吉安府志》。学问渊博，通经史，工诗文。著有《存吾春斋文钞》《存吾春斋诗钞》等。以下诸文选自清同治八年刊本。

《修月山房诗集》序

镜舫①前辈以英迈之姿，蕴瑰奇之略，壮年奋厉，昂首云霄，纵其所如，未可测其所至，顾乃一涉蓬莱，便为回风所引，不得大展其志。徒以宦迹栖迟，借高山大川以寄其上下纵横之概，一一形之于诗，此吾辈之所同声而共慨也。

初，君自庶常改官，出宰八闽，揽仙霞、武夷之胜，日增其壮怀。既而奉讳还籍服阙，再出山，需次春明，阅三寒暑，始铨授陕右边缺。于是逾大华、渡黄河、过潼关、出古长安，聆伊凉之音，则胸次益恢扩，骨力愈嶙峋，而其间往往以肮脏龃龉纡回其踪躅，以激而为抑塞磊落之奇，然则其诗固可想而知已。自余以选拔同出李芝龄②先生之门，惟君与喻君凤冈③最为相得。同官广文，同膺乡荐，每计偕北上，并楫联镳。君游览有得，辄拥被沉吟，间一篇出，同人莫不惊绝，而君固未尝以诗鸣也。及其远宦数千里外，关河迢递，亦不复以诗筒置邮，而不知君之造就如此其精能也。

君诗集七卷皆手订，似不欲轻与示人。及卒已数年，次君元骏始出而付梓，属绎为校而序之。君博闻强记，为文皆宏赡渊茂，其于诗不界唐宋，才大而思敏，笔力恣肆，议论随其驱使。古歌横空盘硬，得力于韩、苏为多；律诗则清新俊拔，虽锋芒时露，而托意自深，不失温厚之旨。集中多咏古感怀之作，波澜老成，瞻瞩高远，非读万卷书、行万里路，乌能如此？论者惜君不居玉堂，入承明，出其所学，以比良、迁、董④，兼丽卿、云⑤，而究之足以垂不朽者不在是。后之读君诗者悲其志，不必惜其遇可也。

嗟夫！人生得几知心，如绎与君、凤冈三人者，庶几穷达不异其迹，生死不隔其心者欤！犹记同舟富春江上，看山云起灭，君忽愀然谓："吾辈身后不知可存者何如？后死者竟将谁属？"当时咸以为戏言，及今思之，乃益觉其言之痛也。呜呼！君与凤冈固有可传者矣，独不肖硕果仅存。桑榆已晚，自维叨列馆选后君二年，君出而绎留，顾忝侍从历清华，曾未有论思献纳，少可表见。遂以乞养退老山林，进不能效一职，退不能成一艺，后之知我者，更属何人？恐将置于不论不议之列，展诵此集，追忆前言，有愧故人多矣！

注释：

① 镜舫：即胡嵩年，字尔芳，号镜舫，江西峡江人。道光十三年（1833）进士，历官福建长汀、福清县知县。著有《修月山房诗稿》。

② 李芝龄：李宗昉（1779~1846），字芝龄，江苏山阳人。嘉庆七年（1802）一甲二名进士，授编修。道光初年，授礼部侍郎。次年，典会试，又典江西乡试，留学政。乾隆初，督贵州学政，累迁侍读学士，内阁学士。

③ 喻凤冈：喻增高，字凤冈，江西萍乡人。道光十五年（1835）进士，改庶吉士，授翰林院编修。著有《澹香斋遗稿》。

④ 良、迁、董：张良、司马迁、董仲舒，均西汉著名人物。

⑤ 卿、云：司马相如，字长卿；扬雄，字子云，均西汉著名辞赋家。

⑥ 富春江：浙江在富阳县境内称富春江。

⑦ 愀（qiǎo）然：形容神色变得严肃或不愉快。

喻凤冈《庶子遗稿》序①

人之性情学问，皆见乎文词，虽其体制异宜，称述殊旨，而意度精神往往流露于不自觉。是以流览篇章，旷世犹感，因其所作，想见其为人。而况生同时、道同术，謦欬未歇，手迹尚新，则夫临文嗟悼，怳若平生。相喻之微，相感之深，更何如耶！

吾友萍乡喻公，自道光丙戌廷试相遇于京师，与峡江胡公同入选，官广文①，三人最相得。其后同领乡荐，计偕同舟车。及乙未与馆选，又同课，胡则改官于外而日远矣。公宅心醇粹，与人交，淡而真，无纤微矫饰矜张气，盖性情之懿如此。尝于北道风雪中，酒酣耳热，论古今人物，有所寄触，辄激昂慷慨不能已。及其与人谈艺，则谦谦然若不足，以是益服其学养之醇。故其为文也，温润如玉，而其质则缜密以栗也；圆莹如珠，而其光仍韬敛不散也。宫商既谐，自异靡曼之习；规矩诚设，不求雕缋之工。陆士衡②所谓"妥帖而易施，愜心者贵当"，又曰："譬犹舞者赴节以投袂，歌者应弦而遗声"。公之文有焉。嗟夫！人以文传，文以人重。后之论者以公之雍容儒雅，固宜翔步纡徐和其声，以鸣国家之盛，本其播笏垂绅、佩玉鸣銮之度，扬对于朝廷，奈何初兆其端而遂晦其迹，生平、性情、学问仅见于此，是可惜也已。

公卒十余年，公子和、瑾、琛兄弟哀辑其遗稿，汇为一编，将付剞，属余为序。发函披览之余，如见故人于纸上。犹忆春明一室、篝灯共研时，若卷中某经艺为试差拟题，某赋某诗是应课同作，宛若含毫吮墨，得意共欣赏，吟哦之声在耳。或断断争一字推敲，俱历历如昨日事，而俯仰之间已成陈迹若此。余方悲公宿草，又闻胡公亦归道山，余三人文字之契不可再得，因为叙是编而不禁感慨系之。

注释：

① 广文：广文馆，唐宋国子监下属补习性质的学校。唐玄宗天宝九年（750）于国子监置，置博士及助教，掌教国子监习进士课业的生徒。后世以之譬国子监。

② 陆士衡（261~303）：即陆机，吴郡华亭人（今上海松江县）。西晋时著名文学家。

《听雪轩诗钞》序

文以明道，诗以言志，声心所传，古今知人论世，率不外此。顾自来诗人亦有不能文，而文人或不兼工诗者，惟唐之韩、柳，宋之欧、苏，则固各造其极者也。夫诗与文非有殊致，要亦观其理趣之所造而已。深于学问者理乃精，笃于性情者趣自永。即此以论古今，庶几得其真焉。

胡子雪村，孤贫力学，诗文皆有理趣。余主讲鹭洲、青原前后二十余年，雪村睽合不常，而旧学商量，邮筒往还，殆无虚岁。观其所造，方与年俱进，而未有已。顾艰于遇，四十始贡明经，今学使何公按临吉属，独加赏拔，以其学行疏荐于朝，诏以教官用，殆将以成就其德业之盛大乎？比归自京，录其途中诗并前二十余年之作，衰为七卷寄示，其中经余目者十之五六。次第流览，而其阅历之增，功力之渐，俱于此见焉。雪村于诗，自汉魏以下无所不窥学焉，而各得其所近，盖其性情甚厚，学问其勤，为文不懈而及于古，亦如其为诗，皆能达乎理而畅其趣。苟专所志，惟蕲进乎道，于以希踪韩、柳、欧、苏不难矣！岂仅为诗人而已哉？

注释：

① 胡雪村：胡友梅，字雪村，同治九年（1870）举人，庐陵（今吉安）人。官乐平县教谕。著有《听雪轩诗钞》。

《笃志堂古文存稿》序

文无所谓今古也，盖自制义兴而风会趋之，学者习乎此则纡乎彼，于是遂视如两途。究之古人论道之文，可施于制义；今人论古之制义，亦往往进于古，其源一也。孔子有言曰："文，莫吾犹人也，躬行君子，则吾未之有得。"然则文非难，文而出于有行之为难耳。

庐陵游君用之，茂才笃行之士，初以其博雅事举业，及闻徐东松①明经以古文倡后进，遂往从之，数年学益深邃。东松客湘南耒阳刘穆士明府，署中宾主称莫逆。为校刊其古文，招用之往襄其事。甫工竣，而东松病故，用之以弟子匍匐归其榇，哀礼如重丧。既收拾其遗书敝箧，并护送其妾女，舟车跋涉数千里，安置其家，恸哭而返。人谓东松以古文沉没不显，赖贤居停之义，笃生死交，而尤感高弟子服勤效力，同于生我，为有古人风也。余因此一事，心钦用之者有年。道光甲辰，余主讲鹭洲，用之率其二子嗣肇、嗣鸿来谒。谦光粹然，恨相见之晚，卒卒不获读其文词，而所居距城颇远，又无由共晨夕相与议论，一叩其师弟渊源之学。日月几何，而用之竟作古人！余为斯文悼叹者久之。

肇鸿兄弟俱能读父书，先后中副车[2]。余见之，每嘉其善承先志。比以《笃志堂古文遗稿》一册相示，曰："此离乱后所存，不过十之一二也。"余披读之下，见其法度谨严，识力超卓，卷帙不多，而于古人之文类能得其神理，而不袭其貌。师友间情真语挚，虽酬赠之作，具有忠厚悱恻之诚流露于不自觉。其中如《兄弟析产说》与《驳郭青螺管蔡论》诸篇，皆有关于人心世道，读其文益想见其为人，而深惜其年之未永，不得成一家言也。今之专制义者，不谈此久矣。有游君之行，斯有游君之志，然后能为游君之文，是则可传也已。

注释：

① 徐东松：徐湘潭，字睦堂，号东松，江西永丰人。道光二十六年（1846）应湖南临湘知县刘德熙之聘，修《临湘县志》，后随刘往耒阳，卒于此地。著有《睦堂文集》。

② 副车：清代称乡试的副榜贡生。

济宁徐鹤洲先生年谱序

孔圣有言："志士仁人，无求生以害仁，有杀身以成仁。"自来运厄时艰之会，必有愤发死节之臣，不计成败，不论利钝，勇往赴难，毅然而无所复顾，此岂非天地之正气，锺之在人而与日月齐光者哉？虽然，有志求仁，不必俟其临难致命而后定也。其宏济艰难，不以显晦升沈而异；其从容建白，不以险阻穷蹙而衰，所谓竭股肱之力，加之以忠贞，鞠躬尽瘁死而后已者。盖其学纯，其识卓，素所蓄积有然，此固圣贤之所预信也。

尝读《明史》，至熹怀之际，忠臣义士不乏其人，求如济宁徐公鹤洲先生之为国为民，始终一节者，盖亦鲜焉。公方穷居读书时，惟念念以康济小民，冀维国脉。观其躬履闾阎，同民疾苦，指画形势，深料事情，盖前后十余年间，公之心力已交瘁于兵河两事矣。洎夫上方响用畀以封圻，而倾厦难支，萧墙祸起。向使公不被害，独当重镇，贼焰虽张，必不能长驱直入。呜呼！旷世之下，至仅惟胜国殉节诸臣同时而并论，孰知公之足系社稷安危如此哉？绎以奉使，两经任城，景仰风烈，低徊留之不能去。适州司马丁君瑶泉辑公年谱既成，出以相示，乃按次而读之，非独气节勋业昭垂天壤，乃其学问文章亦炳然不朽焉。此皆前史所不及详，而论世者之所忽，今而知志士仁人之自有真也，非丁君表章前哲，不几暗没欤？丁君砺廉隅，有学识，曩尝辑海康陈清端公年谱，以其为乡先贤也，事事步趋之。是编之辑，盖欲使节义长留于人心，尚论之下，有余慨焉。呜呼！是都人士，生公之后者，宜何如其自激也。

《李太守杂文偶存》序

子畬先生之自盱江移守吾吉也，时余方出都门，见盱人咸称先生文学政事，谓是吾乡福。既归里逾年，始遂瞻谒，因得读先生之书。盖先生自出守以来，无日不以教化为己任，勤勤恳恳，以笔代舌，四五年间，积之成帙，其中多条告文词，或纂述成宪，或表彰旧闻，皆布帛菽粟之言也。比以一编见示，签曰《杂文偶存》，则又近日治效所彰，因事纪实，体裁斯具，厥制伟焉。先生殆不欲以文自见，故特标而别之，若曰："此特绪论余事也者"，是亦足以知先生用意之所存矣。

吾闻为文之旨有四：曰明道、曰经世、曰阐幽、曰正俗，有是四者而后言垂教，乃无一出于此旨之外。前见先生课士诸作，若制艺，若试帖，皆借题寓意，因文见道，兹册所录，虽自成一家之文，要岂学士词人所可同日语也哉？古之醇儒名臣，出其所学，以与天下相摩厉，本之仁以裕其源，激之义以充其气，故发而为言，若有迫于不得已之势。世之人读其鸿篇钜制，咸凛然于纲常名教之型，即偶尔纪述，究其大旨，亦皆归于劝惩于世，必有所关系而非苟焉而已。

先生之文，冲和笃厚，持论宏通。有光明磊落之观，无委琐艰深之态，于吾乡欧阳文忠与盱之曾文定为近。不知二郡人士承乡先辈余韵，其亦有读是编而兴起者乎？余盖反复于先生之文，而知先生之政，因以见先生之学。他日倡其教化，自近而远，过化存神之妙，当更有在于语言文字外者。兹编其犹龙之鳞爪、凤之苞采也已。

注释：

① 盱江：又名盱水、建昌江，源出广昌县血水岭，流经南丰、南城，至临川会为抚河。故又为建昌府（治南城）之代称。

② "于吾乡"句：欧阳文忠，即欧阳修，卒谥文忠。曾文定，即曾巩，卒谥文定。

《重刊刘槎翁先生诗集》序①

吾郡自欧阳文忠②、杨文节③二公为有宋一代风雅正宗，其后诗人继起，作者随风会而出，名章杰构，时时见于集中。

明代文章理学，甲于江省，钜公伟人，家有著述，虽未专以诗传，而各著于篇咏者，皆自成家数。惟泰和刘槎翁先生《职方集》早出，独衰然以诗鸣云。明初承元季之衰，刘伯温④独标高格，特开风气之先。自是杨铁崖⑤亦称巨手。若高青邱⑥博大昌明，开国气象，又在袁景文⑦、徐幼文⑧诸人之上。先生在当日颉颃时流，亦未尝与词坛絜异同、争雄长，而宋文宪⑨乃于先生诗反复倾倒，长言咏叹之如此。文宪学识超卓，时望甚尊，论诗独究其深微，必不徇俗轻重，是则先生为明初第一流诗人可知也。盖先生幼慧耄勤，专力于诗，考其生平，自潜而见，由困而亨，所阅历者甚深，交游切磋之友，多山林遗老、潜修苦吟之士。意其得力，大都在穷居布衣时。及夫登朝任官，澹于荣膴，不屑以声气要名誉，至老犹日以诗为常课，宜其造诣精纯，如金炼玉磨，久而弥新也。论先生诗者，或以钱、刘拟其风格，或以温、李况其词华，岂知先生者哉？知先生者，其惟宋文宪及清江刘公乎！二公生同时又同官于朝，深知其性情学问，故序其诗，究极源流，穷肖体状，心心相契，自以为千载知音，后之读先生诗者兼读二公序，可以论其人矣。

先生诗见于诸家选本及诗话者甚多，而全集不数见。自《职方集》漫漶，至万历后重刊，本朝乾隆间再加修补。今又百余年，板已不全，裔孙某某重付梨枣，是又君东之继绪也。集既复出，俾郡人士咸奉瓣香于以上接欧文忠、杨文节之宗派，而于先生诗尝鼎一脔者，亦得以快睹其全焉，不亦善乎！

注释：

① 刘槎翁：刘崧（1321～1381），字子高，号槎翁，卒谥恭介，泰和人。明初著名诗人。著有《槎翁诗文集》。

② 欧阳文忠：欧阳修，字永叔，自号醉翁，晚号六一居士，卒谥文忠，庐陵人（今吉安）。北宋著名文学家。

③ 杨文节：杨万里，字廷秀，号诚斋，卒谥文节，吉水人。南宋著名文学家。

④ 刘伯温：刘基，字伯温，青田（今属浙江）人。明初著名诗人。

⑤ 杨铁崖：杨维桢，字廉夫，号铁崖，浙江会稽人。元末明初文学家。其诗文俊逸，独擅一时，称为"铁崖体"。

⑥ 高青邱：高启，字季迪，自号青邱子，长洲（今江苏苏州）人。明初著名诗人。

⑦ 袁景文：袁凯，字景文，自号海叟，华亭（今上海松江）人。元末明初著名诗人。

⑧ 徐幼文：徐贲，字幼文，号北郭生，常州人。明初著名诗人。

⑨ 宋文宪：宋濂，字景濂，卒谥文宪，浦江人。明初著名文学家。

《重刊刘槎翁先生文集》序

槎翁诗集刻既成，贤裔某某等又将其文集重刊，昔吴舫翁于先生之族孙虞章收辑此集也。为之序，流连寄慨，谓人人如虞章，则前人手泽何至于久而失传。盖其于乡先贤遗文幸其存而惧其失，有倍切于子孙之思述其宗祖者。今某某此举，其亦槎翁先生之贤胄哉！先生诗集既早单行，当时皆以诗人目之，前人谓曾子固①不能诗，然南丰瓣香，诗非不工，特为文名掩，先生岂以诗名掩其文耶？然而先生固学有本末者，方其隐居，独善抱膝长吟，即已日事著述。洎荐举于朝，与宋景濂②、方正学③，刘青田④、解春宇⑤四公为文章五宗。综其前代进退之间著作数千篇，经罗文庄⑥校定，徐太守镌传其书，奚啻数倍于此。此虞章氏所刻，从毁失断残后搜辑而出，而所谓邹、罗评定者，不复得见是。又吴舫翁所感而幸者也。惟是胡忠简公全集，其子孙已经重刊，近时欧阳介卿中翰特刊《周文忠集》。而先生集乃有贤裔某某独任剞劂，使吾郡先贤之泽粲然复明于世，其于世道人心所补，岂浅鲜哉！至于先生之学与行，史备书之，其文与诗为一代作者，诸先辈论之详矣，不敢更赘云。

注释：

① 曾子固：曾巩，字子固，南丰人。北宋著名文学家。

② 宋景濂：宋濂，见上篇注。

③ 方正学：方孝孺，字希直，一字希古，卒谥文正，宁海人。曾名其学舍曰"正学"。

④ 刘青田：即刘基，见上篇注。

⑤ 解春宇：解缙，字大绅，号春雨，又作春宇，吉水人。洪武间进士，历官御史、翰林编修。永乐间，主纂《永乐大典》。

⑥ 罗文庄：罗钦顺，字允升，号整庵，泰和人。弘治六年（1493）进士，授编修，迁南京国子监司业。官至礼部尚书。谥文庄。

赵苞论①

汉灵帝时，赵苞守辽西，遣使迎母。道经柳城，值鲜卑入寇，劫质苞母，载以击郡。苞出战，贼出母示苞，苞悲号谓母曰："昔为母子，今为王臣，义不得顾私恩。"遂战破贼，其母为贼所害，苞归葬讫，呕血而死。

先儒论之曰："苞，知守官矣，而未为知义。"义者，权轻重以合乎道而宜于人心者也。使守城而君在城焉，尽死以存君固宜，若苞所守仅土地而已，岂宜以此易母而不顾乎？且亦思所以生母之方乎？或曰：徐庶之去蜀赴魏，人皆谅之。势不得已，身虽屈焉，犹为权也。或又曰：昔有盗欲犯乐羊子妻者，先劫其姑，妻闻操刀而出，仰天自刭而死，盗竟舍其姑。惜乎！苞之为母，不能如乐妻之于姑也。是二说者，皆事后之论，不足以服苞心，苞之心，惟忠臣之名是徇耳！夫五伦之际，出于性情者为最真，至于母子，尤骨肉之至切，见戚而共痛，见危而共迫，虽禽兽且然。当其仓黄急遽，神魂俱夺，目有不能视，口有不能言，手足有不能动措，安有身环甲胄，慷慨戎行，母命呼吸缧绁在前，而抗颜相对，顿分今昔断断焉。较量于臣子之间，假义以为辞，弃绝亲恩，自命忠节，有是情，有是理哉？苞之作此语，其决绝于不求生母之方者断断也，又安有徐庶乐羊之在其意计中乎？夫事处两难，不可以两全，圣人无如之何。而困心衡虑之余，穷极必通，则愚者亦有时或牖其衷，而诚感之下，往往幸出意外，即至万无可解，惟有一死以尽其心耳。若苞之死，吾不知黄泉相见，其心能安乎？否也。东汉之季，人皆崇尚节义，及其弊也，不近人情，曷若毛义[2]之喜也，出乎自然慕也，非由勉强。其不可测者，乃其可测者哉！

注释：

　①赵苞：东汉东武城（今河北清河县东南）人。少年勇武好义，孝顺父母。熹平六年（177 年）任辽西郡太守。

　②毛义：字少节，东汉末庐江人。自幼丧父，母子相依为命。家境贫寒，年少便为他人放牧为生，箪食瓢饮，奉养其母。母病伺候汤药，曾割股疗疾。以孝行著称。

谯元论[1]

公孙述称帝于蜀，征广汉李业为博士。业固称疾不起，劫以毒酒，饮之而死。又聘巴县谯元，遣使者饵以高位，不从，则毒药胁之。太守自诣元庐，劝之行，元曰："保志全高，死亦奚恨？"遂受其药。元子瑛泣血叩头于太守，愿奉家钱十万以赎父死。太守为请述，许之。及世祖平蜀，元已卒，祠以中牢，敕所在还其家钱，而表李业之闾。君子曰："业之死固烈矣，元之生，亦未尝贬其节也。"

士生乱世，苟能自高其志，不辱其身，斯固圣人之徒矣。汉自新莽窃位之后，更始、赤眉继之，盗贼四起。其时世祖方兴复汉祚，定都洛阳，天下之攀龙附凤翼者虽望风景从。然隗嚣犹据天水三辅，士大夫避乱者尚多归之，独西蜀隐君子自业、元外，又有王晧、王嘉、费贻、任永、冯信之辈，皆不肯为述屈，或慷慨捐生，或佯狂托病，皆保全名节，不降其志，何蜀义士之多耶？而或者以谯之生因其子纳赂以免，似与诸死者有间，不知其初无求生之心，其终无害仁之事，节之完不完系乎身之辱不辱，死不死无以别也。诗曰："既明且哲，以保其身。"君子不幸生以渝志，亦不甘死以徇名。是以南容能免刑戮于无道之邦，圣人犹有取焉，岂必蹈锋刃、毁肢体然后为谅哉？汉帝褒元与死节者，并表以励世，由是西土皆悦，天下归心焉。独惜其仅还家钱而未旌子孝，似为阙典云。

读汉史至此二事，尝论之，后见宋王懋论赵周守节优劣，与鄙见甚合，其举周娭比例，尤为深挚，则较谯元又有进也。因检旧稿录存之自识。

注释：

① 谯元：谯玄，字君黄，又称谯元，阆中人。少时好学，善说《易》《春秋》。久居郎官，后迁太常丞。王莽篡汉，谯玄隐姓埋名，潜行回故里。后公孙述据蜀称帝，数聘谯玄，玄不应命。

严杜交情论①

昔翟公睹炎凉之世态，自署其门曰："一贵一贱，交情乃见；一死一生，乃见交情。"味其言，足以尽古今人事之变，觉后世之《绝交论》《广绝交论》皆为赘词。余每观杜少陵之于严仆射而益感焉。

二公少时，本以亲戚文字交好甚密。武初镇蜀，杜往依之，彼此以故人之谊，欢然忘形。及再为蜀帅，表杜作工部员外郎，参谋幕府，意气之间，便不能前后一致矣。宋子京修《唐书》，于《杜甫传》载甫醉登严武之床，呼其父字，武欲杀之，冠钩于帘者三，其母救之乃止。而刘后村则据杜集《哭严仆射归梓》及《八哀诗》中有武一首，《诸将》诗中亦有《正忆往时严仆射》一首，谓杜、严二公交情若此，岂有欲杀之理！是说固然，然武方居节镇，气岸自负，房琯以故相为其属州刺史，即以属礼待之。甫虽故人，武既有表荐之恩，又为幕府属官，其心已有所挟，而甫犹恃平昔跌宕磊落，当其咏怀见意，身在王侯之间，尚负生平之志，时时流露于不觉。武虽豁达，其能无猜嫌而久忍耐乎？且诗人疏阔，其于贫贱富贵必不肯屈伸俯仰，而亲旧之嫌又不免见嫉于同僚，则左右之浸润者亦多矣！甫之依武，何尝非知己，何尝不感恩，而交情且可危可疑如此！善夫，严子陵之去光武也。子陵以江湖散漫之身，忽为物色而至，虽素知光武帝之大度，而今昔殊势，君臣隔分，能得主之待我如一，不能保己之与人无乖；能得主之不猜疑，不能保人之无物议。决之不早，断之不捷，后虽悔之，其庸可及。子陵其千古知几之哲乎？

历观古今君臣朋友之际，往往恼终隙末，其初皆如膠投漆者也。苟施之不恕，而中有所恃，则一旦决裂，有不可言者。少陵忠爱之心本于性生，其待朋友也或有失检之时，而终无少渝之志，故虽经触忤而见谅。观其于严武殁后，情深如是，所谓死生贵贱如一者，庶几近之。读其诗有曰："翻手作云覆作雨，纷纷轻薄何足数。君不见管鲍贫时交，此道今人弃如土。"呜呼！其有慨乎？言之哉！

注释：

① 严杜：严武，字季鹰，华州华阴人。至德中以荫累迁黄门侍郎，与元载厚相结。求宰相不遂，再为剑南节度使，破吐蕃七万众于当狗城。封郑国公。杜甫：字子美，号少陵，河南巩县人。唐代大诗人。

援溺说

主人蓄母犬，老且瘠，一产五子。童子恐其缺乳，去其稚而牝者，将投诸水。母犬踉跄奔随，衔衣哀嗥不已。主人恻然，呼童子还之。叹曰：

"夫物也犹有慈心哉！"嗟乎！人世溺女之妇，目睹呱呱赤子，手搦足缩，狼藉血肉，顷刻之间，宛转吞声绝于盆水之内，而其家之环而相视者，亦谈笑自若，曾不一稍动其心。人之残忍，乃至于此哉！夫人灵于物者也，顾物各具一性而其用情也专，不如人之机械百出，忽而偏爱偏憎，忽而任喜任怒。故物伤其类，各惜其死。观其孕育卵翼，拮据卒瘏，虽禽犊之爱，与人性殊，而如枭獍之自相残害者，盖亦鲜矣。孰谓觍然人面，毒甚兽心。当未产之先，预伏一可生可死之念；产迨离胎堕地，决不令稍延呼吸，必亲见其死而后已。是何为哉？

凡杀人者必其积怨深仇，甘心报复者也。不然，则一朝之忿，时危势迫，争命一间者也。若溺女者，前生何冤？并育何害？乃杀机一动，挽救无及，忍乎忍乎？解之者曰："彼恐妨于生男耳。"然及其男生而不育，则求其生亦不可得矣。又谓："虑女长而难为嫁者。"吾见其长女之奁资，必极于华饰而不吝，是又何薄于彼而厚于此耶？呜呼！以人之灵而愚顽悍戾如此，是国狗之瘈也！夫犬犹知顾主之义者也。

锡婆传

锡婆者，扬州产。先世以汤沐邑得氏。汉末有锡光者，或即其苗裔，种类日蕃，其材美者多聘为席上珍。婆隐于市肆中，守贞不字。有叟自北来，见而怜焉，挈之以归，相随数十年，至老益加亲暖。家人以叟爱，群以婆奉之，叟亦呼之曰"脚婆"云。叟好独处，春秋佳日，则卧游山水间，饮酒自适，屏左右曰："我醉欲眠，卿且去。"惟盛暑严寒必有所器使。家旧有一婢，姓竺，颇玲珑娟洁，当炎风交扇时，倚之如左右臂，人称之曰"夫人"。然凉飔起则弃如遗，好事者以纨扇嘲之。及岁聿云暮，入此室处，叟拥絮围炉，独与婆亲狎。夜观书至更阑，婆温衾以待，时或呼酒命茶，同类供壶觞之役，婆未尝少沾余沥也。

婆性端重，守口如瓶，而一团和气之中，不因人热。值春和景明，红紫争妍，婆深自韬晦，叟亦怜而惜之，庋之高阁。与竺如冰炭不相入，然从未有口舌之争，各供温清之职而已。终岁惟一布衣，日一餐，至晚方进，所受不过三升。尝曰："幸得事君子，但图温饱足矣。安敢有炎凉之见乎？"阅岁既久，常以盛满为惧。叟顾而笑曰："吾岂以温柔乡老乎哉？人生能几寒暑，亦聊作春梦婆观可耳！"于是益自退让，听叟之位置，顺时安命，以终其身。

论曰：以色媚人者，色衰则爱弛；以艺悦人者，艺穷则厌生。夫岂尽人之薄情哉，毋亦工为媚悦者之自取之也。若锡婆者，朴陋为质，不饰不雕，其进也非有所爱，其退也非有所忤，顺乎盈虚之理，而忘乎冷暖之迹，安分守贞，以听诸时之自至焉，亦庶几乎知足不辱者欤？

胡绍亭翁家传

君姓胡氏，名继盛，字映堂，号绍亭。世为庐陵淳化乡潭溪人，自宋参军君德公从范文正公幕府，退老居此。历世三十，以耕读为业。曾祖清侣，祖两柱。父愈彰，生子三，君居长。以童子应试，邑宰甄别石阳书院童生，首拔之。益自发愤，而家运屡困，父母年老，乃舍儒业，理家务，援例入监，授州同职，请封二代。

君天性至孝，事父先意承志。父笃于同气，见群季零落，思有以复翼之。君极意为之维护，俾皆成立。母氏罗，心伤外家式微。君逆知其意，商之两弟，择村后余基建祠，祀其外祖、祖母，不令有若敖氏①之叹。又恤其旁支遗孤，为教养婚娶，以慰母心。母臻上寿，亲见五世同堂，膺旌赐。尝遵父命率本支捐建义仓以备荒歉，族中男妇年逾六十无倚赖者，复捐田以周给之，皆君之孝所推暨也。

先是，本族逋赋累年积至千余缗，县官下乡催征，众张皇无措。君禀命于父，倾囊代输，官以善行可风奖之。君更倡集族众捐赀，兴急公义局，按户晓谕，由是岁输如期，无催科至其村者，乡风为之一变。道光癸巳、甲午大水，田庐半淹，县官申请赈恤，择公正绅士分任其事。君按灾之轻重，量为之给，有最惨者均给，不足则自垫钱益之。事毕缴册，有妄意其隐蚀赴诉者，及核其所给数，乃浮于所领。官廉得其情，乃斥诉者而告诸众曰："绅士如胡某者，真笃实君子，肝胆照人者也。"表其门曰"名重乡邑"。丙申，郡守谕各属兴义仓，君首输千金为庐邑倡。城中有五贤祠，祀颜鲁公以下有功德于吉者，岁久倾圮，君慨然承修费千八百余缗。

其他建茶亭、修治桥路、施槽掩骼诸善行，不可枚举。君性情爽直，与人为善，人皆信服之。里中有争斗，辄为之排解，咸帖然。君早弃学业，然好读经史，于前言往行，必深究其始末，至老不倦，教子绳以礼法。晚年述其生平事曰"随意录"以示后人。年七十四卒。其后数年，乡党宗族咸思其内行，以孝义事实上之，有司申请入奏奉旨旌表。子二：苞、莱，皆庠生。苞尤有父风。

旧史氏曰：曩余主讲青原书院，胡生苞奉父命督修五贤祠，属余作记，亦出其所作《郎侯井记》相质，因得备悉当日办赈事，彼时以为君有义士风耳。既而详观请旌事迹，而后知君之义，皆君之孝也。孝在养志，能善继志，斯为大孝。呜呼！自世以奇行为孝，以乐施为义，纷纷上渎，冀邀宠荣，名则同而实则异矣。若胡君者，以孝行义，即以义成孝，表厥宅里，其庶足以信今传后哉！

注释：

① 若敖氏：春秋时期楚国的芈姓家族，内部分斗氏和成氏两支系。不少成员在楚武王至楚庄王时代长期担任军政要职。经过楚庄王九年若敖族之乱后，若敖族地位迅速下降，但其后裔仍不时出现于春秋末期和战国的楚国政坛。

罗文江孝廉传

咸丰丙辰正月二十五日，吉安城之陷也，文武官自道府参将以下死难者七十余人。惨之甚，烈之甚。由今思之，城被围六十余日，兵勇四五千困守待援，曾未闻有一将一弁挺而与贼交锋对敌，而诸路之师亦遂坐视其危而莫之救。此论事者不能无叹息痛恨，深哀之而又深惜之也，而犹轰轰然有岁前十二月十四日罗孝廉出城杀贼、奋不顾身之一事。

孝廉名子璘，号文江，庐陵淳化乡人。先是癸丑七月，泰和土匪邹恩滢、刘得添等作乱扑郡城。太守王公出剿遇害，势甚张。孝廉居与泰和接壤，贼踪时往来。孝廉与近邻胡茂才苞联村起团堵截之，擒其渠刘得添，斩首以徇，于是罗文江之名日著。会楚师援吉，罗公螺山、刘公荫渠分道剿安福、泰和，一鼓平之。罗公师旋过郡，孝廉投刺往谒，愿请受为弟子。罗公鉴其诚，且伟其志，略为口授练兵行军之法。自是益讲求兵事，集乡团激以忠义，乡人乐从之。时吉属初靖，邻境多故，署太守崔公素知孝廉名，令简壮士五百人驻城，号保卫军，日加训练，遂成劲旅。逾年，崔公移官山右，孝廉亦辞去，军渐弛。新太守陈公重整城防，诸勇多新募，练尚未精，乃复延致孝廉，仍统其军精锐，复为所用。

乙卯八月，贼陷茶陵，逼永新，郡中戒严。太守属孝廉增募新勇，半月间得六百人，号祥和军，悉以备城守。方是时，柏参戎出堵城隍隘，既溃而奔贼，旋陷。安福巡道周方帅师赴援，见贼氛甚炽，知势不可御，乃入保吉安城。孝廉亟请率所部营于城外真君山以遏其锋，弗许。是为十一月十八日诘旦，果有贼数百踞山麓，焚其寺宇。孝廉自城上望其安营未定也，请急击之，令后至者胆寒，然后可迎剿也。又弗许。十九日，贼竟大至，直逼城下，围焉。孝廉忧愤益切，登陴巡徼，夜寒风烈，仰视天狼，芒角森射，拔剑怒指，誓欲灭此而朝食也。贼攻围既久，孝廉屡请背城一战。巡道意以上下援兵克日可至，欲俟内外夹攻，而不料楚之凤营已溃于樟树，南赣兵又阻于泰和，城中愈惶急，乃许孝廉帅勇出城以观贼势。十二月十四日五鼓，孝廉选壮士三百人出东门，直捣贼垒，连焚七寨，杀贼无算。天大雾，贼纷纷惊窜。乘胜进剿，士卒亦愈奋，更转而北，忘其深入，日高雾散，贼四面啸聚。急收队，行一里许，忽心疾作，坠马，掖而上。未半里，至螺湖桥，又坠，返顾追者已近，马亦惊，遇坎跃而过，遂蹶仆于地。有亲兵罗家游、黄相铨者以身蔽之，孝廉犹骂不绝口，贼众攒刺之，俱死。越日，巡道遣人缒城赍蜡书赴赣告急，而援兵竟不果至，以及于陷。孝廉死状由是始上闻，奉旨优恤，赐祭葬，荫世职，时年四十岁。

曩者黄莘农少司寇筹饷在籍，遇曾涤生星使于章门①。论将才之难，星使曰：“武臣不惜死，惟书呆子能之。”因问江省有其人否？司寇以文江对。其时文江方练军于郡，思往从星使而未逮也。余初主鹭洲讲，文江肄业其中，不衫不履，独咏于廊阶下，以为腐儒之常态耳。既而庐陵适有因漕阻考之事，当道属余通其情于上下。文江时在廪保之列，独挺身而出，一言决之，事遂寝。余乃知文江固有胆识人也。犹记崔太守阅练于演武厅，余与黄司寇俱在座，见文江指麾行间，进退整暇，居然有经武之略。冀其将为世用，建非常之勋，而不意其仅止于是也。悲夫！

　　曾祖庆位，祖正雅，均以孝友载于邑志。父道升，大学生。母胡氏，文江阵没时，母年已七十，其孤振铃仅数岁。文江有友郭广文、俨与胡茂才钜，皆称肝胆交，恤孤赡寡咸赖焉。郭广文为次其死难事綦详，余采其大略为之传。

　　赞曰：天地之义，气锺于人。为忠为烈，虽匹夫有不可夺之志，其性使然也。闻文江生而磊落不羁，幼时好击搏为戏，又部勒群儿为战阵，辄有法。及入塾受书，过目成诵，十岁已毕十三经，为文下笔恣肆，千言立就，长而名噪词坛。所居近文信国公故里，得其集读之，慨然向慕，有所感触，动称文山先生，人目之非狂即迂。然卒以杀身成仁，此圣人所谓志士者欤？

注释：

　　① 曾涤生：曾国藩，号涤生。星使：古代天文家认为天节八星主使臣持节，宣威八方。因称皇帝使者为星使。

欧阳介卿先生墓志铭

　　公讳棨，字壮怀，号介卿，系出渤海，自唐迁庐陵，世居安平乡之钓源。至三十三世为公曾祖，讳滋，太学生，以孝友传。祖讳国宾，太学生，以义行称。父讳黻，附贡生，以学行著。由公累晋显秩，三世皆赠资政大夫，妣皆赠夫人。公以世德积累，锺毓英奇，幼承家训，辅以名师益友，琢磨令范，庠序蜚英，早登乡荐。方是时，高堂具庆，伯氏既观政部，曹仲氏亦以贤书官京秩。公年方壮盛，通籍薇垣，联步朝班，人咸谓壎篪奏雅，必将和声，为盛世一鸣。而公高情中淡，至性殷肫，时深望云之思，遂有陈情之乞。彩衣归里，色笑亲承，属戚党为太翁与太夫人寿，见白首齐眉，如宾相敬。回忆亲迎之岁，甲子适周，乡俗以花烛重逢最为欢庆，乃倩工绘《庄山偕老图》。一时名流赋诗纪盛，朝野荣之。自是依依膝下，朝夕承欢，不复作出山想已。敏斋兵部郎署、芝田国子先生皆公同怀兄也。从弟梅龛太守、峻溪分司皆能以公之心为心，淡于膴仕。先后归田，友于式好，数十年杖履过从，欢聚一庭，至老弥笃。过其里者，闻风景慕，咸目为钓源五老云。

公席饶裕，足称其好善之量，于郡县族党义举未易更，历[1]数其最有功先贤、嘉惠士林者，如校刊《文忠公全集》及《毛诗本义》《原功文公圭斋文集》，数典不忘，克光令绪。又以周益国公当年曾校刊《文忠公集》，而至今《平园集》失传，闻内府有影抄本，展转录出，又得张古愚太守家藏残帙，互相参稽，详审精密，躬督剞劂，于是《益国公集》向之视为瑯嬛秘笈者，复见人间，此则公不朽之盛业也。

公天性笃谨，而具干济才，遇大小事，胸中自有经纬。晚觏时艰，深自韬晦，端居一室，图史箴铭，罗列左右，泊然其中，不以境易其素。平生一无嗜好，惟以济人利物为念，远近咸钦仰焉。绎自乞养南归，乡邦耆旧中如公与王公霞九前辈，德均望齐，可模可范，近在桑梓，日切瞻依。乃天不慭遗，王公已往，公又继之，老成徂谢，空忆典型，深为人心风俗一恸也。公生于某年某月某日，卒于某年某月某日，享寿八十岁。元配易夫人。子煦，光禄寺署正，先公没。孙峰，员外郎。曾孙瑶儁，环儁，瑜儁。铭曰：

完璞在山，孰名其异。善源如水，孰穷其际。纤绂不耀，拥书弗豪。握珠怀瑾，弥见其高。乡里仪型，人伦冠冕。德与年齐，庆随荫远。瑶编世守，不朽斯存。水潺山峙，慨然九原。

校：

[1] 历：原文作㑇，以理校政。
[2] 嬛：原文作环，误，径改。

浙江建德县知县乐君兰史墓志铭

呜呼！名士不易言，循吏尤不易言。躬膺民社，处危难之交，不独恃乎其德，亦实赖乎其才，而才非养之以学，则虽知能自诩，终无以任重而济艰。若建德乐君，其殆所谓古之遗爱欤？

君讳薇，字平书，号兰史。系出宋乐公史之后，世居抚州东乡。曾祖讳瑞珍，祖讳文德，父讳鉴邑，庠生。三世俱以君贵，得五品赠封。君兄弟四人，行居三。幼禀异质，既长，从名宿游，肆力于古。尝读书庐山鹿洞，岁暮不归，冷泉寒雪中，深自淬厉。顾淹诸生十余年，辛卯始以优贡登乡荐，年已三十二矣。又七试礼闱，弗售。至甲辰乃由教习期满，得知县，分发浙江，人皆以小就惜之。君固安于遇也。外官教习班次循资，甚纡上游。以君才学可任用，历委署遂安、归安、长兴篆，政声日起。旋题署龙游逾年，补严州、建德。正值上下寇警，君至则抚绥镇定，筹团防，转险为夷，民甚德之。又因寿昌方陷贼新复，州守檄君兼摄寿昌事，咸赖以安集。时杭州不守，自富阳以下逃兵溃勇，所至扰掠。君率民团弹压防护，威爱兼行，境内竟保全无事。继而省垣乱定，华埠之贼复窜入严属，逆氛益逼。君慷慨誓众，愿以死守，民感其意，齐力防御，贼遂由分水、昌化而去。君外攘内安，供亿奔走两月有余，昼夜焦劳，至是心力交瘁，而疾亦作矣。

君为政安静宽和，不事操切，一出以至诚，钜细无不就理。历任疲剧，兴学校、戢奸宄、祛漕弊、正风俗，无非实心实政，故所至人爱，所去人思。假令君身当大任，必能宏济艰难，如使早得真除，久于其地，其从容设施以展其才，行其所学，于两汉所传循吏又何让焉。君没之前夕，建德民咸见其驺从巡逻于道，遂惊以为神。盖君之精诚贯澈乎终始，凡其所莅之处，无不尸祝而馨香奉之，况于建德，其当庙食斯土也固宜。君天性孝友，持躬笃敬，交友必以诚。居京师日久，硁硁自好，守义不妄干人。及官于浙，常怀恬退。方需次时，构数椽于紫阳山麓，自署西湖吏隐，与僚友觞咏其间。盖性情淡定有素，故当大事而不动声色也。君为文有奇气，而克自内敛，人高其品格。诗清丽雄奇，兼而有之，书法颜、柳，每酒后，醉墨淋漓，偶然名士风期也。所著《静味轩诗文集》若干卷，藏于家。君生于嘉庆庚申年正月十六日，殁于咸丰庚申年五月初五日，享年六十有一，配王宜人，侧室楼孺人。子二，士颐以姪承祧，士彬楼出。孙亨元，士彬出。士颐为君平日所钟爱，能读君书，以状来乞铭。

铭曰：

> 纯质炼其坚刚，利器淬其锋芒。忠信恬于风浪，正直肃于秋霜。故能历常变而如一，遇盘错而无伤。君之德兮不朽，君之灵兮孔长。何俟推测乎幽明之理，而民心已没世难忘。

祭亡室陈淑人文

呜呼！淑人与我一世伉俪五十五年于兹矣！同侍堂上，晨昏共之，自少至老，前倡后随，从无乖忤，惟有婉怡。壮年仕宦，舟车奔驰，晚岁多艰，颠沛流离。同甘共苦，至老不衰。前六七年，犹为老媳痛，自吾母见背，陟岵同悲。数年以来，尝有忧思。幼孙既逝，长孙继摧。尔所钟爱，朝夕涕洟。积老成疾，遂至痿痹。一旦撒手，同巢分飞。呜呼伤哉！阴阳顿隔，离合何奇？假如生世，相逢路歧。吾父吾母，犹得赡依。长幼两孙，仍旧提携。虽在泉壤，无异庭闱。生者永痛，死者如归。一别杳然，又安可知？

嗟尔一生，克孝克慈。勤俭贞一，家宝攸宜。应无堕落，或返瑶池。老夫耄矣，夕阳晚晖。死而有知，其几何时？呜呼！举案已矣，同穴为期。吉壤既卜，送尔灵輀。几筵如在，尝兹一卮。古今同一概，而又何嗟咨？

上祁司农书

自违教范，邃及一周，每念训迪期望之盛心，日展转于胸中而不敢一通启迅者，良以地分殊暌，惧涉私渎也。但伏思老前辈开诚乐善，虚怀若谷，往者直庐趋侍，窃见忠荩之思溢乎词色，时于末座，微有所陈，未尝不拚谦纳之。或立见诸敷施，是老前辈不以众人遇绎，而所以抱知己之感者无穷也。

绎奉养山居，毫无闻见，惟近来边报自远而近，传说不一。前读四月二十七日上谕，仁育义正，浃髓沦肌。尝与乡里父老敷宣推阐，莫不洒泪抚膺，同仇切齿。窃以为逆夷毒焰即就消灭，今虽由海进江，而孤军深入，主客之形，众寡之势、顺逆之机，皆有自取败亡之道。即未闻我师与对一阵、交一锋，或者以静制动，以柔克刚，以虚应实，此中机密，非局外人所知。屏气侧耳，以待好音，谓立有奸寇除凶之日，以大快人心也。乃忽闻有招抚官船由江而下，深以为疑。又传说故将军仍遣张纪往夷船会话，道路之人皆曰："此上年故事也。二故相当，复秉钧矣。禁烟烧烟者，不其危哉！"又传说逆夷回言要索烟价、战费洋银二千万。江宁省城三百万，如数付给，即行罢兵等语，甚讶听闻。逆夷包藏祸心，以烟土流毒中国，胆敢因被烧索价，已为欺天悖理，况又以战费为名，似此狂吠，实千古所希闻，至此而不愤恨深痛者，非人情也。现又闻有钦差前往京口办事，听言者皆以为无非招抚耳。夫羁縻之说，为机先未发之时言也。今既敢于肆逆矣，即浩荡相容，不以威而以恩，但用好言慰谕，能使一旦翻然悔悟耶？设若仍逞其贪心，果真以利为请，又将何以应之？夫逆情反复，前鉴非远，假如彼以利请，则应之以利，不满其数，其饕餮未已，即满其数，其谿壑果盈耶？毋乃启奸宄之觊觎，抑亦失中原之威重矣。且夫天下士民之所以踊跃捐输，急公赴义者，日以助饷也，谓以赡军旅、御寇贼也。若以之赍盗粮、饱敌仇，恐非所以激发众心也。被贼残破州县，哀鸿未集，田里荒芜，尚无生计，正待抚绥，以无益之施，而为有用之惠，不亦得乎！况从逆之民皆游手无赖，徒贪其利而乐附之，使益之以利，安保其不以为饵而网罗吾民也。曷若留之以散给流亡，招集离散，使之革面回心，多一民即少一奸乎！

大抵固国本者，不患敌势之猖獗，而患众志之不坚；不患州邑之疮痍，而患群情之不治。窃观草野舆论，莫不以逆夷之肆虐为可恨，而以还烟价为可羞，则可知民情之大可用也。夫夷情贪婪，见利即进，遇创必退，果使一经剪除，将海疆永靖，必不敢复萌异志。否则以肉投犬，以饭饲丐，愈引愈前，愈禁愈多，未有了时。宋之于金，明之于倭，可为寒心。此国家最要最切之关键，不可不审者也。但传言搴揣，未必皆真，军情秘密，敢能臆料？方今尧舜在上，朝宰得人，而阁下赞襄密勿，思深虑远，必早见及于此，所以急切不得不有所启陈者，亦区区愚直之衷，欲藉以报知己耳。

注释：

① 祁司农：祁寯藻，字颖叔、淳浦，号春圃、观斋，山西寿阳人。嘉庆间进士。历官至军机大臣，左都御史，兵、户、工、礼诸部尚书，体仁阁大学士、太子太保。咸丰帝即位，更得重用。后自请辞官。咸丰、同治之际，密陈厘捐病民，力请罢止。论时政六事。同治元年（1862），供职弘德殿，教同治帝读书。五年后卒。谥号文端。

复李太守书

昨承复示，并读李迈堂①文，平实详赡，法度不逾。平日所论，与姚姬传②不合，故其选明文不专在归唐一派，亦是独出之见。明代传文甚多，名家者自不仅此，阁下欲将其所选但刊金元四家，至为允协，将来续刊，另作《明文选》，未为不可。文何必以家定，家又何必以人限耶！

来示今岁会试，士子撄文网者甚多。近来廷臣于开捐则推广不已，并及于刑馀，于取士则苛刻日甚，罔恤其廉耻，似非所以培元气也。昨复迈堂书，谓今日之势，莫要于培元气。阁下试取其书而赐览焉，愿更有以教我也。但培元气在于得人材、固民心，上无言利之臣，则贤才进矣；下无贪黩之吏，则闾阎安矣。元气之复，必由于此。昨接京信，闻江西有奸民结党，欲谋开矿之举，先蛊惑于乡绅，密耸当路，将以入告。此事喧传于都下，而桑梓竟未之闻，其谋深矣。若果行此，于国计毫无所裨，而于民间则害有不可胜言者。前庚子岁言官发之，而阴为和之者，尤有其人，人心危惧。时绎与贵同乡祁春圃尚书傸值内廷，切切然忧，遍将列圣谟训及明季矿害汇集于前，反复商议。适尚书被召，临入时犹极力赞之，果蒙垂问及此，尚书胸有成竹，遂剀切指陈。明日又具札数千言上之，赖天子明圣，深为嘉纳，由是议不果行。此并无一人得知者也，然彼时犹谕督抚查复，亦无有以为可行者，是以中止。今若由外而入，一路复有神通，万一得有俞旨，将如之何？省中何处可以探询，乞为留意。惟愿事属空言，当路亦不肯曲狥，斯大幸耳！

山中蟄伏，本应三缄其口，而耳闻目见，动魄惊心。谁无血气，能不郁结？何日官阁清凉，一谈风月也。所刻迈堂二文，足以警世，文亦真朴可传者。此复。

注释：

① 李迈堂：李祖陶（1776～1858），字钦之，一字迈堂，嘉庆道光间上高人。用毕生精力，注释了自唐以后的诗书，编选唐、宋、元、明、清名家文选。著有《国朝文录》174 卷，《迈堂文略》32 卷，《金、元、明八大家文选》53 卷，《史记》9 卷，《迈堂诗稿》24 卷，《资治通鉴》144 卷，《唐二十家文抄》《国朝四家诗稿》等书，共有 1000 多万字。《国朝文录》初次出版时，国内外求考清朝者争相购买。

② 姚姬传：姚鼐，字姬传，安徽桐城人。清代著名文学家。有《惜抱轩文集》等。

答张学使书

日前至省，亟欲一见请教，而棘防未撤，投刺未通，趑趄反棹，瞻系无涯。旋奉手书，并荷忠告之规，且见大君子爱人以德，铭心刻骨，何日忘之。

弟里居侍养于今十年，心如止水，尘念全消，不意忽奉明问，感激惊惶，莫知所对。蒙老母再三训示，谓尔陈情在告，相国知之，圣天子知之。而天恩高厚，既不肯拘于成例，而概为弃置，又且婉致温纶，而不为敦促，心非木石，谁能恝然？泣念先皇帝知遇之深，告养以后，犹蒙记忆，今不得复见龙颜，而小臣又无由叩谒梓宫，亦欲藉此一行，或可瞻望山陵，一伸哀慕，聊以展蝼蚁之微忱。且若幸得陛见，即仍乞养还里，此情当先求相国代陈，谅无不蒙俞允。区区之私，实在于此。是以谒中丞，恳其复奏。原拟秋往冬归，望阙循陔，两存隐愿，特未尝明告于人耳，夫岂有希荣倖禄之心哉？弟虽庸陋，不足比数，然于出处之道，亦尝闻于师友矣。但必矫激鸣高，问心亦复难安。夫以一纸陈情，遂得窃美名而动众听，此甚便甚利之事，乃思为万里往返，亦何其不惮烦耶？阁下亦可以深谅其苦衷矣！

计此时中丞必已复奏，来示谓可另作措词。苟揆之情理，各协得以中止，乞即早示南针，指我迷途，不胜企感之至！

致张小浦中丞书

前以使节还朝在迩，本拟俟撤棘后舣棹章门，一话离悰。继而有开府之命，深喜福曜常临，即小草在山，亦可近依光照。转觉崇辕画戟，不便瞻趋，以此中止。忆春初谒晤，以此间士颂民俟，更有冀倅攀留之意。兹果得偿所愿，庆忭如何？伏维宣德勤施，上副倚畀之隆，下慰苍生之望，无任祝颂。邻疆不靖，军务劳午，知桑土绸缪，倍勤轸念。仰赖洪庇，以固吾圉，是为幸耳！

绎奉母山居，偶以讹言四起，遂至闾里相惊，不得不出为调护，与地方官互筹乡守之方，人心藉以稍定。近日消息渐好，风浪渐平，方期净扫余氛，同享丰乐，乃昨忽有新闻，以推广捐输，竟至举人秀才，皆可滥及。初尚秘之，以为纵有部议盈廷，岂无诤言？事必格而不行，无徒扬之以惑乡愚。及至郡城，则煌煌告示，早悬之以为招矣。遍闻士论沸腾，自农商以至舆台妇孺，莫不揶揄而耻笑之。嗟乎！人同此心，心同此理，不审大司农为国为民，穷思殚力，竟出此千古未闻得意之笔，天乎？人乎？我国家造士育才二百年来，何一不循名责实，即一举人秀才，经几番考试，严关防杜倖进，如此其慎重，是以得之者不肯自轻，不得者不敢怨望。至于穷年呫哗，虽短褐藜粥，老死沟壑而终不悔焉。盖士气固则国本安。今部议如此，则是富者得志而骄人，贫者灰心而丧气。瓦解之势，甚于土崩，吁可危也。前此粤逆就擒[1]，槛车在道，传闻自言乃一不得进学之童生，可不惧哉！

绎前年出京，吕鹤翁赠别诗有曰："为问泾阳张吏部，回天还有谏书无？"不知吕旃德今作司寇，何以嘿嘿，则愈不得不望于阁下也。数日以来，夜不能寐，辗转思维，如骨鲠在喉，不得不吐狂妄之言，惟贤者察焉。临颖不胜惶悚迫切之至！

校：

〔1〕擒：原文作搞，误。

重建白鹭书院记

鹭洲书院毁于丙辰、丁巳[①]，越数年乱定，前太守曾公始兴课士之费，然废院荒洲，榛芜瓦砾，肄业生无所栖止。矧异端之教方煽，势将迫为敌。余忝居讲席，心滋惧焉，倒澜谁挽？筑室道谋此事，岂能姑待者？爰不得已，为改建之计，请于太守定公，倡集众议，择城西仁山废寺而奠基焉。合十属以筹费，而诸乡绅好义之士咸乐为擎举，乃定规制，上祀至圣，崇构岿然。墀下隔以垣墙，为山长斋舍。前门讲堂，左右翼以六斋，斋十间，各有厨有门。左前为六君子祠，右前为景贤祠，悉乃旧制，共计房舍八十余间。门内外皆位置整齐，东南隅建阁，可以远眺鹭渚。周围筑垣广百丈，门坊曰"古仁山"，不忘其初也。讲堂旧额曰"道心"，今易"闲道"，则隐寓改建之意云。嗟乎！舍洲而陆，名存而实未尽亡。已令人有沧桑之感，而渊源可溯，横流沸之，不有砥柱以大为之防，奚以为吾道之闲哉？闲者何？君臣有义，父子有恩，夫妇有别，长幼有序，朋友有信。天之经也，地之义也，即人之道也。否则与荒裔之浑敦穷奇何异？吾儒之所以讲学，不外明伦。人心由是而正，风俗由是而厚。若乃薰心名利，廉耻弗顾，而机巧自矜，读圣贤书，苟不能择善固执，将随波逐流，一任江河之日下，夫岂重建之本意耶？

是役也，经始于同治年月，至年月落成，计用费一万一千有奇。太守定公捐廉为倡，而始终赞其成者彭太史世昌、比部世芳兄弟之力为多云，是为记。

注释：

① 丙辰、丁巳：咸丰六年、七年（1856、1857）。

重建滕王阁记

今上御极之三年，金陵底定，大江西南，有维新之象。明年，特命中丞刘公抚我疆宇，扶衰起敝，绥辑而缮完之。数年之间，百废俱举。会城内外之颓坏荒残者，次第还其旧观。岁壬申②，乃有重修滕王阁之役。越癸酉③秋落成，不费民财，不劳民力，规制仍旧，而气象聿新，观者徘徊而兴起焉。邦人咸谓绎曰：子奉大中丞命，重修通志，此盛举乌可以不记？

夫是阁也，创自滕王元婴，不过骋游观、供宴赏已尔，非有流风善政，足系讴思。即后之阁公，亦岂于滕王有景行之慕，徒以嘉辰盛集，得王子安诗序以纪一时胜会。洎乎重修之年，又有韩文公一记，前后辉映。而滕王遂以阁传。然则江山之好，亦赖文章为助，古今不朽之业，其必有藉以存乎！尝读二公文，流连俯仰，感身世之遭逢，因寄所托，有慨乎其言之。自唐之后，作者代兴，已不免碑残而简断。绎何人？敢希嗣响，顾念自弱冠逐队省闱，即尝游是阁。其时在嘉庆癸酉以后，重修未久，栋宇犹焕，王之诗序、韩之记，赫然悬于屏间。迨道光中毁而复新，绎自馆阁出，舟泊江干，尚及一再游，已非昔日规模。至咸丰初，遭粤寇蹂躏，绎适被团练之命，重过其地，则数椽撑挂而已。乃今得遇大中丞以纬武经文之才，缔造我乡邦，岿然复见南浦西山之映发，不可谓非厚幸！

回忆五十余年中，前后废兴迭见，吾身之惊喜忧乐，若与是阁相循环往复，以视王子安之旅游、韩文公之愿游而不得果游者，其意境为何如？其感慨又何如耶？亦惟愿与邦人士，庇中丞之德泽而长游于盛治巍焕之中，则桑榆未晚，尚得跻攀而蹈咏之。

校：

〔1〕俱：原文作具。

注释：

① 中丞刘公：刘坤一，字岘庄，湖南新宁人。咸丰间与太平军作战有功。同治三年（1864）任江西巡抚。清代各省巡抚例兼右都御史衔，故巡抚亦称中丞。

② 岁壬申：同治十一年（1872）。

③ 癸酉：同治十二年（1873）。

吴　觉

吴觉（1799～1870?），字道民，号梅雪，又号希甫，武宁县人。"其为人风骨高骞，空山偃蹇"，尤重气节。"天姿最优，不屑屑竞时尚，好古文词。"远效唐宋诸大家，近以其乡村前辈张望为楷模，为文神深旨远、简洁高古。著有《芸海阁文集》。以下诸文选自清同治八年梅雪草堂刊本。

赠邓生序

人患不刻苦耳。士君子章甫缝掖，学孔孟之道，居则为佳士，出则为良臣。溯其所由得，未尝不从刻苦中来。人徒见其学问淹贯、文章富丽、品行端方、意量宏远、经纶饶裕、事业彪炳，以为事关天授，非由人力，不知其茹苦含辛，沉潜于斯道者，固已久也。

邓生，邑下坊人也。道光己丑冬从予游。予时一席空山，二三弟子外，惟古人相对。岁莫天寒，小窗多隙，时而冰积砚池，时而风敲败纸，布衾如铁，敝裘不温，虽墙外梅花亦几几乎有冷意焉。而邓生天机泼泼，读书著文，哦诗作字自若也。噫嘻！其真香中别有韵，清极不知寒者欤！而其诗文则日进而日上。惜乎天将改岁，诸弟子倥偬谋归，邓生亦不能独留矣。

明年，予将有霞庄之役，不能携生同往，生亦不能复从予往，予于是有懰薴①焉。邓生勉乎哉！夫文章者，科名之阶，而品学则文章之所从出也。传曰："太上有立德，其次有立功，其次有立言。"欧阳永叔曰："修之于身，施之于事，见之于言。"欧阳未有不从本而之末者。生天资夙优，且能刻苦也如是，由是端其品行，博其学问，宏其意量，富其文章，纵使伏处茅野，未克发为经纶，见诸事业，而缝掖章甫，其亦无愧圣人之徒也夫！邓生勉乎哉！邓生名潾，字润秋。

注释：

① 蒂芥（dì jì）：古同"蒂芥"，细小的梗塞物，喻嫌隙。

先器识而后文艺论

文学，圣门之末科。故夫子曰："行有余力，则以学文。"又曰："志于道，据于德，依于仁，游于艺。"由是观之，文艺固不可废，然较之器识，先后判然矣。器识者，文章之本，才艺之原也。宜沉而不宜浮，宜静而不宜躁，宜深而不宜浅露。古之君子其器大，其识超。才也而济之以德；技也而贯之以道。故能为天地立心，为生民立命，为往圣继绝学，为万世开太平。三代以还，如汉之孔明①、唐之退之②、宋之永叔③，皆其人也。唐以诗赋取士，而初唐四杰④，沿尚江左，以骈体文见称，睥睨一世，要之器识，不能沉、静、深、藏，卒见鄙于裴行俭⑤。吾谓之四子者，非独器识不足，即文艺亦未见其有馀也。苏子瞻⑥论韩文曰："文起八代之衰。"斯言得之，是知士必优于器识而后可言文艺。有优于器识而绌于文艺者，未有绌于器识而优于文也。"道心常存，人心听命。而仁义不假，强为圣贤，亦可渐几矣。"孟子之言，洵发前圣所未发哉！

注释：

① 孔明：（181～234）即诸葛亮，字孔明，琅邪阳都人。

① 退之：即韩愈。

③ 永叔：即欧阳修。

④ 初唐四杰：指王勃（650～676），山西河津人，有《王子安集》；杨炯（650～693），陕西华阴人，有《盈川集》；卢照邻（634？～689）北京大兴人，有《幽忧子

集》；骆宾王（619~684?）浙江义乌人，有《骆临海集》。他们反对纤巧绮靡，提倡
刚健骨气，名噪一时。

⑤ 裴行俭：（619~682），字守约，卒谥献，山西闻喜人。通兵法，善知人，兼工
草隶。

⑥ 苏子瞻：即苏轼。

人　说

人之所以为人者，仁而已矣。

人生于天地，而肖乎天地。韩子曰："形于上者谓之天，形于下者谓
之地，命于其两间者谓之人。"又曰："日月星辰皆天，草木山川皆地，夷
狄鸟兽皆人。"朱子曰："天地之心，其德有四，曰元、亨、利、贞。"而
元无不统，其运行焉，则为四时之序，而春生之气，无所不通。人之心，
其德亦有四，曰仁、义、礼、智，而仁无不包。其发用焉，则五常之情，
而恻隐之心，无所不贯，故论天地之心者，则曰乾元坤元。四德之体，用
不待悉数而足。论人心之妙者，则曰仁人心也。四德之体，用不待遍举而
该。盖仁之为道，天地生物之心，即物而在。情之未发，此体已具；情之
既发，其用不穷。诚能体而存之，则众善之源、百行之本，胥在是矣。故
人之所以为人者，仁而已矣。必体乎天地生物之心，不外乎仁，而温然蔼
然，爱人而利物，后别于鸟兽草木而为人。且夫鸟兽草木亦有得天地之性
而仁者，凤麟芝草弗论矣，乌鸟之爱、虎狼之思、豺獭之孝、蜂蚁之义，
非仁乎？草有屈轶，木有连理，枯杨之稊，枯竹之笋，非仁乎？人而不
仁，其视鸟兽为奚若，视昆虫草木，又奚若乎？医书以手足痿痹为不仁，
夫手足不仁，则四体不备；心不仁，则方寸已亡；体不备，不可以为人。
心不存，尚可以为人乎？先儒谓义训宜、礼训别、智训知，惟仁不能以一
字训。盖仁之理全，仁之道广，包四德而贯四端。言先后，惟仁为先；言
大小，惟仁为大。故君子无终食之违，无造次颠沛之去，诚以天地生我而
为人耳。仁则人，不仁则不人耳。善夫！

《皇极经世》曰："仁配天地，谓之人。惟仁者，真可谓之人矣。"

至人面犹是人，心已亡。不体天地生物之心，不如草木鸟兽，且无论其速朽，亦空生于天地间耳。而犹诩诩然以夸于众曰："我何如人也？"是尚得为人乎？天地亦何赖有此人乎？呜呼！人之所以为人者，仁而已矣。

己未天贶节前三日，梅雪雨窗稿。

说　石

予好石，石之屹然成山者边吾庐，故字山房曰"环石"。然其为土之精，形钜而质重，<u>丛</u>丛壁立，奇峰万仞，烟云出没，望之若神。好之者不能取而去，惟可玩而味也，故亿万千年而不能得。

予游山时，于寒烟腐草中得一石，小而奇，今数十年矣，竟未有俪之者。其长不盈尺，置之几席，则此山之灵秀皆在，予宝爱焉。客有戏之者，曰："子之与此石也，将以老也。然石不能言，子何癖好如是？方之具袍笏而拜而呼兄，与醉卧于别墅而醒，手忙脚乱弗去者，不更甚乎？"予曰："诚然，然念有天地以来，何地无山，何山不石，而长不盈尺，置之几席，阅数十年不改者，果有同此者乎？抑又念长不盈尺，磊磊落落，而废弃于寒烟腐草者，果皆置之几席，阅数十年改乎？吾独悲夫亿万千年，此石废弃于寒烟腐草，而乃一日见取于吾也。吾又悲夫亿万千年，此石废弃于寒烟腐草，而仅数十年见赏于吾也。吾更悲夫亿万千年，石之负其奇，废弃于寒烟腐草，而置之几席，长不盈尺，相赏阅数十年而不改者，仅此一石也。吾其与此小而奇者庆相得以终老于环石山房也哉！然<u>丛</u>丛壁立，奇峰万仞，烟云出没，望之若神，不能取而去，犹可玩而味也，其屹然成山者故在也。"于是慨然执笔而为之说。

乙卯九月初一日夜

鹞　说①

有鹞攫予鸡雏，予时在旁而弗能救，震其疾也。他日，见有中火药而死者，视之，俨然鹞也。其即是欤？其非欤？吾不得而知也。然是鸟也，虽山中不常见，故疑其是。因喟然曰："鹞之不得其死，宜也。"鹞与钟山鸷鸟为兄弟，性恶而贪。鸡，家畜也，又德禽也，雏更不可戕也。不可戕者，而竟戕之。鹞食雏，人即食鹞，若俨然具报复之理也者，岂不可悲哉！是知灾恶祸贪，天之常道。鹞何不幸而不鸾凤而鹰鹯而为鹞。借使鹞不为鹞，弗恶弗贪，则无前日攫雏、后日再来之事，操火药者，何从中之乎？夫疾不过火药，鹞不能自救，与予之不能救雏一也。

甲寅小春中澣　梅雪　草

注释：

① 鹞（yào）：雀鹰的俗称。形体像鹰而比鹰小，背灰褐色，以小鸟、小鸡为食。

萧生诗序

萧生蔚苍，都其生平所作诗若干首为一集，来求予序。

予因述古以谂之曰：诗，难言矣！自三百篇后，汉魏诸人鸣其盛，六代衰矣。李唐之世，李、杜、韩三家，焜耀当时，至今言风雅者归焉。然其所以传者，岂不以李之再造唐室，杜之饭不忘君，韩之勇夺三军，道济天下，其志不同，其人迥异，故能崛起词林，以成就此名哉！

生诗才清妙，颇近青莲①。然吾尝览青莲全集，文变风俗，学究天人。陆象山②所谓"李白、杜甫、陶渊明，皆有志于吾道者。"即其乐府，于三纲五常之道，数致意焉。虑君臣不笃，则有《君道曲》；虑父子不笃，则有《东海勇妇》；虑兄弟不笃，则有《上留田》；虑夫妇、朋友不笃，则有《双燕离》《箜篌谣》，而非徒见之于言也。其轻财好施，则东游维扬，不逾一年，散金三十余万，以济落魄公子也。其存交重义，则洞庭哭友，炎月伏尸，猛虎前临，坚守不动。数年复观，躬申洗削，裹骨徒步，负之而趋。初权厝于湖滨，后营葬于鄂城也。其养高忘机，则与逸人偕隐岷山。巢居数年，不迹城市，养奇禽千计，呼皆就掌取食，了无惊猜。广汉太守诣庐亲睹，举二人以有道并不起也。其乐序天伦，则《春夜宴桃花园》，与诸从弟秉烛为欢，开筵坐花，飞觞醉月，而有佳咏伸雅怀，令人不思金谷也。其知人善鉴，则客并州，识郭汾阳③于行伍，曰："目光如火照人，不十年，当拥节旄此壮士。"为脱其刑责而奖重之。及汾阳功成，请以官爵赎翰林，而上许之也。凡若此者，皆修之于身，施之于事，而后见之于言者也。况读书匡山不出者十年，系浔阳狱，尚读《贾侯传》。又周览四海名山大川，神林鬼冢，魑魅之穴，猿狄所家，鱼龙所宫，往往游焉。故其为诗，疏宕有奇气，盖仙才之复绝如此。后之学者，不人其人而诗其诗，忽忽白日，嘐嘐古人，古人其可及哉？生欲存诗，亦求其所以传者而已。

著雍敦牂元月后浣道民吴觉　希甫序

注释：

① 青莲：即李白。

② 陆象山：即陆九渊，字子静，卒谥文安，金溪人。南宋著名理学家。曾居贵溪之象山，从游者众。自称象山翁，学者称象山先生。

③ 郭汾阳：郭子仪，华州郑县（今陕西华县）人，祖籍山西汾阳。安史之乱时任朔方节度使，在河北打败史思明。后连回纥收复洛阳、长安两京，功居平乱之首，晋为中书令，封汾阳郡王。

论《字云集》与夏容书①

前日，吾子至，吾以近作诗文十数首相示。览竟，似有不慊者，因忧字云恐不可必传，以应酬多，题目小，正集不大故。

噫，世俗后生不由斯道，不测字云之深，而天壤悬隔，妄揣前贤，大都如是。而吾子亦尔，何学道者不免俗耶！夫字云不可及也。吾尝谓吾武，南郡奥区，山川灵淑之气，郁积数千百年，至我朝而不见于科第而著于文章，匪以古文甲天下，字云倡于前，闰楀②继于后，非闰楀不张字云，非字云不生闰楀。字云为古学于举世不为之时，力挽狂澜，转移风气，独辟古人门户，使后起得所依归。虽身处下位，一席穷山，而天下士之翕然友字云、师字云者，车马帆樯，络绎而至。当时如江西四家、南丰二谢，以古诗文名者，非字云门徒，即字云朋友。又尝有贤公卿举字云经学，贤守令聘字云撰郡邑志，皆非漫然者。字云之志迈矣，字云之心劳矣，字云之事迂而字云之功大矣。如唐之元结、独孤及、宋之穆修、尹洙，有以成韩愈、欧阳修者，其精神自不可磨灭。况字云继六一，六一继昌黎，文字高深变化，实非南宋元明以来诸家所敢望。闰楀故宗之，尝跋其文曰："断续起灭，纯乎史公。"又尝录其集，曰："武宁盛仲子，以文章名天下，盖自唐以来，立一家言者。"然则南宋元明诸家传而不传字云，吾不知也。

至正集之刻，为卷二十，为篇百几十，惜其太少，则古人一篇之妙，一句之工，而传世不衰者，有矣！即公谷之《春秋传》、庄之《南华》、屈之《离骚》、贾董之《天人》《治安》、扬之《太元》《法言》、陶之诗，司马之赋，尚多乎？不尚多乎？唐之诗多不过香山，宋之文多不过东坡，诗多不过诚斋，诚斋外则放翁，诗多无过之者。然唐宋诗文果仅传白、苏、杨、陆乎？抑传李、杜、韩、柳、欧、曾、苏、黄诸大家乎？若谓应酬多，题目小，则字云生平以兄弟朋友、门生为性命，其文无大小，扶植人伦。吾观南宋元明以来诸家文集，仅有大题文字不涉应酬，累牍连篇而不足传者，则亦不传，而传亦不能昭然在人耳目之前。吾又观淮西之讨，奉诏撰碑，题大矣，匪寻常应酬矣，而韩愈作之于前，文昌骈之愈后。今读淮西者，果以谁为足传也？而又有不待文而传者。昔孙樵受文诀于来无择，无择受之于皇甫湜，湜受之于韩愈，今无择之文既不可见，而世之论文者，无不知有无择，为湜之弟，为樵之师，为起衰者延一脉之传，则又不待文而传者矣。吾子其亦勉为其可传者而已，不必忧字云之不必传也。

嗟乎！必传不必传，有幸有不幸，非其人为政。可传不可传，能进不能进，斯其人为政必必传，而后学道著书，承先启后，则其诚不立，其辞不修，其人甘与兽鸟木草同腐已矣。吾于见存朋侪中，有与论文章之道者，曰柯燿燚叔，曰陈淳竹生。然燚叔长吾数岁，远在河山百数十里外，只相知不常见。竹生少吾数岁，居相距三十里而近可常见矣，而恒以事羁，或年一见，或二三年一见，见即别，不久聚。其室咫尺，其人天涯。门下为古文者，惟吾子一人而已。吾子年未四十，承母欢，浮云视富贵，良不易得。苟为俗所移，忧心悄悄，以为字云尚不必传，而志气弟[1]靡，不自振拔，则吾武文章之脉不续，即天下文章之脉不续，即左、马、韩、欧之脉不续矣。岂不悲夫！吾子又语予云："年来渐善忘，此神虚，药饵不可缺，亟须留意。"比悉李生有志于古，而家贫母老，尚未婚娶，吾爱之重之，未见其人，不审其能不为境限不耶？李生生字云故里，使字云尚在，成就何难？虽欲不为汪轫、杨垕不可得矣！即是可以思字云也。风雨穷庐，不自聊赖，年华水逝，感恨难言，因吾子抱不慊之意，一为进之，不复计词之工绌也。不宣。

五月二十四日　希甫白

校：

〔1〕弟：当为颓。

注释：

① 字云：盛谟（1699～1762），又名大谟，字于野，又字斗抱，号字云，武宁县人。清代文学家。著有《字云巢文稿》等。与弟盛镜、盛乐，俱以文知世，人称"武宁三盛"。

② 闰楣：张望（1738～1806），字棕坛，号闰楣，武宁县人。清代文学家。著有《闰楣先生集》。

上舍阡表

於乎！先父韧峰府君泊先母陈太君卜吉于上舍三十年，其子觉始表其阡曰：先父状貌雄杰，志气豪迈。人曰：是肖茂才泉溪先生者。少读书，为文纵横自喜，学成罢去，师友皆失望，为先大父既没，不以家政累大母也。喜宾客，好推解，于亲故尤加意焉。尝有岁莫为风火其屋者，父出钱谷新其屋。姑嬻李氏，会年饥乏食，父即遣人送稻数百斛，至无可载而止。姑尝曰："家无豕。"父即脱自豢之佳者予之。凡如此类，皆与诸父辈分火食后事也。

里有比周作奸者，私相戒曰："吾与若所为，毋使韶峰知。"盖其刚正之气、高义之行，贤者敬之，不肖者惮焉。课子读严，而视侄如子，自觉就傅，家落矣，然使历事名师者十年，复训觉曰："吾观今之儒者，重文轻行，或护佛为异端，或捉刀为不法，或饮博歌吹为风流佻达。而当戒之，遇此辈，勿与交游也。夫士不患贫，患无行。"

南昌诸生周中泰才而贤，克肖其父，其走三百里留豫章，为莫逆交。嘉庆癸酉，族人议葺家乘，父念先人两主其事，命季父翠园粥田主之，且以觉与编校，而督理之劳，以身独任，视纂修崇实谱有加。道光庚寅，续修斜石祖庙，父为之倡，其崇让祭会，即售谱所培者。子母多至数百金，皆出父力。

先母氏陈，字梦莲，北塘人，处士钓夫先生之季女，茂才今吾先生之女弟也。孝舅姑，敬夫子，好洁而尚素，尤望子读书。觉爱书，幼有此癖，故寒士而藏书至万卷之多。购书时，母质食具资之。四五岁，常夜授生书，早成诵于榻上，间以纸帮空其中，辄加书上，使识字，不辨来去，能则喜，不则怒。然母生平不解骂詈也，亦不苟言笑，惟嗜读《内则》《女史》诸书。柔静贞惠，以古贤媛为鉴，兼精女红，而不事吟咏，梱中服其教焉。乡人争传儒门闺秀，清洁非常，尚未得母真耳。

父以乾隆丙戌六月日时生，以道光癸巳正月日时卒，享年六十有八。母同年生，卒年月同，但生月日时，卒日时异耳。合葬年丰乡斜石狮子口上舍园蟹形，支祖教谕公之兆，先大母张太孺人墓左首某趾某为茔。於乎！先父母往矣，觉不才，无以称先人志，饥寒穷困，罪恶日甚，忽忽至于迟暮而无可待，为可痛也。回忆明晦雨风，一灯荧荧，督课如昨日事，而德父母者，犹时道其生平以为教于乡里焉。如之何哉！如之何哉！

同治元年壬戌春三月初九日　男邑优增生　觉百拜表

发妻杨氏墓志铭

咸丰元年四月丁丑，发妻杨氏卒。卒之八日乙酉，葬于下源塘窝虎形，太高祖显寰公、太高祖母陈墓之东偏，首癸趾丁。

觉铭其墓曰：君讳秋菊，北乡临江人。处士剑佩公长女，母氏雷。生九年，觉父母稔其父母贤，聘之。既养于吴，有妇德，类其母，事舅姑以孝闻，相觉以敬闻，字子女子妇以慈闻。觉母嗜洁，不污君之食，父亦以其顺，怜之，恒为之抱孙。女兄嫁于杨，产子无乳，君以子乳乳之，而无衰色。家本贫，君簪一荆钗，四十年不改，发故美，亦未尝髢①也。性贞静，寡言笑，虽叱犬不闻有厉声。有客到，门阒寂如无人者。已而清泉香茗承槃至，客始惊起，窃窃感叹去。

觉读书，恒客于外，内政资君力。善酿酒，宴宾客，非有疾，不肯一日安坐。熊㹀张重三、苏粼黄雨民，皆予门人。张内，予寄女也，迎师母者三年，君亦重违其意，然卒未往。己酉冬杪，孙金觊生，君恐子妇酣寝，手挽而卧者百余夕终不寐，卒以劳俭婴疾。临卒，犹训子妇曰："尔舅常见礼于本族兄弟，年新外艺禾，必招其酒食，与田夫同席施报之礼当然。我瘁尔胡不尔也。逮卒，哭于寝者无疏戚焉。

君生于嘉庆己未九月初六午时，得年五十三。子四：昕、昫、昶、晟。子妇李、辛、黄，皆君教畜者。李归吴八岁，黄十岁，惟辛十四岁耳。女丽秀、悦秀、闰秀、丽闰，皆数岁殇。悦一名淑华，今年十八，适樱田李若垲。孙金觊，甫周。呜呼！君性柔，觉性过刚，或偶有不平，君辄谏止之，今无及矣。

铭曰：君父读书而君未读书，然为妇如此，愧予读书。呜呼可铭也已。

注释：

① 髢（di）：装衬的假发。

邓纫秋哀辞

邓生纫秋，家下坊，去予家数里。生方质不为时，为时者，意无生也。生亦意无为时者，顾独亲予。自己丑冬从予游，嗣改岁，明日衣冠走过予，虽雨雪不后二十余年。或曰："子胡为若是？"曰："是读书而人师者，使吾若是，吾安能弗若是？"予是愧之。家故贫，事祖父、父母孝。父母既没，无妻子，以同里有后也。一榻白云，俨然王摩诘老辋川、林和靖隐西湖者，而无别墅、梅花诸胜。能词章，未尝应童子科，出试于郡县；能书，但为予缮写文字；知医知地，未尝以术市也。惟日课童子数人，读书识字，教以应对进退。暇则灌园种蔬，兴至取酒独酌，据案豪吟，醉则顾影自笑，已复默然端坐无一言。盖其清介绝俗之性相习相入，累时积岁，无所移思如此。

客夏，予手所著过生。生慨然曰："生忽忽四十有奇矣，旦暮沟壑，所谓不朽者何有焉？悔童时汩于俗，不早及先生闻文章示于今与后以没没，所藉以百年者，惟先生赠言是赖，先生其肯存生乎？"语次，涕泫泫下，予怪其不祥，遽以春秋方盛慰之，生改容谢。今正二日，生来，予留之，不欲其去，生亦低徊不欲去。坐谭未几，而天莫矣，遂宿予家，与之论学甚洽，饮以醇醪者再。盖予以去年语塞胸中，恐其去而不遂予来，而不谓其去果不复来也。呜呼！生今遇贼不屈死矣！闻贼得生时喜欲用生，降生。生曰："吾与若均圣人之民，自先代以来，安安徐徐，享太平者二百有余岁，若何为反？吾虽处士也，肯从贼耶？"贼曰："从而用，不从而戮，而早自为计。"生曰："贼毋多言，吾义不可辱也。"牵至江干者三，不屈，遂被害。

夫学者，学为忠孝而已。为人臣子者，所际有常变，所处有难易，是故杀身以成仁者，孔子谓之志士仁人；临大节而不夺者，曾子谓之君子；威武不能屈者，孟子谓之大丈夫。生所欲也，死所恶也，虽圣人未尝不难言之，然慷慨匪难，就义为难。世固有斧椹[1]鼎镬，甘之若饴，而不合中庸者。故孟子曰："可以死，可以无死。"故司马子长曰："死或重于泰山，或轻于鸿毛。"生乎？其真当死，而死不能屈。不可夺而杀身以成仁者乎？

其真志士、仁人、君子、大丈夫乎？吾乃叹千万人遇贼不屈而死，尚有一儒生之邓生也。吾又叹千万人遇贼不屈而死，仅有一儒生之邓生也。生诚不朽哉！彼无生者，犹议生无保身之哲也，此岂爱人以德者哉！故作哀辞以抒予哀，以传于后，以遗其弟侄，而解其悲哀以成生志云：

民生在三兮，事之当如一也。观生隆一日之长兮，足卜其忠爱之实也。而不意草茅伏处兮，竟捐躯以报国也。问当世荐绅有位兮，何如生之处逆贼也。昔楚北女子徇节兮，闰榻[1]传之而生色也。矧吾徒强仁慕义兮，曷忍悭文章之力也。其有生也，只影穷山位置矣。其无生也，正气充塞天地矣。日月光华，河岳流峙。鬼神英灵，忠臣孝子。王维林逋，一代鳏夫。立功树德，万古真儒。乌乎哀哉！

校记：

〔1〕榻：当为"砧"。

记邓生哀辞后

觉性不喜谀，亦不喜谀人，惟此辞意匠惨澹，经营四日夜而后落笔。稿脱后，即付剞劂。凡若此者，亦昌黎所谓哀生之不显荣于前，又惧其泯灭于后也。或谓师生友朋，不无假借，则其死不从贼，天人共见。故此文一出，无不流涕。斯人远迩传览，有识者许之。其数十年风雨孤栖，如女子之守贞不字，则又命其邻友夏生为书后状一榻白云焉。乌乎！生往矣，使天下士而尽如生也，虽太平可也。一死之关系治乱，扶植纲常，名教如是哉！丁巳中冬小寒日天小雨书。

吴汝信公传

汝信公讳楚，明末人也。为人任侠自喜，不可以非礼犯。

初，乡里以小忿相嗛蓄，旦日将嫁祸。公觉之，夜走其门，权是非解之，不听。公奋袂起曰："若必挤之陷井，岂无引手援之者乎？"闻者大惧，卒就平。

崇祯某年，武有大盗罗某，聚党踞山林，日出剽掠民财，烧毁庐舍，县以西，鸡狗不得宁。当是时，流寇方炽，天下骚动，民上其变于有司，不问也。罗以是益肆，约乡中每田一亩、牛一头、输租若干，岁首一人以献，莫可负也。其年，值公献租罗所。罗闻公来，喜与饮酒。罗伪将某以威劫公求私财，公大怒，击之，已乃以其事白罗。罗呼某至，拔所佩刀断其首，血淫淫满地上。左右缩颈股慄，莫敢仰视。公从容谓罗曰："将军英武，诚人豪也。方今生民涂炭，宜奋身营伍，佐天子以定太平，不当集此辈日为民患。"罗嘉纳之。

先是，公宅滨局溪之南。其溪口夹岸皆茂林，有古树，可敌百金。或以鬻诸豪族，剋期集众伐之。会公卧病，乡人疑虑无所措，既而告公。乃驰树下斥曰："是树，吾乡屏障也。而必欲伐，吾宁与树同死，不愿与而俱生。"其人狐奔鼠窜而去，事遂已。公年七十又三，乃殁。

曰：尝观乡曲豪暴之徒，逞逞比周作奸，侵陵孤弱，以自快其欲。而蒙毒者至家破身亡，呼号而无救。是所谓盗跖居民间，安得如公一二辈起而逐之乎？嗟乎！此史公所以称游侠，而无徒訾其议论之蔽也。

吴嘉宾

吴嘉宾（1803～1864），字子序，南丰县人。道光十八年（1838）进士，选庶吉士，授翰林院编修。究心当世利弊，尝条陈海疆事宜，得到道光帝的嘉奖和采纳。二十七年，又因言海疆事谪戍西北边塞，四年后释归故里。咸丰初，以督团练援郡城功，赏内阁中书。同治三年（1864），在与太平军战斗中阵亡。嘉宾学宗王阳明，古文宗姚鼐，郭嵩焘赞其文"英气磊落，严峭刻深，才气不可一世。"著有《周易说》《求自得之室读四书说》《求自得之室文钞》等。以下诸文选自同治五年（1866）广州刊本。

释 学

生而能之者，性也；生而不能，已而渐能者，学也。先有能之者，吾学焉，如羿之徒，学射于羿，为匠者，学于公输子。学而终不及其师。然则其师又将谁学乎？岂性之得者为贵，而学次之乎？曰：始学者非学于师也，学于天地万物。故始为射者，学于飞走之属，前后相逐，始为工师者，学于天地之方圆，以为规矩。古之学者如是而已。

且夫道尝出于吾心之自然，而为道者，尝出于学。痀偻丈人之承蜩、宜僚之弄丸，非性也，学也。学之至，则与性无异矣。七十子之徒，仲尼独荐颜渊为好学。夫颜氏之学，与七十子之学亦同耳，岂惟与七十子同，其与后之学仲尼者，亦无不同也。然而有不同者，众人学于师，颜氏子学于己。学于师者，服师之服，诵师之言，行师之行；知于己者，当己之耳目口体，无以异乎师之耳目口体也，则知师之心，亦无以异乎己之心也，故学以求己之心。仲尼荐颜氏子好学，曰："不迁怒，不贰过。"夫心得主则有常，至于虽怒之时，而己之常者，不为物迁也。心贵与道为一，一之未至，虽有过，亦不远而复，不可得其迹之贰也。此颜氏子之学盖与性无异者乎！

孔子曰："十室之邑，必有忠信。"如某者焉，不如某之好学也。子贡曰："学不厌，知也。"夫惟知性，故乐于学，亦无时无在，非见所可学者。后世疑学之非性，性之可以无学，此不知性，亦不知学也。又疑诗书六艺之学，非颜子之学，不知知性则无不同也。鸟之始飞，学于其母，其性能飞也；鸡之始鸣，学于其类，其性能鸣也。夫天下事，未有非其性而可能者，况学孔子也邪？

释　道

道果显乎微乎？曰：自微而之乎显也。天下之达道五：父子、君臣、夫妇、昆弟、朋友，显之至也。圣人谓人莫由道，又曰："道之不行，知者过之，愚者不及；道之不明，贤者过之，不肖者不及。道其终不行矣，夫微之至也。"《论语》曰："朝闻道，夕死可矣。"甚矣，其道之难闻也。《中庸》又以喜怒哀乐、中节而和，为天下之达道。比而论之，凡自然而然，且不得不然者，在吾身谓之性，在天下谓之道。性无二，道亦无二。五伦：亲、义、别、序、信，皆本于性，率而行之谓之道。过与不及乎性，谓之非道。

言性，则无对；言道，则有对。无对，则自尽；有对，则交相为尽也。自尽者，在我而已。交相为尽者，其遇与不遇有命存焉，故或有道，或无道。《易》曰："一阴一阳之谓道。"立天之道，曰阴与阳；立地之道，曰柔与刚；立人之道，曰仁与义。仁者，阳之下降也，其用谓之一阴；义者，阴之上行也，其用谓之一阳。刚柔之交相文也，亦然。众人以礼乐之显者为道，道之末也，圣人以仁义之原为道。仁之原，心之恻然，而有所不忍者，故无所不任；义之原，心之凛然，而有所不敢者，故无所不让。惟不自知其然而然，乃谓之道也。

人受天地之中以生，得夫天之交乎地者以为仁。天之于地，无所不覆，而君之统臣，父之统子，夫之统妇，率是矣。得夫地之交乎天者以为义，地于天生之物无所不载，而臣之事君，子之事父，妇之事夫，率是矣。故上好仁，下好义，谓之有道。上不仁、下不义，谓之无道。

死生终始之际亦然。哀其死，所以教仁，终则有始也。善其生，所以存义，始必有终也。故曰：天法道，天有时而失其行，道无失也。道法自然，道有时以兴，有时以废，物之自然者无易也。上下左右，前后大小之自然成象者，道之所法；屈伸往来，变化之道，天之所法。虽曲艺之精，至于莫之为而为，曰技进乎道。故天下莫不贵者，道也。知天者必通昼夜，乃为知道；知人者必通存亡，乃为知道。曰有无有者，道之半也；曰生死生者，道之半也。人无日不在道中，而知道者，卒鲜以此也。

王阳明论上^①

燕人南辕适豫，过而至乎越，有导之者告之，则将改而北矣。燕非北豫也，为其过而至越也。豫者，天下之中也，适豫者，则有南北矣。不问其为燕、越人也，而曰汝适豫必求天下之中，彼将者何而求之？《大学》曰："致知在格物。"知固内也，物固外也，知往则内而外矣；物交则外而内矣。知内而外，以物致之；物外而内，以知格之。《大学》"致知在格物"，格物乃所以致知也，然则格物一言即所以释致知，而致知格物不必别有传矣。

宋之朱子、明之阳明，皆教人《大学》者也。朱子之言曰"即物穷理"。阳明之言曰"致良知"。阳明非好为异说也，为夫学朱子而过者言之也，犹燕人之至越也。人之一身，父在斯为子，子在斯为父；君在斯为臣，臣在斯为君；长在斯为幼，幼在斯为长。故一身而父子、君臣、长幼之物具焉。欲豫求所以知为父子、君臣、长幼，不可得也。故离物不名知，离知不名物。致知者致之使自至，犹《传》所谓致师。孙子所云："致人，不致于人也。"格物者，临乎物，犹《书》所谓格于艺祖，《诗》所谓神之格思也。致吾之知，在乎临物。物临，而知乃尽焉。医数视诊则术明；将数遇敌则智精。闭户而习，则虽有越人之方、穰苴之法，无所用之。《大学》之始教，在乎致知，知至而已。知不至，则意不可得而诚也，心不可得而正也，身不可得而修也。其故维何？不知吾所当好恶焉耳。故知者，知所好恶也，物者其位也。位不同，则所好所恶有同有不同。好恶者由于物，好之恶之存乎知，物自外而感，知处内而应也。

且夫学者之求道，固有偏于内者，有偏于外者。偏于内者能静而不能动，彼不知天下之物皆吾知也，则即物穷理之说，不可不以告矣。偏于外者，信人而不信己，彼不知吾心之知无遗物也，则致良知之说，亦不可不以告矣，此燕、越人之辨也。二君子者，彼所遇不皆燕人也，不皆越人也，然而所言，各出于一途，则自道其所由至也，是一燕人、一越人也。及其至，则一而已矣。子路问："闻斯行诸？"子曰："有父兄在。"冉有问："闻斯行诸？"子曰："闻斯行之。"是非有异言也。导燕则以南，导越则以北，故圣人之告人也，尽知夫人之所当至；贤人之教人也，各道其所由以至焉。是故贤人之言出，信之者与疑之者常各半。信之者与之同其至者也，疑之者不与之同其至者也，善学者莫若兼思而并利之。昔者，周公兼思三王矣。孟子曰："伯夷圣之清，柳下惠圣之和。"伯夷、柳下惠道不同，孟子能并利之。后之人是此必非彼，是彼必非此，亦各从其同，于二君子奚訾焉。

夫朱子、阳明皆为《大学》之说，朱子为之补传，阳明用古本。《大学》用古本者是矣。至其言之异，则譬犹良医用方，加以己意，但问其中病否耳。世或专主一家之议，是此非彼，或并以此议二君子，此殆安坐不即途，而徒责行道者之纷纷也。

注释：

①　王阳明：（1472～1529）即王守仁，明代哲学家、教育家。字伯安，浙江余姚人。尝筑室故乡阳明洞中，世称阳明先生。卒谥文成。著有《王文成公全书》《传习录》等。

王阳明论下

然则二君子之说，皆无过乎？曰：奚为其然也。朱子补传曰："《大学》始教，必使学者即凡天下之物，莫不因其已知之理而益穷之，以求至乎其极。"其说过矣。《大学》之教，始于诚意。二君子之言，皆竞于致知格物。《大学》所谓致知者，当境之物，明善恶而已。知其为善，则诚好之；知其为恶，则诚恶之。人无不知善恶者，虽小人所欲著，是为知善；所欲掩，是为知恶。苟以知论，则谨独之君子，无以加于无所不至之小人也，别于意之诚不诚而已。朱子之所谓即物穷理，与阳明所谓致良知，皆《大学》所谓自慊焉尔。

天下之物，至其一乃知其一，非可预为穷也。故曰：君子素其位而行不愿乎其外。《易》曰："乾以易知。"知未有不易者。阳明始求朱子之说而过，继矫朱子之说而又过。《记》称："阳明语格物之学，以为一草一木皆有至理，因见竹，取而格之不得，至于成病。"夫原始要终穷理尽性，以至于命，此古圣人神人之所至也。至众人于其一身有不能知，而暇知万物乎哉！其始穷于外而不能内，既返其内矣，则遂以外为非。楚则失矣，而齐岂为得乎？好色恶臭物也。好恶，知也。见好色乃有好，见恶臭乃有恶，致知在格物也。如是，未有不诚者。诚之至，则因所知而推之，可以无所不知。故为《大学》者，亦求端于诚意而已矣。

拟时事疏

今之议者，皆曰外夷为患，不知非外夷，乃内民也。皆曰外夷诱内民为患，实乃内民诱外夷也。内民何以思乱？敝在有司之权轻，不足以扶翼良善，而为莠民所制。夫莠民者，未有不好乱者也。议者皆知洋之祸，由于严禁鸦片烟而起。夫严禁鸦片烟足以激变，莠民而岂无所以待之？

以臣生长江西，与浙、闽、粤接壤，深知其情。夫此数省者，其良民未有不愿严禁鸦片烟，而莠民不愿。莠民之势，非多于良民也，恃有司之权，以为胜负而已。然鸦片烟有必不可骤禁者，凡吸食与贩鸦片，皆富人大贾、仕宦子弟。平日有司遇事，方且资其权力，以集众赴公，一旦掩捕其隐匿，实以重辟，可乎？于是为限内劝缴烟具，不问所从来之说，冀以恐吓而改之，而国家之法固已有所不行矣。恐吓之不动，则掩捕小民之开设烟馆及偶尔夹带牟利者，取实之法。夫避富而取贫，避强取弱，则有司之懦，愈为莠民所窥，而受罪者乃不服，于是结党以图抗法，此所以愈禁而愈炽也。然则遂弛其禁，足以解散之乎？夫不禁则已，禁而复弛，则莠民益得志，良民益夺气。故为今之计，惟有使良民伸而莠民屈，庶几乃可定也。

夷人为祸一年矣，所至六七省，攻陷城池，如入无人之境。且其所陷之地，旋据旋弃，不敢远离船舰，深入腹里。此不惟畏中国，且不敢信莠民之从者，故乘间逐之，易易也。惟中国之莠民，愈聚愈众，夷至则为之助，夷去则无所归，大者将为寇，小者将为窃。

窃谓当重地方有司之权以治之。择人而任郡县，假以便宜，一曰使自用财，二曰使自用人，三曰使自行法。夫亲民莫如郡县，国家惧其虐民，故设监司以督察之。然无事之时，其民本静，虑有司藉权为之扰也；有事之时，其民易动，须有司得权为之制也。且无事则督抚坐镇千里而有馀，其权宜合；有事则郡县因地制宜而不足，其权宜分。圣人之道，贵在时中，岂有定哉！窃闻沿海浙、闽、粤俗，皆轻剽易动，民稠而土不足以养。又近海多奸利，今为患者，外夷止十之二三，内奸则十之六七。不急思所以靖之，徒多兵防夷，兵愈多，民愈困，汉奸愈有所藉，以为煽诱，深可虑也。请令三省所属府，分地方紧要之处，皆予便宜行事，权同两司，略如今台湾道府之例，仍分最要、次要。凡地方钱粮许免解十分之五，以为本地办公之用，地方绅耆许令给予图记，派管保甲、团练、壮丁。地方匪类审实，许令即与定罪。如有通夷、煽乱各情，即令就地正法。所办事件，仍一面申详督抚备核，如办理未善，听督抚揭参。若地方匪民控告，不得轻听参撤，致令事权堕废。总以一年之内，城池修理，保甲举行，各属安静，烟禁杜绝，为该员称职之实。不称职者，立予黜革。慎选而重任之，严法以随其后，如是而不思尽心为国家安民者，未之有也。内民安而外夷绝望，虽欲诱之为乱，夫谁从之哉！臣区区愚诚，未知有当否？伏乞皇上训示。

寄家继之先生书

顷奉来示，规勉兼至，读之深感。宾之前事不敢自谓无过，然近时文网愈密，士大夫跼高天、蹐厚地，将日甚一日，人之心薄使之然，尝窃为当世忧之至。宾则自忧患以来，方得益不少，惜无由亟相见，一尽所怀耳。宾之得罪有谓过于伉直者，有谓滥于施予者，有谓轻听信喜交游者，虽爱我者亦云耳，岂得尽谓之无因哉！顾宾有所自守者，以为众人之言，皆不免为利害所怵。宾之所行，乃宾之志。虽以此得名，而宾非急于求名者；虽以此取祸，而宾亦非暗于避祸者。宾将用心日求古圣贤之所以自处，以渐易其气质之疵，当有不知其化而化焉者耳。苟徒以得为喜，以失为惩，则未敢然也。孟子曰："行或使之，止或尼之。"行止非人所能也，天也。孔子曰："不知命，无以为君子也。"宾心所不挠，则行之以伉直；心所不忍，则出之以施予。心所不欲拒，则齐之以听信交游。必也心日清明，则过日少矣。必也日思所以内自反，则心日清明矣。苟以利害之故，夺其中之所守，曰如是而后免于当世，则今者既已不获免矣，奈之何哉！

　　来书以从井救人、博施济众为问。此二说者，古贤人所称，而今人则直非笑之矣。其所以非笑之者，以为从井救人不可，则姑拱手以视人之入于井；博施济众不可，则姑自济一身而已。此岂圣人当日之意哉！从井不可为怵惕恻隐之心，无人无时，不可为也。有怵惕恻隐之心，则必有救之之术。假如己力所不及，则旁观者感于吾之怵惕恻隐，犹必有因而救之者。博施济众，尧、舜犹病，故圣人言"己欲立而立人，己欲达而达人"。吾目之所见，耳之所闻，必济之使与己皆安全而后已；吾目之所未见，耳之所未闻，必济之以己不忍之心，使己之心充塞无间而后已。如此，故不必从井而可以救人，不必博施而可以济众。非谓人可不必救，众可不必济也，圣人所以与人为一者心而已，视人之得，犹己之得；视人之失，犹己之失。众人为之所以与人为二者，亦心而已，救人以为己名，故救人而人不感；济众而望其报，故人不报而己必悔。古人所谓物我无间，盖不在乎事之广狭，在其心而已。譬之饥年，止有一瓯粥，如有一人在旁，亦必与共。共之而两人皆饿死，于两人之心无愧；不与之共，而吾独生，彼能无憾乎？吾能无怍乎？吾之死生有命。万一吾不死于饿而死于病，将如之何？万一吾今日不死于饿，后日仍死于饿，彼反不死于饿，又将如之何？故不当计我之生死，而但计其心之安与不安。

　　孔子曰："女安则为之。"凡宾之所为，皆吾心不如是有不安者，毁之不为疑，誉之不为慰，因吾叔委曲垂问，故辄尽言之如此。

寄徐东松书[①]

东松二丈先生执事：嘉宾始者亦常遍观古人之文，知识浅固，无所开晓。先生独勤勤诱劝，谓其可学，自是始求博观而深思之。其浅固无以胜前，又未久无所得，私心常恐负先生之言，意有所取，不自知其有舍于体要与否？辄敢陈说其愚，以待裁察。

夫文与世为升降，古今一也。贤者有得于古，相时之敝而调剂之；其次有得于古而谨守之；其下者无得于古而苟袭之，适以累古。其不省者，则更端立说，藉托影响，以伸己论，求胜前人而已。自古及今，常以贤者持世，苟无贤者，虽无不肖，久而必敝。文章之作，始于东周，盛于西汉，其后屡衰而屡复。盖自东汉风尚悃愊[②]，至于南朝，变为偷靡，而文章大敝，昌黎复之。经乱又衰，欧阳复之。自宋以来，士莫不修经术，文体简易而稍疲苶。矫世者欲误之以雕琢僻怪，震川[③]复之，是皆贤者持世之效也。夫作者之意，主于自发其言。言既善矣，而其文章之体，又有以极于无累而后世取则焉。后之学者，志求古人，当审诸数贤议论历世相符之处，不当增加异说，以求高矣。

且夫正琴瑟者，以耳为准；分淄渑者，以舌为准；定文章者，以气为准；度义理者，以心为准。知之或不能言，言之或不能授，古之豪杰魁磊之士，必有以自得乎此，而后抗千载之下，攀乎千载之上，同而不足以为同，异而不足以为异也。故士平居则务讲度事理，涵揉性情；诵读则务博习于辞，深知其意，则于为文，皆知所以自贵于物，而不暇为绣绘篆饰之功。至其自得也，虽有奥衍如庄周，奇丽如屈原，不以累其言，况其下乎？昌黎韩子曰：“文唯其是尔。”夫刚柔由夫所养，小大域于所知，质文视其所业。老子曰：“多言数穷，不如守中。”近世作者之论，盖各有所偏也。士有特立之操，而后可以成至盛之诣。是以望溪[③]谔谔于前，梦谷謇謇[④]于后。故曰：君子深造之以道，欲其自得之也。人有行而言其所己能者，又有望而似见之论。其然否者，不知其将见弃知德之士否也，惟先生终教之。

注释：

① 徐东松：即徐湘潭。

② 悃愊（kǔn bì）：诚朴不浮华。

③ 震川：归有光，号震川，昆山人。明代唐宋派首领。

④ 望溪：方苞，字凤九，号望溪，桐城文派创始者。

⑤ 梦谷：姚鼐，字姬传，又字梦谷，桐城派重要作家。謇謇（jiǎn jiǎn）：忠贞直言的样子。

与管异之先生书①

异之先生足下：窃闻古之君子，有私淑艾之教。嘉宾生长僻陋，进无向导，徒恃故筐败箧，以启发其愚，朝诵夕复，自生是非。思维古人远者既不可觏②，其最近而尤心服者，莫如桐城姚先生。同时巨公且数十，或求其书而不得，或得见矣而不思。先生之书，永以为好。先生没时，嘉宾行冠矣。假生早十数年，赢粮以趋，决不后至。今固无及，犹愿获为陈元夷之列先生之弟子。嘉宾所幸知者，同郡今侍郎陈公③，因侍郎知足下。足下以早岁见知先生，赏逾众人，久处贫贱，得以专壹其业，侍郎尝自与弗如。然则求先生之道，微侍郎暨足下其谁与归？

古人有言："登山采玉，入海取珠"夫各有所好也。曩足下在都，嘉宾屡进至门，足下未尝答刺。同旅者疑之，余曰："余奚所谄于异之？异之奚所骄余？士易合者无久交，异之齿德过余以倍计，以道相取，固宜观其诚否。若拜而能答刺者，国之人皆是也。"疑者乃解。顾嘉宾自视则诚矣，惟足下时称其所得办于先生者而育教之，俾后之举先生者，冀齿为淑艾弟子，亦广道之一端也。惟幸而察之，嘉宾再拜。

注释：

① 管异之：管同，字异之，江宁上元（今南京）人，姚鼐大弟子。

② 觏（gòu）：遇见、看见。

③ 侍郎陈公：陈用光字硕士，新城（今江西黎川）人。历任礼部左侍郎，江苏、浙江学政。为姚鼐大弟子。

读章滁山诗书后①

余与滁山交且二十年，其间人事之变，殆不可胜道，而两人者交如故，独须发与曩昔异耳。然同时两人所共交诸友朋，悉数之略无，在者其年皆少于两人，然后知两人之俱存无恙，不可谓非幸也。

滁山示余以所为诗，皆近数年作，闵时伤乱，音苦矣，而气不衰。盖滁山穷且老，其居世殆不能无饥寒之苦，顾其诗所忧者，非饥寒也。又忘其身之贱，而常欲以世之所以至斯，极长言永叹，责诸当世之有位者。昔仲尼以邦无道、富且贵为耻、而孟子谓位卑而言高者罪。吾党之言，即不免于罪，其于耻固已远矣。故滁山之辞，常浩然独往而无所屈。彼乘坚策肥者，乃视其不遇以为可怜，曰："是将舍我不可得衣食也。"焉知今日之士，在下固洁于江汉之濯而安于磐石之处哉！为士者固当如此。而今之士，方竞愿舍洁而趋污，辞安而就危，是尚得为智也耶？滁山自名其居，曰"保璞"，其知斯义者矣。

注释：

　① 章滁山：章绶，号滁山，安徽滁州人，流寓南昌、浮梁、新淦等地，著有《完璞斋吟草》四卷。

《制义选钞》序

岁辛卯，将有远行，为家塾选次《四书》文读本五百篇，篇百为类，类分前后。《四书》文所以推阐传注，使经志章明也，择其义正而易明者为初类，辞质者居前，辞绚者居后。命题者多变，不可以不豫也。择其避实而课虚者为初次类，题语全者居前，有断截者居后，纤琐及类叙题皆附后卷。夫摭实者似易而实难也，掊虚者似难而实易也。今之为此者日多，取其题之尤难而文之且足为常法者而已。然善为文者，必尝以此习其趋避操纵之势，使在我变不可穷，则亦不可不尽心焉。择其发挥经义，有补于传注者为中类，题语单者居前，偶及稍长者居后。择其断章自为文，足以之有当于圣贤之旨者为中次类，题旨浑全者居前，绪繁而文以补缀、裁次为功者居后。论议足以不磨而文之最高者为终类，气体犹未离其类者居前，深有得于古者居后。《传》曰："天有十日，人有十等。"层累之数，自是而极矣。每帙五十篇，其文相等夷者，赢于其限，则比较而汰之，不足则阙之。

经义之兴，四百馀年。昔人习为之，以至工者宜夥不以数取之，则学者之日力有不给也。其文为世所传诵而不取者，吾必有所以非之，异时当评论以俟世之君子。尝以为经义之上者，世即废经义，其说必足以附经而存。次则世苟不废经义，必当知之以为法式。又次则当使读者求其用心，必知其为好学深思之士也。以此概之，励有存者矣。

夫学为物者，必有利于未有物之先，而后乃见其所为之者。缝人之为缝，其于纫针开剪，量尺按熨，无不习焉，是未有衣也。不此之求，求故衣而视之，天下无能为缝者矣；匠人之为匠，其于挥斧引墨，锯体穿柄，无不识焉，是未有室也。不此之求，求美室而度之，天下无能为匠者矣。经义之兴既久，为之者日陋，而学将寖绝，则其敝得无有似此者乎？夫缝人之日无完衣，辍机而布帛，无非衣也；匠人之目无完室，入山而林木，无非室也；学者之目无完文，读书而辨志，无非文也，其于成法犹象之而已。知斯意者，于兹选亦将无所不足也夫。

送曾涤生同年使蜀序[①]

涤生尝谓予曰："孟子称人皆可以为尧舜。夫尧舜至矣，虽后世圣人有不能为，况非圣人乎？"余应之曰："夫后世圣人所不能为者，非尧舜之所以圣也；惟人所皆可以为，而尧舜独卒为之，是我所以圣也。今夫中天下而立，定四海之民，君子乐之，顾所性不存焉。君子所性，则仁义礼智根于心、生于色，以施于四体而已。以四体与四海之民计之，谁为远？谁为近？以仁义礼智施于四体与施于四海之民较之，又谁为广？谁为狭？然而君子不贵其远广，贵其近狭者，何也？贵所性也。圣人之所以为圣人，所性存焉耳。物能完其所受于天之分者，谓之至分，非所受于天而得之与不得，于其始无损益焉。尧舜中天下而立，定四海之民，后世圣人所不能为也。其仁义礼智施于四体，凡有四体者，皆可以为也，然尧舜之所以为尧舜，固在此不在彼。

语曰：'君子不怨天，不尤人。'今之人有不怨天而尤人者乎？怨天之靳我以才明也，怨天之阻我以时遇也；尤人之不我助也，尤人之不我及也。此无他，其所欲为者，皆其当前所不能为；其当前所可为，又皆其心所不必为，儳然尝惟日之不足，以终其身而已。以为古之圣贤，皆其天与之，使独厚焉；果尔，则尧舜不得天下，无以为尧舜乎！

耳司听，能听谓之聪耳；目司视，能视谓之明目；手足司持行，能持且行谓之良手足。耳不歉于不能视，目不歉于不能听，其于手足也亦然。天之生人也，或使之丰，或使之啬。丰者非有余，啬者非不足，能全其分，则一而已矣。且夫内外之不敌也久矣。富者以千金与人，人德之；贫者以手拯溺，人尤德之。不能以千金予人，独不能以手拯溺乎？且施于物者犹然，而况君子之为己乎？夫为道者，无所加于吾心而足；为功者，无所加吾身而足。如是则途之人与尧舜一而已矣。"

涤生曰："善。"其使蜀也，曰："盍书以诏我，俾勿忘乎。"遂书以赠行。

注释：

① 曾涤生：曾国藩，号涤生。同年，古代谓同一年考中举人或进士者。

游翠微山记

张际亮①既读书翠微山之僧寺，越八日，其友黄爵滋、吴嘉宾造焉。明日，际亮导以游诸寺，遂至山巅，历驰道左行，入卢师谷，下循涧，穷日之力乃归。又明日，将返顺道，视前所不至者。际亮读书之寺，曰大悲寺。当山之半上。西北为龙泉庵，又上为香界寺，观明亮禅师像。最高宝珠洞，皇帝御座在焉。洞顶至山巅二百步，其左峰为卢师，两谷相隐如袴褶。谷中为证果寺。寺后秘魔崖，昔僧卢师讲经，二龙化为弟子，即其处。有潭，今涸。顺下道以次而降，曰三山庵、灵光寺、长安寺，公主塔在灵光寺右，今圮。其右建新塔。自大悲寺以下，皆今名。往时西山，尝有四百馀寺，今或为上宫禁苑，或已毁。兴废之迹，盖不可胜道也。

西山拱翼畿辅，士大夫休沐所尝至。出郭门三十里，抵翠微麓，顾城垣宫阙如瞻列星圆方，历历可指。独余三人乃登其巅，时天孟冬，烈风吹人。西望皆重岩如剑戟。雪被岩谷，浑河从砂石中流出，卢沟桥迤东如带。南望良乡浮图，东望通州漕渠，北望平谷、蓟门，足不易向而目已周，穷睇瀛海，与天无际。

相与喟然叹息，以为士所至愈高，则所见愈远。旷乎知形与物化同尽；寥乎知神与莽苍同极。如是而蕲与世竞旦夕之得失者，其亦可以息矣；无所竞于世，则蕲有所得于己，际亮方以为何如也？际亮始与徐宝善[2]、江开游[3]而作诗，爵滋今继为之。

注释：

① 张际亮：（1799～1843）字亨甫，号华胥大夫，福建建宁人。性伉直负气，有狂名，历游天下山川，穷探奇胜。著有《松寥山人诗集》《娄光堂稿》等。

② 徐宝善：号廉峰，安徽歙县人，嘉庆间进士，官至御史。有《壶园诗钞》。

③ 江开游：人名，不详。

南丰浚濠记

邑城负山面盱。盱水①出广昌，绕城西南东三面，盛涨水倒入城，高数尺，故县治南多水患。城北山入水城，合城内为大渠，东出城数里入河。渠口淤狭，不能速出，水挟沙泥，填沟穿街，故县治北亦多水患。虽雨止即退，然雨久即下室沉灶产蛙，市井跬步阻潦，邑人以为苦久矣。曩者尝各疏其宫中之沟，以达于衢弄；又各疏其衢弄之沟，以达于渠，日敛岁费，然不能疏渠达之河，不旋踵皆塞。

甲辰岁，余以先孺人忧归里。邑人以为言，曰："是非合邑人共为之不可，子盍请于有司，且谋之国人乎？"余曰："唯唯。"已而上下知斯役之不可已也，翕然劝之如一，遂以八月朔兴工，明年某月某日工竣。城南诸窦，尽为关闸启闭，山水至城外为塘，汇蓄之沙止而水行，岁一疏浚。董事者以时察之，期勿坏，盖患深费巨，故详思所以维持之，有不得不然者。而众人亦相与趋之，惟恐其后也。

窃以为今天下无处无水患，自江海塘岸下至乡里畎浍[2]皆败。败不能复修，修亦不能如故法。论者谓势之流极使然。余曰：非也，人心使之然尔。夫人心皆舍本而趋末，背公而向私。趋末故地力弃，向私故人和散。夫治四海之水，以畎浍为之本。今谷贱钱荒，富民租入不足供佃费，贫民益惰窳[3]。近岸陂堰，遇雨坏即不肯治，山木搜剔，根柢皆尽，赋粮自重，田亩日削，民非徒患水而已，此地力弃也。

今之兴大役者，病不能合众，富者私己财，贫者私己力，此人和散也。吾邑人斯举盖得人和者，故工易集而咸致。由是而推之一乡，又由是而推之各郡邑，然则地力其可尽矣乎？遂敬为之记，凡邑人出资与议所所以久斯成功者，于法皆当书，并次如左。

注释：

①盱（xū）水：又名汝水、盱江、建昌水、临川江、抚河。源出江西广昌血木岭，流经广昌、南丰、南城、临川、进贤、南昌诸县，注入鄱阳湖。

②畎浍（quǎn kuài）：田间水沟。

③惰窳（yǔ）：懒惰懈怠。

酬　爱

咸丰二年，粤冠扰郡城。余时家居，锐以本籍团练防御之事自任。匪徒以不便其私，至引寇毁予室，必欲得而甘心。余矻不为动，即士大夫中，亦莫为之助。迄今六载，数出援剿，每苦于无资。虽因寇乱日久，民之力竭矣，其甚我者，尤欲以是难我。侍郎曾公[1]忧之曰："子自困之道也。"屡劝不省，则正言之曰："子偏而且蠢者。"昔屈子辞曰："女嬃之婵媛兮，申申其詈予。"曰："鲧婞直以忘身兮，终焉夭乎羽之野。"嬃诚爱屈子者矣。已复命之曰："子盍效古主客之文，自序以答我予乎？"余感公之爱，乃不辞而为是篇。己未元旦后二日，嘉宾识。

客有爱余者曰：子知古今之异宜乎？古之圣人所以仁天下者，无他焉，曰使之皆有以为生。皆有以为生，故无求。今之人所以不仁天下者，亦无他焉，曰使之皆无以为生。皆无以为生，故不得不有求。无求则权在我，有求则权在富贵者。居今之世，而不得志于彼执权之徒，吾见其处穷而丛诟，竭力以取罪戾，且莫之救也。子不见今之氓乎？农夫之田，非古口授也，终岁勤动，归之巨室，其储者不足以供数月之糇。故农舍佣贱转徙，则无以畜矣。商贾之业，非古世守也，众乾没而辐辏，熙来而攘往，朝振而夕仆，故商舍刻削狙诈，则无以阜矣。士之自进非古敷奏也，夺其手足之能，增之以无益之业，罢其壮盛之精神，诱以戈获之穀，故士舍攀援徼幸，则无以售矣。在官者虽有禄，非古之驭富也，束缚而驰骤之。贤者无以见其能，不肖者有以藏其垢。责以至廉之操，则壤食而泉饮；苟以无艺之费，则百孔而千窦。故吏舍罔上胠下，恣睢贪婪，则无以遗其胄矣。等而上之，至于公卿大夫皆然。天下所取胥不义之府，然而为恶则如虎，为善则如鼠，盖将冒天下之不韪以为利，则上下相与掩覆而持之，曰：此众人之生道，虽王者之力，不能障之，使不为也。将因利而为义，则上下相与沮抑而摧之。曰：兹非其分，将以市名耳。虽履忠而蹈信，固无以避乎当世之訾也。是故困天下之人，使不敢为仁；迫天下之人，使不得免于不仁。强胁弱，众暴寡，知诈愚，勇苦怯，皆率乎此。是故比干醢，伯夷槁，柳下黜，颜回夭。项橐慧而无闻；吕尚耋而艰遇。荀卿见谗而逋；乐毅遭间而去。秦之儒则蓻，汉之党则锢，唐之士也族沉，宋之学也交恶。道与时违，名与谤随。夺其源则流塞，披其末则本衰。至于市井草莽，庶人之徒，莫不愿者获咎，巧者显誉，顾己者蕃孳而日益，首公者颠沛而莫扶。由是野靡遗直，朝罕全节，学不纯师，论无定说。岳避丘而减崇，渭求泾而泯洁。直木伐而不施，朱弦阕而中绝。凤皇远而莫致，枭狐昼而成列。豺狼噬人于交衢，雊兔窜徙以失穴。今子欲易之，然其术偏而且蠢。盖志乎古而不察乎今，任乎己而不稽乎众，其亦安往而不窘欤？世之困子者，将使子无以生，而子尚忧人之死。譬之农出疆而舍耒，嫠恤周而弃纬。非徒饥寒逮其躬，抑于义焉奚取，子姑悉置之乎？

子曰：唯唯，如客所言，是圣人所无如何也，而吾与子奚所为宜耶？且夫偏者违众而独行，蠢者昧己而无知。虽君子之所弃，抑犹道之近仁者尔。已乎已乎！吾乌知客所自为者，偏乎？周乎？蠢乎？善谋乎？曩者不佞尝学《易》矣，《易》之《中孚》曰："豚鱼蠢之至也，小过，有飞鸟之象焉。"其五曰："取彼在穴，偏之至也。"夫鸟翔于重霄，止于茂林，其乐如何？而惟其穴之甘，舍旷而取幽，曰惟己之求，斯不已偏乎？夫豚鱼皆处于泽，不鸣而善育，遗己肥泽，以果群腹，荐之以豆俎而不为荣，施之以鼎镬而不为戮，顽然瑰然，惟天所以字之，杀之，秽之，悦之，斯不已蠢乎？古之圣人通乎昼夜之道，而知以为治必有乱，乱必有治。苟志吾仁而不变，即终困亦奚辞？世一合而我宁偏，世百变而我宁蠢，此亦《中孚》小过之时也。今执权者曰："我将使某无以生。"不知彼执权者亦无以生也。彼之所以生者，皆我所不为。我之视生与无生也，混然而无别。生固有时而穷也，而我不穷且吾之濒于殆也屡矣，然而不死者，以其有主之者也。众人之所以忧其生者，勤矣；究其于所以得生者，亦不数数也。其生之天也，其不生之亦天也。虽世之得志者，亦岂无同我者乎？其得志与不得志，亦天也。吾非有求，非无求，居将为鸟在穴，行将与豚鱼者游，于吾之生为失计，于道则何所尤？

客笑曰：子之言善矣，其过殆与子同之，顾吾爱子甚于自爱。愿子立言以俟后之士，解张为弛，以无与今之不得志于子者抵，吾将使吾友佐君子矣。余曰：敢不谢子之爱，遂录其说纪之，名其篇曰《酬爱》云。

注释：

① 侍郎曾公：曾国藩，曾官礼部侍郎。

丁 亨

丁亨（1809~?），字简轩，新建县人。曾任上犹县训导。自幼习诗书，学识渊博，工诗文。其文词简意深，气势宏博，文笔峭削，气韵风生。著有《未毁草》等。以下诸文选自清光绪元年刊本。

汉文帝论[①]

文帝，汉之贤君。以齐淮南事考之，盖薄于手足者也。

夫齐王襄，高帝长孙，可立有言之者矣。方朱虚侯章告齐王发兵，西立为帝，非意直帝兄。吕诛，遣章告齐王罢兵，而章无辞，则章之心可见也。齐王已发兵西，灌婴谕与连和，即还兵待约告罢兵。兵即罢，则襄亦无意帝也。观于使，使告徙王赵，而谢願守代边，文帝固慎重，设章当日知诸吕阴谋，急告于代，其肯轻焉一举耶？刘氏已不绝如带，又可俟徐徐图耶？有告齐举兵，而与议帝代者耶？文帝亦自知侧室子，其谓长孙应让耶。章必欲帝，兄襄必欲帝，能容诸大臣召代耶？襄即自帝，亦得之诸吕，而非夺诸父兄。文帝即位，襄、章不以功争，东平侯兴居犹请除宫。文帝之有天下，皆三人功也。

初，诛诸吕大臣，许以赵王章、梁王兴居，而元年论功不之及至王子乃王章、兴居。王章、兴居者，又皆割齐郡，是王其兄弟，正削其兄弟也。不自首事，享人之成，而反忌其功。三人无负于文帝，文帝殊有愧于三人矣。终襄、章之身无违行，独兴居少躁耳。淮南王以母怨力能椎辟阳，则亦有用材，文帝不为抑教，亦无异郑庄之待段[②]，至歌"斗粟、尺布"，则时论亦可知也。大抵文帝以外藩入居尊位，固于兄弟不能无意，其贤者尤忌之。七国之兵，亦文帝兆之也。古人谓黄老流为申韩，文帝以黄老为治，而此二事不几邻于申韩，与为文帝者加劳襄、章、兴居，则如大臣王赵、王梁议淮南置严傅相，其可哉！

注释：

① 汉文帝：刘恒，汉高祖子。公元前180～前157年在位。吕后死后，周勃等平定诸吕之乱，他以代王入为皇帝。执行"与民休息"的政策，减轻田租、赋役和刑狱，经济有所恢复发展。又削弱诸侯王势力，以巩固中央集权。后世史家将其与景帝统治时期并举。称为"文景之治"。

② 郑庄之待段：此言春秋时郑国郑庄公待其弟段作乱后而制服之事。

将论上

凡任将不可不予其权。古人有言："梱以外，将军制之。"盖予以权，使得专也。今命将行军，军中之事大小必以报闻，此犹遣之斗而必俟吾命一举手焉，则受败而已，岂在将之道也！

夫将者，决胜者也，胜在审机。今日制胜之方，越宿行之而或败。故每奇正无常，怯勇异用，以顷刻变幻百端之情形，越数千里外求其明见而商区处，无论审之难当，就使悉当，而往来逾时，情形又变矣。譬之颜色，黄与白，其辨之甚善也，距数十步而观之，鲜不以黄为白者，再远数百步观之，则又皆青矣。故不若予以权令，得专其责也。

且事既小大必报，报以胜不得不陟，报以败不得不黜。胜败不常，因之黜陟靡定，又或饰胜而掩败，以云劝惩，乌在其足劝惩也？夫兵有小胜而大败者矣，有故败以取胜者矣，此在将亦有难明言于军中，况敢闻千里外哉！故不若予以权令，得专其责。

吾第课其成谋而总计其事功，徐考核之以为黜陟，则黜陟明而政亦不渎。今何为其不然也，曰收其权也。收其权者何也？防患也。跋扈之将，诚亦代有，然多在功成之后无以安其心。收其权，使不得有为，必不能去贼。已成之贼不求去，而所倚以去贼者，又先以贼待之。人无始遽欲为不善者，及以贼相待，则或自虞焉，而能卒以忠厉不稍变心者，寡矣！卒以忠厉，亦无如贼，何有败以受黜而已，则非将负我，实我负将矣！既授以全军，而仍操纵在我，徒足藉口于庸懦。彼果能用其军，仅频频黜陟于报闻，而谓能收权防患，复有谁信哉！

虽然，将非易任也，不先择之不可也。择将有二途，一者自效，一者保荐。贼之情形，已明著于天下矣！天下之大，必有智能擒贼，怀成算于夙夜，而不欲献者，献焉未必用也，用焉未必如其用也，不如其用，则所言未必能践而法随之矣。自此效之，所以不前也。人臣为国，亦无见贤不保荐者，贤未竟而坐法，保荐者同坐，此其所以不肯保荐也。惟令天下自大小乡绅、州县官以上，皆得汲引，苟有其人，则令陈其大意，计灭贼所需，当得兵力几何、时日几何，言有可信，则借一提镇所统领，观其调治能，而后以权毕之。如是则将必得人而保荐亦可无罪。

其予以权者，岂遂委之不顾，而不复得闻军事乎？匝月一报平安汇递，则将既得安静，谋所以胜贼，即或我有方略，足补其所不及，卒不以扰将，一切功过皆登纪录，不时加予夺，迨功成而后议赏，以不负其勤劳，则任将之道矣。抑将之任重矣，为将才亦何敢以一人自恃也！善谋善战，各有专长，将又贵能收用之。谢安谓万曰："汝为元帅，当数接对诸将，以悦其心。夫能收众军之心为一心，而使大小将吏以至卒伍，各奋其勇，以忠于国，则真善将矣！"

将论下

凡将兵不可治以太烦，亦不可治以太易。太烦则多扰，扰则足以苦兵而生怨；太易则多疏，疏则足以纵兵而流毒。夫太烦尚不失为严饬，太易则取败之道也。若又行伍不修，赏罚不明，尤速败者也。怯于胜败生死之交，特幸名利权势之独拥，则不成其为将矣。

夫兵者欲其足用，不可使自为用。置兵于无用，此弃兵者也；兵得自为用，则不戢兵者也。不戢之兵，初亦主将，稍为宽假，谓将用其死力，不宜以寸尺相绳，后乃渐放于不可复制。将之严饬，其兵尚或敢为掳掠，欺主将于不能知，况明纵之哉！鲁初风气尚淳，人知礼义，费誓犹谆谆于臣妾马牛，况在后世哉！故将兵之道，不难于攻战，而难于统驭。统驭有方，攻战自易。昔陈文子将齐师违谷七里，谷人不知。祭遵为将，所在吏民不知有军。吕蒙同郡人取民间一笠覆铠，蒙犹以犯军令，垂泪斩之，以故卒救郑，有功于汉而成事于吴。

盖兵者，戡乱者也，行之无律，则乱以滋大，故古人皆慎之。将兵者期于戡乱，而何忍滋乱也。兵所偶经官足供给，尚波害于乡民。兵所营屯，民何有不尝之毒，且不徒民苦而已。自来用兵，惟不以兵病民者有功，其以兵病民者无之，何以知其然也？攻战者，致死以争者也。彼其兵方于所在之财帛子女，求甘心焉，且屡蹈其事而不吾过，而奚其致力以死？情欲既溺，则忠义立忘，夫安得而不败也？平时不与为整齐临阵而欲其无乱，虽孙吴不能，然则将兵之道可知矣。肃其局度，正其功罪，不挫其气，不启其欲，不轻陷之于死，不私示之以恩，君子观于其统驭，而知将之有能也！

或曰：饷偶不给兵，借食于民，主将亦无辞。曰：是更纵之以有名者。夫师行粮具，其始不滥，其后必不诎，先寡而后多不见恩，先多而后寡则见刻。即使不给，而主将与卒伍同其有无，断不思及乡民，而以枵腹操戈怨其将。然则何以治之也？皇甫嵩[1]每军行顿止，须营幕修立，然后就舍，军士皆食，乃尝饭。韦睿[2]亦营幕未立，终不肯舍，井灶未成，亦不先食，不逸身而劳士，不丰己而俭人，则兵已深感其恩，纵轶者寡而兵足用矣。

注释：

[1] 皇甫嵩：安定郡人，东汉末名将，任左中郎将时率军镇压黄巾军，官拜太尉。

[2] 韦睿：襄阳人，梁武帝时名将，官至右卫将军。

江西兵事论

江西之乱，江西召之也。江西之乱之不平，平乱者留之也。

　　夫九江，江西门户，而长江之关锁也。上承两湖，下引江浙，九江闭则江西不得入，九江守则江以下皆可安。方贼在武昌，已抚军躬带兵勇临九江矣，已宜谕城内外共奋忠义矣，已挑江西各营兵同卫九江矣，已集大小船数千于城下听调用矣，如是则以战可。又已城外筑垣加蔽护矣，已运硝炮、粟米、银钱充牣城中矣，如是则以守可。且陆制军已遣兵西至九江境矣。向使贼发武昌，先分兵勇屯江南北岸，横大船于江，小船环伺之，水陆相顾，而静镇不动，贼必不敢轻下。即水陆俱下，而我军俱不敌，彻[1]军尽屯江南岸，贼仍不敢窥九江。且贼即已据江，欲取九江以为长驱地，我兵屡败，不复能军，以与城犄角，尽彻入，膺城固守，贼未必能破九江，不破则贼不得越九江而下江南，而江西之安不待言矣。不必有陆制军为援，计前所运到九江诸物，自足以鏖战岁月而有余资保九江，则东南俱保也。何乃闻风逃遁，有险不据，有兵不战，有城不守，举所运硝炮、粟米、银钱，计值不下数百万，皆不劳贼力而尽以付之。又有船足载，是江西特为贼作转运使也。向使具录其物，呼贼而亲授之，贼犹将却顾而不敢前来也。若其贼至而战，战而败，败而守，守而溃，未尝不有之事也。若战守之两无，其资亦无得为之怪也，九江溃而江南不守矣。当九江未溃时，客有北行，途经者见其集势之厚，方倚为足恃。及闻九江失守，意必军皆覆没，城亦无复存，抚军必殉城以死。岂知一矢未加，抚军已赤足潜入属县，舆隶且不待有大员为之倡，他何问哉！

　　又使贼下江南，江西招集散亡以袭之，江南或亦不至陷，何有于江西！而九江距南昌三百余里，经水陆之深阻，在在有草人空垒，贼犹将望而疑畏，况实能格斗者哉！惩前日之轻佚，应严其军令，禁其逃避，日夜以贼为虞。何乃置之不问，使得一帆直抵南昌。贼至城下，仅知闭城，困九十余日，犹以守城为功。果功也哉！故曰：江西之乱，江西召之也。

　　贼入江西矣，于是有帅督兵平江西，而贼蔓遍南康、瑞州、袁州、临江、吉安、抚州、饶州、广信、建昌各府。夫接应者，出战之要务也；断截者，制贼之良法也。度其缓急而先后之，则平乱之大道也。九江为贼巢，则瑞、饶为贼东西往来之途。併力攻瑞，瑞危则南、袁、临、吉之贼必退。增兵守饶，贼不敢入饶，则广信无事，抚、建亦可无事。攻守之法，不躬历其地，未必得兵将之功罪，不亲见之，亦未必实劳师平乱。而安驻省城，偏师一遣，不复有人断其后，亦不授以方略责其功效，官军与贼，徒上下相游，使贼视官军若无有，是养贼也。贼本不敌，官军既不欲立功，必思及掳掠，贼反乘间而时败官军，是纵贼也。已逾年而犹不思变计，故曰：江西之乱之不平，平乱者留之也。

校记：

〔1〕徼：当为"撤"字。下同。

《未毁草》序

人之精神必有所寄，而性情学问亦以见焉。今是医卜之属，苟其人性情与之相近，而又学问以深之，则其精神有攸注，必有可观者出，况在文人学士哉！某年舞勺习举业、学韵语。未冠，而私拟《富辰论》。自是以后，日渐月积，精神遂若于是焉。寄以验性情学问，则未足也。虽然，某亦有血气心知，岂无性情，亦曾手披口诵，岂无学问，但所见于此者，盖其蠢愚焉耳，浅陋焉耳。既自顾眇焉之身，于斯世斯人，漫无所担荷，而穷年兀处溪山，唯藉是以销岁月，则亦无名公大人与居与游，得以琢磨其疵缪，与一切偏僻肤庸之处，亦唯速毁，毋遗玷于人世，以为文人学士羞。计生平所得，百不一存，是原毁之未尽者。忆先君子年未五十，举生平所作文诗，悉投之火，某时童稚不知救。今某年逾六十，犹眷焉留此，诚不若先君子勇也。

书《闰榻集》后

吾弱冠侍先君子，已闻武宁有盛字云[①]、张樱坛[②]两先生，不详。吾乡邹意园先生能古文，吾未能见意园，见其弟培元，培元亦为吾言樱坛，仍不详。今与李公日闲同官，日闲先生，同县人，语及出《闰榻集》，吾乃得读樱坛也。

吾既仰樱坛久，即心屏他虑，虔意读，窃叹先生得力于东坡，摹仿子云、长卿，而归宿半山④。至《叙疾》，颇自喜曰："能得先生矣。魏梅山展卷必中于其短，何与吾有不谋之合也。"妄意先生坚志高、用力勇，必将上蹑乎古人，而传诸后世，殷殷其必传，又戚戚其不传，乃至蹈厉迅发而不可忍耐，见之辞激昂骯髒不能平，亦即彰其博大深邃淹贯之学，与其离奇雄伟、蟠屈郁勃之才。此先生之壮也，亦先生之过也。

先生于古文外，书法自谓非常物，诗得之雅，惟时艺不自诩，年二十五已弃去。当时所交游远近新旧大夫士君子，必无有敢进而箴规先生者，先生所以卒难优于德也。意园精力不在先生下，文辞疑亦相埒，于五经皆有注，仍攻时艺，但如先生《序陈颍闻》所谓格成化、宏治间行之者，逐逐童子军，几五十年衰于目而止。书法拙，诗亦不长，然评古今人诗，悉毫发见。与人温和少忤，临事则介。甚贫且老，志不少挫。非不在传力，其在己，传不传且听之矣！

先生好椶③，尝梦见万本椶。夫椶弱枝粗叶，四散刺人目，直坚如猬毛，冬夏常青，风来飒飒声，于松涛倍。人岁取之，皆掇其皮肤而材者终弃焉。呜呼！是先生之所为椶乎？

注释：

① 盛字云（1699～1765）：即盛谟，又名大谟，字于野，又字斗把，号字云。武宁县人。清代文学家盛际斯之子。盛谟与其弟盛镜、盛乐俱以文知世，人称"武宁三盛"。

② 张榱坛（1738～1806）：张望，字榱坛，号闰榻。武宁县人，为盛谟之外甥。著有《闰榻集》等。

③ 椶：同"棕"。

④ 邹意园：邹昉，字晓晴，号意园，新建人。嘉庆间文学家，制艺古文独成一家，著有《意园文录》。

⑤ "窃叹"句：东坡：苏轼，号东坡，北宋诗文大家。子云：杨雄，字子云，西汉学者、文学家。长卿：司马相如，号长卿，西汉辞赋家。半山：王安石，号半山，北宋诗文大家。

寄徐畏存先生书

陡遭兵祸，身几不免。前月廿八日，逆匪突至西山万寿宫。附宫居民纷窜，号泣载途，川过舍间。某知势急，即遣小女等远避十里许，地名莲塘。半夜又遣内子弟妇等先避数里许，地名谷溪。天明，外报骑贼至，某走谷溪。贼逼谷溪，某挈家走莲塘。喘息未定，贼逼莲塘。某挈家纡回走十里许，入新塘村，车夫已疲，饥渴交害，因为粥稍疗车夫及诸同走者。啜未半，外报贼至，主人已遁，同走有泣者。冒险疾趋数里许，至黄冈村，叩老人问贼踪迹，始克安。行十馀里，渡瑞河而南，驻礼坊村。

是日某足茧四十馀里，又受穷促。比夜睡觉，两膝不堪屈伸，股腓疼痛，腰作伛偻状，两足掌又不可履地。身病事危未知底，竟伏枕寻思，何辜遭此？傍晓，属舍弟等饱饭回探，奔窜之顷，丝缕未携。某计贼乱之后，必有丑小乘间肆掠，舍弟到家，或足镇防。随闻贼馆敝庐，门壁俱毁，遍处搜索。又闻有数老妇续为竞掠，舍弟日以避贼，不敢安居在家，失家徒恤攘散。

初四日，先姚忌辰，某虑舍弟或难设奠，沿途侦行，幸获登堂，躬荐杯水。而各家内外，秽臭蒸人。其所杀猪牛，百不食一，鸡鸭十不食一，馀剩生熟及粥饭等，悉随便委去。所杀男妇，无人收殓，天正炎热，即时败坏，遍村扬毒，掩鼻犹难。某恐染病，初五日仍走礼坊，贼随到舍，幸不两值。

初八日病发，较前更剧，废食不饿，拥絮不汗，而贼逼松湖、礼坊，距松湖仅十馀里，警信时闻。奔走大小男妇，川过礼坊，如前廿八日在舍闲时。某计礼坊地形北河南湖，中衍一洲，狭小而长，不可纵横，又无大富足启贼心，又非要途，贼将借径，贼必不来。又计连日所闻，贼之窜扰，初无节制，万一下窜，吾其禽耳！一念及此，肉动心悸。抚床夜起，隔壁闻有鼾声。而户外不睡，数人细声聚语，大都惶惑，又不敢启户就探，致相惊骇。勉复就寝，抱病静卧，双瞳炯炯，开不能闭，透窗风月，皆觉荒凉。呜呼困哉！某果何辜，而竟遭此！幸贼果远飏，某病亦渐愈。

十七日反舍，户无关闭，床无簟席，欲茶无壶，欲饭无箸，所藉收藏箱匮诸物悉破不完，小及豆麦，升合不留。相对数日，如醉如梦。邻居先归者，间来劝慰，语未尽意，辄自泪下。某虽至愚，能无情哉！今秋风已动，寒气渐紧，某全家方衣葛夏，别无大布之衣能为替代，如何如何！隐用自悼，嘲不成笑，悲不成泣。某知交不出数十里，而数十里同此大病，属在便家，受害更酷甚，且杀掳从谁告情？或启某盍领北行，公项银两先借支，吾徐筹路费。某忽憬悟，因思借重，走函致意。居恒读昔人遭乱后各诗文，至辛酸过甚处，每谓是点缀见情，岂意皆某今日实境也。

汗衫破履，不敢造府，谨托鸿便，缄情上诉。恳发专脚，代借额银。先时领款，未甚伤廉；因便济穷，亦不伤惠。经乱神耗，语言不伦，伏祈仁恕。

拟上沈中丞书[①]

候委教谕丁某，为辕下闻风私愤，妄拟谨呈蠡见，仰祈训戒事。

窃卑职籍隶新建，自在诸生中闻粤匪称乱，私已不平。及贼至江西，屡次蹂躏，益怒且愤。今候委辕下，又都昌等县，沿邻省徽州、池州各府界警信时闻，日劳调遣。幸沐洪恩，贼至无害，而卑职私衷愈不胜愤。蠡窥有见，窃愿抒呈。深知谬妄实穷，日夜自费心思，不敢闷隐。

当今之时，粤匪猖狂，英法放肆，扰乱十馀年，深入诸内地，而又捻乘之、回乘之、苗乘之。此时军政诚为要务，使当年广东之和议不行，粤匪不敢起事矣；使粤匪之患早除，英法亦不更鸱张矣。粤匪殄，英法必遁；英法遁，而捻与苗、回不足平矣。计粤匪非难殄者，陆续问匪掳所逃回，皆谓贼怯战甚。计贼万人，其中终日思归、望战投戈者少亦不下七千馀人。其战胜为贼，败则走入官军，充勇者又不下二千馀人，甘于贼老者不过数百人而已，则其心已离也。故贼常不欲战，有战必败，死伤无论，其溃散辄以千计，则其势已危也。又闻所逃回，各述其乡邻，某今领十数人，某已领数十人，某已领数百人，或已领千馀人。其人皆乡农，非素有材能胆识者，其尤者不过文墨童生而已，则其党已无人也。

又闻其头目自得领千人以上，皆惟少妇顽童、金珠玉帛是娱，则其志已荒也。以离心之众，乘最危之势，而无才以驭之，又济以既荒之志，有不易殄哉！而贼不遽殄有二：一在官军之不便轻进也。夫兵家之事，不能有胜而无败。居官之心，无不趋功而避过。见为必胜，有忽败者矣，则志在建功而反得过矣。故多养其威于不怒，必俟贼动乃应之。与其贪功，无如免过；一在官军之不相救援也。夫人举事，一手不支，一手随应之，手有不支，足亦随应之。故善将者当使全军如一人，各营兵如耳目手足之相顾。将出战，必视敌情形审地之途径。某营前、某继之、某左右翼，鲜有不胜矣！今惯当以独力军之，所以多怯也。而兵又不足用，今日之兵，多所招勇，且招而夕遣之，其于器械未能肄也，其于行伍未能娴也，其于主将未能亲也，其于旗鼓见闻未能熟悉也。夫不律之师以赴役，则沿途受病，以出战则临阵乱奔，故必先为训练，使之可方可员、可纵可横，进退左右，随所指挥而不乱，故静则如山，动则如流，而兵乃足用矣！居常百人，岁必损一，则千损十，万损百，况师行远出，寒暑不避，其所至，或又于水土不宜，加以饮食之失养，常易生疾，不待阵有死亡，数年而丁壮衰，数年而什伍缺矣！

窃谓各军皆当岁练数百人，勤为教训，既熟，乃遣入营，备缺数，庶军势常强盛，而其新入者又皆不惑于旗鼓，能循其方员纵横、进退左右之常，则不必多起新军而兵常足。若乡村团勇，大都可静不可动，可守御不可攻击，盖其室家之虑重而死生之事危。必安其心，使之不生恐，壮其势；使之无所惧，勿使受正锋，第借以杜贼窜之路；勿使犯大敌，特引以救官军之败。其有功，急表章之勿隐也；其无功，不必罪也。管带果不任，或易之而已，则率土皆劲旅，而兵益足用矣！夫武昌四达之地，有江汉之险可战可守，贼不之据而弃去趋江宁，此贼之失计而官军之利也。自古无据东南而能为者，当下江严防堵阻贼东下。卑职窃私忧贼锋正锐，势必散出，不东则北耳。且贼肱箧之徒，苏扬其志也，盍先徙下江之民而空城，纵贼东直驱至上海等地，令与英法相鹬蚌，即不能骤殄，终成海贼，则癣疥矣。今其蔓延江浙，似可犹用此术，南北各军渐次逼近江宁城[1]贼巢，三面急攻而空东路，俾得窜逸，江宁复则贼可衰殄。

江西北连徽、池，东接衢、杭、常，以贼之窜入是虞，江西军务正在防堵。防堵之法不于境内，在于境外。其守御地方官军固无出境之理，亦不宜城居，当择地之要害而善者筑堡屯之，其援赴各军则营境外，居堡屯军之前，表里相顾，则军势厚实，使贼觇之，亦觉凛不可犯。防堵之军，常安而逸；转战之军，当险而劳。若将各军约以数月更换充役，既可节其劳逸，又得于防堵时更加练习其方员纵横之势、进退左右之方。日有教衍，如书生之时，习尤足以培养其锐，使得及锋而试。且用兵之道，必先有成谋而后乃致之。职无论崇卑任，无论攻守，皆当日图所以殄贼之策，不宜安坐而待功，衡论功过者亦不宜寸尺是求，但课其所谋而验其成败，总计其事功以权赏罚。今贼头目孔多，所据城郭不一，正官军所当并力之时，窃谓欲江西安枕，必江浙无事；欲江浙无事，必复江宁；欲复江宁，必先收徽、池诸府县。徽、池有党贼，犹敢顾望，不决意东向，不尽驱贼归上海等地，则成功未有期也。不能使江浙无事，则江西之防堵未知何时已也。

卑职本乡里书愚，平生服习，只在制科，初非于古今军政将略能洞悉于胸中，又非于孙吴等书能穷究其术，并非敢藉此拟议，希事干求，徒以区区之私愤贼不已，故抱此谬妄，敬抒上呈。卑职素未讲求，罔识体制，又无仕途戚友，足资问询缮写之处，定多违式，仰祈洪恩，统赐儆戒。若额外施仁，更加训示，则卑职尤幸甚。蠡见诚小，不足议大。卑职亦前却良久，不敢上干，终以积愤甘蹈冒昧。卑职诚不胜战栗惶恐上呈。

校：

〔1〕城：原文作成。

注释：

① 沈中丞：沈葆桢，时任江西巡抚。

罗穆堂先生传

穆堂先生，姓罗名昂，字名驹。幼受业于水耘。夫子举动谨饬，水耘重之，语人曰："他日必为吾族伟器。"水耘者，嘉庆甲子乡举，罗姓之夙儒也。穆堂为文，苦思必欲得自惬乃已。郡伯方公谓有前明矩范，素严正，遇非礼之事即直斥，人多惮之。尝于端坐闭目，或问曰："欲习静耶？"曰："非也，诸所冗杂，惟有置之不视耳！"父太学步瀛，以钱谷冠乡里。穆堂衣食俭约如贫士，出入城市客馆间，无有知为富家子者。待亲友则慷慨施济外，凡于醵金诸处多所输委置不言。

岁辛酉①，粤匪突至，所至焚掳，乡村老幼男妇皆鸟兽散。穆堂家豪，富声未减滋，贼所心艳，已挥家属悉逃避，足正患疮，不欲以身累他人，遂罹祸。有被掳得回者，称穆堂在瑞州倔强，不假贼以辞色，不食贼所掠物。数日有同乡人买饼饵遗之。贼寻寇临江，途过丰城之前，江虚被害，时年五十有七。

论曰：吾与穆堂为总角好，前后出熊甸民夫子门。临文吾每畏穆堂锐。穆堂力能应酬，有叩门辄先发其意，代为斟酌而给与，亦各满愿去。吾尝智穆堂。辛酉之乱，吾一日间足茧数十里，幸得脱，而穆堂以足疮不获免，岂智有不逮命也。以穆堂明慎持身数十年，而终厄于乱，果命也哉！

注释：

① 岁辛酉：咸丰十一年（1861）。

大汉子传

大汉子姓丁，名启昆。伟躯干，有拳勇，尝护商船往来江湖间，遂交称以大汉子。既老，家居，时咳嗽，拄杖缓步。有少年自负膂力，欲试之，不敢，乃轻行，自大汉子背伸拳，计必仆。拳未至，而大汉子一足向后击，身未动而少年已仆。少年谓："何击我？"曰："汝何拳吾？"少年曰："何知？"曰："有风"。尝自谓："苟遇敌，可刀箭不及身"。闻者不信。大汉子曰："可浇吾水"。当暑，大汉子手油纸扇，或引水频浇，果不及。而大汉子扇反频敲浇者头，水尽在扇。

族侄嘉宝老于商，曾买船，既登，乃悟船夫皆盗，忧惧不安，日站船头望，欲弃货不可，欲易船不能。经繁冲处，舟唇鳞次，岸上烟火近万，将樯[1]。大汉子自高坡遥见，疾趋大声呼："侄何在此船？"嘉宝始心释。大汉子曰："速另雇，吾在此"。群船夫咸怒未发，问："汝谁？"曰："吾大汉子。"群船夫乃悔，嘉宝竟得易船。又尝晚泊独步，少顷归船，谓客曰："今夜有警"。客惧，大汉子曰："无庸。"召舟人，皆伏不灯。四鼓，舷响，户亦启，一盗入，杀之。外听无声，又一盗入，亦杀之。凡入七盗，皆杀。天向明，出人放船去，自是大汉子亦不复护商。

盖闻之先君子云："昔吾地喻成宪遇盗，一能臀行若干步，一能壁上横行，一能任指高檐何瓦，腾上取，寂无声，为惜其有才不善用，固矣！"魏叔子①每述诸剑击技，则伤其才不遇时获见用。窃谓大汉子救嘉宝，杀七盗，是已见用，天于才未为负。叔子所伤诸技，未必皆无功如大汉子所奏者，叔子亦以甲申、乙酉故悲及诸人耳！大汉子有从侄嘉诏，能于数十斤重四足椅上加碗，满注水，只手从椅足下去地寸许，举高起而水不溢。又有贾被恶豪负致困，得吾地邹允刚者，曰："吾代索。"掌撑大棺入豪家曰："杀我，已将棺来。不则，杀汝，偿某责则免"。豪惧，具银送回。嘉诏亦为远贾递银物，则才如允刚。嘉诏亦见用诸人，未尝不得一时名。原非韩淮阴②、狄武襄③，足立功于国家，辉煌史册，扬天下后世，就令值甲申、乙酉，获任爪牙，但逞雄于一搏一噬。万一敌强，自丧元而已，未必能使田横五百人偕死，故不必过意为才惜。吾家老人谈先世有某，左右挟门前螺纹石各四百斤。天雨，踏屣印泥行周村，计近二里而气不喘。善饭，卒饿死。幸不下至为盗求活，究不为人杀一盗、索一责。是又不自思用，天亦无如才何。又如郭橐驼、卖柑者②，谓不遇柳柳州、刘青田则不传。古今来如橐驼者当不少，则信也。

校：

〔1〕横：当为叙。

注释：

① 魏叔子：魏禧，字叔子，宁都人。清初著名文学家，曾作有《大铁锥传》。

② 韩淮阴：韩信，淮阴人，助刘邦得天下，封齐王，后贬为淮阴侯。

③ 狄武襄：狄青，字汉臣，宋仁宗时为延州指挥使，对夏作战屡立战功，升至枢密副使。卒谥"武襄"。

④ 郭橐驼：柳宗元作有《种树郭橐驼传》。柳宗元，官柳州刺史，人称柳柳州，中唐著名文学家。卖柑者：刘伯基作有《卖柑者言》。刘伯基，浙江青田人。元末明初著名文学家。

赵承恩

赵承恩（生卒年不详，约生活于道光至同治间先后），字省庵，金溪县人。少孤，贫而好学，咸丰、同治、光绪朝三次被荐举为孝廉方正，皆不就。晚年应聘主讲章山书院，学养深厚，著述宏富。一生酷嗜古文，为文以程朱为楷模，友人饶一夔在《省庵初稿序》中称他"务求尺寸，不轨于理""始终本于朱者"。其为文古直平正。著有《周易绪言》《诗注辨误》《训徒琐言》《性理拾遗》《省庵初稿》《红杏山房文稿》等。创办红杏山房，一边刻书销售，一边藏书自娱。以下诸文选自丽泽书屋刊本。

吴西沱先生《蠢遇录》序

三代之帝王尚矣，厥后一代王者之兴，必有一二名世之士后先崛起，相与面折廷诤其间。君不畏圣明之累，臣不避戆直之名，上下相师，君臣一志，以成盛理。汉唐之际，以此称治，近代以降，未尝有也。乃吾于有明弘治间，得吾乡敢谏之士一人焉，曰"西沱先生"。

先生姓吴氏，讳世忠，弘治己酉举于乡[①]。庚戌捷南宫[②]，廷试得二甲第九名，为高第。居兵科者三年，职刑科者四载，在户科、吏科者各一年。于国家大政大体，动辄数千余言，至小小利害，亦时举一二。要皆謇謇谔谔，虽极一时之触忤，曾不一顾。故自编其谏垣之文，名曰《蠢遇录》，使天下后世知有直言骨鲠如先生之臣，更有从谏如流如有明弘治之君。汉唐之盛，再见于斯。而先生之书犹不多见于世，一刻于邑人黄子直，再刻于先生之从子蕙。国朝来，板积久而字磨灭不可识，于兵燹播迁之余，书尤脱落不足观。守残抱缺，披读之下，每常恨焉。於戏！

　　恩，先生之乡人也，去有明之世二百余年，不得见先生于入直谏垣之日，使一览其议论、风骨以自壮，徒以生今之后进，捧读遗文，心慕其人，而学成不足用，将碌碌无所表见于世，对先生之文能毋颜惭而汗下也，又何以序先生之文为哉？乃门下士衡甫丁生、瓣香高生等慨然有志于斯录，亟取乖舛者厘正之，残缺者搜补之，越半月书成，将以授之梓人。此固先生之浩气英光，不当泯灭于后代，而生等此刻亦非徒使先生之书再行于世，以新一世之耳目，异日立朝，必将授是以为拜献之圭臬焉，则余今日西沱先生谏草之序，于诸生不禁有厚望也。

　　　　　　　　同治二年九月既望，序于疏溪之荫园学舍

注释：

　　① 弘治己酉举于乡：弘治二年（1489）考中举人。

　　② 庚戌捷南宫：弘治三年（1490）会试中式。会试由礼部主持，因称会试中士为捷南宫。南宫：古称尚书省为南宫，此指礼部。礼部主持会试。

孝廉姜真吾先生《征车草》序

　　邑栎园老人谓诗必揣摩而后工，非深于揣摩者不能知。予性不耽诗，遂不善诗。于八股举业外，独嗜古文，间有所作，未敢辄自深信，必缮以质吾友真吾。真吾少有大志，于性理、经济诸书无不读，既善古文，而又工于诗。真吾遂以诗名一时，自其少壮已积成卷轴。每至其家，必浇酒煮茗，手一册，相与推敲吟咏。真吾不以予为不工诗，予自忘其诗之不工。第见真吾年愈长，阅世愈多，而诗遂与学问文章浸淫，而入于古作者之堂室。至癸亥，以诏举孝廉，应征入都，自北南旋，周览天下名山巨川。举凡舟车所至，耳目所接，一时风土人情，园林台观，花木鱼鸟，怪怪奇奇，无不醋吟于胸次，而一一发见于诗。此《征车草》之作所为，视真吾向所为诗者，已益进于古矣。唐欤？宋欤？其殆得江山之助而成者欤！真吾之学，盖不尽见于诗，诗亦不尽于《征车》一草，而以见《征车草》者，以见真吾之诗，即以见真吾之学。而予不善诗，遂亦可以序真吾之诗。质之真吾，其以予言为然否？

谢映庐先生《得心集》序

医之道，玄矣哉！自神农氏尝百草以兴斯道，后之宗岐黄者千百家，而得其传以不朽者，盖数十人。医学之难，自古然矣！顾近代聪明之士，苟心通其意，每得其不传，纂绪出所学以活人，且有非古成法所能拘者。世固时有其人，而医学之传，亦时赖其人以不绝于世。善夫！明喻子嘉言[①]之自名其书，有曰《寓意草》者，盖亦本乎医者意之说也。喻子真善言医者矣！

我盱南映庐谢先生，少业儒，以贫故弃学，肆力于医，遂尽通其术。其治病无常法，暇时辄取所治之已效于世者，具书于册，名曰《得心集》。先生之心，盖欲以医一时者，医天下后世矣。今夫学问之道，公天下者也。而世之一二善诗能文之士，往往私其所学，家有传书，非其子弟不得观焉。降而至于方技、术数者流，苟能神明其法，将终秘之，不以授人。而先生独以活人之具为人言之，且尽著为成书以示天下，视世之私其子弟秘不示人者，相去何远也！

先生季子杏园能读父书，克世其业，惧先生之书泯灭不传，亟为别类分门，授之梓人。杏园可谓善继先人之志而克述其事者矣！书成，嘱序于予。予惟世之览是编者，得先生"以意医人"之法，推而广之，知医之不尽可以成法拘也，则读先生之《得心集》，即以为明喻子之《寓意草》也可。

注释：

① 喻嘉言：喻嘉言（1585～1664），名昌，字嘉言。号西昌老人，江西新建县人。医名卓著，冠绝一时，与张路玉、吴谦齐名，号称清初三大名医。著有《寓意草》《尚论篇》《尚论后篇》《医门法律》等。

副督紫竹吴公忠烈传

古所谓豪杰之士者，不必生长富贵，凭藉权势，以阶荣显。崛然起白屋中，提一旅之师，汗战千里，决胜戎场，为生民捍卫，为家国倚重，至不得已而师徒挠败，抚心搥胸，誓以一死报国。此其毅勇之概、忠烈之诚，冠青史而不可磨灭者，盖非出于人事之所能使然，此其中亦殆有天授焉。

紫竹吴公者，讳伟南，我邑疏溪人也。生而奇嶷，少负大志，喜读孙吴家书，自其少小时慨然语乡父老曰："宋范文正公①当秀才时，'以天下为己任。'汉武乡侯②许身后主，誓死陈情曰：'鞠躬尽瘁，死而后已。'我等昂藏丈夫，宁让古人哉？"居常又以"大丈夫立世，不为孝子即为忠臣"等语自励。当逆氛拦入蜀疆，公即驰趋赴蜀，盖年才十八而已身列戎行矣！自其为卒伍时，当道识者已目公为不凡器，而公顾就就自持，深恐不能尺寸自效，上酬知己，益自奋策，屡著奇功，颇为上游契重。洊升游府，以事免官，旁观深为饮愤不平，而公帖然处之若无事，犹自谓："某以君恩未报，惟深自负歉耳。"公诚杰士哉！何度量之过人远也。

迨咸丰五年，粤匪移窜楚南，公投效塔军门③，籍名麾下，誓师决胜，身冲百战，屡挫贼锋，一时楚南百姓倚为长城之固。沿历豫、皖诸省，公率所部，至则无不望风披靡。以功起官楚南。抚宪骆公④闻其才，招致幕下，授以岳州参将。公自是益深感奋，士卒甘苦与共，画求守御诸策，俱井井有法，四境帖然，士民归心，除任时至攀辕者数千人。公之生平，于参将岳州时，已略概见其为人矣！

至九年，滇逆攻围蜀之果州，公奉骆宪檄，赴西川约，带弁兵才二百余名，倍道取进，直抵戎州，知贼众势不能敌，以单车匹马驰赴成都，欲为乞师计。旋值副将卢某奉调征剿，公乃愿效前驱，亟图进取，奋不顾身，提师五百，亲冒石矢。贼势屡压，杀戮过当。公方欲乘胜追勦，直捣其巢，枭其首目，意谓一朝愤雪，不留孑遗，行将功成旦夕矣。乃贼情悍谲，狼奔豕突，救援不及，公身中十七枪，犹手刃数十人，力欲突出重围，而以兵单不支，顾所部无几，知不济，挥泪泣曰："臣素持刀矛，誓折贼氛，图报君恩耳，事无能为，义不可辱。"遂拔刀刎颈死。呜呼痛哉！

　　自粤逆窜蹂州郡以来，戴甲之士胆怯心枯，望风却走者何可胜道，而公独以五百师遏凶焰而死不顾，知其将略材能，必有大过人者矣！而不获全师立功，封爵万里，此固一时士大夫所闻之饮血而拊心长叹者也！蜀人痛公之深，购祠祀公，以志不忘。况我与公为乡人，于警报中累闻公之高谊，心倾者久之，因亟为之铨次其死事岭禾，俾载邑乘，以俟采风者择焉。吁！公今地下瞑目矣！而其浩气英光，当有不待生而存，不随死以没者。吾于斯传之作，泪数零不能止，忠义之感人如是哉！

注释：

　　① 范文正公：范仲淹。

　　② 汉武乡侯：诸葛亮。

　　③ 塔军门：塔齐布（1817～1855）：满洲镶黄旗人。托尔佳（陶佳）氏，字智亭。初为火器营鸟枪护军，咸丰初由三等侍卫拣发湖南，为都司，以守长沙升游击，旋从曾国藩镇压太平军，四年，湘潭之战，当先陷阵。自此转战湘鄂，屡为军锋，官至湖北提督，后攻九江，呕血死。

　　④ 抚宪骆公：骆秉章（1793～1866），字吁门，号儒斋，广东花县人。道光十二年进士，选庶吉士，授编修，迁江南道、四川道监察御史等职。三十年，擢湖南巡抚，治军平乱，功绩卓著。咸丰十年（1860）升调四川总督。谥号文忠。

原性上

　　古之君子，不言性而性之理明；今之君子，愈言性而性之说晦。非不言之能胜于言也，天下知性者寡矣！言性而不知性与言矣，而性非实有诸己，徒为是哓哓然悬揣意断于其间，则荒谬拘牵之失，有不得而避焉者几？何不滋人以惑也。

　　《中庸》之言性有曰："天命之谓性。"则书所谓皇降衷于下民，厥有恒性之谓也。夫子曰："性相近。"则少成天性之谓也。孟子断之以人性皆善，而复扩之以恻隐羞恶之端，设为孺子匍匐入井之观，所以牅一世之人，而不惜其说之详且尽者，初非有异于孔子、子思之言，盖恐天下异端杨墨者流，托为矫强近似之说，以乱吾真，故于此三致意焉。若夫荀子以性为恶，此又孟子所谓贼人以自贼者也。杨子以善恶混为性，则亦不知性者也。至昌黎韩子分性为三，而品之以上、中、下，诚未深是所发明，而生当千载后，倡明绝学，著为论说，以排荀子、杨子之议，其亦千古豪杰士欤？近代有宋诸儒，穷究天人，洞悉微芒，其言性也，兼为义理、气质之说，以调停折衷，冀为今古定论，非不足破荀、杨之妄，驾昌黎、韩子而上之，要其依附凑集，不若孟子性善之说之为简明了捷也。吁！性不易言，此子贡所谓不可得闻者。吾故曰：古之君子，不言性而性之理明；今之君子，愈言性而性之说晦。

原性中

大凡木之长，必有其根；水之出，必有其源；人之生，必有其性。性也者，天之所以与人。人所得以生者，夫岂有灵蠢、智愚、贤不肖之异哉？自天下人狃于后起之私，不性其性而情其性，甚且至于旦昼牿亡，举所谓皇降之原日以泯灭，而几于无存，欲识所谓生初本然之体，亦孰从而求之？夫人于未有形骸之先，而天地生人之心已寓于絪缊化醇之内，吾人之生，因各得乎天地生人之心以为心。五气成形，神智发矣；爱恶相攻，情伪出焉。至日剥月蚀，寝以渐灭，遂有以习之使然，诬为性之本然。呜呼！其亦不思已矣。《易》曰："一阴一阳之谓道，继之者善，成之者性。"《记》①曰："人生而静，天之性也。"言性而不推本于天之所以与人，性不可得而知，而俗儒异端之说争鸣矣！后之言性者，得是说而存之，其亦庶几乎其可也。

注释：

①《记》：《礼记》，是古代一部重要的典章制度书籍。该书编定是西汉戴德与其侄戴圣。戴德选编的八十五篇本叫《大戴礼记》，到唐代只剩下了三十九篇。戴圣选编的四十九篇本叫《小戴礼记》，即今日所存《礼记》。

原性下

由太虚有天之名，由气化有道之名，合虚与气，有性之名。性者，天所赋于人，人所得于天，与生而为心者也。抑其中有义理、气质之辨。夫义理之性，有善无不善者也；气质之性，有善有不善者也。性，一而已矣，而昏明强弱异焉者，气质各殊也。理之在天地，无纯驳精粗之异，气则清浊殊施，故其赋于人者，亦极什伯千万之不齐。夫太极，理也；阴阳，气也。太极则浑然一极而已矣，阴阳列而五行分布、四时异焉者，其理一而其气殊也。孟子曰"性善"，主义理而言之也。彼气质之性，君子弗以为言者，惧夫天下矫强偏僻、肆然无所忌惮者，皆将托于其中也。善夫！张子之言性也，有曰"气质之性，君子弗性焉"。后之言性者，其亦可知所折衷矣。

兵家奇正相生论

孙子以神武之才雄于言兵，其论兵形、军势累数千言。得其术者，可纵横天下，为世名将。于是言兵家主孙子。孙子之书篇十有三，而以奇正相生之论括兵势一篇。后之人通知其意，克显于用。为一时帝王师者，汉三国时忠武侯一人而已，其他如魏武帝削汉吞吴，势倾天下，颇用其说以自雄。而于所谓奇正相生之道，盖有不尽得其传者矣！予尝读《孙子参同》①一书，自始计以迄终篇，喜其条列先代诸家论注，其说较详于他帙，而独怪武帝于奇正之论，有曰："先出为奇，后出为正。"意若分奇正而二说者，其语颇谬于孙子。而当时在廷诸臣及奔走门下士慑于权威，未闻有能一指其说之谬者，为可怪也！

今夫兵之道，诡道也。待敌以有形，制敌以无形。应兵为正，伏兵为奇，而以伏为应，奇亦正矣！以应用伏，正亦奇矣！是故奇非正不能用，正非奇不能捷。捷在奇，亦在正。善战者持其胜于奇正颠倒之间无穷，如天地不测，如鬼神使，斗众如斗寡，斯常胜之术焉。嗟乎！以武帝之智计，殊绝于人，其用兵也，仿佛孙子之流，而奇正之说，抑犹有未尽合于古者。蜀魏之国，时相胜败，卒不能不胆怯心枯，望武侯而却走者，其亦以此欤？彼李靖之言兵于唐太宗也，其词曰："君所出之兵为正，将所自出之兵为奇。"则去武帝亦远矣，而于孙子之书茫乎若未之闻也。世有可与言兵者，吾将操其书，使共读之，且为陈吾说，以商所知焉。

注释：

①《孙子参同》：明代李贽著，是一部关于历代军事思想的总结的书籍，又是李贽个人军事理念的创造和发挥。

说　画

有周生者，性嗜古，于古山水人物画爱且癖。初，生有石田①旧稿一幅，存诸箧，出视之，人皆以为古名人迹也。生弗宝焉，弃而杂诸败册碎卷中。友人索以赠，曰："弗古不足赠也。"尘封鼠嚼，卒以朽败。市人固知其有好古癖，一日，取所南翁②画法，写于残笺破幅之上，于神甚不肖，持以示生。生熟视之，以其敝烂近古，指为为前名人故迹，索重价，以百金易什袭藏之，非贵人不得观焉。嗟乎！石田故纸，洵不若所南翁之绝技矣？而市人以其伪售。甚哉！其癖而瞀也。人以质之龙谿子。龙谿子曰："以其识识画，适为市人笑耳！"而天下以伪夺真，其不类周生所为者亦少矣！遂纪之，以为无识者戒焉。

注释：

①石田：沈周，字启南，号石田、白石，长洲（今江苏苏州）人。不应科举，专事诗文、书画，是明代中期文人画"吴派"的开创者，与文征明、唐寅、仇英并称"明四家"。传世作品有《庐山高图》《秋林话旧图》《沧州趣图》。著有《石田集》《客座新闻》等。

②所南翁：郑思肖，字忆翁，表示不忘故国；号所南，日常坐卧向南背北，连江（今属福建）人。曾以太学上舍生应博学鸿词试。后客居吴下，寄食报国寺。擅长作墨兰，花叶萧疏而不画根土，意寓宋土地已被掠夺。

杨士达

杨士达（？～1861），字耐轩（一说字希林，号耐轩），金溪县人。早慧，有神童之誉。生于世家，性恬淡，好读有用之书。道光十六年（1836）中举，后七考进士未中，羁留京都时，与桐城派古文家梅曾亮、姚莹等人交谊颇深。著有《耐轩文钞》。桐城姚元之称其文"渊懿其内，廉悍其外，敛而益肆，洁而愈腴"，"叙事文尤详而有体，赡而不秽，简而思深，于欧阳公《五代》、《史记》为近"。宜黄黄爵滋以为其"才近侯（朝宗）、魏（禧）"。以下诸文选自清光绪十年刊本。

与王御史论淮盐第一书

屡枉车骑，得饫清诲，仰见阁下先忧后乐之盛心，无任倾折。惟所论淮上盐政，极言弊之可杜，而杜弊缉私，虽属正论，似于外间情形未悉，敢贡其妄焉。阁下其听之。

夫弊之所在，必求所以杜之，固尽人知之矣。然不杜源而强塞其流，则流必壅而弊且转滋，公私上下，将交受其困。今两淮盐务之当杜弊者，滞引是已。杜弊且以益弊者，缉私是已。缉私，国法也，而以为益弊，此固有说也。盖官引缺销，非缉私不力也。缉私不善，实扰民之端也。淮盐行销六省，额引岁二百万，今滞引积至百万，官商讳言其故，而归咎私贩。历任盐政辄以纲盐不销，由缉私不力入告，故各省行销淮引之处，皆于要隘设卡，委文武员弁带兵役缉堵，并得施放鸟枪。自嘉庆十九年，江督百公以江西纲盐缺销，奏请照安、池太等府一律参处缉私，遂愈峻。而各省佐亲员弁因以为利，往往率领隶卒持军器伏山坳水曲，伺负盐人过，夺所弃盐，斤不归官，而以充私橐[①]。有私贩正渡河，闻风逃窜，至落水溺毙，及颠坠涧谷而死者，亦有中枪随毙者，又有肩挑数斤不在私贩之列，而横遭攘夺者。缉私之官弁不可谓不严，私贩之婴法纲不可谓不惨，似宜官引畅销，私贩屏迹矣。然而合销淮引之郡县，计之不下千万丁口，以食监计之，应消亿万斤，而官引犹苦壅滞者，非天下有食淡之军民，而所以疏盐之源未得也。推原其故，一由商人加销额外之引，实私而不居私之名者多。一由从前盐政屡为蹉[②]商请增馀息，致盐价日昂。盖私有数种，枭私特其一耳，有官商夹带政捆加盐者，有岸商巡捕获盐，名为功盐，作官售卖，而不按斤配引输课者，有斛艘售私于中途者，其名有商私功私船私之殊，其借引以行私则一，故私之在民者碍引尚微，私之在官者碍引甚大。至盐价递加数次，成案可稽。而嘉庆十二年奉盐商成本视前数倍，此复不得续请加增，致滋民累，商力稍裕，却行奏减之。上谕仁宗之洞悉民隐，至矣尽矣！至今奏减未奉明文，天下产盐之区有八，遂以淮价为独昂。长芦陆运最难，而盐价仅及淮引之半。官价既昂于私，给盐者复杂以沙砾，潮恶不可食，故民间乐于食私，而私贩愈不可禁止。其始，官吏持蹉商之短长而浮费日加其继，商结欢官吏，求增馀息，则成本日重。两弊相因，积而难返。为救急之计，莫如减额外之引。正引自可疏通，且酌减馀息，则盐价平。价平引自销，官引畅销，则私贩不禁自绝。查道光十三年间，福建光泽各处盐田淤于水，私盐价昂，枭贩不至，抚州、建昌二府属官盐，遂畅销，至引不能继，及盐田复，而官引不消如故也，非其显证欤！舍是欲以缺销责私贩，以缉私责州县，其不公私交困者几何哉！

顷闻湖督复请添设卡座，堵缉私贩，窃谓微末员弁得贿买放，初无缉私之实，多一卡，多一费，利于候补员弁，而无济畅引实务，似非计之得也。至于负贩之人，无地蔑有，其于山川途辙习历周知，川陆交错，在在可通，深箐蒙翳僻径尤多，以不习之兵役，察素悉之私贩，兵役寡而私贩众，固已不胜。又况贫窘弁员借办公以营私，囊橐不充，则举肩挑数斤不在私贩列者，皆夺而有之；囊橐既充，则虽私枭群过，概置不问，欲其私枭之不充斥，势必不能。且缉私亦难言矣，宋张咏知杭州，值岁饥，首禁贩盐，捕获数百人，咏悉宽其罚，吏执不可，咏曰："钱塘十万家饿莩如此，若盐禁，益严聚而为盗，患益甚矣！"善乎！张忠定之言也。今东南频遭水旱，富者渐贫，而贫者益困，所谓枭贩，惟川私、潞私及淮北凤、颖、泗之人耳，其馀皆贫难军民，无田可耕，贷本营生，妻子嗷嗷待此以活，更有肩挑数斤，给一月之食，例不在私枭之内者，而卡弁夺所有而私之，又栽赃以诬陷之，实无以折服其心。且兵役借国法以便私，视人命若儿戏，劫货杀人，与盗何殊焉！贫难军民横遭冤苦，计无复之，使急而生心，似非地方之福也！昔嘉庆间，粤盗谭阿招自称平"平波王"，闽盗蔡牵自称"镇海王"，并杀伤官吏，扰害数年，其始特贩盐之枭徒耳！捕急，遂流毒至此，此往事之明徵也！夫桀骜不驯之兽，有深山大泽以养之，则帖耳弭首，伏其中而不出，必赭③其山而伐其草木，彼无所得食，必走城市而啮人。风闻江南洲渚深阻之地，盐枭成群，为首者有大伏头、副仗头之目，虽经节相蒋公捕其渠魁，而馀党至今未解。若是者诛之，而不胜诛也。将使之弭首帖耳乎？抑使之走城市而索食乎？此督抚之任，亦言臣之责也。阁下留心民瘼，其审所可焉。毋忽！

注释：

① 橐（tuó）：口袋。

② 醝（cuó）：盐的别名。

③ 赭（zhě）：伐尽树木，使山岭赤裸呈赭红色。

与王御史论淮盐第二书

谓私贩果不必缉乎？非也。设法疏通畅消官引，而积弊遂除乎？亦未也。官引壅滞，则私不可不缉者，国礼也，亦事势也。设法疏通，所以救一时，而非计之全策之上者也。欲历久无弊，上不亏国课，下不病民生，则非斟酌变通不能。夫盐在天地间，无论有禁无禁，皆国有也。自区之为官，于是盐之产于私场者，官反不得收其利，盐之出于官场者，利亦不尽归于国，不归于国则归于商，商与民争利，而民病官，又与商争利，而商病商且与商争利，而商益病，商民交病，其患何极！且夫盐产于场，犹五谷于地也，谷登而官征其粮，盐鬻而国税其利，甚便也。后世善治盐者，莫如刘晏，晏但于出盐之地收盐鬻于商，不问其所之，由是国用充足，民不困敝。

前明嘉靖中岁，办二十二万四千盐引，一引纳税，十分减至八分、六分。御史汪铉奏不必禁私盐，但请官抽其税，而给照加赏。推二公之意，皆欲公天下大利于民，盖民利未有国不利者也。为今之计，莫如仿汪铉之法，去官盐之名，不复设商置引，任民间自煮自鬻，而官为定其出盐之额，计额多寡，为抽税之准，以岁终上于户部，一外，官不得与。如此，则大员无剥商横取之弊；而官方以肃商人，无借帑积欠之弊，而库藏可充两淮无浮费陋规之弊，而财用可节盐，无滞引碍销之弊，而国课自裕。举天下皆私盐，实举天下皆官盐，所谓藏富于民者此也。又云南等处，白黑盐井，各一据处，又有属于子井者，设官置井，近日法弊，颇为民病，议者亦谓莫妙于随民所便而食之，官即随其地而税之，不必置官设井，其税自充足。是否照盐之在淮者，一律变通以归画一，亦望审之。此实裕国足民之大计，昔贤早有见及者，而封章无以入告之人，得非以积欠未缴欤！商欠有名无实，莫若酌其轻重多寡而稍蠲之，然非财匮时所敢言也。将何以仰酬圣天子勤劳宵旰、孜孜求理之德！意言之便可行焉，则在阁下矣！草草不宣。

与黄子觉论为学书

仆年十五时，承移书相责，谓仆不相师而足已，自是惶然不能答，今忽忽十一载矣！相见章门，荷与谈诗文之源流，别后辱书相劝勉，足下之用心厚矣！虽欲无言，乌得而不言？

仆闻君子之为学也，闾阎汶汶，不务其名。其不务名也，所以求没世之名也。足下之所为，毋乃反是。足下欲撰《两汉宰辅表》《宋二府表》，自谓继顾亭林[①]而兴。夫亭林之《日知录》，上下数千年之治乱与衰，无不烛照而靡遗，于明道纪政事皆可无愧，是以为一代鸿儒，其他郡国利病诸书，莫不皆然。亭林而外，阎百诗、钱莘楣数公，考证精核，实事求是，其著述皆卓然可传。下此者务枝叶而忘本根，逐细碎而舍远大，事空文而鲜实用。虽其间不无高才绝学、抱万夫之禀者，然用心既误，自以为不朽，正所以速朽也。足下之《汉宰辅表》《宋二府表》，果何取焉？如以为名而已，我朝之以博洽见者车载斗量。自有识者观之，皆敝精神于无用之地也，而顾以是勉仆乎哉！

今夫粤海之市，百货毕陈，珊瑚木难，震目骇心，良贾居奇而逐赢，得其一二则已足。有贱丈夫焉，丹漆金锡，必尽取之而后快，卒之狼顾鹗顾，徒手而无获。嗟乎！为学之数，何莫不然。足下溯源治经是已，然穷经所以致用也。笺传注疏，浩如渊海，汉学宋学，争端纷起，必折衷以求其归，研索以得其要。若夸多斗靡，毫无实得，以是为治经，三尺童子将笑之矣！所称某公经解特钞，胥伎俩耳！未有如是而可附著作之林者，举是而论，浅矣！又广征史学而及李焘长编。欲致力于此，夫李焘非良史才也？二十一史且有优劣可耳，食而泛鹜乎？《纲鉴》一书，明人以便末学之记诵耳，会是而足言史乎哉！来书谓文以载道，非载道之文则不为此，过高之论也。文章之美，左传、庄列为称首，唐宋以来柳、苏皆称大家，左氏浮夸，庄列荒唐，子厚《天问》诸篇谲诡悖傲，不与经合。子瞻作《易论》，其所论者，子瞻之《易》也。论礼而戈戈于器之异宜，何关于礼制之大？然而此数子者，其文流传千百年不废，何哉？以理论则笺传注疏为上；以文论，则左氏、庄列、柳苏，自工夫固各有当也。如必曰载道而后谓之文，后世之文，求其弗畔道而已，而曰载道，是欺人也！又从而为之说，曰非载道之文不为，是自欺之甚者也！且夫道无乎不在，诸子百家之说与夫兵农法律诸书，施诸用者皆道之所寄也。必株守乎一家之说，而斤斤然曰道在是，呜呼，其亦不达尔矣。

愿足下阖闾汶汶，毋浮慕治经之名、考据之学，而震于假道以售欺之说，旁皇纷扰，莫适所从。此则仆所欲尽言，幸勿嗔其足己自是也！

注释：

① 顾亭林：顾炎武（1613～1682），字宁人，号亭林，昆山人。明末清初著名学者，文学家。著有《亭林诗文集》《日知录》等。

上座主姚司寇书

昨者晋谒荷谕，偕某学士饮卓尚书家，谈及士达，知为吾师主乡试所得士，观其辞气，若有深憎于达者，疑达别有失礼于学士，命踵门谒谢。值坐有杂宾，未敢缕陈，谨疏其故，以白于函丈之前。

达于学士，非有夙嫌也。先大父兄弟于学士大父文勤为年家子，文勤遇先祖兄弟有加礼。先中丞请假里居，犹数掀髯述其言论风采，达虽幼，尚能忆之也。自偕计入京师，闻学士养望林泉，门庭如市，自顾卑贱，未敢妄谒。学士命人礼先于达，曰："耐轩，吾世交也，曷诣我?"达以其义在可见，怀刺一往。学士与语甚欢，索观拙文，尤亟称之，是学士之厚于达也。已而有私于达者曰："学士，今之林下宰相也。词馆后进，多出其门，为所推挽者，登第后廷试朝考之高等，可操券而取，子其有意乎?"达谢曰："某家贫，不能不混迹诸侯幕府，然常以自鄙，未肯作胁肩谄笑状以辱先人。至执贽称弟子，自场屋文字受知及少小授业外，未敢偶一为之，非贫贱骄人也。民生有三，事之如一，无师弟之分，而妄相攀援，其去奴颜婢膝几何？是以不为也。"客曰："此学士意也。"则又谢曰："学士工词章，仆习古文，无以为受教之地。且前闻学士论海内人才，极口诋林少穆制府，私心不为然。嘉谊甚荷，然无以为受教地也。"客遂去。达自是亦足不履学士之门者三年于兹矣。顷训蒙训示，始知获戾滋。

嗟乎！以学士之力，能嘘枯吹生，士有望其门而不得入者矣！幸而事机可乘，虽聋聩犹将耸耳目而奋，虽跛躃犹将振足而起，况穷悴困顿如达才乎？而达也，病士习之媕阿，妄思洁己以自好，遂获咎于贵卿，诚达之罪也！虽然，鹰隼翔于寥廓，鸥鹭饮啄于洲渚，不相慕也，两相忘也。达不以坐失事机置胸中，学士胸中乃不能容一穷悴困顿之杨生，何哉？学士谓俨然名士，矜己自足。吁，达何足当名士之目？然以无足比数之草头名士，而为炙手可热之贵人所深憎，则达之自处或可告无罪于吾师也。以学士名位之尊、交游之广，虽退居林下，而公卿将相赫奕往来，其声焰气势皆足以排达使无可立足。士达又赋性戆拙，未能踵门请罪，恐吾师不察，谓达别有悖傲之迹，用敢明其获戾之由。他年之穷通得失，徐俟诸命，今日且安其贫贱之素。先辈有言曰：交道缔结，常为祸福所倚伏。文人志士于幕府权门，贵判迹于首途，避薰炙于始灼。区区之心，如是而已。惟吾师矜其微尚而勿责焉。

上裕巡抚论防御事宜书

昨承旌旆下顾，委巷增辉，并荷再询地方利弊，辄以团练事宜上陈，意有未毕，请畅论之。

江西东连闽浙，西接荆湘，北控淮右，南通交广，固川陆一大都会也。然而僻在南服，川谷环萦，藏渊萃薮，芽蘖易萌，防御之道，当预[1]庶消患于无形。且夫思患预防之道，城可恃者，则以守城为安；城不可恃者，则以四乡为守。江西当吴楚闽粤之交，万一有事，腹背受敌，郡邑城池，不皆可恃，是莫如守四乡保甲者，乡人所恃以无恐也。今虽通省奉行保甲，具文而已。近者海氛不靖，几于远近骚然，急宜整顿，以收保甲之实效。整顿不必拘"十户为牌，十牌为甲，十甲为保"之旧，但随其村落所在，设立村长。村长之多寡，视村庄大小为准。立村长由公举，不由官务，使各相董率。又发给印单，按户书其姓名习业，申禁令严稽督。是虽未足以弭盗，实足以慑土冠之气，遏大盗之萌。何则？盗贼入境必恃内应，犹物必先朽而后虫生，果能严行保甲，按户统籍，出必稽其所自往，入必诘其所自来，则内应无由生，奸细蔑由匿，线索既除，虽大盗亦不敢轻入，此保甲足以守四境之大验也。

若夫江南沼海团练之法，宜就其地势所便，合数村团为一总，而于各村中设立练长。练长即以村长承充其人，必公举有威望且公正服众者，以专责成。至邻境接壤之处，又必细察情形，某地为要害处所，某乡某水某山为出入往来必经之道，则于某处设一大总，而使附近各村应之。一村有警，首尾策应。乡自为守，人自为防。无征发之劳，有敌忾之用。既省军粮，尤资捍卫。虽未足以破贼，固可以作官军之向导，壮官军之声势矣！行团练不许蓄大炮，以杜奸萌，但户出一丁，授之器械，使习于家，以时日集而教之，视艺之高下为赏罚。寇至则闭寨登陴，而官出精兵以牵制贼势。寇攻则救，寇退则追。俾奔窜而不得反袭，俾枵腹而无所得食，然后因敌之劳而以逸胜之，伺贼之匮而以饱胜之，此团练之益也。虽然，未可恃也，左氏传曰："郇人军其郊，必不戒。"兵法，自战其地为散地。盖自战其地，则室家妻子之恋，足长其怯而馁其气。馁且怯，未有不偾事者。

今试行团练之法于四乡，而乡村之中近者相距一二里，远者十数里地隔，力分非若兵弁之萃于一营。充村长者，皆乡曲交游，非若弁员之临其属，有严法重罚之可鼓其气。且寇盗之来，飘忽无定，或夜深劫杀，或分道剽掠，乡村不习金鼓，胆气未坚，各顾其家，易至溃散，散则力弱，如猎狐兔。

昔嘉庆间，川陕团勇死于教匪者，以千百计，职是故也。故欲行团练，莫如奏请筑寨。查塞堡之筑，当嘉庆初，教匪云扰秦楚，行之颇著成效。今试言其利，州县城垣，广隘不同，其必不足以容一县之人则同。且距城远者，虽欲入保，寇至，有莫及之势。惟四乡寨堡一立，则室家皆聚，乡勇无内顾之忧，人心自固，不忧溃散，其利一；寇盗往往因粮于我，故以掠地为能，惟聚乡村之老弱妇女、货财米谷收入寨堡，则敌野掠无所获，其势易饥，不能久淹，其利二；劝一邑之民，捐输修城，则乡居造为城郭，无与于乡之说，观望勿前，惟随所在都鄙，兴筑寨堡，又不假胥吏之手，则事必易集，其利三。有此三利，何惮不为。且夫练兵贵练其胆，数者练胆之方也。胆坚则志奋，志奋则事济矣！然筑寨非团练，已成则始事之防御不备；团练非寨堡，已固则临事之呼应不灵；寨堡非董率，有方则未事之涣散不一，相其宜酌其通，率此以往，庶其有功。抑又闻之，世俗狃于习，故难以虑始。非以威制之则令不行，而临事制变，先在乎赏罚严明。重赏之下，必有勇夫。储赏之费，不可不预[1]顾。富人多吝，未肯输赀。破其悭贪，损其有余。勿事姑息，以成大防，是在良有司。迂谬之见，惟阁下采之。

校：

〔1〕预：原文为豫。以下同。

户部郎中前山东道监察御史汤君墓志铭

於呼！此楚南才人汤海秋先生之墓也。先生齿长于余十数岁，而折辈行，与余订忘年交，甚挚。其殁也，为道光二十四年七月。余方南旋，越二年始克，挥泪志先生之墓。其文曰：

先生汤氏，鹏其名，海秋其别字，籍湖南益阳。幼有奇慧，未冠，举道光壬午乡试。明年癸未成进士，授礼部主事。上官才之，奏调户部员外郎，充军机章京，转山东道监察御史。居御史台一月，以言事回户部。寻出使陕西，典己亥科乡试，以丁艰归。服除，历江南司郎中，截取记名，以繁缺知府用。先是乙未会试，充同考官，何侍郎桂清、罗太仆惇衍、乔工部松年并出门下，皆弱冠奇才。先生欢甚，为作《三少年行》。不十年，何、罗二公咸位跻卿贰，而先生自改官后，一再保送内阁侍读学士，不果得，浮沉郎曹者久之。乃发箧陈书，公暇呻唔终夕。其诗文若渴骥奔泉，怒猊①抉石，酣恣怪伟，能自尽其才。少以制艺得名，非所好，亦非所长也，所长乃在诗古文，意有不可，一于诗发之，积数年得诗古文数十卷。构浮邱阁，自称浮邱主人。虽官京朝，与势要踪迹疏甚，而好与海内贤俊游。酒酣耳热，则掀修髯大言曰："谁能与我读浮邱乎？"座客有窃笑者，于是张际亮、潘德舆皆大哭，未久而先生竟死矣，悲夫！

又数年，际亮、德舆亦憔悴以死。际亮，闽人，由拔贡生举道光乙未乡试。德舆，山阳县举人，戊子江南乡试第一，大挑安徽县，皆当代异才也。方海秋之官户曹也，上封事语秘无知者。会御史苏廷魁奏求直言，诏书嘉纳，因及翰林院编修吴嘉宾、户部郎中汤鹏之密陈时务，然后天下益仰。圣主明目达聪，同符尧舜，而负才如海秋之早逝，未竟其用，为大可惜也！

海秋得年四十有六，再娶皆罗氏，封宜人。有五子，俶昭、克世、其学，馀俱幼。女字李。余与先生周旋日久，先生以名世之业相勖勉，情义恳挚。今先生墓草宿矣，屈指交游中，如先生者几人？所以过先生故居，而不知涕泗之何从也。先生没京寓上斜街，归葬益阳某山，乃为铭曰：

杰然而起，飒然而止。十载郎曹，一月御史。

吁嗟汤君，遽藏于此。谁实为之，有涕如水。

注释：

① 猊（ní）：也称"狻猊"，即狮子。

傅节愍公事状

公讳云龙，字蒸甫，江西金谿人。弱冠举于乡，李忠毅公应昇见而重之，曰："此非独以文名者也！"崇祯[1]七年成进士，授中书舍人。明年牛拦口失守，京师戒严，士苦暴露，而帑藏告竭，公请更番巡守疏入报，可计省银二十万、米三十万石。转工部主事，再转郎中，擢分巡台金事，兼摄绍兴守道。

许都倡乱，金华一日陷三县，浙中大震。公驰檄海师，会于台之东门。时变起仓卒，人无固志，公慷慨誓众，勇气百倍。台郡僻处海隅，距金华数百里，公奋然曰："兵法先发者制人，今贼虽众，皆乌合耳。倍道兼行，出其不意，可一鼓擒也。"遂自将劲兵三千，疾趋金华。贼于要路埋伏，断绝援兵，乃迂道出山径，三日而抵城下。贼尽锐攻义乌门，城中危困，公鸡鸣蓐食昧爽，偕诸道援兵出义乌门，径捣贼营。贼狃常胜不设备，副将王某射杀其骁将，始惧而整阵自固。公披甲驰突阵中，矢石骤发，马中矢仆地，易马更进，贼皆披靡。城中兵数千，自八咏门绕贼背，前后夹击，斩首千级，贼退保紫薇山都。遂诣监军陈子龙，降事平，转福建督粮参议。

公慷慨能立事，每战皆躬履行阵，督厉兵勇，故士乐为用，所向成功。唐王立于闽，授分守漳南参政，晋按察使，再晋广东左布政使，以地方保留留任本道。漳濒海多山，盗贼出没，动以万计。游击颜荣剿贼于龙岩，大败，贼围之。公会诸将授方略时，应檄至仅二千余人。金曰："彼众我寡，胜负未可知，莫若招抚，可不劳而定。"公怒曰："贼多而不整，贪而寡谋，以精兵袭之，势自瓦解。今贼方以抚疑我，我亦以抚自疑耶！"

遂潜师而进。贼在龙岩城下者数万，轻官军单弱，谓不敢越南靖而来，且阴赂武弁以抚缓师，期围城数匝，昼夜迭攻垂破，而公提援兵至。贼解围迎战，公建大将旄鼓，率标兵三百先登，颜荣京溃围出。城中老幼，登陴欢呼曰："傅使君活我！"呼声雷动，贼顾见城上竖大旗，东南角复尘起，惊以为大军且至，四散走，追斩数千级，余党剿捕殆尽。叙功擢太仆寺卿，仍守道臣事。

大兵逼漳，公知不守，手书属武刚伯陈秀，以老母托。城陷被执，羁厅事三日，迫使降，不应。诘旦后，皆露刃入，厉声问："今日降否？"公叱曰："吾年已六十，官至二品，誓报国恩久矣。事至今日，死即死耳，何多言为？"遂断喉而死。秀殡之，卒遣人护归其母。桂王建号肇庆，赠公兵部尚书，谥忠节。荫子廷，升中书舍人，国朝赐谥节愍。今距公之没百数十年矣。士达尝考其立身本末，盖亦厓山三丞相之流，而孙子式微，遗文散佚，恐遂无知者，爰据所闻详述之，使史官有所参考焉。

后学杨士达状

校：

〔1〕崇祯：原文为崇正。

汉学宋学论

以一贯之道，垂万世之教者，圣人学术之大也；执一家之说，启后世之争者，后儒学术之隘也。

昔者六经，晦于秦火，赖汉儒以师承相授，受而复明。其后数百年至于宋，真儒竞出，六经之旨益明，于是训诂、义理之说分，而汉学、宋学之名以立。呜呼！学术一而已矣！果何汉而何宋哉？主汉学者曰："学以深明训诂为大，无取空谈性理也。"宗宋学者曰："学以治其身心为要，无取漫矜考据也。"是皆不然。尝考之诸经，汉儒重师传，渊源有自；宋儒尚心得，研索易深，其得均。汉儒往往泥旧闻，过于信传；宋儒或至逞臆说，果于疑经，其失亦均。故专言汉学者，其弊也昧然于正心诚意，而戋戋于考古证今；专言宋学者，其弊也矜言乎身心性命，而阙然于名物象数，二者皆不能无流弊，则学者其何从？

自吾论之，无汉儒之训诂，则宋儒之义理无由明；无宋儒之义理，则汉儒之训诂无所归，故曰：学术一而已矣！郑康成①注经，十误二三，然而康成之功不可没也。朱子废小序，作《诗经集注》，后人虽遗议纷纷，然而朱子阐述之功尤不可及也。王弼②注《易》，大变荀、刘、马、郑之旧说，异汉学者固不自宋儒始。且朱子之教人曰："读经必先注疏。"是宋儒初未常[1]必抑汉儒以为名也。后之依附宋儒以力排汉学者，非为学术也，求胜于毛、郑诸人而已；尚汉学者之攻程、朱，亦非为学术也不平，依附宋儒者之丑诋汉儒而已。虽然，程朱之学，为己之学也，非有为乎人也；近世之为汉学者，为人耳，非有为乎己也。舍为己之实，而争胜于意气，党同伐异，辨端纷起，于汉儒宋儒，何加损焉？夫秦越人斗于庭，见者救之，未有笑之者；同室而亦斗焉，路人皆笑之矣！汉宋学之争，是同室之斗也。嗟乎！昔之君子，以明道而讲学；今之学者，以植党而争名，其患中于人心者，可胜道哉！

校记：

　〔1〕常：当作尝。

注释：

　① 郑康成：郑玄，字康成，北海高密人。东汉经学大师，注有《周易》《尚书》《毛诗》《礼记》等。

　② 王弼：字辅嗣，山阳人，官至尚书郎。好老庄之学，通辩能言。所注《易经》《老子》至今盛行。

正谊论

汉儒董仲舒之论曰："正其谊，不谋其利。"诚哉是言也！

夫利者，天下之公物，人主与庶民共之，而不与庶民争之者也。鲁论有言曰："百姓足，君孰与不足？"盖国富必先由民富，未有富在民而国贫者，亦未有民贫而国能长保其富者。故大臣魁儒之谋人国也，不希一时之利，而必为百年之图，无他，谊先正故也。反是，则唐宋以来言利之徒是已。武不可黩，而贪边功以为利；民不可扰，而好聚敛以为利。地利不可尽，而务升科以为利。观其迹，若大利于国；推其心，特固一身之宠。卒之民受其毒，而国亦承其敝，则皆谊之不正故也。

老子曰："天下熙熙，皆为利来，天下穰穰[1]，皆为利往。"故凡有血气，咸有争心，以必争之地而独据之，其害岂一端而已哉！或曰：《周官》①，半理财之书，言利庸何伤？夫周官之理财，所以开民衣食之源，公也；唐宋以来，言利之臣皆竭民衣食之源，则私也。明怀宗之裁驿递，亦细故耳。然驿递之设，所以笼络强有力之人，耗其精力，糊其口腹，消其岁月，使不敢为非也；从而夺之，是驱民为盗也。自驿递裁，而流寇遂不可制，言利者大都类是故事。有便于民而若不便于国，实则久安长治之规在是焉。方顺治中岁，人额赋仅千四百八十五万，而诸路兵饷及官俸各费计岁出千五百七十三万四千。出浮于人者八十七万五千有奇，各项经费犹不入焉，而世祖终不稍加一赋，惟躬节俭、汰冗员冗费，且蠲赈岁书悉取给于节省之余，是深仁厚泽，洽于民心，我国家万年有道之长，皆基于此。然则欲天下之长治久安，其必先正谊，而屏言利之徒哉！

校记：

[1] 穰穰：当作攘攘。又按：此处引文当出自司马迁《史记》而非老子。

注释：

①《周官》：出于战国时期，从书名来看应该是记载周代官制的书籍，但内容与周代官制不符，可能是一部理想中的政治制度与百官职守。相传为周公所作。汉初无此书，西汉河间献王以重金购得《周官》古文经后，献给朝廷，深藏秘府。西汉刘歆始称《周礼》，郑玄为之作注，郑兴作《周官解诂》。

弭盗论上

天下之患不胜防，而防患不一其术。有智者于此，其谋甚迂，其收效也甚远。

自海疆滋扰，征兵之檄交驰于道，人人皆侈谈平夷，而汉奸、海盗皆莫为之所，则所以防患者未周也。方海上全盛时，沿海居民造作小巧技艺，皆于洋舶行销中土，无足轻重之物载至外洋，价且十倍，泉刀流通，衣食途广，间有莠民，皆不足以成巨患。今则百货不通，民生日蹙，嗜欲炽于中，冻馁迫于外，其相率为盗也，固然无足怪。是故患莫大于愚贱，咸不乐其生道，莫先于使盗贼重爱其死，开其求食之门，广其谋生之路，俾黠者有以养其欲，愚者有以食其力，则身家顾恋而莫不爱其死，爱其死而后惩创有所惧。有所惧，而后防患之术有所施。

防患必自沿海团练始，团练之策行而后，以民卫民，非以兵卫民。今征兵虽众，然兵多犷悍，所以卫民适以扰民。以卫民者扰民，是助汉奸而树之帜也。惟行团练，则民自为战，即寓兵于民。其练总之雄桀者，大府以时奖励之，明以鼓其同仇之气，潜以化其作奸之萌。所以慑外夷而靖洋盗，壮军声而固民心者，莫善于此。若夫从逆之首恶，通夷之巨蠹，非沿海团练所可御者，则用重典以威之，威明而海盗之难弭者亦弭。抑吾闻汉曹参之论政曰："无扰狱市。"市狱，奸民之所容也。参可谓知政体者矣！今天下有法，所宜禁而不宜骤禁者，此群不肖所聚，托衣食所资倚也。必驱除而尽夺之，数十万人者将安往乎？闽粤居民，食外夷市舶之利者，百馀年于兹矣，且[1]骤为之防，而不思善其后，是驱海滨之民而为盗也！有病者于此，疡生于肘臂，卤莽而溃之，势必蔓延于心腹，为害益深。

昔明怀宗中西秦饥，谏官刘懋请裁驿站，兵部复日夕搜括浮饷，于是游民藉食驿糈者无所得食，与汰饷溃兵皆叛，流寇遂不可制，此岂非明效大验哉！且夫汉奸之于人，犹毒药之于草木也。毒药入口，未有不伤人者，良医用之，则有以彰斩关夺隘之能。然则勿以汉奸而弃之，收其才者以为国家之用，是在封疆大臣矣！

校记：

[1] "旦"字前疑脱"一"字。

弭盗论下

以汉奸海盗为可用，汉奸海盗之心庸可测乎？不可测且不能制，乌乎弭！是不然，记曰："用人之智，去其诈；用人之勇，去其怒；用人之仁，去其贪。"夫使诈、使怒、使贪，在所以驭之而已。

椎鲁下材，苟得衣食足矣。至于豪侠大盗，其谲足以伤物，其才足以自见，其心常欲役人以自养。平居瞋目攘臂，如豺虎之在山林，咆号思食而又饥渴之，未有不噬人者。昔晋逐栾氏，乐王鲋谓宣子曰："盍反州绰刑蒯勇士也"。宣子曰："彼栾氏之勇也，吾何获焉？"鲋曰："子为彼栾氏，亦子之勇也"。其后卒有入绛之难。宋韩、范[①]不用张元、吴昊，夏人用之，大为西患。彼宣子、韩范知州绰刑蒯之罪在必逐，与张元之狂不可近，而岂知其患至此哉！且夫谋大事者不惜小费，故重赏之下，始有勇夫。英夷之犯粤东也，募汉奸三千人，月给工食银十圆，而我兵月饷不及三两，是以水师不用命，关提督至于败没，以豢养之水师犹且若此，而况汉奸耶！不见夫臂鹰乎？鹰之性，饥附而饱飏，猎者持其韝[②]而饱饲之，鹰虽从，终莫之能逝，以为必飏而舍其韝，则无是道也。

故待汉奸海盗之法，厚恩感其心，使勿终渝；重威慑其气，使不敢动。威明恩著，而奸盗之才者尽其用。精兵必出，其中骁将亦必出其中。其不为吾用者诛之，其不才者又有以养之，俾无失所，而犹曰："沿海奸民，皆为夷用。"岂通论哉！

注释：

① 韩、范：韩琦、范仲淹，皆北宋镇守陕北、防御西夏之名将。
② 韝（gōu）：古代射箭时戴的皮制袖套。

夷炮论

自海氛不靖，谈者皆谓夷炮无敌于天下，岂其然哉？

明正德中，佛郎机突至广州，树栅恃大炮自固，以兵逐之不去，且用炮击败明兵，卒为海盗汪鋐所擒。佛郎机即今佛兰西，其炮非逊于英夷也，而汪鋐破之，故兵无强弱，视乎将；炮无大小，视乎命中。所谓发而能中，则我炮亦足破夷；发而不中，即夷炮亦成虚器，诚笃论也。

自海上用兵以来，海疆所铸巨炮不下二千座，虎门、定海、厦门、镇海、宾山、镇江之陷，先后为夷船所得者约一千五六百座。而虎门新购夷炮二百座，其巨有至九千觔者，卒之，夷人一舶未伤，一炮未中也。炮岂在大，又岂在多乎哉？台湾有红毛楼，红夷所筑，夷酋居焉。郑氏平后，数十年莫启者。康熙六十年，朱一贵反，发之，得大小炮无算，以红毛楼贮夷炮，如是之从，夷不能守，而郑成功得之，郑氏又不能有而归之。天朝旋为朱逆所据，不一月而朱逆灭，然则炮诚不足恃，恃人能用炮耳，于英夷之炮独何惧？夫英夷之惊人者，莫如桅顶之飞炮，其火光迸射，纵横一二丈，然用以惊敌则有余，恃以攻敌则不足，此兵法所言"恃形与声，乘人于卒者也"，而宝山之陷，我军自溃焉，是主兵者之咎也，非炮之不敌也。

嗟乎！以江南之大、征调之众、宝山炮台之得地势，为英夷桅炮所惊，遂土崩瓦解，奔窜之不暇，而曰："夷炮无敌于天下。"悲夫！且夫五行迭相克，阴阳互相胜，天下固无不可制之物也。以柔克刚，以虚御实，以峭制压，以卑避高，以纤胜巨，谋国者或未精思耳。谓英夷炮独精，何以一再困于越南。越南小国耳，岂火器胜于英夷哉？不揣其本而揣其末，犹哓哓然曰："火器不可敌。"遂使数万里外之夷人恣睢海上，有轻中国之志，岂不惜哉！

松江守城记

道光二十有二年，英吉利陷浙江滨海郡县，江南戒严，两江总督牛公鉴帅师驻吴淞口。夏四月，英夷攻乍浦，烽火达吴淞，知松江府某引疾，总督劝其规避，而檄海门同知王绍复摄府篆。

松属金山，毗连乍浦。绍复接篆，一日驰诣金山，筹堵御夷。舟北驶，策其将窥郡，遂以五月之六日驰返，甫返而宝山之变告。宝山者，苏松门户也，既陷，江苏大震，郡民一夕数惊。提标炮械皆调赴吴淞，城中惟羸卒二百，讹言繁兴。绍复语华亭令刘坦、娄令黄耀明曰："此间兵力不足战，惟保守孤城以俟援。其济，国之福也；不济，请以死继之。诸君幸助予。"皆"诺"。乃集绅耆，募丁壮，修城垣，树木栅，部署毕，而上海警报至，时五月上旬八日。

先一日，英夷攻吴淞，提督陈公化成死之。总督退保嘉定数省，调集官军咸从，吴淞口遂陷。初八日，苏松道巫宜稷自上海奔松江，士民益骇。绍复上书乞援。初，吴淞未破，寿春镇总兵尤公渤帅师二千援上海，师次黄浦江。绍复驰使白于总督曰："吴淞失，夷舟必入黄浦。今尤将军率师船顺流下，遇夷船或不利，且松郡西为入省会要途，请便宜截留尤镇兵共保城，阻夷舟西犯泖湖，总督可其请。"戊午，尤总兵至。己未，夷入上海，庚申犯松江，距黄浦江口九里，枪炮如雨，飞火漫天，民皆哭。绍复令城中曰："能与署守共死孤城者，毋徙，愿徙者听。"居民携其孥徙者半。乃严讥[1]出入，率兵士登埤，土匪乘间肆掠，歼其黠桀者二人，众乃定。尤总兵阵南门。外夷船驶至，我军燃炮击之，夷人亦然，炮角距炮声殷天，屋瓦皆震裂。尤总兵自燃铜炮，皆及夷，夷烂。相持三十刻，夷退。

辛酉，夷船复大集，泊得胜港。日暮自米市渡，潜登岸畔，塍错杂迷，不得道。漏三下，迅雷且雨，墨云四垂，城上惟闻角声乌乌。俄哗传城外师溃，有军士援城上，执而讯之，则闽粤音，伪为我军者也，斩以徇。黎明，夷人分兵登陆，欲袭我军后。我军先，积污泥塍岸间。夷众僵仆泥中者相属，遂以火轮船取道泖湖，将西犯，乃阴谕浦溆。渔人诱之入浅泖，多葑草，火轮遇浅不得进，胶于水草，且折。夷惧，癸亥，遂敛踪远窜吴淞，迎犒之牛羊米谷，烹且熟，不遑食，踉跄去。是役也，尤总兵陈于外，王署守御于内，功足并，而署守筹兵于无兵之际，绩尤多。王公，山东蓬莱举人，其守松也，宿城上者十数日，磊落忼壮，同食下卒，是以有成功。事平，尤公擢江南提督，而王署守以失援上海，镌职去，盖权知松江者先后三十日云。

杨士达曰：余游吴越，与其搢绅长者游，多能道松江城守事。既而见云间倡和诗，乃益得其详。又闻英夷之不得逞于松江也，汉奸导之，由海入江。王公侦知其谋，上书当事，请为备，勿报。未几而京口之难作，英夷遂进逼金陵，舣大江者累月，于是不亡一兵、不折一矢而款议成矣。向微尤、王二公，则松江必破，松江破而江苏危，主款夷者不待逼金陵之日矣。此其得失，岂天下之细故哉！有谓英夷之取道泖湖也，水草轇轕①，火轮不得驰，狼狈惶遽，以精兵蹙之，可使只轮不返，此杨么②所以成擒也，以是为尤、王二公惜。其然岂其然！松江之固守所恃者，客兵二千耳。英夷乘累胜之势，挟火器之利，岂杨[2]公之于岳武穆比哉！众寡不敌，二公盖筹之熟矣。不然，方其坐困孤城，力抗劲敌，其志讵复有生之心哉？

　　自海上用兵，英夷躏名城，戕大帅，圣主方焦劳于上，而亲臣宿将握重兵、拥节旄于外者自若也。惟姚观察莹偕达总兵一创之于台湾，至是而尤镇军偕王署守力御之于松江，皆以一隅之地，当横锐之锋，有以挫其锐而折其气，使数万里外之强夷知大国之有人，则台湾之言战与松江之言守，其功皆不可没也。自王松江以失援属城被议，台湾镇道亦一再遭劾，吏议咎且不测。上英武神圣，洞察万里之外，仅左迁姚莹、蓬州知州达洪阿改官西方，而王公援例得请以运同衔令宿迁。姚公，安徽桐城人；达公，满洲人；尤公，甘肃凉州人。

校记：

　　〔1〕讥：疑为"诚"字。

　　〔2〕杨：原为"扬"字，必误而改。

注释：

　　① 轇轕（jiāo gé）：纵横交错。

　　② 杨么：南宋初在湖南洞庭湖地区起义的农民首领，后被岳飞镇压。

《绿映楼集》序

　　临川游日生①先生以名进士著闻顺治间，没后百馀年，云孙云峤孝廉、篠香太学将刊《绿映楼遗集》，而请士达董删订之役，遂为之删繁订讹。

既竣事而弁其端曰：於乎先生，经世之才，非词章之士也。当胜朝末造，吾郡多盗，临汝尤炽，官吏弗能捕。先生团练乡兵，散家财以珍盗。又联合十都，创都禁搜捕匪类，一方赖以无虞。既复陈时弊于当事，语皆切中，当事采其议行之，民困少苏。方是时，先生一诸生耳，大有造于桑梓，固如是，此岂世俗所称文士而已哉！今天下之患，莫大乎居安而不思危，恬嬉自得，苟幸无事，有一老成深虑者出乎其间，绸缪苞桑，辄群哗而沮之，事变之来，争先推诿，莫肯任咎，此巨患所以日积也！使得如先生者数十人支拄其间，庶其济乎！近者嘉庆壬戌，盗起宿州，窥颍濮，诸生许叔翘者聚乡兵数千人破贼，功成辞赏，勿居踪迹，与先生略同，海内高之。吾于是而叹多事之秋，士未可以庸近安也。

且夫明之亡也，章缝之士偏于通衢，然而遇变皇骇，往往措置乖方，未闻以诸生保卫井闾数数如先生者，岂非汨没于科举之学，戈戈寻章摘句之陋而心乎经世者寡欤！以先生之心之才，不得大展于当时，仅小试于邦族，复以登第迟暮，未仕遽没，先生之自待与天之所以待先生者，能不为之慨慕而叹息乎！虽然，先生功在乡邦，庆流后嗣，屈于一时者，固伸于后代矣！即残编剩稿，流传二百年，贤子孙犹爱护而刊布之，此足以见遗泽之长。而余以年少肤学，徒事校订，得附名集后，又余之幸也！若夫词章之美、先辈备论之，全集具在，览者可自得之云。

注释：

① 游日生（？～约1658）：游东升，江西临川人，顺治十五年（1656）进士，性乐善好施行，常能济人缓急。著有《绿映楼集》等。

书江大令《射虎图》后

麒麟不践生草，而猛虎噬人以为粮，天下之当诛者莫虎若也！虽然，天不克尽，生麟即不能不生虎。深山大泽，虎豹之宅，剪灭荡除，虎之类且不胜诛，驱而俾返其宅、安其居，使吾民无苦暴残，此有心者所有事也，而吾友龙门有深山射虎之图。噫！龙门之雄才固迈等伦，即其刚正疾恶之概，为何如乎！人皆谓龙门以文士而娴韬略、工骑射，慕曹景宗^①之为，斯图所以作，是浅之视龙门也！观其自咏云："但愿春风长满谷，短衣射虎入深山。"乐值承平，深心世事，情见乎词矣。不然，张弓挟矢，缚虎豹于马前，一健儿身手耳！吾方以养气韬锋为龙门规、龙门经世才，而谓果出于此哉！

注释：

① 曹景宗（457～508）：字子震，新野（今河南境内）人，南北朝时期梁朝名将。出身将门，为以勇猛闻名。后追随萧衍（后来的梁武帝）起兵，南征北战，梁朝开国功臣。

州同衔陈君传

君讳文楷，字星周，金溪荷岭村人。生而敦厚。稍长，客三巴，由巴入黔，开场冶铁于桐梓綦江间，积赀渐裕，遂以嘉庆五年倾囊中金二千创"与人社"于渝州及汉口吴城。"与人社"者，拯溺掩骼之义举也。行之五载，赀不敷逋，负累万。君益发愤，走滇黔，苦心殚虑以大其生息，不数年尽偿夙逋，出其赢余，益以济人。夏施汤药，冬施绵衣，访急难困苦者援之。值岁除，袖白金分赉孤寡者、炊烟不举者，自是知与不知，咸呼君为"善人"。

善人客游久，以道光元年返江右，思所以挽溺女薄俗，先后捐白金一万二千，建"少怀堂"于会城，复设育婴堂于县城，费金六千，收养婴儿，全活不可胜计。先是，嘉庆庚辰江右大旱，米价腾贵，抚、建民情汹汹。君运米万余石，自蜀至吴城，闻新城、泸溪价尤昂，遂倍道趋盱江，至则减价以市，二郡价为之平。是役也，折阅六千金，君不悔，亦无德色。自此岁以为常，每饥困，皆望陈家米船，时人为歌。平枭行省会之东南，皆平坂，遇雨潦，行旅病涉。君捐助白石，次第修治，二十里皆成坦途。又以西北数苦旱，创为接泉洒润法，以机斛水，力省功倍，绘之为图。嘉庆己卯，北游燕赵，散图式于村庄，俾西北农家资以济旱，其念不忘利济如此。尤笃伦纪，同父兄弟九人，并早卒，遗孤六，咸分财使立生业，有折阅者旋益之。母王，嫡妻吴，母家皆无嗣，而祖母周之外家亦贫，无以祀其先。君买田，俾三姓岁以十月致祭，新其名曰小阳清明。贫苦戚邻，靡不周恤。道光九年，巡抚胪君义行上闻，以乐善好施旌其门建坊如例。君捐职州同，道光九年殁。

初，同里李公庭藻乐善好施，与君略同，称为善人同，早岁艰嗣，亦同李公。年六十，侧室始举子铭善；君年六十七，侧室汪生子乃安，今皆成立，克其家矣。方君之客滇也，道腾越州石崖。马骇，君颠崖下，俯临千仞深涧，攀树枝得不死。自渝州溯江而上，风怒波沸，舟倾君堕，迅流中觉有人捧之起，随波上下十数里，遇救获生。论者谓有天道，而君之言则曰："有余于人者，必有余于己。忍于伤物者，实忍于伤身。天理如是，不必言施报也。"呜呼！君固无望报之心，而降祥降殃之理，夫岂或爽也哉！君享年七十有一。请余撰家传者，哲嗣县学生，议叙七品衔乃安也。

论曰：昔魏叔子传闵象南善行，以彼身为盐商，拥赀钜万而能济困扶危，固已贤矣。君少习艰窭，家不中赀，施于人者，乃有加靡已，所谓"商贾其身，君子其行"，盖无愧焉！而或且讥其好名，夫三代下患在不好名耳。以君之轻财慕义，不为身谋，使厚于自奉之富民相率效之，薄俗可以返淳，而世卒未之数见也，犹嚣嚣然曰："是好名者。"乌能贤人之好议论，不乐善之在人，固如是哉！

《绸缪未雨编》自序

英夷入长江之年，余归自京师，道淮扬，沿镇江，目睹士民骇窜，草木皆兵，遂捐百万之金钱，填无厌之谿壑。于是喟然叹息曰：国家养士二百年，恩至渥矣，一旦有事，建牙绾绶者交错于衢，曾莫为之所，岂非苞桑绸缪之计未讲于平时，故济变无其具欤！今章缝之辈有万，而心乎经世者百不得一，自为诸生，非苟求速化，即殚心于诗赋之中，沉潜于科举之业，持是为钓弋仕宦之地，其视经济实学若鸩毒之勿敢迩，曷惑乎事变猝来，惶怖瑟缩，反不逮介胄之士感遇而捐躯也。

余年齿已壮，七上春官，未能窃升半之禄，才则钝矣！遇则蹇矣！然而康济之念未能忘也！乃取载籍之有裨守御者，上自孙、吴诸子之微言韬略、群书之奥旨，下逮汉唐以来诸名将之方略，旁采时贤之论著，苟足资乎保障，咸甄录而靡遗。寒暑四易，得书数十万言，稿本粗成而序，其曰：兵机万变，非可以纸上谈也，惟守城则可以纸上谈。前明吕叔简先生撰《守城救命书》，其文浅而切于实用，厥后《守城要览》《城守机要》及袁氏《洴澼百金方》，颇称赅备。余书门类仿袁氏，而征引特详。且夫善陵人者不攻城，善应人者不守城，攻守之权皆出于战，故不恃城而守，必且战且守，斯为善言守。智未周于事先，技或绌于应猝，故必奇正相生，虚实互用，乃有以当强敌而全民命。所谓善守者，不知所以攻也。战舰者，海寇所以逞志于洋面；火器者，外夷所以傲中国铸造之方制。尠之理，在今日更讲求必精。官军不皆能卫四乡之民，城郭亦不能容四乡之老弱，则练乡兵、筑寨堡不可不豫此数者，视诸书尤加详焉。若夫南北异宜，水陆异势，变化之妙，运乎寸心，又非楮墨所可括也。

嗟乎！絺绤忘裘，狐貉忘葛，今昔有同慨矣！余家贫，亲老一身，且不能自赡，万里归来，沉疴初起，犹复疲精役神于暑窗雪案，风宵雨夕，矻矻不休，何自苦为哉！二三良朋，岂无优游侍从、歌咏太平者，识余为出位而谋，固其宜也！余亦姑存此思患预防之苦心，托纸上空言，以备守土者之观览云耳。世有经济长才，为别择折衷，俾成全书，可储不虞之用，而仰酬圣主揆文奋武、安不忘危之德，意此，则余所奉教弗遑者矣。

金溪　杨士达自序

旸田义学义仓记

观察郑云谷先生，世居金溪之旸田，宦成而归，出其廉俸之馀，拮据立义学义仓于里中，以恤宗族之贫乏者，规模甫就，属士达为之记。

今夫一介之士，存心利物，于物必有所济，此宋儒之说也。士生斯世，遇有穷通，而存心济人利物之念，则穷通皆不可一日或忘，特所及之广隘，则视夫所处之崇卑。观察起家县令，累官监司，所莅黔楚诸州郡，循声懋著，其施于物者固已甚广，乃者养疴故山，犹淳然于睦姻任恤，以厚其乡之人，此古大臣之用心也。於虖宏矣！

吾闻旸田为东邑钜族，人文蔚起而风气刚劲。气刚则易与，为善亦易与，以为非必使其衣食皆足，而后可一其心思，俾兴仁让之风，以成惇庞之俗。《书》所云"既富方谷"，孟子所谓"有恒产，始有恒心"，胥是道也。然而自私自利之见中于士大夫者恒深，囊橐充裕，往往视故乡之亲旧漠然不相关。其甚者，兄弟骨肉之饥寒皆所弗恤，良可叹也！

先生居官廉洁，难进易退。其归也，无馀赀以贻其子孙，独亟亟于一族之义举，岂非利济之念，未尝一日而或忘欤！昔范文正公[1]为秀才时，刻苦自甘，及入参大政，乃汲汲于义田、义庄。夫大贤如文正，岂以是私其一乡一族哉？彼诚见饥寒中之骨力摧挫而变节者十人而九，故稍有馀力，有不得不以此为先务之急者也。观察其知之矣，继自今入其里，而弦诵之声不绝于耳，凶荒之储，有备无患。观察以其暇日集宗族之父老子弟，相与讲明孝悌忠信及尊君亲上之谊，於以返朴而还淳，革薄而从忠，不雍然太平之盛事哉！至其经画之规，见于观察所手定者，无劳赘述云。

注释：

[1] 范文正公：范仲淹，字希文，少时苦读及第，官至参知政事，卒谥"文正"。

培兰书院记

兰生于空谷，而称为国香，盖兰固得天地之清气者也。惟其得气之清，而质为独异，故植兰者培护而珍惜之，视众卉为有加，养佳子弟者咸取则焉，而江丈仪瞻太学遂以"培兰"颜其斋。

岁己亥[1]，余归自京师，太学属余为记，余诺之，而未及为。越二年，余南返，斋始落成。斋之前有墨池、有园、有亭、有廊，亲植花卉，葱倩可爱。构层楼于其中，环以曲槛雕栏。与层楼相向者为厅，旁筑奥室，藏天泉小池。斋之东为楼者二，楼下为讲书堂。自讲堂而下为栋者三，其西则有旁舍、土室、岑楼，参差层列，其下有磐石、涌泉，故别额曰"心

泉"。先是斋地为舍旁山麓灌莽,蒙翳不可游处,太学辟而新之,以甓②以
垩③以甃④,而冈峦之延亘、花木之葱倩,与夫高梧疏柳之映带,昔所未睹
者,逐萃胜于斋中,太学之用心可谓勤矣!斋成,延名师课诸孙其中,盖
诒谋之善又如此!

吾闻诸圃人,兰植于庭阶,或终岁而不茂,雪霜之交侵、灌溉之不
力,皆足以败其质,毁其成,植立之难而覆坠之易,天下事大都然矣!今
君既以"培兰"明其志,尚所存,其后之贤者,苟思所以承志养亲,孜孜
而勿怠,江氏之兴,其有既乎!余谫陋,愧无以塞君之请也!遂书所见为
之记。

注释:

① 岁己亥:道光十九年 (1839)。

② 甓 (pì):砖,古代又称"瓴甓"。

③ 垩 (è):白色土,可用来粉饰墙壁。

④ 甃 (zhòu):以砖瓦砌的井壁。

陵霄楼记①

由心泉斋层递而上,有翼然而高者曰"陵霄楼"。楼前连珠,累累恍
惚,跻五老之巅,青松翠柏,掩映其下。开窗左顾,层峦叠嶂,上薄霄
汉,而云林、白马诸山及崇巅船岭皆如在几案间。其右则有甘竺岭、玉屏
山,清气可挹。盖培兰书院结构经营颇具胜概,而斯楼尤擅山居之胜。太
学顾而乐之,颜以"陵霄",固其宜矣!

曩者余与北平江龙门游姚观察之园,奇丽壮伟,甲于大江南北,名花
珍禽,悦心而骇目,假山瑰石,谽谺嵘嵘。登其楼,大江之浩淼,洞庭湖
之澎决,皆一览可得,有以涤尘虑而拓远怀。主人告曰:"园成,费白金
且二十万,岁修之费且八千,后数十年岁修之费惧且不给。"余因谓主人,
方今海内升平富贵之家,侈宫室楼台之美,不数十年而供樵采、长蒿莱,
非复昔日之盛者,以余游迹所及,已不可胜计,岂盛衰之理不可常,抑所

以保其成者为不易耶？因与龙门慨然者久之。

其明年龃事益纷，观察无复林泉优游之乐，龙门亦从大将军南征驰驱戎马间，眷怀昔游，有足增感者。今太学萃心力以构斯楼，将以教其子孙，而非为游眺计也。则君之子孙念肯构之难，而思所以居此楼者，宜何如哉！太学请余为之赋，余谓赋以绮丽为主，蔑由达区区之意，遂书数语以为后记。

注释：

①陵：同凌。下同。

求实篇

天下有真士、有华士，常淆出而不可辨，其道在取士者以实求之而已。上以实求，下以实应，然后真才出，而国家收士之效。自古盛时，学者多有用之才，用者鲜不学之士。及其敝也，所学者皆无用之学，所用者不必皆有用之人，此其故在科举不得真士，而士气不振，士习益衰也。

夫所谓真士者，缓急可恃，倜傥非常之士也，非谓其揣摩风气、修饰词章、奔走趋利如华士之为也。若但如此而已，今科第之中，岂乏其人？而何以衡才者常恝然有无才之忧耶？方今试士有甲乙科，三年则大比。又有拔萃之选，十二年而一举。试士之制，以《四书》文觇其学，以经艺觇其贯通，以策觇其通达时务，立法不为不备。然考其所以奉行成法者，不过偏重八股之文词赋之学而已。夫奇才固间出于八股词赋之中，而真才未必不困于八股词赋之内。惟其偏重八股词赋，于是经史之业、经济之学皆庋高阁而不观，置度外而不讲，而自少至老，惟揣摩时文、讲求诗赋之是务。一旦倖获，则傲然不学，自以为高出于侪辈，如是而谓之有用之人可乎？其稍有才而不甘束缚于八股词赋之中者，则群笑其多事矣。其稍自立而讲求于经史之文、经济之学者，则群议其沽名矣；其有激昂振厉者，则群哗以为狂而斥之矣。以揣摩风气为谙练，以修饰词章、练习书法为学问，结纳征逐为老成，结习相仍，靡然成风，其何以振士气而其求真士也？曩者常再开博学鸿词科，以待非常之士，一时名臣钜儒出于其间，此无他，上以实求，斯有以作士子之气，而士子之于于来者，争以实相应也。今天下未常[1]无才，然苟举破格取士之言以荐人才，未有不哗然以为好事者。且士子居深山穷谷之中，虽有经世之才、华国之学，往往老死牖下，求一第而不可得，幸而一得，又拥塞于捐纳杂途，而蔑由竟其才，以文求之，而以实拒之，乌在其能作士气而得真士也？

　　然则求士如之何？曰：古者重辟举，今世崇科第。辟举必据夙昔之所知，其得人易；科第惟凭一日之长短，其失人亦易。且科第徒以文辞为弃取，故士易趋于苟且之路，辟举兼视才行为优劣，则士竞讲乎节义之事，是莫如辟举与科举并行，不拘资格以待奇士。若曩日博学鸿词之选，但勿试以诗赋，而访以当今所务以观其才，穷以往古所变以知其学，诘以朝论所宜以审其识。才、学、识得其一，而真才出矣！其三年大比，毋偏重八股之文，必求经学淹通、五策通达治体者，旌异之视学直省者亦如之，于求士之法庶乎备。其次，则止捐输之例，使屠贩之徒毋杂进以病士，士且益奋然以数者振士气、劝士心则可耳！奉行之善，则在有司。今之举贤良方正，未始非辟举之遗意，而阘茸夤缘者间出其中，则所以求之者未得其道也。故得其道，虽循常格，未常不可以得士；昧其道，即破成例，未必果足以罗才，振其气，劝其心，且以实求之，使下勿以文应焉，斯锢习除，而大效著矣！

校记：

〔1〕常：当作尝，义同曾。下同。

胡宗元

胡宗元（1812？～？），字籽培，吉水县人。为人镇静谦谨，其文质朴醇厚。刘绎序其文曰："玩其文词，皆平实质朴，似无他谬巧。再三寻味，觉真气所涵，皆从至性而出。其见解通澈，义蕴深微，确乎有得于心，有得于古，洵学人之文非才人之文也。"著有《求在我斋文钞》。以下诸文选自清同治十三年、光绪六年刊本。

重修仁文书院记

邹忠介公①为吉水伟人，史称其弱冠有志为学，观政刑部，劾张居正，谪成都匀卫②，益究心理学，学以大进。又称其里居讲学，从游者众。官左都御史，与冯从吾③建首善书院，集同志讲学，虽群小侧目，屡踬屡起，而方正自持，不少贬损。见诸论疏，皆军国大计、救时药石，是真不负所学者。

仁文书院乃明徐侯创建，为公讲学地，厥后废兴不一。道光八年徙建城外龙华寺左，二十六年改建泮东坊。宗元躬亲其役，滥膺讲席。咸丰七年，院被寇灾燹，惟讲堂后楹未毁。同治八年再膺讲席，思重修而计无所出，心怅怅焉。光绪三年，南池张侯与院长陈庚九比部计劝输修复。议甫定，张侯权篆安福。次年比部集输兴土木，数月落成，规模仍旧，气象一新，洵吉人士之幸也。王制分选士、俊士、造士，升有等差，皆名曰士，士不足多哉！而或者轻之，匪士轻士不自重，故见轻欲执其口，不独在科名也。圣贤语言，彻上彻下，身体力行，遇贞乎平险，理浃乎穷通，然有以自立三不朽之业，具在于斯，要皆无负所学而已。书院创始时，公记云："书院非斋明盛服不入，非仁义不谈。"续修时李太宰晦伯④先生记亦本公寡欲之疏，而以清心寡欲为吉士勖。继自今学者戒猥薄、惩玩愒、防濡染，身外事，耻干预，亲师取友，谈仁义，寡欲以养心，无负公暨李太宰遗言。藉无负所学，宜何如兢兢欤？若夫仁与文合一之旨，公论之详矣，学者玩索应有得焉，兹不赘考。

公祠堂旧在学前，久成墟。志载龙华寺右有宇数楹，奉公主以祀，颜曰明德祠。后又祀于书院之寝，仍署明德祠。今院制稍异昔，以院左有隙地数丈，可谋祀公，如白鹭洲书院之祀江古心先生也。公著述甚富，《愿学》《存真》二集，板已毁。《太平山房疏稿》仅于友人处见之。《日新编仁文会语》鲜有藏者，他日搜辑，醵资付手民以广其传，亦后学责也，因并及之。

注释：

① 邹忠介公：邹元标，字尔瞻，号南皋，吉水县人。万历五年（1577）进士，因疏论张居正"夺情起复"而获罪被廷杖，流放贵州都匀卫。张居正死后，被召回任吏科给事中。调为兵部主事，改吏部主事，进员外郎。因病而归，居家讲学三十年，从游者日众，"名高天下"。光宗登基，召元标为大理卿，未至而进刑部右侍郎、吏部左侍郎、都察院左都御史。天启二年，被弹劾邹元标为"东林"首领之一。辞官而归。卒后赠太子太保、吏部尚书，谥"忠介"。

② 都匀卫：明洪武二十三年（1390）改都云县置，治今贵州省都匀市。属贵州都司。弘治七年（1494）为都匀府治。清康熙十一年（1672）改都匀县。

③ 冯从吾：字仲好，号少墟，长安人（今西安）。学者称少墟先生。著名教育家。着有《冯少墟集》二十二卷，又有《元儒考略》《冯子节要》及《古文辑选》。

④ 太宰：明代称吏部尚书为太宰。李晦伯：李日宣，字晦伯，吉水县人，万历四十一年（1613）进士，历任御史，兵部、吏部尚书。著有《敬修堂全集》。

《鼎吉堂文钞》后序

永新尹湜轩①承先世绩学之余，沉酣经籍，博而能化，著有《诗管见》

《诗地理考略》行世。又工词章，予所及见者，类皆法度谨严、体峻神清，是真能闯八家②堂奥矣。君官山东时，予再至都，从友人案头见所作《铁公祠堂记》，心窃喜其仕不废学。比岁以修辑府志，共集白鹭书院。一日，编《鼎吉堂文钞》成，出视予，中为予畴囊心折者十之六，近作附益者十之四焉。通校全编，大约未出山以前，多矜炼而不逾规矩，既出山以后，多恣肆而动合自然。考其年而文情之殊与文境之进略可睹已。

予尝与君同京邸，昕夕论交，有疑必咨，君辄曰："唯唯。"予颇憾其咨。泊予编《求在我斋文钞》授君，君抉摘惟严，每以古道相绳，则固不咨，然后知君之前此"唯唯"者，因交未深，不敢轻于尽言故也，交道之难今古同。慨天假吾两人缘，俾得缔交十年，各执文相商榷，岂非人生不易遘之事哉！虽然，文艺抑末耳，吾两人心投情洽，交相砥砺，兢兢焉跬步而无敢或忘者，不有在语言文字之外耶！光绪丁丑孟冬。

注释：

① 尹湜轩：尹继美，字湜轩，永新县人。著有《鼎吉堂文钞》等。

② 八家：唐宋八大家，即韩愈、柳宗元、欧阳修、苏洵、苏轼、苏辙、王安石、曾巩。

赠何君司直序①

《大学》言："自明言自修。"又言："自慊于人乎？"何与而论忠告之益，则取资于人者为多。永丰何君司直，博学能文，著作宏富，已刻者为《寄迁草》《古文草》暨诗存各种。《寄迁草》二卷，言性道之要、言治国之法、言救世经制详哉。其言之文与诗亦多阅历有得之言。予与君订交几十稔矣，顷屡索予言，揣其意，知所谓"言者乃箴规之言，非标榜之言也"。盖人非中行，必有所偏，穷偏之弊，大则误及君国，小则取憎乡邻，有箴规者如冷水浇背，如棒喝当头，如掀泥淖而使之出，如伐鼓钟而使之觉。予生平交名士甚夥，唯楚北黄君翔云、永新尹君湜轩喜闻面攻予短。黄君观察四川，距吉水二千余里，永新距吉水三百里有奇。永丰毗连吉水，地之相去，以三君较，君为近，惟近则亲。予有过，君觊诵言之，竟日可达，是予方冀聆君言之不暇，而君乃索予言，则所谓言者必非标榜之言，而为箴规之言也。于是乎言。

注释：

　① 何君司直：何邦彦，字司直，永丰县人。著有《司直古文草》等。

吉水县新建昭忠祠堂记

　　国家旌忠之典，凡守土官暨乡村团丁御贼力竭而亡，或身非团丁，遇贼与难而亡，概予褒恤，准建昭忠祠而岁祀之，所以表节义、厉风教也。道、咸以来，粤寇肆毒酷矣，吉水殉难人氏男二千六百余名，妇女一千八百余口，视同郡各厅县所戕杀奚啻倍蓰。然皆自前县宰、今赠知府衔竹虚章公倡之。

　　公讳裕善，字竹虚，嘉兴县人。道光甲午科举人，大挑一等，以知县用签制江西。咸丰三年摄吉水篆，多惠政。五年冬十一月，贼围郡城。十二月朔日，贼分数十人掠吉水。公坐堂皇，见贼入门，仗剑叱曰："汝来，杀汝！"不数语，眩晕扑地。仆扶入室，殁。盖公闻贼至即仰药，尔时毒发耳。吁，烈哉！

　　当县城陷时，宗元间行人都逾年。庐陵黄莘农侍郎手一纸示宗元曰："此吉水县宰章公绝命辞真迹也！某办捐入浙时，侦卒获自县堂案上者，今以遗子珍藏之。"宗元读之泪下，如乡先哲文忠烈公①衣带赞、李忠肃公②《投缳诗》，生气懔懔可敬也。自都还里，出此纸与县中绅耆谋所以装潢者，佥曰："宜勒石以志。"弗遽。阅二十有余岁，今大令文侯始倡建祠堂于县城东偏盐仓故地。其制三宇，前额"昭忠"，中为寝室，室三龛。中龛奉章公栗主③，县之与难绅耆、阵亡团丁列左右龛。后为春秋致祭官、更衣所。鸠工某年某月某日，竣工某年某月某日。伐石镌公绝命辞于祠左，并伐石镌输赀姓名。是役也，规画皆文侯所定。侯名聚奎，字芝坞，衡阳县人。

光绪九年岁次癸未某月　　邑人胡宗元记

注释：

　① 文忠烈公：文天祥，就义后在他衣带中发现四言铭赞："孔曰成仁，孟曰成仁。唯其义尽，所以仁至。读圣贤书，所学何事？而今而后，庶几无愧。"

　② 李忠肃公：李邦华（？～1644年），字孟暗，江西吉水人。万历三十二年（1604）进士，历任泾县知县，山东参议，右佥都御史，起南京兵部尚书。崇祯十七年（1644）二月，李自成陷山西。邦华请帝固守京师，未得反应。十八日，外城陷，逃至文信国（文天祥）祠，十九日，内城亦陷，乃三揖信国曰："邦华死国难，请从先生于九京矣。"有诗曰："堂堂丈夫兮圣贤为徒，忠孝大节兮誓死靡渝，临危授命兮吾无愧吾。"遂投缳而死。清朝时赐谥忠肃。

　③ 栗主：古代练祭所立的神主，用栗木做成，后通称宗庙神主为"栗主"。

仁山白鹭书院记

　　萃一世才俊，朝斯夕斯，摩揉而濡染之，俾各成其器以适于道，符先王立教之本意，学校而外，莫书院若。宋丞相江古心①先生知吉州庐陵郡军事，创建白鹭洲书院，理宗亲洒宸翰赐额，中间兴废不一，然皆院于洲。

　　明嘉靖二十一年移建城南仁寿山，后又移郡城北隅，故俱不额"洲"而但额"白鹭"，最后仍院于洲。国朝咸丰七年，院遭兵毁。今太守静山定公、修撰詹严刘公倡移建城西仁山，以不院于洲也，沿旧名白鹭书院。其地凭高宅胜，严城翼其左，通衢亘其右，赣江绕其前，如罗文庄公②所记，移步换形，若符之合。鸠工于同治七年十月，八年夏四月落成。堂构翼连，斋房鳞比，规模极宏伟，郡人士乐之。

　　夫学必自得师，又必以友辅。里塾僻陋，道隘不广。一郡之书院，师道立，贤友多，学易几于成。吾郡为二程过化之地，程子教人以"识仁体"为先，又尝取譬于医书，以手足痿痹为不仁。今院移仁山，顾名思义，谅有志于仁，闻二程之风而兴起者。若仅曰"课文艺，差甲乙，猎功名富贵"，岂所谓学哉？

　　院之修，宗元躬亲其役，古心先生仍祠于洲。金又议环洲植竹木，俟秋冬水涸，甃砖石护堤，以备他日重院于洲之举。忆自童年入学，洎壮未一应书院试，宜闻见之鄙，而未得与于斯道也。记之以志吾愧。

注释：

① 江古心：江万里，号古心，江西都昌人。其时知吉州。

② 罗文庄公：罗钦顺，号整庵，卒谥文庄。

石莲书院记

乡先生殁而祭于社，社学以书院名，相沿久矣。罗文恭公①辟石莲洞，筑室讲学，为有明一代真儒。今公之乡人志公之学，建书院于阜田墟背以祀公，商所额，佥曰"石莲"宜。

公之学出姚江所著良知②，辨明乎性与欲与学之分，又以求则得、舍则失，明良知之有存亡；养则长，失则消，明良知之有增损；拟而言，议而动，明良知之须照应。夏峰孙氏③评为阳明功臣，然则后之猖狂横决，流弊不可胜言，皆不善学之咎，未可引以为阳明病也。予尝怪今之学者，析词章与身心性命为二。公尝语人曰："学之有本，犹水之有源，必其中有自得实见。斯道之流行，无所不在，虽欲不为波涛湍澜之类而不可得。"旨哉言乎浑。词章于身心性命，其所学大矣。世人联翩上第，高爵厚禄，焜耀一时，传之既久，或反不能与穷年矻矻抱遗经以自守者颉颃争身后名。何则？一有所得，一无所得也。公学主无欲，无欲故见道真，求道益切，始以为负惭，继以惭而愈愤欲，然不自足之心，时见于往来友朋反复辨难中而不自释。方其廷擢首选，谓此三年递一人者不足以语大事，盖志已素定也。

客有疑者曰："公之神在石莲洞，建书院祀公于洞旁为宜。"宗元曰："苏子作《韩公庙碑》，谓公之神在天下，如水之在地中，无所往而不在，而况墟背之距石莲之近哉！院于墟背，额以'石莲'，谁曰非宜。"是役也，落成于己巳④之冬。自是厥后，宗元得与诸俊彦讲求切劘，稍补生平未学之憾，是私心所窃喜者。爰为之记。

注释：

① 罗文恭公：罗洪先（1504～1564）字达夫，号念庵，吉水（今江西省吉水县）人。明世宗嘉靖八年（1529）进士第一名，授翰林院修撰，迁左春坊赞善。后罢归，著书以终。著有《念庵集》二十二卷，《冬游记》一卷。《明史》卷二八三有传。

② 姚江所著良知：指王守仁，号阳明，余姚人，倡良知说，著有《知行录》等。

③ 夏峰孙氏：孙奇逢，字启泰，号钟元，晚年讲学于辉县夏峰村，世称夏峰先生。明亡，清廷屡召不仕，人称孙征君。与李颙、黄宗羲齐名，合称明末清初三大儒。著有《理学宗传》《圣学录》等。

④ 己巳：清同治八年（1869）。

《存吾春斋文集》序

岁丙寅①，宗元乞假归里，同曹黄君翔云语宗元曰："子好古，每作文必持示我，一再商榷，归后有商榷者否？"宗元曰："有，盖心恃有詹严先生也②。"

先生《存吾春斋诗集》，曩在都时，从友人借阅，而文集未之见。戊辰③春，宗元之族辑谱，遣伻走百里乞先生序，曾附寄宗元文二首就正。去秋襄修白鹭书院，侍先生晨夕，得读《存吾春斋文集》，欣喜过望，乃尽出所为文，面求指摘，又复乞序。以宗元自揣，似有类于冒昧，而先生辄奖借逾常，岂即荀子接人用枻之意欤？先生之文，真体内充，不为槃悦之绣，故因题立义，宛转关生，洞中肯綮，即偶有感触，借题摅写，亦复藏锋敛锷，情韵不匮，非纵恣为豪者可比。六一居士蓄道德而为文章，令人读其文，乐易之心油然自生，先生其庶几乎！

且人之仰望先生者，非仅以其文足垂世也。壮岁魁大廷④，督学山左⑤，台鼎之司，如跬左足⑥，而先生独以父母春秋高，两次陈情，得遂其养。频年寇祸，办团堵御，心力交瘁。辛酉之警⑦，奉母避姻家。姻家为宗元言："先生视膳问寝，日夜呼母百数十声。"是时先生年近七十，而孺慕若此，非天性之厚能然乎？六经无真字，然言诚、言无欺、言不贰，即真之诠谛。言为心声，先生之行之真，宜先生之文之真也。

甲申⑧，宗元饩于庠，适先生登拔萃科，同出师门。庚子⑨，都中晋谒，适先生直南斋，饭近光楼，厥后郡城数聚晤。丁卯⑩，先生又枉顾敝庐，言论风采，久餍厥心。今乃得读其文，冒昧加以蠡测。宗元匪能文者，愿先生有以教之也。

注释：

① 岁丙寅：清同治五年（1866）。

② 詹严先生：即刘绎。

③ 岁戊辰：清同治七年（1868）。

④ 魁大廷：犹言廷试中进士第一。

⑤ 督学山左：刘绎曾任山东学政。山东处太行山之左，故名山左。

⑥ 台鼎之司，如跬左足：犹言将作朝廷重臣，就差半步之遥。古称三公为台鼎，如星之有三台，鼎之有三足。《后汉书·陈球传》："公出自宗室，位登台鼎，天下瞻望。"跬：半步（古代称人行走，举足一次为"跬"，举足两次为"步""，故半步称"跬"）。

⑦ 辛酉之警：清咸丰十一年（1861）的太平军战事。

⑧ 甲申：道光四年（1824）。

⑨ 庚子：道光二十年（1840）。

⑩ 丁卯：同治六年（1867）。

《暂留轩文钞》序

读永丰刘詹严先生《存吾春斋全集》竟，永新尹君甘泉①出所著《暂留轩文钞》相示，读之如剑气珠光，坌集毫端，令人不敢逼视。昔人谓多读书可以补胆，读君文增吾胆识。惜乎不遇也。

虽然，言亦期适用已耳。古之立言者，大而天地民物，细而至于昆虫鸟兽草木，剖毫析芒，穷乎理之所不得遁，身都通显，言之而即行之。若夫穷愁闭户，著书自娱，或游名山大川，开拓心胸，或阅历人情世故，或身经险阻，呼吁无门，咄咄书空。不得已，托之于笔，消其豪气，世无用我，徒托空言，然果其言之适用，则历数世、历十数世，循其言试之，竟有成效，不将以无用为有用耶！念及此，何足为甘泉惜也？抑予更有感焉。

自辛酉至乙丑②，留滞都中过从密者，同曹黄君翔云外，惟龙筠圃③、尹湜轩。湜轩君，同怀弟也，博学能文，喜静恶嚣，所寓邸舍相距咫尺，论古如针芥相投。今筠圃官铨部，翔云、湜轩，一守四川，一令山东。予息影蓬荜，偶有所作，质之刘詹严先生。君与湜轩俱詹严先生高足弟子，论文投契，可谓幸矣。顾予质钝性迂拘，磨礲砥砺，是在于友。惟是友足益予，而予于友，又若无有毫发之益者，是可哂也。

注释：

　　① 尹甘泉：尹继隆（1807～?），字甘泉，永新县人。道光、咸丰时文学家。著有《暂留轩诗文钞》等。

　　② 自辛酉至乙丑：自咸丰十一年（1861）至同治四年（1865）。

　　③ 龙筠圃：龙文彬，字筠圃，永新县人，官吏部主事。著有《永怀堂诗文钞》《明纪事乐府》。

尹继美

尹继美（1816？～1886？），字湜轩，永新县人。咸丰九年（1859）中举，同治三年（1864）由通政司通政王拯推荐，被分发山东，授钜县知县，后署黄县，不久升为同知。仕途多艰，但经学考据卓有成效，如《诗管见》《诗地理考略》为时人推重。著有《鼎吉堂文钞》等。以下诸文选自清光绪四年三十六年刊本。

《易》说

易之道广矣，备矣。汉魏人言象，程子言理，邵子言数，朱子言卜筮，此易家四大门户也。厥后言易者虽多，皆不出此说卦传言象矣。言理而不言象者非也，系辞传言卜筮矣。言理与象数而不言卜筮者亦非也。六经皆指载道，而指归各殊。《书》《春秋》为记言、记事而作也；《诗》为入乐而作也；《礼》为制度而作也；《易》为卜筮而作也。卜筮为《易》指归，理与象数寓其中矣。朱子一生著书，莫善于《易》本义，以其简而明也。每言象占，本孔子观象玩占之义也。易者，象也，如乾健言龙，坤顺言牝马也。有不可通者当阙疑，若辗转反覆以求合，必至于穿凿附会，此汉魏《易》家之失，王弼所欲痛扫者也。本义释"困于金车"，则曰"疑坎有轮象"，朱子何尝不求象哉？特用意矜慎，不如他家之沉溺而失于支离，学《易》者不可不知。

读《老子》

老子学术，退让为本，得其术足以保身。然而以退为进，以让为争，诈甚矣。盖退让可也；藏进于退，藏争于让，不可也。其言曰："将欲噏之，必固张之；将欲弱之，必固强之；将欲废之，必固兴之；将欲夺之，必固与之。"然则欲进欲争者，其情也；为退为让者，其伪也。勾践师之，卒以灭吴。奸雄之术，固如是哉。

读《庄子·列子》

庄子，道家者流，以无为为宗。其书多寓言，殚思竭精，探幽入微。上通天表，下穷地倪。乾旋坤转，阖辟神奇。燐飞鬼啸，光怪陆离。海立山崩，雷轰电驰。可惊可骇之状，毕见乎词。夫言翻空而易奇，事借喻而易悟。是故易者，象也。象也者，像也。龙战于野，载鬼一车，岂必有其事哉？寓言而已矣。庄子其深于易者乎？得斯义也，取其文不溺其义，可也。不然，齐生死、一梦觉，遁入虚无，流祸于人心世道，岂浅鲜哉？庄子称列子不一，盖前乎庄者也。列子文多与庄同。或曰：后人集庄以成书而附益之，故《汉志》著目，先庄而后列。

贾谊论[①]

苏氏论贾生则曰："非汉文不用生，生不能用汉文。"嗟乎！汉文焉能用生哉？汉文者，小心有余，识量不足也。凡人心小者必气怯，气怯者必多疑，多疑者必量狭。天子不以才学名，以用才学名。逞一己之才学为才学，曷若集众人之才学为才学乎？古帝王其知之矣。文帝斤斤以己之才学与贾生较长挈短，此其蔽也。

史载绛灌、东阳侯冯敬之属短贾生曰："贾生雒阳之人，年少初学，专欲擅权，纷乱诸事。"于是天子疏之，乃以为长沙王太傅。忌妒生于畏服，惟帝服贾生之才而疑其恃才，故专欲擅权之言得而中之。不然，诸人虽善谮，安得间无疑之主哉？

何以明其然也。贾生为长沙王傅后，岁余征见帝，方受釐坐宣室，因感鬼神事而问鬼神之本，贾生具道所以然之状。至夜半，帝前席，既罢，曰："久不见贾生，自以为过之，今不及也。"帝平日斤斤以己与贾生相较，其隐情毕见乎此矣。上官大夫之谮屈原也，曰："王使屈平为令，每一令出，平伐其功，以为非我莫能为也。"王怒而疏屈平，汉文毋乃类是。季布为河东守，汉文因人言其贤，召而欲用之，后又因人言其使酒难近而罢。季布进曰："陛下以一人之誉而召臣，一人之毁而去臣，臣恐天下有识闻之，有以规陛下也。"以此证之，亦可见帝轻信善疑，识量不足容才学之臣。故曰汉文不能用贾生也。

贾生之所痛哭者，谓国强大，必反欲分封子孙以杀其势也。迨七国反而后其言验，迨主父偃言之武帝而后其策行，惟智者乃能见微而知著，贾生知之。汉文中材之主，乌足语此哉？

注释：

① 贾谊：洛阳人。时称贾生，少有博学能文之誉，文帝初召为博士。不久迁太中大夫，好议国家大事，为大臣周勃、灌婴所排挤，贬为长沙王太傅。曾作《吊屈原赋》自伤不遇。所著《陈政事疏》《过秦论》，为西汉鸿文。

颐和贞别馆记

庐陵欧阳介卿先生官中书告归，尝筑瀛塘别墅以乐隐。比岁别构室数十楹，为堂、为庖湢、为会食厅、为门客舍。藏书有所，课孙有斋，复有燕寝为憩息之地。窗明几棐，图左史右，俯仰今古，甚自适也。取《易辞》而颜曰"颐贞"。继美以年家子谒先生于馆，命为记。

窃观颐之为卦，上止而下动，外实而中虚，故取象于颐颐者，人所赖以养也。故训颐曰："养，夫养之为用，广矣大矣。"内之养己，外之养人，极之天地，养万物皆是义也。吾儒之学，通天地、备万物，故人已有交养之责，而所养必贞，贞者正也。譬若佃然以芟①以柞，耕泽泽也。既种既溉，达驿驿也；籽之耘之，勤厥耰也；朽止茂止，乃有秋也。否则良莠苗并生、蓬麻同植，或舍或搵，而望有获鲜矣。君子知其然也，故于其养己也，不溺于声色臭味，不忽于戒惧慎独，自乎乘时利用，推己及人，举而措之，裕如也。先生故富贵，处若寒素，所以养其身者不苟。性刚介，与世不诡不随。善鉴物类，取友必端。精练时事，巨细不遗，所以养其德者甚周。使本其所养以养人，必将有效可睹，惜乎未见诸用也。夫古人之名室也，非以夸美也，盖将有以致警也。

先生齿逾七十矣，行成名立，固无待兢兢于养己，退老就闲又无事，惓惓于养人，于名"颐贞"之义何居？然吾闻君子出则养天下，处则养一家。先生虽栖迟林下，其处己接物，言动有仪，乡人见之生敬，子弟对之生畏。既有以持家道兴衰之几，若夫轻势利、重道义，喜校刻先贤遗书，更有以培一家诗书之气。孟子曰："中也，养不中才也。"养不才，故人乐有贤父兄也，矧不必不中不才者耶？然则自异而同，万物一己也；自同而异，己外皆人也。养一家之人，与养天下之人，功有广狭，量无大小，较然矣。诗曰："教诲尔子，式穀似之。"又曰："贻厥孙谋，以燕翼子。"莫为前后不裕，莫为后前不光，景迫者必思深，业专者期世继。先生之以"颐贞"名馆也。意在斯乎？

注释：

① 芟（shān）：铲除杂草。

游玉屏山精舍记①

义山三峰之西南有山焉，背震面兑②，矗立十数丈，镵削若屏风，然其下平铺如茵，广袤可二十丈。过此则少陁，两山环抱，奥如旷如，盖张氏荒地也。咸丰十一年，门人郭遁庵茂才以万钱购之，筑室山屏之下，诛茅而田，凿坎而池，博取桐、漆、松、柏、柑、李、乌桕之名材，杂然而繁植，名曰"古松冈"，余为更名"玉屏山"。

同治五年正月十三日，余携子效轼、从子仲衡往游。道梅洞③之阳，入遁庵之故里。少憩焉，雨过路滑。登山南行二里许，折而西行约一里，遥见精舍翼然。又西南行一里许，始至舍。遁庵闻余至，肃而入。门额曰“知足”，励志也。堂额曰“知不足”，劝功也。夫人求学每患于自足谋利，每苦于不自足。问遁庵岁入，谷三、四石，薯二十石耳；叩其所诵习，则三代两汉之书也。坐遁庵东向，命二子西向拜，诏之曰：“此经师，人师也，尔曹勉效之。”出门四眺，寂无人声，俯仰今昔，慨然生感，顾谓遁庵曰：“是山崛起，不知几何年也？即永新置县亦二千年矣，未闻有卜居是山者，今子隐此，余始以‘玉屏’名之。山之显晦，信有时乎？然余滋惧矣，吾辈学行足重耶？山名其永著也。如不足重耶，百千年后亦安知子尝居此。”

余尝游此也，夜宿精舍，寒气袭衾。晨起饭毕，畏东道崎岖，偕遁庵西行，尽山麓、涉小溪，过张氏宅，回望精舍不可见。遁庵指云气滃渤处告余曰：“此即所谓‘玉屏山’也。”由精舍至此约一里云，遁庵还山，余出山仍道梅洞之阳而归。翌日为记。

注释：

① 玉屏山：在永新县境内。

② 背震面兑：为《易经》卦象看山峰方位。

③ 梅洞：梅田洞，在永新县城东面7.5公里的梅田山底部，山形如笔架。

铁公祠堂记①

大明湖滨之有铁公祠堂也，盖创自长白阿运使考公，以山东参政与盛将军、高、宋二参军同守济南城，燕王攻围三月不能下。嗣以布政使进兵部尚书佐盛将军，败燕王于东昌，斩其将张玉。自是燕兵南下，不敢复道山东，公之有功于兹土也大矣。记曰：“能捍大患则祀之”，其是之谓欤！

夫论守城之功，盛将军、高、宋二参军与公等耳。其后燕王即位，盛将军曾受宠，命偶祀公，则不称；宋参军不知所终，且佚其名，祔祀公不可。若高参军与公功同节同，福王时赠太常少卿，谥忠毅，与公乾隆时赐谥忠定，迫荣之典同。旧与于七忠之祀抑又同焉，而不得袝祀于公堂，此可为始事者致撼也。

堂建于乾隆末，翁覃溪②学使尝为记。今重修者萧质斋太守也，自记又详矣。继美仰慕遗徽，慨然凭吊。窃推报功崇节之义，冀补祀高参军于方来，故附志之，系迎享送神诗，俾岁时以祀公。其辞曰：

> 神与太虚兮同游，风为舵兮气为舟。来下兮依稀，乐相羊兮湖之湄。湖柳绿兮湖水清，蒲苇冥冥兮荷芰亭亭。瞻如在兮我思成，被霞裳兮拥霓旌。雕几兮玉俎，笙吹兮鼓拊。荐枣糕兮桂酒，奏齐讴兮蔡舞。醉熏熏兮神安舒，愿无弥节兮淮浦与南都。芮萧疆兮苾芳，去且住兮翱翔。争光兮日月，陟降兮帝旁。夏有雨兮冬有雪，历鬼趋兮螟蝗息。年丰兮盗绝迹，福我民兮无极。

注释：

① 铁公祠：在济南大明湖西北岸，为纪念明朝忠臣铁铉而建。洪武中，铁铉以太学生授礼科给事中，调任都督府断事，深得朱元璋器重。后建文帝任铁铉为山东参政。燕王朱棣发动"靖难之变"，燕军行至济南，炮火攻城。铁铉令人在城上挂起朱元璋巨幅画像并在城墙上树立其牌位，使燕军不能开炮。在城门上预设铁板诈降，诱使朱棣亲领军进城，几乎用铁板把朱棣砸死。朱棣见济南城久攻不下，只好撤兵。建文三年，朱棣再次兴兵，绕过济南，最终攻下南京，复取济南。铁铉被俘，受凌迟酷刑处死。

② 翁覃溪：翁方纲（1733～1818），字正三，号覃溪，直隶大兴人，乾隆间进士，授编修。历督广东、江西、山东三省学政，官至内阁学士。著有《粤东金石略》《苏米斋兰亭考》《复初斋诗文集》等。

《澹庵文钞》序

古文为载道之器，其体甚尊，工之为难，故托业者鲜。秦汉诸子而下唐宋大家，其宗也。厥后归震川、方望溪、姚姬传、梅伯言①诸家继起，其源流可寻绎指数已。

无锡朱澹庵茂才，尝问业伯言而得其门户，绳趋矩步，不敢苟为炳炳烺烺，庶几有合于古人立言之旨。一日，尽出其所作，属余差择汰之，又汰存其为记序者各三，为传者九，为书者一，总二卷，评骘以复之曰："夫文亦存，其可存者而已，岂在多哉？澹庵，莫余逆也，吹索其瘢。"澹庵忻然涂乙窜注，手札往复商订至再至三，以求有当而后已。或求如澹庵之好学深思，虚怀善受，噫，亦仅矣！

澹庵少颖资，倜傥自喜，饫揽姑苏、维扬、秦淮之胜；饥趋旅梁，远走河朔，转齐鲁。每当豪兴迅发，挈榼啸侣，拈韵山亭，评花水榭，咿哑管弦，婆娑风月，酒酣耳热，笑傲谑浪，欢呼傲乎其自得也。洎年华就落，志气渐颓，洊以更历乱离，回首故乡与旧游之地，败瓦颓垣，亲故凋零，则益嗒然自丧，默默寡言，索居一室，如同枯禅，无复曩时俊爽之概，殆近于杜德机者[2]耶！夫人之性情随遇而迁，文境亦因之以变。澹庵橐笔半生，年之盛也，纵心逸志，好为骈俪诙谐之文。及其衰也，厌华喜朴，敛才就范，文乃归于简练古质，学问与年俱进，不于斯益信乎！使澹庵当盛年早从事于古，其所得当不止是，惜乎闻伯言绪论之晚也，盖《澹庵文钞》校刻竣而其年亦将老矣。

注释：

① 归震川、方望溪、姚姬传、梅伯言：归有光，字熙甫，别号震川，又号项脊生，昆山人，明代著名学者、古文家；方苞，字灵皋，晚号望溪，安徽桐城人，清代古文家，桐城派创始人，与姚鼐、刘大櫆合称桐城三祖。姚鼐，字姬传，一字梦谷，室名惜抱轩；梅曾亮，字伯言，江苏上元（今南京）人。道光二年（1822）进士。承姚鼐余势，文名颇盛，治古文者多从之问义法。

② 杜德机者：杜绝德机的人。典出《庄子·应帝王》："向吾示之以地文，萌乎不震不正，是殆见吾杜德机也。"德机指生机。

《味蓼轩诗钞》序

武进高丽中茂才次其所为诗，曰《烬馀草》《过江草》《历下草》《瀓滋草》《明湖访旧草》，都为一集，曰《味蓼轩诗钞》。歌行沉郁顿挫，五七言近体雄浑悲壮，盖飒飒①乎有唐音焉。

夫声音之道，与性情相通。其乐心感者，其声和以缓；其哀心感者，其声激以怨。当常州城陷时，丽中首受贼刃，血流被衣，仓皇奔走，间关跋涉，眷念二子离踪，杳不可知也。馀魂甫定，寄迹淮上，一子来依，泛航渤海岛屿，巀嵲②错峙，鱼龙俶诡，争出霾云，腥风惊涛，骇浪怵惕，心目泊胶。西游平陵③，漱泉趵突④，弄月明湖⑤。聚二三童子，授句读以糊口。同牧犊⑥之无室，等纪侯⑦之大去。以此思哀，可知已故。其诗多怨恸之词，如："江山馀涕泪，天地入悲歌"；"他乡残夜烛，旅馆送年人"诸作，读者莫不悲之。士人抱负磊犖，困厄牖下，何可胜道？至不幸遭丧乱，出万死一生之中，颠沛流离，痛定思痛，其齌咨涕洟，甚于病人之呻吟无怪也。独念当日大帅提兵驻常州，闻警夺门以去。越六日城陷，常人无不恨之入骨髓者，而丽中绝无归咎，第自写愁苦之思，其忠厚更非寻常诗人所可及。语曰"可以怨。"是钞殆近之矣。

嗟乎！文之不遇，因乎时；传不传，存乎数士。不能自必其遇，又安能自必其传乎？唐宋以前无论已，元享国未百年，能诗者不下三千家，偶举姓字，茫然不知为何代，传之不可，必也如此。丽中一生遭奇穷且得奇祸，今将老矣，犹终年兀兀，雕心镂肝，攒眉撚髭，推敲其字句，思托一编以自表见于世。余故序是钞，不禁为之嘻吁太息也。

注释：

① 飒飒（féng）：象声词，形容宏大的声音。

② 巀嵲（jiéniè）：高耸险峻的山。

③ 平陵：汉昭帝陵墓，在陕西咸阳。此代指关中。

④ 趵突：泉名，在济南城内。

⑤ 明湖：大明湖，在济南城内。

⑥ 牧犊：牧牛，放牛。晋常璩《华阳国志·蜀志》："秦惠王作石牛五头，朝泻金以遗蜀王，蜀王乃遣五丁迎。石牛既不便金，怒遣还之，乃嘲秦人曰'东方牧犊儿'。秦人笑之曰：'吾虽牧犊，当得蜀也。'"元杨维桢《送谢太守》诗："勿袖烹鲜手，须闲牧犊身。"

⑦ 纪侯：纪哀侯，名纪叔姬（前696～前690年在位），承袭纪武侯为该国君主。在位时纪国成为齐国附庸国，纪国亡，哀侯出逃，一去不返。

《胡桂一、何司直文钞》序①

余壮岁因刘子偶三交胡子桂一，继因游子汝作交何子司直。桂一性修饬，室中之物，平章秩然。为文喜学八家②，指事类情，长短曲直，向背隐显，动中规矩。司直性坦率，边幅不修，书策狼藉，喜学为秦汉之文，下笔不自休，苍苍莽莽，绝去町畦。

初，桂一与司直未谋面，属有府志修辑之役，聚处一堂，相视莫逆，相下不厌，盖心同嗜古，宜其一见倾投，如闻空谷足音，跫然而喜也。余齿少桂一六岁，长司直四岁，始与交游，意气甚盛。桂一嬉笑诙谐，议论风生；司直任天而动，抵掌纵谈，旁若无人。嗣或一年一聚，或数年一聚。阅历渐深，气稍敛，语稍讷，迨遭逢乱离，益匿迹销声，刓方为圆，随世俗俯仰，自是阔十余年而聚。桂一鬖髟皤皤，寡言笑，若愚若拙，泊乎无营；司直亦常默默如寒蝉，间发一议，旁语侵之，辄逊谢弗遑。

嗟乎！二子者，余睹其盛年，今见其气衰兴颓，年冉冉将老，而后知余年之将老矣。司直刻《寄迁草》数万言，皆经世之文，余曾赠以序。顷续刻杂文若干万言。桂一刻所著若干种，复出示《诚意斋文钞初编》，将付刻。二子崛起稠人中，锐志古学，穷而弥坚，洵可谓豪杰哉！昔吉州才士如金右辰、马季房，及时不遇，后得愚山③合刻其诗集，名大著。桂一、司直好古遗俗，百年后殆必有彰之如施公其人者乎？士人显达一时，没世类名灭不称，以彼易此，其得失，二子盖早计矣。虫虫者或惜其困厄，知不足，当二子剑首之一映④也。

注释：

① 何司直：即何邦彦。

② 八家：唐宋八大家，唐代韩愈、柳宗元，宋代欧阳修、苏洵、苏轼、苏辙、王安石、曾巩。

③ 愚山：施闰章（1618～1683），字尚白，号愚山，又号蠖斋，安徽宣城人。顺治进士。康熙时举博学鸿词。曾任江西布政司参议，分守湖西道。

④ 剑首之一映（xuè）：映：象声词，形容声音微小，比喻言论无足轻重。清·徐芳《〈书影〉序》："栎园天才绝世，其诗文皆卓然大家；即以杂著，此其剑首一映也，而富如此。"

庐山赋^①

星子之西，德化^②之南，曰有庐山焉。是山也，祖岷而宗衡^③，峻岭而邃谷。斗宿照其颠；鄱湖浸其麓。石碑曰"余桦"，留神禹之踪^④；《史记》曰"余登"，寄马迁之躅^⑤。浅原聿载《虞书》^⑥；结宇曾闻匡续^⑦。高七千丈而有余；盘四百里无不足。宜《山经》著目夫庐江^⑧；明祖锡名以庐岳也^⑨。

其峰则有太乙、罗汉、般若、支提。五老挺秀，五乳称奇。香炉兮日照，布袋兮花迷。或号掷笔，或号振衣，或号鸣鹤，或号行龟。金印石船，而仿佛牛头象鼻以依稀。拨云摩云，探幽无尽；东古西古，揽胜不疲。其水则有温泉、香泉、潮泉、神泉。万寿一滴，金井玉渊。竹帘叠叠，瀑布溅溅。成跑宛若，马尾俨然。濯缨洗墨之池拥雾；醉石磨刀之涧生烟。桥则洗心拓隐，栖贤度仙；亭则甘露与光风而并显，独对偕三笑而共传。其寺观则有莲花竹影、法海天池、崇善景德、香山灵溪。太平宫置提举，归宗院宅舍义之。开先创自南唐，三百寺规模莫及；东林建于晋代，十八贤姓目堪稽。其名人遗迹也，村称栗里，谷号康王。董奉修静，故居历历；杨衡符载，隐地彰彰。濂溪有故宇，公宅有山房。姚璹有精舍，陈贶有山庄。与夫刘遗民之禅室，李太白之书堂，东坡、刘弇之流风闻于宋，逢吉、乐天之馀韵著于唐。今莫不追寻而往复，凭吊而悽怆。

若夫白鹿洞者，乃李渤之隐居，昇元之国学，宋初因建书院焉。迨厥后尽废其规，至文公始复其故。一时提倡，多士趋赴，院中揭为学之模，列目挈纲；陆子讲喻义之章，发矇启悟。此数百年大道之阶梯，十三郡儒生所仰慕者也。自从文运顿衰，兵灾频遇。横舍之薪木有伤，名师之束修不具。遂至绛帐失其旧观，青衿改其故步。能毋贻笑于山灵、取讥于行路乎？

注释：

① 庐山：在九江市以南，星子县西，为天下名山。

② 德化：县名，隶九江府，民国初年改名九江县。

③ 祖岷而宗衡：以四川岷山为祖，以湖南衡山为宗。

④ 留神禹之踪：在庐山紫霄峰中有石室，内有古字，传说为大禹治水时所刻。

⑤ 寄马迁之躅：司马迁《史记》载："余南登庐山。"

⑥ 浅原聿载虞书：《尚书》中的《禹贡》载，九江东过敷浅原。宋代朱熹考证敷浅原即庐山。

⑦ 结宇曾闻匡续：据《庐山志》载，周代有匡续兄弟隐庐山，后仙去庐存。

⑧ 山经著目庐江：《庐山志》载，庐江水出三天子鄣。

⑨ 明祖锡名以庐岳：明太祖朱元璋登基后，下诏封庐山为庐岳。

拟娄妃墓碑①

盖闻赵姬自杀，山号摩笄；荀女身殉，扉传书粉；乐羊妻刎颈，礼葬者有人；王氏妇投崖，立祠于当代。良以幽光必发，潜德宜彰也。

若明宁王妃娄氏，系出名家，嫔于帝胄。琴瑟静好，法郑国之妇箴；夫妇倡随，遵班姑之女诫。无如遇人不淑，吴王之反相早成；其心孔艰，彭宠之逆谋顿起。妃题《采樵图》诗有云："昨宵雨过青苔滑，莫向青苔险处行。"盖师笔谏之义，微辞规讽，冀其一悟也。而乃怙恶不悛，执迷罔觉。蚩蚩蛙黾，常雄坐井之心；悻悻螳螂，且逞当车之臂。岂知大闲何敢僭越；帝位安可妄干。章水波平，飞将自天而降；鄱湖浪息，罪人就地成擒。妃乃与白水而同盟，志堪共告。及黄泉而相见，死视如归。鬼谴神趋，尸竟逆流涌上；天愁地惨，人皆环顾兴悲。烈以殉夫，节也；义无忘国，忠也。不听妇言而亡，宸濠之愧悔，不已晚哉！亟觅妃骸以葬，父老之哀矜，良有由矣。

妃墓盖在上饶、新建二仓间，埋没贫家灶侧者有年。乾隆朝彭、吴两方伯先后莅任。或镌石而筑修兆域，或竖坊而撤民居。今则祠宇岿然，墓茔翼若。幽宫寂寞，心伤南浦之鸯；毅魄归来，肠断西山之鹤。娄氏裔犹居沙井，尝襜时谁荐水蘋；凭弔者能无发怀古之芳情，抒表贞之素志乎？爰记其事，并系以铭。其词曰：

妃游仙兮凌波，古为徒兮曹娥。驾飞龙兮文虬，历樵舍兮蓼洲。

神之来兮披霞裳，霓旌拥兮玉佩锵。考金石兮戛石，击筑兮鼓簧。奏吴讴兮楚舞，荐桂酒兮椒桨。一片石兮第二碑，有才子兮为妃传奇。神飨兮欣欣，神去兮迟迟。墓永固兮祠长存，名与日月兮分光齐。

注释：

① 娄妃：明代娄谅之女，为宁王朱宸濠之妃，有贤德。濠谋逆，娄妃屡谏不听，投水而亡。清代戏曲家蒋士铨曾写《一片石》《第二碑》两传奇以哀之。

李联琇

李联琇（1820～1878），字季莹，一字小湖，临川县温圳（今属进贤县）人，李宗瀚之子。道光二十年（1840）中举，任觉罗官学教习。二十五年（1845）进士，改翰林院庶吉士，后授翰林院编修。咸丰二年（1852）翰林会考名列第一，补侍讲学士。后为会试同考官，署国子监祭酒。充任国史馆、实录馆协修、纂修，大理寺卿。期满调任福建学政，改任江苏学政。太平军战事起，避乱居通州狼山。同治四年（1865），应两江总督曾国藩之聘，先后主讲于钟山书院、惜阴书院，求学之士云集。时总督沈葆桢誉其学行可与钱大昕、姚鼐诸人相近。著有《采风礼记》《临川答问》《师山诗存》《好云楼集》等。

《江上诗钞》序

尝登君山而揽江海之胜，南戒①烟涛云水，奇恣雄荡之气，横集于胸臆间。已而鼓枻中流，望鹅鼻以上诸峰，苍莽勃萃，怀延陵而吊春申②，慨然想见古之豪杰。其郁为人文，应岩渎之秀，远者不及知，即宋元以来数百年瑰伟之士，必有不能尽彰于时，而槁项老死，并其文章亦弃掷埋没于蓬蒿粪土者，所望于网罗散轶，盖无往不然，而暨阳③名区为尤甚，故搜人遗集，功等于葬人暴骸，况余以文为职而三年视学于斯也。

夫视学之使，今曰学政，《周礼·大司乐》有治建学政之云，为今官名所自昉。其时之所谓学政如乐德、乐语、乐舞皆是，而其职则今之国子师。故掌国之成均④，而郑注⑤以为乐官之长，参之《王制》"命太师陈诗观民风"⑥释者，亦以为乐官之长是太师，即大司乐无疑，而《周礼》曰"掌乐"，《王制》则曰"陈诗"，非二之也。诗，古之乐章也。昔季札观乐，自《周》《召》以至《曹》《邠》风俗美恶一歌诗而皆会焉⑦。使其论乡邦之什更当何如，惜吴歈⑧不奏于鲁致，千古无真评耳。近数百年衰暨阳之诗者，明有许、邱二山人《澄江诗选》，国初有陈菊人《江阴诗粹》，志载其序，余未见其书。今顾生季慈踵益之，为《江上诗钞》，凡百七十卷、万六千篇，均考证作者迹略，以示阐幽表微之意，而采辑务备，无诸选家誉此诋彼、专取所嗜之嫌，故典雅冲淡、豪俊秾缛、幽婉奇险之辞，随所宜而各适其位。余借诵久之，如蹑千寻之巅而猿鹤与飞也，如凌万顷之波而鼋鼍与泳也，如宫商抗坠抑扬、循声高下，同其休宣，其和感人心而成文也。

嗟乎！采风吾职也，扃多士而试之，所得仅制举文字一日之长，其闇修于家者，著述率不肯自售，或访求一二而遗者八九，旷数百年名章俊语，能尽供一盼乎？余故深嘉顾生于是钞之得见，有幸慰焉，而因慨然于古今之殊，使四方者无陈诗观风之实，与《礼》之所谓太师即大司乐者异已。

注释：

①古指南方阻隔少数民族的山河界限。戒，界。清钱谦益《新阡八景诗·拂水回龙》："虞山南戒一枝来，腾踊龙身万里回。"赵翼《偕王仲瞿蒋于野游洞庭东西两山》诗："足迹半天下，南戒遍登眺。"

②延陵：代指季札，又称延陵季子，吴王寿梦幼子。吴王寿梦想传位于有贤名的季札，季札推荐长兄诸樊继承王位，已避居于乡野。后封地在延陵，即今常州。是具有远见卓识的政治家和外交家。春申：黄歇，楚国江夏人，楚考烈王时官至楚国令尹，与信陵君、平原君、孟尝君并称"战国四公子"。楚考烈王元年（前262），以黄歇为相，封为春申君，封地于吴。

③暨阳：属毗陵郡（常州前身），境域东至吴县，南至无锡，西至武进，今之常熟、张家港、江阴三市地界。

④成均：《周礼》："成人才之未就，均风俗之不齐。"

⑤郑注：东汉经学大师郑玄注《礼记》。

⑥王制命太师陈诗观民风：此语出自《礼记》。

⑦ 季札观乐：见于《左传》所载："吴公子札来聘，请观于周乐。使工为之歌《周南》《召南》，曰：'美哉！始基之矣，犹未也，然则勤而不怨矣。'为之歌《邶》《庸》《卫》，曰：'美哉，渊乎！忧而不困者也。吾闻卫康叔、武公之德如是，是其《卫风》乎？'为之歌《王》。曰：'美哉！思而不惧，其周之东乎！'"

⑧ 吴歈：春秋吴国的歌，后泛指吴地的歌。《楚辞·招魂》："吴歈蔡讴，奏大吕些。"王逸注："吴、蔡，国名也。歈、讴，皆歌也。"

适园宴集记

暨阳之胜，志称韩魏公园，而时代更易萧然。故址徒擅果实之产，贩夫往焉。我朝杨文定①公亦有园居曰"兰贤书屋"，今则有章氏豫园与陈氏适园者，皆近在城中，断手新整，而论者谓适园结构尤胜。

余莅官之次年，暂停薪轴，得识适园主人寄舫司马，遂以判颁余暑，招同人觞咏于其墅焉。见夫垒石成山，捎沟为沼，花带篱而接圃，草弯路而开林。水木光影，高下涵映。赪鳞翠额之鱼、绿衣元衽之鸟。三三五五，见人忽遁，已复鸣跃其间。虽拓地不数亩，而回廊曲榭，萦纡窅窕。降危槛其若坠，攀飞闼而将翔。洁砌如镜者焉，藻壁如云物者焉。司马醲趣冲襟，招客入座，肴嚼桂蠹，□浮瓮蛆，席终或起或止，玩布置之精雅，索收藏之繁博。又竺取画钥匲出图，杂互传观，自午洎酉而未有已。云移倦目，风解酡颜，乐哉忘归，不知白日之西匿也。

嗟夫！池亭花药之美，虽为有力者所据，而实赖骚人墨客以传。若浣花草堂②啧啧千古，然杜公当骚屑干戈之际，流徙梓闓，自宝应以至永泰，堂成旋去，去而复返，前后安处，仅阅周星，而经营之初，负薪拾粝，哺不给，至乞橙于何少府，乞果于徐卿，乞资于王录，事其难如此！今司马之茸是园，不假道谋，咄嗟成构，又未尝偶去其乡，即玉弩载惊，江镇云扰，而蓉城为其邻壤，始终晏然，俾宦此者，休沐燕游，得是园以涤烦虑，为为政之助。而主人抒幽发粹，日涉以娱，又工丹青，暇即寓兴，不必效野老吞声之哭。而堠烟渐熄，安我啸歌。园以适名，良自适也。其或不自适者，以园之故。吾徒来集，而轩盖尘坌，致幅巾疲于酬接，能毋厌乎？能毋愠乎？同游者，德清戚砥斋、山阴张巽斋、富阳孙星若、郴州魏云轩、福安阮巨木、上元翁峻之、娄县倪介夫、郭友松，而临川李小湖为之记，以咸丰七年五月初三日。

注释：

　①　杨文定公：安徽定远人。道光十三年（1833）进士。由刑部主事荐升郎中，累擢江苏巡抚。咸丰三年（1853）守江宁，闻陆建瀛兵败，退守镇江。太平军攻陷江宁，进犯镇江。杨文定被太平军打败，退江阴，诏革职论死。

　②　浣花草堂：在成都西南郊浣花溪畔，唐杜甫所居。

《好云楼四书文》自序

余年十五，甫搦管为《四书文》，辄逞才气，篇至千言，又或貌为古奥，短不满四百字，意主惊人，取王茂远一派而不悟其放且僻也。十七获就正于南昌邓觉亭先生，砭剟①不少假，令究心汉唐注疏及宋儒讲说，有作必须清真雅正，于近时选家一遵桐城方氏轨辙②、金坛王氏义法。余因取归太仆以下至国初诸家一一规仿，时时变易所习，而寝馈于《嘉鱼堂稿》最久，又多摹大力，文止题至，则坐卧枯索，穷幽渺之思，而出以轩豁；盘险劲之势，而将以和平。特去其过，当不戾试体③而已，于时墨未尝一寓目也。是冬作"子曰'岁寒'章"题文，为学使许滇生先生所见，叹赏逾恒。余始萌科举之念。

十八援为监生，二十应省试。值新令录遗于监生特严，率三十人取一人。学使吴药斋先生拔余冠一郡，闻其语人曰："是卷遭幕宾勒帛，吾搜得之。论文无此君右，然今科绝不售。"其赏音盖希。既试报罢④，因取房卷阅之，恍如梦觉，谓利器仅此易为耳。时人皆笑其妄。旋奉兄鸣改从长洲祁涵香先生问业，余重违凤尚，遂辍不为。二十一再应省试，录遗复冠一郡。学使语人曰；"李某文降格矣，必售。"出闱后，邓师索观首艺，连呼奇奇，笑声出于鼻。余知师不许可，良久无言，因请曰："弟子殆绝望乎！"师曰："此英雄欺人技耳，苟遭屏斥，汝无辞矣。如其获售，名必

高，然不能元也。"已而果捷第三。往叩师，师训之曰："汝谓文字应中
耶？抑诡遇耳？年少，何求售之急？今三艺解刊播传之四方，负汝所学
矣，惜哉！"余颜頳汗泚，曰："今悔无及。"此后应礼部试，不敢复尔，
师曰："此又不然，汝自是科名中人，仕路腾达，所务盖多，何暇与韦布
里闾憔悴专一之士较一艺之长短，天固不与汝时文一席也。吾自惜衣钵无
传人耳！"及试春闱⑤，被放归。

　　二十三失恃⑥，家况益艰。服阕⑦，锐意仕进，专习场屋熟烂之技，因
删旧稿存六十首，馀皆拉杂摧烧之。二十六成进士，此调辍不复弹者十余
年矣。迨前年避寇海隅，村墅童子群以所业求诲，见猎心喜，率拈一艺并
论题于后示之，自是每校艺必有拟制。今年主师山讲席，所作益增，凡得
三十二首，因取旧存稿重加删定，逐一作跋，与近制汇成七十八首，得涵
溪、临川、揖苏三君子为之评注于旁，粲然表暴，遂付剞劂，以质当世。
而叙其业之变迁作辍，俾知区区所诣盖有此，要亦不遇如此。彼非我者不
谅，其真誉我者，又未免溢其实也。计不见邓师久，今寿八十有余，兵戈
阻绝，未知杖屦，何似回思教益。凄触儿时灯火之情，泪涔涔下，恨此编
不得吾师订正之也。虽然，使吾师而见此编，当不许其问世也。传之不
习，而成之欲速，天乎人乎？忽忽焉弟子亦将老矣。

注释：

① 剟（duō）：削，删除。

② 方氏轨辙：方苞，字灵皋，号望溪，安徽桐城人。提出作文之义法。为桐城派
创始人，与姚鼐、刘大櫆合称桐城三祖。

③ 试体：科举考试的八股文。

④ 报罢：科举落第。

⑤ 春闱：礼部试士和明清京城会试，均在春季举行，故称春闱。犹春试。

⑥ 失恃：母亲去世。语出《诗·小雅·蓼莪》："无父何怙，无母何恃。"

⑦ 服阕：守丧期满除服。阕，终了。

张宿煌

张宿煌（1821～1904），字碧垣，号伯罗，别号种松子，湖口人。咸丰十二年（1862）中举，后三次赴京会试，均因故落第。光绪十四年（1888）出任清江教谕。其出身世代书香，自幼博览群书，"好韩、柳，欧、苏两文忠公之作"，能诗善文，著有《退思堂文钞》等。以下诸文选自北京图书馆出版社1999年7月出版的《退思堂集》。

退思堂诗文合刻缘始

诗文能传人乎？抑必人传诗文乎？予自愧为人无可传者，遑问诗文之传不传。虽然，亦有故焉。

忆八岁时先君子携之就学里塾，每夕灯下，必课读唐宋人诗歌，毕即教之学韵语，率以为常。稍长，习与性成，遂好之不辍，此得传于庭训者之始也。弱冠得交杨君辰三①，辰三才十倍予。其祖、父、兄、弟、叔、侄，以诗古传其世。辰三诗筒往来，靡月不至，好为吟社之举，又得崔丈松坡主牛耳盟，一时交游遂相传推。辰三及予为酷嗜诗者。庚申②秋，亦幸得同以诗、古文获隽。

予尝与友论诗，国朝有三大家：渔洋③之风调、归愚④之格律、随园⑤之性灵，备矣。分其一体，亦足以传世云。间学古文辞，欲上窥左史而力实不逮。于唐宋八家好韩、柳，欧、苏两文忠公之作。以半山为人执拗误国，文与行相左，屏之不读，而皆未之有得。不自割爱，积成卷帙，藏之箧笥⑥中，今且四十年矣。常语长子畏之曰："予诗文无足传者。惟少逢寇乱，世故多艰，朋友凋零，今且大半。倘得以虫吟鸟语自识春秋，庶不传之，传或冀俟诸异日耳！"今又不幸有西河之恸，自伤家学将落，父且不得传之子，遑问诗文之传不传耶？及邓君四青闻而悲之，慨然为之请，约集同学醵金⑥俾付手民。夫诸君子不忘师友阿好在予。予因得以眷念旧游，感怀畴昔，抄录一过，恍如曩日与良朋晤对谈心时事，固所甚愿。又如不足传，然而情甚厚，义甚高，予亦不矫容辞矣。

爰手自编次凡诗抄十二卷，文钞三卷，都为《退思堂集》。退思云者，取士贞子讼荀林父语，存补过之义云尔。若夫古之传人，在诗一家有毛苌受传于毛亨，亨受传于子夏。时则有大毛、小毛之学。若申公，若韩婴，若辕固又其别传者也。文章之家，自左氏以来，独司马子长擅奇千古。东汉以下历六朝不传，传者惟昌黎韩氏起八代之衰，而实以《原道》传，斯则传之大者。予尤愿与诸君子交勉之，然而益滋予愧矣。

光绪乙未仲冬月　　东斋主人碧垣氏自识

注释：

①　杨君辰三：杨是龙（1838～1865），宇绘卿，别号辰三，又号蕉窗寄人，湖口人。张宿煌挚友。咸丰三年（1853），始以诗赋补博士弟子员。乡试未中，设馆授徒。太平军攻湖口，其家人相继徂亡，是龙亦哀伤早逝。宿煌辑其诗，刊为《蕉窗寄人遗稿》。

②　庚申：清咸丰十年（1860）。

③　渔洋：王士祯，号渔洋，清初诗坛领袖，倡神韵说。

④　归愚：沈德潜，号归愚，主张格调说。

⑤　随园：袁枚，号随园，倡性灵说。

⑥　箧笥（qiè sì）：盛饭或衣物的方形竹器。

⑦　醵（jù）金：泛指凑钱，集资。

石钟山赋

戊寅（1878）

夫何大造之钧兮，忽隆隆其震起。有两山之并峙兮，倏空空其艮止。

及不平而有声兮，抑过情之在耳。惟石友之坚兮，阳侯①助澜而志喜。彼金奏之宣兮，凫氏铭勋而足鄙。信多窍之空中兮，遂洞彻而无里。若振聩而发聋兮，由注郦而证李。独陶铸于何年兮？永訇砰于兹水。吾闻夫泗滨之浮磬兮，感夏王而怀古迹。岐阳之石鼓兮，念周京而抚遗泽。彼皆置贡于天子之庭兮，而非寂处乎谷王之宅。将西江之浊漫兮，思泪珠于鲛客。抑秋水之时至兮，合腾欢于河伯。或不愿为无射与歌钟兮，甘终日而介于石。

昔苏子②之舣小舟于彭蠡兮，访古镇之郧阳。何寺僧其告余兮，有石钟之喤喤。简道元③而陋少室兮，遂作记而声扬。后平园④之考石兮，亦上下而沂流光。又故乡之烟雨兮，翳昔贤之为郎。绘拳石以成图兮，砰耳根而不忘。缅秋官而共棹兮，赋金玉之其相。

故其逸客与骚人兮，竞千秋之奇作。实此钟之绝响兮，方洞庭而张广莫。石有若森森其奇鬼兮，匪惟惊乎颧鹤。问补炼之娲皇兮，胡顽然而铸错。曰虚动其无为兮，在乎元音之橐钥⑤。惜辟雍之未登兮，而后夔之未博。使徒观之巉嵘之状异兮，与嵯峨之擅奇。或含云喷雷兮，羌舞凤而蟠螭。纵极千形之含并兮，何与终古之成亏。而不知其钟之簴簬⑥兮，凸伏凹欹。其钟之撞杵兮，浪骇波驰。其钟之铣角兮，崖脊露其屝屦。其钟之旋虫兮，石骨其作之。而自析疑于持斧兮，端明出而定评。吼终夜之蒲牢兮，受风浪而不惊。势腋鄀而胁浔兮，气吐吴而吞荆。思砥柱乎中流兮，胡为乎不平之鸣。鸿殷殷其赴奏兮，殆延赏乎箫韶之九成。

乱曰：岩崿霮霸，石之贞兮。澎湃驰骤，流其清兮。江水滔滔，钟訇訇兮。南音北音，倾人情兮。登山啸啸，长风生兮。我之所思，在咸英兮。维山凝厚，永佳名兮。缅彼君子，耻虚声兮。

注释：

① 阳侯：传说中的波涛之神。

② 苏子：苏轼，号东坡，曾在此考察，作《石钟山记》。道元：郦道元，字善长，北朝范阳涿鹿（今河北涿州市）人。曾作《水经注》。

③ 少室：李渤，号少室山人，中唐洛阳人。曾为江州刺史。作《石钟山记》。

④ 平园：周必大，号平园，吉水人，南宋时曾为宰相。

⑤ 橐钥（tuóyào）：古代冶炼用来鼓风吹火的装备。

⑥ 簨簴（sǔnjù）：古代悬挂钟、磬、鼓的架子上的横梁与立柱。

庐山赋

夫何岷山之南来兮，谁砥柱乎中流？彭蠡之东汇兮，将狂倒而不收。惟大块之凝结兮，乃作辅于洪洲。腋南康而背九江兮，实镇豫章于下游。锡嘉名以称岳兮，亘万古而千秋。比秩祀于岱宗兮，固俯视乎陵邱。若为维而若为柱兮，终天地之悠悠。

尔其涌金轮①兮山南，飞铁船②兮山北。高莫高兮紫霄③寒，古莫古兮香炉④色。岂问五老⑤之甲子兮，忆游河之玉刻。思请剑于太清兮，斩蛟蜃于泽国。岂惟穷其形势兮，极巑岏与屴崱⑥。维山灵之戏彩兮，张瀑布于遥天。雷欲奋兮不落，虹欲下兮犹悬。似疾风暴雨兮霍霍，似散珠碎玉兮溅溅。似倾盆兮玉女，似挂剑兮飞仙。若康王之谷⑦里兮，又九叠之屏⑧前。乱马尾⑨兮不断，吹羊角兮上旋。何在山而水清兮，真学海于洲前。缅君子之果育兮，端取象于蒙泉。

故夫法师去兮雁门开⑩，道士归兮鹤坛暮⑪。彼翻经兮何人⑫？证莲华兮不悟。惟君子兮来游，又攒眉之见误⑬。缅高蹈之有遗风兮，许邯郸之学步。何竹林之虚无兮，伤神仙之不遇。徒惜夫谪仙之才调兮，接卢敖而翱翔。又东坡之继起兮，偕翁季以徜徉。何真面之待识兮，已远别于炎方。比高驭而不得兮，早归来乎夜郎。自古才人多蕴结兮，大抵乞灵于草堂。信逃名之有地兮，凌太古之苍苍。而兹山之胚胎以成形兮，享寿弥久。磅礴以得气兮，孤根独厚。自衡山千里而遥兮，结敷浅而孔阜。既不蔽乎荆湘兮，亦上应乎牛斗。其以侧峰横岭之争奇兮，如名士之不可前后。而以出云兴雨之为霖兮，又屹然若大人之所守。是宜作天子之都兮，与终古而不朽。

　　乱曰：维庐有灵，其降神兮。不骞不崩，寿千春兮。平揖潜霍，作臣邻兮。霓旌夜降，去斳巡兮。九天使者，方宣旬兮。滔滔者是，扬澜频兮。佛灯流照，如车轮兮。使者反命，叩帝閽^⑭兮。海昏氛净，清且沦兮。乞生芝草，寿斯民兮。孔安孔固，地道亲兮。祀以上公，崇明禋兮。

注释：

① 金轮：金轮峰，在庐山山南，归宗寺后。

② 铁船：庐山西北石门有铁船峰。

③ 紫霄：峰名，在庐山大汉阳峰西南。

④ 香炉：峰名，在庐山之南，双剑峰旁，即李白咏"日照香炉生紫烟"处。

⑤ 五老：峰名，在庐山东南。

⑥ 巑岏（cuán wán）：山峰耸列状。屶崱（lì zè）：山峰高峻状。

⑦ 康王之谷：在庐山西南，为庐山最大峡谷，传说周康王避难至此。

⑧ 九叠之屏：在五老峰附近，李白曾隐居于此。

⑨ 马尾：马尾瀑，在庐山南，鹤鸣峰间。

⑩ 法师去兮雁门开：指东晋高僧慧远，雁门人，创东林寺于庐山之西。

⑪ 道士归兮鹤坛暮：唐代刘混成，隐五志峰西木瓜洞，后建白鹤观，在栖贤谷中。

⑫ 彼翻经兮何人：谢灵运，曾在东林寺翻译佛经。

⑬ 惟君子兮来游两句：指陶渊明，至东林寺，攒眉而辞别。

⑭ 帝閽（yīn）：宫门。

爱菊赋

有客焉，一枕黄粱，三间白屋。绕宅莳^①松，编篱种竹。更贪元亮^②之风，且占天随之福。新霜昨夜，浓开径北之花；斜照今番，饱爱篱东之菊。维时梧桐欲老，橘柚迎寒。芦汀卷白，枫崖流丹。一片霞光，客住延龄山馆；三更露气，人欹亚字栏干。莫嫌九月秋深，影疏香远；为怕重阳节近，雨剩风残。其爱之也，菊篱徙倚，菊圃夷犹。菊清于味，菊澹宜秋。几回菊枕安排，山中福寿；好是菊床睡醒，梦里公侯。清兴飞来，是处不妨小住；落英餐得，有人为此勾留。掷笔哦诗，坐花对酒。不失真吾，更邀佳友。怜君气骨，风寒烟淡之时；赠我题词，月上星摇而后。坐久则忘言欲辩，不可居无；归来则插鬓俱香，得未尝有。逸客风流，神仙啸傲。欲结比邻，远公同发。卷帘消息，全凭青女遥传；病酒情怀，忽听白衣忙报。数花身于七十一种，落落兮孤高；谢风信之二十四番，岩岩兮节操。爰为之歌曰："五柳先生老故乡，菊花零落几枝芳？晓来欲带秋容淡，昨夜天寒已近霜。"再歌曰："老圃太迟迟，风光转眼宜。万红吹欲尽，仍自占高枝。"歌声初已，客有所思。黄花一笑，明月相窥。但觉心乎爱矣，何日忘之？

注释：

① 莳（shì）：栽种。

② 元亮：陶渊明号元亮，宅旁有五株柳，曾作《五柳先生传》，故此文中的五柳先生亦指陶渊明。

杨辰三《蕉窗梦游记》序

今夫天地蘧庐，莫叩非非之想；光阴过客，谁追冉冉之驰。离合相依，悲欢迭嬗。梗萍寄迹，鸡鹤同群。夫孰是逃归无何有之乡，参透色即空之界者乎？若是，吾于杨君辰三见焉。辰三读等身书，出呕心语，诗人习气，才子多情。横行风月场中，惯逐莺花队里。所惜者，乞柳州①之巧，空拜经神；送吏部②之穷，终遭路鬼。有帖难索米，经不换鹅者矣。噫嘻，翻被墨磨，石大夫误我；非关腹负，管城子欺人。俗子妄议，文章枉费。杀祢鹦鹉③，盲人争道；赏郑鹧鸪④，黑白谁称？

方今春之设馆，原泉处也。旧主重逢，新诗感作。将欲布衣观我，无如名士依人。本当翮振图南，万里青云之路；况是群空冀北，一鞭红杏之时。而乃严拘六七之童，耳烦聒噪；住数间之屋，身寄漂摇。春婆搅乱，睡汉模糊。杨君殆将梦游乎？然必游天地之游者，乃能梦浮生之梦。其游也可歌，其梦也可慨。彼夫漆园蝶化，庄叟尚且忘形；邯郸驴鸣，卢生岂无得意。不愿味甘，鼾睡枕上三年；只教兆卜，太平世中千日。吾知杨君之不作梦中人，而有梦外境也。由是五色生花，点染青莲之笔；一朝吐彩，迷离白凤之词。不妨范水模山，赋情小异；那计藏蕉覆鹿，梦境全迷。宿煌不奈情缘，欲离尘网。悉缄似线，心冷如灰。坐拥百城，老屋青灯之业；门关两扇，空山白石之心。未免感君，气空豪士；奈何逼我，醉读《离骚》。无路可通，共乐槐安岁月；有乡欲到，偕游壶洞乾坤。乃此事竟多蹊，徒羡东坡摊饭。幸别来其无恙，聊当羊欣书裙。可乎？

注释：

　　① 柳州：即柳宗元，字子厚，唐河东人。曾任柳州刺史，世称柳柳州。

　　② 吏部：指韩愈，曾任吏部侍郎。作有《送穷文》。

　　③ 祢鹦鹉：指东汉祢衡，字正平。因其所撰《鹦鹉赋》为人推重，故称祢鹦鹉。

　　④ 郑鹧鸪：指郑谷，唐袁州人，字守愚，官至都官郎中。少为司空图所重，称"当为一代骚主"。其《鹧鸪》诗闻名当时，时称郑鹧鸪。

黄山话别记

　　辛酉[①]九月十日，予既游仙真岩玉壶洞，遂辞洪子小山归。愿偿胜揽，眼饱幽探，换凡骨于何年？馨澄心于此日。惟重阳不可错过，坡老庶莫余嗔。若九能可为大夫，群公定为我恕。落孟嘉之帽，昨日风高；背桓景之囊，今晨露遭。酒别故人，歌闻劳者。绿云恋竹，红叶辞柯。闻所闻而来者，又见所见而去也。我之怀矣，怅短烛之夜烧；谁不凄然，苦长修于秋折。麾诸军之莫进，列一队以偕行。自兹挥手，更叙同心。遂直抵黄山亭而小憩焉。

　　今夫黄山，临武山之侧，介湖、彭之冲。鸟道巉岩，羊肠逼仄。上穷湖水，下揖尖峰。然而杂树吹红，童子扫之而去；乱云堆白，樵夫穿之而行。此皆写秋山之景，而弥深吉士之思者也。吉臣于是诗以赠之："旧雨黄山来，今雨黄山去。黄山一回首，白云留不住。"盖其别绪如抽，离肠若割；我心匪石，其臭如兰。赋诗追七子之风，送客破三笑之例。柯亭竹短，笛怨关山；爨下桐焦，琴弹渌水。调阳关之煞尾，唱骊驹之变声。别矣黯然，言之长也。谁其歌者？想欲遏乎行云；倚而和之，声更振乎林木。何待绿波碧草，南浦伤心；更为客燕宾鸿，西风坠泪。

到来七里此亭，合号劳劳；有友五人席地，无嫌草草。则以宿缘旧榻，未可以去乎？明知有约连床，欲罢不能也。然而风光正媚，亭影初圆。行车息阴，犁牛饭草，又不自知。三生情话，半日流连矣。子盍行乎？感赠绕朝之策；宾不顾矣，恐先祖遫之鞭。未免有情同盟，白水所思不远，须记黄山是别也。梅吉臣以谦、洪玉窗子芸、高海封肇齐、杨辰三是龙，暨余而五焉。

注释：

① 辛酉：清咸丰十一年（1861）。

与亡友杨辰三书

丙子（1876）

辰三足下：别来无恙。弟闻地下修文，为颜子渊、卜子夏，皆圣人之徒，非若世之聩聩者。以足下之才不遇于世，赍志长眠，想颜、卜二君子必有知音。或逍遥于白玉楼中，或往来于芙蓉城里。与长吉①、曼卿②辈，诗酒盘桓。足下乐甚，独不念茫茫人海中有故人在耶？足下不念故人，故人怨足下矣。弟与足下，别十有二年。此十二年中，浮云苍狗，变更不常。足下知耶，不知耶？

忆足下去后三年，遗孤毛女染风寒病，值弟到君家，慰君之妇，慎持医药，谓不久当自痊耳。越数日，君弟善持来舍。弟见其惨不成容，急问之，曰："毛女死矣"。声未毕，泪涔涔数行下。弟乍闻而恻然，继而慨然，久而恍然，若有所失。作诗吊之曰："可怜新鬼小，翻恸故人徂。"乃勉留君弟餐一宿而去，君于子女则团圆矣。如君妇何如？君弟何向者，君馀阁未彻，柳君益轩，来弟家为令媛作冰人，字其亲。兄之子不忍君之亡，以红线双绾银簪，一付弟行聘。弟卜吉以簪交君妇手。方冀女萝松柏，为君家觅乘龙也，乃竟成空话也。足下无乃恝乎？

君女亡之明年，君弟善持年十九，为文章，尽有可观。是年三月赴县试，有声。十月议婚礼，才受室未及六十天，又以忧劳从君于地下。忆君弟殁之时，十二月二十八日也，明日即岁除。君之弟妇，凤管初调，么弦便断，红颜薄命，一至于斯。弟以是日吊君弟之丧，见其蓬飞两鬓，抱尸而号，哀声达衢巷，有耳不忍闻、目不忍见者。弟亦无一言，抚棺大恸而已。君于兄弟则团圆矣，奈先人血食，惟君弟一身是倚是赖，君顾不默默佑之耶？

又明年，君弟妇以遗腹得子，亦天幸也。君妇与君弟妇，日夕抚养，备极艰辛。为儿饿不足之乳，觅妇人多乳者，几再四易。田园几典尽，虽自饥寒不恤也。儿今八岁，殊不痴默。君之弟妇，命儿呼君妇为娘，儿亦稍知痛痒。聘里中某亲之女为媳，约十年间，儿媳可成立矣。君妇与君弟妇，或得稍舒愁眉矣。不料今花朝之夕，君妇又从君于地下。君于夫妻则团圆矣。顾君之弟妇，向也娣姒依依，两相慰藉，今则形单影只，谁与持家？君乃不顾耶？且君之弟妇，亦甚可怜人也。当君殁之日，初来君家，为君妇作伴，发垂垂覆肩，未笄也。及君弟殁，年才二八，其哀痛迫切，有如前所云云。行已守志八九年矣，于君家门户，不为无光。以君之灵，何不乞上帝命延君妇纪。一以免其疾苦，宽享馀年；一以伴此孤嫠，同贞晚节。而君何不为也？即今君妇临殡当奠，衣裳皆君弟妇先身自著，而后手亲著君妇。弟时在侧，为忍泪寒心也，君幸不见也。近年来，君三妹先君弟卒，君大姊亦亡。君于姊妹，则亦有团圆者矣。

所存者，惟吾室人及沈家妹耳。忆先外姑所生君兄弟二人，君姊妹七人。半房儿女，推枣让梨，喁喁绿窗，若目前事。或夭或亡，仅有存者，那堪回首也。君之妹婿若周若沈，密迩君里亲谊，往来甚厚，皆如君在日。独愧弟谬托心交，有孤知己耳。一科以来，三战皆北，不惟功名无所成就，即道德文章毫无寸进。回思与君灯火同窗，煮紫茄羹作食。食毕，纵谈当世务，以箸叩缶而歌。或则月夜踏石牛山叩寺门，闻老僧鼾睡声乃已。回踞大石上，坐对清流，联梅花句，刺刺不肯休。犹忆弟得断句云："分咐月明勤管束，来年留待占花魁。"今则明月在天，梅花耐冷，而玉人何处去也？花魁之占，弟亦何能践斯言耶！玉壶仙真之游，尤为豪举，君尚忆否？弟近不复登山，兴亦阑矣。洪、梅诸君子，折桂采芹，各各飞腾上去，君闻之，谅应慰也。先外舅姑大恩久未报，愿求谅于左右。君弟处亦略述一二，不复宣。

注释：

① 长吉：李贺，号长吉，英年早逝，唐代著名诗人。

② 曼卿：石延年，字曼卿，一字安仁，别号葆老子。祖居幽州（今北京一带），迁居商丘睢阳南。工诗，善书法，著有《石曼卿诗集》行世。

龙文彬

龙文彬（1821~1893），字筠圃，永新县人。少从刘绎游，为绎所器重。同治四年（1865）进士，授吏部主事。光绪元年（1875），参与校勘《穆宗实录》，赏加四品衔，赏戴花翎。光绪六年乞假归，先后主讲于南昌友教、经训书院及吉安鹭洲、章山、秀水、莲洲、联珠等书院，培植人才。著有《永怀堂诗文钞》《明纪事乐府》等。以下诸文选自光绪十七年刊本。

宋真宗论①

三代下之兵制，未有如宋之弱。开国之初，武功已微。自太宗幽州一败，更恶言兵，独真宗澶渊之役决意亲征，使契丹不敢渡河，国威稍振，而论者谓靖康之祸，实基于此，则又何也？方曹玮乘西夏微弱，请灭德明，帝欲以恩致之，卒寝其谋，至使宝元间敌寇诸州，代有西顾之忧。及是驾幸澶渊，诛挞懔寒敌胆，高琼等所战辄捷。使从寇准之策，乘我之胜，挫彼之靡，使敌只轮不返。至大衄之后，许其议和，所谓保百年无事，原非空谈。而帝乃曰："数十年后，当有捍御之者。"岂知数十年后，强弱异势，惧敌更甚，将谁待乎？即兵力相当，复有畏难如帝，辗转相待，患何日息乎？

昔伯宗养人之恶以毙之，君子犹以为不仁，奈何养人之强以自毙耶？如疾在身，有善医者力除其本根，而曰："姑听之，将待后，可乎哉？"帝又曰："吾不忍生灵重困，姑听其和。"试思生灵以欢呼力战，荡清边尘为困乎？抑以岁纳银绢、诛索无已为困乎？异时蚕食张吻，不数十年，而胡马分牧掠土地、腥庐宇，此时之生灵，岂唯困之谓耶？夫今日契丹怵我之威以求和，且至遣使奉币，则异日我怵契丹之威，何怪增币割地、称臣称侄之踵而日甚也！宋之亡，由于纳币，纳币之议开于景德，则谓真宗为一代基祸之主，岂得谓过与？虽然，宋之积弱由于君，而后世亦有人主怀有为之志，值可为之时，臣下不能赞决，且以危言胁其君，使不得遂者。彼但以苟安自便身图，至养痈毒发，往往目不及睹，而人君又未由追正其误国之罪，是以权奸接踵、祸乱相寻而无已也，不视宋尤可悲哉！

注释：

①宋真宗：宋太宗第三子，名恒，初封寿王，以太子嗣位。景德初契丹寇澶州，帝自将御之，契丹请盟而退。在位二十五年崩，庙号真宗。纪元五，咸平、景德、大中祥符、天禧、乾兴。

罢中书省论

明太祖因胡惟庸①乱政，不自反纵容之过，而罢相不置，不知乱政者人也，非官也。苟爱立得人如汉之萧、曹②，唐之姚、宋③，宋之韩、范④，天下后世将倚以为安，何变之足虞？如威权凌替，即下及扫除之隶，得倚宠为奸，何独急急唯相是防？太祖第鉴于相之败，而不计其所由利，且谓古者三公论道，六卿分职，自秦始置丞相，不旋踵而亡。抑思黄帝六相，尧舜十六相，汤之二相，成周之左右相，皆能佐理太平。相之设不始于秦，特秦始加丞相之名，而其所以亡者，究不系于此。太祖令后嗣不得置相，而洪熙⑤以后，避相之名称内阁，体制渐崇。未几，而部臣得与相持，继则台谏得与相轧，伴食者各怀规利自全之心，救过不给，甚且诏附阉宫以固其宠。三百年中，求一二如汉唐宋之相业，渺不可得，即如前如三杨，后如李南阳⑥、张江陵。李南阳且不无遗议，何论其他。相权之积弱而莫振者，盖非朝夕之故也。

嗟呼！国家之权不能不有所寄，不寄之于宰相，必将寄之于左右。近习以为分理庶务，彼此不敢相压，孰知后之所以相压者，不在大臣而在宦官也。圣人之治天下，在握其原而已，必欲逐逐而禁之，恐患之伏于所禁之外者不少也，则盍亦反其本矣！

注释：

① 胡惟庸：凤阳定远人，归明太祖于和洲，官至左丞相。帝以其颇有才华，宠任之。独掌生杀大权，专横跋扈。刘基尝言其短，胡乘刘基病，毒杀之，从此更加肆无忌惮。后招倭人、联元裔，谋为乱，事发被诛，所连及坐诛者三万余人。

② 萧、曹：萧何，曹参。皆汉初之名相。

③ 唐之姚、宋：姚崇、宋璟。皆唐初名相。

④ 宋之韩、范：韩琦、范仲淹，皆北宋之名臣。

⑤ 洪熙：明宣宗朱瞻基年号。

⑥ 李南阳：明代正德年间名相。

⑦ 张江陵：张居正，湖北江陵人，明万历年间名相。

张居正论①

甚哉！君子之不可不慎所因也。神宗于居正，委任十年，眷顾优渥，肉未及寒，削其秩籍，其家并其子弟不保，未有不叹帝之少恩，而不知居正有以取之也。以彼殚心忧国，功在社稷，其不免为举朝切齿者，威权盛耳！而其祸根则自结冯保②始，凡保之敢于挟持帝者，以外有居正为之助也。而帝之所以惮保者，内迫于太后，外实怵于居正也。凡居正之所以谴责廷臣者，以内有保为之应，而廷臣之所以忍怨吞声，莫敢谁何者，亦以其与保深相结而未有以间之也。

迨居正卒，而帝之憾遂起，而廷僚之难俱发，未几而谪保，未几而夺居正官阶，又未几而籍居正家。狼狈一失，不能独全，眈眈思逞，万弩齐鸣，虽言官借端倾陷，间出诬妄，而比匪之伤，何独不能早戒乎？总缘贪权急切之念迫于中，得所藉手，遂不复有所择，岂知负此干略何难。优游展布，自树殊勋，至结附若辈，无论剥床之祸，动而相连，而一朝失足，遂玷生平盖世之功，其可赎乎？有明之臣，边才如王越②而因汪直④，相绩如居正而因冯保，后皆不得其终，为人臣者，安得不慎所因哉！

注释：

① 张居正：（1525～1582），明代政治家。字叔大，号太岳，湖广江陵（今湖北荆州人）。嘉靖进士。嘉靖时由编修官至侍讲学士领翰林院事。隆庆元年（1567）入阁。穆宗死后，与宦官冯保合谋，逐高拱，代为首辅。万历初年，神宗年幼，前后当国十年，推行改革，颇有成效。死后被弹劾，尽夺官阶。有《张文忠公全集》。

② 冯保：字永亭，号双林，衡水冯家村人。嘉靖年间入宫，隆庆初年掌管东厂兼理御马监，嘉靖时为秉笔太监。

③ 王越：字世昌，直隶大名府浚县人。名将，曾抵御蒙元侵扰立有赫赫战功，但由于其被清议称之为前结汪直、后依李广，加之清代对其有关著作资料的禁毁，其修建长城之功，被长期湮没。

④ 汪直：生于南直隶徽州歙县桂林，又名五峰，号五峰船主，明代著名的武装海商倭寇首领。当时海上贸易中断，他召集帮众及日本浪人组成走私团队，自称徽王，因为失控而酿成倭寇之乱，最终被兵部尚书胡宗宪（徽州绩溪人）诱杀。

鸦片论

一代之乱，必有一牢不可破之患蟠固于内。其始第涓涓之流，其继乃奔冲四溢，任英主察相百堤千防，随塞随溃，而未如之何，盖气运使然也。汉之外戚、唐之藩镇、宋之戎狄、明之阉宦，皆气运之所在也。气运之兴也，天必蓄其奇于数十年、数百年以前，而后其人应之而起；气运之衰也，天亦必酝蠚于数十年、数百年以前，而后其人乘之而乱。陶唐之洪水，成周之猛兽，不得谓非气运之所在也。无大禹、周公出而持其权，岌乎殆矣！一代之气运，如人之一身，有致死之疾，善医者治疾于未形之候，善治天下者挽气运于未成之先，故气运之在汉、唐、宋、明有力，而在唐、虞、成周无力。

今天下之气运安在乎？鸦片是已！鸦片之祸，开辟以来未有也。向令笔之于书，后之人未尝身历而目击，鲜有不惊且骇曰："岂如是之甚也！"

或者疾恶之深，张皇其辞，以悚人之听闻耳！然而今之人，朝野上下无一不知，即迷没其途者，未有不自危之，危之而卒，制之使不得出，是可悼耳！往吾未成童，闻吾乡有一二人吸此，争相传播，以为怪物，弱冠后或数村而一二人焉，或一村而数人焉，今则城乡村市内外几遍，公然习惯为常矣！自宣宗皇帝特惩祸本，严行禁革，英夷澒洞，数年始靖内外。官吏箝口不敢复言，岂唯不敢言，且尤而效之，沉痼蔓延，肆无顾忌，日甚一日至于此。极天下之患，莫大于明知而不能为，而生人之毒，莫惨于欲悔悟而无所可有用，两处其穷，而一代之气运成矣！

　　然则将奈何，曰："无所售，安所得而取？无所出，安所得而售？"往者鸦片尽出西洋，取之倍艰，是以溺之尚少，一议禁革，衅端百起，是以制之颇难。近日种自内地，价愈廉，害愈溥，以中华之地，为西洋变以生人疆土，植此杀人孽根，岂不哀哉！甘肃士人赋烟草诗曰："种地碍桑麻。"彼非如鸦片之毒于人，犹以碍桑麻为害，苟守土者深体此意，急行禁止，易此以艺桑麻，清祸源而裕本业，庶其在此。故曰：禁人之勿售，莫如禁地之勿生；禁外之勿来，莫如禁内之勿取。禁民莫先官，禁卑莫先尊，禁远莫先近。夫酒之为祸，视鸦片何如？周公作酒诰，群饮之罪，至死不赦，毋乃苛与，然必先之。殷献臣、侯甸、男卫，必先之太史、内史、献臣百宗工，必先之服休、服采、圻父、农父、宏父。今欲严鸦片之禁，断自大吏始。大吏正己，率下卫署肃清，由是而府而州县。广为浚迪，严约束、布条告、定限期，逾限不改者分别治罪，庶几潜移默转，能回气运于万一，否则，吾不知其所底也！

《存吾春斋诗抄》序

　　吾师詹严①先生将刻其《存吾春斋诗抄》十卷，寓书命文彬系以言。文彬往岁居京师，寄题四律，先生报以诗曰："性情本一气，我诗堪子质。"猥以文彬为知诗，文彬乌能知先生？

　　窃念吾乡诗派发源靖节②，靖节不得已遁于诗，读者往往高其品而悲其遇。先生壮岁掇巍科，致身清华，主眷优渥，循资平进，立跻崇阶，顾年未五十，陈情归养。文宗御极，再征再辞。居得为之时地，超然于声利之表，岂其中亦有不自得者钦？果天伦之乐不以三公易钦？韩子③曰："欢愉之辞难工，愁苦之言易好。"今读先生诗，前六卷，使人油然乐；后四卷，使人悄然悲，殆有为而为，抑不知其然而然钦？而忧而不伤，愤而不激，怒而不尽，沉幽苍凉中，时寓温厚悱恻之意。视靖节同不同未敢知，要之，深于性情者非境遇所能歧，韩子之说或非定论钦？今夫草木因风而生，因风而杀，惟有内心者不然，温传其声之和，凄传其声之烈，毫无益损乎其质，故常留宇宙太和之气于不匮。

观先生取《申鉴》④存吾春之义名斋，足以知先生矣！古之时，田野之劳人思妇亦能诗，耕织之暇，自述其甘苦忧乐，且咏且歌，不识所谓诗也，吾存吾春而已，而太史采之，以为有裨王化，其天全也。后世之命为诗人者，崇尚宗门，耗毕生精力，追摹古人之格调，纵仿佛万一，而彩花绣叶、袭人之春以为春，非吾春也。诗即存，而所以为诗者不存，人多而天少也。先生唯天人合一，故日夜无郤，接而生时于心，吾春即天春也。知名斋之义，乃可与读先生之诗。文彬久违门墙，今侄偬北行，篷窗夜静，坐拥寒灯，展先生诗，蔼乎温我洪炉，且诵且思，妄抒臆见，未必有合先生，幸进而教诲之。

注释：

① 詹严：刘绛，吉安人，字詹严，著《存吾春斋诗抄》。作者生平见后所选古文部分。

② 靖节：陶潜，字渊明，柴桑人。私谥曰"靖节先生"。东晋著名文学家。

③ 韩子：韩愈，号昌黎，唐代著名古文家。

④《申鉴》：东汉末思想家荀悦所著，其旨在重申历史经验，供皇帝借鉴。

《听雪轩诗抄》序

予与庐陵胡子雪邨①交二十余年，多暌而少聚。庚午冬雪，邨计偕至都，互持近业相质，雪邨引绳排根无少假，予于雪邨未敢稍涉谀从，卒无毫末之相资，予愧雪邨矣！顾雪邨厚暄予，日走予谈，夜分乃罢。雪邨若外，予无所之，予亦若非雪邨之与处不适也。尝与慨叹人才之难，天地清淑之气，不独阏于今，受之丰者，或牵利欲，沉汩莫返，其翘然思轶恒流之为，复塞于材力，莫克张其所至，海内茫茫，必有起而砥其颓者，庶几待之而终及之也。时寒飙吹牖，灯光的烁，两人相顾，发之未皓，各不及半也，为唏嘘久之。

嗣雪邨试罢归，以诗属序。雪邨行洁而情挚，得丧贵约，毫不入其胸；为文肃括幽微，尤昌其气于诗。骨肉师友离合存亡，及怀古阐幽、忧乱伤事之感，真性蓬勃，有触即流，而又窅然渊然，若不可以穷。予虽未能言其所以工，固有以知其不泯也。雪邨尝自言生平精力殚之于诗，视文倍之，顾意所称者数十篇而止，置数十篇古人集中，偃乎恐后也。夫常持一歉然不自有之心，又乌在能已其所至哉！予愧雪邨方日多矣！

注释：

① 胡子雪邨：即胡友梅，生平见后所选部分。

《实其文斋文钞》序

黄翔云①观察来都，出所梓文钞，视文彬曰："人谓吾文以韵胜，或曰洁，子以为何如？"文彬曰："固当！虽然，有本焉，静之谓也。"古今文品百端，体格神气，或能规摹，惟静不可以强为。君之文，沉酣于经史，练于事情，神明于法，极波澜荡激、纵横离奇、悲壮苍凉诸胜，而皆有夷然渊然之致蕴于其中，使人浮敛而躁平，此其故何也？

犹忆丁卯岁②除前一夕，予乘雪过君亦园，论诗鼓琴。偕上瓴甋台，横览长空，一白无际，万籁阒若，微云自行，星斗出没，若隐若现，襟怀洒然，不知寒冽之所自。去今阅十二载，读君文，恍惚此景犹在心目间，静之妙其如是耶！虽然，岂独文哉？惟静能勤能明，能以志帅气。人第震君官兵部时，争驿传、马政二事，谔谔不稍诎，不知平日寝馈于其职，于经纬常变澂观已熟，故《上大司马书》，洞达数百年之利害，曲折如烛照数，计非第激奋于一时侃直之气也。出而施政于蜀，所至亦寝馈于其职，观天全芦山之事，单驹定变，群相惊骇，而乌知皆从静中来耶！静不徵于凝然寂处之时，而徵于万变纷乘之会。昔人言静能一无所有，乃能无所不有。视佛家所谓慈光智灯，奚啻千里之隔。黄子曰："然，盍书之以为吾文序？"

注释：

① 黄翔云：黄云鹄（1819～1898），字翔云，湖北省蕲春县人。清咸丰三年（1853）进士出身，官至清廷二品大员，历任四川雅州太守、四川盐茶道、成都知府、四川按察使等职。

② 丁卯岁：清同治六年（1867）。

《晚晴堂稿》序

古之为学，所以求尽夫人道之实，非以为文也。后世文艺日侈，学术愈纷，近且析学之途而三：曰训诂，曰义理，曰词章者。三者必以义理为宗主，而矜训诂者卑之为空疏，溺词章者薄之为陈腐。彼之为学，第求致美于文而已，于其所以范吾身心之故，弗之计也。即其为文，第求精考核，工格律，而于文之根源茫不及究也。以是为学，展转相师，无怪品诣气习日趋于污下，而莫之挽也。于此有特立之士，毅然以穷究义理自范其身心，殚毕生之力而不懈，任举世非之笑之而毫无所悔，此其心将矗矗然以求尽夫人道之实，岂肯与世士之所谓文者校工拙于毫厘哉！

新建喻安伯孝廉往岁至京，过余寓舍，见其愿朴沉静，知得力于义理者，深惜匆匆言别，未遑叩其蕴也。今予主讲友教书院，安伯携其所著《晚晴堂诗文》见视，属为序。安伯晚岁得举，一赴礼闱不第，绝意进取，唯课耕养亲，键户读书，于儒先异同本末之故推求剖析，持论平确。诗文不多作，间有著述，必本躬行心得之实。夫自有宋以来，主义理之学者，文辞多难兼胜，彼固不暇求工于此，而其炳耀千载不可泯灭者，亦不系乎此也！胡雪村学博谓安伯诗力较胜于文，予谓嗜学如安伯，乌容执世士之所谓文者绳其工拙？而安伯至老不倦，方将矗矗然求尽夫人道之实，而惟恐亏缺。他日造安伯之庐，游陶园，登读书楼，把酒临风，仰眺西山，俯挹玉隆、天宝诸水，印证安伯所得，当更有莫逆于心、相视而笑也。

《存吾春斋文钞》序

同治丙寅①冬，文彬入都，舟次螺川②，叩别吾师詹严先生③，呈所为诗钞序。越三年，文钞成，邮京师，复命校雠而序之。文彬窃念先生自辛丑、庚戌④两次陈情，海内之士无论识不识，莫不钦先生之至行而高其清节，然未足以尽先生也。近世轻儒者无用久矣，非轻之者之过也，平日咀文嚼字，骋才矜博，于斯民之利病、时势之安危得失，懵然弗知，漠如秦越人之视肥瘠毫不相属焉。养无素，发无本，虽斗巧穷工，自命为儒者之文，传不传，于世何裨？今读先生文，足雪斯言矣。钞分十卷，序、记、传、志、题跋，非关于世道人心不苟作，至往来书牍，足备时务，而先生之素蕴亦于兹见其端矣！其《上祁相国》⑤《复李太守》⑥诸书，指陈夷务，深算远虑，义愤激发，令人抚膺不能已！洎粤匪讧扰，连岁奉安舆东西播迁，戎马倥偬中，忧乱伤事。时告急大府求援，将帅商榷，同志于民生国计，军情地形，条达晓畅，无微不周。已而奉命督办江西团练，酌布章程十则，总期卫民而不扰民，集饷募勇，不遑安处，郡邑城屡复，皆先生筹划之力为多。今寇平数载，反复循诵，痛定思痛，不啻声泪俱并，其委曲难言之苦衷、保护桑梓之至意，匪特海内之士未及窥，即吾乡人未必尽知之也。

先生蚤岁沉潜义理之学，老而弥邵，闲居二十余年，而忠君忧国之念斯须不去。惟主静以粹其养，积诚以厚其发，随所感触，千绪万缕，不离其宗。观先生自识有曰："不事摹仿，不求工巧，自然流露，若不容已。"此先生之文之定论也。试由唐宋诸家以沂秦汉，进求之六经，唯流露于不容已者为最真而可久，文章之妙尽此矣。文彬辱先生命，谫陋未能窥万一，窃愿以先生自道之言质诸海内之读先生文者，俾知至行清节如先生，而其文辞复克为儒者一洗见轻之耻如是，岂偶然哉！

注释：

① 同治丙寅：同治五年（1866）。

② 螺川：赣江流经吉安城的一段，因江畔有螺冈，故称。

③ 詹严先生：即刘绎。

④ 辛丑、庚戌：道光二十一年（1841）、道光三十年（1850）。

⑤ 祁相国：祁寯藻（1793～1866），字叔颖，一字淳甫，避讳改实甫，号春圃、息翁，山西寿阳人。清朝大臣，三代帝师。嘉庆十九年（1814）进士，由庶吉士授编修，累官至体仁阁大学士、太子太保。谥号文端。

⑥ 李太守：李鸿章（1823～1901），字子黻，号少荃，安徽合肥人，世人尊称李中堂，亦称李合肥。官至直隶总督兼北洋通商大臣，授文华殿大学士，卒谥文忠。

《亦吾庐诗草》序

　　彭泽欧阳石甫①侍御名其所为诗草曰"吾亦庐"，取陶诗《读山海经》句，明所本也。然予读石甫诗，有杜、有韩、有白，其最者浸淫汉魏，非专学陶也。而取陶诗之义名其庐，盖曰"吾亦有吾之庐"云尔。夫陶之所以高出千古者，非诗之为也，后之人律陶、和陶，纷纷规摹，求万一之仿佛，而卒莫陶若者，亦非诗之故也。苟其人欤，虽不必唯陶之学，而所以为陶者自在；非其人欤，学陶即陶，若亦于我何与？东施效西子，而里人惊走；寿陵馀子学行于邯郸，至匍匐而归，无他，丧我故也！

　　石甫与予同岁生，予乙丑通籍③，石甫已官户部员外，顾淹滞至今，十余年不晋一阶。捷足者横骛前驱，石甫必不屈己以求合，夷然自适，无纤毫荣利之介其胸，此其所以善学陶欤！石甫尝和黄子翔云《亦园诗》，翔云谓其大类陶彭泽地灵之说，信然！予谓庐陵之嗣龙门④，务观之宗少陵⑤，岂以其地耶？陶之清风被天下，果彭泽是域耶？不印之于其人，而功于其地，翔云之说，或未尽然也。然予向者舟过彭泽，豫章之壤于是焉尽，而湖水渟涵，小孤②壁立中央，窃意造物设此，为吾省锁钥。昌黎言气之所穷，盛而不过，必蜿蟺扶舆，磅礴而郁积，宜代有奇俊之士产其间。惜当时风利不泊，未获流连咨访，又不及作诗摹写名胜。今阅十余岁，读石甫诗，水光山翠，勃勃然犹在襟袖间也。翔云之说，又不得谓未然欤？石甫命予序其诗，书此以复，安得与翔云共质之！

注释：

① 欧阳石甫（1820～1877?）：欧阳云，字陟伍，号石甫，彭泽县人。曾任河南道监察御史。壮年病逝。著有《亦吾庐诗草》。

② 小孤：即小孤山，在彭泽县北长江中，与大孤山遥遥相对。

③ 乙丑通籍：清同治四年（1865）出来做官。

④ 庐陵：指欧阳修，庐陵人。龙门：司马迁，西汉龙门人。著有《史记》。

⑤ 务观：陆游，号务观，南宋大诗人。少陵：杜陵，号少陵，唐代大诗人。

《明纪事乐府》自序

诗之声，乐也；其为教，则史也。古者无诗非乐，《书》曰："诗言志，歌永言。声依永，律和声。"诗者，乐之所由始也。孔子曰："吾自卫反鲁，然后乐正，雅颂各得其所。"三百篇诗，无不可弦可歌，郊祀燕饗，取之于斯，非别有所谓乐也。自汉专以乐府名官，设协律都尉，于是有天门、景星、齐房诸歌，而诗与乐分矣！古者又无诗非史，《康衢》《击壤》，可以观俗；帝载《南风》，可以观政；而太史采风，凡闾巷闺房之歌谣，有关于贞淫奢俭、治乱得失之故，皆得荐之朝廷，以备鉴戒。自王迹熄而诗亡，圣人于是作《春秋》，以史续诗，而诗与史又分矣。

夫离浑噩之旧而文之以诗，离诗之本体而分而为乐，分而为史，此古今文章之一变也，天地自然之势也，魏晋六朝乐府之拟，递积弥广，要皆不离其朔。至有唐创新乐府，如李供奉①，张司业②辈，不袭古人之体，特借其题，以明己意，杜少陵③，白香山④，元微之⑤，并不袭古题，即事命篇，讽咏时政，以诗补史，而即以之谐乐。诗也，乐也，史也，积之久而不能不分，分之又久，而仍归于不合而合者，又古今文章之一变也，亦天地自然之势也。自时厥后，代有咏史之作，体裁各殊。杨铁崖⑥、李西涯⑦、尤西堂⑧则以乐府著唐人命题，缀之时事。铁崖诸人取之前史，虽其为声未必可人，伶官之谱，尽协清浊高下之节，而其为教，则依然史也。言者无罪，闻者足戒，但使于贞淫、奢俭、治乱得失之故，犁然有当于心，则音律之高下清浊，与乐合可也，不与乐合可也。迁史《律书》言："神生于无形，成于有形，然后数形而成声。"究心《明史》，恭绎《御定通鉴纲目》三编，不揣僭逾谬拟，质义探讨之余，遇所可感，怦怦有动，宣之咏歌，得二百余首。比宦京师，搜罗稗史各书百余种，成《明会要》八十卷。爰取旧作汰定，复有增益，久藏箧衍。友人怂恿付梓，自维诗学既疏，音律更茫无所规，不免摘埴索途之虑。顾自唐虞以迄于今，是非之理之在天壤，无一日或息，于人心苟无当，于诗之教，虽按拍应节，穷工斗巧，第等诸伴侣无愁之靡曼。苟有当，于诗之樵讴牧唱，何非三百遗声也。予兹编亦犹樵讴牧唱之自适其天焉已矣。诗也，乐也，史也，或有一二之偶合欤，否则何敢知。

注释：

　① 李供奉：即李白。

　② 张司业：(766？～830？)，即张籍，字文昌，苏州人。贞元十五年（799）中进士，曾任太常太祝，久未升迁，后因韩愈推荐而为国子博士，后转水部员外郎、国子司业，人称张水部或张司业。

　③ 杜少陵：即杜甫。

　④ 白香山：即白居易。

　⑤ 元微之：即元稹。

　⑥ 杨铁崖：(1296～1370)，即杨维桢，字廉夫，号铁崖，后号铁笛，会稽人。元末明初文学家。其诗文俊逸，独擅一时，称为"铁崖体"。

　⑦ 李西涯：(1447～1516) 即李东阳，字宾之，号西涯，卒谥文正，茶陵人。明代著名诗人。

　⑧ 尤西堂：(1618～1704) 即尤侗，更字展成，号悔庵，晚号艮斋，又号西堂老人，江苏长洲人。清代著名文学家。

蔡小霞先生传

先生讳瀛，字小霞，九江德化人。生负奇秉，好覃幽思，不沾沾为章句学。弱冠补诸生，试辄压其曹。寻遘心疾，绝意进取，一以著书缮性为务。自经史百家，旁逮天官、地志、阴符、壬遁、医卜、星占、丹经、内典，靡弗宣究。而尤邃于《易》，所撰述于《易》最富，有《心易觿奥》《读易笺异》《易镜窥天》《乾坤义象錀》《易海珠尘》《易传丛览》诸书。

尝遇异人雷云津南昌，得参同内视之秘，优游颐养，旧疾顿失。寿至八十余，童颜玄发，如四五十许人，所著《心经衬解》《太洞经笺注》《灵慧真铃》，皆《易》之引申也。子寿祺宦京迎养，时继母张方家居，先生一夕心动，决意南旋省觐，寿祺请少缓，不可。行抵家，张前七日卒。先生擗踊哀痛，以为终天恨。服阕复来都，年七十有四矣。豪旷犹昔，暇偕诸友骑款段并辔出广宁门，揽香山、玉泉诸胜，归射宅圃，挽两石弓，面不頳。骰声若饿鸥，飞贯札上，呼酒拇战，连浮数大白，无醉容。谈星野，指山川向背，朗朗眉列间，吟诗抚琴为短调，渺契遐思，别有奇会，时人不解也。

咸丰三年，粤寇北犯，胜都统保督师驻津雅习，寿祺奏请稽核军务，莅事月余，辞归省。次年寇大至，先生复趣寿祺往，曰："急国难，报知己，此其时矣！"。寿祺负经世才，屡上疏陈时政。先生所著《兵法揽要》《阵法图说》诸书，寿祺得之指授，然亦不尽见诸用也。先生家近庐山，尝读书养疴其中，著《庐山小志》二十四卷、《烟水亭志略》八卷。晚年裒生平所著，得二百五十余卷。弥留时指所藏稿篚，属今宗伯万公青藜曰："幸为我镌之，异日附棺葬，勿误后人也！"以咸丰十一年十月某日卒于京寓。子寿祺，道光庚子进士，前翰林院编修，起居注日讲官。孙荫椿，工部主事，荫棠。

龙文彬曰：予过庐山，望香炉、五老诸峰，云气氤氲，偃仰崇颠，纡萦回薄，淡荡若无所为，若有所待，为凭轼低徊者久之。昔人言庐阜多隐君子，岂是之谓耶？今观于先生，信耶否耶？乃或方之古术家者流过矣。

赠朝议大夫学博彭公传

公讳元鸿，字仪逵，安福严溪人。嘉庆十三年举于乡。十二年，大挑二等，以教职选用，初摄谕萍乡，浚诸生，翼而有则。邑有猾监某兄弟五，怙势肆行，有五虎名。尝假某秀才金不遂，藉命案诬引之。狱将定，公毅然争于令。令曰："两造均隶学，请与君并鞫。"明日，开明伦堂，令南向坐，公与训导东西向坐，观者如堵。公判决得猾状狱具，令惊服，立释秀才，反坐猾。萍人走相庆曰："今而后无虎患矣！"秀才袖金谢公，峻拒之。

道光六年六月某日，山水暴发，夜半水及榻矣，仆急负公出，止关侯庙之歌台，仓皇促仆觅印，则署已塌矣。水退，独寝室无恙，印犹在焉。嗣解任归，选南昌教谕，以老辞。卒年七十有三。以孙美官赐赠朝议大夫。子泰亨，邑增生；孙男三：长利和，赠登仕郎，先公卒；次利溥，附贡生；三即美，同治四年进士，由刑部主事改外任，得武邑知县。

论曰：学校之设，责重而体崇，向非经明行立者不得与也。自迁流日下，职于学者不事事，概以闲且冷便之。魏叔子[1]尝论近世学校虽缺官，百年无关得失，彼盖有激云尔，讵知更有甚焉者乎？呜呼！以公之廉明，仅得试其端于学官，惜哉！然而公去今数十年，学校之变迁，复何如也！

注释：

[1] 魏叔子（1624～1680）：魏禧，字冰叔，又字叔子，号裕斋，又号勺庭，宁都人。清初著名学者、文学家。

中宪大夫河南道监察御史欧阳君墓志铭

呜呼！予交君十余年，知君最深，孰谓君之贤而止于斯耶？君年二十六，举于乡，三十三成进士，五十八卒，九男四孙，受于天者不可谓啬，而心与君久故者，咸悲君之不宜止于斯，抑独何也？

京宦之积滞，至今极矣，部曹尤甚。顾已迁员外郎，历十四年不晋一阶，则诸曹司未之见。谓尽系于积滞之故，又未必然也。君于同治三年补授户部员外郎，嗣丁内艰起复，不肯媕婀干进，后君者多超迁，或膺外任，君泊如也。独念时势艰虞，每与知交谈及世道人心之患，嘻吁太息不能已。光绪三年十一月，擢河南道监察御史。拜命数日，即条议实事求是四端，语皆悚切。逾月，奏陈江西节寿陋规洒入钱粮之弊。又逾月，奏陈洋教洋器之为中国患及出使外洋之糜费起衅，尤言人之所难言者，远近传诵，佥为朝廷得一直谏官，而孰意其竟止于斯耶！呜呼！君任农曹二十五载，居谏垣仅数月，以勇于陈言，值国家多故，广开言路之时，使得稍罄其蕴，于国计民生不无裨补，而孰意其竟止于斯耶！

君性侃爽见，理明决中，有不可，虽毫发不肯徇。为文疏荡有致，不轻以示人。予尝见《借园》《息轩》诸记，皆有奇思妙理，顾不多作。独喜为诗，情韵风骨，上轹汉魏，旁及杜、韩、白诸家之胜。所著《亦吾庐诗草》八卷，予曾为之序。都中能诗者多推君，君歉然不欲以此名也。予钝拙寡谐，君独暱就予，以学行相砥错。君后予四月生，体健于予，素寡疾。今夏六月之四日，偶中暍，以为无伤也。已而剧，予省视，喃喃狂呼洋教之害，奈何忧时之念临终不忘，可痛也！夙笃友爱，遘疾之前一日，闻从弟河内大令霖病状，辄忧疑不自克，讵意弟病早瘳，君一疾经旬而遂至于奄忽耶！

卒后七日，予梦与君阅诗草，有梅花绝句佳甚。君牵予袂至堂前顿首者再。入室，竟无言，觉而忘其诗。次日诸孤求予铭，发其诗。去岁改官御史，有"老梅不识春消息，仍抱冰霜耐岁寒"之句，君之志节隐括于此梦中诗，其即是耶非耶？君之顿首无言者，将以铭事默属否耶？昔韩昌黎铭樊绍述，谓谏议大夫之命且下，竟病以卒。而君犹得抵任数月，一发抒其胸中所欲言，惜予无韩子之笔以永其传也！

君讳云，字石甫，彭泽人，咸丰三年进士，卒于光绪四年六月。曾祖鏊，建昌府训导，以耆寿钦赐国子监学。正祖现，赠奉政大夫。本生祖璜，附贡生，赠朝议大夫。考鹤龄，邑廪生，赠中宪大夫。妣何氏，赠恭人；吴氏，封太恭人。配周氏，封恭人；侧室国氏。周恭人举子三：榜，岁贡生；杰，翰林院待诏；时毓，光禄寺署正衔，早卒。国举子七：明，詹事府主簿，颖、顺、毓、阎、侃、允序。女四：长，恭人出，适庶吉士、荣昌县知县许振祥；次字谭承恩；余未字，皆国生。孙朗，光禄寺署正。以某年某月某日归葬于某山某原。铭曰：

抱立事之才，而弗谐于时；涉建言之地，而莫殚厥施。徒积其礌砢峻嶒之气，以昌之于诗。归兮归兮！魂恋吾庐兮！

将从陶公相羊乎匡山之巅、彭泽之湄。

复刘詹严师书

七月，李兰九明府至都，接奉钧谕，荷示大集，盥薇庄诵，心胸俱开，精神跃起。伏念夫子蕴蓄宏厚，至性坌涌，触处皆通，故发而为文，无一不足，经世而利物。夫子平日论诗谓："不必规规唐宋，惟其真而已。"此夫子之自道其诗，即自道其文也。至文品之条达晓畅、纡徐容与，于庐陵为近，瓣香具在，非虚言也。又前接四月惠书，知近履间有眩晕，老年精神不宜过用，来岁或辞他书院聘，专致力于鹭洲，尚可省费神思。鹭洲书院工告竣，培植后进，嘉惠乡邦，岂有穷极？然非积诚动物，乌能于残破之后，兴兹盛举？追念旧游，几欲奋飞趋侍，重话风浴之胜也。附呈大集跋语，用摅服膺之私，祈严加削正是幸。

胡友梅

胡友梅（1821～1890），号雪村，吉安县人。同治九年（1870）中举，官乐平县教谕。一生坎坷失意。著有《听雪轩文钞》《听雪轩诗钞》。以下诸文选自清光绪十二年金橘山房刊本。

张良始终为韩论①

始皇二十九年，良令力士击始皇博浪沙中。二世二年，为沛公厩将，既乃说项梁立横阳君成为韩王，因为韩王司徒。后二年，汉王归国，良送至褒中②。王使良归韩，说王烧所过栈道。时西楚杀韩王成，良复归汉，以留侯终。博浪沙之椎，良自谓欲为韩报仇，朱子《纲目》以韩人书之，是也。栈道之烧，则为汉计矣。

良自为厩将，数以兵法干沛公，公常用其言，良亦以沛公为天授，遂从不去。沛公略南阳，则劝其围宛；击峣关，则劝其张疑兵；入咸阳，则劝其听哙言；军霸上，则邀项伯入见；宴鸿门，则告急于哙，使谢于羽，此皆烧栈道以前事。良既为韩司徒，宜出其奇计左右韩王，何未闻画一策，徒令韩王守翟阳而已，反为与沛公俱西，为之朝夕献谋也。先儒邵、程、朱、杨，皆以烧绝栈道意固在韩，然其举动若此，岂果为韩者乎？又况良还韩而曰使，至汉而曰归，便则见其有不欲还之意，而归则见其向本在汉，今乃出而复归也。且项王之杀韩王成，以良从汉。良不从汉，韩王未必见杀，则韩之灭，良殆有以促之矣。韩既灭三年，郦食其说汉王立六国后，王趣刻印未行。良来谒，王方食，具以告良，借箸发八难，王遂令销印。向使良果为韩，此时出一言而韩复矣，何为从而从止之哉？杨氏又谓成为羽杀，成之子孙，无若成之贤者，而子房无所复伸，然则阿斗不贤，孔明何以不委而去之，忠臣固不以主之不贤易其志也。况成之后贤不贤亦无所考，又安得以良之去而定其不贤乎？

予尝综良之生平观之，窃以为博浪之击，专于为韩也。项梁之说犹为韩而已，不专于为韩也。间道归汉，无复有心于韩也。前人之论，莫不以良始终为韩，亦曷足据哉！

注释：

① 张良（？～前189）：相传为城父（今河南宝丰东）人。祖与父相继为韩国五世相。秦灭韩后，他图谋恢复，结交刺客，在博浪沙（今河南原阳东南）狙击秦始皇，未中。逃亡下邳（今江苏睢宁北）时，遇黄石公，得《太公兵法》。秦末战争中，聚众归刘邦，不久游说项梁立韩贵族成为韩王。后韩王成为项羽所杀，复归刘邦，为其重要谋士。汉朝立，封为留侯。

② 褒中：隶属益州，汉中郡。

燕丹使荆轲刺秦王论^①

燕太子丹使荆轲刺秦王，不中。后五年，秦兵虏燕王喜，国遂亡。嗟乎！燕之亡，岂关荆轲之刺哉？秦挟虎狼之资，眈眈焉！日夜图谋，不吞灭六国不止，燕固刺亦亡，不刺亦亡也。司马温公、尹遂昌皆以速祸责丹，朱子乃以盗书荆轲，使咸阳之匕首不得比于博浪之椎，不已冤乎！夫荆轲之刺不中，非速燕之祸而速秦之祸也。

秦扶苏，贤太子也，始皇坑儒，扶苏谏其重儒也，有河间献王大雅之风。始皇没，赵高矫诏赐扶苏死，不敢复请，即自杀，有申生世子之恭。当荆轲刺秦王时，胡亥方四岁，赵高之用，始于教胡亥决狱。是时胡亥幼，高亦尚未见用，假令秦王刺而中，嗣秦位者非扶苏而谁？扶苏立，必能反始皇之所为，而秦祚可绵，岂但无望夷之祸，即胜、广、刘、项之徒亦无从发其难矣。是荆轲之刺秦王，中则秦存，不中则秦亡，秦之存不存，实系于其刺之中不中也。若夫燕刺而中，扶苏立，必报仇而燕亡；刺不中，秦王怒，必报仇而燕亡。即不刺，五国亡，燕亦终不能不亡。故曰：荆轲之刺秦王，非速燕祸，而速秦之祸也。

注释：

①　荆轲：（？～前227），战国末刺客。卫国人，卫人称为庆卿。游历燕国，燕人称为荆卿，亦称荆叔。后被燕太子丹尊为上卿，派往刺杀秦王政。燕王喜二十八年（前227），他携秦逃亡将军樊於期的头和夹有匕首的地图，进献秦王。献图时，图穷匕首见，刺秦王不中，被杀。

上刘詹严师书①

青原②为吉州胜境，自颜平原③、段柯古④后千余年间，才人学士鳞集羽归。友梅于咸丰辛亥读书净居寺之竹隐楼，暇日陟山临水，搜剔古迹，俯仰凭吊，如晤昔人于松门苔径之际。或意兴所至，则夕阳西落，明月东上，林鸟栖定，辄复忘归，神与境惬，不知身在何处。惜尘缘未断，岁暮出山，凝翠漱青，耿耿不忘。乙卯九月重游其地，适烽烟告警，忽忽归家，自是不至青原者又七年矣。

岁癸亥⑤，师讲学山中，四月十八日奔走侍教，信宿传心堂上，备闻绪论，心境俱忘。翼日，又随师从谷口入净居寺，上毗庐阁，游喷雪轩，观黄、李⑥之诗、愚山⑦之记，天门千秋之楹联，历历犹在。山僧具茶，话往年劫余事甚悉。既罢，登五笑亭，前望驼峰，后顾鹩岭。于时新雨初歇，淡烟未消，幽岩古树，苍翠欲滴。溪水抱钓台而下，至翠屏峰侧，与怪石相吞吐，泠泠有钟磬音。师顾而叹曰："山水故无恙耶！"因忆十二年前在此盘桓，恍同隔世，人生红尘，石火电光，为时几何？徒以利锁名缰，劳劳于终身，譬如蝄蜅之虫，遇物辄取，仰其首负之，虽困剧不止；又如春蚕作茧，层层束缚，僵卧其中，及破茧而出，则化而为蛾，非复向时之蚕矣！天地本大，惟吾人自局促以至于斯耳！友梅才疏学浅，无经世略，遇有山水，欣然自得，常欲遍历名山大川，然后择一丘一壑，弹琴赋诗以永馀年。而一家十口嗷嗷待哺，夙愿萦结，何日能偿？山川有知，能无长太息耶！

二十一日辞函丈，由红亭过万善桥，涉凌波渡，寓南关。明日谒吴樵孙师，见其衣冠古朴，言语质实，殊不类尘中人。二十六日，冒雨归浮潭书院，而梦寐犹彷佛在青原也。承命校楚奇先生集，觉错讹甚多，略摘出百余条，是否仍祈裁正。附呈郎湖八景诗，求赐郢政，霪雨不止，实增隐忧，惟节宣是祝。

注释：

① 刘詹严师：即刘绛。

② 青原：山名，位于江西吉安市青原区，海拔 320 米，峰峦连绵 10 余公里，山上古木蓊郁，碧泉翠峰。唐青原系创始人行思于此建净居寺。

③ 颜平原（709～785）：颜真卿，字清臣，琅琊人。曾任吉州刺史，平原郡太守。唐代杰出书法家。

④ 段柯古（约 803～863）：名成式，字柯古，山东临淄人。会昌三年（843），为秘书省校书郎，精研苦学秘阁书籍，累迁尚书郎、吉州刺史。大中七年（853）归京，官至太常少卿，咸通初年，出为江州刺史。博闻强记，能诗善文，在文坛上与李商隐、温庭筠齐名。著有《酉阳杂俎》20 卷、《续杂俎》10 卷、《卢陵官下记》20 卷、《汉上题襟集》3 卷。

⑤ 岁癸亥：清同治二年（1863）。

⑥ 黄、李：黄庭坚、李梦阳。

⑦ 愚山：施闰章，号愚山，曾任湖西道参议。道治新喻县。

书欧阳文忠公《集古录》后①

右《集古录》十卷，庐陵欧阳文忠著。自周迄五代，凡敦鼎钟量刻石铭及晋唐法帖共四百余，随得随录，有卷帙次序而无先后。尝自序其说而刻之，又于诸卷之尾详加跋语。后八年，命其子叔弼发千卷之藏，别为目录。呜呼！公之用心可谓勤矣，夫人生有必尽之年，泡影电光，倏忽已逝，自以刻诸金石，托诸山崖，庶几不朽。而不知风霜之销融、兵燹之焦灼、樵夫牧竖之敲扑践踏，终有时而磨灭也。公所录皆生平所亲见，复轴而藏之于家，今不过七百年耳，好古之士犹有能尽睹其真迹者乎！然则此四百余篇，非遇公录而藏诸文集，则早已云散风流，杳无影响。予固为卷中之已录者幸，而又悲夫不及为公所及见而录之者，何可胜数！则愀然于零落遗佚之多，愈不能不珍重此十卷，而藉以留古人之法物也。晴窗无事，炉烟静袅，每一展卷，令我终日摩挲云。

注释：

① 欧阳文忠公：即欧阳修。

跋黄鲁南公《祭会序》后

右《修本堂祭会序》，吾邑黄鲁南公手书也。予览县志，具见公行谊，既私心景仰，其后识公元孙莘农中丞于虔州，为予言其祖穆亭。先生褓襁失怙恃，公以祖为父母，鞠育教诲，黄氏青箱实渊源于此，心益怦怦动。今年夏，予过社中，中丞出此序示予，盖公念其先人茂昭公以下祭祀阙如，节衣缩食，醵金为昆季倡，复笔于册，用垂久远。其言谆挚恳切，恍若春露秋霜，肃肃楮墨间，使人悽怆于不容已。嗟乎！此特县志所称赡祭祀之一耳，所以为此，不过率其至性至情，岂有所希冀，如世之拜佛礼真、解囊以邀福者。孰知似续蕃衍食指且数百人，科名仕宦，为吾郡二百年所未有，则公之潜德幽光，贻留甚远，而要皆尊祖敬宗之心，推而致之，宜其食报于无穷也。

於戏！黄氏盛矣！天下事盛与衰相倚伏，而维持在人。中丞与其兄都廷大令，既贞守晚节，自兹以往，其子孙庶几持盈保泰，毋玷家声，毋坠宗祊，俾绵馨香于俎豆，斯永以慰公之心也夫。

跋宋谢文节公卜卦砚拓本①

宋谢文节公卜卦砚，明永乐丙申建阳人易桥亭为祠，掘地得之。元程钜夫②铭剥落，不尽可读。今藏大兴刘氏家，旁镌乾隆丙子宛平查礼③铭并识，嘉庆庚申大兴公覃溪④题其匣，安福彭筱渠主事得拓本示友梅。方公卖卜建阳时，躬遭国变，其后转徙闽中，屡聘不起。至元二十六年，魏天祐强公北行，不食死，世与文信国公并称。呜呼！公所耿耿不忘者君父耳！生死不足系其怀，而岂有于砚哉！人之宝公砚者，亦非为砚也，重公节义也。天地正气，日流行于上下，古今人皆得而有之，虽陷溺之久，而其心未尝终亡也。不然，钜夫视公盖有愧，乃首荐公于砚，更为之铭，何哉？友梅幼读公集既深慨慕，至京谒公祠，公之砚及琴拓本在焉，今复见此，诚幸！或曰："砚恶知其真，拓何为？"嗟乎！真不真奚足辨，即不真而世且乐为是，托公以传矣。信国公琴拓本向见青原净居寺，惜玉带生不可见，筱渠好古，傥求而拓之与此合，愿更举以示也。

注释：

① 谢文节公：谢枋得（1226～1289），字君直，号叠山，江西弋阳人。宋理宗宝祐四年（1256）进士，历仕江东提刑、江西招谕使等。宋亡后不出仕，被押往大都，绝食而卒，门人私谥文节。著有《叠山集》。

② 程钜夫：初名程文海（1249～1318），以字行，建昌人。宋亡后入大都（今北京），留宿卫。元世祖试以笔札，改授应奉翰林文字，累官翰林学士承旨。历仕四朝，号为名臣。有《雪楼集》三十卷。

③ 查礼（1716～1783）原名为礼，又名学礼，字恂叔，号俭堂，一号榕巢，又号铁桥，顺天宛平人。乾隆元年（1736），应博学鸿词科，报罢。入赀授户部主事，拣发广西，补庆远同知。擢太平知府，母忧去。服阕，补四川宁远。

④ 覃溪：翁方纲（1733～1818），字正三，号覃溪，晚号苏斋。直隶大兴（今属北京）人，乾隆十七年（1752）进士，授编修。历督广东、江西、山东三省学政，官至内阁学士。精通金石、谱录、书画、词章之学。著有《粤东金石略》《苏米斋兰亭考》《复初斋诗文集》等。

州廪生周二禺小传

君姓周氏，讳金锡，字康侯，二禺其号也。世居南雄州。风度仪态，矫矫如孤鹤，独出尘表。年十九补弟子员，三十一补州廪生，秋闱三荐而三黜。工诗画，善琴棋，书法秀逸。尤善图章，握刀为笔，镌刻之际，与人言若不经意，屑霏霏交下，及成，圆劲苍古，得秦汉遗法。家丰于财，恤矜寡，振贫乏，随手挥霍，座上客无一日不满。古鼎、佳石及名人笔迹千金不吝，家以是落，晏如也。卒年五十有六。子桂林，同治甲子遇于黄中丞家，检行箧，见君所藏山水数幅，皆佳妙。又贝多叶二十二片，画罗汉百八躯，神光缥缈，肃然人天气象云。

胡友梅曰："大庾为五岭之一，蜿蟺崒嵂，其下东江出焉。南雄负岭而抱水，山川之胜，奇人杰士之所挺生。然数百年来求如麦、扬、陈、谭之徒，几不可得，岂其隐而未见欤？君才气豪宕，淹雅多能，使掇巍科，居蓬瀛间，其声誉固不胫而走，即不然，挟其技游辇毂下，得诸大人先生赏识，当亦有一时之名，而徒终老枌榆，弗克为山川吐气，世咸惜之。虽然，遇不遇于君，何所损益哉？

姜孝廉传

姜君讳曾，字怀哲，号章圃。世居南昌夏岸，父春华先生，家贫，昼耕夜读，熟史事。凤凰山有张王庙，里人虔祀之。先生据新、旧《唐书》，兼采古今杂说，成《睢阳录》二卷。年三十有二，始娶樊孺人。子三，君其季也。

君四岁，春华先生病，弗能食，亦不食。六岁，戏邻翁家，遇火，翁口噤，手颤颤僵立，君且呼且泼以水，邻咸集，乃不为灾。十二始就傅，博闻强识，经史子集，多所考证。喜谈兵，暇则习拳经、剑诀，力辟易数十人。刚直敢任，事成不居功，不成，胸恒郁郁作数日恶。同邑彭文勤公[①]注《五代史》，未竟，授萍乡刘侍郎金门[②]，年耄，惧又不能竟。聘君相助，四阅寒暑，目几盲，书成。李制军陆平刻于粤东，侍郎之戚某削君校注名，娄涧筼、黄子觉书其事，皆有不平意，而淡如也。君乡举之明年，辛丑礼闱报罢，会英人构难，弈素生王孙堵天津海口，闻君名，遣使再聘然后至。薛五者，王孙家仆也，恃宠而骄，将士侧目，君言于王孙，挞之濒死，一军欢舞。赞画悉当，机宜未行而和议定，君若有惘惘不自释者，问之则默不语。比防撤，幕中多优赏，君独辞，王孙益重君。然自是愈托落不偶，再试下第。咸丰壬子卒于京师，年五十有九。所著凡五十余种，刊者《章圃文蜕》八卷，《南昌县志》补二十卷而已，子应门诸生。

胡友梅曰：豫章有金道人者，一足跛，眼闪闪夜有光，见人多非本形。君避仇，匿其所。达官某鸣驺过楼下，道人望而笑，诘其故，马也。相君则曰："子三世为人，初尊官，寿期颐，再世略降，今又降。从我尚可入道，不则，宜自爱，然终不能仕。"当是时，君年少气锐，自负文武才，谓蹑青云建不朽盛业，指顾间耳，孰知其坎壈③以终，竟为道人所料也。悲夫！

注释：

① 彭文勤公：彭元瑞，南昌人，官至工部尚书。著录《石经考文提要》《石渠宝笈》，又《五代史记补证》，未完成。

② 刘侍郎金门：刘凤诰，字金门，历任广西学政、侍郎、祭酒、乾隆《宗录》总纂。受彭元瑞之托，历二十余年完成《补证》一书。

③ 坎壈（lǎn）：困顿，不得志。

朱春坞先生传

先生姓朱氏，讳振本，字备万，一字春坞，高安县古唐村人。曾祖彬，精岐黄术；祖龙光，太学生；父铭，郡增生。世为德于乡，祖以下皆以先生兄振采贵，赠封奉直大夫。先生性颖敏，数岁就塾受书，目再过，辄往林下拾坠枝，缚以藤负归。问所授，背琅琅诵不遗一字。年十二，随兄应童子试，有頫頏前哲之思。师事奉新赵太史敬襄，以远大期之。二十四补郡学生，举道光辛卯孝廉，已五十矣。器量豁达，游燕、赵、齐、豫、楚、越岭峤间，兴不倦不还。戚友窘囊涩，持衣质库以济。能饮酒，醉则画竹，泼墨淋漓，顷可数十纸，然非其人弗应也。书法出入大小欧阳。

岁戊戌，兄往吴门购书籍。泊舟河口镇，夜梦至一处，火树灯球，照须眉毕见，忽暴风疾雨，光尽灭，心动，亟回棹抵家，先生已卧病不起，卒年五十有七。覃恩貤赠修职郎。子二：舲，举人，乐安训导；舫，邑庠生。

胡友梅曰：江右百年来画竹，推吴曰张、柳塘、万辋冈、郭羽可。皆尝得其手迹，以先生笔法较，有过之无不及也。先生学博才高，具用世志，宜有所建树，顾艰于一第，无可藉手，仅郁郁牖下，以画竹写其劲节高风。悲夫！

游文山旧隐记^①

文山旧隐，信国公手创地也。尝读公自订年谱，咸淳九年辟文山，七年筑宅山下，极称文山之胜，谓青山屋上，流水屋下，诚隐者之居，私心向往者久之。又读公《文山观大水记》，由文山门入，有松江亭、障东桥。桥外数十步有道体堂，堂右循岭而上为银湾，湾上有亭曰"白石"，青崖曰"六月雪"，桥曰"两峰之间"，盖文山如在目焉，恒以不得一至为憾。

同治四年冬十一月，予至潭谿，初八日邀凤九为文山游。是晚宿富田，晤公裔焕五茂才。诘旦，寒霜微降，落叶乱飞，溯溪而上，道万松下，忽开平陆，旧隐见焉，四壁空立，半椽不存。门前有凤尾蕉二，离披掩映。予闻凤尾能辟火患，今验之，良不足信。门前为断砖所塞，别从耳门进，茑苣两畦，不知种自何人？畦边瓦砾堆积高数尺，野葛蔓延其上，攀葛而过。凤九告予曰："此道体堂也。"荆榛密布，罥帽钩衣，古碑破碎，不可卒读。予乃徘徊而出，登岭眺览，天马对峙，双童拱卫，子瑶、南屏，若隐若见。

嗟乎！方公居文山时，画桨菰蒲，青灯蟋蟀，尊前月过，笛里风生，翛然有尘外想。又得朱约山、萧敬夫、谢伯华、胡琴窗辈往来唱和，其乐何如？及奉诏勤王，崎岖戎马，天不祚宋，崖山抱恨。身系燕狱，犹寄弟书曰："文山，我盘桓地。我死，幸为立庙。"又曰："文山，宜作寺，我庙于其中。"公自遇灵阳子后，生死之念，脱然若遗，独眷眷于兹山不置，岂非重首丘之义，而儒之所以终异于仙也欤！今山间诸胜迹既久湮没，而旧隐亦焚于寇，山云变色，松月掩辉，溪水齿齿，呜咽有声，魂魄归来，能不感怆？过其地者，犹流连凭吊，恻无以妥公之灵，而况其子孙乎？旧隐屡废屡修，道光某年，则倡自焕五之尊人实翁，今之补葺，翁父子责也。游归，于是乎记，并遗翁以要之。

注释：

　①文山：在今吉安青原区，文天祥故里。以文家族而得名。文天祥在此辟建游览园林，数度隐居于此。并作《文山观大水记》。天祥字履善，一字宋瑞，以文山自号。宝祐四年（1256）进士第一。历知瑞州、赣州。德祐元年（1275）元军东下，在赣州组织义军，入卫临安。次年任右丞相，出使元军营中谈判，被扣留。不久在镇江脱身，辗转由海路南下，在福建与张世杰、陆秀夫等坚持抗元。为元兵所败，在广东海丰北五坡岭被俘，送往大都（今北京）狱中幽囚，在柴市就义。著有《文山先生全集》。

明德堂记

　　郡城西一舍许曰"四十里冈"，其下溪水分东西流，会于藤桥。相传桥有古藤覆其上，故名"藤桥"。刘氏世为吾庐陵望族，宋以来人才挺生，明嘉靖、万历间，见川太守静之、膳卿父子尤敦圣贤之学，邑志并列《儒林传》。入我朝，仕宦渐稀，而代有隐德，若亦和义士，不可谓非今之翘楚也。予未尝见义士，其子芝轩、丽泉、馨山三人者与予好，知义士。稔间过藤桥，水泠泠奏琴筑声，佑峰圣岭，苍翠在目，慨然有遄思焉。馨山止宿其书室，乃丐作《明德堂记》。

　　明德堂者，义士所筑以祀其亲也。深若干丈，广若干丈，后为寝，奉栗主①左右。书室凡数十楹，以课子孙。即予所宿处，周缭以垣，仓库庖湢皆备。经始于咸丰癸丑，越明年五月落成，费三千金。有奇义士慷慨好施与，同治四年旌其行事，详永丰刘修撰传。夫不忘其亲而后能由亲及疏。疏者，亲之推也，根本之地可不务乎！予闻义士父商衡州，蚤岁命理家政，故习举业不终，而其事亲色养无违，有孺子慕。既殁，祠之。儒生手一卷书，掇科名，享爵禄，或反愧焉。予于是重义士之孝，又以叹藤桥之世泽远也。

注释：

　　① 古代祭祀所立的神主，用栗木做成，故称"栗主"。后通称宗庙神主为"栗主"。《公羊传·文公二年》："虞主用桑，练主用栗。"

精义书舍记

　　郎湖萧氏，湖天岭下两村，构书舍于江上，颜曰"精义"，属余秉笔记之。余维义之说发自仲虺，不过曰"制事"而已。太公丹书以"义"与"欲"对举，已著不义之害，而欲犹浑言也。至孔子则曰："君子喻于义，小人喻于利。"盖亲见夫世教日衰，学者咸汩没于利而不知有义，其弊将靡所底止也。宋陆象山讲"义利"章于白鹿洞，朱子称其切中学者隐微深锢之病，且曰："凡我同志于此，反身而深察之，则庶乎其可以不学于入德之方。"明王氏梃阐朱、陆二先生意，因据孟子《鸡鸣章》发明义利之旨，又引东廓邹子①之言，谓世间只有两船，一舜一蹠②，出此必入彼，无有足踏两船而可以安其身者。呜呼！先圣后贤所以辨义利于梦觉之关、生死之路，何其沉痛迫切欤！

　　萧氏衣衿不绝，其俗敦庞而醇厚，今名书舍取《易》"精义入神"之语。精义为下学事，穷神知人，皆由此基。美哉其志远矣。然而贼义者利也，凡人心有所诱，则去而不觉，久且浸淫其中，以为极天下之至甘，要无有逾于此，疲苶其气，柔脆其骨，昏瞀其神明。自古豪杰，为利所败者岂少哉？惟知其鸩毒焉、岩墙焉！一望却步，乃得专乎义之途，而无所憧扰于其心，斯制外养中之道也。予故历举义利之辨，为精义推衍其说，愿与同人交勉焉。

注释：

　　① 东廓邹子：邹守益，号东廓，安福人，正德间进士，官至南京国子监祭酒。为王阳明弟子，江右王门著名学者。

　　② 一舜一蹠：指舜帝与盗蹠。

听雪轩藏书记

予家世清贫，曾祖以来困童子试者百余年，惟舌耕以糊口，砚田荒则饔飧弗给，安所得插架之富？丙戌阳侯厄[①]，读本且鲜有存者。幼侍先子入村塾，爨罢，恒樵山耨水，随乡氓操作。暇乃读，资钝，颇喜涉猎，下里少《坟》《索》[②]，无从借留。年二十有六，补博士弟子员。明年，永丰刘詹严先生招至其家课孙，始得读未见书，自兹馆谷稍丰，辄节缩以市。戊辰，补乐平训导，寻奉刘岘庄[③]中丞檄，赴忠义通志局五年。估客稔予癖，数负书求售，故昂其直。予惴惴恐失之，不与较修俸所赢，悉归书肆。师友复间有持赠书，日以多，而年日以衰。

庚辰夏，猝婴风恙[④]，药资殆数百金，贫病交迫，遂无力市书，市亦不能读，诚有如柳子厚所云："数纸已后，则再三伸卷，复睹姓氏，旋又废失"者。因念半生精力殚于聚书，聚必有散，事理之常，固弗克使不散，又不忍其散也。于是依类编次，经九十、史百二十有一、子百八十有一、集二百有三十九，凡三万二千卷有奇。其无卷数，如诗词、《杂俎》《说郛》《汉魏文剩》《津迷秘书》《艺海珠尘》之类，与夫集之列汉魏百三家，或在丛书内者，但以册计，不别出著其卷数，统一万一千七百七十册，藏于听雪轩，记之示不忘所好也。

注释：

①丙戌阳侯厄：光绪十二年（1886）发生的水灾。《战国策·韩策》："塞漏舟而轻阳侯之波，则舟覆矣。"阳侯，波神。

②《坟》《索》：三坟五典，八索九丘，传说中的上古典籍，久不见存世，此泛指古书。

③刘岘庄：刘坤一，号岘庄，湖南新宁人。同治三年（1864）任江西巡抚。

④猝婴风恙：突然缠上了中风病。

萧鹤龄

萧鹤龄 (1821~1887)，字寿山，别字友松，泰和县人。道光二十二年 (1842) 补弟子员，二十五年游学于刘绎门下。曾聚众抵抗太平军，咸丰九年 (1859)，以镇压太平军有功，擢升秩州同知。著有《二陟草堂文稿》，时人序其文曰："盘空硬语类昌黎，而神韵逸出于六一翁尤近。"以下诸文选自 1917 年刊本。

读韩文

韩子曰："向无孟氏，则皆服左衽[1]而言侏离[2]，故言孟氏功不在禹下。"[3]吾谓谏佛骨、作《原道》，使天下晓然于道之归，功亦不在孟氏下。晋、宋、魏、梁、陈以来，排之者虽不乏人，而韩子独忧深虑远，反复辨论，此非特欲人之不迷其途，崇其教，而并欲使逃墨逃杨者之归于儒。而后佛之教灭，圣人之道尊，韩子之用心可谓至矣。其斯为继往圣、开来学而为圣人之徒者欤。今之异端，遍天下矣，其破坏先王之道，抑又甚矣，而卒未闻有起而摧之者。噫！微斯人，其谁与归？

注释：

① 左衽 (rèn)：我国古代某些少数民族的服装，前襟向左掩，异于中原一带的右衽。用以指受外族的统治。

② 侏离：同"朱离"，亦作"兜离"，指古代西部少数民族的音乐和语言。

③ 此引文出自韩愈《与孟尚书书》。但后句文字有不同："故愈尝推尊孟氏，以为

功不在禹下者，为此也。"

读文文山先生集①

　　自谒文山旧隐后②，益发先生集而读之。汪洋恣肆，直抒胸臆，有沛乎莫御之势，理义足而浩气胜也。诗多勤王时作，不求雕琢，而自发扬蹈厉，岂排比声律者所可及！公自谓以诗纪历，幽燕四年，集杜二百首；又为纪年录并编次其集。颠沛流离之中，而不改咏歌之常，真所谓从容进退，义命自安、临大节而不可夺者。读先生诗，不以史视诗，而仅以诗视诗，可乎哉？至其艰虞万状，富贵不能淫，贫贱不能移，威武不能屈，经百折而不回，自元黄既判③以来，效忠者不乏人，固未有若我公之盛者。"其为气也，至大至刚，以直养而无害，则塞于天地之间。"④斯言也，非先生之谓欤！

注释：

　　① 文文山：即文天祥（1236～1283），字履善，又字宋瑞，号文山，庐陵（故里在今吉安青原区）人，南宋末起兵抗蒙，慷慨赴义。著有《文山先生全集》。

　　② 文山：在文天祥故里富田镇，文天祥隐居时建有多处建筑。

　　③ 元黄既判：犹言天地分开以来。元通玄。玄黄，天地的颜色。元通玄，以避康熙帝玄烨而改。

　　④ "其为气也，至大至刚……"：此句出自《孟子·公孙丑上》。

驳朱伯韩《书〈欧阳永叔答尹师鲁书〉书后》①

　　伯韩谓《欧阳永叔答师鲁书》谓："五六十年来，天生此辈，沉默畏慎，布在世间，相师成风，见吾辈作事，交口议之。"又谓："往时砧、斧、鼎、镬，皆是烹斩人之物，然士有死不失义，则趋而就之，与衽席无异，有义君子在旁，知其当然，亦不甚叹赏也。"其意殆以折师鲁，而又以矫不惯见事者。余谓其说非也。考是时，欧公致若讷书，若讷以书上闻。谪夷陵令，一时友朋，多以书慰。有慰以义命者，又有称其有光史册者，即师鲁亦谓其此举亦非忘亲。故公之谪，吊贺相仍。公谓其不知修心，意谓为人臣子，此等事常耳，但问所言当否。而伯韩执其"有义君子，亦不甚叹赏"数语，谓其论过高，考于古不类，且引古圣人褒德录贤，举《论语》中孔子所亟赏者以为证，而不知原文明言史册，所以书之者，欲警后世愚懦，使知事有当然而不得避警之云者，即举夫贤以警不贤也。即引以警世，此非有义君子赏之如何，且非论次而谨载之又如何？伯韩此论，亦一偏之言也。自来立言之道，各有其体，论古取其公，而自言则贵谦。公之答师鲁以此为言，正得其体。如伯韩云云，未免高视公、刻求公，蹈文人相轧之习。余故论辨之，以俟后之读此文者。

注释：

① 朱伯韩：清道光年间在世，曾官侍郎。与吴敏树交游，有书信往来。

乙卯初冬纪寇①

乙卯重阳后三日，湖南茶陵失守。茶陵与吉安接攘，郡守檄柏参戎往莲花厅②防堵。柏至，有衣冠者来谒，为逆匪滋扰近地，请官军往驱，乡中纠集民壮相助。参戎即带数十人前往，衣冠者导之，弯环多路，至深山穷谷中，忽导者不见而伏四起，参戎奋身向前，杀伤甚多，奈众寡不敌，溃而奔还。有某某者，泰和人，为百夫长，膂力过人，力战死之，而贼遂直抵莲花厅矣。

十六日，贼攻永新，破之。先是永新土匪滋事，肆抢典铺，自知罪在不逭③，引贼破城。及城破，奸民肆抢者，贼戮二人，而土匪稍靖。廿一日，贼由永新入安福，从者数千人，其初来不过二千余人，他无所能，惟藤牌手数百名，其牌用藤织，上用铁钉满面，用铜钱钉定，以油漆涂之，刀枪不能入，即炮亦可避。当是时，泰和尤震动。

癸丑，滋事逆首邹恩滢、袁哲明俱漏网。茶陵事起，群称邹、袁二逆复仇，邑令吴曾泰在乡催征。十三日，闻永新警信，即驰回城，纷纷窜徙，署中亦逃去多人，乃步行城中，婉谕以迁徙之害，人心稍定。于是料军于场，制器械，备火药、铳炮等件，城上布列旌旗，添设垛子。城门分调稽察，日夜巡警，遂向各殷实家劝捐军输。江边孙孝子首捐千金，而荷树峡孙氏、大湖刘氏、高坪萧氏、山东王氏、新塘黄氏、新洲刘氏、金滩康氏争先输将，数日得三千余金；又移用澄江书院公帑数千金。廿六日，贼又破安福。今屯安福之贼，即昔日之潮勇。甲寅冬，攻围韶州，被南康周大令击退，乃由广东窜湖南，长驱而扰我吉郡。

嗟乎！贼亦人耳，兵勇亦人耳，使能奋身而前，贼未必不歼灭，各邑亦何至遭其蹂躏，乃竟闻风而逃也，岂不重可叹哉！原其故，由不能训练于平日，而无以作忠义之气。一遇有事，始行召募，而所募者又皆游惰之子，平日惟以赌博为事，闻募勇，藉此图利，欲驱此等勇以杀贼，吾恐转资盗以盗矣！且平寇之法，必须进攻，今之办贼，如出柙虎兕也，彼来则鸣锣集众，遥望以驱之，而非其处不顾也。不知虎兕未灭，我村虽无恙，而乡邻有受其害者。顷闻曾部堂④退军吴城，湖北李方伯统领水军，微闻不利。迩来天下能办贼者，止此数人，而竟不能早奏肤功也，不几令英雄短气哉！吾谓九江、湖北、江宁等处之贼，乃国家之大患，而安福之贼，即吾乡邑之大患也。

自廿六至今八日矣，未谂近事如何？山居焦思，奉母余间，聊即所传闻者记之，以当野录云。

注释：

① 乙卯：咸丰五年（1853）。寇：指太平军，文中贼、盗均指太平军。

② 莲花厅：在吉安之西，即后之莲花县。

③ 不遹：犹言无法逃避。

④ 曾部堂：指曾国藩。部堂，明清时六部正堂官，即尚书、侍郎，雅称为部堂。各行省总督带尚书头衔者，亦自称部堂。曾国藩《讨粤匪檄》："本部堂奉天子命，统师二万，水陆并进，誓将卧薪尝胆，殄此凶逆。"

寇陷吉安记

咸丰五年乙卯冬十一月十九日，贼攻吉安府城，围之。

先是秋八月，粤东贼由茶陵陷永新，柏参戎出堵城隍隘，既溃而奔还。贼旋陷永新、安福，周按察方帅师追剿，而贼已趋袁州，抵分宜，见贼氛甚炽，知势不可御，乃退保郡城。而贼复由分宜窜临江，适粤西贼伪翼王石达开由义宁陷瑞州、袁州，遂合兵数万，上攻吉安，其锋甚盛。周按察与知府陈公率同文武大小官弁数千人竭力固守，以待外援，日飞书告急于上。而省中遣来楚军，至樟树镇为贼所扼，不得进，又檄调候补知府周汝筠率赣南兵赴援。因贼据泰和，屡战败绩，欲由间道，恐前后夹击，遂驻破塘口月余，按兵不动。当是时，贼骑充斥，上下声援不通，贼攻城日急，城内火药虽足，而粮饷渐亏。至十二月十四日晚，总办团练、庐陵举人罗子璘率保卫军出东门，将溃围乞师、贼觉，举火力战，死之。

城内益震恐，且以血书告急。周按察并陈知府愈登陴堵御，昼夜不懈，屡杀马饷士卒，晓以大义，皆感激奋励，贼凡百计来攻而守益坚。至丙辰正月二十五日，贼由西穿地道，骤轰塌城数十丈。贼众趋势蜂入，城内力不支，遂陷。按察周玉衡战死，知府陈宗元不屈死，参将柏英、通判王保庸、庐陵知县杨晓昀、龙南知县黄见周、德化知县林蔚、江宁布政司理问周恩庆、候选知县万庆章、教授余步蟾、教谕李传心、经历余焯、照磨胡干、县丞吕承恩、典史章德懋及都司马福寿等俱殉城，从死者以万记，阖城官弁无一幸免者。贼怒，遂屠其城，时吉水、永丰、永宁、万安、皆先后陷。贼又分股破抚州。

嗟乎！当吉安被围时，得数千兵来援，内外夹攻，城何至破！乃死守六十五日，竟无一卒，即兴国韩进春声言赴援，而迟迟以行，仍赴周汝筠营，闻吉郡失守，即驰回南康，兵亦退赣城。是时，周按察之子周炎亦带勇驻泰和蜀江口，酷烈甚于贼，杀乡民数十以报功，至是亦遁去。盖自寇入江西以来，全州、义宁州而外，惟吉郡遭寇最惨，而死难诸公亦惟吉郡最烈。他如永丰知县瑞琳巷战死。吉水知县章裕善城破，朝服坐堂骂贼。贼怜其忠，欲舍之，遂手书告示，有"听贼残毁其身，毋伤百姓"之语，仰药而死。噫！如章公者，尤矫矫者也。

游岳阳楼记^①

　　乙丑^②夏，余自京南旋，迂道三楚，舣舟岳阳，偕钟君云川登楼纵目。雨霁，湖山如沐，众绿成阴，低徊久之。

　　楼初创，未闻于世，宋滕子京守巴陵重修，范文正作记而楼遂传。自古名胜佳迹，非得贤人君子居处、观游、题咏、记载，则亦寂寂泯泯，长此湮没沉抑耳。斯楼之烜赫，岂非以文正^③一记哉！夫文正当迁谪宦游之日，独能殚心王室，每饭不忘，一记述间，而致君泽民之心如绘。千百载下，读忧乐两言，辄为之掩卷沉吟，不能已已。慨自粤匪倡乱，扰攘遍天下，迩来吴楚烽燧差平，而秦、晋、梁、豫、闽、黔又复多警，余自大江南北于齐、于鲁、于燕、于卫，复由豫以达于楚，凡所谓雨花台、平山堂、黄鹤楼诸胜迹，皆付一炬，即我江右滕王阁亦俱烬尽，而此独岿然长存。登斯楼也，游目骋怀，一碧万顷，真所谓宠辱胥忘者，然感事忧时，还念夫蒿目所至，又不啻举疲癃疾困苦无告者而环集于前，乃益叹文正之言为可味也。昔杨么据洞庭湖，为害于州，岳少保^④捣其巢，平之。今数百年矣，波浪不惊，舟楫晏然，官斯土者，其亦念武穆之功，而求夫弭盗之法，在先尽夫教养之道乎！

　　楼凡三层，历数十级，左转而陟其巅，在州西门月城上，临洞庭、面君山，倚栏四望，重湖萦纡，而大云、鸡笼及荆襄诸山，空濛晻霭，隐见出没于云霞烟水之外，斯诚极天下之壮观，而有以慰夫夙心者。记旧为东坡书，重摹者张得天尚书。旁有仙梅亭，土人掘地，得石刻梅花，作亭以庋，故名。右有印心石屋石刻，系宣庙^⑤书，以赐安化陶文毅^⑥。友人王与琴、洪静江、胡雪村，皆有志斯楼者，惜不得同游。闰五月既望之十日记。

注释：

　　①岳阳楼：在岳阳城西，始建于唐，北宋庆历五年（1045）滕子京重修，范仲淹作有《岳阳楼记》。

② 同治四年（1865）。

③ 文正：即范仲淹，逝世后谥文正公。

④ 岳少保：岳飞，南宋民族英雄，太子少保，为荣誉性衔号。卒后谥武穆。

⑤ 宣庙：爱新觉罗·旻宁，即清宣宗，通称道光帝。

⑥ 陶文毅：陶澍，字子霖，号云汀、髯樵，湖南安化县人。嘉庆年间进士，任翰林院编修后升御史，先后调任山西、四川、福建、安徽等省布政使和巡抚，官至两江总督加太子少保，卒谥文毅。著有《印心石屋诗抄》《蜀輶日记》《靖节先生集》《陶文毅公全集》等。

六六山房记

金溪徐君玉于筑室云林，额以"六六山房"。或曰："云林有三十六峰，故名。"或曰："六六取邵子①诗义，所谓'三十六宫都是春'也。"考邵子当熙宁时，隐居洛阳，闲游城中，士大夫识其车音者，争相迎候。其门生故友因新法严，有投牒去者。邵曰："此正贤者所当用力之时。"观此，则知公之心即天地生物之心也。

君自壬子领乡荐②，一上公车，遂绝意进取。大吏以学行荐，不就。率子弟耕读其中，其学不立门户，一归于躬行心得，教人由"小学"进。平居无惰容，虽盛暑，不衣冠不见学者，其动依礼法率类此。昔陆子静③谓："居家日用常行事，即是问学经济。"盖有用之学，原不骛于高远。君躬自刻责，每五更起，静坐观书，曙则课农工，授诸门人业，夜分乃罢，与古所称啸傲烟霞、怡情泉石者固自殊焉。

山房在峰麓，左右山如抱，前后列屏，上多松杉桐竹之属。阶前植梧柏二本，堂后梧一，皆高与檐齐。每日月初升，碧影满院。右流泉一道，如琴如筝，如清秋之笛。雨过则砰訇澎湃，并于江河矣。因思我朝江右以学行名者，髻山宋未有、彭躬庵、程山谢裕斋⑤、易堂魏冰叔⑥、彭躬庵⑦诸子，皆淬砺磨劙，故能以清修笃行，增林泉重。今君淑己以淑人，吾知继三山而称为世法者，又在我云林也。

余未识命名义，而观其学与行，所谓与物皆春者，非欤？余交君自癸亥抚州始，别来已七年矣，学行无似，何足以质君！今夏旅寓京师，君之门人洪静江为余齐年友，属为记。时秋风初起，拂纸窗有声，兀坐凝思，情来神往，恍如昔年兴鲁书院剪烛论文时也。山房构于咸丰乙卯，后十四年，同治戊辰，泰和萧鹤龄为之记。

注释：

① 邵子：邵雍，字尧夫，生于河北范阳。皇祐元年（1049）定居洛阳，以教授生徒为生。名流学士如富弼、吕公著、程颐、程颢、张载等退居洛阳时，都很敬重他；司马光待他如兄长。嘉祐间诏求遗逸，留守王拱辰以邵雍应诏授将作监主簿，复举逸士，补颍州团练推官，但他都坚决推辞。熙宁十年卒，赐谥康节。后人尊称"邵子"。著有《皇极经世》《观物内外篇》《渔樵问对》等。

② 壬子领乡荐：咸丰二年（1852）参加乡试中举。

③ 陆子静：陆九渊号象山，字子静，金溪县人。因其在龙虎山聚徒讲学，山形如象，自号象山翁。著名理学家和教育家，与朱熹齐名，史称"朱陆"。是宋明两代"心学"的开山祖。

④ 髻山宋未有：宋之盛，星子县人，讲学髻山，"以明道为宗，识仁为要。"

⑤ 程山谢裕斋：谢文洊，号裕斋，南丰人，讲学程山，以张载主敬之旨为本。

⑥ 易堂魏冰叔：魏禧，宁都人，隐居翠微峰建易堂讲学。以砥砺廉节、讲求世务为主。

⑦ 彭躬庵：彭士望，号躬庵，南昌人，其时亦隐居翠微峰论学。

永丰刘先生事状①

吉安理学肇于南唐罗洞晦、宋欧阳文忠公。至明而极盛，三罗②开其先，聂③、李、欧阳④、胡⑤、郭⑥继之，而吉水邹忠介⑦以首善为讲学之所，安福则邹文庄⑧及刘邦采⑨、刘阳⑩、刘文敏⑪、王时槐⑫诸公均极一时之选，入国朝则庐陵张箕山⑬，嗣此群推永丰刘先生。

先生启手足之明年，御史彭世昌入告疏，略云："已故儒臣永丰刘绎，道光十五年乙未进士，授职修撰，蒙宣宗成皇帝召试，入直南书房，垂询家庭奉养事，有'父母俱存、人生至乐'之谕。十八年，视学山左，厘正文体，整饬士习，训戒奖掖，备极周详。任满仍入直，并诏奉亲居澄怀园直庐以便养。岁时叠邀赏赍，嗣以父母年老不习水土，陈乞归养，主讲吉安鹭洲、青原两书院。咸丰元年，廷臣交荐，奉召入京，文宗显皇帝召对三次，仍以母老乞归。六年，粤匪陷郡邑，倡办民团，乞师克复。八年，命加三品京堂衔。督办江西团练于百端艰绌之时，不烦不扰，卒能鼓舞众心，保全桑梓。丁母忧，恳辞差使。穆宗毅皇帝登极，嘉其学优品正，复召入京，时年已七十，乞抚臣代奏恳辞。自是纂修省志及郡邑志。光绪五年卒于家，年八十有二。

伏念故臣刘绎，性秉忠孝，学宗濂洛，自幼诵法朱子、小学，比长，益潜心义理，一言一动，必遵先民矩矱。主讲青原书院八年，鹭洲书院三十有七年。自念身为文学侍从之臣，当以维持风教、培植人才为任。与其徒论学，不涉偏激，不落空虚，必本于省察躬行，凡所裁成，咸知崇实黜华，即远郡闻风私淑，亦被渐染之泽。吉安自宋明以来，理学辈出，刘绎默承渊源，推阐往绪，实能绍前哲宗风，树后学模楷。生平于文不苟作，必有物有序，求合于立言之旨，著《存吾春斋文钞》十二卷，《诗钞》十三卷。其为督学，著《崇正黜邪语》一卷，外笺经注史及语录未诠次者，不下数十万言。年届八十，重游泮水，其自序文，有生平'进未尝一日诡遇，退未尝一日暇逸'之语，临终遗言，惓惓以涓埃未报，教子孙读书立身，以报国恩，盖素志然也。至其居乡，倡修学宫城垣，复建府试书院，又节缩历年修金，捐钱千缗，资助宾兴，捐租千五百石，备赈荒年，义举尤未可殚述云云。"

疏入，上谕："原任三品京堂衔、翰林院修撰刘绎，道光年间入直南书房，旋任山东学政。任满，陈乞归养。主讲吉安鹭洲书院，崇尚正学，培植人才，洵足为后学楷模。该故员学行事迹，著宣付史馆，列入《儒林传》以彰硕学，钦此。"

鹤龄从游三十年，先生之学未能窥其万一，然窃念先生所谓"进未尝一日诡遇"，即董子"正谊不谋利，明道不计功"之意也。"退未尝一日暇逸"，即朱子"居敬伊川，涵养须用敬"之旨也。先生之学术，斯二语见其概矣。

先生白皙长身，德器粹然，望而知其贤，即之温温然，乐道人之善而

隐其恶，有问则答，未尝强以语人。人无贵贱少长，一接以诚，省府大吏
访治道于先生，言利弊无隐，毫不及私，黄鲁直所谓"光风霁月"者可想
像得之。回忆先生八十时，徒步往祝，别时以"多写信来往"为训，今几
何时，言犹在耳，而音容不可复睹矣。惟是府县乡贤祠及白鹭各书院，尚
当崇祀，又以格于例，不能请谥，学者私谥孝愍先生。鹤龄学行无似，不
能如袁正甫之于王深宁⑭，方正学之于宋潜溪⑮，张大先生之业，谨节录疏
词，俾后之学者，读此如读国史焉。

注释：

① 刘先生：即刘绎。

② 三罗：罗钦顺，明代哲学家，礼、吏部尚书；罗伦，永丰人，明代状元、学者。
罗洪先，吉水人，状元。阳明后学中的江右王门重要学者。

③ 聂：聂豹，字文蔚，号双江，永丰人。正德间进士，官至兵部尚书。

④ 欧阳：欧阳德字崇一，号南野，泰和县人。嘉靖二年进士，官至礼部尚书兼翰
林院学士。受业于王守仁。著有《欧阳南野集》三十卷。

⑤ 胡直：字正甫，号庐山，泰和县人。师从欧阳德、罗洪先。嘉靖三十五年
（1556）进士，授刑部主事，官至福建按察使。

⑥ 郭：郭子章，字相奎，号青螺，泰和人。隆庆五年进士，巡抚贵州。读书不
辍，著述宏富。

⑦ 邹忠介：邹元标（1551~1624），字尔瞻，号南皋。江西吉水县县城小东门邹
家人，明代东林党首领之一，与赵南星、顾宪成号为"三君"。

⑧ 邹文庄：邹守益字谦之，号东廓，安福人。著名理学家、教育家。以王守仁的
"致良知"学说作为道德教育的根本。有《东廓邹先生遗稿》传世。

⑨ 刘邦采：字君亮，号师泉，江西安福人。嘉靖七年（1528）乡试中式，授寿宁
教谕，迁嘉兴府同知。不久弃官归。著有《易蕴》。

⑩ 刘阳：字一舒，安福人。由举人授砀山知县，官至御史。后隐居武功山。

⑪ 刘文敏：安福人，王阳明弟子。

⑫ 王时槐：字子直（一作子植），号塘南。安福（今属江西）人，明代教育家。
历官至陕西参政。著有《友庆堂合稿》《广仁类编》等。

⑬ 张篑山：张贞生，字干臣，一字篑山，庐陵人。顺治间进士。官编修，以苦节
称。累迁侍讲学士。初阐阳明良知之说，后读罗钦顺《困知记》，乃专宗朱熹，以

"慎独主敬"为归。著《睡居随录》《庸书》。

⑭袁正甫：袁桷，字伯长，号正甫，鄞县人，师从王应麟。王深宁：王应麟，字伯厚，号深宁，浙江鄞县人，南京淳祐间进士，官至礼部尚书。著有《困学纪闻》等。

⑮方正学：方孝孺，明初著名学者。建文间进侍讲学士。斋名正学。宋潜溪：宋濂，号潜溪，义乌人。明代开国文臣之首。

陈宝箴

陈宝箴（1831～1900），字右铭，晚号四觉老人，义宁州（今修水县）人。近代著名的维新大吏。咸丰元年（1851）举人，初入曾国藩、席宝田幕府，以军功起家，署湖南辰沅永靖兵备道，补授河北道，后历任浙江、湖北按察使，直隶布政使。光绪二十一年（1895）授湖南巡抚，推行新法。戊戌政变时被革职，隐居南昌西山，筑崝庐以守黄夫人墓，病逝于此。著有《河北致用精舍课士录》《湖南全省地舆图表》等。以下诸文选自中华书局2003年12月出版的《陈宝箴集》。

上江西沈中丞书^①（节录）

江右素号礼义之乡，有宋以来，欧阳诸公以文学提倡一时，厥后理学节义为世所宗，大儒、名臣蒸蒸继起者数百余年。匡庐、鄱阳之灵气，磅礴郁积，发泄无余。然未有如今日之衰者，绳墨自修之士、理烦治剧之材，今虽不乏其人，而求如昔日之德行精纯、节义事功争光日月者，盖未之见，此岂山川钟毓之灵有时而阒哉？学术不明，则志气馁于中，流俗夺其外，前哲流风遗韵愈远愈微，虽有翘楚之材欲自振拔，而无师友渊源以开广其志意，则亦不免自安于小就，此人材之所以日绌，有识者所大忧也。

国家立教官以造士，设制科以遴材，意非不善，然教官之权太轻，又不知所以为教，而制科之弊则务为帖括剿袭，以资弋猎，虽日读《四书》《五经》，满纸道德经济，其实于己无与也。是故书法为艺事之微，乃求之，今日俗学之士，惟有此等伎俩尚可备文书案牍之用者，末流如此，可为浩叹！

夫法久则变，变则通。变通之权，非任封圻者所能自便，而其可以就成法之中寓化裁之意者，莫如书院一事。昔潜庵先生②抚苏州，凡村里塾师，皆令地方保择，重育材之本也。省垣风化所基，其书院山长尤重。我省豫章书院③旧规，例聘乡先达之品学德望可为多士楷模者为之，相沿既久，惟以同乡赋闲之甲科显宦递主斯席，于是州县山长至有以科目先后次第推任者。其间贤者不谓无人，然不论其实能造士与否，而第以科目、官爵为重，则与今日教官之或以资格、或以纳粟进者其弊何殊？夫师儒者，士子趋向之的也。彼见其师之所有，不过八股、诗赋之技，而俨然为人贵重如是，则其所向往而步趋者亦止如是而已，何以激发其志气、振兴其耳目哉？

请自今厘定省属书院章程，按仿胡文忠④定经义治事之规，拔其优者，厚以廪饩而礼貌之，又拔其优者而荐举之。至于山长，首宜慎择，毋循陋章，但求为事择人，不必为人择事。如实有品学德望可为楷模者，不宜拘以资位，并不泥定本省。即如安徽王子槐侍郎，品望学术，当世所称，近以读礼南归，若能聘主豫章讲席，诚不愧古者师道之任，惟执事裁之。某历观古大儒筮仕⑤之邦，莫不以明教化、兴学校为己任。执事山斗之望，士论所宗，登高一呼，众山皆应。设诚而致行之，数年之后，学术渐明，人材必奋，岂惟我省之幸，天下国家与有裨焉。剥复⑥之机，培养之任，虽欲不望之执事而不得矣。

注释：

① 沈中丞：沈葆桢，字幼丹，福建侯官县人。道光二十七年（1847）进士，选庶吉士，授编修。咸丰五年（1855）知九江府，改署广信知府。咸丰十一年（1861）任江西巡抚。后任福建船政大臣，主办福州船政局。明清时称巡抚为中丞。

② 潜庵先生：汤斌，字孔伯，河南睢县人。顺治间进士，历任翰林院侍讲，江南巡抚。

③ 豫章书院：位于南昌府进贤门内（南昌第十八中学），始建于南宋，为清代江西官府所办的省城书院。为古代江西学术思想的传播、人才培养的基地之一。

④ 胡文忠：胡林翼，字贶生，号润芝，湖南益阳县。道光年间进士，授编修，先后充会试同考官、江南乡试副考官，湖北按察使，升湖北布政使、署巡抚。与曾国藩、李鸿章、左宗棠并称为"中兴四大名臣"。辑有《胡文忠公遗集》。病死于武昌。赠总督，谥文忠。

⑤ 筮仕：古代官员出仕，将卜问吉凶。此犹言出仕。

⑥ 剥复：《易》二卦名。坤下艮上为剥，表示阴盛阳衰。震下坤上为复，表示阴极而阳复。后因谓盛衰、消长为"剥复"。《宋史·程元凤传》："极论世运剥复之机。"

上曾相国书①

中堂阁下：

某自前年拜谒台端后，遂不及修问。譬之观海者望洋而返，目动神悚，虽终身不忘，而不敢以蠡测之明，托词于微波。若其他泛常起居之言，机务至烦，又不肯以溷渎②聪听。荒简之咎，如何可言！某自皖城游席廉访③军中，其间往返归省，在军盖期年，学问荒芜，无毫末进取。每念往者亲承言论，悼人材之衰息，顾谓宝箴宜与汪瀚辈以气节、学谊与乡人相砥砺，以持其弊，归而服膺，窹寐寝兴，如临师保④。顾自念梼昧⑤无所树植，复不能殚精于道义，以取师友之资。四顾茫茫，陨失是惧，崎岖奔走之余，蹉废日月，行自伤也。

昨读家书，汪瀚赴中堂召，去家数日，暴病以卒于道，闻之惊悼，悲愤无尽。倘所谓天道，是耶？非耶？今年春正月，瀚冒大雪，走百里，访宝箴山中，五日始达，手足冻僵，闭门热炉火，剧谈数昼夜，娓娓不竭。值宝箴得湖北友人书论捻匪事，相与谓："得中堂驻淮、济间三四年，择沉毅有法度将卒，以重兵扼必走之冲，更得一二贤大吏，助我公宣布朝廷威德，创惩董戒，可使百年以来寇乱根株断矣。"瀚又谓："吾受中堂知良厚，不以吾有他才能也。我以终天之恨，志不愿复出取荣显，然中堂苟复有师旅之任，虽万里必趋赴之，聊与均苦耳。"

瀚今年授徒邑中，以门人就试，偕至章门⑥。宝箴自家之石城军中，复与邂近，依依不忍别，遽欲送之至建昌⑦，遂过宁都，览易堂⑦之遗迹，寻以其子病，不果。而某遽去，盖于是遂永诀矣。方是时，瀚体貌如平常，语言意思，蔼然油然。其于师友之情、古今成败废兴之故，绵邈悱恻，若不可以自已，孰谓其遽止于是而已哉！瀚家无恒产，去年归自皖南，始出薪资买薄田，又以贫戚友之售之也，较常值倍，仅得五六亩，不足以供饘粥。门祚衰薄，鲜兄弟。其孤幼弱，女四人，婚嫁无时，良可悲矣。

虽然，人生得一知己，可以死而不恨。瀚以闾里穷士，读书励行，无以自高异，而中堂知之且深，瀚虽死，宜无憾。独其生平志行节概可称，为学明大体，有敦笃君子之风，苟身没而名不彰，亦志士之所痛也。其门人辈将为营葬，欲得中堂一言表其墓，而不敢请，某以为瀚实受中堂知，以其惓惓于中堂，知中堂亦惓惓于瀚耳，将毋可乎？若其身后之事，诸孤之教育，则某与二三友朋之责也，顾与瀚游者皆穷士，其力率不足温煦而覆翼之，且奈何耶？

义、武⑧山僻之乡，学者罔所师法，自瀚游中堂之门，始稍稍有知向往者，如宝箴即其人也。今瀚又已矣，回绎往者中堂人材之论，愈益愀然。一乡一邑学术废兴之际，果亦有数存乎其间与？临书惶悚，伏维垂鉴。

注释：

①曾相国：曾国藩初名子城，字伯涵，号涤生，谥文正，湘乡县人。晚清重臣，湘军的创立者和统帅者。晚清散文"湘乡派"创立人。官至两江总督、直隶总督、武英殿大学士，封一等毅勇侯。下文中的中堂仍指曾国藩。中堂是明清时对内阁大学士的称呼。

②湣渎（hùn dú）：侵扰，渎犯。宋李纲《辞免知潭州第三奏状》："动致烦言，湣渎宸听，卒不能有以少称知遇之意。"

③席廉访：席宝田，湖南东安县人。咸丰二年（1852）在乡举办团练，九年率部参与解除太平军对宝庆之围，擢知府。咸丰十年（1860），招募"精毅营"开赴道州、桂阳等地作战。同治二年（1863），随江忠义率部驰援在江西和太平军作战的湘军。同治三年（1864），太平天国天京失陷后，他率军在江西石城杨家牌击败太平军馀部，俘获幼天王洪天贵福和干王洪仁玕等，由道员升贵州按察使。同治十一年（1872），攻陷

凯里。被清廷擢升为云南按察使。陈宝箴曾入其幕府中。

　　④ 师保：古时任辅弼帝王和教导王室子弟的官，有师有保，统称"师保"。

　　⑤ 梼昧：愚昧。多作自谦之辞。梼：刚木，木材坚硕的树；昧：昧暗，不明。晋郭璞《尔雅序》："璞不揆梼昧，少而习焉。"

　　⑥ 章门：代指南昌，城西旧有章门。

　　⑦ 建昌：建昌府，治南城。

　　⑧ 易堂：在宁都翠微峰，为清初著名学者、文学家魏禧等九子讲学处，号易堂九子。

　　⑨ 义、武：义宁州（今修水县）、武宁县，均在赣西，为相邻两州县。

答易笏山书①

　　承教，辨析精微，钦佩无已。窃谓朱子②教人为学，次第节目，至精至详，何有支离之病？但宗朱子者，务以攻陆、王③为事，往往矫枉过甚，反专求之于言，不求诸心，故末流之失，稍涉支离者，亦有之矣。即阳明之学，亦何尝以空寂为宗？以其攻朱学末流之失，语意不免偏重。而为阳明之学者，又不深究其本末，而徒以附会宗旨为事，且并阳明之意而失之，何有于朱子也？

　　阳明答欧阳崇书示："良知不由见闻而有，而见闻莫非良知之用，故良知不滞于见闻，而亦不离于见闻。故致良知是学问大头脑，是圣人教人第一义。"今人专求诸见闻之末，则是失却头脑而已，落第二义矣。故曰："每闻择其善者而从之，多见而识之，知之次也。"又云："多见多闻，莫非致良知之功。"意其所以为教，盖恐学者支离琐碎，反蹈务外遗内、舍本求末之病，非教人耽空守寂，如佛氏之为也。

　　大抵躬行实践，各有心得；不同之处，周子主静④，程子主敬⑤，用功亦微有不同。子夏、曾子皆圣门高弟，然一则笃信圣人，一则反求诸己。二子同堂，未尝强同伐异，而各有所以自成。今人不致力于躬行，而徒于朱、陆异同纷纷聚讼，穷日夜不休，恐非所谓为己之学矣。盖就其资禀契悟以几于道，则大贤以下皆有可观，而立言垂教，则惟圣人为能无弊，是在学者之善会而已。

不以文害辞，不以辞害志，以意逆志，是为得之，乃真能读古人之书者。是故朱子之穷理，阳明之致良知，要皆为诚正修齐之实功。阳明之言，务正宗旨，遂不觉有所偏重。而为朱子以攻阳明者，诋之过甚，不免因噎废食，凡课静功、讲心学者，皆距之千里之外，而亦不自觉其言之偏。于是学者因其言之各有所主，遂各就其一偏，扬波助澜，以自卫其藩篱之见，则有支离空寂之病矣。

圣贤学务克己，此己不克，而徒事口耳，是与臧三耳⑥之辨何异？谈齐邱而议稷下，以求圣人之道，不亦难哉！日来有一见解，窃谓聪明才智之士，患不在不明，而患躐等蹈空⑦，无积累之实，宜多读朱子书；沉潜刻苦之资，患不在不勤，而患支离束缚，无归宿之途，宜兼读阳明书。正取其相异而相成也。天下之理，一本万殊，不观其意，无以会其通，故夫子曰："友多闻，益矣。"夫取益之方，岂必守一家言，以攻排异己为要哉？

学问疏浅，不足以语精深，聊贡所见，以质高明，伏维教鉴。

注释：

①易笏山：易佩绅，字笏山，湖南龙阳人。咸丰八年（1858）举人。从军川陕间，积功授知府。官至江宁四川藩司。尝从郭嵩焘、王闿运游。陈宝箴与他为好友，曾与他一道抵御太平军。诗学随园，有《两楼诗钞》《文钞》《词钞》。

②朱子：朱熹，婺源人，生于尤溪。南宋大理学家，其治学路径被陆九渊讥为支离。

③陆王：陆九渊，金溪人。南宋心学家。王阳明：王守仁，余姚人，其治学以致良知为要，被人讥为空寂近禅。

④周子主静：周敦颐，北宋湖南道县人。为理学开山祖。太极图说。认为"人极"即"诚"，"诚"是"纯粹至善"的"五常之本只有通过主静、无欲，才能达到这一境界。

⑤程子主敬：程颐，北宋理学家，周敦颐弟子。论学主敬、"定心"，不受来自外部事物的干扰。虽接触事物，却不执著、留恋于任何事物，"内外两忘"，超越自我。

⑥臧三耳：两耳之外别有一耳，主听。为先秦名家诡辩论题之一。《孔丛子·公孙龙》："公孙龙言臧之三耳甚辨析。"

⑦ 躐等躐空：逾越等级；不按次序。《礼记·学记》："幼者听而弗问，学不躐等也。"

请厘正学术造就人材折

（光绪二十四年五月二十七日）

奏为请旨厘正学术，以期造就人材、维持风教，恭折仰祈圣鉴事：

窃维自古国家登进人材，内以裨补主德，外以经纶庶务，其德行事功之所表见，言论风采之所流被，天下之士慕而效之，学校奉为楷模，草野浸成风俗，是以群材有奋兴之几，国家无乏材之患，此贤圣之君所以陶冶人伦、鼓舞一世之微权也。

臣窃见数月以来，皇上轸念时艰，锐意作新之治，通饬京外设立大、小学堂，变更科举，改用策论试士。伏读光绪二十四年四月二十三日及五月初四日上谕，谆谆诰诫，深切著明，所以振国是、作士气、同风俗，其道举莫能外。跪诵再三，诚庆诚忭。宇内冠带之伦，靡不感激涕零，钦仰宸断，诚千载一时振兴之机也。又恭阅邸抄，五月初四日康有为①、张元济②预备召见，尤仰见皇上锐意求材，不拘资格，群情鼓舞，迥异寻常。

臣尝闻工部主事康有为之为人，博学多材，盛名几遍天下，誉之者有人，毁之者尤有人。誉之者无不俯首服膺，毁之者甚至痛心切齿，诚有非可以常理论者。臣以为士有负俗之累而成功名，亦有高世之行而弋虚誉，毁誉不足定人，古今一致。近来屡传康有为在京呈请代奏折稿，识略既多超卓，议论亦颇宏通，于古今治乱之原、中西政教之大，类能苦心探讨、阐发详尽，而意气激昂慷慨，为人所不肯为，言人所不敢言，似不可谓非一时奇士。意其所以召毁之由，或即其生平才性之纵横、志气之激烈有以致之，及徐考其所以然，则皆由于康有为平日所著《孔子改制考》一书。此书大指推本《春秋公羊传》及董仲舒《春秋繁露》，近今倡此说者为四川廖平③，而康有为益为之推衍考证。其始滥觞于嘉、道一二说经之士④，专守西汉经师之传，而以东汉后出者概目为刘歆⑤伪造，此犹来自经生门户之习。

逮康有为当海禁大开之时，见欧洲各国尊崇教皇，执持国政，以为外国强盛之效实由此。而中国自周秦以来政教分途，虽以贤于尧舜、生民未有之孔子，而道不行于当时，泽不被于后世，君相尊而师儒贱，威力盛而道教衰，是以国异政、家殊俗，士懦民愚，虽以嬴政⑥、杨广⑦之暴戾，可以无道行之，而孔子之教散漫无纪，以视欧洲教皇之权力，其徒所至，皆足以持其国权者，不可同语。是以愤懑郁积，援素王之号，执以元统天之说，推崇孔子，以为教主，欲与天主耶苏比权量力，以开民智，行其政教。而不知圣人之大德配天，圣人之大宝曰"位"，故曰："虽有其德，苟无其位，不敢作礼乐焉。"欧洲教皇之徒，其后以横行各国，激成兵祸战争至数十年，而其势已替。及政学兴、格致盛，而其教益衰，今之仅存而不废者，亦如中国之僧道而已。

当康有为年少时，其所见译出西书有限，或未能深究教主之害与其流极所至。其著为此书，据一端之异说，征引西汉以前诸子百家，旁搜曲证，济之以才辩，以自成其一家之言，其失尚不过穿凿附会。而会当中弱西强，黔首坐困，意有所激，流为偏宕之辞，遂不觉其伤理而害道。其徒和之，持之愈坚，失之愈远，嚣然自命，号为"康学"，而民权、平等之说炽矣。甚或逞其横议，几若不知有君臣父子之大防。《改制》一编，遂为举世所忿疾，其指斥尤厉者拟为孟氏之辟扬墨，而康有为首为众射之的，非无自而然也。第臣观近日所传康有为呈请代进所辑《彼得变政记》折稿，独取君权最重之国以相拟议，以此窥其生平，主张民权，或非定论。独所撰《改制》一书，传播已久，其徒又类多英俊好奇之士，奉为学派，自成风气。即如现办译书局事务举人梁启超⑧，经臣于上年聘为湖南学堂教习，以尝受学康有为之门，初亦间引师说，经其乡人盐法道黄遵宪⑨规之，谓"何乃以康之短自蔽"，嗣是乃渐知去取。若其他才智不逮，诚恐囿于一隅之论，更因物议以相忿竞，有如四月二十三日谕旨所谓"门户纷争，互相水火，徒蹈宋明积习，于时政毫无裨益"者，诚可痛也。

自古畸人才士，感事伤时，嫉悒痛愤，其所述作每多偏诐不平之弊，及其出为世用，更事渐多，学亦日进，因而自悔少作者不一。其人好学近智，知耻近勇，有独至之气者，必有过人之长。我皇上陶铸群伦，兼收博采。康有为可用之才、敢言之气，已邀圣明洞鉴，当此百度维新、力图自强之际，千人之诺诺，不如一士之谔谔，谓宜比之狂简，造就而裁成之。可否特降谕旨，饬下康有为即将所著《孔子改制考》一书板本自行销毁。既因以正误息争，亦藉可知非进德，且使其平日从游之徒，不至昧昧然胶守成说，误于歧趋于皇上变通学校、转移人才之至意，亦可以风示朝野矣。如康有为面从心违，以欺蒙为搪塞，则是行僻而坚、言伪而辩之流，将焉用之？窃揣康有为必不至此。

臣为厘正学术，以期造就人材、维持风教起见，谨专摺具陈。是否有当，伏乞皇上圣鉴训示。谨奏。

注释：

① 康有为：又名祖诒、字广厦、号长素，又号更甡、天游化人，广东南海县人。光绪年间进士，官授工部主事。著有《康子篇》《新学伪经考》。

② 张元济：字筱斋，号菊生，浙江海盐人。清末进士，入翰林院任庶吉士，后在总理事务衙门任章京。

③ 廖平：初名登廷，字旭陵，号四益；继改字季平，改号四译；晚年号六译，四川井研县人。近代经学大师，一生研治经学，建立了融合古今中西各种学说、富有时代特色的经学理论体系。

④ 始滥觞于嘉、道说经之士：此言开始于嘉庆、道光年间倡今文经学之士。

⑤ 刘歆：字子骏，汉高祖刘邦四弟楚元王刘交之后，名儒刘向之子。西汉后期著名学者，古文经学的真正开创者。

⑥ 嬴政：秦始皇，始建帝制。

⑦ 杨广：隋炀帝，隋文帝次子，隋朝第二位也是最后一位皇帝。

⑧ 梁启超：字卓如，一字任甫，号任公，又号饮冰室主人、饮冰子、哀时客、中国之新民、自由斋主人，广东新会人。光绪间举人。青年时期和其师康有为一起，倡导变法维新，并称"康梁"，是戊戌变法领袖之一。著有《饮冰室合集》。

⑨ 黄遵宪：字公度，别号人境庐主人。广东嘉应州（今梅州市）人。咸丰六年（1856）举人，曾任户部主事、广西知府。历充驻日参赞、旧金山总领事、驻英参赞、新加坡总领事，戊戌变法期间署湖南按察使，助巡抚陈宝箴推行新政。工诗，喜以新事物熔铸入诗，有"诗界革新导师"之称。著有《人境庐诗草》、《日本国志》。

书塾侄诗卷

诗言志，志超流俗，诗不求佳，然志高矣。又当俯仰古今，读书尚友，涵养性情，有悠然自得之致，绵渺悱恻，不能自已，然后感于物而有言，言之又足以感人也。后世饰其鞶帨①，类多无本之言，故曰"雕虫篆刻，壮夫不为"。然即以诗论，亦必浸淫坟籍，含英咀华，以相输灌，探源汉魏，涉猎唐宋。人于作者骨格、神韵具有心得，然后执笔为之，不见陋于大雅之林矣。

今侄且无肆力于诗，且先肆力于学。以侄之聪明才能，摆脱一切流俗之见，高著眼孔，拓开心胸。日与古人为徒，即以古人自待，毋自菲薄，毋或怠荒，他日德业事功，皆当卓有成就。以此发为诗文，如万斛泉源，不择地而涌矣，况不必以词章小道与专门名家者争优劣耶？子夏曰："虽小道，必有可观者焉，致远恐泥。"闻侄渐留意于书画笔墨之间，而未知向学，故书此以广所志，勉旃勉旃。

注释：

① 鞶帨：腰带和佩巾。汉扬雄《法言·寡见》："今之学也，非独为之华藻也，又从而绣其鞶帨，恶在《老》不《老》也。"李轨注："鞶，大带；帨，佩巾也。衣有华藻文绣，书有经传训解也。文绣之衣，分明易察；训解之书，灼然易晓。"

书扇诫示隆恪①

读书当先正志。志在学为圣贤，则凡所读之书，圣贤言语，便当奉为师法，立心行事，俱要依他做去，务求言行无愧为圣贤之徒。经史中所载古人事迹，善者可以为法，恶者可以为戒，勿徒口头读过。如此立志，久暂不移，胸中便有一定趋向，如行路者之有指南针，不至误入旁径，虽未遽是圣贤，亦不失为坦荡之君子矣。君子之心公，由亲亲而仁民，仁民而爱物，皆吾学中所应有之事。故隐居求志，则积德累行；行义达道，则致君泽民，志定则然也。小人之心私，自私自利，虽父母兄弟有不顾，况民物乎？此则宜痛戒也。

四觉老人书示隆恪

注释：

　　① 隆恪：陈三立次子，陈宝箴孙。

高心夔

高心夔（1835～1883）字伯足，号陶堂，又号碧湄，湖口县人。咸丰元年（1851）中举。咸丰三年，太平军攻占湖口县，其父遇难。他锐意复仇，在乡训练五百名乡兵。后间道拜谒正在九江驻防的曾国藩，为曾所器重，延入幕府，参赞军事。师久无功，再入京师。十年（1861）成进士，铨选知县不就，遂南归，奔走于楚越之间。李鸿章督军德州，心夔佐其军幕。后论功以直隶州知州发江苏，先后两次署吴县知县。其学识渊博，精研小学。工诗，多拟魏晋古风，为以王湘绮为首的汉魏诗派中的重要骨干。然自成一家，尤好渊明诗，故自号"陶堂"。著有《高陶堂遗集》等，以下诸文选自清光绪八年平湖朱之榛刊本。

石钟山铭①

湖口负山为县，阻临大江，石钟山踞其北隅，下与城属。自明季城圮，更二百余年，莫之缮完，莫知石钟山之为险者。大军既克九江，今太子少保、两江总督曾公②再起视师，论奏湖口重镇宜城，以授今兵部侍郎彭公③，而檄知县事、候补知府岑君莲乙，县人、按察使衔、记名道屈君蟠监，植因民之材，征力士之能者，遂经始咸丰九年己未四月，期而城成。

泊庚申④十一月，池宁⑤贼驰四百里，袭湖口与祁门。援兵争道山口市，楼橹粗缮，人吏疑沮。内江水师副将丁君义方勒兵入保。会大风，彭公乘舢板从黄石矶⑥来省城守。时守兵当攻者十一，然贼固已气沮宵遁矣。

一城之蔽，厝江湖于堂奥，捷应彰彰。且彭公之来也，大江昏冥，巨浪废山岳，船中人大恐，彭公意气益锐，卒存此城，难矣！天堑之险，专于水师。开通东道，实始湖口。经营湖口，莫盛于彭公。

高心夔叹之曰：伟夫诸君子之勤也。地势下江海而秀高陵，窾⑦者善容，翘者善举，凡有气以充之。有督师，诸君子以兴；有是役，湖口之险以具。是故一城而已，而利在国家。吾闻丁巳九月八日，彭公帅内江炮船拔梅家洲。明日，水陆大举，克石钟山。

山洲翼江而垒，贼殊死阻御四年矣。游击萧君捷三之殇，师屯吴城，彭公代将，崎岖拊循，拼命以规长江之利，东攻即首湖口，岂不以险哉？今民耕者还其疆，祭者循其垒，歌讴之声，与兹山无极矣。彭公宴游之顷，临乎江城，抑犹拊衿伤怀，吁啸慷慨，思所以居成功、劝来者，光辅我圣清，佥曰："宜为之铭。"其在工宣力者别有书，铭曰：

帝忧南纪，畀斧元戎。有丑遒诛，秽我土邦。
元戎莅斯，贲耀皇武。沃焴以江，菀楛以雨。
崭崭维岩，栖阻于天。畴剪夷斯，侍郎桓桓。
燔山掩堑，天壁匪高。夺江飞援，骞舟于涛。
茕嫠之存，忠信之系。孰躬况瘁？而闻不至。
川陵委输，阜成方垣。昔劳而遄，今胥而安。
汹浮披酾，含荆喷吴。巍万斯仞，攸詹毕图。
旎旎长麾，侍郎其东。河海旁润，歌舞予同。
皇威既宣，有建无改。作固于民，敬劝良宰。

注释：

① 石钟山：在湖口县城西，鄱阳湖边。有上钟山，下钟山。故又称双钟山。北宋苏轼有《石钟山记》。

② 曾公：曾国藩，字伯涵，号涤生，谥文正，晚清重臣，湘军的创立者和统帅者。

③ 彭公：彭玉麟，字雪琴，衡阳县人。清咸丰、同治间湘军水师统帅，人称雪帅。官至两江总督兼南洋通商大臣，兵部尚书。

④ 庚申：咸丰十年（1860）。

⑤ 池宁：池州、宁国府，即今安徽贵池、宣城。

⑥ 黄石矶：在安徽东至县。

⑦ 窾（kuǎn）：空处，中空。

游君山记①

同治六年夏四月，郭公伯琛以罗叟研生从长沙来岳州，走书要桦湖吴先生就会陈陵矶，馆予者三日。而刘公孟容罢陕抚，归道此，前为期乎君山。既集，云景和媚，晨雨氾之。巨湖之中，一日之顷，万秀呈吐。予资以舟，俾畅游以去。寻得郭公书，以谓昨会游之乐，冠平生，极人天，后有游者，能可继之。盖诮予尔，曰："独以事不克俱也。"

自予奉役岳州且两年，朝夕对君山不一鼓楫。诸公至，又缺于从抑。予曰："怡养其神，思于天水杳霭之地，何必君山，独偃塞怀此未辄发耳。"六月役得代，予当东归湖口。始以立秋日济湖，访吴先生于君山，获登其所谓九江楼者。从楼南楹端视山，三面苍然，一水淳②其缺处，不知洞庭之大而兹山之小也。兹山遂能席其清复菀结之气，迎捍南来群水，横障西湖数十万顷之惊风怒涛，无赖于形而损于蕴，则使非是稽天之洪浸、终古之震撼，度亦才当平野一丘，刍牧所与宅，竖佣所与嬉，何繇蠲涤氛垢，旷世遐迈，与金、焦二孤揖让荆扬间。而况人之孤挺其身，恣磨荡天地之内，务有所含以成立者哉？

是日伏暑，吴先生导予稍稍历诸亭阁。西北崖谷幽复，桂橘蔽一山。疏风动林，炎气不充，相顾乐甚。东轩奔③断木盈丈，围可七八尺，无根株，鳞皮，不可名年。螺④黝如龙身，而奇理隐云澜。此山有此物，固已怪绝。而吴先生者负宏识绝学，以颐老山中，重使为予兹游之主人，予幸两遇之。谁谓山灵之觊⑤客，乃偏厚前游诸公者？既谢吴先生归，明日书而寄之。

注释：

① 君山：一名洞庭山、湖山。在今湖南岳阳县西南。

② 渟（tíng）：水积聚而不流通。

③ 弆（jǔ）：收藏。

④ 嫪（liú）：蜷曲，盘曲。

灌园记

吾党若须上刘公者，隐于《书》。傅先生治书兼能为园。先生既贵，其园又贵。其所以为园者，精精焉惟灌园之务。其居甚眇，其养甚泊，而德甚勤，其于天下未遑多营也。有扬歌于先生之巷者曰："尘穰穰兮吴趋，中一士兮暗不华，荔被屋兮桂为间。酌兰浆兮陶素书，醉不足兮饥有馀。园中井泉兮鸣决决，隧而入兮隧而出。谓瓮贤兮彼槔者谲，抱吾瓮兮适吾适，吁嗟此士兮天地棘。"

高伯子履而听之久，行远而音流园篁，泠风相振而吟不止。异哉！歌者谁氏之遗氓欤？将与先生游异方欤？何望先生之深而引吭之酖也。入而请。曰："先生闻已乎？"曰："闻之。""闻之何如？"先生伏几而嘻，轩颜而啸曰："若未知道所谓竞于古而病于今者也，而歌吾园所谓竞于物而病于心者也。且若乌知之。"伯子曰："何如？"作而曰："皇哉！天地有人，孰能废？草木有四时，孰能一？荣落人，轨四时也，有作息，有壮老，孰能亡？取舍爱恶，百术番陈，愗吾志者匿焉。百象荣生，凝吾精者立焉。彼物者孰善为吾下，徒虞我于若存若亡之间。草木之蝉蜎，四时氤氲之，我因盘旋之。为古欤？为今欤？吾作息，壮老乎？斯乌辩其贤也。虽然，居不冲夷其心，而外研研于物，物果虞我欤？池竭自频，泉竭自中。夫必谨致养矣！物之能养吾心也，亦宏矣。且夫出泉其地，纳泉其地，吾无私，地无私也。瓮百而且槔一，劳逸则远矣，非奉天施也。园之中，吾躬之，园之外，吾待之。而又奚竞？而又奚病？而又奚营？"伯子曰："然则斯园廓乎？先生之六虚，先生灌之，其犹太初之灵府也，道将孰与侔贵者哉？"再诵巷曲之歌，扣楹而和之。先生鹤然审节，抚树大笑歌曰：“九土之棼棼兮，翳吾目之葑也。承往哲之馨洁兮，励朝夕之恭也。朝抱瓮兮井东林，登日兮瞳瞳。夕抱瓮兮池南，月在泉兮澄我心。智周道济兮不名用，天有斗兮先生有瓮。灌不竭兮体不烦，欲谂先生兮请事斯园。”

李有棠

李有棠（1837~1905）：字芾生，萍乡县（其故里在今萍乡市上栗县）人。二十二岁时，以第三名考取入袁州府学为附生；二十五岁时以超等第一名，补授廪膳生。考取咸丰十一年（1861）辛酉科第一名优贡。次年朝考，选拔峡江县训导。其间，撰成《辽史纪事本末》《金史纪事本末》两书。当时江西学政吴士鉴认为这两部书"纪述渊赅、考订完密"，并于光绪二十九年（1903）向朝廷推荐，获朝廷嘉奖，赏内阁中书衔。另著有《历代帝王正闰统总纂》《怡轩杂著》等书。

《辽史纪事本末》凡例

纪事本末一体，肇自有宋袁氏机仲①，实为纪传、编年之亚。嗣后，沿作者多，历史俱备，惟辽、金尚觉阙如。查《辽史》原太简略，良由俗少记载，虽太宗会同初，诏编始祖奇善汗事迹，所载甚寡。历代向置史官，仅修《日历》。迨兴宗时，因耶律孟简言，命编赫噜、乌哲、休格三传进，始置局编修。时则耶律古云、耶律庶成、萧罕嘉努实任其事，尝上《实录》二十卷。道宗大安中，史臣复进《七帝实录》。至天祚帝乾统三年，诏耶律俨纂修诸帝《实录》，共七十卷，始得勒为成书。金代熙宗、章宗两次续修辽史，逮党怀英致仕，陈大任续成之。元宰相托克托等奉诏纂辑，均本俨、大任二书，但记载简略。参之五代与宋、金诸史及各传记，间多牴牾。爰不揣谫陋，谨编《辽史纪事本末》一书。区别条流，各从其类，均以正史为主，间与他史及各传记。事有异同，词有详略，兼仿裴世期补注《三国志》及胡身之注《通鉴》，取温公所著《考异》三十卷散入各条例，小注双行，分载每条之下，名曰"考异"，以便观览而资质证。

《通鉴》之例，诸帝即位后皆书"上"，间有书"帝"者，又有甫即位而书其谥号者，此沿旧史传写，未及改正。今纪辽各帝事，惟太祖仍旧，馀皆即位后书"帝"；至崩，则"某宗"、"某帝"随事书之，以归划一。将相以下，皆书其官，连事类记者。或但书其名，省文，无义例也。《纲目》于列朝臣工，其间号、官、爵、谥之具否，用笔谨严。兹于辽诸臣，因事则书，不具载，义不主褒贬也。

《通鉴》汇正史之纪、传，会而成书。《纲目》则取法《春秋》。其所谓"纲"者，大都笔削纪传之书法；其"目"则传、志中语也。《通鉴》因事著之，而纲、目并见，然其编年之例甚严。而《考异》一书，辨年月之讹舛，尤为详核。《纲目》以书法为主，其于事之不甚相远者，多汇著之"目"中，中间系以"先是"、"至是"、"初"字、"寻"字之类；其又远者则递著其年月，而统系之一"纲"下，故其书法严而年月稍宽矣。今撰《辽史纪事本末》，主于记事汇叙，多仿《纲目》。而年月之或舛，附见之"考异"中，又《通鉴》之例也。

《辽史》"本纪"，多据《实录》；"列传"，兼采家传。所记攻取战伐及聘问诸事，或有近者差数十日，远者差至数月，大抵皆以本国之月日为主。奏报不时，间由传闻之误。至兵事胜败，彼此歧异，今为参互考订，亦附之"考异"中，以纪实也。

《辽史》于征战诸事，间称"大军"，多由本国史臣之自尊其君；或称"辽师""辽兵""辽军"者，则系后世史臣追叙之词。然作本国之史，纪本国之事，尚称为"辽"，似乎未妥，今一概改为"国兵"。至"大军"，则惟中国得称之。辽本偏闰之国，未便僭也。又《辽史》于行军概曰"征讨"，亦宜稍示区别：兹于属国部族，书"征"、书"讨"；与中国交绥，曰"侵"、曰"攻"、曰"击"。至石晋则或称"伐"，盖彼系辽国所立，而复背盟构怨，则咎由自取，似不能一例论也。

《契丹国志》诸书，多本稗官野史。即如所纪承天后临朝、隆运擅辟阳之宠，《辽史》不书，但于其宠眷非常，恩赐稠叠，则备载之，亦为尊者讳之意也。至齐天后善琵琶，元妃诬其与乐工通；王禹偁《事略》乃信为实事。懿德后好音乐，为叛婢单登所告，实由伊逊奸谋；而王鼎《焚椒录》且载其"怀古"诸诗。此岂足备正史之采择？今均于"考异"中辨明之。

刘汉称臣，即为藩属，其与周、宋交绥，辽每出师援应，史纪战事，语甚寥寥。今撰《纪事本末》，蒐采群书，附见之"考异"中，以昭详核。

北宋和战，最为大局所关，《辽史》记载，语归简易，其他或见之列传中。今撰《纪事本末》，博采各书，考证同异，即如杨太尉陈家谷殉难，大节凛然。而《色珍传》有"口称死罪"之语，殊失之诬。其失陷被陷，罪在王侁，而潘美不得辞其咎。《史》未详载。况重熙增币，富郑公力争"献纳"二字，《史》云："文书称'贡'"，究非纪实。至萧禧争河东地界，宋用王介甫言，失地七百里，《史》亦未书。今皆参考互稽，附载之"考异"中，以扩闻见。

宋、金图燕，信使往来，为谋甚久，《史》但于天祚帝保大四年载"归地塞盟"之语。至魏王之立，"天祚纪"谓为萧斡；而纪北辽事，又以为和勒博。无怪《续纲目》于称奚帝分为二人。李处温援立魏王，自为宰相，嗣惧祸通宋，"天祚纪"所书甚明；而于"北辽纪"又谓宰相李纯"潜纳宋兵"，彼此歧异。今撰《纪事本末》，于宋、金之交，备载原委。萧斡之即和勒博，谨遵《通鉴辑览》详为辨证。若李处温之与李纯，是否一人，均附载"考异"中，以昭征信。

辽国之郡邑沿革、山川分隶，以及关隘、堡镇之建置，"地理志"所未详者，今皆博采诸史及《方舆纪要》诸书，逐一分注，以清眉目。而臣工之名字、里居，亦为参考详载。而于一人数名及数人同名者，缕晰条分，以资考证。至《通鉴纲目》及各史传所载辽国地名、人名，音译互歧，间有讹谬。惟国朝重订《辽史》，悉遵"国语解"，用三合音改正；而《御批通鉴辑览》，亦命将满洲、蒙古文字互为参考，评加译改，最为明晰。今谨遵新译，仍注旧作某字于其下，以便省览。

史家之例，叙而不断，惟直书其事，而得失劝惩寓焉；若必臧否而短长之，非史事也。史评自有专书，《四库书》别为一类。班、范论次，皆入"赞"中；《通鉴》诸论，系之本事下，间采他人评论。参之唐刘知几

《史通》，谓史论之烦，萌于司马，后世作者，本无疑事，辄设论以裁之，岂知史书之大体，载削之指归者哉？今撰《纪事本末》，详为叙次，末议不参，以归简洁。

《史记》、《汉书》皆有"后序"，自明其著书之义例。温公《通鉴》无序，以宋神宗"御制序"在前也。其《释例》凡三十六事，见《四库书提要》中。钱大昕答冯集梧书，谓古来纪传、编年之书，只有本人自序，未有他人代为之序者。盖史以寓褒贬，其用意所在，惟著书人可以自言之。虽各种纪事本末，俱载他人代作之序，究非古也。惟高士奇有"凡例"四则。观刘知几谓"史之有例，犹国之有法，国无法则上下靡定，史无例则是非莫准"，今撰《纪事本末》，不列序而立例，亦犹行古之道耳。

注释：

① 袁氏机仲：袁枢，字机仲，福建建瓯人。南宋乾道淳熙年间历任编修、大理少卿，出知常德、江陵府。所著《通鉴纪事本末》为中国第一部纪事本末体史书。

《金史纪事本末》凡例

《金史》叙事详核，用笔严谨。说者谓本刘祁《归潜志》、元好问《壬辰杂编》以成书，故称良史，然累朝实录在顺天张万户家，"本纪"实据以撰述。太宗天会六年，命完颜勖等掌国史，始综始祖以下十帝为三卷。皇统八年，勖等又进《太祖实录》二十卷。大定中，修《睿宗实录》。惟卫绍王被弑，记注无存。元初，王鹗修《金史》，采当时诏令及杨云翼等《日历》以补之，亦称确核。至正四年，丞相阿鲁图等始勒成书，凡一百三十五卷，于旧史多所增订。只南渡后事迹，多据元、刘二书，非全恃为稿本也。惟卷帙浩繁，参之辽、宋、元三史及各传记，纪载多歧。爰不揣谫陋，谨编《金史纪事本末》一书，缕晰条分，俱本正史。其或事有同异，词有详略，兼仿裴世期补注《三国志》及胡身之注《通鉴》，取温公所著《考异》三十卷，散入各条例，小注双行，分载每条之下，名曰"考异"，以便流览，而资参证。

太祖自珠赫店之捷，即于次年建号称帝，纪元"收国"，凡二年，又改元"天辅"，《辽史》于天庆五年未载其事，至七年乃载太祖用杨朴策，即位改元。则"收国"二年俱付阙如。《金史》于太祖建国，两次改元，纪载甚明，且谓为乌奇迈等所请，并无杨朴定策之事。至《辽史》所载杨朴劝太祖议和求封，《金史》亦未之载，列传且无杨朴其人。今撰《金史纪事本末》，考校二史，附见之"考异"中，以免疏漏。

辽天祚帝幸混同江，遇"头鱼宴"，太祖不肯起舞，欲杀之，嗣因事送咸州衮司问状。及下诏亲征，太祖恸哭，欲自杀以激众怒。辽复遣使册封为东怀国皇帝。《辽史》所载甚明，《金史》未载。他如宗弼顺昌之败，世宗从军亦曾大挫，而"本纪"未叙；李世辅劫执萨里罕而本传不详；高汝砺党附高琪，传无贬词。今撰《纪事本末》，博采群书，附载之"考异"中，以昭核实。

张邦昌、刘豫均受全国册封，其与南宋交涉诸事，皆宜详载。考"邦昌本传"未叙僭位称号事，但云至汴劝进，及以隐事被诛。至豫徙都汴京，会兵侵宋，及一切苛暴诸政，概未详书。他若虚中、药师诸人，皆以降附立传；而吴曦叛蜀，册封为王，虽为时不久，亦宜备载。今撰《纪事本末》搜采传记于"考异"中，缕叙源流，以昭炯鉴。

《金史》所纪战事，繁简最为得法，然败衄之师，多为国讳。如天眷三年，金再用兵取江南，宗弼趋汴，萨里罕趋陕，逾月遂奏平定。然是时，刘锜大捷于顺昌；岳飞连捷于郾城、朱仙镇，及复蔡州、颍昌、淮宁等处；韩世忠三捷于淮阳、泇口、潭城；张俊再捷于永城、亳州；王德亦捷于宿州；而陕西则吴璘捷于扶风石壁砦；王彦捷于青溪岭；田晟捷于泾州，《金史》一概未载。至皇统元年《金纪》书：四月，宗弼请侵宋；九月，议和罢兵。然考《宋史》所载，邵隆败金人于洪门，复商南；王德败之于含山，克其城及昭关；关师古等败之于巢县；崔皋败之于舒城；杨沂中、刘锜大破之于柘皋及店步。《史》皆未书。且《宋史》均系二三月事，《史》称四月始出师，亦不合。至兴定以后，淮、陕用兵，《金》、《宋》本纪互有详略，今撰《纪事本末》，考订互稽，于"考异"中皆补载之，以成信史。

金、宋交绥，国史各侈功绩，多系铺张。如大定间宿州之役，《宋史·李显忠传》则云大破李撤兵，嗣因邵宏渊不协，始退军，未尝言败也；而《赫舍哩志宁传》乃言屡败其兵。彼此互异。观赫舍哩约赫德等传，叙南侵淮、泗功，无一败衄；而《宋史》赵方、扈再兴、孟宗政、赵葵等传，记其破金兵，均获大胜，纪载各歧。然考《冯璧传》，谓约赫德所至，宋人皆坚壁不战，绝无所资，故无功而归。《胡失门传》所言亦合。至《武仙传》谓宋孟珙袭仙于顺阳，为仙所败；而《宋史·孟珙传》乃言仙屯顺阳，珙军扼之，退走马蹬，兵败潜遁。全不相符。今撰《纪事本末》，综览史传，互证参观，附见之"考异"中，以备稽核。

　　世宗为一代令主，众正盈朝，要以宰辅为最盛。按《宋史纪事本末》于"真、魏诸贤用罢"，勒为一编，叙次最为详整。今仿其例，将一朝贤辅之谋猷、爵里、用舍、存没，错综贯串。

　　《金史》有疏漏处。如"卫绍王纪"，大安二年九月，京师戒严。盖因蒙古兵逼。然上文未载蒙古起兵之事，直至大安三年四月始书元太祖东征。今参考《元史》，附载源流，使知缘起。至宣宗即位，乃图克坦劝胡沙胡迎立，而绍、宣二纪均不载。韩常为宗弼爱将，无役不从，战功最著，后并绘像衍庆宫，而竟无专传。乌陵思谋为宗翰、宗弼谋主，即乌凌噶色埒美也，亦未立传。北辽魏王之立，政改建福；萧氏称制，建号德兴。而《金史》但称自立于燕，建元德兴，合二人为一事。《辽史》载左企弓四人降金被杀，而《金史·企弓传》云为张觉所杀，他三人"传"皆令终，且卒皆称辽官，尤觉无据。今均于"考异"中汇辨之。

　　金国之郡县分合，山川隶属，及关津、堡寨之建置，与诸史有不相符者，今皆据国史"地理志"为主，而参之各史传记及《方舆纪要》《通鉴辑览》等书，分注详晰，以归划一。

　　《金史》臣工名姓，与《宋史》多不相符。如窝斡叛党瓜里、扎巴降宋，李世辅用其谋攻取灵璧，而《宋史·显忠传》则谓初约萧琦，琦背约，击败之，取灵璧。惟"张子盖传"有招降萧鹧巴事，官忠州团练使，或系扎巴，《金志》亦作萧鹧巴及耶律适里，而"显忠传"又无鹧巴其人。虹县叛将为都统奚托卜嘉，而《宋史·孝宗纪》则谓蒲察徒穆大周仁。后萧琦亦降于显忠，时金帅为布萨忠义，方驻汴，而统兵乃志宁。《宋史》谓宿州帅为李撒，或因布萨旧作仆散，以此致讹。"世忠传"，兀术扼于黄天荡，挞辣在潍州遣孛堇太一来援；"宗弼传"则谓为移喇古。他若"世忠传"之聂儿孛堇、牙合孛堇、讹里也，"岳飞传"之拓跋邪乌，粘罕索孛堇、刘合孛堇、龙虎大王夏金吾，"吴玠传"之没立乌鲁折合，"吴璘传"之鹘眼郎君，胡盏习不祝、完颜悉列，"王德传"之万户卢孛，"秦桧传"之室撚，"魏胜传"。之蒙恬镇国、五斤太师，"杨再兴传"之万户撒八孛堇，"毕再遇传"之完颜蒲辣都，"赵方传"之附马阿海、枢密完颜小驴、监军合答，"孟珙传"之温端兀陵达，考之《金史》，并无其人。大都以讹传讹，不必相合。今编《纪事本末》于名氏之互歧者，详为考核，用昭异同。伏读国朝重订《金史》，悉遵"国语解"用三合音改正，而《御批通鉴辑览》亦将《蒙古源流》诸书，互相考证，多加译改。今谨遵新译，仍注旧书作某字于其下，以便省览。

《金史·忠义列传》于中外殉节诸臣，详加采撷，著其事实，洵足以表彰毅烈。今撰《纪事本末》，因篇幅所限，不得不删繁就简。谨遵《通鉴辑览》所编"胜朝殉难诸臣"例，将官爵、姓名，大书特书，而附载事迹始末于其下，庶文省事增，足备考献征文之助，非创例也。其他义例，有与《辽史纪事本末》同者，不复赘。

何邦彦

何邦彦（1840~?）字司直，永丰县人。性嗜书，博闻强记，文思敏捷，为同乡大家徐湘潭门生。好古文，其文"气体清高，议论精警，意主训诫，不为游词蔓语"。刘绎序其文曰："议论多闳肆，纵横上下，辄成汪洋大篇。其诸小品亦自具风致，盖其用力也专而蓄积也久，故发而见诸言者皆磊落欹奇，卓然有以自拔也。"著有《司直古文草》等。以下诸文选自清同治十二年刊本。

寄奉徐东松先生书

三月初三日，蒙赐作家父生传，盥读之下，铭心感德，先生真古谊薄云天也。彦窃叹家传之作，欲子孙知式法耳，非得大笔撰次，则结构无法，其与未作传者何殊？今世之求文者异矣。闻其达官贵人不惜卑礼厚币以求之，而所作之文随意构就，读未竟，辄欠申思卧，渠之意不过求其官阶以嚇世耳。夫官阶可以压众目耳，岂可以惊文士之胸也哉！

先生之文，则命意遣词出入诸大家间。是以求文者远近麇集①，知文望之所归也。即江右论之，其名列禁省、拖大绅、抱斗印者何限此，世所谓富贵人也，宜求文者必趋之矣。今乃不过求之，而独求之先生，非尊文足以信今传后哉？然家传与国史其体同，其例异。国史者，是是非非，出诸至公巨善，必载大憝②不遗，即录一人之行事，亦瑕瑜互见，优劣并书。而家传则录善而遗恶，其子孙乞勾无已，不得已而书之。又其甚者，辇金帛以相求，不得已借为润笔，于是名士之所撰者，亦与飘风冷雨同为不久，亦可闵已。

先生之文，则秉直而行。其行之可摘者，虽辇金帛而至，绝不揄扬一言。噫！此真名士之高躅也。不然，彼无恶不造者，生前既遂其狙诈之私，身后又得名士之文以流传天下，何计如之而得？先生秉直如此，庶金壬^③好名者亦虑身后之名不可妄得，则皆勉勉为善，此可补史笔之所不及也。

然鄙谓作传有例五：为忠孝廉节者，奇行伟节，可惊可愕，吾必不待其请而传之，借他人之事实，成一家之墨宝，然其人自是不朽矣；其次则知交，叙其交情之纯挚，笑语之如生，于文为别调；其三则为人乞作，而受其金帛以济贫乏也，亦起视其人必无善无恶而后可焉。至于叙次有善行可记，而遗行可疵者，则择其善者书之，其疵者去之，使人晓然悟诸文字之表有善行可纪，而小失无碍者，则亦书之。陈大邱^④，贤人也，而碑书其不矜细行；柳子厚^⑤，贤人也，今取其墓志读之，亦叙其不自贵重处。盖纪其一瞥而后所书者，使天下较然不疑，此其意非深悟《论语》"柴也愚"诸章，不可得而知也。

今海内求文于先生者，先生或时拒之，而为家君作此传，慨然为之。且曰："吾不就此文，不应湖南临湘县志之聘。"夫求人作传，尚衔恩刺骨，况未求而赐之恩尤无，既家君何幸得此于先生也！于以知大文不可以乞匄得也。且使远近咸曰先生之能文如是、秉直如是、好义如是，而后得文者益励娇修。求之而不得者，是将力为善而知名之不可盗也，岂非有转移颓风之力哉！岂非彦子孙所当香龛而拜祀也哉！世当谓名登国史难，而私心则不然之，今观《唐书》所载厥名多矣，而曾不如汪伦、裴迪辈见于李、王诗集^⑥，为人雏诵，然后知名士之文，其名更愈于国史也。今家君名附集中，将后世罔不知有何君显琳者，皆先生实赐之。

注释：

① 麕（qún）集：聚集，群集。

② 憝（duì）：坏、恶。

③ 金壬：奸人、小人。金通"恮"。

④ 陈大邱：陈寔，字仲弓，颍川人。东汉桓帝元嘉元年（151）司空黄琼推选陈

算为闻喜长，后又改任太丘（在今河南永城）长。

⑤　柳子厚：柳宗元，字子厚，河东郡（今山西永济）人。著名文学家、哲学家、散文家和思想家，与韩愈共同倡导唐代古文运动，并称"韩柳"。

⑥　汪伦、裴迪辈见于李、王诗集：言汪伦的名字出现在李白诗集中，裴迪的名字出现在王维诗集中。汪、裴皆一般人，因附于名人诗集而名留后世。

与友人论诗书

诗也者，天地之性情也。吾人得之以抒其蕴，其工拙媸妍有所不知。自律诗兴，而性情隐矣。盖古人为诗，初无摹拟之迹，故陶①之诗不同于谢②，谢之诗不尚陶。其不同也，正其所以同也。试登秋山望之，其巉嵲③者、拱伏者，以至或背或向、或凸或凹，山之真际见焉。睨而视之，山山皆肖而无一相肖，于是恍然悟曰："诗之真际，亦犹是也。"

至于后世则不然，经术告退，雕绘自命，士大夫无意于天下事，而徒沾沾焉。步齐梁后尘，拾阴何④牙慧，必曰某君之诗发源者谁，而滥觞者谁也，是以有藻绘无真趣。而不善变者，则肆其狂臆以为性灵，矜其独造以为隽逸。之二者或失之诞焉、放焉，斯又与于无诗之甚者也。一诗耳，而古今流际如此，可胜叹哉！可胜叹哉！愚则曰：是皆未得诗之真也！

学诗者，必正其性情，毋很毋谲，毋伪毋傲，此诗胎也；其次，则明诗之体，毋诽讪、毋土俗、毋诡异、毋虚捏、毋谄谀；又其次，则习诗之法，为开阖、为操纵、为声律、为工丽、为伏应、为进退，而又必得师友提撕之，乃可登青莲之室，摩浣花之垒⑤。余尝论文曰："才大而加之以法，有才无法为野战，李广⑥之兵也；有法无才为赢兵，袁绍⑦之兵也。"为诗者亦若是。然统而论之，古人之诗超然远引，未闻所读何诗也？宜学其性情而不袭其声调；今人之诗引商刻羽，如律吕、六同、十二箫不可乱，如律令五百刑不可易，宜学其法度而自寓其天趣。然古人之诗，学之成，则用端之于麒麟；学之不成，则有鹄不类鹜之诮。今人之诗，学之不成，则狮王之于符拔⑧；成亦有鱼龙混逐之诮，是亦天趣未完耳。

诗之道，随古今为转移；人之性情，不随风会为转移，然则诗非天地之性情也，而天地之性情见；吾人之性情见，即天下之性情亦无不见。云白山青，水流花放，诗之典，料在是矣。尚将呼吾友而赋之。

注释：

　① 陶：指陶渊明（365～427），又名潜，字元亮，号五柳先生，柴桑人。东晋著名山水田园诗人。

　② 谢：指谢灵运（385～433），浙江上虞县人。东晋著名山水田园诗人。

　③ 巀嶪（jiéyè）：指山高大巍峨的样子。

　④ 阴、何：阴铿，字子坚，生卒年不详。甘肃武威县人。博涉经史。何：指何逊，字仲言，山东剡城县人。两人均齐梁间著名诗人，诗名并重一时。唐代杜甫有诗云："颇学阴何苦用心"（《解闷》）。

　⑤ 登青莲之室，摩浣花之垒：登上李白之堂室，逼近杜甫之堡垒。李白号青莲居士，杜甫在成都卜居浣花溪畔。

　⑥ 李广：汉武帝时名将，擅长在野外作战，而军纪约束不严。

　⑦ 袁绍：东汉末西园八校尉之首、十八路诸侯的盟主，也是三国时代前期势力最强的诸侯，后在官渡之战时被曹操击败。

　⑧ 符拔：兽名，又称"桃拔"。《后汉书·班超传》："是岁贡奉珍宝符拔、师子。"李贤注引《续汉书》："符拔，形似麟而无角。"《汉书·西域传》"桃拔、师子、犀牛。"颜师古注引孟康曰："桃拔，一名符拔，似鹿长尾，一角者或为天鹿，两角者或为辟邪。"

与梁翼堂论古文书

　　文一耳，安有古今之别？面目虽非，而神则是也；体格虽变，而义理难改也。汉晋以周秦之文为古，而隋唐复以汉晋之文为古，今天下以唐宋之文为古，庸渠知后之人不以明清之文为古耶？是可一噱也。

　　要之，古人之文，其舛谬亦有害世者。荀卿①之言性恶，苏轼之非汤武②，后世之人，震而惊之，置而不论。亦有精醇不磨灭者，而或以容貌不动众，禄秩犹未崇，不知宝爱，甚则以乡里所产而轻易之，抑亦过矣。愚谓其初则专习一家，勿杂勿贰，久而神与之化，而后吾之謦欬不辨今也古也。其继则复习一家，如初庶两家，各变其貌而不寄人篱下。世之书家曰："始摹赵，继摹欧③，以赵之圆润，兼欧之布置。"画家曰："初学南宗，继学北宗，而雅淡于争胜。"而愚则谓古文亦如之，庶可韩欧④其昆，而虞揭⑤其弟也。

昔者愚性钝劣，无张巡⑥强记之能，有师丹⑦善忘之病。幼从伯兄巨川，课以古文。爰取左氏，伏而读之，无法不精，无体不备，允称古文之祖，如游乱山丛，杂纷奔走，仍自界限。且世之论古文者，以为古文之体参差不齐，疏疏莽莽，而不知变化之中仍自正齐，不得以乱头粗服为也。继而知左氏⑧之文排句严重，愚于是以左氏之局法，运后贤之笔调，不知秦欤汉欤？唐欤宋欤？将近代欤？愚皆不知其误也。

愚则谓古文之道，实有功于世教，其上明道，其次经济，其次辨析，其次闲情，庶可与阴阳相终始。不则仿佛班马⑨吸其髓而哜其胾⑩，弗工也，且也。古文重生造，时文重圆熟；古文重明意，时文重中程。微乎！微乎！不可执一论也。然古文卒不能若经书者，何也？经书之文以简洁胜，无意为之者也；古文之体以法度胜，有意为之者也。愚过矣！行将究孔孟之理，穷河洛之蕴，而少补前愆也。

注释：

① 荀卿：荀子名况，时人尊而号为"卿"，故称荀卿，战国末期赵国人。早年游学于齐，三次担任当时齐国"稷下学宫"的"祭酒"（学宫之长）。后西游入秦，返回赵国。后来荀子受楚春申君之用，为兰陵令。主张性恶论，人性善是教化的结果。

② 汤武：商汤与周武王的并称。《易·革》："汤武革命，顺乎天而应乎人。"

③ 始摹赵，继摹欧：开始摹仿元代赵孟頫，继而摹仿唐欧阳询。

④ 韩欧：唐代韩愈，宋代欧阳修，均为其时古文运动之领袖人物。

⑤ 虞揭：虞集、揭傒斯，均元代著名诗文大家。

⑥ 张巡：唐蒲州河东人。博览群书，晓通战阵兵法。开元末年（741）进士，后守睢阳，抵抗安史叛军，不屈而逝。

⑦ 师丹：琅邪人。汉元帝末年，被征为博士。成帝时，官至光禄大夫、丞相司直、少府、光禄勋、侍中、太子太傅。哀帝即位后，封为左将军，赐爵关内侯，领尚书事。后代王莽为大司马，封高乐侯。月余，徙为大司空。因奏事误泄免官职。

⑧ 左氏：指左丘明所撰《春秋左氏传》。

⑨ 班马：班固，作《汉书》，司马迁，作《史记》。

⑩ 戢（zì）：切成大块的肉。

⑪ 河洛之蕴：指宋代邵尧夫先天学、程颐、程灏兄弟开创的洛学。

禁洋烟策

道光二十二年，圣天子准鸿胪黄爵滋奏诏天下，官员、绅耆、军民人等有敢兴贩洋烟及吸食者，治无赦！甚盛举也！

窃以外夷之物，流毒中国最甚者莫如洋烟，吸之荒事废功，甚于博弈，甚于酒色丝竹。害一：男女混杂，通宵达旦，坏纲常之渐；害二：兵弁聚吸，遇瘾发，目眩手颤，气欠伸，如将死人，求死不可得；害三：聪明子弟，丧其才智，膏粱富贵之家，积人而流为优娼、为乞丐、为盗贼；害四：以中国有用之银，易外夷至毒之烟；害五：烟不除，将胥此天下之人为烟土化，胥天下之银为烟土化，痛矣哉！乃或者曰："不然，凡中寒、中湿者吸之亦愈，是洋烟亦有助也。於戏！是鸩酒也！鸩酒沾唇，亦有醉意，少顷毒作，死旋踵矣！然鸩酒死人一止耳，洋烟则自官贵衙役、兵弁绅耆、士农工商以至娼妓僧道，皆吸之而受其毒。自开辟以来，方册所载，毒人之物，未有甚于洋烟者也！然余谓禁烟之法，当绝其本！当澄其原！

今使奏诸天子，定为制曰："凡应考童生，必须廪生具结曰：'该童并不吸食洋烟，干犯国例。'查出有犯，廪生愿甘坐罪。虽亦有吸洋烟而误保入场者，行之綦严，则十可免五矣。应科生员，必须教谕训导具结曰：'该生员并不吸食洋烟，干犯国例。'查出有犯，教官愿甘坐罪。虽亦有吸洋烟而送考者，行之綦严，则十可名鲜矣。凡举人会试，必须地方官具结曰：'该举人并不吸食洋烟，干犯国例。'查出有犯，地方官愿甘坐罪。虽亦有吸洋烟而送考者，行之綦严，则十可免八矣。成进士则房师具保结，乡官亦具保结，乃得应御试。其出仕也，不拘文武，不拘杂流，必须有大宪保结，曰：'该职并不吸食洋烟，干犯国例。'查出有犯，愿甘坐罪。外官则府县以至杂流，皆具保结三纸于巡抚、布政、按察三司。内官具保结于六部，凡六纸六部则以大学士保之，大学士则惟天子治之。"诚如是，则天下皆知吸食洋烟为贱，而日迁善矣！凡印官有犯，佐贰官能举首者，即以其官官之；佐贰官有犯，印官能举者，加级超擢之。凡所保举者，其人后忽吸食，能自首于官府，则保举者免连坐。凡衙门胥吏吸洋烟者，其官不治，而为他属衙门所觉察者，本官治罪，觉察之官则超擢之。有註误者，免之。凡小犯有罪，能首兴贩及开洋烟馆者，量减其罪。凡兴贩及开洋烟馆者，为人殴死，审实，不抵偿，则民必甚畏。凡文武衙门互相觉察，互相稽查。武衙兵卒吸食，文官得治之。文衙胥役吸食，武官得治之。至于教化之道，则又闻矣。凡衙门必刊牌曰："奉例禁吸洋烟。"则皆触目惊心矣。以至坊村、旅舍、街市亦如之。凡刑开洋烟馆及兴贩洋烟者，准州县以军兴法从事，三年之后，先斩后闻。凡绅耆吸洋烟者，褫其衣衿，服以墨刑，黥曰："违例吸烟。"士民吸洋烟者，加以笞杖，服以墨刑，甚则无论官绅、士庶，皆勒令禁锢终身，及其子孙或三代不准捐考，或永远不准。罚赎皆凭守土官专其权，则民必畏其令，且其父母妻子、友朋戚属必咸相怨，曰："奈何吸此！"而禁锢为娼优、隶卒流也。父不以其为子，妻不以其为夫，翁不以为婿，友不以其为友，是墨刑及禁锢甚于欧刀之为伏也。有一于此，其父母兄弟、友朋戚属必相戒曰："尔其戒洋烟，不则禁锢终身，大为身耻。"若赃吏在汉为臣，又以是法行，而人皆知廉耻也。今必骤以大辟置之，则诛之不可胜诛。诛之不胜，又从而纵释之，则兴贩吸食，必视未禁之先殆加甚焉。此不可不熟思审处也！

今天下吸食者众矣，必宽其岁月使之严戒。凡颁禁之后，限以二十四月为止，其有过期故犯自取死地者，治无赦。又必以训诲之法、保甲之法兼行之，使民日趋于善而不知所为。烟馆之盛有四所，曰省曰府曰县曰市。凡一省会官吏、胥役、士卒、游民、商贾之所丛集，其有因烟而革职者榜于衢曰："某官以烟故革职。"因烟而斩以徇曰："某吏以烟故斩。"府县亦如之。凡一市必立市长，能禁其市无烟馆者，六载满，民则叙功为九品。绅耆则叙功进秩，十二载满为八品。凡一族必立族长，能禁子孙不吸洋烟者，亦视市长为议叙。其族有犯者，准以族法处死。凡一百家立家长，不以里之远近为率，而以一百家为率，能统百家不吸洋烟者，亦视市长议叙。为市长、族长、家长者，均载名于礼科，每逢五十之日，必击梆徇于路，曰："吸食兴贩洋烟者，罪无赦！"每逢季首，必以纸刷禁令黏于各家壁上，曰："禁止吸食洋烟，以遵王化！"此教诲之道也。凡首善之地，至于乡村市镇，一家有犯，九家不出首者，坐连各有罚，而皆总其簿于家长，此保甲之法也。如此行之五年，仍有犯者，杀无赦，尤必严行诬告之禁，此烟庶可少禁止也。

夫内地已禁矣，不吸食矣。洋烟虽准贸易，亦自不止而止，尚何滋事之有哉？夫治天下之法，于不肖者治之，不于肖者举之，则民不可得而治。今使举一不吸洋烟者为市长，优其礼貌，奖以爵秩，使有仕进之阶，则必乐于奉行矣。府县巡司，万里外旅客耳，挟一印至，朝更夕改，不知民为何若，故必以里闬相习之人治里闬相习之事。而官总其籍以议叙焉，则可以总其成治，此圣人治天下之遗意也。今衙门官亲、胥吏士卒无不吸洋烟者，万特一不犯耳。而士卒犯此，尤如将军泥塑者之无用。今使泥马过河，非不四蹄也，不至中流化为泥土，其不至乌有者几何？而吸烟士卒，一烟成瘾，骨耸肩寒，筋力脆败，偶起立则欲扑，偶运视不识人，肾精奔豚下，不必杀敌而奄忽已如死矣！瘾发吸食，夫阵上岂堪开灯枕地而吸食乎？瘾发无烟，求死不可得，遑制敌！必误主帅事矣。夫兵者，国赖以立者也，今如此，可不痛哉？可不痛哉？

今以洋烟之故而委我国之银于外洋，则中国必贫。中国贫，则民之纳钱粮者必不能奉，于是银一两其直二千。官则曰："奈民顽，何不急纳税？"民则曰："奈官婪，何重价勒我！"比年因钱粮滋事不可胜纪，而不知皆银贵为之也。今我国之人博弈也，必互有胜负，然其胜也，其银在中国通转；其负也，其银亦在中国流转。即有愚者窖银，已为大恶，然千百年后，必有获其窖银者。今归之于外洋，则一筭去而中国永绝一筭，十筭去而中国永绝十筭，千秋万岁终不复归诸我。而银者非土石草木比也，天地精华凝结成之，上下获用以为通宝。今以有限之银两，易无限之洋烟；以至宝之银两，易至毒之洋烟，将见洋烟日盛，银两日耗；洋烟日盛，士卒日敝；洋烟日盛，钱粮日贵；洋烟日盛，我国日贫。其祸之烈，有如此也，可不重可叹哉！故奢侈浪用者，其祸在身；兴贩吸食洋烟者，败人之天下，而并败千百世之天下。或曰："禁则滋事，奈何？"曰："禁则祸小而速，不禁则祸大而迟。"禁亦祸，不禁亦祸，则不若禁之为愈也。况由此策而禁之，不骤不缓，有可渐摩而默化者。道光二十年初颁新例，民已慑畏，则不若仍禁之为愈也，于以除中国千亿斯年之害。

《六家文钞》序

余性好古文。窃意古文也者，道所由寄，非徒习为词章也。盖理学之文，惟讲性命，而文不雅驯，其弊也野；才子之文，惟讲法律，而理多谬误，其弊也杂，则欲因文见道，而可垂诸百世者，故古文是亟也。

昔昭明太子《文选》，其所取秾丽，而古淡雅正者未逮。茅坤《八家文选》，其所取宏备，而于诸家未及，亦其体然也。然余取而读之，未尝不叹古人往矣。其竭精神以著一书者，何可胜道？及其没，而其文家弦户诵者不数数，岂精力不足乎？清名难邀乎？抑自有其繇也。而余谓古文有益者厥惟六子。文以明道，足起八代之衰者，厥惟韩愈；文以明道，而开有宋以后之风会者，厥惟欧阳修。此二公者，有意于文而卫吾道者也。其后朱子出而继之，其发明孔孟之道，凌绝万代。王守仁出，而其文又足以继朱子，其推阐心性之学，别有畦町。此二公者，有意于道而发为绪余者也。其余若曾巩沉酣经术，魏禧独抒经济，皆可以朝夕编摩而寝食其中者也。由是肆力于六家矣，然后以余力攻及诸家，庶乎即文即道、即道即文，而有后世俯首之叹，呜呼懋矣！

以余论之，陆贽①之文醇，偏于偶句；老泉②之文奇，时有偏驳；王安石之文洁，而学术不免误天下。其余若宋明诸子，非不足张一军，然优乎文矣，而未闻道。闻乎道矣，而其文不文，未有可凌驾六家者也。然以六家论之，韩也、欧也、曾也、朱也，与道相合，而朱醇乎醇也；王也、魏也，与文而化，是皆儒而不腐者也。韩、欧、曾、朱以正胜，王、魏以奇胜，正者可学，奇者亦未易能也。

余于六家夙所究心，故集而钞之，以为读本，计若干卷，六家之文如是，局矣乎？当进而求之六经，而后知六经以简胜，而六家犹以繁胜，局矣乎？当进而求之心，而后知语言文字皆筌蹄也，学如是，成矣！凡吾之言专为习文者发，又若不专习文者发，或其意有在也。

注释：

①　陆贽：唐代政治家，文学家。苏州嘉兴（今属浙江）人，字敬舆。大历八年（773）进士，中博学宏辞、书判拔萃科。德宗即位，召充翰林学士。贞元八年（792）出任宰相，但两年后即因与裴延龄有矛盾，被贬充忠州别驾，卒于任所，谥号宣。有《陆宣公翰苑集》24卷行世。

②　老泉：苏洵，字明允，号老泉，四川眉山人。北宋文学家，与其子苏轼、苏辙合称"三苏"，均被列入"唐宋八大家"。长于散文，尤擅政论。

刘詹严先生古文序

吾江右古文之学胎于陶公，而开于欧阳永叔。陶公书十卷，高超闲静，欧公文唱叹滛佚，纡徊曲折，发明圣贤持世大旨，殆殿韩、柳之后者。至刘原甫①之《公是集》，贡甫②之《彭城集》，皆引经决事，虽毕仲远，推原甫文，似胜于欧，然融液六经之迹，而不必拘于援引成语，自当以欧公为胜。外此若曾南丰经术湛深，王半山学问浩博，以视公为何如也。

自时厥后，黄山谷之内集、外集，杨诚斋之一官一集，诗学之外，其文亦隽古可味。胡澹庵③持论本《春秋》，盖得其师萧子荆之传，其与文文山集、谢叠山集，如日月经天，皆足以不朽。至于元，若虞文靖之《学古录》、揭曼硕之《文安集》，吴文正公幼清，虽以学著，而文品亦高，皆元代之文宗也。至于胜国杨东里，台阁正宗，视明初金文靖过之。余如汤若士，人品纯洁，文笔豪雄。陈大士、艾南英、罗文止、章大力各有专长，非徒以时艺显者。

迄于我朝，易堂九子④甲于天下。若邱维屏之文，以浑古胜，彭士望之文，以简老胜，林确斋之文，以肃穆胜。三魏则伯子天分独高，季子学力精刻，而尤以叔子为最，江右古文家未有能出其右者，要皆以欧公为祖述也。而我邑自欧公之后，道德文章，代有其人。明则曾西墅⑤殿撰以诗学鸣，而文词特见详赡；罗一峰⑥先生以讲学著，而文笔时露清刚。至今读之者，皆俯首下风焉。詹严先生继起，系出清江公是之裔，独秀恩江。

早年廷对第一，侍从持文衡，乃志切奉亲，乞告终养，以其余闲肆力古文学。彦尝奉而读之，其立论指事，粹然一出于正，含蓄春容，不为急迫之辞，如清庙之瑟，朱弦疏越而有余音。其视欧公气体，起九原而问之，当必欣然于有替人也。

彦尝谓为古文易，为时文难。为时文中之古文易，为古文之古文难。士子束发受书，辄肆举子业。及有志为古文，每患才力不雄，无所成就。间有论著，身后茫茫。每受后贤掊击，深可叹也。先是，徐东松先生古文名世，今复得先生嗣二刘清芬，独以靖节之怀抱，扬六一⑦之文波，蔚然追古作者，岂仅继曾、罗之后无忝科名而已哉！

注释：

　① 刘原甫：刘敞字原父，号公是，新喻县人。著《公是集》七十五卷。

　② 贡甫：刘攽，字贡父，号公非，新喻县人，刘敞之弟。著有《彭城集》。

　③ 胡澹庵：胡铨，字邦衡，号澹庵，庐陵吉安县人。南宋政治家、文学家。爱国名臣。

　④ 易堂九子：魏禧、魏际瑞、魏礼、彭士望、彭任、曾灿、林时益、丘维屏、李腾蛟。清初隐居于宁都翠微峰，建易堂以讲学。

　⑤ 曾西墅：曾棨字子棨，号西墅，永丰县人。永乐二年（1404）中进士第一。官至右春坊大学士，进讲文华殿。

　⑥ 罗一峰：罗伦字应魁，号一峰，永丰县人。成化二年（1466）廷试，擢进士第一，授翰林修撰。

　⑦ 六一：欧阳修，号六一居士。

刘詹严先生诗钞序

甚哉！著述之难也，其少年登科者，王事鞅掌，每置吟咏不问；其蹇困未达者，晨夕举业，恒以作韵语为戒，偶然涉笔，父师辄呵，谓非决科急务，于是一官一集，杳然寡闻。余谓此非兼才耳！若夫胸次超旷、学问素裕者，投之所向，无不如意。其先必取精于经史，其次必借径于时艺，问途于古文，而后肆力于诗，不必与名士角所长而群然避席，兹于詹严刘先生诗钞见之矣。

先生少年登科，廷试第一，其时文雍容不迫，饶有元度，其诗亦仿此意，行之故如朱弦疏越，一唱三叹，有余音也。彼山人墨客不精时文开合呼应之法，故有句法无章法，有章法无音节，其弊正由此耳。复取先生古文盥读之，则无剽窃习，无饾饤气，惟抒写性真，如其心之所出，而高古简老，自不可及。昔韩、柳、欧、苏、曾、王诸公所作古文，卓越名家，以馀事作诗，复千古立一帜，盖古诗与古文，其意境沉郁顿挫、抑扬抗坠，原自一贯，特先生能领其旨也。

先生自予告后，宦情甚淡，日以养亲为务，间受当道聘，以所学教郡子弟，其踪迹恒在青原、白鹭间。吟风弄月，觉靖节天随风致，去人不远，触景于目，成诵于心，借书于手，以视升沉宦海，汩没场所名场者，其襟怀为何如也！昔李谪仙以"清真"评右军书法，余拟先生诗，亦以青莲所评右军书者移赠而已。

或曰："先生恬淡性成，屡召不出，故吟咏日工，不假苦索。"或曰："先生和易近人，无谿刻迹，故其诗如甘雨和风，应昇平瑞。"或曰："先生绝意公庭，寄意弄翰，故超然出尘壒外。"余曰："是皆然矣！"观其兰陔循养，水署清闲，即不敲金戛玉，犹是诗人本质，况兼擅此长也。今取诗钞读之，觉与时艺蕴藉、古文清腴神似而形不似，岂非兼才耶？余撰杖日久，企仰高风，诵习之余，不禁泚笔以志慕也！

尹甘泉古文序①

天下之文，一而已矣。而有古今之别者，则以体制既殊，局格因之而变，然发挥性理之旨，与一切经济之用，则一也。往者周汉之世，其士大夫类多能古文，故文章尔雅，邈不可及。降而为六朝之俳丽、三唐之诗赋、两宋之策论，体制屡变，不一而足。至王半山复创为时文之学，明代因以取士，于是古文、时文始分为二矣。

今以古文论之，西江古文一派，自欧曾以至于今九百余年，其传不绝如线，何其难也！盖为古文，学者必有强记异人之资，始能博览群书，自天文地理、圣经贤传以及方技释老、神怪之书，莫不博览而心志之。而又颖悟异常，引伸触类，积数十年研究之功，始能运用如意。苟家无藏书，罔所渔猎，乡无师传，罔可就正，则敝帚自珍，究为搢绅所弃，则不若习时文、试帖、楷书者，可以取高科而登显仕，荣父母而庇后世，吾甚悲习古文者之愚也。

余尝详诸文体，难易有别，习时文者，读四子书及经一二部、程文百首，摹其声调，剿其成说，遂可速就。不似习古文者，非淹博不为功，其难一也；习诗赋者，既有类书可以獭祭，连篇累牍不出花月烟云，不似习古文者，非实用不能传，其难二也；讲性理者，作为语录，随意抒写，不事结构，不似习古文者，安章宅句，悉有成法，其难三也；讲考据者，聚古今诸书，鳞次排纂，便足裒集，不似习古文者，戛戛独造，陈言务去，其难四也；讲训诂者，取汉宋诸儒之唾余，略为重订，便可掩饰弇陋，不似习古文者，心裁自出，始成名家，其难五也。即能争古文席矣，而其品或有玷于儒林，其文究无裨于世运，则亦难与董、贾、马、班、韩、柳、欧苏并驾，而一生心力俱付诸劳薪无用，吾又悲习古文者之杂也。

今永新尹子甘泉，为洞山先生裔孙，文学相承，继继绳绳，偕其弟是轩明府，自相师友。其时文既先民是程，而古文复出入诸名家。观其所拟奏疏，留心经济，实可见诸行事，所作传志，尤古质可爱，其余经解论辨，才气纵横，不名一体，真可信古传今也。抑余更有说焉。甘泉读万卷书，行万里路，所见高山大川，千类万状，拓荡心胸，故其文雄伟有奇气，宜为当路诸大贤所宾礼，而为庸夫竖子望尘而辟易。郭羽可[②]先生云甘泉"儒心而侠骨"，洵哉知言矣！甘泉老矣，举平昔刑名、钱谷、兵法、搏击诸学，郁郁无所试，乃泄宣而为文，不必摹拟而自有其真存。读是编者竞以奇才目之，而不知其数之奇，固有可闵者在。甘泉之才，如干将出匣，英光迸露，有类唐李邕[③]。今闲散无所用，安必虑其锋缺耶？吾又悲习古文者，如甘泉之苦也。

嗟乎！自开辟以至于今，遥遥数万年，每当易代之际，计其公侯将相、理学先贤，无虑千百人，即一郡之中，或数十人、或十余人而求以古文鸣世者，卒未多觏。信乎，古文之难也！余与甘泉同郡，所居距五百里而遥，尝寄示所编《永新诗征》《衡山二贤祠志》，所著《暂留轩诗钞》

《洞麓堂谱》，例出其馀技，皆有关于名教，而要欲窥其经世之志、忧世之心、用世之才，胥于古文，叹观止矣。后之仰止情殷者，亦将有感于斯文。

注释：

　　① 尹甘泉（1807～?）：即尹继隆，字甘泉，永新县人。清代道光、咸丰时期文学家。著有《暂留轩诗钞》等。

　　② 郭羽可：郭仪霄，字羽可，永丰人。嘉庆间举人。先后主持经训、鹭洲、恩江书院。

　　③ 李邕：唐代江夏人，曾住北海太宁，人称李北渔，著名书法家。

游青原山记

　　距吉安郡城十里许，平冈迤逦，峰峦蔽亏，有青原山在焉。是七祖①真寂证果之所，其景致幽旷，引人入胜，余尝游憩其地不能去。道光二十九年冬杪岁试，散步江干，因与符征岩谋曰："吉安名胜，以青原为最，其山幽旷而深秀，其水清洌而甘美，盍往游乎？毋使名僧笑我。"征岩曰："诺！"遂拂衣渡江，至茶庵小憩，啜茗七碗。由是过一村落，墙屋坚朴可爱。已渡万善桥至红亭，旁悬"青原山"三大字，瘦劲古质，为文文山遗迹。因入圣域，过祖关，榜为颜真卿书。征岩云："忠臣之书，峭劲拔俗，无柔媚逢迎之象，二公之书可宝也。"遂入山，林木阴翳，静气迎人。

　　入门至客堂，欲见觉传和尚，不由介绍直入。方丈一笑而坐，和尚耳语徒云："何君文名震邻邑，儒书之外，兼通禅理，其偕来者必文秀。"其肃斋以待。食毕，因谒七祖塔，同过五笑亭，览寺后诸胜。因坐石上，觉牛奔马逐，徒成梦幻，不复作人世想。再入寺，复款茶，因览寺内诸胜，黄山谷诗碑在大雄宝殿，李忠定②诗石在饭堂，清初亲王所赐藏经在毗庐阁。随步出寺外，过龙潭寻七祖倒插荆。转至印水矶，过待月桥，觉从水中认吾影，面目具在，是我非我？须向山僧一问也。

　　是夜宿，方丈觉传师傅不寐，长夜趺坐，惟余与征岩同榻以待再游也。次早，和尚作佛课，僧规甚肃，诸佛铜像现示不一，有庄严者、和婉者、怒视者、微笑者、引睡者、苍老者、姣好游戏者，具法相惟悯世人，余与觉传微窥此意。殿前有池，荷叶离披，好事者以糕饵投池中，游鱼集唼③，盖长生鱼也。

游毕，山僧设素席，以温水代茶，清甘可爱，味不在凌云山龙潭水下。复出寺，后观"天在山中"字石，擘窠④大字，古色苍然。经豕道人塔，抵阳明书院讲堂，榜云"西江杏坛"。明王文成公开讲于此，提倡良知，发明心学，一时王门弟子遂莫盛于吉安书院，经声与净居梵声相接，洵福地也。余揖征岩云："禅宗重心学以成其静慧，阳明致良知而归于实践，用各不同，可质之山灵否？"予统观净居名胜，水北之山倚寺后，平亘宏开，结一广场。丛林殿阁，涌起庄严。左右诸山，环抱拱伏。水南之山倚寺前，如骆驼、如鹧鸪，形象宛肖。十八溪至钓鱼台下，势始渟蓄，至龙潭又守而不走。潆回抱冲和之气，而结成禅宇，宜自七祖以来传灯不灭，为吉安名胜最。山僧又为余言："方以智⑤自崇祯升遐后，托迹空门，其不仕之意有非清初诸公所能知者。迄今慕诗名而拜塔者，无复识心迹云。"

游既毕，欲告归，山僧复款留云："沿溪而上，有翠屏峰，峰削成而峭立。又上为钓台，与'天在山中'字略肖。溪一转一奇，水一转一折。溪旁有天生碑，施愚山⑥与药地诸人游时题名其上。再进为漱青峡，水石鋗激。青又庵山里益奇，石笋益异，小三叠尤奇绝，是不可不游也。"征岩目视余，余曰："青原之游乐乎？名山无恙，幸馀不尽之欢以归造化。"遂揖龙潭而别。

注释：

① 七祖：行思（671～740）俗姓刘，《祖堂集》称靖居和尚，安福县人。闻曹溪六祖慧能法席之盛，乃往参礼。门徒虽众，行思居其首。得法既熟，遂奉六祖"分化一方，无令断绝"之训戒，前往吉安青原山静居寺大振禅风，号称"七祖"。是禅宗青原派系之鼻祖，亦称"青原行思"。

② 李忠定：李纲，字伯纪，邵武人。历任兵部侍郎、湖南宣抚使兼知潭州。卒谥"忠定"。

③ 唼（shà）：水鸟或鱼吃食。

④ 擘窠（bòkē）：指在印章或石碑上用直线划出来的方格子，以使刻写的字整齐。

⑤ 方以智：桐城人，清初出家，号药地，定居青原静居寺。

⑥ 施愚山：施闰章，号愚山，宣城人。顺治间进士，历任刑部主事，江西布政司参议，分守湖西道。

游白鹭洲记

吉州焕文门外，水光接天，奔流汪洋，有洲焉。飞翔跂舞，宛在水中央，州人因以白鹭名之，象形也。余尝登城凭视，见洲低于城数十丈，树木扶疏，围抱青翠；左右则江水中分，潆回清激；中则树影波光相荡，坐卧其中者，可挹乾坤清气焉。余考书院，自江万里创建，为前贤讲学之所。明王阳明先生提倡良知、阐明心学，复开讲于此，一时王门弟子遂莫盛于吉安，皆躬行实践，几与鹅湖、鹿洞相埒，虽人材之美，亦得于山川之助为多云。

道光十四年春，涨城不没三版。篙师刺船，与城堞上下，指视鹭洲，水涨一尺，洲浮一尺，院壁参差，不随波没。余目视篙师云："此地肺也。"因咏李白"二水中分白鹭洲"之句，宛同吉州侔状。闻金陵地亦秀绝，未审鼓棹何日也。嗟乎！人之读书贵静境，静则生悟，可明吾心自然之六经。今鹭洲之地，无嚣尘之坌杂，无市井之喧阗，无车马之杂投，与城郭若即若离，其视豫章、友教、经训诸书院之基趾，有仙俗之别，诸贤风徽远哉！今春无事，徘徊洲渚间，群鸟飞集，若将引路者，于是拜六君子之堂，瞻眺不忍去。因坐云章阁，摹拓楹帖。诸石刻皆古泽可爱，黏壁诸文皆帖括试帖。读既毕，钟声自金牛寺来，泠泠可听。回视此身，如在蓬岛缥缈间，不知何自而来，何自而去，又恨不能与先哲为役，发明心学，遂怅然坐对江月而归。

时咸丰元年二月中和日也

游凌云山记

凌云山有龙潭，蛟龙居之。祷雨者咸至吁求辄验。其巅峭立斗绝，峰峦挺秀，不可名状。余少时欲游天下名山大川，以发胸中郁积奇特之气，尝叹曰："大丈夫不历天台、雁荡、黄山、天目、峨眉诸名胜，徒老守牖下，是甕里醯鸡①也。"因涔涔泣下。始游凌云，中途雨阻，怅然而归，继游未尽兴，不过得其梗概，而余梦魂固时在丹嶂翠壁间也。

道光丁未，重寻旧约，至榉林。其地清寒，符氏世居之。涓日至梨树，初行七八里，草与人齐，人行草中，声历历可辨。一路纡回峻峭，行行且止。峰巅有庙，凿石为瓦，高仅六尺，广方丈。仙像剥落，香火凄然。庙后石壁削立，拔地千万由旬，不敢侧足立，稍举足，不可三寸余。以手代足，匍匐而行，行数步，伸腰一望，真天下孤绝处也。因视邻邑诸村落，隐隐可辨。樵夫云："此山界域毗连，山左永丰，山右宁都，其下即舍身崖也。"

由是步至龙潭，其一，阔竟三尺，清冽可饮；其二，石壁矗立，攀萝俯视，水作辊雷声。余心悸神悚，不敢再缘。回视山巅，如巨神戴冠，有朝堂侍卫之象。其余三潭愈下，浪激风回，泉皆倒飞。爰坐潭石，以览群峰之秀。潭上石地相传为汉高祖陵、无明堂基址。从墓前对望，则双峰夹峙，左峰耸高而平夷，曰"文将军柱"；右峰峭拔而锐末，曰"武将军柱"。余惊，目久之，曰："此天下奇险处也。"由是左循步上，曰麒麟背，路益峻峭。回视双峰之外，万山拱伏，如芙蓉开放，如走马不控御。欲凌霄汉，又如太保游宫，风流倜傥，种种皆献奇异。时洪涛鼓荡，振衣欲举，飘飘乎有遗世独立之概，恐天风吹我入琼楼玉宇间也。

日晡，至山下野人家，借包粟充馁。屋皆石成，不可瓦覆。其水清甘，饮之沁诗脾。有鱼墨色而小，长头，有角如针，明莹可爱。有草作麝香，可辟衣蛀，以纸裹之，不则衣作红晕。樵夫云："此寮条竹也。"余处深山中，讽咏之外，更无他好，此鱼此草，茫然不可辨识，山灵有知，能无齿冷。

薄暮抵榉林宿，舣船交错，座客因谈凌云怪异事，荒唐中作征应，如东坡听谈鬼者，恍惚可喜。因相与一笑而寝，寝而思，觉而悟，曰：此山议论纷纭，其一曰：首作江西省会，尾作汉家陵山之四爪应四郡；其一曰：二十四峰符前后汉二十四帝，中一小峰为王莽之应；其一曰：昔者许旌阳斩蛟遗秃尾龙在此。诸言皆荒诞不足取信。余谓天生奇境，必有鬼神呵护，其为龙宫水府无疑。祷雨者刑犬以投，犬秽物，龙神物，以秽投，神龙怒。破蛰立雨，故吁求辄验云。

注释：

　　① 醯（xī）鸡：《庄子·田子方》："孔子出，以告颜回曰：'丘之于道也，其犹醯鸡与！微夫子之发吾覆也，吾不知天地之大全也。'"郭象注："醯鸡者瓮中之蠛蠓。"后以"瓮里醯鸡"喻见识浅陋的人。

闻歌记

　　建有善歌者，携其伴侣游食四方，皆厌饫无饥色。余尝于秋夜听之，怦怦有动其中也。时月色皎然，灯光送彩，初为一曲写闺情，欢似有动矣，继而作离别，操如婺妇含悲，呜咽欲诉，又如清空野鹤，嘹唳九皋，其声欲断，坐客闻之，莫不掩泣。余作而起曰："神哉！技至也！"

　　其曲奏欢娱如常工，然及其歌苦情、叙哀怨，每作尾声，必数啭喉以迟之，以鼻之气，通喉之气，高而郁、幽而折，岂欢娱者难为工，而悲惋者易为工耶？独怪其以奏曲鸣，流落江湖而无难色。而世之爱延请者，妇人孺子、樵夫野老莫不掷缠头赏其工，胜于以诗文鸣天下，其亦可慨也！已而其时优人演戏、笙歌杂奏，而人皆弃而听此，歌台之下虚无人焉，得非一技之微，其工于节奏者则乐之，于是同人皆曰诺。

　　今夫院本，伶人之所歌也；诗词，学士之所歌也。而院本之遗，通于诗词，其意尽言中者，虽工弗善。其言中有意、言外有字者，则弗工亦工也。且作诗之道与它文异，它文取句读而已，至于诗，必足以被管弦、抗坠阴阳，有稍戾歌喉者弗善。此声音一道，虽自负诗伯，弗能也。昔人观斗蛇而悟文法，观舞剑而悟书法，曲也、诗也，岂截然不相通哉！

今听此曲而慨然往事。昔道光往岁，余过吉水渡，有数妇相向而哭。每一声竟，则长其声以送之。一声之缠绵，似泪似雨，欲拖欲绝，而余尤为泪下。始知作短声者，尤不若长声者，低徊欲绝，兹乐工其得此秘耶？抑余更有说焉？

古乐雅淡，听者欲卧；今乐荡，听者不倦。士大夫以此为听，而使钗影钏声、烛光琴韵，相杂而不辨，恐非所宜也。古贤歌诗弃置不道，无复知有天籁，是亦非所善耳。夫一技如此，传神千载，而为文者逊之，毋怪以技鸣者，遍江湖而无饥色；以文鸣者，啼饥号寒，妻子坐叹。谚云："文章不熟，不如一技"，信矣。

适余有悲秋之意，既闻此曲，百端交集，故为文以道之，书毕不觉破涕。

徐东松先生传[①]

先生姓徐，名湘潭，字东松，永丰名士也。

少聪明强记，淹贯群籍，从舅父张鹤舫[②]先生游，尽传所学，叹曰："徐甥，古文异日当名世也。"尝饬衣裾居一室，若学自立，非名士不与游。以文学显，嘉庆己酉拔贡试，牍皆梓行。家有藏书，自经史子集以至杂录，靡不朱墨钩乙，时出创见，辨其真赝。一时古文名震天下，远近求文者踵至，有得其碑版文字，咸以为荣，即付锓流行。

性矜直，慎所许可，其为文皆与人宛肖，无一谀辞。有不可意者奉百金寿，却不顾，以故海内欲得一言为信。少年为诗，喜娟秀句，中年苍老雄浑，惜为古文名所掩。每有撰述，穷思极索，经句不涉笔，既脱稿，一字莫易，读者难寻罅隙。时文精当老洁，屡为宗工叹赏，时人徒以古文名震，不敢置论。雅善书法，风神婉秀，深得大令遗意。求书者恒靳不与，曰："吾不能为笔墨奴也。"晚岁名既高，裙屐所至，名公巨卿皆折节下之礼，遇隆洽。南丰续修县志，聘为总纂，故其志雅饬有法。

其余主讲书院为山长者无虚日。当是时，足迹几半东南。所至之处，山疃酒保皆知名，呼"恩江才子"。至广州，与才俊士为文酒会，选伎征歌，慷慨自得，极为平生适意事。初，公车北上，谒姚姬传[③]先生于江南，得其作文要旨。既归，益肆力学问，故其文宽裕而有余，详明而有法，卓然成一家言。论者谓永丰自欧阳文忠、罗文毅二公④讲学宏文后，至先生又续古文绝学。余尝评曰："先生绝人者五：一博学，二古文，三诗词，四峭直，五廉静，直当今伟人也。"

先生负盛名，士被容接者若沐殊宠，不知者以为简傲。所与游者黄爵滋、吴嘉言、石瑶辰、陆麟书、吴嘉宾、李觉、恽敬、艾畅，皆天下名士，深相引重，敛手推让。年五十后家居，病足，废。弟子游楫、吴子云、徐启运，吴赞邦等裒集其文，题曰《徐睦堂先生集》，计古文诗稿、时文、杂著共一百卷。时捐廉倡梓者，邑侯冯公子良也。

道光丙午，远赴太史刘德熙重修临湘县志之聘。书局未毕，而刘公超迁矣。既至耒阳，筑半榻轩居之。性琐屑，僮仆罔顺意旨，惟德熙相喻形骸之外。游南岳，得病不起，卒耒阳客馆。德熙遣使千里护丧归里。后一月，刘公卒。先生刻集，招余襄事，酒酣掀髯，谓余曰："天下将震，子宜谙习武事。"又曰："子聪明绝世，终当为传人也。"先生没而天下不靖云。

何邦彦曰："古文一脉，以江西易堂九子最，而永丰独得先生震，洵后先匹休也。"阳质民谓："所遇天下士大夫，当以永丰徐湘潭为第一，湖南汤鹏次之。"余闻之执友云。

注释：

① 徐东松：即徐湘潭。

② 张鹤舫：张琼英，字鹤舫，永丰人。曾纂修《永丰县志》和《鄱阳县志》，著有《采馨堂诗集》、《白水诗集》等。

③ 姚姬传：姚鼐，字姬传，安徽桐城人。清代著名文学家。有《惜抱轩文集》等。

④ 欧阳文忠、罗文毅二公：欧阳修，永丰县人，北宋著名文学家。官至参知政事。卒谥"文忠"。罗伦。罗伦字应魁，改字彝正，号一峰，永丰县人。成化二年（1466）廷试，擢进士第一，授翰林修撰。辞官归里后，以金牛山人迹罕至，筑室著书其中，四方从学者甚众。成化十四年（1478）去世。嘉靖初年追赠左春坊谕德，谥"文毅"。

胡发琅

胡发琅（1849～1878），字肃藻，赣州兴国人。自幼好学深思，志愿宏大，但因用力过于专猛，年仅二十九而卒。陈三立评价说："好学深思，于世所称义理、考据、词章，皆涉其藩，皆旋寓而旋纵之。其志嘐嘐然，其心休休嘐嘐然，尤究切昭代典章制度、生民利病，靳可施行，其意不至于古之所谓士，不止也。"（《肃藻遗书叙》）其弟搜集其残稿编成《肃藻遗书》。以下诸文选自台湾文海出版社刊本。

治河上

河为人患乎？抑人为河患而已。以今日言之河，诚为人患，求其患之所自至，未尝不慨然于人之为也。

河之为河，病二焉而已，曰决与溢。决，职河之湍；溢，职河之浊，而令其湍逞于堤而决，则毋亦唯是浊故。夫河源远而束之久，此其力疾无古今一也。若乃其浊，则潘氏季驯①曰："禹之河，未必如今之浊。"以今推古，知其为不易之论也。《禹贡》言："九泽既陂，九川涤源。"川不言陂。禹之河未堤防，可知故殷都五浸于河，仅徙以避之。而贾让言堤防近起战国假河，如今浊虽曰禹河广，能使之不横出奔溃，独何术去填阏而禁之不盈，而千余年不失故道？河浊而海口必有积沙。今沿海千里，恃以无边恐，而碣石九河之地，啮于海水沦没无遗迹，令有积沙而得然乎？秦汉虽渐浊，然犹大愈于今河，堨辄引溉田畴。如今之河，逆之而没，其可以灌浸乎？且夫天地不变、水土未易，而河有古今清浊之异者，何哉？季驯之言曰："豫州土最疏，禹河止经河南一郡，而今并开封、归德数郡经之。"是大不然，豫州之河，其失禹故道者，皆严堤密防，载行地上，它水无由仰入。若止河身土疏，刷之数年而尽矣，安得数十年益甚乎？且豫河土疏而下流受其浊，则豫河宜日深，何以积高无已乎？

论者又曰："井田坏，沟洫废耳。"然令今垦沟洫如井田，仍无救河之浊，何也？沟洫以行水，非能容之，不去霪雨之发，水有所归而不淹被农田，则沟洫之利若泥雨而下，终归于海止耳，沟洫如之何？然则何以故？曰：古河之不浊者，井田而外，草木繁殖，根株纠结，毛地相拖。自阡陌开而地不必井者亦被耰锄。又其后乃登山临水，经营畚锸无少闲，材木之需、樵苏之采，不待禹之刊益之烈，而弥望濯濯，土失其蔽，雨至而随之去矣。惟山尤甚，西北土疏多山，今日而求河不浊，虽造化无能为力，而其禁之不能易之不可者。生齿之日蕃，求食需用之，无所不至，虽如此，而日犹不给，盖时则为之矣。虽谓之人为河患，未为过也。今之论河者，乃哓哓然动以禹为言，曰："禹歧河于漯，疏九河于兖，河利分。"又曰："禹于河导之而已，不与水争地。"河宜广，是知禹治河，不知禹河，知今治河非禹，不知今河非禹河也。执古方而医今病，恶得而不误天下哉？

然则如之何？曰：古之河患于湍，今之河患于浊。治浊之患，较难于治湍，惟守季驯以堤束水、以水攻沙之法，无反古以为贵，无立异以为高，则人虽为河患，河犹能自治其患。

注释：

① 潘季驯：明代治理黄河的水利专家。字时良，号印川，浙江乌程（今吴兴）人。嘉靖二十九年（1550）进士。初任九江推官，后为右金都御史，总理河道。隆庆四年（1570），河决邳州、睢宁，塞决口。万历间以右都御史兼工部左侍郎总理河漕，九月兴两河大工，次年工竣，黄河下游得数年无恙。四次治河，习知地形险易，成绩显著。治理上主张筑堤束水，借水刷沙，须束水归漕。经他治理后，"两河归正，沙刷水深，海口大辟"，使黄、淮、运河保持了多年的稳定。著有《宸断大工录》《两河管见》《河防一览》《留余堂集》等。

治河下

天虽爱人，恒出其祸患，以为君相之忧、民物之灾而励其惰。顾当其盛时，天下莫能谁何。时易势移，要无不弊极而自返。若外戚方镇、宦官女子、戎狄寇盗之乘隙伺衅，其盛衰兴灭，盖灼然可考。涸闾阎之脂膏，竭亿兆之筋力，以冀须臾免死，无有已时者，惟河而已。

然则河无足令终不决溢乎？曰：未易言也。不敢谓其必不可，顾贫则难为议耳！夫河之决溢，无不由于淤淀而底高。孟津以下之河水也，禹导以来，未闻有溃败夺流之害，其崖岸之逼束有以激之，使必不淤耳。自潘氏为束水攻沙之议，虽孟津以下，可无决溢相寻未已者，非其说之不可恃也，未有高必不可逾、厚必不可破之堤，使如孟津以上之崖岸以待异涨，于是上决则下淤，淤则终复决耳。诚乘民物安阜、币藏充斥之日，测最高之海口，引至直之水道。按潘氏缕距三百丈遥堤，距千丈之法，和三合之土，而覆以土或石。取最坦之途，筑倍厚之堤，护之以柳苇，逼之以对坝，固之以放淤，而严之以防守，勤之以修补，虽如孟津以上可也。

或曰：堤虽崇厚，卒安能令如山？曰：所异者防守修补耳，若其不可坏，则固有明验。土惟豫州为疏，自明以来，益其堤之高厚，道光以前数百年不数见患。患在徐、邳以下，最险且要者无如王公堤，自明人高厚其堤，亦始终晏然，此独非堤之是恃乎？然则遂一无患乎？曰：否否。堤能束散漫之流，不能禁潮汐之上。潮上而流缓，流缓而沙停海口，淤则递淤而上。本朝河未北徙以前，患恒在宿迁、桃源、清河之境。云堤关外，虽屡续长堤，曾无救于海口之淤，是去河之淤，堤之力有馀；去海口之淤，堤之力不足也。然则海口终不可治乎？曰：否否。潮汐往来，人无立足，第非可以人力浚耳。然则泰西人铁箕乎曰："积淤汪洋数百里，升斗焉而抒之，谓之以蠡测海而已。"海自容沙，安用挹之？安用载百十里而徙之？然则铁筏混江龙乎？曰三尺童子戏耳。千石之舟，下百斤之椗，惊风怒涛不之动，欲以区区数人之楫，曳行数百斤铁泥沙中，前人试之屡矣，夫奚足云？然则如之何？曰：水有大力，物莫与并。潮汐上下，自有往来之用。然石堤十丈而水溃之，泥沙虚浮而水不能去者，堤激水，水专趋堤，沙让水而水顺下，不专趋沙耳。夫水入深而愈疾，立罂而盛水，穴上泄之流必缓，穴下泄之流必迅，其积压之势然也。

利天下者，莫妙于因欲治海口之淤。宜在截水空其下，因水之下趋而攻沙，因潮汐之往来而以次深刷。其法：结木筏广袤二十丈许，中列横闸广丈，高视所欲浚之，数闸各三足，足高二尺。著一犁、镇巨石而下之。犁入淤而筏止，水禁于闸，则怒而趋其足。淤去犁露而筏进，得淤又止，犁露又进。久淤坚结，水不易攻者，犁以渐进之力耕之，而水乘其隙，左右闸斜行如翼，以受水而禁其旁注。潮至起闸，随之上。欲止欲左右以椓。由浅及深，由下而上，以次递刷数十里，置一筏分地而课其功。以此视人力所为，吾知费不及十一，而其功相千百也。

昔谢氏欲令舟尾悬披水版，曳铁筢布水攻沙，其意良美，然数尺之版障水，水必旁趋。且铁筢滞于数丈之下，版障于数丈之上。筢欲止而版欲前，无以使之相持为固，版必折，舟必危。而又欲以治潮汐不及之河，而乘风以上，则亦当知其难矣。由前之说，河之淤免于上；由后之说，河之淤免于下。虽岁修，未能尽去生民昏垫之忧、堵塞不赀之费，以人事言之，庶几其衰息乎？

族田议

三代以上无叛民，有之，自秦始，不惟其君之虐用之也。井田废而有甚贫之民，无生人之乐、可惜之身家。一夫首难，乌合响应，轻其死以快一时之恣睢。侥幸以为苟得其欲，虽不其叛，而多行不法以为民害，固已有刑之，不足禁教之，不足化矣。此众人之所恶怒，为圣人者之所惜也。

孟子曰："无恒产者无恒心。"信夫！然则井田可复欤？曰：否否。限田均田，行之必且嚣然，而况其井田也。自生齿日蕃，开阡陌、垦馀地，山巅水涯，树艺之无隙地，天下犹日有饿莩，安得皆赋以可井田者。国邑变，而郡县吏视其官如传舍。君民之相去，如人之于天，而欲取与其田，日变月易之，安得而不扰，故虽限田、均田，不可行也。且夫人苟稍自力三四口之家，日用衣食之给，无不可求。无恒产者之所苦，要在嫁娶丧葬之遭、就塾与试之费、食指之繁、凶歉之岁，与夫寡孤衰老废疾之不得其养耳。

今天下而欲均民无贫富，虽尧舜不能。如欲姑救其过不均者，庶几其族田乎？富在于家，供一人之挥霍暴殄；富在族田，乃以补不足。一家之富，虽令好善乐施，一子败之而有余。若族田之富，未必皆败类而一无能守成者，其持久之势又相十百也。然民知其利矣，四方之行者，乃百不一二行矣，或只以供宴饮优剧之用、争讼之资而穷乏之。被其利者仍十不一二，而其垂业又有永不永。盖一则狃于目前之计而不肯输其私财。立法有善不善也，诚择其至善无弊者著为令而颁而行之，督其怠玩不行而重其侵废之罪。令天下无无义田之族，非大灾祲，无不得其所之民。天下受其福，任天下者亦稍纾其忧矣。夫公民之财，莫患于官司之而侵扰于胥吏，又莫患于民自司之而官不过问，其有无兴废，而终败于狡黠强梁之蠹蚀，两救其弊而利斯永矣。族田之法，大较嫁娶丧葬有助，寡孤衰老废疾有养，凶歉有振，应试有资，而学有义塾，独范氏之日赋食，岁赋衣，可及其身为之。不可为世法，匪独其资之难给而易匮，亦非所以警游惰、劝勤俭，如族小人贫而力足为之，则不如立以为四民执业之赏册，其执业而与之，庶几可救其失。可令二子者自养三子已上者。子岁周之，止于十二岁。析居者以其产十之四按户分，十之六按丁分，则一祖之孙、一父之子饥饱苦乐均矣。

呜呼，天下者族之积也，族饱而天下足，族治而天下安。有斯民之责者，方推诿而畏事，安能取吾说而用之，庶几士君子各竭其可为之力，自济其族，又因以为率而劝其可劝者，亦或以愧浇薄之风欤！

陈三立

陈三立（1853～1937），字伯严，号散原，修水县人。光绪十五年（1889）中进士，授吏部主事，辞归。在武昌应张之洞聘，主两湖书院文席。后赴长沙助其父、湖南巡抚陈宝箴推行新政。维新变法失败，父子均被革职，退居南昌西山。后移居南京、上海、杭州等地。民国十八年（1929）来庐山，居松门别墅，倡修《庐山志》。1934 年下山至南昌，其子寅恪迎候居北平。"七·七事变"发生，绝食而死。著有《散原精舍文集》等，是"同光体"诗派代表人物，近代江西诗派领袖。以下诸文选自上海古籍出版社 2003 年 6 月出版的《散原精舍文集》。

快阁铭

赣之水危悍而曲盘，郦氏①称："赣川石岨，水急行难，倾波委注是也。"而泰和当赣水之冲，水沿其外郭②，至是流始舒夷。波淳澜清，山川载宁，人遗其险。县城东南，形胜之盛，快阁临其上。宋元丰间，里人黄鲁直③至官，觞咏其地，快阁名乃大著，翰墨歌吟，照烂无极。咸丰初，值粤寇之灾，阁毁无存，历纪不治。余友澄海陈君凤翔④为丞兹县，萧淡委蛇，乐其民人，综千岁之遐迹，挹名贤之孤尚，纠工饬材，还其旧观。

余闻诸父老，当乾、嘉盛时，南赣、闽粤阻奥之区，物力饶衍，货产充溢，富商巨贾，辗转运贩，竹木名材，牵连断续，蔽江映日，悉由赣水遮县城，下豫章，折彭蠡，以达于九江。阁之外，舳舻⑤弥望，风帆上下，日久如织，橹音棹讴，常满观听。自与岛夷通商，有司榷厘税益急，岭以外行贾绝迹。率附轮舶取海道，转输江汉间。兹阁一也，而陈君于此，盖可得天人盈虚、世变盛衰之故焉。既奖陈君之高致，复惜羁旅未躬履其胜，抒古今无穷之思。乃为铭曰：

> 汤汤赣流，肃肃崇陵。山韬水渊，杰阁载兴。翠云夕疏，绛霓朝落。秀蔼澄川，影延双鹤。邀尊送日，引领承霄。眺临风峭，瞑入天寥。割赏题襟，凭虚遗照。情满千龄，江横一笑。隼构攸跻，鳌柱不惊。配灵作镇，式是增城。

注释：

① 郦氏：郦道元，北朝范阳郡人。地理学家、散文家。撰《水经注》一书，阐述《水经》中 1000 多条水道的源流及沿岸风土景物，并订正《水经》中的谬误。

② 外郭：外城。

③ 黄鲁直：黄庭坚，字鲁直，号山谷，晚号涪翁，与陈三立同为分宁县（后改名修水县）人。故此文中曰里人。乃宋代大诗人，江西诗派领袖。元丰五年（1085）知太和（太和）县，有名作《登快阁》。

④ 陈君凤翔：陈凤翔，字芰潭，广东澄海人。任泰和县丞二十年，修复快阁。后改任新建县丞。为陈三立挚友。去世后，陈三立为他作有《陈芰潭翁遗诗序》。

⑤ 舳舻（zhú lú）：指首尾衔接的船只。

故妻罗孺人状

孺人姓罗氏，居武宁①之洋井里，外舅惺四先生之长女也。母方恭人。

孺人生四岁，逢乱。一日，寇猝至。家人群奔，置孺人。寇入室，大索金币衣物，杀牛豕鹅鸡有声。孺人卧帐中，方酣寝，寇顾而去之，得不死。明年，外舅除隆川知县，因率军击寇楚、蜀间。孺人从之，居成都。年十九，外舅知酉阳州，赘余于官。及来归，余祖母爱之逾诸孙女，余母爱之逾其女也。

孺人色愿而貌恭，与物无忤而中严介，黑白井然。平居好沉思极虑，怨悱幽忧，发于天性，抑而制之，不形言动。余家之人皆曰："阿嫂，平易可怜人也。"

既归余四年，生子师曾②。是年余祖母卒。又三年，生子不育。今年正月，幼子同亮生。七月，余父由湖南官河北③，余偕孺人从焉。次颍上之溜犊湾，而孺人病笃，死矣。得年二十六。为光绪六年十月五日也。

孺人沉笃寡言，如其父。于余容顺而已，然务规余过，言皆恳切。余尝醉后感时事，讥议得失，辄自负，诋诸公贵人，自以才识当出诸公贵人上。入辄与孺人言之，孺人愀然曰："有务为大言对妻子者邪？"余为面惭，不能答。然酒酣耳热，中郁发愤，复不禁，往往为孺人言之也。孺人病当弥留时，余母抱五岁儿师曾问疾，孺人辄呼曰："师儿，而母何日病起乎？"儿漫应曰："明日。"孺人曰："当后日耳。"果越二日而卒。卒之顷，犹数问余母睡不？呜呼！可哀也。

古之称妇德者，"无非无仪，酒食是议"而已，后世则必有特立独至之行而传焉。孺人所处，非有奇节伟行震耀于人人，然其心纯一而洁白，约躬以礼，而其思通于仁孝。脱余或不幸而先孺人，孺人即不能一日以生，此其可知者也。悲夫！

注释：

① 惺四：罗亨奎，字惺四，武宁人。历任酉阳、雅州知府。

② 师曾：陈衡恪，字师曾，陈三立长子。后为著名画家，画论家。

③ 余父由湖南官河北：光绪六年（1880）七月，朝廷授陈宝箴分巡河北道（治所在河南武陟县）。七月，陈三立随父赴任。

《龙壁山房文集》叙

龙壁山房文百又二篇，次为八卷，凡八万四千余言。马平王定甫①先生拯之所撰也。先生原名锡振，以文行名一时。既殁，而遗文放失，不可复睹，师儒闵焉。

岁己巳，大人居京师，尝从厂肆得先生今稿，手所雠易累半。既官湖南，惧遂淹沦，思永厥传以晓学徒。光绪庚辰，改官河朔，乃以授刊。明年九月而工竟。而三立为之叙曰：

自有明归氏擅欧、王之传[2]，独以古文辞义法推重于世。国朝方先生苞文之以经术，其言益尊于时。其乡刘氏大櫆、姚氏鼐之徒，申引推大，煽而愈张。海内之所称桐城派者是也。方、刘既殂，姚先生岿然为老师，徒党相和，桐城家之言，几遍天下。后数十年，上元梅曾亮氏[3]最称高第弟子，复守姚氏之绪，讲艺京师，四方魁杰笃敏之士萃焉。当是时，梅先生之学大昌，颇踵迹姚氏。先生亦与其乡朱氏琦、龙氏启瑞治术业相高。且于梅先生游处讲习，最号为有名者也。

窃以文章之不敝，亦不敝于其心之所至而已。涵诸古而不诬，征诸已而不馁。其一时兴废盛衰之间，类曹好曹恶，异同攻尚之习，竞以为胜，非君子之所汲汲也。桐城家之言兴，相奖以束于一途，固以严天下之辨矣。而墨守之过，狃于意局，或稍无以厌高材者之心。然而其所自建立，究其指要，准古先之言，皆足达其心之淑懿，条贯于事物，倡一世于物，则乐易之余，以互殚其能，而不为奇论诡辨，淫志而破道，阶于浮夸之尤。传曰：言有宗，出辞气，斯远鄙倍。盖庶几有取焉。

先生早孤，育于姊。通雅怀，练世事，既位于朝，益务自见。咸丰纪元，寇乱起乡里。先生愤切，从军湘粤间，所画策，时帅不能用。寇以鸱张[3]，而先生亦由是弃去。及以部郎入直军机也，凡平寇方略，诏旨所规设，多先生手制以进。其言恺明，为益天下大计甚巨。识者以谓先生非仅文士而已。然先生之所为文，虽若敛退，无瑰玮桀[1]特之观，而类情指事，噂谐通恕，肖其心之所自出，而寓于不敝。以视桐城诸老儒先所得之美，未有以异。知言之君子，综考流别，穷其终始，而尽其变以览观焉。

校记：

〔1〕桀：当为“杰”。

注释：

① 马平王定甫：王拯，字定甫，马平（即今广西柳州市）人。

② 明归氏擅欧、王之传：言明代归有光得欧阳修、王安石之传。

③ 梅曾亮：（1786～1856）字伯言，一字柏枧，江苏上元人。道光三年（1823）

进士，官户部郎中。居京师二十余年，笃古嗜学，与宗稷辰、朱琦、龙启瑞、王拯等游。后乞假归，曾主讲扬州书院，为姚鼐高徒。著有《柏枧山房文集》等。

④ 鸱（chī）张：像鸱鸟张翼一样，比喻嚣张，凶暴。《三国志·吴志·孙坚传》："卓不怖罪而鸱张大语，宜以召不时至，陈军法斩之。"鸱：一种凶猛的鸟。

郭侍郎荔湾话别图跋①

湘阴筠仙郭先生使海外，既归之明年，而以《荔湾话别图》册命三立为之辞。盖先生任粤东巡抚时，士夫赠别所为作也。

粤东为海夷通商门户，国家交涉经营夷务数十年，常于粤东相终始。粤东督抚吏贤否，而夷务之盛衰善败因之。窃以处夷之道，求诸己而已矣。自修其政，自饰其俗，内靖吾心以与万物相接，顺而相之，有余裕焉。奚有于处夷必誾誾然曰"夷也，夷也！"疑震其志而迷于其心，鼓其浮游之气，以扇为习俗。若夷非可以人道际者，而一切别循其术以御之。御之而小有效，则以自喜，持之且益坚。及夷积不平而逼我，我复无以自立，夷且蹈隙而制我，我常为夷所制。向所欲束缚而驰骤之者，转务为偷庸，澳浧②惴怯，本末无其序，轻重颠倒，不准其宜，而夷祸日烈于天下。呜呼！人心一日之不平，其召侮构乱及累世不止，势之所趋，气机之所倚伏，有固然者。此先生所为发愤流涕、不顾一世之毁讥，欲稍稍以争救之者也。先生之言曰："夷人之入中国，为患已深。岂虚骄之议论、枵张③之意气所能攘而斥之者？"伤哉言乎！

先是，先生痛言古今之变、得失之宜，数为夷务策讽议之，时不能用。既为粤东巡抚，秉道执信，益综览研几，讲求其故，民夷内外，罔不孚格。而荷兰之换约也，屡以曲直争持之，荷兰卒惭服谢过。当是时，沿海疆吏皆得如先生，或先生得行其说而久于其位，条其规制，立自强之基，以时其柔刚之用，十数年以还，政俗风教当渐以振兴变革，不仅夷事之容有可为者。乃先生既不久罢粤东任去，后使海外，复不得行其志而归，而谤议讪讥，举世同辞，久而不解。至于今，而夷祸益岌岌矣。处理之难，盖有什百于前官粤东时者。

先生老屋匡床，独居深念，循览此图，怆然于世变，相寻此身出处进退之故，知必掩卷累悕而叹也，而岂徒朋游聚散今昔之感哉？

注释：

① 郭侍郎：郭嵩焘（1818～1891），字伯琛，号筠仙、云仙、筠轩，别号玉池，湖南湘阴人。曾佐曾国藩幕，后授苏松粮储道，旋迁两淮盐运使。同治二年（1863）任广东巡抚，罢官回籍，在长沙城南书院及思贤讲舍讲学。经军机大臣文祥举荐进入总理衙门，旋出任驻英公使，兼任驻法使臣，称病辞归。荔湾：位于广州西部，素以"西关"、"荔枝湾"和"水秀花香"著称。

② 淟涊：软弱；懦怯。《宋史·欧阳修传》："宋兴且百年，而文章体裁，犹仍五季馀习，锼刻骈偶，淟涊弗振，士因陋守旧，论卑气弱。"

③ 枵张：虚张，夸张。《四库全书总目·别集二四·迪功集》："梦阳才雄而气盛，故枵张其词。祯卿虑澹而思深，故密运以意。"

畸人传四首（选三首）

夫天有五气，地有五材，人有五性。阴阳不同德，刚柔不同位，故古之治道术者众矣。皆闳才异智，各有所明，莫能相一，非一世也。自学者是其所习，蔽所不见，于是瑰玮倜傥之士往往伏匿。悲夫！孔子曰："不得中行而与之，必也狂狷乎！"庄周曰："天之小人，人之君子。人之君子，天之小人。"余于师友闻见之间，盖得数人焉。迹其言行，时虽若不经，要自卓荦不污于流俗，有足观者，次之为畸人传。

严咸，字寿安，溆浦人也。大父如煜，陕西按察使，为时名宦。父正基，官大理寺卿，亦有文学。咸名家子，天才超拔，为文章浩侈，数千言立就。咸丰初，应顺天乡试，副考官潘祖荫得咸卷，惊曰："海内奇才，不可失也。"遂中高选。祖荫终以咸文无破承起讫，非常法，语咸易之，咸拂衣去。祖荫追谢，乃肯与覆试云。咸久游京师，被酒狂歌，与屠侩为伍。著木屐，张油纸盖，造请故旧。四方公车所未有也。后东南乱起，左宗棠①督浙江军。咸以故人子，招置幕府为上客。咸谈兵自喜，则欲为将立奇功，宗棠始壮之。会有短咸者，宗棠莫能决。咸由是怨望，以左公无能知我耳，俳优畜我。已发狂疾，夜击柝，挝宗棠寝门而呼。宗棠仰屋叹曰："嗟呼！严生奇士，今乃至此乎？"于是咸遂去。归自经死，年二十八。著书数万言，闳恣窈冥，殚极万物，莫究其趣。咸既死，其友王闿运以文辨名天下，尝持语人曰："孰使我纵肆而无忌者，非咸死之故乎？"

李士棻，字芋仙，忠州人也。道光之季，以拔贡生试京师。曾国藩充阅卷大臣，得士棻卷，雅爱其文，定置高等，且视同列大学士某，摭其破体书曰："嘻！例如是。"无可奈何，改二等，遂以知县用。士棻于是留京师，才望倾一时，车马日盈门巷。日本、朝鲜使者，争购诗翰去。未几，寇大起。国藩督师东南，遂为江南总督。士棻至为客。当是时，海内硕儒奇士辐凑[1]幕府，言兵言经世大略，有李鸿章、彭玉麟、李元度；言性理政事，有涂宗瀛、杨德乾、方宗诚、汪瀚；言黄老九流文学著述，则有张文虎、汪铎、刘毓崧、戴望、莫友芝、张裕钊、李鸿裔、曹耀湘之属。士棻遨游其间，无所不狎侮。然士棻洞中恺悌，博览多通，咸尽交欢士棻，恨相知晚也。国藩久为京朝官，好与人立语。每集宾僚广庭，倾语移晷[2]，不设位席。士棻倦，则倚柱呻吟，哀动左右。国藩惊问，对曰："主臣血肉之躯，诚异金石，不堪久植耳。"国藩大笑。后士棻在，辄为设坐云。同治中，就官江西，试为彭泽、南城令，咸有声誉。尤乐奖拔才俊，校艺联吟，终日夕久不厌。南城耶苏教民数犯法，自诩西教隶于领事，至县庭，公然抗礼，县令因莫敢治。士棻传讯，置书架二，纵横庭中。教民疑惧，谓其十字架也，仓卒屈伏。士棻遂按竟其事，立置于法。寻官临川知县。临川壮县也，然士棻不名一钱，比解任，稍负逋课。布政使雅闻士棻名士，滋不悦，谓人曰："恶有名士而能廉者乎？"及见，语侵士棻。士棻抵冠于地，攘臂趋出。由是劾罢，籍其家。时国藩已薨，士棻无所归，竟客死海上，年六十二。

熊梦昌，字磻隐，南昌人也。好黄老、墨翟之道。尝曰："黄老，制天下者也；墨翟，持天下者也。黄老为体，墨翟为用，道以全一。夫大道窈冥，何始何形？原于清静，因于兼爱。故清静之道废，天下始沸矣；兼爱之说息，天下始狭隘酷烈，生民被其祸害矣。吾怪世士阳托中庸，灭黜老墨，莫得其本真。是故汉晋之世，颇崇黄老而不知尚墨翟。泰西之治近

墨翟，而莫能明黄老。於戏！何由见天地之纯、备帝王之治哉？”其所推
论类如此。梦昌有口辨，晓导引金丹之术。尝斋室默坐，为人治病多效。
南昌知府贺良桢病风痹，梦昌与共坐旬日，病若失。自言函神感真，病自
除移。神用之极，绵绵遗遗，反归无为，通于阴阳，中于律吕，参于造
化，针石方剂，未足为比也。光绪初卒。弟咏梅与之同学，简默湛寂，治
病尤著。

　　赞曰：大道纷夷，卓诡是程。匪捂纯趋，爰统异情。维严伊李，
义狭思贞。汪熊渊渊，实蜕天荣。

校记：

　　〔1〕凑：当为”辏”。连上辐辏，为连结车轮和车毂的直条。形容人或物聚集像
车辐集中于车毂一样。

注释：

　　① 左宗棠：湖南湘阴人，晚清军事家，洋务派重要代表人物，湘军统帅。官至东
阁大学士、军机大臣，封二等恪靖侯。

　　② 晷（guǐ）：日晷，按照日影测定时间的仪器，也叫“日规”。

廖笙陔诗序[①]

　　自倭夷称乱朝鲜，未几遂与我构难[②]，壮士不堪战，丧师弃地，日月
有闻。于是天子知淮人旧屯不足凭倚，益大募湘军，备东征而助防御。其
时，耆将宿校，罗召四集，飙合云举，翔于海郊。而乡校之儒，里党之
彦，亦率扬臂扼腕，感发奋厉，揣形势，储画策，争走戎幕，图尺寸自
效。盖湘士之习，犹好言兵事。既已痛国威之堕于岛丑[③]，抑亦因利蹈便，
以赴功名之会，而稍几通显也。

　　其年冬雨，夜召客，饮提刑官舍[④]。吾友廖君笙陔忽自湘抵鄂，入相
见。有与廖君游故者，咸问所向。廖君曰：“久处僻壤间，聊及吾未衰惫，
得出览吴、越山水佳特处，足矣。”闻者以谓廖君才智文学，方为时所称，

乃若不知有世变然者，私叹其高致，又颇惜廖君遗外世物，各遂其沉冥不返之思。廖君终不顾而行。今年二月游竟，还过我。示诗数十篇，益以曩岁所得若干卷，曰："子为我尽读而序之。"

余尝愤中国士大夫耽穷空文而废实用，骤临利害无巨细。及有四夷之变，一以意气论议排捍之，不则瞠目敛手，无以为计。即有负智能而名干济者，探索考验，差切时用，而迹其所效，裨助至眇浅，或反芽祸流毒，偾⑤败相踵。何邪？盖忠亮不据于其心，而无宁静淡泊之天怀为之根柢，才力之所极、功能之所擅，皆以成乎苟偷巧饰斗捷者之尤。是故本不立而俗不长厚。即果变今之法，矫今之习，欲以诱进天下之人才，弭外侮而匡世难，吾知其犹不可必焉。然则不苟如廖君其人，令皆不仅以诗名，少得程其才而竟其术，其系于滔滔之斯世何如也！

廖君诗芳鲜澄澈，泠然埃壒之外。纪游近作，尤寥泊称其志意。嗟呼！廖君之归也，观世益深而自处益审，当愈放于溪壑寂漠之乡。优游老寿以蕲工其诗。异日者，余傥能携酒而就诵焉，廖君即与世绝不复出，宜不无动心于余之所感矣！

注释：

① 廖笙陔：廖树衡，字笙陔，宁乡人。历任湖南矿务局提调、总办，曾受陈宝箴委任，主管水口山矿务。为陈三立挚友。

② 构难：此指光绪二十年（1894）日本发起的中日朝鲜战争、甲午海战，清军大败。

③ 岛丑：对日本军阀的蔑称。

④ 提刑官舍：其时陈宝箴任湖北提刑按察使，此言藩署。

⑤ 偾（fèn）：败坏，破坏，搞坏事情。

书《史记·屈原贾生列传》后

太史公越周迄汉，而为《屈原贾生列传》。学者皆称取其怀忠迁放，并工为骚赋相类，与并世先后传老子、韩非；异世传扁鹊、仓公，是其例固宜有然者邪？

吾意太史公[①]盖以为七十子[②]之后，周、汉相望百余年之间，有王佐制作之才者，唯屈原、贾生两人而已。其传屈原曰："怀王使屈原造为宪令，屈平属草稿未定。上官大夫见而欲夺之，屈平不与。"其传贾生曰："贾生以为汉兴至孝文二十余年，天下和洽，而固当改正朔，易服色，法制度，定官名，兴礼乐。乃悉草具其事仪法。"屈原、贾生所为宪令、仪法，不可得具知。要必追先王之意，去苟简之治，易敝通变。所谓拨乱世、反之正，有相为出入者。太史公明天地之际，通古今之变，方痛世运之流而不返，生民之祸无终极，积久而愈烈。意非有如孟子所推天民大人名世者出，不足扫除更张敝法，以复隆古而维后世。而于其所俯仰睥睨之名儒功臣，既举未可以语此者。于是旷世低徊，而独默许此两人，为之示其微尚所在而不恤，特与扁鹊、仓公同例。若曰医民疾者，周时独有扁鹊，汉时独有仓公，医国病者亦独周屈原、汉贾生耳。

呜呼！彼宪令、仪法二书者之不存，此太史公之所深痛。故独感慨悲吟于其辞赋。而如贾生陈政事之粗迹，转可以略而不具者也。若其《鲁仲连邹阳列传》，则已自明邹阳附鲁仲连之故，无隐情，疑与此异云。

注释：

① 太史公：指西汉大史家司马迁，著《史记》。

② 七十子：举其成数。《孟子·公孙丑上》："以德服人者，中心悦而诚服也，如七十子之服孔子也。"汉王充《论衡·问孔》："今谓之英杰，古以为圣神，故谓七十子历世希有。"大抵指孔子后学，子思学派和孟子学派的通称。

书韩退之《柳子厚墓志铭》后

悲哉！老子之言："不为祸始，不为福先"，而曰"不敢为天下先"也。不独明天人消息之故有然也。盖亦熟于衰世情伪，生人所怙于苟且敝靡陋简之天性习俗，忧患观变，痛言以戒轻犯之者。

吾观柳子厚辈，欲佐王叔文尽收奄宦兵柄还之朝廷，此为安危存亡国家切要之大计。共相与慷慨发愤，挺起犯难，务扫除奸蠹窟穴，立不世之功，而消积害巨祸，不可谓非凛然挟大义、忠唐室者矣。徒以伾、文①乘顺宗寝疾，窃权自相部署，取败而受恶名，事由非据，而其志为可哀。而子厚者蒿目急公义，附之以成功名，必不与其宫庭计谋也。

既身受祸，不足论，而当时诬毁、后世谤议之者，迄千余岁不解。乃至其友爱重如韩公，亲厚如韩公，明允察终始如韩公，为志其墓，尚称子厚"勇于为人，不自贵重"。吾恐灰志士之心，塞公尔忘私、国尔忘家之义，将不戒于受祸，不戒于当时后世诬毁谤议，而戒于韩公痛之惜之之一言。且子厚犹于叔文为党也，而有非子厚前后，辄以子厚待之者，亦何可胜道？君子要自不恤为子厚，独为子厚无毫发裨于世，救于祸，反求其苟且敝靡陋简、渐即于坏灭之旧而渺不可得，兹则为所大惧而天下万世之所极哀也。

史迁之传老子，慕之曰："老子深远矣。"呜呼！天下万世之运会人材，安怪一趋于老子，且欲守其所谓"老死不相往来"者哉？

注释：

① 伾、文：王伾、王叔文。王伾，杭州人。德宗（李适）末年，待诏翰林与王叔文侍读东宫，曾论及时政，颇得太子（顺宗李诵）之信任。顺宗即位，迁左散骑常侍。王叔文入主翰林，改革朝政，他往来于宫中，经宦官李忠言沟通内外消息。后改革失败，贬开州司马，病卒。王叔文，越州山阴人。担任太子李诵侍读。永贞元年（805），顺宗即位后，授翰林待诏兼度支使、盐铁转运使，联合王伾、刘禹锡等人推行政治改革。再以时任监察御史的柳宗元出任礼部员外郎，作为缓和官僚反弹之手段。着手减免税赋，罢诸道速奉，废止宦官把持的宫市。三月，俱文珍联合裴钧等人迫使顺宗立李纯为太子，而王叔文随后与西川节度使韦皋决裂。韦皋投靠太子，扶立宪宗，贬王叔文为渝州司户，赐死。韩泰、陈谏、柳宗元、刘禹锡、韩晔、凌准、程异及韦执谊等先后被贬为边远八州司马，史称"八司马"。

崝庐记

西山负江西省治，障江而崝，横亘二三百里，东南接奉新、高安诸山，北尽于彭蠡①。其最高峰曰萧坛，下纷罗诸峰，隆伏绵缀，止为青山之原，吾母墓在焉。墓旁筑屋，前后各三楹，杂屋若干楹。施楼其上，为游廊，与母墓相望。取青山字相并属之义，名崝庐。

初，吾父为湖南巡抚，痛窊败无以为国，方深观三代教育理人之原，颇采泰西富强所已效相表里者，放[1]行其法。会天子慨然更化，力新政，吾父图之益自喜，竟用此得罪，免归南昌。因得卜葬其地，明年遂葬吾母。穴左亦预为父圹，光绪二十五年之四月也。

吾父既大乐其山水云物，岁时常留崝庐，不忍去。益环屋为女墙②，杂植梅、竹、桃、杏、菊、牡丹、芍药、鸡冠红、踯躅之属。又辟小坎，种荷蓄儵鱼。有鹤二，犬猫各二，驴一。楼轩窗三面当西山，若列屏，若张图画，温穆杳蔼。空翠蓊然扑几榻，须眉、帷帐、衣履，皆掩映黛色。庐右为田家老树十馀亏蔽之，入秋叶尽赤，与霄霞落日混茫为一。吾父淡荡哦对其中，忘饥渴焉。呜呼！孰意天重罚其孤，不使吾父得少延旦暮之乐，葬母仅岁余，又继葬吾父于是邪！而崝庐者盖遂永永为不肖子烦冤茹憾、呼天泣血之所矣！

尝登楼迹吾父坐卧凭眺处，耸而向者山邪；演迤而逝者陂邪，畴邪；缭而幻者烟云邪；草树之深以蔚邪；牛之眠者斗者邪；犬之吠，鸡之鸣，鹊鸥群雉之噪而啄、哅而飞邪。惨然满目，凄然满听，长号而下。已而沉冥以思，今天下祸变既大矣，烈矣，海国兵犹据京师③，两宫久蒙尘④，九州四万万之人民皆危蹙，莫必其命，益恸彼，转幸吾父之无所睹闻于兹世者也。其在《诗》曰："谁生厉阶，至今为梗。"⑤又曰："莫肯念乱，谁无父母。"⑥曰："凡今之人，胡僭莫惩。"⑦然则不肖子即欲朝歌暮哭、憔悴枯槁、褐衣老死于兹庐，以与吾父母魂魄相依，其可得哉？其可得哉？

庐后楹阶下植二稚桂，今差与檐齐。二鹤死其一，吾父埋之庐前寻丈许，亲题碣曰"鹤冢"。旁为长沙人陈玉田冢。陈盖从营吾母墓工有劳，病终崝庐云。

校记：

　　[1] 放：当为仿。

注释:

①彭蠡:鄱阳湖。

②女墙:《释名·释宫室》:"城上垣,曰睥睨……亦曰女墙,言其卑小比之于城。"特指房屋外墙高出屋面的矮墙。

③海国兵犹据京师:光绪二十六年(1900)八国联军攻占北京城。

④两宫久蒙尘:慈禧太后与光绪帝于此年避难于西安。

⑤"谁生厉阶,至今为梗":出自《诗·大雅·桑柔》。毛传:"厉,恶。"

⑥"莫肯念乱,谁无父母":出自《诗·小雅·沔水》。

⑦"凡今之人,胡僭莫惩":出自《诗·小雅·十月之交》。稍有不同:后者为"哀今之人"。

大姊墓碣表

自吾母以丁酉腊①告终湖南巡抚官廨②,明年正月,姊遂于家奔数百里来哭。留数月,吾父得罪免③。其冬,携家扶柩,浮江绝重湖,抵南昌,偕姊行。以余妻及长儿妇皆病,姊又留数月。既葬吾母,余复得病几死。姊又少留至七月,始告归。将归,大哭连昼夜。别时,遍与家人相向哭,而持吾父裾拜哭尤绝哀不止。取道过吾母墓,又往哭焉。未三明,则吾姊以病死矣。姊病气逆累岁,来吾家稍久,病徐除而归,竟以死。其哭也,果为之兆邪?将非复向者之病,而别有所大戚于心而死邪?

姊为吾伯父树年公长女,母张宜人。与余同岁。生六岁,俱就邻塾读。佣者左右肩负入塾,及夕,又共负以归,故姊于余绝爱,诸弟妹莫能及。事王母④,委曲周备十余岁,王母非姊不乐。后适从姑子州学生黄韵桐,家故贫,姊不无忧生,益劬瘁。吾母岁时常资给之,曰:"德儿愿默,绝可怜。"盖姊幼名德龄也。生子四人,女二人。最怜幼子希咏,留吾家时以自随,娇憨不暂去侧,今亦为无母之人矣。以光绪二十五年十月某日卒,年四十七。是年十二月某日,葬于某原。

呜呼!姊归及一岁耳,死且才二百余日,吾家儿妇既前死,妻犹累病未已,而吾父又猝以六月忍弃其孤。天邪!命邪!余反不幸不得如吾姊竟死矣。今支余息,时时哭吾父,又时时忆姊哭别吾父处。天地日月,惨慄慌惚，自视不复辨为所托何世，用亟掇叙至哀，揭于吾姊葬所墓道上。

注释：

① 丁酉腊：光绪二十三年（1897）腊月。

② 廨（xiè）：旧时官吏办公处所的通称。

③ 吾父得罪免：此言其父陈宝箴被革巡抚职永不叙用。

④ 王母：祖母。《礼记·曲礼下》："祭王父，曰皇祖考，王母曰皇祖妣。"《南史·宋临川烈武王道规传》："岂得以荒茔之王母，等行路之深雠。"

杂说一

世之恒言曰："有治人，无治法。"陈三立则曰："有治法，无治人。"盖所谓治人者，皆出于治法所由然，使之不得不为治人者也。既使之，不得不为治人，则所谓治法者不翅①邱山之重、金城汤池之固。即有非其人焉，已不至任其动摇而废格之矣。是故从吾之说，则其道久而安；从恒言之说，则其道暂而危。

考三代建本之治，观泰西合群之政，虽若犹未能备，然其势之所至，愈有以知之而信之。不然，吾非敢效鞅、斯、嬴政②之一于任法而不任人也。又非不知曰徒法不能以自行也。且以思亘古以来，治日少而乱日多，非不幸也。无常胜之原，无上下相维之具，贸贸然寄命于不知谁何之人，徒延颈跂踵，从而号呼之曰："在知人，在得人。"人果易知而易得乎哉？安怪其治乱推移之势，不出于此也。然而孔子曰："文武之政，布在方策，其人存则其政举，其人亡则其政熄。"何也？曰：孔子盖譬夫虽有文武之政，犹电光石火之留也，犹浮云飘风之欻忽也。其举也，其熄也，皆不得不系诸其人之存亡。幸而偶有其人也，遂偶有其政也。易一人，则未可知也，亦叹其为暂而危也！

注释：

① 不翅：本义是不展开翅膀。《韩非子·喻老》："有鸟止南方之阜，三年不翅，不飞不鸣。"引申为不啻，不止。翅，通"啻"。

② 鞅、斯、嬴政：分别指商鞅，李斯，秦始皇。商鞅，卫国（今河南安阳）人，战国时期法家代表人物。好刑名之学，乃离魏去秦。后在秦孝公的支持下先后两次变法。新法令推行几年后，秦国百姓家给人足，军队战斗力大大增强，因执法较严引起秦贵族报复，上告有谋反企图，派官吏逮捕他，遭惠王车裂，并灭其族。著有《商君书》。李斯，秦朝著名政治家、文学家和书法家，协助秦始皇统一天下。后为秦朝丞相，参与制定了法律，统一车轨、文字、度量衡。

杂说二

光绪二十六年秋，西山之原大旱，稻不粒。有老农来告曰："民饥且死，而科征不可缓，死益无地也。"泫然泣下。问："奚不诉灾乎？"摇手曰："法不得诉旱。独去吾乡西北数十里，可许以潦诉，诉旱古所未闻。然顷竟昧死得诉旱也。"问："法已更乎？"曰："非也，法何可更也？江西方大备兵，悉下乡户敛钱，名治团练。吾乡父老恐，聊以灾上，意不在诉灾，冀免敛而减其死也。"

余读苏子瞻①知杭州时《上吕仆射书》称："八月之末，秀州②数千人诉风灾，拒闭不纳。"因言："吏不喜言灾者，盖十人而九，不可不察。"子瞻时去今且千岁，吏之法已如此，今法益弊而吏益巧。如此类者固不可胜数，无足怪也。独念秦以来以吏胥之法治天下，数千载之间，遏绝上下，束缚国柄，生人日入于憔悴，不获苏息。故弊法之不可守，犹陷阱之不可迩，毒草之不可尝也，其为害至痛也。乃今之世，有请删改部例者，则曰蔑成宪也；有请变通律文者，则曰莠言乱政也。萃朝端之缨绂③，奔命尽气出死力效忠，吏胥以爱惜护持，所谓溺人之陷阱、毙人之毒草也，抑何为也哉！曰：悲夫！士大夫盖不欲用其心焉尔，士大夫有忧民之责者，苟一日而用其心，吾知未有不惄然④而不安、哑然而自笑者也。老农之所泣，亦其类也。

注释：

① 苏子瞻：苏轼，字子瞻，北宋眉山人，曾知杭州。

② 秀州：州名。治所在今浙江嘉兴。

③ 缨绂：冠带与印绶，借指官位。

④ 恝（nì）然：忧郁、伤痛的样子。

杂说三

靖庐之竖子①间语余曰："西山有豻，出食人，数月于兹矣，闻之乎？始食耕者，啮其股以去。后食行者于道，又食二小儿，又食一老妇人。"余曰："盍召猎者击之，易易耳。"竖子曰："豻不可得而击也。"余讶之。竖子曰："豻所食一儿，吾戚也。其母痛且憾，白族②，谋击豻者。族畏豻，忍不敢发。遂告其邻之长，议当击之，然以所食邻儿也，犹豫未即决。乃走谒于里正③，哭甚哀焉。里正熟视而无睹也，掩耳而不欲闻也。曰：'豻所出没非吾罪，职不当过问。'不得已，匍匐而请于东塾之老儒。其老儒以为豻，神兽也，食人必神意，击则怒神，祸不测也。故曰'豻不可得而击也'。"

余仰而叹曰："嗟呼！豻之当击与击之之易也，凡有血气皆知之，不待龟卜而筮占之也。然自有族之畏不敢发者，邻之长犹豫不即决者，里正职不当过问者，老儒惊为神兽者，而后豻乃纵横哮突，不可复制，视今犹曩而逾烈，其势不得不出于终于食人之一途也。且夫豻既终于食人而不止矣，必以食人自负于天下，愈将无所往而不食人。即彼族之畏不敢发者，邻之长犹豫不即决者，里正职不当过问者，老儒惊为神兽者，恐且次第亦尽食之，无异豻前者之食人也。盖群相与豢豻而安于豻，甘受豻食久之祸者，必至于此也。"

竖子既退，明旦，果汹汹入曰："豻又食一人矣。"

注释：

① 竖子：童仆。《庄子·山木》："故人喜，命竖子杀雁而烹之。"郭庆藩集释："竖子，童仆也。"

② 白族：上告族长。

③ 里正：古代在县级以下设立乡与里，其中一"里"单位的长官为里正。里正负责课督赋税。为乡村最基层的小吏。

陈　炽

陈炽（1855～1900），原名家瑶，改名炽，字克昌，号次亮，又号用翠，瑞金县人。光绪八年（1882）举人，历官军机处章京、户部主事、郎中等。二十一年（1895）与康有为等创设强学会，任提调。主张中西学结合，改革专制政制，设立议院，保护关税，振兴商业，发展机器工业，以富民强国。戊戌变法失败后，抑郁而卒。著有《庸书》《续富国策》等。以下诸文选自中华书局1997年4月出版的《陈炽集》。

《庸书》自叙

孔子曰："君子之德风，小人之德草。草上之风必偃，上有好者，下必甚焉。"宋臣苏轼曰："谋国者定所向，然则天下之治乱安危，定于人主之意向而已矣。"六十年来，万国通商，当代才贤竞言洋务，而持正守旧之士，又复深闭固拒，以绝口不言西事为高。夫君子求诸己，小人求诸人，内治既清，则外忧自息不言，诚是也。而今之矫矫然自命正人者，大抵掇拾补苴，敷衍粉饰，毛举细故，网漏吞舟。及事变既来，辱国辱身，茫然无所措手足，有能兴利除弊、后乐先忧、默契天心、修明祖制、以实不以文、不师其迹、师其意者乎？无有也。其号为通洋务者，又以巽软为能，以周容为度，以张皇退葸①为功。言交涉，则讲求于言语文字、交际晋接之间，屈己伸人，以苟求无事；言海防，则鳃鳃然敝精竭财于利炮坚台、鱼雷铁舰之属，岁掷帑币金千万，以苟且侥幸于一时。弃其菁英，而取其糟粕；遗其大体，而袭其皮毛。朝野上下间填然狄然、訾然欢然，欲求一缓急可恃之才而竟不可得。盈廷聚讼，筑室道谋，内治外交，两无实际，天下人亦相与诟而病之，非而刺之，扺而排之，断断然而争，憧憧然而乱。而举世民穷财尽，风敝俗偷，深患隐忧，渺然未知其所终极，则上之意向不定，而下之奉行而挟持者，殆亦不得辞其过矣。

夫外患之与内忧，其事常相因，其势常相积。当夫循生迭起，庸人痛心疾首，束手而无可如何，而豪杰之士、不世出之英正，借以对镜参观，一试其错节盘根之利器。何则？木必先腐也，而后虫生之，则外患之来，必由于内政之尚有所阙也。外宁必有内忧，曷释吴以为外惧，则内忧之伏，正可倚外力以阴持其终也。君子观于前此议约之非人，与今日伏莽之不能为患，而其故晓然矣。

今之外患，其惠我中国者，犹不止此。有物焉，古有而今无者，彼举而归之；有事焉，彼明而我昧者，彼掬而示之。我有民不能自养，将酿为刀兵疾疫，彼招之而使去，是海外之尾闾也；我有利不及自兴，终弃于土石榛芜，彼饴之而使开，是迷途之向导也。其损我者，其益我者也。其新奇之理，皆古圣之遗也。然则我之所以应之者，不必言外交也，言内治而已矣。

内治何在？核名实，明政刑、兴教养诸大端而已矣。然其间亦自有辨。东南多水，通商诸国英为大，彼方擅重洋之全利，倚中国为奥援，数十年间保无兵事，我第振兴商务，开拓利源，出土地之所藏，以与之征逐互市，而已无馀事矣。今之整饬海防，纷纷然其不惮烦者皆虚器耳。西北多陆，紧与我邻者惟俄罗斯，其父子祖孙，君臣上下，方并心一意，得寸进尺，窥我堂奥而溃我藩篱，其未敢显然开衅者，相距窎远，转运艰难，故四顾踌躇，尚有所待耳。比年俄在泰西黑海之口屡为英、德所扼，不得不改辙而之东，故竭通国之金，经营西伯利亚之铁路。此路成后，不惟朝鲜东省不能安枕，即内外蒙古以亥络新疆、西藏，皆日在风声鹤唳之中。而蒙古各盟溺于黄教，强弩之末，鲁缟难穿。北省荒凉，重赖东南之接济，兵非仓卒所能练，饷非旦夕所可筹，他日祸变所出，有出于寻常意计之外者。然则何以应之？曰置镇兴屯、开设铁路而已矣。今者彼之边境自开铁路，我不能禁之也；我则筑路增屯，彼亦无能禁我也。若铁路既成，兵力既足，则一举一动，西邻皆有责言，欲慎固防维，则虑开边衅；欲听其侵轶，则以肉饲虎，肉尽而其欲未盈。昔百战艰难而得之，今一旦因循而弃之，祸首罪魁，何以自解于天下后世哉！故彼之铁路将成未成之际，自强之先着，救败之微权总此矣。

夫难能可贵者，时也；稍纵即逝者，机也；可直而亦可以曲者，理也；可得而不可以失者，势也。今之言洋务者，兢兢于海防，而不知其本原乃在商务也；汲汲于东南，而不知其要害乃在西北也。不知不可谓智，知而不言不可谓忠，矫之者掩聪塞明，激为孤愤，卓然自命吾道之干城也。然所学者，时文、试律、楷书而已，入官而后所穷年矻矻者，簿书、钱谷、文移、期会而已。不知古，不知今，不知己，不知彼，自矜意气而不知国事之不可以侥幸尝也；自博名高而不知天意之不可以空言挽也。即事殊势迫，以一死继之，于国家复何裨补？而况乎富贵利达之心、身家子孙之念，有以蠹其心而夺之气乎？激与随交病，通与弊皆非，守旧与图新兼失，而天下之大，万民之众，自中达外，通时务者若旷无一人焉，则胶固而不通，优游而不断，虚浮而不实，偏倚而不周，昧于本末始终、缓急先后之序者，决不足以转移运会、宏济艰难也。

炽束发授书，留心当世之务，自髫龀至于弱冠，闻长老述庚申之变[②]，亦常流涕太息，深恶而痛绝之。壮年奔走四方，周历于金、复、登、莱、江、浙、闽、粤沿海诸要区大埠，登澳门、香港之巅，览其形势，诇其情伪，详其战守进退分合之所由，然复博采之已译西书，广征诸华人之游历出使者，参稽互证，悉其统宗，然后知内也外也，无外之非内也，一而二，二而一者也。不揣固陋，作为《庸书》内外百篇，略明其指，区区之意，所望于当世公忠直谅、读书明理之君子，去其矜情及其骄气，各竭其耳目心思之用，识大识小，博通今古，总持全局，以宏其志业而定厥指归，则无内无外，无古无今，无人无我，一以贯之耳。《南华》之内篇曰："唯达者知通为一，为是不用而寓诸庸。庸之者用也；用也者通也；通也者得也，适得而几矣。因是已已而不知其然，谓之道。"此长治久安之本计，招携怀远之先声，即居中驭外、西被东渐之权舆嚆矢也。

我朝厚泽深仁，沦浃于斯世斯民者至闳且久。方今圣明在上，爱养黎元，各省水旱遍灾，发币截漕，有加无已。湛恩汪濊，洋溢寰区。民气强矣，邦本固矣，天眷隆矣。及此时综而理之，会而通之，敷而宣之，举而措之，如丝就绪，万变而不纷，若网在纲，有条而不紊。国于天地，必有与立，虽有良法，不能自行，得人则治，失人则乱，伊古以来，未有能易之者也。《易》"穷则变，变则通，通则久"。先天而天弗违，后天而奉天时，知进退存亡而不失其正者，其惟圣人乎？《书》曰："知之匪艰，行之维艰。"《诗》曰："予其惩前而毖后患"。又曰："亹亹我王，纲纪四方。"夫子曰："欲载之空言，不如见之于行事之深切著明也。"斯则款款愚诚，所为穆然以思，复不禁殷然以望者也。谨叙。

注释：

① 葸（xǐ）：畏惧的样子。

② 庚申之变：是指清咸丰十年（1860）英法联军占领北京，烧毁圆明园，咸丰帝逃往承德避暑山庄，最终被迫签订《北京条约》，对列强作出巨大让步这一重大事变。

③《南华》：庄子著作，道教尊之为《南华经》。此处引文出自《庄子·内篇·齐物论》。

《续富国策》自叙

《续富国策》，何为而作也？曰：为救中国之贫弱而作也。

通商六十年矣，中外之不通如故，意见之不同如故，议论之不合如故，此中国贫弱之原也。此其故，由中国政教合一。泰西①各国，则政自政，教自教。彼思以教行中国，中国防其教，而因以并弃其政也。泰西之教，不周不备，可以诱愚民、化野民，而决不足以惑俊民。所刻教书，无一通者，通人不译教书也。迩来彼之教士，亦言敬父母矣，睦兄弟矣，重伦常矣，不及数十年，将全为圣人之道所变，所谓"凡有血气莫不尊亲"者，而我之猜而防之也，何为也哉？

泰西之政，则近百年间，上下一心，讲术而得，清明整肃，俨然官礼，成法及三古遗规，安可以教例之也！而中外之格格然终不能相入者，则中国求之理，泰西求之数；中国形而上，泰西形而下；中国观以文，泰西观以象；中国明其体，泰西明其用；中国泥于精，泰西泥于粗；中国失诸约，泰西失诸博。一本一末，相背而驰，宜数十年来，彼此互相抵制，互相挤排，而永不能融会贯通、合同而化也。虽然，塞之者，人也；限之者，地也；通之者，天也。

中国自经秦火，《周礼》之《冬官》既逸，《大学》之《格致》无传，图籍就湮，持论多过高之弊，因循简陋，二氏承之，安常守经，不能达变，积贫积弱，其势遂成，迄于今亦二千有余岁矣。当日者，必有良工硕学抱器而西，故泰西、埃及、罗马之石工，精奇罕匹。明季以后，畸人辈出，因旧迹、创新器、得新理、立新法、著新书，及水火二气之用成，而轮舟、轮车、火器、电报及各种机器之制出，由是推之于农，推之于矿，推之于工，推之于商，而民用丰饶，国亦大富，乃挟其新器新法，长驱以入中国，中国弗能禁也。中国生齿四万万人，为开辟以来所未有，土地之所出，人力之所成，不能自给，则刀兵、水火、瘟疫之劫生，得新法以养之，而后宽然有余裕也。又复载以轮舟，运以火车，通以电报，使分散于东南洋新辟之各洲各岛，而生事益饶，故西人之入中国，天为之也。天特辟此二途，以养此中国溢郭阗城之百姓也。

泰西诸国，虽上下一心，然三纲不明，五伦攸斁；墨氏之教，无父无君，即强盛于一时，终不可以持久也。中国圣人之教，亲亲，仁民，爱物，各有差等，不能饴途人而语言之，乃使彼之教士唇焦舌敝，日以彼教饴吾民，而彼国之民乃阴入于范围曲成之中而不自觉。今天下车同轨，书同文，行同伦，必同文同轨而后乃可同伦也，此天心之妙也。《易》"穷则变，变则通，通则久。"天无不久，惟通能久；天无不通，惟变故通；天无不变，惟穷始变。故易者，天心也，即天道也。惟明者而后能知天，惟贤者而后能顺天，惟圣人而后能先天，惟神人而后能配天。惟天为大，圣人则之。大哉孔子，时乎时乎，中而已矣。成之者，仁也。仁者，人也。无古今，无中外，无华夷，无物我，人而已矣。其于政与教也，善者取之，不善者弃之，有益于民、有益于国者行之，否则斥之。无町畦，无畛域，无边际，无端倪，一而已矣。圣人不可见矣，民犹是民也，国犹是国也。积贫积弱，以受制于外人，使圣人而有知，当亦有所大不忍也。

昔者吾友尝言之矣，曰："三代后之言财用者，皆移之耳，或夺之耳，未有能生之者。"移之者何？除中饱是也；夺之者何？加赋税是也。然亦未有能移夺外国之财以归中国者。若生财之道，则必地上本无是物，人间本无是财，而今忽有之。农也、矿也、工也、商也，为华民广一分生计，即为薄海塞一分漏卮；为闾阎开一分利源，即为国家多一分赋税；为中国增一分物业，即为外国减一分利权。此伊古圣王生众食寡、为疾用舒之大道也。天生民而立之君，百姓足，君孰与不足？天无私覆，地无私载，日月无私照，养民之道，富国之源，可百世以俟圣人而不惑矣。

嘉道间，英与法战，擒拿破仑，流诸海岛，虽自矜战胜，而本国之商务顿衰，政府复曲徇富民，创为保业之法，重征进口税以困行商，商情益窘。有贤士某著《富国策》，极论通商之理，谓商务衰多益寡，非通不兴。英人举国昭若发蒙，尽涤烦苛，以归简便，而近今八十载，商务之盛，遂冠全球。尝谓一日十二时中，地体浑圆，时时有日，英国旗号，亦时时可见日光。盖英之属地，遍于六洲，商船多至数万，无论为昼为夜，在陆在海，阳乌所照，必值英旗，此非夸，乃纪实耳。英国区区三岛，户口三千五百万人，综计产业之丰，截长补短，人得三千六百镑，约合华银二万六千两有奇。其国势之盛，人民之富，商力之雄，天下无与为比，识者推原事始，归功于《富国策》一书。彼仅商务一端，而四海方行，遂行此亘古未有之盛事。

中国之膏腴最广，则农利当如何？中国之地产最丰，则矿利当如何？中国之人民最多最巧，则工作之利又当如何也？孔子之策，卫也。庶加以富，富加以教。《大学》平天下之道，言絜矩，言理财；《中庸》归美至诚，遂推极于天覆地载。日月所照，霜露所坠，舟车所至，人力所通，我时中位育之，圣心其前知之矣。彼英人者，披榛辟莽，亦圣主之驱除矣。天地之理，日出而不穷；学问之功，日新而不已。惟此仁民爱物之一念，上与彼苍真宰息息相通，下与万古圣人心心相印，名以《续富国策》。明乎古今虽远，天壤虽宽，他日富甲环瀛，踵英而起者，非中国四百兆之人民莫与属也！此言虽小，可以喻大，谓即地球大一统之权舆焉，亦可也。

光绪丙申夏月　瑶林馆主自叙

注释：

① 泰西：指西方国家，一般指欧美各国。

重译《富国策》叙

英人斯密德，著《富国策》一书，西国通人，珍之如拱璧。李提摩太①译述《泰西新史》，推原英国富强之本，托始于是书。因忆十五年前，曾见总署同文馆所译《富国策》，词旨庸陋，平平焉无奇也。续因学堂议起，译抄欧美各国课程，由小学以入中学大学，其条贯综汇之处，皆以《富国策》为归，犹总学也。此外，天学、地学、化重光电诸学，犹分学也。因思西人析理颇精，岂有五六大国，千万生徒，所心维口诵，勤勤然奉为指南者，而顾肤浅不足观若是。

适有友人自南方来，熟精西国语言文字，下榻寓邸。退食之暇，晨夕剧谈，因及泰西各学。友人言欧美各国，以富强为本，权利为归，其得力实在《富国策》一书，阐明其理，而以格致各学辅之，遂以纵横四海。《富国策》洵天下奇文也。其言与李提摩太同。旋假得西人《富国策》原文，与同文馆所译华文，彼此参校，始知原文闳肆博辨，文品在管、墨②之间，而译者弃菁英，存糟粕，名言精理，百无一存。盖西士既不甚达华文，华人又不甚通西事，虽经觌面，如隔浓雾十重，以故破碎阒茸，以至于斯极也。盖译人之工拙，文笔之良窳，中外古今，关系甚巨。中国所传佛经三藏，义蕴精深，岂皆大慈氏原文哉！实隋唐以来，通人才士，假椽笔以张之耳。然说性谈空，何益于天地民物。今西方佛国，一殄于天方，再灭于蒙古，三并于英吉利。庄严七宝，千余年来，早属他人矣。

中国人士，初沦于清静③，再惑于虚无④，三古遗规，扫地几尽。《富国策》以公化私，以实救虚，以真破伪，真回生起死之良方也。三十年来徒以译者不工，上智通才，弃如敝屣，又何效法之足云！中国伊古以来，圣作明述，政教所贻，尽善尽美，惟此寻常日用，保富生财之道，经秦火而尽失其传，虽有管墨诸书，具存规制，或又以霸术屏之，以兼爱疑之，圣道益高，圣心愈晦，此堂堂大国，所以日趋贫弱，受侮外人也。爰即原本，倩友口授，以笔写之，虽未必吻合原文，亦庶乎可供观览矣。

天下事知之非艰，行之维艰。西人即知既行，勇猛精进，故能坐致富强。加以读佛经之法读之，以谈性理之法谈之，吾知其必不合也。然西人法制之善，虽多暗合古人，惜未有天生圣人，偕之大道，故保富之法，仍属偏而未备，驳而不纯，所谓知进而不知退，知存而不知亡，知得而不知丧者。先天而天弗违，后而奉天时，知进退存亡，而不失其正者，其惟圣人乎？

光绪丙申小阳月，通正斋生译述，叙次讫

注释：

　　① 李提摩太：英国浸礼宗来华传教士。1869 年来华后在山东、山西传教，1890 年到天津任《时报》主笔，鼓吹维新变法。1891 年任上海同文书会总干事，后又任广学会总干事。1916 年回英国。著有《救世教益》《留华四十五年》等。

　　② 管、墨：春秋时的管子、墨子。

　　③ 清静：此指道教。

　　④ 虚无：此指佛教。

《尊闻居士集》跋

　　乡先生罗有高《尊闻居士集》若干卷，刻于苏州彭氏①，刺史韩公聪甫重镌。按，先生字台山，江西瑞金人。乾隆中，以古文名世，行事杂见汪大绅墓铭、恽子居②传中不具论。先生遭家不造，不获已而逃于禅僧，服儒冠，类佯狂玩世者。晚岁登楼纵火，自燔不死，越十日死。死后三十年，孙某改葬，其枢舍利累累满焉，果所谓生有自来者欤？

　　其为文得力庄、史③，淳浇演漾，不可涯涘，近代所希有也。先生所居曰密溪，山水奇秀，甲一邑，去余居七十里而近。每至邑，必道密溪，望凤凰山顶云气，郁然徘徊，久之不能去。太史公所谓"高山仰止，景行行止，虽不能至，心向往之"者，非耶？

　　刻将竣，复搜遗文得若干首，邮附之。余惟先生生贡水上游、闽粤之边界，地假矣。而是集实刻于其友长洲彭季子。今刺史韩公亦仁和④人，何先生文字之缘皆在吴越也？而公政事馀闲，汲汲焉表章先哲，其用心为尤不可及云。

注释：

① 彭氏：彭绍升（1740~1796），法名际清，字允初，号尺木，江苏长洲（在今苏州）人。自幼聪颖。年十六，为诸生。明年举于乡。又明年中进士，与罗有高为挚友。即此文末所提及的彭季子。

② 汪大绅：汪缙，字大绅，吴县人。乾隆间贡生，工古文，笃信佛教。著有《汪子文录》。恽子居：恽敬，字子居，号简堂，阳湖（今属常州）人。乾隆四十八年（1783）举人，阳湖文派创始人之一。曾任咸安宫宫学教习，浙江富阳、江西瑞金等县知县，官南昌同知、署吴城同知，失察被劾罢官，有《大云山房文稿》。

③ 庄、史：《庄子》、《史记》。

④ 仁和：在今杭州。

《盛世危言》序

香山郑陶斋观察①著《危言》五卷，吴瀚涛大令以视余。读既竟爱，缀言于简端曰：西人之通中国也，天为之也，天与中国以复古之机，维新之治，大一统之端倪也。识微见远之君子，观于火器、轮舟、电报、铁路四事而知之矣。

自黄帝以来至于秦，封建之天下一变为郡县之天下，相距约二千余年。王迹熄而孔子生，祖龙死而罗马出。故三代以上之为治也。家塾、党庠、学校遍天下，惟恐其民之不智，而始皇愚之；通商惠工，沟洫遍天下，惟恐其民之不富，而始皇贫之；建韬设铎，惟恐下情之不通，而始皇窒之；遗艰投大，惟恐君威之过侈，而始皇怙之。风气本强也而弱之，民情本安也而危之。盖自焚书坑儒而后，古圣王之遗制荡然无存。不有孔氏之书，则万世之人心几乎息矣。《书》曰："天佑下民，作之君，作之师。"黄帝作之君者也，孔子作之师者也。顾形而上者谓之道，形而下者谓之器，空文垂训，道可传而器不可传。古先王制作之精深，器存而道亦寓焉。泊古籍放失，黔首颛蒙，作者何师，圣人弗起，我中国之君民因陋就简，溯秦并天下以迄于今，盖亦二千有余岁矣。虽然，圣人之心，天之心也；圣人之道，天之道也；圣人之器，亦天之器也。天地之生久矣，一治一乱，乱极于七国之季，而承之以秦，天亦若无如何者。既生孔子以正人心，达天道矣。维道之中有器焉，不可使之散佚而无所守也。秦政酷烈薰烁，中国无所可容。彼罗马列国之君民，乃起承其乏焉，其声明文物之所启，亦自东而之西。有器以范之，故无一艺之不精；无道以维之，故无百年而不乱，分余闰位，迄今亦二千余年，将以还之中国也。

然道远则不能自通，力弱则无以自振，天因其人之深思好学，益假手于彼，以大显宜民利用之神功。轮舟以行水也，铁路以行陆也，电报以速邮传，火器以抗威棱，而后风发雾萃，七万里如户庭。中国乃闭关绝市而不能，习故安常而不可。是故矿产、化学，卝人②之职也；机轮、制造，考工之书也；几何、天算，太史之官；方药、刀圭，灵台之掌也。倚商立国，《洪范》八政之遗也；籍民为兵，《管子》连乡之制也。议员得庶人在官之意，而民隐悉闻；书院有书生[1]论秀之风，而人才辈出。罪人罚锾，实始《吕刑》；公法睦邻，犹秉《周礼》。气球炮垒，即输攻墨守之成规；和约使臣，乃历聘会盟之已事。用人则乡举而里选，理财则为疾而用舒，巡捕皆惊夜之鸡人，水师亦横江之练甲。宫室宏侈，如瞻夏屋之遗；途径平夷，克举虞人之职。所微异者，银行以兴商务，赋税不取农民，斯由列国属土之多，道里相距之远，因时而制变者也，无足异也。

至于传教之师，用夏变夷之嚆矢；民主之制，犯上作乱之滥觞。他日我孔子之教将大行于西，而西人之所以终底灭亡者，端兆于此。此外，良法美意，无一非古制之转徙而仅存于西域者。故尊中国而薄外夷可也；尊中国之今人，而薄中国之古人不可也。以西法为西法，辞而辟之可也；知西法固中国古法，鄙而弃之不可也。执人而语之曰："尔秦人也，所行秦法也。"无不怫然怒，语人曰："尔古人也，所行者古之道也。"无不色然喜。今日日思复古，而于古意之尚存于西者，转深闭固拒，畏而恶之，譬家有明月之珠，遗之道路，拾而得之者不私不秘，举而归诸我，我乃按剑疾视，拒之而不受也，智乎？不智乎？

方今万国通商五十余载，见闻日广，光气大开。顺天者存，逆天者亡。天与不取，反受其咎。此其意，贤者知之矣，不肖者不知也；少壮者知之矣，衰老者不知也；瞻言百里者知之矣，局守一隅者不知也。我恶西人，我思古道，礼失求野，择善而从，以渐复我虞夏商周之盛轨。揆情审势，日暮之间耳。故曰：西人之通中国也，天为之也。天与我以复古之机，维新之治，大一统之端倪也。

曩拟作《庸书》内外篇，博考旁征，发明此义，簿书鲜暇，卒卒未果。陶斋观察资兼人之禀，负经世之才，综贯中西，权量今古，所著《盛世危言》，淹雅翔实，先得我心。世有此书，而余亦可以无作矣。

乃今圣明在上，宏揽群才。异日假以斧柯，扬厉中外，坐而言者起而行，闭户造车，出门合辙，方之古人，抑何多让？第其间有本末先后之序焉，如良医之治疾，大匠之程材，所为条理井然，铢两悉称，积习丕变，而民听不疑者，当别有在，愿与观察大令沉几审变，及天下有心人共证之尔。

校：

〔1〕生：原文作升，当误。

注释：

① 郑陶斋观察：郑观应，字正翔，号陶斋，别署罗浮待鹤山人，祖籍广东香山县（今中山市）。中国近代最早具有完整维新思想体系的启蒙思想家。

② 卝人：古代矿冶管理机构。卝为矿字古体。许慎《说文解字》石部磺字注："铜铁朴石也。"下附卝字，注为"古文矿"。郑玄注《周礼》："卝之言矿也。金玉未成器曰矿。"卝人一词始见于《周礼·地官》："卝人：中士二人，下士四人，府二人，史二人，胥四人，徒四十人。"卝人的职责："掌金玉锡石之地，而为之厉禁以守之。若以时取之，则物其地图而授之，巡其禁令。"

上善后事宜疏

一、阜财裕国。中国旧法，以节流为主，裁额兵也，撤河防也，改漕折也，汰冗员也，节浮费也，定章服也，禁糜费金银铜三品也，皆可毅然行之而决无流弊者也；新法以开源为主，设商部也，行钞法也，开矿政也，铸银钱也，垦荒田也，种树也，修铁路也，广轮舟也，征烟酒税也，立书信馆也，收牌费房屋捐也。二者兼营，使行之不倦，五年之后，百姓当岁增二十万万金之生计，国家当岁益二万万金之度支，既富且强，可以操券。

日本，东瀛小国耳，其疆域不及中国江南一省，十年前出口之货三千万元，仅及中国三分之一。自用西法，广开利源，去岁出口之货三万万余元，已加中国之半，其明效大验有如此者。

一、分途育才。昔日本资遣出洋学生与中国年分相等，惟中国废于半途，彼则锲而不舍，前后出洋者至二千余人之多，故行政用人，左宜右有，遂致堂堂大国受制小夷，则一学一不学也。今宜请旨饬各省学政，拣选聪颖诸生，年在二十岁以内，通今古，识大体，身体壮实，自愿出洋者，丰其资给，遣送来京，先在总署同文馆中学习各国语言文字，随出使大臣分赴各国大学堂，分门学习。每岁以百人为额，期以十年，学成而归，赏给举人，一体会试，即不中者，亦因材器使，会以事权，此一途也。

中国通商各埠，一律提款建立书院，延聘中西宿儒，分门教习，每堂至少以三百人为额。先须考验，华文通达者，乃准入学，经费半给于官，半取于民，必优必丰，无遗无滥。学成之后，赏给秀才，一体乡试，考验之后，即试而不中，亦予文凭，俾得作为正途，各谋生计，然后逐渐推广，遍设于内地各城，此又一途也。

惟是育才甚难，而中国此时需才甚急，迟之又久，安能悬缺待人？宜于通商各埠设立翻书局，专翻西国士农工商兵刑政治一切有用诸书，译以华文，颁行天下学宫、书院，使天下读书明理之士皆得通知海外之情形。而出使各馆翻译随员除日行之公事外，亦专以翻译西书定其劳绩之殿最，不及三载，而西文书籍皆译华文，天下之通习华文者，皆得熟知西事矣。此又一途也。

一、改制边防。今辽左虽还，而朝鲜已失，神京腹背陡觉单寒，应专设一大臣常驻旅顺，而金复、海盖、摩天岭等处，均宿重兵，威海一隅，仍隶海军提督，与旅顺互相援引，以固渤海之防，此应改者一也。

热河为京师左辅，东三省后援，应选知兵重臣，以劲兵驻扎其地，务农讲武，教练边民，山海关、唐山、大沽、小站，均驻兵兴屯，增筑堡垒，仍展筑火轮车路，以捷往来，此应改者二也。

东三省孤悬在外，倭南俄北，窥伺甚虞，应拣大臣、添拣三万劲兵驻扎适中之地，屯田开矿，增辟利源，修筑铁路，与旅顺联络一气，有事时呼应始灵，此应改者三也。

山东登、莱各府，万山重叠，然北之莱州，距京甚近，南之胶州，直抵运河，应添一提督驻扎烟台，而胶、莱分设两镇以顾海军之后，而固山左之防，此应改者四也。

台湾属倭，则东南海防亦为一变，似宜以福建兼隶粤督，南洋兼辖浙江，而海州、崇明、舟山、香山等处均设总镇，此应改者五也。

然欲水陆合力，永保无虞，则北洋、中洋、南洋三枝海军总须添设。北洋之威海、旅顺，中洋之吴淞、舟山，南洋之马江、箱馆，均可建船坞、筑炮台、驻兵舶。俄人西伯利亚铁路成，日本终须与我并力，英人顾全大局，亦必联中、日以拒之，苟一意自强，期以十年，不患不作东方盟主，虽割地赔费，无伤也。

一、筑路通商。人情习近而忘远，非独中国为然也。西人铁路初兴，亦复众谤群疑，交相阻格。及路成而百业俱兴，硗确之区变为饶富，土货日出，商路日通，上下四旁，交受其益，于是向之疑且谤者，涣然释然，渐哑然自笑其无谓焉。

今之中国，可以异是而言，铁路于今日尤有不可不开，且不能不急开者。环中国四面皆我强敌，皆有铁路、轮船，声东击西，朝发夕至，独中国株守旧法，顽钝不灵。之一城，攻城者以健马往来，忽南忽北，而守城者以徒步应之，势常不及，必四面皆有各将、劲兵而后可。一或疏虞而全城瓦解矣。今西北、东北，则俄之铁路来矣；西南之西藏、云南、广西，则英法之铁路至矣。西人之言曰：俄人之铁路专主用兵，美国之铁路专主通商，惟英法德三国之铁路则通商与用兵俱便。俄人眈眈虎视，其意可知。西伯利亚铁路一成，西北安有宁日？又西人借款以修铁路，各国皆踊一应之，利息既廉，即可以铁路作抵项，而最不愿借款用兵，使有用之金银变为无用之弹丸火药，一有利而无害，一有害而无利，故也。中国此时帑藏空竭，商务不通，应请乾断，毅然决计，创修铁路，如虑巨款难筹，可将微息贷诸英德，以造之路为抵，每年入息，逐渐归偿，以汉口至京为干路，而分一枝以达汴梁、至清江浦，分一枝通陕甘以入四川，京城则东接东三省，西抵山西，大致不过二十万磅，而各路以成。以后骨节灵通，毫无关滞，无事则通商，有事则用兵，使万里中原顿成殷富，四方外患，不敢凭陵，我国家载无疆之休，即基于此。去岁中倭构衅，征兵转饷，困顿艰难，使当日铁路早成，何至着着让人，坐受其弊，彼妄相挠阻者，亦可以憬然悟矣。

中日之战六国皆失算论

自中日开衅以来，日本着着争先，中国处处落后，败坏决裂，不可收拾，寖至船沉师燌①，割地偿金，中国之失算，不待言矣。天下万国皆知之矣。虽有巧言者，不能为中国讳也。

虽然，中国失矣，而日本亦未为得也。当其蓄锐十年，赴机一瞥，潜师入境，先发制人，使当平壤还师，据有高丽全境，勒兵索费，中国亦不敢不偿，然而，大局无伤也。三国之师未出也，徐而挟持高丽，除旧布新，开矿通商，务农殖货，设险以守国，经武以整边。比及五年，蔚然一北藩重镇矣。乃进而不止，涉险劳师，必欲使中国一败涂地而后已。夫蜂虿有毒，而况大国堂堂，重以地大人众，宁能使之一无可恃乎？即果不能战不能守，有代为战代为守者矣。日人虽得朝鲜，民心不服，剪发肇乱，拱手让人。俄罗斯不费一粟，不折一兵，指顾而收一国，是日本欲纾其祸，而今反促之也。譬犹鲜果在树，向也风雨漂摇，未能损也。今摘而堕焉，则人争取之，而强者得之矣。昔与病夫为邻，呻吟可厌，今与强梁为伍，叱咤生风，日本之为得为失，愚者知之矣。

英国汲汲以通商为务，据亚洲之利权，执东洋之牛耳。盖六七十年于兹矣。其窥我中国者无不至，其要我中国者无不从。虽不能共苦同甘，固亦当见危而救也。且救中国者，即所以救英商也。而乃明欺中国，阴袒东洋，外若联交，内实携贰，皇皇然号于众曰："我英一国之兵力，不足以制日人也。"试问平壤已失，鸭绿已渡，大东沟已战之时，英以一纸书分致两国，迫令停战议和，有不从者，与天下共击之，谁敢不帖然听命者！而乃徘徊隐忍，坐视危亡。三国之师，起而议其后，而英吉利六十年之颜面全失，太平洋三万里之隐患方长。英国之失算，更有在中日两国之上者。英人屡年以来，经武整军，如不欲战，恐自此以后，虽欲不战而不能已。

德意志国势骤盛，商务骤兴，然环顾全球，皆他人已成之局也。英人既失法欢，思联德援，乃与德连镳并辔，以猎利于东南洋。度英人之委心相从，绝甘分少者，非一事矣。岂惟英国，中国、日本亦从而媚之。故德国之骤富骤强者，德人之能欤？亦未始非中英日三邦之力也。英人挟德，出而劝和，此人心天理之公，抑亦报施当然之道矣。乃英倡之而德拒之，若顿忘昔之交者。及俄法蹶起，德转追随其后，敬执鞭弭，既有怨于英倭，复无恩于中国，抟沙作饼，弃好从仇，义利两忘，首尾衡决，德意志尚可谓有人乎？其拒英也，失算也；其附俄也，亦失算也；其又将去俄而就英也，盖无一而非失算也。堂堂大国，举动如此，吁可危矣。

法欲报德，乃结俄援，遂不得不助俄以收揽利权，开辟新地，其深谋秘计，非局外所窥。然要而言之，则法之所得者，虚也；俄之所得者，实也；法之所得者，小也；俄之所得者，大也；法之所为者，目前之私怨也；俄之所为者，百世之良图也。中国有死于虎者，其鬼为伥，转为虎役，引虎趋利避害，磨牙以食人，虎则饱矣，伥何为者！又有养水鸟者，倚以取鱼，缚而项而纵于水，得鱼则挤而出之，终日劳劳，饲以小鱼数尾而已，人则智矣，鸟何为者！今移欧祸乎？此法之失算，已在十载以前，今殆将不可救药者也。

若夫美利坚国，别处一洲，其国例不侵人地，亦不欲人侵其地。自南北花旗战后，修文偃武，通工惠商，欧洲各国，方汲汲然筹饷增兵，制船造炮，而美独不筹一饷，不增一兵，不制一船，不造一炮，乃至护商守口，无一铁舰快船，上下醺熙，举国大富，则力无所用，智勇无所施，几如桃源，翛然自得矣。中日之战，美既不能劝和，自应守局外之例，两不偏助，乃日人缺饷，美慨然以四百万镑借之，遂使旌旃飞扬，再接再厉。中国不能自立，俄法出师而不平，索辽南，收东省，据朝鲜如拾地芥，是此四百万镑金钱，不啻日本之鸩汤狂药也。即以美国言之，亦岂计之得者哉！美之西邻，惟中与日，美在中国，害则独避，而利则均沾。日本虽强，亦安能越水陆五万里而攻其国。今以助日之故，北俄南法，联臂而入东洋，譬如万里沧溟，风平浪息，忽纵长鲸万丈，奋鬣扬鬐②，日月无光，风云变色，舟师估客，惴惴失魂，而美亦不得不重整军容，添筹国债，朝不保夕，与各国之强邻密迩者同。然而武备久弛，工徒星散，不勤远略，素少将材，即发奋十年，未必能敌欧洲强国也，而况乎议院之人心，至难齐一也。易安而危，易夷而险，易易而难，美国之算，为得乎？为失乎？美人自知之矣。

夫中国之议论，固西人所鄙夷，而以为不屑道者。然中日之事，让无可让，不得已而出于战，则中国之失算，乃应敌之师，虽失而未为全失也。独怪彼五国者，既强既富，岂少通人智士、深明大略之重臣？乃纵鲸鲵入渊，虎兕出柙，任听俄人高视阔步、拊天下之背而扼其吭。俄之势全，而万国皆缺；俄之力合，而万国皆分；俄之谋坚，而万国皆脆。可战可守，可东可西，可进可退，自有此战，而并吞六合之形势遂成。呜呼，岂非天哉！自今以后，各国之君臣，苟各私其国，各私其民，各私其财与力，则亦惟有束手待毙，听俄人择肥噬己耳。苟欲自存其宗社，自全其地，自保其人民，则为中国计，当自富自强，急谋而自立。得人则治，惟断乃成，而无如痿蹷③之病夫，非有人扶，不能自起也。为彼五国计，则宜蠲④除宿忿，重订新交。中国贫，则助之以财；中国弱，则济之以力。华人之性怯，不宜过猛以遏其机；华人之性缓，不宜过急以摧其气。华人好学，则牖之以新报新书；华人多疑，则示之以大公大信。必使欣合无间，形迹两忘，不数年而矿产出，农事兴，工艺精，商务振。轮舟铁路，遍达于中区；陆师海军，争雄于外国。则六合清朗，天宇无尘，万国通商，周流四海，潜鳞不动，飞鸟无惊，春台熙熙，重睹尧天之日月，岂非全地球六洲万国生民之福哉！然而难矣。

注释：

① 熸（jiān）：军队溃败。

② 鬣（liè）：马、狮子等动物颈上生长的又长又密的毛。鬐（qí）：鬃毛。比喻军威。

③ 躄（bì）：跛足。

④ 蠲（juān）：除去、驱出、去掉。

俄人国势酷类秦论

天道善变者也，地道不变者也，人道应变者也，乃有地隔数万里，时阅数千年，人分数十种，而运会所值，形势所成，一东一西，若合符节者，何也？岂天道亦穷于变乎？盖始而终，终而复始者，天运也；盛而衰，衰而复盛者，地运也；合而分，分而复合者，国运也。然则天也、地也、人也，亦运而已矣。

中国之与欧洲各国交涉也，自俄罗斯始。而先有南怀仁①、利玛窦②等挟仪器东来，以天算见重中国。道光之季，五口通商，各国出利炮坚船以兵威相胁。当时之智士，即知泰西各国不足为患，为害中国者独俄罗斯。至以俄比战国之秦，中外明哲无异辞者。通商六十年，与中国为难者，英、法、日本而已，德、美、俄、奥无闻焉，几疑昔日之言不验矣。然英、法为难者，因越、缅壤土毗连也；日本则同洲邻敌之国也；德、美、奥，义无相连之属地，自商务教案外，他无所争。惟俄人接壤比邻，自黑龙江以迄西藏，长至三万余里，而敦槃玉帛，从未以细故失利，岂俄人之情敦信义、笃邦交，果异于欧洲诸国哉？黑海之战，英、法诸国助土攻俄，后乃限禁俄船，不许出君士坦丁海峡。锐气既挫，蓄养需时，西顾方劳，东封遂缓，犹之五国摈秦之举，秦兵不敢出函谷关者十五年也。此其类秦者一也。

西向不得志，始决计改道而东，然中亚细亚诸部落皆土耳其之属国，劲悍好斗，骑队尤所擅长，后顾增忧，岂遑远略！土倚英援，不能灭土。惟有渐剪其羽翼，以自固其藩篱，得寸则俄之寸也，得尺则俄之尺也，得其地不足以富，得其人则足以强，此俄所以西扼波斯，南侵阿富汗，东抵中国新疆，尽收敖罕基发诸回部，以扫除东道，犹之秦人闭关谢客，灭国五十，遂霸西戎，且取蜀以为外府也。此其类秦者二也。

秦并六国之时，大势既成，灭国夺地，惟利是视，无理可言，故各国斥以虎狼，詈以无道。而当其始，固卑礼厚帑，甘言以事人者也。以东帝奉齐，以兄弟约楚，交欢赵、魏，结好韩、燕。俄人欧亚联交，措词各极其微妙，使欧亚各国之君相阴入玄中。此其类秦者三也。

秦地北邻胡貉，西界戎羌，南连庸蜀，皆有沙漠山谷之阻，东面以争中原，如虎负嵎，莫敢撄其锋者。俄地背负北海，雄握两洲，南向以临天下，攻人则易，人之攻之也则难。此其类秦者四也。

秦自孝公以来，继体之君，皆阴狠沉鸷，祖孙父子，一德一心，休兵息民，坐致强大，不与山东诸国争王争霸，以自竭其力，自弊其财。俄自大彼得至今，家法相传，坚忍如一，兼弱攻昧，取乱侮亡，见利则趋，见害则避，外如迟缓，内实坚完。此其类秦者五也。

秦民好武，小戎驷铁，女子知兵，怯于私斗而勇于公战。俄人地处极北，本古时用武之区，举国皆兵，尽人乐战。此其类秦者六也。

战国时，天下诸侯奢靡，相尚子女玉帛，士气久衰，惟秦僻处西陲，举国惟知耕战。俄人无多商务，国饶，米麦贩运欧洲。有事之时，不必抑求于外。此其类秦者七也。

秦自商君著令表彰信义，法制严明。俄王彼得，游历欧洲，仿行新法，齐整划一，无复拘挛，虽国人意气飞扬，亦有私党，而奉公守法，上下无二心。此其类秦者八也。

韩最近秦，为各国之屏蔽。韩不灭，不能窥中原；韩即灭，即各国俱非秦敌矣。今亚洲之高丽，欧洲之土耳其，即东西两韩也。此其类秦者九也。

秦所畏者，各国之合纵耳，使各国不相猜忌，合力保韩，秦人虽强，安能越境而攻他国？乃各国弃韩不保，转以献媚于秦，自因小嫌，互相攻击，致韩地尽为秦割，六国先后灭亡。夫英法助土，保大局也。今日本目前之利，不知联中以保高丽，纵令俄人虎兕出柙矣。法人结俄以仇英、德，犹秦欲灭魏，先与赵和，秦将破燕，先止齐援，而齐、赵信之，唇亡齿寒，行将自及矣。此其类秦者十也。

夫俄之与秦，遥遥旷世，而君臣上下定谋设策，其相类至于如此，岂《战国》一书，亦如鸡林贾人流传海外哉？非也，地势使然，而人事不得不然，即天运亦若有不期然而然者。而幸也，祸机虽萌，祸端尚伏。泰西各国君相，不乏雄才大略之才，使均如当日助土拒俄，同心御侮，则东海西海，自当永保太平耳。无知法蹶普兴，全局一变，奥义联合，尚可支持，然大势已将岌岌矣。自中败于日，高丽附俄，英人袖手旁观，甘让俄人已先著大东洋，情势危险异常，遂与当日六国弃韩如出一辙。

夫前事之不忘，后事之师也；前车之已覆，后车之鉴也。欧洲各国，前无所师，其不知鉴焉，宜矣。独怪中国通人智士，知哀六国而不知情事之相同，知畏强秦而转引虎狼以自卫，甚矣哉！其愚不可及也。彼日本者，当日同文之国也，《国策》一书，岂其未见？而甘为戎首，招彼强邻，衽席未安，屏藩已失，正恐他日祸机所发，患气所乘，与中国只有后先，并无彼此，沉迷不返，覆辙相寻，今与古，如一丘之貉耳。呜呼，岂非天哉！

注释：

① 南怀仁（1623～1688）：字敦伯，一字勋卿。比利时人，天主教耶稣会修士、神父，清康熙朝来华传教士。1658年来华，是清初最有影响的来华传教士之一，为近代西方科学知识在中国的传播做出了重要贡献，他是康熙皇帝的科学启蒙老师，精通天文历法、擅长铸炮，是钦天监业务上的最高负责人。著有《康熙永年历法》《坤舆图说》《西方要记》。

② 利玛窦（1552～1610），耶稣会意大利籍神父、传教士、学者。明神宗万历十一年（1583）来到中国居住，广交中国官员和社会名流，传播西方天文、数学、地理等科学技术知识。

请开艺学科说

同治初年，总理各国事务衙门初设同文馆，因制造机器火器，必须讲求天文算学，议添设一科，招取翰林院编修、检讨、庶吉士并五品以下由进士出身京外各官，考试录取，延聘西人在馆教习，并定章程六条，奏准施行。

嗣以御史张盛藻①谓："朝廷命官，必用科甲正途者，为其读孔孟之书，学尧舜之道，明体达用，规模宏远也，何必令其习为机巧，专明制造轮船、洋枪之理乎！臣以为，设立专馆，只宜责成钦天监衙门考取年少颖悟之天文生、算学生送馆学习，俾西法与中法互相考验。至轮船洋枪，则宜令工部遴选精巧工匠或军营武弁之有心计者，令其专心演习，传受其法，不必用科甲正途者员肄业其事，以养士气而专责成"云云。于是前议不行，但招满举人、恩拔副岁优贡生考试录取，虽不乏聪明颖悟之士赴考充选，然一经选取之后，未必刻意研求，仍不过视为兼管之业。所以然者，廪饩[1]未能优给保举，但属虚衔，应取之生，身在馆中而心不专一，或仍注重时文，以冀正途出身，或得一途半解，即希出外谋事，以故专心致志艺也，而通于道者，实罕其人。设馆二十年，外有广东、上海方言馆调选之生，前后百余人，其中不乏卓卓之士，而实能精深天算、研究机器火器之学、神明变法者，屈指可数，不足以敷各省制造局调遣。故至今仍须雇用洋匠，糜费巨资，而向外洋购船械，犹不免受欺，此则国自强者所宜急思变计者也。

夫学，非专习不经心，非专用不锐事，非专科不重我。本朝沿前明旧制，文以制艺取士，武以弓石量才，此外别无专科。然康熙、乾隆朝，特两开博学科，而硕士鸿儒联裾而起，可知典重而人不肯轻视，而人才于是辈出，是于中外一家，实启数百年未有之局也。

世运由静变动，人事由略致详[2]，将来日出其奇，所当酌改旧制，以范驰趋者必不少，而如天算制器之法，则尤为今日至急之务。盖其端已开三四十年，往者循其端而尚未竟其绪，是以步人后尘者不能出人头地，及兹不振，势将岌岌其危，此潘少司成所以有特开艺学科之请也。

夫以天下之人，不乏精思奇巧之士，习其性之所近，以专名而名家，诚使宏开特科，号召招致，度必有挟尺持寸载规怀矩奔走求显于世者，然后仿古时百工居肆之意，荟萃智巧之士，参究西法，穷源竟委，翻陈出新，事事必突过其前，毋若学步之孩，常欲藉提挈，如是行之十年，必有宏效大验，以破中国数千百年未泄之奇，而他邦之人，咸欲慕而不敢侮慢矣。

日本，海中岛国，土地之大、人民之多、财物之富，万不能如是中国，乃维新以来，一洗积弱，西人不敢侮慢，恒从而叹服之，而我中国则事事为其愚弄，时时受其要挟。所以然者无人焉，以破其独得之秘，而欲仰仗于彼耳。诚如少司成之奏，实力奉行，国运之隆，有不蒸蒸日上哉！

校：

〔1〕伿：原文作气，误。

〔2〕详：原文作祥，误。

注释：

① 张盛藻：字春陔，又字君素，枝江人。道光年间进士，任山东道监察御史时，曾上书慈禧太后反对设立京师同文馆（北大前身）。曾任过温州知府。有《笠杖集》。

精技艺以致富说

泰西之学，技艺与文学并重于国，无轩轾之分、贵贱之别。故朝廷取士，凡技艺之中有能自出心思、标新领异、自成一家、为他人之所不能为者，国家予以文凭，准其专利若干年，自五年至二十年、三十年不等。有年满之后，加恩展限数年者，此时国家为保护，不准他人仿效，至年数已届其期，始准他人如法制造，其例如此，用是智巧聪明之士，无不孤诣冥心，孜孜独造，而人才辈出，日进靡穷。且有一器一物也，务求其成，守愚公移山之志，历世相继，父以诏子，子以诏孙，至再至三，改造仿制，虽虚縻巨费以贫其家弗顾也。更有乞之同辈，请之朝廷，助其资财，以竟全功，务底于精纯无憾而后已。故其国运昌明，所造之物精而且良。周武则猛锐难当，行商则无往不利，兵强国富，职是之由。

中国向崇文德，鄙艺术为小道，贱新学为小道，偶有矫异自立欲有举动者，旁观拘执之人，纵不为之阻挠，亦必加以讪笑，以为妄人多事，自作聪明。尚未睹其成，先科其败，功不能见，祸即随之。故怀才之流不敢轻于一试，国之所以不振，业之所以不精也。通海以来，兵防吃紧，南北洋各创机器，雇工制造，凡枪炮、药弹、汽机、船只，靡不从新创制，精益求精，较道、咸之朝有蒸蒸日上之势。然惟广虽宏，局中往往延请西匠，彼为我用，我实为彼用也。

愚以为，技艺一项，自以制造兵火之类。为类甚多，枪炮之外，莫要于雷，有曰行雷者，有曰伏雷者。伏雷利守，所设之处，宜多设标浮，以为疑兵之计；行雷宜攻，直趋敌舟，一发敌命。更有鱼雷一种，箭雷、索雷等名，鱼雷形长，以铜为质，以棉花药为腹，尾有螺轮，中腹蓄气，机轮自行。箭雷，天津水师学堂曾经制造，索雷则拖于船尾，两种皆不及鱼雷之良。枪以毛瑟哈乞思益为最，炮以克虏伯，远攻以马塔霍思，近击火药以白药、棉花药为最烈。以上各器，中国已大半能制造，但不甚精耳。至于辨矿材作器用，煅钢铁、印花布以及一切日用之微，中国风气方开，皆不能及试。观日本一国自开化后，事事效法泰西，其国人倘有志自强。宜多设各种技艺学堂，实事求是，一洗官场习气，始得日臻上理，与各大国争衡。倘复泄沓成风，不求真际，事事仰给于人，非特民间日用之物尽用西制，每年金币虚掷重洋，不复能返，即使军器可以自备，然人新我旧，人良我楛，一旦事起，疆埸不徒受其绌，且受其害矣。

是宜选曾经出洋之干员，切实不浮，督率心思灵敏、智虑精巧者，尽心学习，或仿其制而为之，或新其法而广之，富强之基，端在于是。

总之，制器尚象利用，本出于前民；《几何》作为冉子，而中国失其书。西人习之，遂精算术；自鸣钟创于僧人，而中国失其法，西人习之遂精。制造火车，本唐一行[1]水激铜轮自转之法，今则火蒸汽运，名曰汽车。炮本虞允文遗制，当时败敌有霹雳之名。凡西人所精者，中国皆先有其说，今愚俗之见少多怪，往往震惊西人这巧，岂真西人之智远出于华人上哉？特中国不重技艺之学，人巧而吾自安于拙，人智而我自安于愚耳。今宜一反其道而行之，上以制器为能，下以技巧为重，人一己百，人十己千，务求驾平，西人良法美意，仿效不穷，新机巧制，搜求靡已，务在我能师其所长，而夺其所恃。如是，技艺安得不日精，而富强之术安见不能与泰西并驾齐驱也哉？

注释：

[1] 一行：张遂（673~727），即僧一行，法号敬贤，唐代魏州昌乐人，著名天文学家、风水学家。佛教密宗领袖，著有密宗著作《大日经疏》。

魏元旷

魏元旷（1856～1935），原名焕章，号潜园，又号斯逸、逸叟，南昌县人。光绪二十二年（1896）进士。历任刑部主事，民政部署高等审判厅推事。辛亥后归故里，应胡思敬约，校勘《豫章丛书》。其思想与退庐相近，于立宪派、洋务派概持异议，主张君主专制，近于迂顽。潜心著述，曾任《南昌县志》总纂，编撰《西山志》，著有《潜园全集》等。

先府君传

府君讳慎馀，字廷遴，别号觉生。初孕，先大母梦红丝系金镙自月中坠怀，二伯母颇知详梦，曰："镙，定子也；丝，贵征也；月，阴母也。丝纶之命必上及母。"果如所解。

九岁，居母忧，终三载不近音乐。读书具冥悟，年二十四补弟子员，常与外郡诸名士游，逆知兵祸将作，语具墓表中。邑中士绅，其才可用者，府君皆识之，有大纷难，但驰一言往，无不解。咸丰三年，贼在城下，乡里不靖。一日，急足报曰："市北三大姓已集数百人，沥血为誓，今日不听往周家者，则杀之。"要府君至市，至则里绅争耳语曰："众怒难犯。"府君曰："公等速去。"皆退走，既一人入，则素奔走于府君者，责之曰："向以汝颇了事，此乃汝等所为者。我不惜周家，顾土匪之风，不可由我乡倡出。"其人俯首久之，曰："彼等主意已错，但有二十千之需不能偿，奈何？"府君曰："我方欲办团练，人纳一械，他日按名征之，钱向我取，无预周家事。"即苶然散。周家，里富之首也。大父责以鲁莽，府君曰："钱在周家，非必杀我而后可得，是犹畏我，不阻则乱。"及办团练，独不募捐输，曰："地僻，非贼所经，乡民脆弱不堪远，率以战取，足为省辅声援。治强横不使为匪而已，多费何为？但就市筹局用。"局曰守望，分市南北为两团，南曰乾团，北曰坤团，团集丁四千人，以军法部勒之，教以战阵，仍以时会操，一鼓即集。以周绅司南团驻局，府君北团则居省，读书如平时。有委员欲代募捐而染其指，府君拒之，悻然曰："本非我事，但明日须看团耳。"府君曰："敬诺！"夜四鼓，团众毕集，比明，肃队而行，委员急去。府君已先遣人俟于道，阻其舆，不得行，队过其前，步伐严整，械仗精利，鼓角有节，凛然不可犯，乃大惊。队毕，见府君戎服押后，立舆中拱手曰："敬服！"府君曰："南团亦至，请再观之。"曰："谨告未待。"后不敢复难。

总局方伯刘公夫人卒，赙①以二十金，辞曰："如贵局之廉，无受赙金理。"撤后质肆，私以二百金酬府君，却不受，曰："满赎期太促，欲为贫民请，展缓一年则肆之惠。"主人踟躇曰："高义如此，虽所亏甚钜，敢不从命。"沈文肃②抚江，时有英夷来。文肃托以疾，夷留城外不去。文肃患之，使候补道顾公谋于外，顾引所知李生丹绶与之言。李素有胆，曰："此非我所及，可与谋者只一人。"以府君告，介顾访府君曰："是民船来，可杀之湖中。"顾愕然曰："请思其次。"曰："则虚声逐之。"顾曰："中丞意亦如此。"府君曰："请饬两县，传示明日停考，出城观夷人，城上竖义旗，以兵数百人如士人服，随多士后备石河干，不行则击之。"入告皆诺。夷望见遽去。顾欲使见文肃，府君不往。同、光数十年间，夷人不敢涉足之省，湘之外惟赣，以斯举耳。

府君抱文武才，然未尝叹不用，赴秋闱十六，膺荐者二，迄不得举。老居于家，间日入市，至则扶者、掖者奔趋前后，代购物，问所欲者，惟恐不及。亦有诉以事者，屠沽臧获皆欢然接近。或谓公与人太不论分，曰："人皆以我老而亲之敬之，我亦只知其皆乡人，为邻为族，安有贵贱之可较？恶人一日不为非，即是良善。若其为非，我即立责之。"固有顷刻接坐谈笑饮食，顷刻即跪于旁，俯首受斥责，事已，复欢接如前。偶有疾病，则乡人交询于市，闻少间则喜，否则蹙额相向。私叹曰："此老不可无者。"葬继母，穴土甚异，皆言吉壤，欲以先大父迁葬。府君曰："父葬已期年，未可妄动。地果吉，福岂他往?"盖母所出惟先叔，后先叔一房独衰败。初，母胡太恭人卒，舅氏没所私蓄千金。其家人不平，告以簿记所在，府君一无所问。故龙溪令持柏，李氏农家子，贫不能读，止而诲之，卒成进士。府君断事明速，虽极危疑，不逾时而定。虽老，神识不衰，岁用无簿记，大小出入千百，皆默记之，井井不少失。膂力③过壮夫，性恶酒，曰："醉人虽如檀木，无不失绳墨者。"款客至将醉，则自徹[1]壶酌曰："宁使客失欢，毋使客失检。"自言前世为僧，卒年七十有九。

校:

〔1〕徹：当为撤字。

注释:

① 赙（fù）：拿钱财帮助别人办理丧事。

② 沈文肃：沈葆桢（1820～1879），字翰宇，又字幼丹，侯官县（今福州市区）人。道光二十七年（1847）进士，选庶吉士，授编修。咸丰五年（1855），任九江知府，改署广信知府。咸丰十一年（1861）任江西巡抚，后接替左宗棠任福建船政大臣。同治十三年（1874），赴台办理海防，兼理各国事务大臣。

③ 膂（lǚ）力：体力，力气。

杨欧蔡朱汤杜诸友传

杨彝，字竹艻，丰城人。母方娠，而父出游湘鄂间，越年遂客死湖南。彝生十四岁，只身走楚以丧归。家贫，昼出负薪，辄过里塾，倚门听讲，久而解悟。夜读，每宿火达旦。稍长，魁梧磊落，蒲博任侠，人争远之，彝亦私鄙笑而羞与伍，日惟与群儿角逐武力，欢呼自娱。年二十，乃折节为文，为诸生有名于时，以优行贡成均。远近能文士及富家子，多与纳交，彝皆往来不拒。使富家金常数千百，有失，必正色疾声责之，至不能受，乃益亲厚之。性气刚烈，一饭不忘，睚眦必报。中岁偶以家变，捶胸大呼，呕血数斗，柴毁骨立，憔悴枯槁，因揽镜始惊，曰："一具铜筋铁肋，乃至是耶!"

光绪五年秋，识予与宋卿。谓予曰："子躬行谨饬，何取彝?"曰："君血性男子耳!"私引为知言。一日过之，曰："昨与宋卿论汝为蔡泽"。予曰："是何言?"曰："所不可知者寿耳"。壬午二月自金坛归，病剧，弥留之际，曰："吾乃今知生死关头，有如此难过天乎!"三叹而卒。一子名鹤寿，年十二越三月亦殇。

宋卿，名昱，姓欧阳氏，宜黄人。同治癸酉拔贡，与彝有同年谊。务记览，文宏博，少矜练，处事亦惟躬行笃践，不作意于其间，性盖然也。名公卿争客之，视客官署如客村俗。平时碌碌有若学究，或纵荡不择市井，但一受人事，则端严庄正不可犯，行乎患难而安，介之千驷，弗顾其心，未尝以此高于物，行其素而不知其他，其坦怀不希小节，与彝同然。彝累于锋锷，视昱为不及也。

蔡泽宾，字东孙，一字公闿，德化人。自幼随父侨居南昌。官武宁训导，一年以事解职，惟有书数百卷。室中祀郑高密、陶彭泽、蔡西山三先生①。尤慕渊明之为人，手钞其诗至数十本。年四十抱羸疾，非盛夏不能去絮衣。日乏食，乃尽与室中书售之，夏帐冬裘，皆友之赠。光绪十一年，与予同授徒法轮庵，公闿夙知予，至是始面，如旧识。尝谓圣贤之学天，君泰然无物可扰，即此受用，已大过人。越岁挈家归九江，以书来曰："足下沉毅有为，谋而能断，有志经世，才又足以副之。然仆愿足下以著[1]述显，不以功名显。"盖公闿平生以勋业为第二流也。游武昌不合，复来南昌，出两破残本赠予，则《四照堂集》《河汾诸老诗》。无何，疾作，谋遄归，卒于舟中。所箸[2]有《匏爪集》、制艺二百首、杂诗数百首、《师友渊源录》一卷。其集陶诗绝句三百首，卒时，门人梓之。

朱锡庚，字琴孙，高安人。聪明辩慧、博览强记，与客谈，征引不绝，以他端间之，随间随答，或终夕不使他人得有言。与义宁彭松鹤友、武宁叶润书素庵最友善。锡庚与松同登光绪乙酉拔萃科，松、润书复同领是科乡荐。偕游京师，年均未三十，征声选色，极文酒之乐，然相期用世，志节矫矫。新昌李镜蓉，字柳庵，亦与鹤友、琴孙同年拔贡。镜蓉貌类杨彝，倔强亦相似，才气视彝、锡庚皆逊，而诚毅过之，有《庐山赋》为众所传。甲午，锡庚举于乡，数年间与松、润书相继卒。镜蓉后与予弟戴见于万载，叹曰："予固以乃兄为知己，不识其意中亦有此人否?"予为作书寄之，亦不省记所言，则闻其告人曰："是太夸，几以韩愈氏自居。如此处世，直愚耳！"既而曰："虽然，今之世亦不可无是人也"。壬寅卒于旅所，一子寻卒，无后，亦与杨彝同。

汤起瑞，字樾坡，别号考园，与予乡荐同年。工谐谈，能诗，三试礼闱不第，贫益甚，暑无帐，冬无衾。尝岁暮，予弟戴过之，出近所作诗，娓娓谈不倦。戴见其中《呜呜眠》一篇，知其困甚，次日归其稿，题二绝句，馈米一石。时大雪闭门，卧不食二日矣。赋诗为报曰："高律敢希陶，清吟恒不辍。自叹覆醅纸，居然乞米帖。独坐雨收暝，伻来星速迫。索稿寒挑灯，走毫风扫叶。点窜例从宽，鉴衡圈示别。注目呜呜眠，餐钱悯支绌。十斗粮馈贫，七言奖逾格。诗真清可风，米复灿如雪。炊釜湿烟迟，妻忙妇不拙。（反《呜呜眠》篇中语）古谊荷云高，滥竽惭日窘。君迈监河情，我愧柴桑节。心将每饭思，铭比兼金渤。世稀鲍叔囊，俗美阳城帛。侧艳苦搜枯，味贫甘啖蘖。道味自今尝，君心如古热。餐原期我加，腰肯向人折。"卒以穷死邑中考园外。交最初者胡鼎，字子惠，光绪元年与予同补弟子员。予初居城中，日相与倘佯东湖之上，围棋赌酒。鼎和厚无俗态，与苇如亦称莫逆交。

杜作航，字苇如，清江人。勤学好问，貌恂恂而内缜密，知人料事，洞微抉远而不轻发，恒以庸自居，尝论人当为下场计。予谓："拚与子躬耕，何患日安得如此好下场也！"光绪壬辰成进士，授庶吉士，散馆改知浙江武义县。值衢州乱，日夕督防，贼不得入境。次年大旱，豫以灾入告，复步行烈日中祈祷，以忧急冒暑触旧疾，暴卒。既卒而雨降，大府文亦下，邑中始知其豫为申请之事，咸感思之，相率建祠于城隍庙中，复醵金为杜公会，以岁祭之。后令贤之，复祀于署。再值旱，祷雨不应，令出署中木主祈之，立雨，众私以为神。丙午复大旱，祈祷弥月不得雨，合邑汹惧，四乡之民争为立主神事之，果大雨滂霈，岁熟，相呼为杜公雨。作航为予同榜举人。子述琮，丁酉癸卯皆与予弟戴同榜，官刑部，有父风。

斯逸氏曰：呜呼！诗赓伐木，礼哭寝门，友生之谊，由来重矣！古之君子，得志与民由之，不得志独行其道，然德不孤，必有邻。世衰国乱，抱道无与，古今之痛，斯其至矣！诸君子不死，吾岂无与归哉！

赞曰：杨侠欧朴，朱达汤谑，蔡高杜恪。麟角凤嘴，腾虚翔廓。彼姝者谁？玉磷金烁。孰矶颓波，斯人不作。

校记：

〔1〕〔2〕著：原文作箸，误，故改。

注释：

①郑高密、陶彭泽、蔡西山三先生：郑玄，字康成，思想家、经学家、大司农，北海高密人。延熹三年（160），与卢植同拜马融为师，学习古文经学，后又博通今文经学，遍注群经，乃为汉代集经学之大成者，世称"郑学"。陶渊明，曾任彭泽县令。蔡元定字季通，学者称西山先生，建宁府建阳县（今属福建）人。南宋著名理学家、律吕学家、堪舆学家，朱熹理学的主要创建者之一。

故清泉令鲁君传

君讳藩，姓鲁氏，字达生，新建伍谏乡人，居茨溪。曾祖某，以进士起家。君幼孤贫甚，母抚以节，弱冠为诸生，以能文知名，然困场屋者近二十年。母忧妻丧、子女之累，无日不辗转窘窭债负之中，顾志操不失，萧庙孤灯，左右卷帙，生涯具在耳。

光绪己丑领乡荐，癸卯成进士，官户部主事，三年以进士馆新章，改知县，选缺得湖南清泉。湘抚岑春煊[1]①目曰"真书生"。清泉与衡阳为同城首邑，事剧，君尝居部，熟例案，不倚办于幕，邑中称为儒吏。有富绅贺氏，衡道以案陷之，使守通意于君，欲得二万金别以案保君升阶。贺闻之，亦欲徇所求以寝其事。君不可，贺卒得直，衡道衔之，遂媒蘖其过而上。岑公知之，为改调。嘉禾未一年，岑去，君亦罢任。尝携一羼仆借乘解征之船，三盗伪为搭客，夜出湘江。君熟睡，盗突起，刺船夫，扑之。仆由梦中惊起，伤未殊，夺得盗刃，三盗皆死于仆，得无恙，疑非有神不免，人以是益信君为吏不欺。

革命变作，谭延闿②为都督，将与君邑，遽归。性伉直，负气好辩，方其口断断、颈暴面赤，若不可解，心已坦然无有，往往八九不足争者。义有所激愤，然先之不三思。其后袁氏时同邑程道存③以事被累，祸不测，君首出名救之，咸危心无敢附名者，因其举或入言而免，实则君之于程，亦只与邑之士夫文字往来，气谊相等耳。吝于私用，至宴宾客、通有无，则慷慨无琐琐俗状。归后布素居乡里，间入城与数友少晤，不问世事。诗古文不自信，作绝少。若其《三室人合葬志铭》，即名作中不易得。诗甚清健饶思力。卒前数日撰谱序，授埙曰："乞汝父速为我正之，俾得及见，幸未觖所望。"虚怀盖如此，年六十有六。埙，其壻也。

论曰：达生之为人，人所不可及者，爱憎喜怒皆直陈之，然人弥觉其可亲。其诗文亦然，尝代傭安乞序，读而叹曰："他日可毋作传，傭安不朽矣"。予曰："果后死，岂吝一文传君者。"孰意岁未改而有此作也。

校记：

〔1〕煊：原文作熿，误。

注释：

① 岑春煊：原名春泽，字云阶，广西西林县人。历任广东布政使、甘肃按察使、陕西、山西、湖南巡抚、四川总督、两广总督。

② 谭延闿：湖南茶陵人，清末翰林，民国初年为湖南都督，后一度担任国民政府主席。

③ 程道存：初名式谷，后以字行，号纯堪，新建县人。光绪二十四年（1898）进士，授户部主事，以知府分发湖北，历任汉阳、勋阳、襄阳知府。宣统二年（1910），补德安知府。次年移调荆州，后调任徐海道尹，因病解职。著有《可乎可不可乎不可轩诗草》。

故文水令刘公墓表

庚戌二年春，晋抚以文水事被劾，而文水令枉去官。令凤器于辽督锡公，延致出关，寻卒于沈阳，归葬于曲沃。同郡李君幼匏介其孤以状乞文，表公之墓。自威柄放弃，政尚姑息，臣下得以互相容隐，凡察覆之章例，委咎于一二属官以塞责。谏官得施其言于疆吏者，近二十年殆可屈指以数，而国事因以堕坏于冥冥之中。吁可慨也！

公讳彤光，字燕宸，姓刘氏，山东钜野县人。父，清江武科一甲第三人，由侍卫官蒲州副将。喜书史，公遂以文学起家，光绪辛卯中式经魁，署东河县教谕、长鱼台书院，皆能以所学成就后进。乙未成进士，官户曹，尝以众推办武定义赈，活四万馀口，武定家为位祝焉。以知县改官山西，历永宁、安邑、文水、曲沃诸邑，所至以清讼为急务。尝曰："每见辟绰宰官高卧衙斋，案齐不问，不知小民多延一日，受无数勒索，耗无数钱财，误许多事业，时引为戒。"文水民故健讼，公至，乃有讼师荒年之语，其讼尤以争渠堰为剧，公裁所得堰规二千馀金，制限勒碑署前，民岁减摊费数万缗，讼端遂绝。后令易之，酿巨案，檄公回任，举堰章复旧，乃平。

初，涖永宁庚子之乱。永宁杀伤教士及教民，焚其产。匪靖后，有乔教士者，纵其奴及护兵捉人，以快所欲，勒索巨亿。公抗议与争。乔怒曰："毓某以中丞被诛，郑某以观察抵罪，刘县官何胆之大也。"公愤然曰："头可断，小民不可欺。"陈其状于抚臣，论辩慷慨严正，主教为谢过，撤乔去。公以其奴与护兵不诛不足申国法，疏辞坚请，卒枭赵、郝、靳三人之首。焚产悉折六估价，全晋独有永宁而已。

署曲沃时，适解州、安邑、猗氏贼起茅津渡，据绛县，将袭曲沃。公诇诛其内应，贼不敢犯，平阳以南获安。初，安邑郓城盐池工人杂莠麕处，盗劫不绝，乡中少年复有大辫子会，结党扰闾里。公严捕治，定赏罚，授以方略，使相望助，害以寝息。公任事勇决，不避艰险，数靖变难。先是，护抚臣吴公奏公质朴勤明，严于治盗；巡抚张公奏廉勤质朴、嫉恶爱民，皆奉旨嘉奖。宣统元年己酉，巡抚宝公奏保在任候补直隶州知州，调补平遥县。明年，公犹在文水任，值开栅镇与交城相错，属地民借事聚二三千人，将行劫掠。各社长以悬命旦夕驰请，公度不可解，以急告官军至仍保镇。与官军抗及格杀二十馀人，乃散，获一百五十六人以属公，皆释之，惟执其渠一人解省。时军事皆太原守驻邑处分，公不得有闻，独坐谴。去之日，文水民饯送相属，枉声达于衢巷。公自幼随宦蒲城，复官山西，久与晋民洽，乐其俗，因徙曲沃家焉。公天性孝友，早岁寝疾，伯兄为告诸鬼神，乞以身代，公事伯兄亦终身无违色，偶逢呵斥，辄屏息竦立以俟。秉直尚义，行不修怨。著述五种，惟折狱难合服官，所撰盖所历验也。予与公有同年谊，然未尝通往来，晋人士道其政绩与状合，谨按状以表，俾贞诸石，以俟后贤之传其邑循良之吏者有考焉。

与黄涤斋论文序

昔者黄子涤斋诵予之文曰："子之为文也，无文之见存。"甚矣！知予之文莫黄子若也。予之为文也，诚未有文之见存也。予尝以为，为文而有文之见存者，详切文之体，曲极文之妙而已。体之与妙，固有所止而穷也。文之为文，卒乃可得而废也。吾则以为天下之文，因物付物而已。因物付物，则一世有一世之文，一事有一事之文，然后一人有一人之文。四时不易其行，百物不改其故，无害于岁之常新。休于五岳者，未尝辞培塿①之观，濯乎江海之流，亦泛乎溪渎之曲，是以古人广博其才力，窈眇其心思，夫何体妙不臻其至哉！而斯文之绪，绵绵翼翼，即更历千万年，知必无甚绝续也，率是道之存焉耳。

予之为文也，皆先有其质于中，有其质于中而敷之以文，盖欲已而不得已，予又何心乎文之工也。哀而存之，是亦存其质也。虽然，群是山矣，而终南、匡庐，特名人皆乐而探其奥，岂非以迥环起伏之势、渊深苍秀之色、缥缈变灭之态？彼造物者独若具有匠心，使为山游者，不能一览即止，必穷探力索，虽颠踬艰瘁，不以自阻，必穷其胜而后快于志，而山之精神气脉，所为磅礴郁结之真质，乃得以具见焉。则予又将由黄子之言而进求所谓文之见存者。

注释：

① 培塿（péi lǒu）：小土丘。

丙午诗集序

东坡曰："昔司马子长登会稽、探禹穴，不远千里，而李太白亦以七泽之观至荆州。彼二子者，盖悲世悼俗，自伤不见古人，而欲一观其遗迹，故其勤如此。"

光绪庚寅，予初到京师，八年之中，再游武昌，十渡东海，一游齐东，道瑯琊^①，经下邳^②，旅于维扬，居金陵半年，复居京师数年。当其凌风烟，披云霞，涉波涛，一宿石钟^③，信宿匡庐^④，陟钟山之巅，凭黄鹄^⑤，登大别^⑥，极望潜鹭、天门、西塞之罘^⑦，五猱^⑧、太行、栖霞之奇伟，徘徊金焦、北固之间，泝沿江汉，出彭蠡^⑨，径淮黄之委输。渡潍淄^⑩、涉泗汶^⑪，周历青、冀、幽、燕、吴、越、徐、扬之境，以视会稽、禹穴、七泽之观，何多让焉，亦未尝不往往有得古人之心迹，益知彼二子之咏歌慷慨，因以发舒其文章而动后世以无穷者，惟公有所似之，是以知之，故言之质也。始予不出户庭，而名山大川今之登览凭眺，以等差会稽、禹穴、七泽之观者，彷佛皆在左右，而忘夫吾宇之隘也。后之舟车万里，则又未尝不山忘其峻，渊忘其深，越塞去郡，忘其道里之悠远、风土语音之异俗也。是知人心之广大，固不以地为域焉。

嗟乎！予才不逮古人，勤则庶几，独予世之可悲而俗之可悼，以视古人何如耶？幼好为诗，为之二十年，衰而复之，日月未往，存之以毋忘吾勤也。又尝以为诗之道，言足以感，所记足以考证。《书》曰："诗言志。"孔子曰："为此诗者，其知道乎？"子舆氏曰："诵其诗，读其书，不知其人，可乎？""是以论其世也如此，其可与言诗也。"夫其可与言诗也，夫所存止于丙午，曰《丙午集》。

注释：

① 瑯琊：山名，在山东省境内。

② 下邳（pī）：秦置，治所在江苏省睢宁县北古邳镇东。

③ 石钟：指石钟山，在江西湖口县鄱阳湖边。

④ 匡庐：山名，即江西省的庐山。

⑤ 黄鹄：山名，一名黄鹤山，即今湖北武汉市长江大桥南首蛇山。

⑥ 大别：山名，湖北、安徽、河南三省交界处的山脉，西北－东南走向，为长江和淮河的分水岭。

⑦ 罘（fú）：古代宫殿城墙四角上的小楼。

⑧ 猱（náo）：古山名，在今山东省淄博市境。

⑨　彭蠡（lǐ）：即今江西省九江市。

⑩　潍淄：指潍河、淄河。在今山东省境内。

⑪　泗汶（sìwèn）：泗河、汶河。在今山东省境内。

丙午文集序

古人著书则曰："藏之名山，传之其人，非苟欲表见于世也。"其身抱道负德，不克遭际时会，施行于天下，乃笔之为书而授其人，其人能行则行之，不能行，则由其人传之，其道德终有以泽利斯人。若非其人则秘之，虽毁灭于穷岩荒谷之陬，决不轻出于汙浊之世，以自亵其志也。黄石公不遇子房，虽淮阴之徒，皆不相授，亦归于毁灭而已。古之隐君子，其著书如黄石，不得其人传之，而毁灭于穷岩荒谷之陬者，可胜道哉？

古人于书不苟作，作之而不苟传，皆欲泽利施于宇宙，无愧立言而已矣。后世之士则不然，揣摩流俗人之嗜好、政教之所趋尚，苟可以欺世取名，一倡而百和。或则剽窃古人之绪馀，强骛丑博、涂饰华艳，抑为新奇巧诡，以求骇悦肤浅浮伪之士、肉食之达官贵人，凡此皆君子之所羞也。《易》曰："君子言有物而行有恒。"即寻常酬酢之文，亦安可苟为哉！予既日与斯世背驰，有言皆人所不乐闻，固日求穷岩荒谷之陬，晻晦遁匿之不暇，而何取以其文与斯世相见耶？惟是数年间，友朋浸以暌散，晤言无时，诚置此一编于箧笥中，亦少慰契阔也。王生维丰既出予诗行之，故友吴君伯琴续有是请，遂以稿仍付王生校焉。

送胡绍唐致官南归序

胡子绍唐补谏官，未及二年，奏疏凡数十上，其所弹劾，皆朝廷所倚畀、庶政之所从出。今之所谓良臣，其所论列诋诽，则皆中外百僚心知之且明见之。其忧祸至深且大，而不敢不行，不敢一言，上犯先朝之遗命，下为凶邪所切齿，中乃触童惛荒陋之大不韪。其疏十九留中，然敢言之声，播于天下，遂为谏官有名。然而胡子书生也，行古之道。古之有言：

"责者不得其言则去。"所劾诸臣，后亦有所罢斥，或阴是其言，然非以胡子之言而然，则终以为不得其言，决然舍其职而去。去之日，犹连疏痛陈利害，是则胡子之心，岂遽舍朝廷哉？

昔商纣不仁而箕子囚，楚襄不明而屈原沉，果愤痛而然耶？亦冀其君因其佯狂投渊而庶几其一悟，然则胡子亦欲朝廷因其去而一思及其言耶？吾观其所疏论，宜触刑辟久矣，乃莫不容焉。谓不知其言之当与直，是诬朝廷也。独以一小臣之言，断然听从，大反先朝之所为，无以间执天下悠悠之口，庸以胡子之不获谴，示天下而招之，乃私议于下，则皆曰："必亡必亡。"公议于上，则涂饰附会之，惟恐不及。今胡子且去矣，益将藉口于其言之多且直而不见听，相率而遂其不言之私计，朝廷复何望耶！毋乃此一去，反负罪于朝廷也。吾君幼，他日复子明辟者，由胡子之疏，思之可为寒心已。《易》曰："介于石，不终日。"吾固勗之去，乃闻其同官多欲私留之。留之何为？何不退思其去之之故，姑一言求免良友于罪耶！

送杨昀谷之蜀序

蜀山水奇险甲天下，予欲游之久矣，总无由假缘会而行。杨子昀谷素与蜀人士游，熟闻峨眉之胜，为文殊道场。杨子好佛书，遂置吴越名区为蜀道之行。予谓佛书，皆晋宋间贤士大夫不偶于世者之所为。彼其世，夷狄横恣，中原残破，政教陵夷，腥羶满野，无以泻其悲忧愤痛之情，假彼教之言，姑以梦幻泡影之想，夷旷其抑塞不可解之胸。吾尝言佛书者，《离骚》之变相也。即其言地狱轮回，亦即《小雅》"投畀有北，投畀有昊"之意。间尝披览诸部经，未尝不哀其人生世之穷，过于孟轲、荀卿，为之泣下！宋景文言佛书乃巧窃《庄周》《列御寇》，呜呼！《庄周》《列御寇》岂真与天下言道德哉！试平其心读之，自有以得其抑塞不可解之胸，为之感伤流涕之不暇，其情同，宜其书之相似，景文知其然，未知其所由然也。夫人生不偶世，至不得正言以纾其情，是亦大可哀已。达摩面壁不立文字，乃真彼教之徒。苏子瞻晚最喜读佛书，朱子谓其初《大悲阁中和院记》类，皆辟禅之作，是子瞻之学佛，伪也。使其得志，若韩、范、司马柄用于朝，虽使迦叶、阿难日诵《楞严》其侧，彼必挥而去之。

何则无悲忧愤痛之情，必不欲闻放旷冲夷之语。故公卿有信佛者，盖惑于祸福之说，必鄙愚之夫，决非能读佛书也。予甚悲夫古人大可哀之情，不见哀于后人，且蒙罪于天下，抑相与是非之不置，为可哂耳。

杨子复喜为文。昔司马子长东游会稽，探禹穴，得江山之助，文遂超绝伦类。今资以蜀山水之奇险，杨子之文其进将何如？或曰："杨子盖作郡于蜀，子言不及为政，得毋非所以勖杨子者。"曰："杨子而行古人道则已。读书若惟今之新政是求，则予又何言？"予惟冀幸杨子是后勿好佛书而恐不能也，且冀幸其文之工，如东坡之在惠、潮，子厚之住柳州。他日相期于吾豫章东湖之上，以修其邑人鸿桷、榆墩①之业也。

注释：

　① 鸿桷：陈弘绪，字士业，号石庄，明末清初新建人。史学家，工古文。著有《石庄集》《鸿桷集》。榆墩：徐世溥，字巨源，明末清初新建人。才雄气盛，工古文辞。著有《榆墩集》《江变纪略》等。

黄申甫诗集序①

尝论古今之工于诗者，其忧深，其思郁，其气愤磈而不平，其于人情之险薄变幻尝之熟，而能委曲以尽其致。其居闲寂萧旷，四时之景物荣悴，与夫风云月露、山水之流声，著色于两间，触于怀，接于耳目，皆得其精神，以故发为言，则有以惬乎人之心；引为声歌，则短长高下，扣之宫商而无不协。若夫不必工而不失为诗者，名臣贤士，偶感于民物之得失、政治之臧否，与夫鸢鱼之察、时行之乐，雍容叹咏，见诸篇什；豪杰慷慨之士，驰猎边塞，从事军旅，或落拓不羁，乘时思奋，酒酣气壮，抚膺狂呼，及夫蛮女土风、村童野讴，俚而天然，质而弥隽，各率其胸臆之自然，固又非工者所能彷彿及之也。

予识申甫十有八年，中间论诗之境，皆历历在目。方始居京师时，昕夕过从，虽有北风之忧，然朝政未改，官多清暇，超然帝乡之乐。后尝访申甫于临川，相携宿灵谷绝顶，听雨终夜，晓起观晴，云白茫茫如海，有终焉山间之意。又数年，申甫典郡呼兰，予客关左，相见于古肃慎濊貊[2]穷发之北，酌葡萄、泛夜光。申甫饮酣伉壮，有抚髀思颇、牧[3]之概，予独永念介石不终日之繇。是时申甫方以予诗流播龙江，曰："君之诗名满白山黑水间矣。"

曾几何时，天地反覆，予伏处潜园，申甫亦退耕于稼溪。既哀其所为诗质予，使序之。申甫非好诗，思以名于世者，特因以自见其志与其升沉通塞之迹。虽然，申甫年四十余耳，其终修六经于稼溪之上，以竟其所学，抑启韬略之钤，揣摩谙习，以待英雄之期。否则，益昌其诗，与古作者为徒，盖所为工于诗者，其境无一弗得，特后此日月皆幽忧之境，不复得如畴曩之快心。灵均、楚玉[4]之辞，为之徒使心痗[5]，盖不若其已也。

呜呼！古诗诸体，惟奉制公宴之作，以乔皇丽藻为尚，出之勉强承迎，为无足取。乃今读之，则冠裳左右、金石雅乐，千载下犹想见其君臣休明、主宾相得，为之掩卷神往流涕不止，然后知其体之足为弁冕，三百篇之以颂终者之思无穷，予与申甫，固安得斯体一篇之在集者？

注释：

① 黄申甫：黄维翰（1867～1930），字申甫，江西崇仁县人。光绪二十一年（1895）进士，授兵部方司主事。三十二年，出任黑龙江呼兰知府，兼税务总局总办。后为国史馆礼制编纂会编译馆编修。中年留意财赋、兵事、地理等实学。著有《稼溪诗草》《稼溪诗集文存》等。

② 肃慎：古代东北民族，满族祖先。濊貊：生活于东北和朝鲜西北部的古老民族。

③ 颇、牧：廉颇、李牧，均战国时赵国统率军队的名将。

④ 灵均、楚玉：指战国时楚国屈原，字灵均。楚玉即楚国宋玉。

⑤ 痗（mei）：忧思成疾。

伶 记

客有从京师来者曰：甚哉！人事之难言也。燕二红、张黑、怡云、崔灵芝，非皆昔所谓名伶者哉？今乃集退老之旧乐工与所授子弟，于天桥左右席篷之下设场献技，取座赏十数枚，其身世沦落，慨何如耶！

曰：余闻之国变以来，伶之业贵于仕远矣！梅兰芳者，巧玲之孙。向在都时，友人数招之侍饮，貌与艺，非玉映而梁绕也。近乃丰采倾海内，声誉驰域外，国外聘之价至数十万金，政府长官望其尘曾不能万一。女伶福芝，芳艳噪于时，出身盖郡主也，甘自为之妾媵，故家名媛，辱于伶之中不知凡几。溥侗①，宗室之将军；克文②，袁总统之公子，皆伶之好，务其能，不时见其袍裤粉墨，学校男女之士，莫不伶之效。而新剧之务，世之名流若张季直③、樊樊山④、易实甫④之徒，力为伶之鼓吹，惟恐或有不及，崔、怡诸伶，岂果不足复以其技入故梨园、保昔之值耶？是固有所不屑也。燕二红，秦腔之祭酒也，从不一失其法度。怡云、崔灵芝皆曾内廷供奉比部。杨大尝与张黑论技击。张本绿林豪耳，乱后遇于津沽，话国事泪涔涔下。崔所识之侍御，入为内部次长，往见之，曰："此行予亦甚乐，但公之宅不敢复有崔之履迹。"遂告绝。且诸伶非不足自存，必贬辱其技以糊其口，盖惧旧剧之废、曲调之不传，谨守其故业，明其分之所得，不当侈于王公大人，其目樊、张，特敝屣耳，至视兰芳等，有不腐鼠若哉！彼伶也，尚知不比于汙浊，求其志以立其身，吾窃为天下抱道之士谄也。

注释：

①溥侗：爱新觉罗·溥侗，字厚斋，号西园。京剧名票（票友），别号红豆馆主，自幼在上书房按部就班地读经史，学作诗文，钻研琴、棋、书、画，收藏金石、碑帖，精于治印，酷爱剧艺。

②克文：袁克文，字豹岑，号寒云，河南项城人，袁世凯次子。昆曲名票，民国四公子之一。长于诗文，工书法。

③张季直：张謇，字季直，号啬庵，南通人。清末状元。南京政府成立后，任实业总长，继任北洋政府农商总长兼全国水利总长，1914年兼任全国水利局总裁。后从事实业、教育，是立宪派主要生力军。

④樊樊山：樊增祥，字嘉父，号云门、樊山，湖北恩施人。光绪三年（1877）进士，历任宜川、渭南等县知事、陕西布政使、江宁布政使、护理两江总督。辛亥革命后居沪上。袁世凯执政时，曾为参政院参政。

⑤易实甫：易顺鼎，字实甫，号哭庵，湖南龙阳（今汉寿）人。光绪元年（1875）举人，纳赀为江苏候补道。后曾主讲两湖书院。辛亥革命后寓居上海。袁世凯称帝，赴京任代理印铸局局长。

潜园记

予中岁以后，乃常家居，服官京曹二年，奉讳归。父之春秋益高，与弟戴皆不能远出。子侄林立渐长，无读书盘辟之所。于是规门前种菜地，复商侄辈之地益之。得横三十步，纵四十步，垒石为基，插篱为垣。其东南隅，余村之秀在焉。远望陂陀高下，平林蔚然，长河风帆，终日不绝，故有垂柳两株，开门其中，颜曰"潜园"。

门中留少隙地为院，曰"柳院"。院稍北有丛竹，辟之为径，曰"竹径"。竹之西有二柚树，树后为麂眼篱，极于迤西。篱外种桂、山茶各一株。其南为横屋四楹，最西为斋厨。接斋厨一间，厨夫居之。篱间开小竹门，便厨夫出入。其东两楹，一堂一室，曰"桂堂"。篱内种蕉两本、牡丹一。砌北为阁，四周以廊，四轩以窗，中隔为二。后阁安一榻，设两几。阁之西、阁之北，绕廊负篱皆植桐，清阴覆阁，曰"桐阁"。阁东植梅数株，东为屋两楹，梅当其庭中，曰"梅庭"。竹当其南窗，曰"索春听秋之室"。

出梅庭而西，沟畦种菊，曰"菊畦"。从柳院西入麂篱，月门桂堂在焉。循径绕而东，索春听秋之室在焉。室之外为梅庭。步梅庭，过菊畦，登桐阁，盖园之主屋，主人昆季居之，亦以迎宾。索春听秋之室，子侄之冠者居之。桂堂，子侄之童者居之。藏书不多，足供诵读披览而已。

予之以潜名园也，非志于遁匿也，《易》曰："潜之为言也，隐而未见，行而未成，是以君子勿用也。"予之道，未足以见也，则宜居此而加养焉；群子侄之行而未成也，则宜居此问学以敏求焉。逮其时而跃，逮其时而见，求不终于潜，必初能潜也。夫隐匿遁废，岂圣贤之本愿哉！遭时之穷，不偶于世，而不得已也。是故柳院，示学之初，入宜宽平宣畅，如坐春风之中也。竹径，示学之进，必有至虚之心、劲直之节，猗猗之美也。梅之为物也，可以见天地之心。天地之心，仁也，君子之学，止于仁而已。艮之行其庭，不见其人，止于仁也。菊，示之保晚节也。潜园之群子侄以是学焉，斯可矣！桂之香、山茶之红艳、柚之甘美，方其幼学，固欲其敷华启秀而落其实也。牡丹，花之富贵者也；蕉，卷舒自得；而桐，琴瑟之质也。若夫怀卷舒之道，备富贵之位，振韶咸之遗，威凤仪翔，和洽九垓，此则潜园主人昆季之所有志而未逮也，岂乐终于潜而已哉！

虽然，主人日侍老人，优游于桂堂、梅庭之中，憩于桐阁之上，听少长读声琅琅，竹树交阴，葩芬蕊芳，时鸟嘤晴，与歌吟相赓，亦太和之极致已。潜园方有待，先为是记，资以从事，终不似卢忠烈之湄隐园，徒托空言也。

潜园后记

予昔思构潜园，先记以文，且曰："终不似湄隐之徒托空言。"后稍移其基而南，故柚树两株，倚于北址矣。狭前而方后，欹侧八九丈，纵横数十步，如庚子山①所赋，插篱垒石而园以成，惟园中之规模，不得如前记之备。园成，用为菜圃者五六年。

光绪三十四年，予有关左之役，始筑屋三楹，四周以廊轩，其三面虚明洞达，惟为匠人短其材，致低小如庵，辄苦暑，乃种蕉环之。方予欲构斯园，将以育群子侄而日娱侍老人，孰知老人先弃养，而潜园之子侄、长者、夭幼者携从京师，未尝得一日居。既而天地崩坼，神器倾覆，海宇沦汗，主人乃归，潜斯园以永终其朝夕矣！主人不志于潜而终潜，忠烈心乎隐而卒不克隐，古今人事之与心违，大率如此。

园中极南负篱，旧移植蔷薇一架，左种桐六株，右梅及栀子、木芙蓉各一株，当庭夹竹桃二株，柚当后檐，左桃右桂。以水淹故，桐、桂、桃、梅、木芙蓉皆枯萎，夹竹亦枯其一，乃皆去之，独蕉数十本绕屋蔽日，丛绿掩拂，因名曰"蕉庵"。四时之花，惟蔷薇、栀子、夹竹桃、柚。外负北篱种竹，馀地悉以艺蔬，薤瓮常盈。夏时豆棚瓜架，高低错列，盘殽之供，赖以不乏。主人之季置"愿丰庄"于湖渚间，勤力陇亩，潜园之子侄或从习耕，或奔走衣食，不能力学如夙所期望。蕉庵斗室，独主人日盘辟其中，以著述自遣。其有肯访潜园者，皆阻绝数百里，或千里之外，仅以书问通，跫然足音，斯不易得，视昔为记时，悲感何若耶？今之潜园，非昔所欲构之，潜园虽幸不徒托空言，然愧于忠烈之托空言矣！

注释：

　① 庾子山：庾信，字子山，祖籍南阳新野。初与徐陵一起任萧纲的东宫学士。侯景叛乱时逃往江陵，辅佐梁元帝。后出使西魏，羁留北方，官至开府仪同三司。其骈文、骈赋与鲍照并举，代表南北朝骈文、骈赋的最高成就。著有《枯树赋》《哀江南赋》等。

文廷式

文廷式（1856～1904），又名芗德，字芸阁（又字道希），晚号纯常子，萍乡人。光绪十六年（1890）进士，以一甲第二授翰林院编修，旋擢侍读学士兼日讲起居注官，成为支持光绪亲政的中坚人物。甲午战争时多次上书主战，反对妥协求和。二十一年在北京倡立强学会，联合康有为、梁启超等倡言变法，遭慈禧太后、李鸿章等人忌恨，被革职回乡。近代大词人。著述颇丰，有《云起轩词钞》《文道希先生遗诗》《纯常子枝语》《闻尘偶记》《知过轩随录》等。以下诸文选自1993年1月中华书局出版的《文廷式集》。

朝鲜事机危迫条陈应办事宜折

（光绪二十年六月初十日）

日讲起居注官、翰林院侍读学士臣文廷式跪奏，为倭人要挟，朝鲜事机危迫，谨条陈应办事宜，恭折仰祈圣鉴事：

窃惟中国屏藩之国，莫重于朝鲜，利害相关，形势相倚，人人所共知也。此次倭人无故忽用重兵，名为"保商"，实图朝鲜，亦人人所共知也。事涉数月，而中国之办法，尚无定见；北洋之调兵，亦趑趄①不前。近闻倭人于朝鲜南五道已改官制，设炮台，征商税，又以四条挟我，必不可行，而议者尚怀观望。是使中国坐失事机，而以朝鲜俾倭也。

夫以西洋强敌，越南之事，中国犹不惜竭兵力以争之，故能稍安十年。今以区区倭人而令得志，如此数年之后，天下事尚可问乎？臣以为事无可疑，敌不可纵；谨就愚见所及，酌拟数条，为我皇上密陈之：

一曰明赏罚。中国练海军，已近十年，糜费至千余万。责以一战，亦复何辞？然臣不能不谅创始之难也。顾臣所以不可解者，倭人之练海军，亦不过二十年。何以此次出兵，北洋即不敢与之较？臣闻丁汝昌[②]本一庸材，法、越之役，避敌畏惧，至于流涕。俾以提督重任，实属轻于择人。又海军驾驶，尽用闽人，党习既深。选才亦隘。查英、法水师章程。科条严密，人以为苦。而中国则保举既优，得利尤厚，人每视为美差；而于测量、驾驶、炮准、阵法，讲求之人，十无二三；又复赏罚不公，贤愚莫辨。故不待有事，而皆知其无用矣。

臣又闻叶志超[③]近日亦有退保平壤之议。查牙山僻处一隅，已失地利，然犹足牵掣倭人汉川之师。若退扎平壤，则王京以南，尽为倭有矣。应请旨切责丁汝昌、叶志超等，务当实力抵御，以待兵集。如有怯懦退避情节，必用军法从事。使其畏国法甚于畏倭人，或可以收尺寸之效。其偏裨中有深通兵法能立功效者，应请不次超擢。从来战事即练兵之实，此古人经武之大法也。臣检各国师船表，倭人铁甲不过数艘。中国若能实事讲求，一转移间，不难与之折冲海上也。

一曰增海军。从前因伊犁、越南两次办理海防，臣所知者，浙江藩库三百余万以防俄而尽，江宁藩库二百余万以防法而尽。由此推之，各省所耗，每次殆过千万矣。臣以为，与其节节设防，备多力分，款归无着，不如令各省合筹三、四百万金，速购铁甲船一、二号，快船七、八号，配足军械，挑选水师，会同现在南洋、闽、粤各船，梭巡海道，北则游弈于对马、长门之滨，南则伺祭于长崎、横滨之口，则倭人亦将多方设备，外足以分其谋韩之力，内足以生其下怨之心。而我之定海、台湾、琼州等处，皆得互相联络，将来南洋水师，即可由此经始。此一举而数善备者也。

一曰审邦交。法、越之役，倭人阴以兵助法，故法人德之。英人喜倭人之改制，引为己类。俄人之欲得朝鲜，尤甚于倭。此次三国出而调处，其无实心求益于我，较然可知也。然以各国形势论之，则朝鲜之在东方，犹土耳其之在西方。土耳其扼黑海之冲，俄不得之，不能逞志于西洋。朝鲜扼黄海之冲，俄不得之，不能逞志于东洋。故居朝鲜之旁，而眈眈虎视者，俄之可畏，较甚于倭。倭人亦知之。故凡其积年筹画、伺便猝发者，非独与中国争一日之长，亦深虑俄人占一着之先也。今者内揆国势，外察敌情，万一果开兵衅，中国仅与倭争体制，各国必袖手旁观。倭人或阳予我以朝贡之名，而阴已得取朝鲜之实。若中国意之所在，存朝鲜以拒俄，则英、德诸国，见我之老谋深算，虑无不竭力维持以保东方大局者。倭人知中国能见其大，兼隐受拒俄之益，亦必降心回虑，与中国别筹协力之谋。此天下大势所存，利害非一国受之，权力亦非一国能专之。将来为战、为和，为迎、为拒，皆当本此以相衡。此时英人之言，意或在此。近闻北洋大臣颇倚信俄人韦贝之说。臣闻韦贝在朝鲜时诪张为幻④，此次急于出京，必将逞其诡谋，自益而损我。应请特谕总署，勿为所惑。至倭事既定，我之谋朝鲜者，或量为改制，或特设重兵，当预筹一劳永安之计，是在圣谟之密运耳。

一曰戒观望。总署之设，原以办理洋务，而非以遥制兵机。前者法、越之役，各省事事禀命于总署，典兵者既预为卸责之地，总署遂隐窃本兵之权。顾忌太多，兵家之大忌也。且各国之事，如法人方言和而兵已攻基隆矣；俄人未尝失和而兵已取帕米儿矣。此时倭兵之在朝鲜，未必不师其故智，以和议欺总署，而伺便一击中国。前敌诸军，未接电信，虽有利便，不敢开炮。是常处于后而让敌以先，万无胜理。应请旨饬下北洋，无论旧练新募，速调万人。或由海道，以追汉川；或行陆路，以趋王京，务使力足以敌倭人。如彼有狡然思逞情形，则我军不妨先发，一切可以便宜从事，惟不得借口退兵，致干军法。总署则但司传电及条款诸事，而不复遥制军情，似亦补偏救弊之要着也。

以上数条，臣见闻褊隘，不能详悉。至于奇谋秘计，瞬息千变，亦非纸上所谭。

顾臣所深虑者，李鸿章立功之始，借资洋人，故终身以洋人为可恃，而于中国治法本源、军谋旧法，皆不甚留意。至今日而天下之利权归于赫德⑤，北洋之兵权制于德璀琳⑥。故一有变端，旁徨而罔知所措，必然之理也。淮军之驻天津，已二十余年。宿将劲兵，十去六、七。今所用者，大抵新进未经战阵之人。虽无倭、韩之衅，他日正烦宸虑⑦。臣以为，宜令李鸿章慎择弁弁中忠勇朴诚者，列保一、二十人，送部引见，候旨录用，或即分统各营，或令身临前敌，庶使将士皆知共戴天恩，感奋思报，亦驭将之一术也。至朝鲜之事，有争无让，事在不疑，尤望宸断始终坚持，不为浮议所惑，则各邦不至环而生心。此治乱之大关键也。臣愚昧之见，是否有当，伏乞皇上圣鉴。谨奏。

注释：

① 趑趄（zī qiè）：欲进又退、小心翼翼的样子。

② 丁汝昌：字禹廷，安徽庐江人，晚清北洋海军提督。甲午（1895）一至二月威海卫之战中，丁指挥北洋舰队抗击日军围攻，弹尽粮绝后又无援军来援的希望，拒绝伊东祐亨劝降和瑞乃尔逼降，服毒自尽。

③ 叶志超：字曙青，安徽合肥人。光绪初，署正定镇总兵，率练军守新城，防大沽后路。后移防山海关。光绪十五年（1889）擢直隶提督。光绪二十二年（1896）二月刑部以叶志超合依"守边将帅被贼攻围城寨不行固守而辄弃去因而失陷城寨者斩"律，拟斩监候处决。后获敕归，岁余卒。

④ 诪张为幻：以欺骗迷惑别人。《书·无逸》："民无或胥诪张为幻。"孔传："诪张，诳也。君臣以道相正，故下民无有相欺诳幻惑也。"

⑤ 赫德：英国人，28 岁担任大清海关总税务司，掌权长达 45 年，被清廷视为客卿，在衰朽的帝国制度中创造出廉洁不贪腐的高效衙门。不仅在海关建立总税务司的绝对统治，而且其活动涉及中国的军事、政治、经济、外交以至文化、教育各方面。

⑥ 德璀琳：德璀琳，德国人，同治三年（1864）进中国海关为四等帮办，后累升至税务司职。光绪四年（1878），协助英人赫德兴办华洋书信局。为北洋水师修造大沽船坞总办。

⑦ 宸虑：皇上考虑。北极星所在，后借指帝王所居，引申为帝王的代称。

国朝经学家法论

自道学盛而经学衰，元、明以来，不绝如线。沿及明末，而穷经好古之士起，如顾亭林、钱澄之、王夫之、毛大可、朱锡鬯、陈见桃、张稷若、黄梨洲诸人，无不生于明而学成于国朝。盖物极必反，亦天所以成一代风气也。顾其时翦除荆棘、荡涤浮秽，虽有门径而尚无家法。

至康熙朝，阎百诗、胡朏明，万季野、陈泗源诸儒辈出。而《易》之河洛、《书》之古文，绌伪崇真，破千年之大惑。虽未明宗汉学，而其实事求是之风，已与汉学为近矣。然雍正、乾隆两朝经学家，如汪灿人、顾震沧、江慎修、徐位山，仍汉、宋兼采，靡所专主。其专尊汉学者，实自惠氏始，而大江以南学者翕然宗之。而自刘申受诸人出，又以西京为主，而尽斥东汉之家法焉。至以郑康成注《尚书》用古文，笺《诗》用毛①为慎，抑亦甚矣。

戴东原之学，虽出于江慎修，然聪明过之，笃实不逮也。至其博综载籍、折衷今古，其弟子如王怀祖、段懋堂、孔巽轩、汪容甫皆一代通儒，亦可以雄视百代者乎！若夫全谢山、杭大宗诸人，则皆梨洲之派，博洽则有之，专家则未也。

综而论之：张皋文之《虞氏易》，王西沚之《郑氏尚书》、陈硕甫之《毛诗》、刘申受之《公羊春秋》，唐人注疏之风，汉何邵公之家法也。胡墨庄之《诗》、金蕊中之《礼》，庄绥甲之《周礼》、胡培翚之《仪礼》，虽专主一家，而亦不废异说者。南朝熊刘之风，郑康成之家法也。戴东原、王怀祖、程易畴、阮文达，博综诸家而每出新意者。徐遵明之风，许叔重之家法也。若崔述之好为疑古，则啖助、陆匡而已矣；毛大可之勇于攻击，则王肃、虞翻而已矣；皆非汉人之家法也。

愚以为：好为新意者，失之悍，其弊必至蔑前人、舍成说，而徒为纷纷；专主一家者，失之党，其弊必至争门户、易是非，而不尽得其所安。惟郑氏之家法为最正，然非阃通淹贯者，仍恐是其所非而非其所是也。盖能沉潜载籍、以求古人之精善，其有决不惬于吾之心者，然后博稽详考以明之，则所失者庶几鲜矣。

注释：

① 笺《诗》用毛：鲁国毛亨和赵国毛苌所辑注的古文《诗》。

《随山馆诗》序

（光绪十年十二月）

尝读钟嵘《诗品》，于诸家之诗，必实其源自何人。论者或疑其附会，不知此古人分别流派之盛心也。然予犹惜其能辨文章之流别，而未能辨学术之流别。是以渊明之诗，儒家之言也，其意淡泊而有守；子建之诗，杂家之言也，其气荡佚而无制；许询近于道家；王俭近于礼家；……如斯之流，未之分析，遂使千载而下，篇章既佚，考索为难。斯读者可以深慨矣。

汪丈穀庵，今之隐君子也。其立身行志，皎然不欺，出于儒家，而其退然自居，不欲为天下先，则又得之于道家。故其为诗也，称物芳而志弥洁，出辞婉而情弥深；渊乎有忧世之心，而在言逾孙；泊乎有高世之概，而与物无争。《易》曰："遁世无闷。"《老子》曰："上德若谷。"三复斯编，殆于兼之矣。

余以谫陋，无所通解，然读君之诗，知君之志；又辱君两世交，闻其绪言。因以悉其学术之所在，故敢忝惠付梓；而君督之序，亦泚笔而不辞焉。

夫风雅道微，輶轩①不采，下情无以上达；而作诗者又不能原本学术，考察民隐，涍然为无谓之辞，或仅仅雕镂虫鱼、极命草术，而诗学几为天下裂。顾安得如君者一二辈，起而振之？书至此，不禁三叹。亦愿后之读斯编者，推求至隐，以余之言为喤引焉。

光绪十年十二月，萍乡文廷式谨序

注释：

① 輶（yóu）轩：古代天子的使臣所乘用的轻便车子。

读《海国图志》书后

魏默深撰《海国图志》一百卷，《议战》《战守》诸篇，数十年来治洋务者不能出其范围也。然而船政设矣，电报通矣，机器开矣，海军创矣，而一战法兰西而败，再战日本而大败。论者咎任事之非才，固也。夫举三代之礼乐，至秦而大变。举秦汉以来之制度，至今日而又将大变。天意之所在，人事亦遂随之。

余尝旷观各国之富强，其根本固别有在也。使有枪炮舟车，而用之者非其人，行之者无其法，其能持久不弊哉？其所以通上下之情者，在立议院；其所以作天下之才者，在兴学校。故虽其教非至善之教，而其政实暗合乎三代之政。谚曰："礼失而求诸野。"今三代之遗制，犹有存于四裔者乎？于是则达民情、教人才，乃立国之大本也。

故不言防海国，治中国而已矣。治中国无他术，用三代之经术而已矣。

注释：

① 魏默深：魏源（1794～1857）名远达，字默深，湖南邵阳人。道光间进士，官至知州。学识渊博，著有《书古微》《诗古微》《默觚》《老子本义》《圣武记》《元史新编》。《海国图志》是他作为地理学家的代表作。

《待鹤山房诗集》序

戊寅（光绪二十二年五月十一日）

余与罗浮待鹤山人①交十年矣。知其性情，喜其经济，然见其规模天下之大，而阒然②不欲仕于朝，总揽五洲之得失而阛然不欲见于世，密而窥之，盖有道者也。

先是法、越之争，君尝与彭刚直公③谋渡海效奇策，往返数万里，事垂济矣，而有尼之者，竟不行。既而倭、韩事起，君益阴有所规策，其议论之公、筹虑之远，识者知之，外人不得而闻也。和议既成，海内愤激，君乃进其所著《盛世危言》一书。天子嘉许，既备乙览，复命总理各国事务衙门开刻，以变天下之观听。君虽不出，荣观著矣。

顾以其暇日为诗，余久乃得见之。其辞和而不流，直而不激，尤合于道。盖君性喜道家言，于玄牝谷神④、长生久视之说，骎骎有得，见于面、盎于背⑤，虽日日驰骋于经世之务，而淡然独与神明居。宜其作为诗歌，无尘杂嚣竞之习，其所养者素也。

方今世变亟矣，有心人所托而逃者，不于此，则于彼。君慨然远览，为冥鸿乎？为仪凤乎？为龙伸而蠖屈乎？诗以言志。吾又窃欲竟观君之志矣。

篷窗无事，书此质之。君应轩渠而笑曰："唯子知我也！"因泚笔而为之序。

丙申长至日，匡庐山人萍乡文廷式

注释：

① 罗浮待鹤山人：郑观应（1842～1921），字正翔，号陶斋，别署罗浮待鹤山人，祖籍广东香山县。中国近代最早具有完整维新思想体系的理论家、启蒙思想家。

② 阒然（qù）：形容寂静无声的样子。

③ 彭刚直公：彭玉麟，字雪琴，号退省庵主人、吟香外史，衡阳县，生于安庆府。湘军首领，人称雪帅。"中兴四大名臣"之一，湘军水师创建者。官至两江总督兼南洋通商大臣，兵部尚书。卒谥刚直。

④ 玄牝谷神：玄牝，道教及修真术语。《老子·六章》："谷神不死，是谓玄牝。玄牝之门，是谓天地根，绵绵若存，用之不勤。"

⑤ 见于面、盎于背：德性表现于外，而有温润之貌，敦厚之态。指有德性者的仪态。《孟子·尽心上》："君子所性，仁义利智根于心。其生色也，睟然见于面，盎于背，施于四体，四体不言而喻。"

自强论

古语有之曰："有治人而后有治法"。今则不然，有治法而后有治人。

如无现用之官制、现行之条教，求其有一得之效，虽旷时废日，必无成焉。

夫从古君治之国，何尝不治？必谓中国不治，由压力太重，则不知古之学也。秦人能用压力，过此以往，非创业之君，何尝有权？惟政府自保其富贵，臣民共乐于苟且，以是相延相宕以阅二千余年，殆几几于无法之国。今试使房、杜①为相，孙、吴②为将，而仍用今日之制度，果足以富强而与各国争抗乎？故今之事，一言以断之曰：必变法而求人才以守之。

君主、民主之说，中国此时无暇论及。一、二百年后，百端之说并作，以君主为是者有之，以民主为是者亦有之。视其时民之材智如何，国之盛衰如何，然后有可说耳。吾愿论自强者当求所以然之故，勿为一、二新论所锢，勿袭一、二陈言而自以为得。事事取各国之成案而后立议，则中国庶有豸乎！吾不喜顽固之守旧，吾尤不喜空浮之言新。作《自强论》以质之。

注释：

① 房、杜：房玄龄和杜如晦，均唐朝贞观年间的宰相，人称"房谋杜断"。

② 孙、吴：孙膑、吴起，战国时的兵法家。

平等说

世界以何成就？以差别相成就。众缘和合，而有山川草木、风雨霜露，此客器也。众缘和合①，而有眼耳鼻舌、肩背手足，此主器也。

互成互亏，互感互应，非器世界之事也，必有与为成亏、与为感应者焉。著于客器为尘，藏于主器为识。内外相接，则所谓事世界也。然自正觉②观之，则真心遍圆，含裹十方，无人我，无古今，无去来，亦无现在，固无差别相也。故无论唯物、惟识两家。唯物者，物本性自有。本性自有，则一物各有一性，而差等之说无所受。唯识，则识性本无。识性本无，则一法不生，而差等之相无所施。且究而论之，无一物不起于极微；及其终也，亦无一物不沦于极微。即使计极微为常，而天地间形形色色，果何所用其差别乎？虽然，出世法如是，世间实相如是。而求之人事，则有至不平之相。由至不平之相，而一一欲求所以平之，而等之名以立。

以生人而论。开辟之初，混混沌沌，茫茫昧昧，无所为君，亦无所为臣，民焉而已。俄而为争焉，则推其雄猛者尊之。其争之又有大焉，则又择其尤魁杰者而奉之。或争而不已，则为其长者，必为之修战斗之器，讲进退之法，使一统十、十统百、百统千、千统万，而阶级由此而生，号令由此而成。如是久之而有朝廷。有朝廷而有官制。有官制而文之有礼乐，齐之有刑罚。此邦国之等差也。

其行于家者：墨学③以为“爱无差等，施由亲始”。夫既由亲始，则有始末之序。有始末之序，即等差之辨也。盖观于禽兽而知母子之爱，为最初之义。以是推之，其爱有浓淡，即其事有浅深。因设为礼教以扩充之；制为丧服以节度之；为之祭祀以绵永之，而家之等差著焉。然则凡等者起于人事，即事世界所由安立也。

顾等差如是，分别如是，而平等之谊即在于是。尧舜以迄孔子相传之道曰“执中”。执中者，平等之极也。如衡物焉，左右如一；如衢路焉，前后各半，斯之谓“中”。中无定在，数之三者，二为其中；数之九者，五为其中，则因时之大义、制事之达道。

凡君民之际、父子之间，沿袭之久，而有畸轻畸重之弊者，皆不得其中道。不得其中道，即不得其平均，而等且将由此而淆。故夫论事者宜知随时之中，则知救时之要。非徒守古义、徇今俗，断断于口舌，而冉以为得也。且夫圣人智矣，而谓聚千万人之神识，竟无一人可比入圣域者，可乎？儒者曰：“舜，人也，我亦人也，人皆可以为尧舜。”佛者曰：“众生即佛，佛即众生。”此平等之说也。而基督教则未尝许人以皆可为雅素也。此雅素④主张平等而实不平之极也。

君上尊矣，而谓聚数千人之身家性命，任其死亡颠沛，而无一人敢议君权者，可乎？《尚书》曰：“天视自我民视，天听自我民听。”《孟子》曰：“残贼之人，谓之独夫。”夫各任其职，则自有常尊；处非其据，则比于茕独。凤凰、麒麟，异于凡禽；而五帝以来，尧，舜之官骸，不殊于众庶。不谓之等，岂可得乎？不得其平，不亦过乎？

积一以成万。万之数，多矣，晰之，则仍一一也。积小以成大。山岳钜矣，而晰之，则仍小小也。无一则无万，无小则无大。故事理之极，小与大等，重与轻等，始与终等，无与有等。能知无与有等，则离言绝待之理，乃昭然于理世界，而于器世界、事世界固一一无碍也。故吾说平等，而欲以无等等之，说与探责者共证之。寥乎廓哉！孰能与吾同观于昭旷之原者哉？

注释：

① 众缘和合：佛教认为世间的万事万物都是由众多的因缘条件和合而成的，没有任何事情可以单独成立，没有任何事物可以单独在这个世界上存在，所有事物的存在发展都与其他事物之间充满着千丝万缕的联系。

② 正觉：佛教语，真正之觉悟。又作正解、等觉、等正觉、正等正觉、正等觉、正尽觉。

③ 墨学：春秋时墨翟所创立的学说。

④ 雅素：今通译作耶稣，是基督宗教教义的中心人物，也是基督宗教的创始人。

《云起轩词钞》序

（光绪二十八年十二月）

词家至南宋而极盛，亦至南宋而渐衰。其衰之故，可得而言也。其声多啴缓，其意多柔靡；其用字则风云月露、红紫芬芳之外，如有戒律，不敢稍有出入焉。迈往之士，无所用心。沿及元、明，而词遂亡，亦其宜也。

有清以来，此道复振。国初诸家，颇能宏雅。迩来作者虽众，然论韵遵律，辄胜前人；而照天腾渊之才，溯古涵今之思，磅礴八极之志，甄综百代之怀，非窘若囚拘者所可语也。词者，远继《风》《骚》，近沿《乐府》，岂小道欤？自朱竹垞以玉田为宗①，所选《词综》，意旨枯寂，后人继之，尤为冗漫。以二窗为祖祢②，视辛、刘③仇雠，家法若斯，庸非巨谬！二百年来，不为笼绊，盖亦仅矣。曹珂雪④有俊爽之致；蒋鹿潭⑤有沉深之思；成容若⑥学阳春之作，而笔意稍轻；张皋文⑦具子瞻⑧之心，而才思未逮。然皆斐然有作者之意，非志不离于方罫者也。

余于斯道，无能为役，而志之所在，不尚苟同。三十年来，涉猎百家，摧较利病。论其得失，亦非扪籥而谈矣。而写其胸臆，则率尔而作，徒供世人之指摘而已。然渊明诗云："兀傲差若颖"[9]，故余亦过而存之，且书此意，以自为其序焉。

注释：

① 朱竹垞以玉田为宗：朱彝尊，字锡鬯，号竹垞，又号金风亭长。秀水（今浙江嘉兴市）人。康熙十八年（1679）举博学鸿词科，除检讨。入直南书房。曾参加纂修《明史》。作词风格清丽，为浙西词派创始者。玉田：张炎，字叔夏，号玉田，寓居临安。宋亡以后，家道中落，贫难自给，曾北游燕赵谋官，失意南归，落拓而终。有《山中白云词》。

② 以二窗为祖祢：王沂秋，号梦窗；周密，号草窗。祖祢：祖庙与父庙，亦泛指祖先，转喻宗主。

③ 辛、刘：辛弃疾、刘过，为南宋时期爱国词人，词风慷慨豪迈。

④ 曹珂雪：曹贞吉，字升六，又字升阶、迪清，号实庵，山东安丘人。康熙三年进士，官至礼部郎中，以疾辞湖广学政。词尤有名，被誉为清初词坛上"最为大雅"的词家。

⑤ 蒋鹿潭：蒋春霖，字鹿潭，籍贯江苏江阴。但只做过几年盐场小官。后隐于泰州溱潼镇的水云楼中读书。中年过后专事填词，有《水云楼词》。

⑥ 成容若：纳兰性德，原名纳兰成德，为避太子"保成"名讳而改名。康熙年间进士。淡泊名利，擅长于词。其词以"真"字取胜，写情真挚浓烈，写景逼真传神。王国维曾评价说："唐宋以后，惟有纳兰性德。"

⑦ 张皋文：张惠言，字皋文，武进（今江苏常州）人。嘉庆四年（1799）进士，改庶吉士，充实录馆纂修官。后改翰林院编修，卒于官。子瞻，即苏轼，字子瞻。

⑧ 子瞻：宋代苏轼字子瞻，号东坡。

⑨ "兀傲差若颖"：出自陶渊明诗《饮酒十三》。

刘孚京

刘孚京，字镐仲，南丰县人。光绪十二年（1886）进士，任刑部主事。曾出任广东河源、饶平知县。好古文，为文"深醇朴茂，直追周秦"。陈三立评其文曰："文体博而义醇，涵演渊懿，蹈于自然，终与其县人曾子固氏相表里。"所著由徐世昌刊行，并题名曰《南丰刘先生文集》。以下诸文选自1925年湘潭袁思亮刊本。

九流兴废论

吾读董仲舒对，至欲尽绝百家不在六艺之科、孔子之术者，以一统纪明法度；丞相绾[①]亦奏：所举贤良或治申商、韩非、苏秦、张仪之言乱国政，请皆罢。奏可。曰儒术分矣。且人秉五行之性，刚柔异齐，取舍异趣，何可尽同？昔在虞、舜，承尧荡荡之治，稷、契、皋陶之臣，分职而理，犹不能相易。周公作典以九，两系天下之民，三曰师以贤得民，四曰儒以道得民，故夔不可使达于礼，百家之师，不可使为儒，辟犹百工众伎之不能兼也。人主持天下之柄，兼总而并举之为治而已矣！今则不然，党同门、黜异己，驱万有不同之智而归于一途，此昧者之所谓便，而达者之所谓舛也。天下之士犹水也，水纵之于平陆，则泛滥而四注；束之以堤防，急则横决而为患。士横议殊说，无所折中，则詖诡放纵而不可胜，禁之而使从己，则阳归阴违，甚者遂绝纲纪、去绳墨而不可御。

往者百家之说尝行于天下矣，遭明王圣主，皆为股肱，与儒者并周官之师是也。王者之迹微时，君骄暴世，卿用事才智之士，挟其所长而不见录，于是各崇所善，加以恢谲，取合当世之欲，以驰说于诸侯之廷，故有道、法、墨、名、阴阳、纵横、杂、农之殊号，蜂起并作，不可胜原。此皆成周故师之遗，其颇杂异，缘世主恶好之所生也。统其大端，亦王道之支流，为治之一隅，非甚不轨。有王者作，以儒者为三公，道家为四邻，墨家行天下，名家辨礼秩，法家居理官，横使四方杂家备顾问，农家教树艺，己执其中而进退之，无失其好恶，则亦三代之治已。何必一之商君，疾私议自高，则威以刑罚；董君疾异政殊教，则诱以禄利，刑罚胜而民离，禄利行而士诡。故古者言词赋起屈原、宋玉。汉元以来有邹阳、枚乘、司马相如，皆未公自托于儒者荀卿；贾生能赋而不以名，扬雄乃始拟经，自与于孟、荀之俦，而其诚则慕《子虚》《上林》沉博绝丽之文。儒之为词赋，自此始也。古者杀人报仇，皆游侠犯义、恣睢闾井之所为。洎于季汉，竞引《周礼》《春秋》。而章甫逢掖白昼，屠剥于都亭，忘身及亲，自与杀身成仁者张于都邑，儒之为侠，自此始也。秦始皇帝见图书由于卢生，皆燕齐方士之所造。成、哀②以来，乃有谶纬而皆依托仲尼，儒之方术，自此始也。古之言刑法，商鞅、申不害、韩非、李斯，大抵薄尧舜，诋儒墨，张汤乃始奏博士弟子为廷尉。史以《尚书》《春秋》决疑狱文致以入人罪，董君又亲据《春秋》为之决事比，儒之为法，自此始也。古者九流之属，虽与儒者异，然皆务于为治。圣王有作，可得而官使也。

自汉以来，老、佛稍行，矫伪者遂至背父母、捐妻子，自托于出世，天子不得而臣，诸侯不得而役，放然自弃而无赖于世。夫今犹古，古犹今也，然而由汉以前，士不皆为儒而皆足以为治。由汉以后，殊向别趋，无不儒者而遗世远举者众，何也？人情不同，而欲一之之效也。故此诸途，生于战国之季，则亦九流之裔、百家之徒。既已怵于好恶，诱于禄仕，势不得不为儒。及其久也，材智之异趣，则歧而内畔耳。若其尤放恣而自喜者，一不当于世，则逃于空虚，托于胡狄以自见矣！冀以重儒而使儒者皆伪，不儒者皆无所用，天下诚何便于此。河受泾、渭、穀、洛之委，下流益湍悍，故酾而为二，播而为九，犹有决溢之患。向使泾渭之属自达于海，终不足以并于河，而河亦终不分此同异之辨也！

注释：

①卫绾（？~公元前131），代国大陵（今山西省文水县）人，汉文帝、汉景帝时期历任中郎将、太子太傅、御史大夫、丞相等职，封建陵侯。

②成哀：汉成帝，汉哀帝。

诸子论　甲　儒家

百家之师，皆托始于圣王，圣王道不易而法屡易。百家之述圣王也，遗其道而言其法，是以人异其宗，是非梦然，靡有所定。儒者之教，肇于唐虞，盛于周公。周公摄政以九，两系天下之民，三曰师以贤得民，言百家之师皆有所贤可以师也；四曰儒以道得民。殊异之言，人道之大也。人道莫大于礼，礼化质而主文契，伯夷掌之，儒者述之，故于百家为最文。周公既佐成王成文、武之德，天下大定，则务道化，亦以直殷质之敝救之以文，故尊用儒者，儒者遂盛。

伯禽治鲁，亦率其道，故鲁多儒学。及孔子生于鲁，为儒者宗，是以百家之言，远推黄帝，依托伊尹太公；儒者之言，近依唐虞，归于周公、孔子。然唐虞之治，孔子之学皆通其变，不徇于曲，而儒者多一孔被服，迂曲以自殊于人。故哀公问孔子之服其儒服欤。孔子曰："丘不知儒服。"盖讥之也。孔子之后，儒分为八，各引一端，推以为真。至于有汉，儒术益微，自孔子之籍不能遍睹，守一艺以之终身。己所不习，因以相诋，皆可谓不该不遍一曲之士矣。且夫儒者以礼教，礼主敬让，敬让则卑屈，故儒者常柔茬，礼别嫌明微，不可通假，故儒者常迂而不及于事。礼辨贵贱之等，别亲疏之杀，盛升降进退揖让之仪，故儒者常繁碎而寡要。至若明堂辟雍，先王所以飨帝、教学士而已。诚苟至矣，何必复庙重屋之制？教苟备矣，何必外圜内方之象。而儒者滞于其名，以为二者不立，终不足以为盛治，是舍后羿之弓矢而不敢以射也。

孔子之六艺，祖述尧舜，宪章文武，其道甚大。若夫诂训以辨异文，记诵以识章句，皆学僮之业，非其绲也。儒者溺于其辞而不知止，钩析鈲乱，是非蜂起。至于孝弟之经、治乱之略，或阙而不讲，是贮后稷之粃糠，而以为秬秠也。其事太迂，其防太峻，自非诵诗书之言，服章甫缝[1]掖之服，虽孝友温恭，天下之善人皆在所退，故儒者名为述周公、孔子，然非其徒矣，孟荀之徒交讥也，历世千载。荀子言礼而鄙性，苟貌于礼而已。时异势异，则不可以通，其为道也外；孟子言礼而尊性，率其性以为礼，则人皆可以为尧舜，其为道也内。故荀卿者，儒者而已。孟子者，真周公孔子之徒也。

校：

[1] 缝：原文作逢，似误。

诸子论 乙 道家

自唐虞作法，禹汤迭兴，世有所更，以至于周承殷质之弊。于是周公制作，其文大备，而天下乃治。及成、康既没，百有余年，遭幽、厉之虐，稍稍坏乱，暴君继作，霸者承权，然尚忌周之典籍，不敢以肆春秋之时，犹得以王命相持，以盟誓相要。及其久也，尽去其籍，乃敢淫为暴戾，礼乐之效如此。

孔子作，思欲复古之治，以为因时之宜，莫便文、武、周公之道。既老而不用，乃退而修六艺，观三易之文而取《周易》，文王、周公之志也。诗三百篇，周太师之所陈当世之俗也。辨礼乐之宜，损益四代之法，曰"吾从周"。周公之所定，当世之所用也。《书》始于尧舜，而周之书最多，不敢述上古之眇冥，而详时王之迹也。《春秋》起隐公，明当世之治也。故圣人之于天下，务近而不举远。孔子曰："吾学周礼，如有用我者，吾其为东周乎！"孟子称先王，荀子法后王，二者非相反，据战国以言文、武，斯为先王矣；据三代以言文武，斯为后王矣。此皆以文、武为法，以周公为师，孔子之志也。

老聃为柱下之史，习于帝皇之故，睹三代以来制作益详，风俗益污，不知其原，归其过于礼乐，以为乱之所从出，欲尽去之而为太古。夫夏之教忠，殷之教敬，周之教文，此非政之所强、变之所适也。变之所适，则必因而利导之。周之不能为太古，若昏之于昕，壮夫之于婴儿，然壮夫不可以哺乳，周不可以为无事，且孔子岂不知黄帝哉？以为尧舜以前不可知，虽知之，无所施于今。故曰君子名之，必可言也，言之必可行也。若夫言而不可行，是之谓苟。悲夫！老聃乃以苟焉者为道德也。自老聃以道德名，于是杨朱得其清净之意，设为为我之说，而列御寇、庄周之徒托焉；申不害、商君、韩非用其轻仁义去礼乐之意而为刑名；邹衍、邹奭袭其迂怪而演终始五行之变；惠施、公孙龙师其纵恣而为坚白同异之辨，则数者皆出于老聃，故远者称黄帝，肆者非往古，述文、武、周公之道者，靡有闻焉。故士益狂惑，正道否塞，天下不治，固妄者之所乐闻，而天下之所由乱也。李斯之焚诗书，亦愚之之术也。

学 述

昔六艺微而传注兴，九流作而百家繁。士以学相耀，以文相高，著竹帛名当世者，更仆不能毕其目，百车不能载其书。搢绅之徒，家创辑略之编，人怀向、歆[①]之勤，以是为博，自以为儒者之业，何其多也！闻诸君子之学，博而执其要。何谓博？多闻见之谓博；何谓要？切于身而便于性之谓要，据乎一而概乎万之谓要，故博非多书之谓也。书者，闻见之一端，所以辨验其闻见，而非专恃以为闻见也。多书则溺志，不知其要而溺志以为博者，其学久而愈荒。东郭野驾而驰乎国中，容车之里，将无不至也，俄而迷其途矣。以循康庄之途，为不足以矜其艺，于是焉崎岖杂骛，以祈遍乎车辙之未经。是以邱陵水曲，舆马难也，此不知要也。君子甚爱力而不以旁极，不以杂博累其灵府。譬[1]诸食焉，三牲、鱼腊、水陆之蔬备，然而不使胜食气。故君子之力，专其灵府，荡荡然常有馀。耳不泛听，故能极其听；目不他视，故能极其视；心不杂思，故能极其思。心志通达，耳目聪察，用其有馀，行其无事，不极其才，以执其要者也。

君子之学犹治生。治生者，树艺五谷，织布帛、积什一而已，虽有精悍猛骜若白圭者，不敢兼百货而罔市利，故曰贾多端则贫，工多技则穷。故必有所弃而后有所取，有所专而后有所入。君子不舍其性之所急，而趋名之所归，不鄙其常，而慕其异。故君子于百家未备知，然而非陋也；六艺未备习，然而非慢也。君子诵先圣之言，稽古今之故，于是焉务师友，充闻见，存以养其知，游以安其习，一以研其精，循序以致其日新，终诸身以责其实，以治性而已矣！其未得也，安而不忧，日迁而不流；至其得之，达于神明，适于大道矣，奚取于多书？

杂博而鲜要，是筐箧之敝册也。悲夫！今之学者，曾治生者之不若也！其下者安而不学耳？苟知学矣，修己之后而徇人之急；大义之昧而多文之务。是犹贾师陈百货以为富，良楛相厕，贵贱相乘，滞积以须折阅者也。且观九流以来，学者之所述造，悬诸日月而不刊，俟诸面世而可用者，盖亦鲜焉。其为之而不足存，存之而不足述者猥多。今舍众著之文，忽而不讲，或得一不知之册，则喜而相告，又非能终其文而尽其意也，徒以识简毕、知号谥而已，以炫煌浮薄诡诞、好名无实之耳目，是弃田宅、敝心计以易贾师之废券也。若是者其于己也，未可云善任；其于天也，未可云善受。且天之于人亦甚矣，人之生亦无聊矣，赋之以同然之性而不使无蔽也，靳之以财，劳之以事，不使得安居而诵读也。疾病忧患，递代而迭至，以旷其日而失其时也。当此之时，乌可以不知要？

将远行者，虽有千金之璧，必置之而取糗糒。悲夫！今之为学者，曾不如远行者之不失其要也！晋人适燕，经乎太行之阪，危石在其左，长涧在其右，容轨之地，不逮寻咫。伯乐于是为之按辔纾节，践迹而蹈，贯鱼而行，又暇慕夫方轨列骑，扬和鸾、饰舆旗，茫洋恣乎广原以矜容壮者哉！刘向、扬雄之述六艺也，曰："古之学者，耕且养三年而通一经，三十而五经立也。"故古之学者之为博，其大者不过五经。一经之文，至于三年而后通也。彼所急者道，不以其书，故不废当身之职，不求僻丑之获。今之君子，以不逮之材，值学术之歧，震于气势之途，瞀于名实之归，于是陷于文、溺于博，以识毕简、知号谥而已。终身役役而未知所获，或挟策而不知所从，外以夸于人，中实劳苦怏郁，无适然之趣，岂不哀哉！且人之情，乐无韶濩，期于悦耳；色无翚夏，期于悦目；食无水陆，期于悦口；学无儒雅，期于悦心。夫曰学矣，虽不理性，固宜悦心。今处乎勤劬之中，奋乎忧患之隙，遗体要之大，忘悦心之娱，以从杂博之诱，逐声闻之华，是执末粗以从人芸，刘之虽勤，获之虽多，而不免于妻子馁也。此学者之大戒也。

校：

〔1〕警：原文作辟，义不通。

注释：

① 向、歆：刘向，汉楚元王刘交的玄孙，其子刘歆，共同撰写的《七略》，考镜学术源流，亦为目录学的重要著作。

师　问

学之有师，何为也？今典籍昭群言备，外观于世，内谋诸心，而征于书，十得六七，何以师为哉？曰：学以达天德也。天不言，示诸圣；圣人不世出，传诸贤。师贤以知圣，师圣以知天。若夫无师，而学者则未知于天之道之，果不谬欤？故不可以不急得师。

《书》曰："天佑下民，作之君，作之师。"故师者，天之所命也，与君并者也。开人之知而成人之德者，莫急于师。何谓成人之德？曰：庖丁之烹肉也，量其潲，微其火，使火不急、潲①不竭，或终朝而熟，或终日而熟矣。弟子迟之，灭其潲，益其薪，则外燔而中不熟。夫学亦若是焉而已矣。学非闻之难也，有之难；有生于熟，学之敝也。天下之学者，皆志敏而气轻，目至之，则自以为有之矣，于是又日袭其所未至，而荒其所已至也。彼乌暇熟，故师者为之节，以俟其熟者也。智虑可淬也，熟焉而后莹；形体可攝也，熟焉而后定；血气可持也，熟焉而后静；欲恶可矫也，熟焉而后平；志意可修也，熟焉而后诚。熟存乎渐，渐存乎有节。故古之为师者，非唯督而进之而已，或抑而退之，或止而习之；古之为教学，书计习仪，舞谨粪扫，童子之节也。博学无方，成人之节也。若夫精义崇德，达性与天道者，徐以竢之，不敢以责诸人人焉。

故古之君子，方其为童子也，智虽足以为博，然而不敢忘书计仪、舞粪扫之事，故止而习焉，其心安焉。及其为成人也，智虽足以闻性与天道，然而不敢遗博学之数，故止而习焉，其心安焉。非师孰能制之，故师曰可以学矣，不敢不学也；师曰可以益矣，不敢不益也。即曰不可也亦然。是故古之学者，无所厌于此，无所慕于彼，唯师之命，其一而不违，兼通也似陋，其可进而不骤也似慢。古之君子从师遨游，或终身而不能去也，而后能养其气以持其志，安以竢其熟。故智虑莹而察于物，形体定而安于礼，血气静而和于乐，欲恶平而理于性，志意诚而体于道，所谓有之也，成德之致也，从师而已矣。

曰："世无大贤则奈何？"曰："贤之生也，无方求贤。而曰无贤师者，未之有也。""童子文学章句之师则何如？"曰："亦师也。"故师不同，有师道者，有师德者，有多闻见者，有艺成者，有齿至法度谨严可畏惮者。师以道尊，亦以名，故道德诚异，闻见诚博，艺诚通，则君子尊其道，委己以德焉。道德虽不足以绝人闻见，虽未充艺，虽有未通，然而优于齿、习于故、辨于文、谨于度，则君子尊其名，约己以制焉，故童子文学章句亦师也。从师之制，以蹈吾节，虽熟而勿有也，以谨竢夫大圣大贤之出而正焉，则岂不可哉！

注释：

　① 湆（qì）：肉汤。

尽　心

何谓尽心？曰：尽其职，则可谓尽心矣！何谓尽职，曰：在其位，与其计。志之必行，行之必力，力之必达，以终其身，死而不二，则可谓尽职矣。志之而不行，犹不志也；行之而不力，犹不行也；力之而不达，犹不力也。故君子达之为贵矣。直可以至，直达焉；直不可以至，曲达焉，必达而后已。事之所以达，谋之所以成者，道也，术也。权于道，审于术，中道而逝，则天也。非是则天不能厄，人不能阻。故君子不怨天、不尤人。患不诚也，无患不成；患不行也，无患不至。穷饿而迫死者，志欲得食，则不可以不力作矣。力作而不得则称贷，称贷而不得则备赁。至于备赁而犹不得食者，未之有也。备赁者，众之所贱也，然而为之，求食之志诚也。故君子之于其职能，若夫欲食者之求食，则可谓尽心矣！

今之君子，不权于道，不审于术，弱者怠焉，强者肆焉。怠者之于事也，姑尝焉，少弗若则苶①然因以自遂矣；肆者之于事也，綦必焉，少弗若则拂然因以自遂矣。自谢故荒，自遂故偾②。及荒且偾，因曰：职不可尽，吾之心则尽矣。不以怨天，则以尤人，此事之所以恒不达也。舜之称孝也，非其号泣于田之时也；周公之称忠也，非其居东之时也。唐棣之华③，翩其反而，岂不尔思室是远，而子曰：未之思也。夫何远之有？瞻彼日月，悠悠我思。道之云远，曷云能来？子曰：伊稽首其不来乎？此言尽心也。

注释：

　　① 苶（nié）：疲倦的样子。

　　② 偾（fèn）：仆倒。

　　③ 唐棣之华：出自《诗·小雅·常棣》："何彼襛矣，唐棣之华？曷不肃雍？王姬之车。"

《俭德堂读书随笔记》叙

　　伯父慈民先生①读书随笔如干卷。伯父年六十馀矣，犹嗜[1]学。读书日有程，不以一日废其程，即有所会及有所考辨，辄条记之，或写诸卷端。积久遂多，以授从子孚京，使去其繁复无义类者，而为叙曰：国朝二百四十年，于今当承平之隆，学士大夫用文学著述为效，诋宋明儒者，言义理空疏无实，其文鄙野，不务师古，相与摈之，更为词章考证之学。是时桐城姚先生正之，曰义理之与词章、考证三者相表里，不可摈一，其议少定。然未及百年，天下多故，诸所张皇，皆古所未有。三学之徒，高名耆旧之士，莫有足以应变者，甚者败辱，为世深诟。于是所在扼腕言时务者相比接，号为经济之学。一二钜公为之语曰：义理者，孔氏所谓德行者也；词章者，言语也；考证者，文学也；而经济者，政事也。并高其名，比于四科。后进干禄之士弥以相曜，遂兼鄙众学而惟为经济之言，以更张为任事，以权算为贤能，以守经为迂儒，以能言房事为宏达，道荒术陋，学士泯泯未识，所向久矣！

伯父天性凝定，其于名位勋伐，澹然无所慕。官京师数年，还去讲学淮、徐间。杜门深处，以图史自娱。尝论经济之士，曰："古之君子学焉而已。学成而道立，故能应万变而不穷。今设经济以为名，招天下而从之，是使不学之士怀躁妄之心，而行尝试之术也。且古之君子学焉而经济以生，今之君子以经济为学，此所谓贼夫人之子者也"。伯父之指，务勤学而羞外驰如此，所以训子姓、诏徒属者无不然。故其所记大抵皆讨论经义、研深性术、是正文字、敷陈典要，博征而不芜，文约而不陋。其于义理、词章、考证之学，乎京之愚，窃以为详实矣！然伯父虽鄙遗世故，不欲空语经济为名高，至若时政得失、人材贤不肖，亦默识于心，时发于言，所陈侵官操切、上下相蒙之故，皆深切读之，可为太息，亦足以窥见伯父之意理。诸子群从，尚其省诸，亦大父之志也。大父所自书本在伯氏许乎京，故名乎安，十七岁时大父为易今名云。

校：

〔1〕嗜：原文作耆，义不通。

注释：

① 慈民先生：刘庠，字慈民，晚号钝叟，南丰县人。咸丰元年（1851）中顺天乡试，官内阁中书，充国史馆、方略馆校对，后因父病返乡。曾国藩聘刘庠主持徐州云龙书院，后又先后主持海州敦善书院、清江浦崇实书院三十余年。著有《说文蒙求》《俭德堂读书随笔》等。

求志轩记

上元①王志乾以"求志"名其轩，而使余记之。

余曰：今百贾居列肆，任其力苦心焦，思征百货之贵贱，以求什一之获[1]，饮食不取过，被服敝恶不敢耻，嗜欲不敢纵，虽仆赁之困不过于此矣！农夫苦筋骸，胼手足，以求原野之获，饥不暇饱，罢不暇息，冬不暇蔽形，夏不暇荫喝②。虽臣虏之事，不烈于此矣！

夫躬仆赁之困，蹈臣虏之役，以从农贾之事，岂不以其志哉！彼志乎农贾之获，则搏心一务以求之，至于老身长子孙而不敢为嬉戏，傲佚有不遂而不敢易其业，意坚而行确如此，而学士大夫犹然以农贾为笑。且士大夫之所学者黄帝、尧舜之道，所诵者文王、周公、孔子、孟轲之言，至尊也；其行孝弟忠信，其业诗书礼乐，安居蓬庐，弹琴以歌先王之遗风，至佚也；布衣韦带，而王公莫能与之争名，修乎百年之间，而千载莫能泯其烈，至显也；学成道立，而志得则天下被其泽，不得亦不失于令名，至便也。夫托至尊以游至佚，乘至显以安至便如此。此与夫农贾之劳与获，岂直弁冕之与敝屦哉！然而终不能与农贾较其获。农贾之志常一，学士大夫之志常不一。

昔者闵子骞之贤，心乐圣人之道，及见羽盖龙旂旖裘相随，则忽然不知乐之变也。故士之志未有所定也，乃自七十子而然矣！故曰隐居以求其志，未见其人也。夫道荒学陋，士诱于外缘而病于内驰久矣。彼视道之与欲，不知其孰愈。方且茫洋，方且四顾，而又何志之可求？此亦农贾之所羞也。今志乾材高而学充，超然以求志为务，吾不足以知志乾之所志，抑吾有效于志乾。

昔战国之士杂而贱，为其嗜利而昧义，学不纯而志不修也，然孟子犹曰："有恒心者，惟士为能。"夫惟学不纯而志不修，故杂且贱。夫惟有恒，故百家之学后世无以及。今则不然，农夫百贾皆有恒，而惟士无恒，故虽诵六经为儒者，上之不足以当百家之绪馀，而下之不足以较农贾之获。志乾勉之，抗心乎高美之区，而约己乎有恒之檠，斯为求志而已矣！

校：
　　〔1〕获字后原文衍"一"字，删。
注释：
　　① 上元：县名，今划入南京市内。
　　② 暍（yē）：暑热。

张西铭哀辞

余识西铭在光绪四年冬，余伯父中书君客授徐州。西铭，萧人也，为县学生，走百里来受业，居群弟子之舍。一日，闻兄病谒归，病愈返，为伯父言，兄病几殆，流涕呜唈。余由是有意其为人。

西铭少予二岁，兄事余。甚好学，书无所不读，喜为诗，极其才可与有成；疏通任事，事无所避而勇于为，久其历可与有树。此余所信于西铭者也。及明年夏，余去徐，其后率一二年一过徐，或见西铭，或不及见去。今年春，同舍生陆光甫至京师，为余道西铭死。余惊问状。初，西铭娶妇汪，刚志有操，能读朱子小学书。西铭买婢，妇不悦，遽去之。或以为妒，悔曰："夫子闺门之内无失礼，而吾以妒婢闻，是吾败夫子名也。"遂仰药死。而西铭大伤曰："人不谓吾以婢而杀妻乎？"摧哀内伤，亦病。光绪十有四年正月病死，年三十有二。

呜呼！西铭才故高，在乡里不能无口语之失，乡之人多不悦，惟一二贤者爱重之，其他阳下之而已。学使者选拔贡生，至萧，案其第，无逾西铭者，而他人得之，又举优行，生亦不贡。西铭既数失意，又会帏房之变故，谤者滋多，其言绝痛不忍闻。西铭一子甚幼，死之夕，力疾书数纸，属其子曰："必无惩而父而弃学。"又曰："吾以嫌不能自释，死即死，乞吾友刘孚京为文达吾志。"呜呼！西铭异时固自憙居群辈间掀然出其类，里巷纤介之毁誉，宜不足以概乎其心。不幸乃以之病，病乃以死。古之君子，志有所湮塞，则务广之以道，故曰："有孚在道以明。"今适介乎嫌疑之间，惧无以自明，不能省诸道而以病其志，是不亦自好之过欤！负绝异之姿，而摧抑于里巷之议，槁死于户牖之间。志不远达，行不远闻。语曰："谁为为之，谁令听之。"吾所为尤悲哀悼恸，久而不能自杀也，乃为之辞曰：

天之高，其不可攀援兮。命之极，不可恃也。众冯生其必死兮，子独逢此罹也。志慨慷以自憙兮，谗愿噂沓而能议也。何帏房之窈窕兮，秋霜一夕而下被也。嗟子之心兮，亦云伤也。遂瞑不视兮，之彼下乡也。毁誉一概兮，贤愚忘也。何者为泮兮，孰高明也？呜呼哀哉兮，人之不平。谓匡章顺兮，曾参不令。柳下为妓兮，宋朝为贞。阖闾能让兮，伯夷善争。冀缺杀妻兮，吴起去兵。婴娸极志兮，豪俊败名。偾夫鬵重兮，列士取轻。嗟古则然兮，岂惟今日。子之昭明兮，胡斯之恤。去子恒干兮，殉子昔匹。心之孔哀兮，智则无述。钦临命之垂训兮，神即幽而念绳。曰吾生之默默兮，傥有后之克承。不余嗤而属言兮，托微绪于兹文。信神明之不没兮，羌余内顾而匪人。呜呼！吾德之不修兮，吾言之不信。惧终负子而已耳，横流涕而何云。

与何吟秋书

吟秋足下：闻足下名久矣，远而莫之察，又或以为狂生，故不敢以书进。仲琴至称足下不容口。仲琴，吾执友，不妄毁誉人，以其言之诚，知足下之果贤也。足下学博而行洁，志确然不可拔，却知己之馁，以高肥遁之节，尽其俸入，以刊死友之集。此数者，虽古之人[1]犹难焉，而足下亲行之。

读所为乐府，卓卓与汉魏并又如此，杂论著又皆可观。足下其诚，古之人耶！道丧文敝，文学礼义之官，不复重于天下，诸生亦鲜复以师礼事之，独混混役役自侪于簿尉，冀得一饱自慰以没世而已。以足下之道懋置①于其间，出其文，人未之前睹也；发其言，人未之前闻也，宜乎人之以足下为狂。贤士大夫所在不绝也，而毁誉者蔽之。彼其所谓某也贤，某也能文章，某也行谊笃。吾尝即而察之，则混然流俗之人而已，不知人之好与我异欤？将吾之所恶非也。或又曰：某也不贤，某虽为文章，其才无异于人也；某行谊虽修，其实伪也。吾即而察之，则与吾之疏若私有契焉，不知人之恶与我异欤？将吾之所好非也。要之，是非不可知，则审己以为之衡。苟其才过我，其学博于我，其直谅足以进我，善匡我不逮，则与之为师友焉，岂当有人之见存乎！足下之行谊及所撰述，其过我、博于我、足以进我、善匡我不逮，彰彰明矣！季春少和，方将与仲琴渡河，访足下之庐，因献其业。驰此先候，惟道履多福不宣。

校：

〔1〕古之人：原文此三字后又重"古之人"三字。衍文。

注释：

① 懋（yìn）置：闲置，搁置。

黄锡朋

　　黄锡朋（1859～1915），字百我，号蛰庐，都昌县人。光绪十九年（1893）举人，任瑞州（治今高安县）府学训导。二十九年成进士，授工部主事。辛亥革命后，归隐故里凤凰山麓。平居好读书，兼治训诂之学。著有《凰山樵隐诗钞》《蛰庐文略》等。其文雍容往复，委婉周流。胡雪抱序其《文略》云："学道之笃，立言之朴茂之醇，于是编可观其涯略。"以下诸文选自2003年12月作家出版社出版的《都昌三黄诗文集》。

论宋宣公[①]

　　天下有成败论人者，至德义之所存，亦以成败论之，则德且为人受过，而德危矣。夫让，德之可贵者也。宋宣公让国，《公羊》曰宋之祸，宣公为之也。公羊徒究夫事之成败，而归咎于让，后之人有不视让如毒螫，相戒不敢一试乎？宣公爱弟，以让施之；穆公不敢忘兄，以让报之。非为名高，谊固如此。《公羊》以为弑君之肇端也，则春秋弑君之变，前后相望，不以让也。东海王之于汉明，宋王之于唐元，岂非让乎？建成、建文之难，岂非不让乎？冯自贪国，非宣公之罪，亦非穆公之罪也。象日杀舜矣，谓象之不恭，由舜孝友致之，可乎？然则论成败而不论是非，概以让为不可用，夺义而予利，其谓之何？且言让于后世，尤难也。尧舜视天下如公器，虽朱均亦知之矣。后世人主自私，直产业耳。既以产业待之，则皆摄缄縢，固扃鐍，珍其所有，虽骨肉无少逊焉。宣公不以为贻子孙之具，而割畀之，其情则私，其心则公也。守国如守家，今兄弟析居，兄子不贤，而兄悉让财与弟，及弟将死，复念兄子而还之，谁曰不然。议者乃因两家之子，构讼不已，不责其子不肖，反讥其父好义，岂不可骇与？

虽然，让所以弭争也。传子久矣，不争而不让，可也；争而不让，则不可也。穆公既无争国之迹，而宣公让之。唐虞而后，未尝少此一让，抑又何必多此一让耶？幸而无事，则为夷齐；不幸而有事，则为臧札。是让之或得或失，亦若有所遭之不同焉？此所以不免于成败论人者之口也。

注释：

①宋宣公：春秋宋历公六代孙，名力。前747年至前729年在位。有太子与夷。公将卒，让其弟和曰："父死子继，兄死弟及，天下通义也，我其立和。"和亦三让而受之。卒谥宣。

论蔺相如①

王世贞曰："蔺相如之获全于璧，天也。"呜呼，如世贞之说，则天下后世之使臣，皆将不敢身试于不可必之地，且以相如为冒昧不晓事，援之为前戒矣。夫必有死之心，然后有生之气。秦求璧，赵不敢爱；秦不与城，赵不敢争。不与璧，曲在我；不与城，曲在秦。赵又不敢辩，赵之砮于秦也，赵先死也。赵自死，则赵必无生之望。相如曰："臣愿奉璧而往，秦城不入，臣请完璧而归。"已懔然有生之气矣。且秦之必不能死相如，又于璧与城知之也。秦本无意与城，而涎其璧，必言十五城者，不重偿，赵必不轻割璧也。赵之璧，赵靳之，秦知之，姑以城给之，秦之气不胜矣。以不畏死之心，乘不胜之气，此相如之所为以给还给也。使相如不诈秦，则秦得璧，相如虽死，而璧不可返。秦之意在璧，璧返矣，秦以不得璧而诛相如，秦先失信，而又杀人以责其不信，秦何以自解耶！夫以一相如出入于秦之庭，不畏死，而秦终不敢死之，是能起死赵而生之矣。使臣偷生而国以死，使臣不畏死而国以生，若相如者，亦赵之生死之枢纽哉。世贞必夺相如之功以归之天，其谓之何？

注释：

　　① 蔺相如：战国时赵国大臣。赵惠文王时，秦向赵强索"和氏璧"，他奉命携璧入秦，当廷力争，使原璧归赵。赵惠文王二十年（前279），随赵王到渑池与秦王相会，使赵王不受屈辱，因功任为上卿。对同朝大臣廉颇容忍谦让，使廉颇愧悟，成为刎颈之交。

论陈平、周勃^①

　　世之论平、勃者，罪平、勃有二：曰阿顺，曰幸成。袒平、勃有二：曰审几，曰定乱。呜呼，罪之苟矣，袒之亦岂足以尽平、勃哉？正也、直也，士君子之志也；奇也、曲也，小人之术也。以奇用正也，以曲全直也。小人之术，而士君子之志也。不此之察，而好以圣贤律人，使古人之深谋智计，尽霾于吹毛索瘢之口，良可喟已。

　　汉吕后欲王诸吕，问王陵。陵曰："高帝刑白马而盟，非刘氏而王，天下共击之。"吕后不悦，问平、勃。平、勃曰："今太后称制，王诸吕无所不可。"吕后喜。观其乍不悦而乍喜，则吕后胸中之议坚矣。而平、勃之言也，胡氏非之，赵氏非之，沈确士又非之。人人集矢于平、勃，虽缓颊长喙，嗫无所施。然平、勃者岂委蛇婟婀，窃谐臣媚子之伎俩，以侥幸于一试哉！高帝以布衣，提三尺剑取天下，而不能平吕后悍鸷之性。使平、勃贤于高帝则可，平、勃不贤于高帝，而必欲吕后胸中已成之算，一旦以口舌夺之，能乎不能也？夫诸吕将强，刘氏将弱，高帝已逆料之。其告吕后曰："王陵少戆，陈平可以助之。陈平智有馀，然难独任。周勃厚重少文，然安刘氏者必勃。"夫曰刘氏？对吕氏而言也。曰安刘氏，策刘氏必不能安也。言出于高帝之吻，入于吕后之耳。吕后非不能分黑白者，其于平、勃，当早疑而忌之矣。陵之谏犹曰其人少戆，使平、勃继进渎陈，以激其怒，此可为寒心者也，则后虽欲有为，尚可得乎？苟责平、勃以畏死，平、勃诚不可不畏死也。两人行遇虎，一人大呼奋臂斗，不胜而毙；一人蛇行蒲伏，不敢撄虎之怒，伺其威少杀，而后击之。而论者以大呼奋臂为勇，以不敢急与虎斗，为纵虎之势，而缓虎之死，岂不谬哉！则又曰平、勃之诛诸吕，幸耳。假使郦寄之说不行，太尉不得入北军，则功不成。又使先吕后而死，则功亦不成，曰此胶柱之见也。当日陵责平、勃以纵欲阿意，而平、勃答以面折廷争，臣不如君。全社稷，定刘氏后，君亦不如臣。若平、勃不能践其言，则遁辞耳，巧辩耳。平、勃之效，乃如此也，乃平、勃之深谋智计也。岂天宥平、勃，故假平、勃以不死，使之收其成耶！岂天祚高帝，故神其说，使不失知人之明耶。

且郦寄之说行，太尉得入北军，皆平、勃筹之。平、勃智能及此，未必易此即无策也。平、勃以一死塞责，斯可以罪平、勃。使平、勃不永年，则天为之矣。又乌知后人不转因此而惜之耶？然则平、勃能审几、能定乱，将不诬矣！曰陵之言，正而直者也，士君子之志也；平、勃之计，奇而曲者也，小人之术也。然平患诸吕，尝燕居深念，颜师古谓以国家不安，独虑其方策，则平无日不以刘氏为意。迨感陆贾之言，与勃相结，将相和调，乃底厥庸。盖平、勃之姑顺于目前，而共图于异日，所谓以奇用正，以曲全直，小人之术，而士君子之志也。然而高帝定计于十余年之前，取偿于十余年之后，如操左契，亦奇矣哉！

注释：

① 陈平：（？～前178）汉初阳武（今河南原阳东南）人。少时家贫，好黄、老之术。陈胜起义，投魏王咎，为太仆。后从项羽入关，任都尉。后归刘邦，任护军中尉，建议用反间计使项羽去谋士范增，并以爵位笼络大将韩信，为刘邦采纳。汉朝建立，封曲逆侯。传曾为刘邦六出奇计。惠帝、吕后时任丞相，以吕氏专权，不治事。吕后死，他与周勃定计，诛杀吕产、吕禄等，迎立文帝，任丞相。

② 周勃：（？～前169）汉初大臣。沛县（今属江苏）人。出身贫寒，秦末从刘邦起义，以军功为将军，封绛侯。汉初又从刘邦平定韩王信、陈豨和卢绾的叛乱。刘邦认为他"厚重少文，然安刘氏者必勃也。"吕后时，任太尉，但军权仍为吕后亲属所控制。吕后死，他与陈平定计，入北军号召将士拥护刘氏，诛杀吕产、吕禄等人，迎立文帝，任右丞相。后被诬告谋反，入狱，不久得赦免。

论荀彧①

彧之死也，死于自智其智也，非死于忠也。彧自知不能忠矣，彧乃饰智为忠，以愚天下后世。而天下后世，竟受其愚而不觉。范蔚宗谬而称之，司马温公又从而祖之，或固不得已，而为欺人之术。论或者乃入或之彀中，而为其所预算，使或有知，其不窃笑乎？夫善善从长，恕或可也，恕操不可也。恕或为爱才，恕操为奖逆。予请得断之：曰操为汉臣，则或亦汉臣；操为汉贼，则或亦汉贼。使或而不智也，犹诿为不知操也。或为操规画大计，如彼其明矣，而独暗于操之为人，则何以为或解也。操谋徐州，或引关东河内为比；操与袁本初相持官渡，或引楚汉之在荥阳、成皋间为比。或既以高光之业期操，是操之盗天下，或诲之耳。操之技本足以盗天下，而或实为盗之媒，则盗操而良或，岂公论哉？

然或沮九锡之议，因而自杀，何也？或初委身于操，英气迫之也，才为之累也。才足干时，汲汲思见功而不能耐；其功既立，操之篡弑亦成矣。或于时有佐操之勋，而又不甘受背汉之名，末路回翔，无以自处，乃止操九锡，使其少缓之，以冀不怒，而可以自全。至操不能平，遂欲借仰药之一死，举毕生之污蔑而尽雪之，窥其迹，固亦忠矣。孰知忠与不忠，或实不能自昧，而其智则犹以为可用也，此或之所以死也。

夫操之奸，人尽知之，然尚惜名。操尝让还三县，其下令有曰："使题墓道，言汉故征西将军曹侯之墓。"此其志也，真耶伪耶。或事操久，能窃操之术矣。其劝操秉忠贞之诚，守退让之实，何其与平日之言相矛盾耶？或以此欺天下后世，岂或独智，而天下后世皆愚耶？予故曰：或之死也，死于自智其智也，非死于忠也。

注释：

① 荀彧（yù）：（157～214）三国时曹操谋士。字文若，颍川颍阴（今河南许昌）人。初依附袁绍，继归曹操，为司马。建安元年（196），建议迎汉献帝都许，使曹操取得有利的政治形势。不久，任尚书令，参与军国大事。后以反对曹操称魏公，为操所不满，不久病死，一说被迫自杀。

南宋中兴四将论

有一时传诵之言，有后世论断之言。类举而连及之，此一时传诵之言也；差等其人而予夺之，此后世论断之言也。夫天下之熟于口而习于耳者，相沿既久，虽不必尽协乎斯人之心，亦皆安于其故而弗觉。而后之读史者，遂乃索瘢求瑕，谓某也劣，当黜之；某也优，当进之。其论不可谓不公也，然欲持一人之衡，以铢两夫已往之豪隽，则我好与前人争，而后人又好与我争，将有已时耶！

南宋中兴四将，世皆以岳飞[①]、韩世忠[②]、张俊[③]、刘光世[④]当之矣。飞之间世一出，称者比诸蜀汉之诸葛亮、唐之郭子仪，岂不信然。宋室播迁，溃散分裂，不可为国，飞始复建康以扃北户，取襄阳以遏上流，平群盗以清根本，大功莫之与敌。世忠天性纯诚，与飞同志，挺身决斗，百战不息，老而益奋。齐休万古，厥惟二公。俊党桧杀飞，罪不在桧下。光世在诸将中最先进，律身不严，驭军无法，殆非良材。夫顺昌、柘皋之捷何人耶？设形据险，终以保蜀，又何人耶？则光世实不若刘锜，俊实不若吴玠、吴璘，宜张氏、丁氏取而正之矣。然则岳、韩、张、刘何以称焉？曰此四将者，迹近而地同，交相牵引，以致传诵如此也。考之史册，苗刘之乱，俊闻世忠至常熟，曰："世忠来，事济矣。"世忠得俊书，见张魏公恸哭，曰："今日之事，愿与张俊任之，公勿忧也。"范琼伏诛，俊及光世合谋，其后吕颐浩开府镇江，飞与世忠，俊与光世，又并隶其军。魏公知枢密院事，起江上视师，召与咨事者，世忠、光世及俊三人而已。建炎五年，世忠屯镇江，光世屯太平，俊屯建康，鼎峙之势，人所共睹。而桧主和议，收兵权，以世忠及俊为枢密使，飞为副使，则其声誉相埒，又可知矣。此四将所由并名也，所谓类举而连及者非耶。

盖张氏、丁氏，苟以史法者也，以为后世论断之言则可，而于当日之事之情，未必有合也。设彼欲追改为刘锜，为吴玠、吴璘，而此又欲追改为张浚，孰为四将，益以纷然，奈何以笔舌讼古人哉！今夫王戎鄙士也，何以列于竹林；许敬宗谀臣也，何以跻夫瀛洲，然卒未闻别易一人以充其数。千古滥竽，往往如此。是故名之传不传，有幸不幸焉。

注释：

① 岳飞（1103～1142）：字鹏举，相州汤阴（今属河南）人。因与主和派秦桧等人意见相左，以"莫须有"罪名被杀害。后追谥"武穆"。有《岳武穆遗文》。

② 韩世忠（1089～1151）：字良臣，绥德（今属陕西）人。行伍出身，御西夏有功。宋金交战之时，力抗金军，于建炎四年（1134）在江苏大仪大破金和伪齐联军，时论以此役为中兴武功第一。后因反对议和，又以岳飞冤狱，面诘秦桧，得罪权贵，乃自请解职，闭门谢客。死后追封蕲王。

③ 张俊（1086～1154）：字伯英，成纪（今甘肃天水）人。行伍出身。高宗即位，任御营前营统制。与岳飞、韩世忠并称三大将。后附和秦桧，首请解除兵权，授枢密使。因参与谋害岳飞、排挤刘锜，为世人所不取。晚年封清河郡王，拜太师。

④ 刘光世（1089～1142）：字平叔，保安军（治今陕西志丹）人。南宋初任江淮制置使，建炎三年（1129）金兵逼扬州，他不战溃逃，扬州陷，高宗仓促渡江。旋改江东宣抚使守江州（治今九江），置酒高会，金兵渡江三日，尚未发觉。在淮南时，闻刘豫进犯，又拟逃跑。后被罢兵权。

张魏公论①

魏公志节炳然，照耀史册，前人论之详矣。予独于杀曲端②一事，卒不能释然也。泛驾之马、跞弛③之士，其可拘拘于寻常绳尺哉？故夫骁将者，顺之则有奇功，逆之则有奇祸，亦在善驭而已。况时事日棘，方将熏沐天下之豪杰而进之，苟可以储一日御侮之用，非甚不轨，则当爱惜人才，不当附会罗织，以塞妒口而兴冤狱。即军政不可不饬，又不当追论其罪，使天下疑国家之失刑。

夫端，骁将也，素无说礼乐、敦诗书之雅。其劲骜英悍之气，必不能骤更。端欲斩王庶，朝廷疑其叛，魏公以百口保之。金攻陕州，魏公促端赴救，端不奉檄。吴玠拒金于彭原，玠军败绩，端不驰援。端之顽抗，特萌其故态耳。魏公自揣，若不能制端，则于此时加以怙强之名，坐以失律之愆，虽诛之不为枉。然魏公操纵将帅裕如也，端之足以惧敌，亦魏公之所识也。魏公非惟宥端，且复任端，魏公未尝有杀端之心，诚为天下所共谅。虽浸润之言盈于耳，不过罢斥而已。端谪万安，未闻异谋。魏公富平既败，益惓惓于端，魏公盖端之知己也。

予甚怪吴玠、王庶，衔端已非一日，魏公岂不知之乎？端之罪出于二人之口，岂遂深信而不察乎？端宜死，则端之死晚矣；端不宜死，而魏公以谗言死之，是魏公为吴玠、王庶所卖，甘为他人受过也。端死，军士怅怅，陕西士大夫莫不痛惜。曹好曹恶，而是非在焉，魏公其能逃清议也哉！

注释：

①　张魏公：张浚，字德远，汉州绵竹（今属四川）人。高宗建炎、绍兴间，历任枢密院编修官，侍御史，知枢密院事，川陕宣抚处置使，尚书右仆射同中书门下平章事兼知枢密院事。

②　曲端：字正甫，一字师尹，镇戎军（今宁夏固原）人。建炎初年任泾原路经略司统制官，屯兵泾州，多次击败金兵。建炎二年（1128）知延安府，后迁康州防御使、泾原路经略安抚使，拜威武大将军，统率西军。后因布阵问题，与张浚争执，被贬团练副使。富平之战，宋军失利。张浚接受吴玠密谋，以谋反罪名将曲端交由康随审问。绍兴元年因酷刑死于恭州。

③　跅弛：放荡不守规矩。

壬子八月与某君书①

六月杪得书，雅意殷勤，所以眷眷于鄙人者甚厚。嗣因收获烦扰，久稽裁复，至歉至歉！别后陵谷迁变，身世苍凉之感，想同之也。以破坏为成立，以冒险为进取，固久熟此说，起视今日，竟复何如耶！斗室徘徊，忧心如醉。旧巢既已倾倒，贱工拙匠，聚而谋新。卑者噉利慕膻，党派交讧，志在求食。高者尝百艰而倦生，始锐中怠，终乃弃之如遗矣。而凶鸷劲悍之徒，又拥兵自豪，专制之威，甚于前代。府怨丛咎，不可爬梳。东扶西颠，谁庇风雨？今蒙藏告变矣，不战则怯，战而不胜则辱，战而胜则又激外人之怒，而益坚其谋，祸且不测。

去秋武昌起事，皆称民气可用。不知吾国之民气，反颜而制孱主则有馀，徒手而挞强邻恐不足也。万一不慎，其能奴隶我者，岂少也哉？孙袁之相见也②，谓必有长策至计，乃孙当百废莫举之时，侈谈铁路，期以十年，规以二十万里，莫殚莫究，颇以高而不切讥之。然袁已予孙氏铁路全权矣，迎合之耶？将以困之耶？梦耶真耶？兹不可知也。近日因黄氏电陈人心浮动，纲纪堕丧，有申明伦理之令。略谓中华立国，以孝弟忠信、礼义廉耻为人道之大经，政体虽更，民彝无改，岂能举吾国之嘉言懿行，一扫而空。妄者以为不便于己，弃如弁髦，造作莠言，误人子弟，此为人类所不容。又谓今日大患不在国势而在人心。语语悚切，至为扼要，命令中差强人意者耳。

弟素不乐仕进，往在京师，屡欲归田，自镌小印曰"蛰庐"，藉以见志。返里后，家塾课儿，足不出户。故山薇蕨，遂我初心，俗目所荣，等诸埃壒。守古籍如拥节，读书之乐，千劫不磨。从此野服萧然，饱啖疏食。作故国遗民以没世，则至荣至幸也。

足下渊雅古厚，热诚未灰，决不可无意于世。如得所藉手，当殷殷劝驾，拭目俟之矣。文字夙好，幸恕迂愚，不宣。

注释：

① 壬子：民国元年（1913），作者归隐故乡恰好一年之时。

② 孙袁之相见：此年农历七月十二日（公历 8 月 24 日）孙中山应袁世凯邀抵北京相见。处于百废无从下手之际，只有高谈铁路十年规划，造二十万里铁路，世人以不切实而讥讽之。袁世凯特授他筹画全国铁路全权，未知迎合还是让孙氏困于此事。

复友人书一

奉到六月廿六日书，喜极。柴门寂寞，忽触故情，遂得诗一首，另笺录上。赐读新什①，幽艳凄婉，芳泽袭人，如瑶草琪花，姿韵自别，非尘界所能有也。吟讽再四，感怆无已。去岁得书，裁答因循。未知王粲何依，遂使嵇康弥懒。经年暌阻，耿耿至今。

执事诗才清迥，兰芬雪洁，且足以浣濯夫污俗，而被以芳馨。鸡虫得失，自不足措意，然饥来驱我，安得枵腹狂啸，以求胜于古人。执事于清室未尝食禄，陆清献②深责诚意伯③，以其曾仕于元也，若许鲁斋④则非其例矣。执事乃亦守不字之贞耶？姑藏器以待焉可耳！

至于鄙人，备员郎署，已逾八年，必无改操易节之理。陶彭泽云："良才不隐世"，为执事言之也。杨铁崖⑤云："昔年嫁夫甚分明，夫死犹存旧箕帚。"为鄙人言之也。遥遥白云，其知此心矣。

吾乡风雅衰替，得执事而一振。鄙人颇不自揣，亦留意焉。近日竞奏新弦，大雅益远，建安邈矣，杜韩⑥宏响，无人继声，高者下涪翁⑦之拜而已。褊性不肯随人俯仰，五古欲上溯曹、阮、陶、谢⑧，七律愿学浣花⑨，其愚可悯，其狂可恕也。钞呈近作二十余首，望施针砭勿宽。

北行当在月杪，馀俟再报，敬问起居，不宣。

王湘绮⑩耄年改嫁，易哭庵⑪徇利屈身，二公声名，俱一落千丈矣。惟陈散原⑫力辞征聘，尚知名山有不朽者在焉。尊旨推重散原，贤者胸中，固有泾渭也。

注释：

① 赐读新什：其时黄锡朋有《得胡雪抱书》诗云："闻君困羁旅，投暗韬明珠。勖游蕴瑰采，真赏何时无。"即与此信中"执事诗才清迥"一段文字可相与发明。可知友人即诗人胡雪抱。

② 陆清献：陆陇其，字稼书，浙江平湖人。康熙年间进士，官至御史．从祀庙庭。谥清献。

③ 诚意伯：刘基，号伯温，曾仕元，后佐朱元璋建立明朝，封诚意伯。

④ 许鲁斋：许衡，字仲平，号鲁斋，河内（今河南沁阳县）人。生于金朝，幼受章句之学。蒙古灭金后，应试中选，在忽必烈朝中任京兆提学、太子太保、国子祭酒，并与刘秉忠、张文谦等定朝仪、立制度。后为集贤殿大学士兼国子祭酒。在蒙元入主中原时，许衡提倡儒学，行"汉法"，间接保护了当时较为先进的中原文化，促进了民族融合。死后谥文正，封魏国公。

⑤ 杨铁崖：杨维桢（1296～1370），字廉夫，号铁崖，会稽（浙江诸暨）人。与陆居仁、钱惟善合称为"元末三高士"。泰定四年进士。历天台县尹、杭州四务提举、建德路总管推官，元末农民起义爆发，避寓富春江一带，张士诚屡召不赴，后隐居江湖，在松江筑园圆蓬台。多年不得调任。《老客妇谣》中曰："少年嫁夫甚分明，夫死犹存旧箕帚。南山阿妹北山姨，劝我再嫁我力辞。"

⑥ 杜韩：杜甫、韩愈。

⑦ 涪翁：黄庭坚，号山谷，晚号涪翁。

⑧ 曹、阮、陶、谢：曹植、阮籍、陶渊明、谢灵运。

⑨ 浣花：杜甫，杜曾居成都草堂，在浣花溪畔。

⑩ 王湘绮：王闿运（1832～1916年），字壬秋，号湘绮，湘潭人。应袁世凯之征聘，担任清史馆长一职。

⑪ 易哭庵：易顺鼎（1857～1916），字实甫，晚号哭庵，湖南龙阳人。民国初年在袁世凯政权中任代理印铸局长。

⑫ 陈散原：陈三立，号散原。在清末屡辞征聘，民国初年严复任京师大学堂总监，拟聘陈三立主持中学部"，亦不就。

复友人书二①

前书并拙作，不以为虚妄，且登之报章，好善何其诚，而于鄙人又何其眷眷也。大雅君子之用心，亦已勤矣。

辱和五古一首，格韵高逸，不愧作者。其和吴端任四律，有樊川之瑰丽②，而超卓过之，馀皆佳妙。吾邑之李③、南昌之二王④，晨夕相与唱酬，得友朋之乐，亦客中一快也。劳、宋二文士耳，乃欲以区区笔舌，挽已坠之鼎，盖忠而愚者矣。而智者不之罪，此其所以为智者也。若从而怒之焉，天下后世，谁谅其心乎？且智者方哂之不暇，又何足动其怒哉！录呈闻讪言一什，以见鄙意。

夏间手订《凰山樵隐诗钞》，去取颇严，凡少作及无所托而苟作者，悉汰之。起己亥，讫今岁，甫得三卷。继此而为之，不知所诣如何，然不可不勉矣。摘钞《五君咏》各篇奉览，并希指疵。

北征屡展行期，卒不果。新岁若能枉驾，必扫榻以待。天寒顺时自卫，即颂冬祺，不宣。

注释：

① 友人仍指胡雪抱。

② 和吴端任句：吴端任，都昌人，清末诸生，民国初年在南昌。樊川：杜牧，号樊川，晚唐诗人。

③ 吾邑之李：李定山，号子云，都昌人，民国初年在南昌教书。

④ 南昌之二王：王易、王浩兄弟，南昌人。寄的书与诗推荐登在报刊上，表示感激；二是称赞友人和其作，"格韵高逸"，并赞其友人步吴端任之作，有如杜牧之诗风。且在南昌能与都昌李氏、南昌二王即王易、王浩兄弟日相唱和，得友朋之乐，亦客居之快事。李氏即李子云兄弟，都昌人。

复友人书三①

旧历三月二十五日，接到十七日来函，始悉胡绍唐②侍御，黄冠道装，遁迹东湖三君子祠，以搜刻遗书为己任，表章先哲，甚盛举也。渠意欲招弟共事，眷念故人，用心良厚。岩穴之士，附骥而名章，岂非大幸！顾为俗累所缚，不克远离。乡间苦无名师，两小儿均已长成，不能辍读，又不能外出，家庭教授，更无代劳之人，以兹裹足，为怅怅耳。弟蛰伏村巷，颓然而昼眠，忻然而夕咏，惟性所适，幸脱樊笼。若复仆仆于城市，恐亦与野性相违反也。前一方为侍御陈之，后一说仅可为执事道耳。书局既有公款，襄办者不能枵腹，执事若肯屈志担任校雠，藉以博涉群书，自是文人乐事。

刻下虽不获见，秋间当溯彭蠡，访执事于东湖之滨也。附呈近作，及去冬所作各什，以当面谈。侍御处复函，旧历二十七日发行，并告，顺颂吟祺。

注释：

① 此信作于民国四年（1915），黄锡朋得到友人胡雪抱来书，转达胡思敬因编刻《豫章丛书》欲聘黄锡朋来襄助其事，但此信表达推辞之意，乃因两小儿无人教导，不能远行。信中说，友人恰可当此任。既有此能力，又有酬劳，且可藉此博览群书。

② 胡绍唐：胡思敬，号绍唐，新昌（宜丰）人。清末为监察御史。民国初年在南昌东湖滨筑退庐编刻《豫章丛书》。

复胡伯宜书①

京邸赐函，晨转淹迟，久而始达。又因事未暇速答，弥以耿耿。桑海迁变，故物凋残，追念前尘，怆怀旧雨。顷在《民报》见所登大作，雄迈清壮，诗格又进一境矣，爱玩不忍释手。执事天才英妙，虽图南之翮，六月暂息，当不能长为诗人，且出处固各有所宜耳。

鄙人曾于辛亥八月乞病南归。国变后以漆室女自处，誓不再嫁。每诵铁崖《老客妇谣》，未尝不歔欷流涕也。山居颇好吟咏，今岁得诗最多。夏间手订《凰山樵隐诗钞》，不登少作，凡无关诗教而漫成者，概从芟薙②，甫得三卷而已。刻集尚须迟迟，摘录《秋感》八律奉览，藉示微志。近作雪抱处多有之，兹不能息录为歉。率复，敬询起居，不宣。

注释：

① 胡伯宜：胡以谨（1886～1917），字慎旃，号伯宜，亦作百愚，又号湛园，安义县人。拔贡，宣统二年赴试特科进士不第，其间拜识黄锡朋，以诗文相交。黄锡朋在京城收到胡伯宜书信，延迟未回。民国初年任《江西民报》主笔，后署理乐平县知事。

② 芟薙（shān tì）：刘除。

彭府君墓碣铭①

昔人言，仕宦之家，如再实之木，其根必伤。是故豪宗鼎族，元气凋涸，往往衰歇独早。若夫山氓野叟，累世弗耀，而子若孙往往崭然而起，蔚然而光大，则又何欤？含真抱朴，崇师尚道，而不为众所察，天乃鉴其幽隐而彰之，如此者所在多有。以锡朋所闻彭府君，可以劝也。

府君讳荣昕，字旭初，号晓峰，世为湖口人。祖讳某。父讳某，国子监生。府君幼颖异，授经日诵数纸，初属文辄能就范。家故设肆，操奇赢为生计。父与世父先后卒，不可中辍，府君乃董理之，遂弃儒业。然嗜读书，物货盈架，旧帙残册，尝杂错其中。非权衡斗斛珠算簿记，则手一编焉。有儒冠入市者，交易故廉其值，不茗不饭不使行。家东阁先生，尝课其子梦松者也。先生晚年，锡朋始从游，为人喜饮，饮则尽醉，然不乱。醉则掀髯剧谈，喜道府君事。曰："吾授徒且老，如鹤巢之父之待师，未之有也。吾馆其家四年，凡远游归，必先至塾。甫近门，潜立良久，屏息而后入，入必有馈。凡馔必亲视，必丰以洁。凡床榻器具，必寒燠之惟宜。鳞之鲜者，果之时者，弗登于市，而吾先尝。吾家有乏，资之不以告。虽孝子之事其亲也，无以过之，如鹤巢之父之待师，未之有也。"鹤巢，梦松字也。先生谨厚长者，不妄语。

乌乎！世俗方曝利而味其味，告以经史之腴则唾之，以为彼得而此失矣。夫孰知淡于彼而浓于此者之食报于无涯，可操券耶？然则寂寂市巷之中，而忽有闻于时，其所以致此者有由也。府君性俭，处丰能约，毡冠布袍，冲夷朴澹。里中子弟，或爱华侈，其见府君，非易衣不敢前。府君尝蓄饴，贩夫麇至，率戴麦笠，物贱价薄，所常见也。一人年少而挑，独戴草笠。府君知草笠价故昂，心不然之。时麦笠者未给值皆赊，独不与草笠者。草笠者瞠目，府君厉声曰："子戴草笠，犹待赊耶？"其人惭而去。

盖府君生平，知艰惜物。而用之以敬礼师友，以购书，以掖善举，以振贫，周期功之急，以行其志，不少吝，则府君岂今之人欤！咸丰五年二月辛丑卒，年四十四，葬于村南之甫器山。府君得喀血疾，弥留时，遍召亲友而谓之，曰："我死，我子必读书，若有以改业讽吾儿者，吾目不瞑矣。"子一，即梦松，岁贡生，候选训导。女二，一适谭，一适穆。孙三，长贡瑶，县学廪生，次贡琨，郡学优行廪生，三贡玮，县学廪生。曾孙数人皆幼。锡朋于梦松为后进，梦松少称神童，及长，每试必冠其曹，乡士人仰之如鸾凰。尝见锡朋所为文，奖叹不已，锡朋因以自壮，感梦松特甚。府君卒后四十六年，梦松以状来乞镌石之文，锡朋重其事而未应，冀吾学之或有成也。今阅四年矣，猥陋犹昔。因掇拾大略，参以所闻，叙而铭之，以碣其墓之阡。铭曰：

孰稼而蓏乎，孰砚而秋乎？孰化兰而为萑乎，孰砻石而为璆乎？孰豚犬之呕呕乎，孰鹓凤之啾啾乎？脉乎脦乎，奚知其舔乎？信有德之，无不酬乎，将愈久而愈庥乎？

注释：

　　① 此文应墓主之子彭梦松之请，在墓主逝后五十年方作，即光绪三十一年（1905）。

诰赠奉直大夫候选教谕杨君墓表^①

　　君讳蓉镜，字柳琴，姓杨氏，与余同里。杨氏村之东，有山曰凤凰，特秀异，故循山脉而居者，代产材贤，士多以科目进。然乾嘉之世，经学烜赫于海内，而吾乡阒如。道光中叶，又相戒破碎，以制义取士，率为清空演迤之文，士承其敝，益以狭陋矣。其能以攻举业之馀力，为古、近体诗者，则已罕焉。其通史事，谙习掌故者，则尤罕焉，况有进于此者邪？以余所闻，湖口高陶堂^②、陈对山，皆一时之隽也。于杨氏最昵敏泉孝廉，君从敏泉游，因得窥陶堂、对山之所蓄，奋然有志于古之作者。杨氏其至今始大，吾乡褊隘之俗，其至此一变乎？

　　余初识君时，君年已三十余，声誉焯然。盖弱冠应童子试，早以能文弁其案之首，督学使者复拔置第一入学，自是试必高等。操觚之士，得君文如拱璧，争相宝爱，顾非君之所措意也。家积书颇富，尝捧取四库书目中之要者，别识于册，类搜而分究之，历数十寒暑，克穷所有。治经不轩轻汉宋，必求其是；讲学不党伐朱陆，必欲无疚于心。为古文辞不断断于宗派，兼习各体。妍者如春卉，疏者如秋林，雄远者如深山大壑，宏放者如黄河东注而不可御也。

　　光绪十四年中式第九名举人，五上春官^③不第，大挑二等，以教谕用。或讽以谋署篆，君夷然不以动意。各行省新营学校，有以宾师礼聘者，亦不应。而化莠训俗，释纷赴急惟恐后。家旧有吐凤轩，仅数楹，无亭沼花竹之美，秧畦瓜畴，随山高下，青绿相杂，君课子其中以为娱。四方学者，闻君之恂雅而易亲也，簦笈麇集，咸有所餍饫而去。以光绪三十三年六月十三日卒，春秋六十有三。配叶氏。子士京，廪膳生，师范科举人，中书科中书，加四级，出后伯父逢年；士亮，副贡生，候选直隶州州判；士彝，太学生。孙阿成、阿重、阿起，士京出。阿慰、阿鑫，士亮出。阿绳、阿荫，士彝出。女三，皆适士族。孙女三，皆幼。宣统元年，以士京官赠君为奉直大夫，封君配叶氏为宜人。

君性和易，无疾言遽色，而不轻与人交，意所不可，未尝面斥，而嫉恶如宿怨。家故丰，衣履朴素，夏则蒲簟，冬则布袍，人益重之。每有所作，顷刻而就。秃笔破砚，尘积几榻，若不经意者，索稿读之，光芒夺目，百思莫逮。庚子之变④，余丁忧家居，时时访君，与君纵谈乱事始末，君豫策成败无不验。君塾距余家二里许，常至日暮始归，归必远送，且行且语，至暝不能辨路始别。樵人、牧竖习见之，弗讶也。

君卒忽已五年矣，余乃感思生平，述其略以揭诸墓上。君精医学，非其大者，故不详云。

注释：

① 杨蓉镜：都昌春桥乡人。光绪十四年（1888），中举人第九名。曾遍历庐山简寂观、归宗、栗里、东林寺，甚至登上了险峻的紫霄峰。光绪三十三年（1907）去世。著有《问字楼诗文集》。作者在他去世后五年作此文，追述两人交往。杨三十多岁时，两人始相识。

② 高陶堂：即高心夔，作者简介见前。

③ 五上春官：五次参加礼部主持的进士考试。

④ 庚子之变：光绪二十六年（1900），八国联军攻入北京。

《天人九老图》后记①

背南康②北走十五里，有书院曰白鹿③。五老峰④遥瞰其上，苍空屹立，高数百千仞，如人箕踞而遐瞩然。光绪庚寅，铅山华晓峰⑤先生来主讲席，年八十矣，鹤发童颜，衣冠伟岸，昕夕与匡君相酬对，见者疑为神人。是岁五月，适先生览揆初度⑥，觞于春风楼。绿酒盈樽，红霞贡妍，诸生衿佩雍容，茹欣晋祝，五老盖旁睨焉。时予奉卮侑欢，年七十有七。监院⑦饶君晓山亦六十有二。饮酒赋诗，华颠相庆，壹不知山灵有此乐否？

越日，予偕饶君从先生游海会寺⑧，访至善上人⑨，迎五老之面而往。会天宇澄霁，芙蓉竞出。金光明灭，照耀岩谷，翩翩如仙姿。予方莞尔相向，而晴烟一丝，起于山腰，倏忽变幻，目不得瞬。顷刻峰头尽白，支离偃蹇之状，如秃翁焉，与翩翩者顿殊。心凝目注，不觉已寺门也。上人出迎，笑指五老谓予曰："公识之乎？翩翩者，浮丘、洪崖⑩之俦也；支离偃蹇者，商山绮季⑪之流亚也。"予颔应之。上人年七十有二，与五老处最久，于地最习，因导之攀援而登，迤逦而邀，尽兴始别。

壬辰春，予复守南康，距初至郡之岁阅九年。四月，先生亦来，饶君仍视院事，而上人并无恙。四人者或散或聚，皆于五老如有夙缘。一日重集海会，飞泉怪石，无美不献。先生慨然心动，揽钟鼓之大观，慕香山⑫之高致，因仿赵知军六老故事⑬，更绘《天人九老》一图，申旧约也。

予既忝附座末，窃思天地清淑英灵之气，结为名山，钟为畸人，古号三不朽者，其精神气魄，历久常新，如星芒剑花，千载不可埋没。于是清淑英灵之气，寄诸畸人，而与名山同寿。独予老矣，于不朽何望，而强健之态，终不少贬，犹将养元气以还太虚。况先生勋绩早茂，饶君耄而好学，上人精持戒律，有过予什伯乎！五老有知，不独薄予非耦，则幸甚。爰摅鄙怀，附记于后。

光绪十八年，秣陵松叟⑭

注释：

　　①《天人九老图后记》：光绪十六年（1890），铅山人华晓峰来任书院山长。此年五月适逢其八十岁生日，南康知府王延长与南康监院饶晓山前来祝贺，在春风楼宴会。次日游海会寺，访住持至善上人。两年后即光绪十八年（1892）四月，华晓峰来南康府访王延长，饶晓山仍在监院，至善上人身体安康，四老人与五老峰如有夙缘，因绘"天人九老图"，并请黄锡朋为南康知府王延长代笔作《天人九老图后记》。

　　②南康：南康府治设于星子县城，辖星子、都昌、建昌、安义四县。

　　③书院：在星子县城北9公里，南唐升元年间始建庐山国学。因唐李渤隐居此地，驯白鹿自随，北宋初易名白鹿洞书院。

　　④五老峰：在庐山东南，有峰头五座，形似五位老者而名，海拔1338米。

⑤ 华晓峰：华祝三，字尧封，号晓峰，铅山人。同治间为御史，光绪年间为书院山长。

⑥ 览揆初度：生日代称；语出《离骚》："皇览揆余初度兮。"览，观；揆，度。初度，生日。

⑦ 监院：明清时改御史台为都察院，简称察院。各省巡按御史在道府驻节官署称察院行署，一称监院。

⑧ 海会寺：在五老峰下，面对鄱阳湖。明万历四十六年（1618）僧西来始建，为庐山五大丛林之一。

⑨ 至善上人：清咸丰年间，僧至善来此地；建茅棚独居，清苦修持，后与姑塘驿官魏兴林修复被兵燹后的海会寺。上人，对有道行僧人的尊称。

⑩ 浮丘、洪崖：均传说中黄帝时的仙人。洪崖，即黄帝时乐臣伶伦。晋郭璞《游仙》诗："左把浮丘袖，右拍洪崖肩。"

⑪ 商山绮季：商山四皓，汉初四个隐士，名绮里季、东园公、夏黄公、角里。商山在今陕西商县东。

⑫ 香山：白居易，号香山居士。晚年居洛阳香山。曾于会昌五年（845）在洛阳举行尚齿会，为九位老人绘像，书姓名、年龄于像旁。

⑬ 仿赵知军六老故事：仿照赵知军六老堂的旧例。南宋嘉定年间赵师复知南康军，建六老堂于郡圃，并作《六老堂记》云："得与五老人揖让于几席之上，献酬于樽俎之间，是五老人必不我拒，而不知邦人其许我乎？"

⑭ 秣陵松叟：南康知府王延长的别号。延长字少岩，光绪间知南康近十年。秣陵为南京古称之一，是知王延长为南京人。

蓝煦人先生家传①

先生讳保和，字煦人，世居高安蓝坊。幼而迈异，随父读书，敦敏耐劳，常诵至夜分，不以为苦。间试以事，目营心画，辄得条理，长老往往奇之。客有自蜀中归者，善谈三峨二江之胜，先生从旁耳熟之，若喜若诧，于是有四方之志矣。年十四，叔父携之出游。经彭蠡，浮江汉，望巫山十二峰，溯瞿塘而西，访龙游、平羌旧迹，侨于嘉州。叔父故服贾，先生依焉，遂得计然术。居三年，以省亲返里，述山川形势甚悉。属赭寇②

起，道梗，先生乃客郧、郢间，开肆沙市，沙市相传为楚故城，商贾辏集之处也。先生时其废著，囊橐饶益，幡然为养亲计。曰："吾亲老矣，若逐利而忘亲，罪可逭邪？"即日还。先生有兄读书豫章，而季弟又客于鄂，自是撕挡家政者十余年。季弟病殁，先生复游鄂，遂卒予鄂，年仅四十。初由监生授儒林郎，晋封朝议大夫。子二，长鼎，县学生。次湄，太学生。女一。

论曰：太史公传货殖，至以千金之家，比一都之君，巨万者与王者同乐，岂有激而言欤？然礼生于有而废于无，用贫求富，农不如工，工不如商，其大率也。鲰儒③持抑末之说，贱锥刀而贵章逢，抑不达生财之原矣。况如先生者，岂直贾人也哉！而独不能竟其用以卒，悲夫。

注释：

① 蓝煦人：高安人，则此传有可能作于任高安训导时。文中写到蓝煦人之奇行，十四岁时随叔父出游巴蜀。叔父经商，他也学得会计术。后先居荆州等地，为养亲而回故里。十多年后，待家事处理毕，再游湖北，逝于鄂，年仅四十。

② 赭寇：指太平军。

③ 鲰（zōu）儒：穷酸的儒士。

益溪胡氏三世家传

益溪胡氏①，都昌名族也。以科第盛于一时，流风所贻，温雅朴清，盖其先多隐德云。乾隆中，国学生曰肇泗者②，字鲁川，为族宗子。其祖继麟，与弟龙、凤、虎由赤贫业陶起家。累十万，始大其间。麟子传贵，生鲁川而早卒，妻张以节孝抚孤。鲁川年十四，若成人，能诣景德镇，理其业之赁于人者。为人精警内敛，忧勤不懈，族中子弟秩式之。年四十四而卒。

配歙县江氏，慈惠性成，事姑张以孝。幼端慧，多涉传记。以鲁川卒，张年老忧思，辄讲论古名人异行，以娱其暇。张治家严，见人惰游益痛诫，诸乞者惮之。氏每侍膳毕，必以烟斗奉张，而身翼蔽之。诸妇乃以食遍给乞者，各潜步去。张或觉，亦不为罪。有从姊某为役舂杵，辄窃取廪谷，氏屡觉，徐步却退若无所事，诸妇或以为过。氏曰："彼子女无所得食，非乐为此。使知余既觉之，将自引为愧。余弗忍也。"一日骤至，姊方取谷入筐，惶遽趣避。氏低语曰："大姊勿惊，令老人知，必深怒，可速将去。"遂与共负出之。姊感泣，不复为窃。氏尝见窭人寒，与之棉裤，而自衣其裕者。时春秋已高，寒甚，长男平甫掀其裙见之，趣更制。未几，复衣裕者。平甫惊问，氏笑曰："儿不为不孝，但母视物过轻，顷见其寒不可禁，而年过于母，母恃炉中有佳炭，遂复与之矣。"生平遇极贫者，至为流涕。或给以困乏，必厚恤之，屡索不为厌。童子某幼失父母，亲为盥栉，收恤之如其家人。其好善大率若此。年八十余卒，乡邻如丧慈母，诸乞丐者哭拜至不能起。呜呼，若氏所行，殆心之厚于仁者耶！

　　鲁川子四人，长平甫，名国珍，少习儒业有声，文战失利。同人拉与武试，挽弓不胜，学使适他顾，回视其置弓几上，无矜容，谬取为冠。平甫旋懊悔，遂习贾，兴其陶业，董陶会事。道光季年，圜法敝，江湖私铸者，因缘为奸，至鹅眼钱辗转流播。景镇陶户，皆以给工值，酿为锢习，小民益病。平甫议募捐收买小钱，尽熬碎之，遂禁不用，为数世利。其族佣镇者百数，至镇皆诣投之。平甫命置其囊，分号识别，月季为代取佣值，缄寄其家。以故佣镇子弟，外不得为非，而室家咸给。是时长君苏亭为名孝廉，官吏益重平甫，数就咨访，然平甫非涉工民利弊事，悉婉拒之。年五十有四卒。

　　配龚氏、李氏均贤。子三人，其仲莘亭，字葆荃，少有武功，尝集丁壮，于湖中搜取发匪所委炮械，送南康官军，军将甚义之，议叙功九品。乱后酷贫，饥驱间阻，所至交其魁杰，贤士大夫多亲近之。其临财廉，而雅尚侠义。炎夏行山岭间，遇病乏者，解其钱数百悉与之。而己以饥渴行。性孝友，事叔父于景镇，躬溺器者十余年。叔却之，对曰："僮辈虽能役是，然实犹子职也。"事继母李如所生。尝赴镇，行二十里，忽忆先夕将语妇杨氏所以事姑者，临行未及语，乃返，谆嘱而去，事并载府县志。葆铨卒年同其父。乡先生李觉民明经挽以联云："教长子成名，二三有材，异日皆为大器；事继母尽孝，五十孺慕，于今仅见斯人。"盖纪实也。又葆荃尝有《祭灶绝句》云："文章司命夙称神，上界班联会此辰。

玉案从容如问及，为言求福不辞贫。"其怀抱可想。后其长子廷玉举进士，官江苏道员，赠其先至鲁川，皆荣禄大夫。次廷桂举孝敬廉，次廷玮官教职。杨太夫人性复敦厚，葆荃幼聘江氏女，未归而殒，杨请视江为结发，勿忘其祭。年七十馀，就养官廨，常忆其同时贫约者，为不自安，辄思所以遗之。卒之日，村中女老皆哭泣，谭者谓杨妇德，肖其祖姑江太君，洵里中盛事焉。

宣统初，余居京师，或相往还，好与言其世德。今于胡氏得闻其三世之详，举足以裨家范，因为作家传授之，且勉其嗣人也。

注释：

① 益溪胡氏：在今都昌苏山乡土目行政村。

② 肇泗：字鲁川，其祖父继麟与弟继龙、继凤、继虎以从事陶业起家。年仅十四便有如成人，到景德镇料理瓷业。为人"精警内敛，忧勤不懈"。

教授胡公家传

先达胡公苏亭，字水心，都昌县人。祖肇泗，妣江氏，多阴德。尝冬袭葛袷，以絮棉者衣窭人，好施类若此。父国珍，字平甫，以诸生中兴磁业。母龚氏、李氏。平甫赠公教诸子严，故公早达。中道光庚子乡试举人，自是科第渐起。公为文，简澹清超，如画远山，其人亦似之。先后会试，客京师九年，得交当世名士，所学益丰。寻挑用教职，历署临川、萍乡等六篆，授丰城教谕，历十六年，殷殷诱掖，士论悦之。宅性幽雅，嗜花木，躬自灌植，累数十百种。衙斋多暇，拥书百城，托兴于花石琴渔，辄为诗文以见志，盖世网未尝撄其心。著《亦清堂诗稿》。推升广信府教授，加内阁中书衔。光绪丙子，以截取知县到班，藉复游辇毂下。故人宝鋆位枢要，相见甚欢，思汲引之，而公未几病。长子荫松随侍，尝刲肉和药以进。光绪三年十二月，卒于京师，享年六十有七。

公事继母李如所生，终身无稍拂意。与仲、季敦勉礼让，或高歌烂醉，天真散漫，若髫龀时。配龚氏，庶配萧氏、吴氏。子二，荫松、荫桂。吴氏与公曾孙妇刘氏，俱以节闻。荫松之子森之，字绍鹤，为公冢孙，天资颖特，以文鸣于时，中光绪丁酉乡试举人，卒年五十二。

中翰公两弟俱长者，仲莘亭，载郡县志《孝义传》，以子贵，赠荣禄大夫。季丹亭，字葵心，授从九品，孝弟力田，唾面自拭。少时或劳动得值，悉为兄助犹子①学费。尝解衣亲敛漂尸。众无助者，独瘗而识之以石，岁往祭焉。又为乳母家扫墓，六十年不倦，洵笃行也，享寿七十有九。配龚氏、许氏。子一，廷翰。

宣统庚戌，莘亭诸孙元轸②以优行试京师，备言中翰公兄弟之行，当有传。余以不文为乡人属望，谨援笔为之。

注释：

① 犹子：堂侄。

② 元轸：字孟舆，号雪抱，又号穆庐。为都昌苏山人。

椒圃先生事略①

先生少颖特，读书数行俱下，十岁能文。稍长，嶷然自厉，不假董督，试于有司辄冠曹。既为学官弟子，补廪膳生，廓有大志。道光己酉，以拔萃科贡成均，应京兆试不利。寻考取武英殿校录，侨京师，得交名人硕士，博咨周览，气宇弥拓。遥遥三千里外，时以书达弟衍亭先生，自经史子集以至场屋经艺、律赋试帖、晋唐楷法，皆撷其精而究其趣，怡然兄弟相师友。比归，购书甚富，益志于古之作者。咸丰甲寅，赭寇②窜扰，平江李公③驻军湖口苏官渡，先生结团协剿，捍卫得力。湘乡曾文正公荐其才，奖授靖安县教谕。既至，学徒游其门，皆与稽经讲艺，镞砥而淬濯之，士风稍振。丁艰返里，服阕，会邑侯狄公开局修县志，闻先生名，敦聘主稿。先生参核异同，审辨体例，壹从严慎。或妄援不根以相难，先生争之，至面颈发赤，击案隆隆有声，人以此嫉忌之。

秋试屡荐不售，既未竟厥志，因思广其学之传也，忻然以育材为乐。光绪乙亥，教授乡里，锡朋始得从游。先生讲画勤恳，略无倦却，常至夜

分不休。凡考据、义理、词章各门，锡朋颇窥藩篱，盖自此始。己卯侍先
生疾，先生泫然曰："予家书声渐替矣，承先启后，责在汝一人。途远任
艰，汝其勉之。"越数日遂卒。回思此时，奄忽便已三十年，可悲也。先
生长身鹤立，简易而刚介，训饬后进，尝面呵之，而于他处又称赞不置，
闻者咸悦服云。

注释：

① 锡朋十七岁时，拜杨椒圃先生为师。

② 赭寇：指太平军。

③ 平江李公：李元度，字次青，湖南平江人。以举人官黔阳教谕，靖安县教谕。
后历任浙江温处道、按察使等。擅文章，好言兵。著有《国朝先正事略》《天岳山馆
文集》。

先王母事略

孺人生同邑墩头王氏，父讳朝栋，国子监生。母氏蔡，进士桃源县知
县讳孔易之女，夙严阃①教。孺人自幼即以端静称。来归我王考，逮事重
闱，人伙事纷，凡所职，衷于大体，无钜细咸谨。曾王考兄弟既析产，内
政一委孺人，受命无怼。诸娣姒次第入门，孺人躬剧让易，不较劳逸，见
者感叹。道光丙午王考卒，孺人于时年三十有六。我考居长，十二岁，少
者九岁与四岁耳。入则血泪沾袖，出则忍泣以事妇功，虽戚不失仪则。咸
丰甲寅，王考兄弟又分爨为六。遭土匪肆扰，家益罄。孺人抚孤子，力筹
婚配，自是而心益悴矣。我曾王考气貌刚严，饮馔必精，稍拂则怒，孺人
甘旨维备，怡声以进。又性最慈爱，我考与诸父皆早世，孺人思甚，恒瞰
孙辈他往辄哭，来则止，强以欢语解之，虑增孙辈哀也。

锡朋尝读书舍侧葆素斋，贫不能具衾，夜归与弟同榻。斋旁有枥一
株，根露而大，其上可憩，每漏三下，孺人与我母往候于此。锡朋启扉
出，树影交横，虫声啾啾，星月微茫中辨之，二人一坐一立，则孺人与我
母也！至家，灯火荧然，纺车塞庭，络绎犹续。孺人问曰："近日作文佳

否？汝师抑涂抑圈？"对曰"圈"，孺人乃喜。盖孺人不知书，但以圈为佳耳！先是，王考积苦力学，以学政试盈额见遗，得咯血疾终。光绪己卯，锡朋补学官弟子，旋补廪膳生，孺人见之，欢溢于颜。孺人卒后五年，锡朋经龙阁学奏荐，授训导，王观察又延入幕中。由是家计渐裕，益思孺人，欲补往年孝养之缺，尚可得耶！

　　孺人好礼，耻言贫，客至，酒食必从丰，而自奉甚菲。年届七十，虽同村父老，罕能见其面，见则裙裾端饬，数语而退。遇人有恩，下至乞儿丐妇，妪妪与说琐事。然嫉恶，非正言不敢入耳。处事当理，而壹归于厚。所闻所见，尚如昨日，有不能已于言者矣。然所言者，又十不能二一也，弥可痛也。

注释：

　　① 阃（kǔn）：妇女居住的地方、闺门，指妇女的居处。

饶芝祥

饶芝祥（1861～1912），字符九，号占斋，南城县人。光绪二十年（1894）进士，授翰林院编修，历任辽沈道、四川监察御史。慈禧太后崩殂，他疏劾内监李莲英当诛，与胡思敬并称"西江二御史"，后乃出任铜仁知府。辛亥光复，返居南昌。著有《占斋诗文集》。以下诸文选自1933年铅印本。

先大父嵋生府君事状

呜呼！不汶汶于生前，而泪泪于身后者，其忠孝之谓欤？先大父死国事于兹二十有四年矣，邑乘所载，略而弗详。芝祥不敢道扬先德，然伟节贞性，弗克光于外，将湮灭是惧，其何以垂后祀以慰在天之灵，用敢次先大父之梗概，繁其词以著于篇。

先大父讳学坡，字嵋生。曾大父子二，大父居长，聪颖嗜学，工制艺及试帖、词赋。甫冠，补弟子员，每试辄领军，以能文名于时。提学张文毅公按部至邑，得大父文，激赏之，遂食饩。家素贫，曾大父著书外不他及，至是，执贽门下者指集踵至，岁奉菽水有余赀，遂结庐于西关外，事曾大父母。课生徒日手一编，陶陶然自以为得也。后邑有大姓延大父馆于南关。距家五里许，计日不能一二往返，乃辨色，诣市将肉糜归，入门，潜步至厨，躬自烹饪，视曾大母兴以进。比旋馆，生徒犹有卧未起者，历数年若成例焉。既曾大母患风湿痹，膝以下皆废，转侧非人弗堪。大父乃延医诊视，汤药必亲顾盼效，而废处皆腐溃如注，血肉溲溺，淋漓衾襦中。每傅药，大父必先掖其两手，然后大母辈从事，虽极秽恶，不肯假手婢媪。曾大母性弦急，喜洁，初病时尝恨恨若不欲生者。大父既服劳，左右惟谨，复暇取稗官野说及可惊可怖之事以铺张之。邻或衍剧，则缚便舆，舁以往观。凡可以娱耳目、快心志者靡不致，务得其欢而后已。故曾大母婴疾数年，未甚以为苦也。曾大母薨，大父哀毁如礼，服阙。屡与宾兴，每荐每为主司所抑。

咸丰间，粤匪①遍江右，建郡②骎被兵。大父乃载书奉曾大父居东乡深山中，诵读自如。而郡城官绅金以大父沉毅能任事，致书招之。大父亦慨然曰：“男儿读书至四十不成名，时事如此，尚佔毕为耶？”乃诣郡襄办团防局事，数以策干当路，不能用，度城中守备虚怯，建议赴省乞大兵，格不行，于是忧懑乃假归。已而局散，贼遂踞郡城。识者以是多先大父，而先大父泊如也。黄公鸣珂之来守是郡也，当贼退后，疮痍未复，议办善后事宜，札先大父往。先大父惩前计之失，却之。是时乡邑遭兵燹蹂躏，庐野为墟，授徒者皆失业。先大父乃躬操畚锄，灌园自给。齿繁，食常不敷。有戚友居相近者，往告贷始得不饥，然去则携袋，归则以索系袋口，背负数十里，行山路崎岖中，肩肉坟起，至家尚不能必其得食也，其刻苦坚忍类如此。

咸丰十年，粤逆以建郡为入闽要地，复由抚、宜分数股窜出。时黄公犹守郡，复札大父及同里数人办团练。大父辞不获，请自练东路团勇堵贼窥郡城路。既发函，乃慷慨谓王母曰：“吾父老诸子弱弟又远游闽省，此次出与贼角，非我志也，顾贼势猖獗，至必举邑被害，大丈夫在上则为天下受其难，在下则为乡里分其忧，敢惜身以避其锋乎？”遂纠合乡勇得数百人，令先营于硝石者，次日复收集得数十人。大父与同事二人驰往，离硝石约十余里，奄忽与贼遭。先是，郡城大营失，号桂旗帜数十事，贼得之，以伪装袭数砦。先大父所练勇亦先时袭散，而先大父以招勇故，未之知也。遇贼时，中有小河，我兵欲渡，贼已至对岸。大父觉有异，诘之，以某字营巡哨对。大父语之曰：“汝曹即巡哨者，姑止此，勿径渡。径渡，吾必以炮碎汝颅矣！”贼望见我军仅数十人，无继者，遂挺矛跃马，杂遝麏至，我兵骇走。先大父手发枪轰击，未再，然贼万刃攒会，遂与同事被执矣，时十月初二日事也。

先大父被执时，贼检身畔，得札饬票箭等事，知官军耗，复返硝石，止于旅馆。拥大父至，欲降之。大父且行且詈曰："吾读书明大义，岂降贼者！"贼怒甚，继以为难猝服，乃幽于旅馆楼下，加桎梏焉，将摧折之。为降附地，而幽同事某于楼上。中夜，某闻先大父叹曰："我饶某本意杀贼报效国家耳，何图生平之志毕于此哉！"言之再三，已而寂然。天明，贼呼大父，诱以好语。大父瞑目不应，胁以威，复毒詈之，遂遇害，时年四十有三。贼耻其不降，愤其詈已也，积薪纵火燔其尸，并焚馆舍，延直数十丈，俟烟尽始去。同事某与贼卒有旧，得间逸去，因详述其后事。呜呼痛哉！虽先大父大节凛然，方古之忠臣义士或不少愧，然当时死国事者多已，孰有如我大父之死之惨且烈者，可不痛心哉，可不痛心哉！同治甲戌春，从父士腾赴礼部试，投状于采访忠义局。至冬得旨，赐恤入祀京都昭忠祠。其明年乙亥，始克具衣冠葬于先茔之侧。

呜呼！若大父者可以不死矣，倘所谓不汶汶于生前而泪泪于身后者，是耶？非耶？芝祥少孤又驽劣，先君不禄，未通知先大父行事，又不敢请于王母，故仅就饫闻于王母与夫宗亲乡党所称述者列状如右。倘世之名公钜卿，嘉先大父之志，哀而赐之铭，则予小子斯状实在。

孙男芝祥谨状

注释：

① 粤匪：太平军，起兵于粤，故称。

② 建郡：建昌府，治所在南城县。

孔融论[①]

天下当事会已形，不待知者而后知也，然知之而卒蹈之，非其情有所恋，即其中有不得已者焉。汉大中大夫孔融见杀于曹操，皆谓其无见几之智，故及于难。夫所谓见几者，谓其乱之未兆耳，曾融与操比哉？当献帝时，天下无妇人童子无不知大权已属于操，融何如人？顾其智反出妇人童子下乎？吾以此知融有不得已者在也。何者？融身为汉臣，又沐浴于当时节义之风者深且久，去之不可，附之不可，其势固不得不与操相争，争之不已，且不得不与操相杀，而操之奸深，又逆知融必不肯低首下心，伈伈睍睍，与文若等。故融一旦立于朝，非操杀融，即融杀操。操不足以制融，则融存而不死；操足以制融，则融死而操存也。

虽然，融之死善矣，融之所以死者，则又非为衡而死也，为瓒而死也。融不为人用又不能用人，此融之所以死也。向使融不露声色，阴收纳天下之豪杰，待幽、冀有变，操军于外，然后西通巴蜀，南连吴会，踞许都，北奉天子，声其罪而讨之，操虽狡，安能抗有名之师哉？乃计不及此，而徒肆其高论，孤立其际，操虽欲不杀，安得而不杀？且操欲杀之也久矣，向之所以不遽杀者，以融声望素洽，杀之恐术、绍辈假之以为名，至其势稍振，斯不得不杀之，以为所欲为耳。故融一死，不数年而操称魏公矣，不数年而操加九锡矣，不数年而操之子丕且移汉祚矣。然则融之生死，非汉之兴亡所关系欤？呜呼！融亦汉臣中铮铮者哉！

注释：

　　① 孔融（153～208）：字文举。山东曲阜人。曾任北海相，时称孔北海。汉末文学家，为人恃才负气，善为文，为"建安七子"之一。因触怒曹操被杀。著有《孔北海集》。

《国统志》书后

君主之国，其开创之君，类皆栉风沐雨、手定太平，又深鉴于前朝之亡，不敢有所失德。迨太平久而生齿繁，生齿繁而衣食不足，衣食不足而人心思乱，人心思乱则争夺攘掠之事兴，涂毒叛逆之祸作矣！传之数世、传之数十世，其久暂盛衰之数不同，而其得道兴、失道废无二致也。

日本自神武开国，历世百有二十，历纪二千五百余，一姓相承，绵绵弗绝，斯已异矣。自女王兴而权落外家，将军起而政由幕府，此隆彼替，僭窃相仍，驯至外侮纷来，内讧交作，始拱手而归之王室。呜呼！虽曰人事，岂非天意哉！维新以后，步武泰西政治，蒸蒸有凌驾亚东、并驱欧美之势。然而改革之际，有万机决于公论之诏，府县有开会议之举，而民权之说、自由之论，又浸濡渐渍于百姓之心，于是桀黠者流，日思进步，日思改良，将来国会一开，主权自不能不杀，盖嚣张振迅之气与遏抑专制之机，伸缩盈虚，理有固尔。吾恐日本之患，不在彼得、伦敦之内，而在东京、大版①间也。

注释：

　　① 大版：今通作大阪。

《日本邻交志》书后

　　日本，一岛国耳。自明治三年以森有礼使美、鲛岛尚信使欧洲，后出聘之车冠盖相望，上有天文舆地、官制武备，讫乎语言文字、典章制度，无一不取资于泰西。世变愈深，风潮愈甚，目营心竞，专务外交。而泰西所最重者，外交其一端也。何则？外交善则可以增国民之幸福，可以保世界之平和，尊主势，伸国权，而工业、商业、航业亦遂因之而发达，不善则匪惟诸业不能发达，甚至损邦交、辱国命，鄙弃于强邻，遗害于种族，卒至主权尽失，利窦尽封，如埃及之将墟，波兰之不祀，其前车也。日本有鉴于此，故慎选使精臣摩政策[1]，千岛易而国势一张，傭船释而国体一振。由是改条约、订税则，近且与英联盟，俨抗衡于欧美诸大之列。鸣呼！因应之当否，其关系于国际，顾不重哉！

　　尝综外交主义而细译之：一曰察彼国之举动。性质桀驯，观其风俗；财政盈缩，观其物产；政治得失，观其精神；教育纯驳，观其学校。研思而默识，深讨而强探，庶外无遁情，我有定见矣。一曰护我国之人民。亚东人之流寓外洲，以亿万计，具有思想，具有爱力，具有智慧，无以维系之，则不为奴隶，则为饿莩已耳。新加坡、槟榔屿、美洲之黄种实繁有徒，国旗所至，而无政策以随之，其不为外人之政教羁勒而吸取者几希，又何望其自立一帜以扩张其势力，如英之占印度、美之夺非律滨①哉？咎在使臣，咎亦不专在使臣；咎在外部，咎亦不专在外部。谁实致之？谁实尸之？必有受其咎者矣。

校记：

〔1〕此处疑有倒文，或为"慎选使臣，精摩政策"。

注释：

① 非律滨：今作菲律宾。

书柳宗元《种树郭橐驼传》后

世称柳子厚传郭橐驼，为守令言，乃曹参治齐之意，余谓不然。盖子厚见其时天子方用兵[1]河北，前后经营者垂十年，缗钱、粟米、布帛、车马、牛骡、牲畜，下至刍荛、草具，凡度支盐铁所入官府，内外公私所出，无一不取办于民。洎河北粗定，而麟德殿、龙首池、承晖殿，土木营缮之功踵作，于是四方进奉，曰助赏，曰贺礼，天下骚然，人莫以自给。而皇甫镈、程毕、李道古辈又皆贪佞险诈，日朘月削，以刻剥于下，以供虚滥之费，乃天子方向用之擢判度支盐铁及同中书平章事。以故心计躁竞之徒，咸恣利欲以困黔首，恨恨焉攫其赀而不怵于心。呜呼！户口散亡，物力凋瘵，蹙其生而戕其性，夫岂不以此哉！子厚之言曰："辍飧飨以劳吏之不暇。"当时之民病且息如此，此非守令之过也，柳子特假以寄之吏耳。虽然，当愁醉酡，当饥饱肥，囊粟椟金、笑与秩终，奄然尸诸堂上，嗫不出一语。有问者，曰："吾将以息吾民也。"是又岂橐驼所及知而能言者耶？

校：

〔1〕兵：原文作公，疑误。

卫公孙鞅治秦使民勇于公战、怯于私斗论[①]

　　余读《史记·商君列传》至"民勇于公战，怯于私斗"二语，未尝不叹民气之厚、民质之良，而知秦之所以强、与秦之所以王也。或者不察不求其故于民，而徒归功于秦孝，误矣。既归功于秦孝，遂不得不归功于商鞅，益之误矣。鸣呼！彼亦知鞅之人为如何人，鞅之治为如何治哉！且夫移风易俗，惟圣者能之，下此则激厉之，下此则整齐之，否则，劫制之已耳。

　　鞅之去圣远也，夫人而知之，激厉整齐之，不足乃繁刑以逼，形劫势制，使之不得不帖耳而奔命，鞅之术固至是止矣。然而勇怯，情也，公私，义也，战斗，气也，发乎情止乎义，而无暴其气，此自修君子之所难，而秦民优为之。彼鞅也，秉刻薄之资，挟格禁之术，徒役其外，安能毫发动于中耶？然则秦民之为是也，斯固鞅劝之所不能劝，而亦阻之无可阻也。今夫山川灵淑磅礴[1]而郁积辉媚，所呈有不可掩者，命曰物粹；政教纯朴绵密而深远，习俗所成有不可漓者，命曰国粹。秦居岐、丰之故地，抚成、康之遗民，硕士魁贤，急公好义，忠贞之气，深中于人人之心，以故《小戎》《无衣》之诗，虽女子妇人莫不感奋，然有偕作同仇之志。至孝公时，此风未沫，故鞅得乘时而利用其民，公战则勇，私斗则怯，盖亦习俗使然。夫岂鞅区区一人之智、一时之令所能为哉！吾故曰：秦之强，强以此；秦之王，王以此。民为之也，非鞅也。虽然，有国粹然后有团体，有团体而后可自强。表其国粹，固其团体，尽自强之实，求自强之方。在为民上者，刘向称鞅极身无二虑，尽公不顾私，然则鞅亦竞争时知先务者哉！

校记：

〔1〕磅礴：原文为"磅薄"。

注释：

　　① 卫公孙鞅：即商鞅（约前390～前338），公孙氏，名鞅，卫国人，亦称卫鞅。曾在秦孝公六年（前356）、十二年（前350）两次实行变法，从而奠定了秦国富强的基础。

请诛内监李莲英折①

为内监积恶罪状昭彰，请伸国法以快人心，恭折密陈，仰祈圣鉴事。

窃惟传曰："见有无礼于君侧者，如鹰鹯之逐鸟爵。"孟子曰："国人皆曰可杀，然后杀之。"臣讽诵遗编，辄深向往，及忝京秩垂二十年，积累见闻，益用忧愤。若凶谗贪狡、树党营私如内监李莲英者，匪特无礼于君侧，抑且得罪于先皇；匪特见弃于国人，抑且播恶于域外。臣甫膺言责，即拟上陈，嗣以宫禁深严，无从探究，旁皇潃闷，莫可如何，继念人言藉藉，十余年如一日，亿万口如一声，传闻虽未必皆真，舆论要不无可据，用敢胪列罪状，昧死为我皇上一言。

孝钦显皇后②至德巍巍，举天下而授之德宗景皇帝③。自登极以至归政，无一不见孝钦显皇后之至公而至慈，而该内监包藏祸心，多方谗构，因之汪鸣銮④、长麟⑤等以离间获罪。幸孝钦显皇后慈爱神明，不为所惑，加以德宗景皇帝纯孝性成，虽知该内监之奸，绝不宣言其罪，以故该内监无所用其簧鼓。臣每入叩德宗景皇帝几筵前，伏地哀号，劼念先帝之大孝，未尝不切齿痛恨于该内监也。可诛之罪一。

光绪二十四年，孝钦显皇后出而训政，徒以先帝圣躬不豫，故为此不得已之举。而该内监妄腾邪说，谬托成功，阴与刚毅⑥、怀塔布⑦、袁世凯秘密结交，虚张声势，致刚毅乃在部宣言曰："此时有再造功若唐郭汾阳⑧者，总管李莲英是也。"当时各司员闻之，罔不错愕。可诛之罪二。

庚子之变，毓贤⑨等虽属罪魁，而该内监实为祸首。缘该内监与白灵观道士高云溪结为死党，行贿者半出其门，匪首僧靖海及道士某又与云溪友善。该内监遂潜引二匪入内，传布邪拳，以致左右宦官无不练习，操之稍急，深恐肘腋变生，略示优容，遂至不可收拾，卒之生民涂炭，九庙震惊，钜亿赔偿，祸延今日。可诛之罪三。

该内监既招摇权势，又必多树党援，于是引崔内监、陈内监数人为之羽翼，暗布腹心，朋比为奸，遍征贿赂，赃私狼藉，不可胜穷。迨至拳匪内讧，资财稍失，复于光绪二十七年两宫回銮之际，沿途需索，所获滋多。可诛之罪四。

该内监既揽内权，又欲隐干部务，藉可广通声气，愈以恣其贪婪。于是为诸侄福立、福海、福德、福恒报捐部曹，六部除吏、礼外，馀皆使之分据。以朝廷观政之途，为内监营私之地。可诛之罪五。

至于道途传说，市井浮谈，有谓先帝每诣慈宫请安，该内监等必索门包规费，如未遂欲，辄故意迟延。当严寒时，先帝尝立门外风雪中数小时者。有谓内廷演戏，该内监必索彩棚规费，皇太后偶未给与，尝立烈日中至移时者。种种无稽，臣本未敢妄渎，然亦以见该内监之为天下所侧目，而先帝与皇太后之仁孝之入人深也。

以上五端，有一于此，皆当诛捕抄没，以谢天下，以慰先帝，以彰陛下维新之治。然或以该内监服事孝钦显皇后有年，具有微劳，宜蒙矜恕，不知奔走之勤小，得罪先帝之罪大，此不足以相抵也。又或以该内监恶迹累累，倘若罪状昭宣，恐天下后世或有疑及孝钦显皇后之失刑者，不知孝钦显皇后削平大难，肇启中兴，汉之明德、宋之宣仁曾难比拟，只以四方多故，宵旰焦劳，当内忧外患之迭乘，致社鼠城狐之倖免，且安知非曲为姑容留以待皇上御极之初，特伸天讨也。

臣盖恭读历朝圣训而窃绎其微矣。圣祖尝容阿其那等而留以待世宗，高宗尝容和伸[1]等而留以待仁宗，宣宗尝容穆彰阿等而留以待文宗，文宗亦尝容载垣等而留以待穆宗，此犹舜受尧禅，先诛四凶，天下服舜之能断，而未尝咎尧之不明。古今一揆，何嫌何疑！伏愿我皇上仰绍列圣之家法，俯顺万姓之舆情，深维先帝之仁孝，迅施乾断，宣示该内监罪状，立正典刑，海内幸甚。

臣愚蒙无似，于光绪十五年仰沐先帝天恩，以中书到阁行走。臣祖于咸丰十年督联杀贼，力战捐躯。光绪二十四年，复蒙恩旨赏给云骑尉世职，自是与馆选典试差以至今职，无一不在天高地厚之中。今者鼎湖渺矣。百日遄经，自顾微生，无可报答，若复畏避严谴，隐忍不言，无由上启圣聪，致该内监久稽显戮，则臣不特内惭夙夜，实已大负生成。迫切悚惶，伏乞皇上圣鉴。

校记:

〔1〕和仲: 当为和珅。

注释:

① 李莲英 (1848～1911): 清末宦官。直隶河间 (今属河北) 人。初为私贩,被捕入狱,释放后改业补鞋。咸丰时自阉入宫。以善梳新髻得慈禧太后宠幸,擢升总管太监,赐二品顶戴。在宫五十余年,怙势弄权,卖官鬻权,广植私党,干预朝政,内自军机,外至督抚,多与之结纳。戊戌变法时,构陷帝党及维新派。慈禧死,退居宫外。

② 孝钦显皇后: 即慈禧。

③ 德宗景皇帝: 即光绪帝。

④ 汪鸣銮: 字柳门,号郋亭,一作邻亭,钱塘 (今杭州) 人,侨寓吴门。同治四年 (1865) 进士,历官编修、陕甘学政、山东、江西、广东学政,内阁学士、总理各国事务衙门行走、吏部右侍郎等。

⑤ 长麟: 爱新觉罗氏,字牧庵,满洲正蓝旗人。乾隆四十年进士,授刑部主事。累迁江苏布政使,授山东巡抚,授江苏巡抚。擢两广总督,加太子少保。嘉庆四年,授云贵总督,调闽浙。授兵部尚书,调刑部,兼翰林院掌院学士,以目眚特诏解职。卒谥文敏。

⑥ 刚毅: 他塔拉氏,字子良,满族镶黄旗人。清朝末年曾任军机大臣。

⑦ 怀塔布: 叶赫那拉·怀塔布,满洲正蓝旗人。由荫生授刑部主事晋员外郎。历任大仆寺卿、太常寺卿、左都御史、工部尚书、内务府大臣。

⑧ 郭汾阳: 郭子仪,唐代中兴名将。

⑨ 毓贤: 字佐臣,内务府汉军正黄旗,捐监生,纳赀为同知府。后为清季大臣,危害一时。

弹两广总督袁树勋①折

奏为疆臣贪诈辜恩,据实纠参,仰祈圣鉴事。

窃朝廷察吏安民,寄诸督抚,则督抚之贤否,即系地方之安危。以臣所闻,疆臣中之贪诈营私、毫无顾忌,未有如两广督臣袁树勋之甚者。查该督抵任之始,署内所设门丁名曰总管,凡属僚晋见,必由巡捕达之总管。未纳门包者，概不通谒。同城两首县至逾月，未得一面。提臣秦炳直为该督中表，贻书规责，该督始勉强接见，以息人言。

粤省匪风最炽，武员缉捕之责綦重。该督用其私人马英萃署新会参将、族人袁庭华署顺德副将、家丁马功辅署西门汛千总，皆著名优缺，而各员之言语不通、情形不熟，人才之胜不胜、地方之宜不宜，绝不之顾。提臣李准力争不获，嗣经部驳饬，令该武员等先行投效水师，该督始将马英萃、袁庭华撤换，而马功辅在任如故。

盐务、关务，为全省财政要枢。历任督抚均以本省人员得有劳绩者择尤任用。该督为位置私人计，以甫经到省三月之知县黄懋典而委以盐务平柜之优差，以丁忧分省知县丁绍鸣而委以阳江关差，候选知县唐国栋而委以镇口关差。三人者，皆与该督同乡，外议大哗。尤可鄙者，该督初抵粤任，严札各局所裁节冗费，而关务处每年致送督署规费数万金，经委员列单请示应否裁减，该督默无一词，至今尚收受如故。转将向在关务办理之会办某道员提调、某知府裁撤，而派其私人唐某为关务处坐办。自是关务重要皆其腹心，而为所欲为矣。

今年新军与巡警构衅，该督奏报获胜，铺张战功，至称歼毙叛兵百馀，夺回枪枝千馀。经江督查明实情，欺罔之罪于以大著。至盐务婪贿之钜，道路皆知。其所劾罢之运司丁乃扬，且经破格擢用，朝廷固已洞烛其情矣。

臣查袁树勋由佐杂起家，小有才能，擢任上海道，拥赀数百万。不数年间，蹰致兼圻，专恃一二幕宾，文饰章奏。其所办新政，曾无实际可言。伊子袁思亮又为之结交时流，联络报馆，以欺一时之耳目。然其嗜利无厌，怀诈不怍，久经败露，亦无所施其掩覆。风传其在山东巡抚去任时擅提公款十余万，恐亦不诬。臣特就其显著者略举一二，其近诸暧昧者尚不胜枚举。方今时事艰难，海滨多故，所贵封疆大吏，整躬率属，洁己奉公。若如该督之贪诈营私，肆为欺罔，不予罢斥，匪特贻误地方，而且腾笑中外。除闽浙督臣松寿[②]曾经保举该督外，应请特派清正大员秉公查办，以伸法纪而儆官邪。臣职司纠弹，不敢自默，伏乞皇上圣鉴施行。谨奏！

注释：

①　袁树勋（1847～1915）：字海观，晚号抑戒老人，湖南湘潭人。光绪十七年（1891）由南汇县调任上海知县，二十六年（1900）任苏松太道，官至两广总督。

②　松寿（？～1911）：字鹤龄，满洲正白旗人。以荫生官工部笔帖式逐渐升为郎中。历任陕西督粮道、山东按察使、江宁布政使、江西巡抚、江苏巡抚、闽浙总督。

李瑞清

李瑞清（1867～1920），字仲麟，又字梅庵，号梅花庵主，临川县人。光绪二十年（1894）进士，选授翰林院庶吉士。光绪三十一年以候补道分发江苏，三署江宁提学使，兼两江师范学堂监督。宣统三年（1911），改任江苏布政使。辛亥革命爆发，子身走上海，着黄冠、道士装，自署清道人。著有《清道人遗集》等。以下诸文选自台湾文海出版社刊本。

梅花赋

李子闲居，隐几假寐，梦游乎上帝之宫，构以水精，络以流离，出霄汉之上，俛而视之，云气青冥，万里茫茫。岱、华、衡、霍①，若丘垤②焉。帝饮以金露琼浆，且予之玉馆于蓬莱之巅。积冰峨峨，星垂若瓮，月大于四马之车轮。回顾己身，礧砢蚪蟉③，忽化为梅。既寤，所坐犹向之处。因感而赋之，其辞曰：

挺贞固之亮节兮，抱琼支之孤芳。志清洁而纯粹兮，枝连卷而纵横。参天地而独立兮，挂万古之茫茫。夫何闳④美于青阳兮，独舒荣乎冰霜。闵群卉之腓谢兮，笑松柏之苍苍。世益乱而己益治兮，怀皇德而不敢忘。悲玄冬之沍涸兮，服遗训于素王⑤。上帝既灌予以玉膏兮，复被余以云裳。馆余于蓬莱之宫兮，又锡之以白玉。玉坚洁而不可磷淄兮，吾宁畏斯世之浑浊。日昭昭而丽天兮，猋晻翳⑥而蔽覆。云氾滥而依斐兮，昼冥冥其焉烛。叹皎日之霄征兮，下照临乎宇轴。夜曼曼何时旦兮，年冉冉而相侵。垂素尊以四照兮，欲比曜乎烛阴。霰雪濩塈⑦而雰糅⑧兮，雾露嗌⑨而湛湛。冰络绎而嶔崟^⑩兮，风骚屑而薄林。草槁悴而萎落兮，木菸邑而横槮^⑪。排阊阖而遥睇兮，心涫沸而不宁。独嵺廓而揭揭兮，岂薄寒所能倾。雷伏蛰于霾壑兮，地滃礚^⑫而龙鸣。凫鹥翱翔于珠树兮，鸳凤戢翼而无声。奚必树符禺与植楮兮，天颢颢而澄清。捐黄藿与石脆兮，种帝屋于中庭。畦凤条与沙棠兮，环松桂之秀荣。嗟余生之多艰兮，冒毒殃而以生。欲潜芬而寂默兮，沐皇泽而已深。抗严寒而曜美兮，宁远难以全身。回春气于万方兮，贞坎壈而峥嵘。悲九洲之滔滔兮，思尧舜之扬灵。

注释：

① 岱、华、衡、霍：指泰山、华山、衡山、霍山。

② 丘垤：小土丘。

③ 礌（léi）砢：树木多节。《晋书·庾敳传》："目峤森森如千丈松，虽礌砢多节，施之大厦，有栋梁之用。"虯蟉（liú）：树枝蜷曲，盘曲。

④ 闷（bì）：隐匿。

⑤ 素王：具有帝王之德而未居帝王之位者，指孔子。

⑥ 晻黯：茂盛的样子。

⑦ 漼壏（cuī kǎi）：霜雪白状。

⑧ 雰（fēn）糅：形容霜雪很盛的样子。

⑨ 霠（yīn）噎：阴晦的样子。

⑩ 嶔崟（qīn yín）：形容高耸的样子。

⑪ 横槮：（xiāo sēn）：树木高耸的样子。

⑫ 滃礚（ái）：水相激的样子。

秋月赋

木落波寒，云敛天表。明月忽上，长河渐杳。芙蓉帘净，茱萸幔悄。菊落潭深，糯疏桂绕。升清质于月殿，流素辉于华沼。映玉阑而疑空，临琼楼而转皎。夜久光寒，天高景小。

若夫长门永闭，禁闼长扃。乍惊秋早，复讶霜零。望君王兮不见，叹白日兮忽暝。夜漫漫其如岁，怀郁郁而无醒。悬明月以自照，听蟋蟀于翠屏。绣帐空兮尘积，瑶阶寂兮苔青。熄银釭于金屋，掩珠泪于椒庭。至如文姬适胡，明妃在羯。身留雁门，魂飞汉阙。惊沙入面，寒风切骨。胡马悲鸣，白杨衰飒。塞月无光，边声夜发。泪与筈堕，心随雁没。怨故乡兮万里，况凉秋兮九月。

或有良人远出，负戈异域。今岁辽西，前年代北。翡翠衾寒，琉璃尽熄。梦短初醒，愁祛仍逼。空闺易惊，回文徒织。念关山之早寒，叩玫砧而太息。望素景以抚心，对金飚而变色。又若窈窕丽姝，烂熳黄吻。艳比夭桃，颜疑芳槿。未解言愁，却知研粉。学拜月而藏羞，泪长宵而偷拭。寒冰魄而怀衿，题红叶而舒愤。度璇砌而迟前，下珠桄以自隐。露滑声凉，廊虚月近。

况乃秋天如水，秋心似蓬。触怀悲积，对景思丛。感生平之哀乐，伤斯世之替隆。怨随影而宛转，梦和烟而荡空。年年夕夕，怨中梦中。承露台前萤欲流，未央宫里夜悠悠。兰灯映幌疑无火，芳幔迎晖且上钩。烛琼树而逾洁，凝兰房而更幽。秋何年而无月，人何秋而不愁。未登鸡鹊馆，定在水精楼。金波炤户文轩曙，银汉无声玉宇秋。

春色满皇州赋

瑶池歇冻，璇窗晓春。暄风晻暖，淑气氤氲。上林文杏初纤锦，瀛洲芳草已如茵。蝴蝶翩迁依紫陌，黄鸟绵蛮绕玉津。披香殿里梅花浅，未央宫畔柳阴新。可怜春满玉台侧，春草春花照悽恻。藏羞隐慢笑相迎，映户凝娇脚无力。怯珮重而行迟，畏廊长而数息。新妆艳质本无双，绀蕙桢[1]兰妩颜色。启紫茸之云帐，出远条之仙馆。藻扃日曛，璿渊风暖。微步瑶鸣，落花衫满。暂奏琼璩，初调玉管。环重钗斜，眉长鬓短。流曲水之羽觞，登七宝之金碗。制芍药而情长，歌茱萸而声缓。戚里田窦[2]，朱印侯王。翠幰[2]纵横过小苑，金鞭络绎向长杨。横弧贯月，载枝曜霜。花浓迷骑，林深碍缰。柳绿争旗色，城遥觉道长。巧射穿蜓翼，宝马号琼皇。蒲萄馆内暮烟浮，芙蓉池上日悠悠。金堤玉辇初回轸[3]，灵沼芳渊好系舟。舞雩归咏春风晚，啼鸟千般语未休。云霞灿烂迷芳岫，荇菜参差绕帝洲。

注释：

① 赪（chēng）：赤色。

② 田窦：西汉武安侯田蚡和魏其侯窦婴的并称。两人均为皇戚，每相争雄。事见《史记·魏其武安侯列传》。唐李白《古风》之五九："田窦相倾夺，宾客互盈亏。"

③ 幰（xiǎn）：车上的帷幔。

④ 轸（zhěn）：古代指车箱底部四周的横木，借指车。

上端陶斋①尚书书

屡奉笺奏，不足自宣。叹仰之劳，如地绕日。无昼无夜，循环无已。每念昔游，发于寤寐。碑碣列阶，鼎彝环座。妙迹瑰宝，充几山积。南皮②之游，不足为喻。今过憩园，良增邑邑。[1]栋宇无改，风流顿歇。石径不荒，林木失色。感旧永怀，如何可支？曩辱手谕，招唐汉皋入都，全堂学子，共相泣挽。昔剪荆榛，得滋兰蕙，忽失灌溉，将成荒芜，当不忍也。始以今月，委熊令监督远引时日，盖以此也。清官江南，有类食康。上见厌于度支，下见迫于咨议。吾国诚贫，穷乃省及教育经费，此环球所未有也。譬彼困乏子弟失学，望其家之兴，盖亦难矣。咨政闭院，玉老当来。力小任重，深惧颠陨也。今以汉皋入都，谨陈苦怀，不敢繁词。冬晴仍寒，伏冀珍卫。瑞清跽③上。

校：

〔1〕邑邑：当为悒悒。

注释：

① 端方（1861~1911）：满洲正白旗人，托忒克氏，字午桥，号陶斋。光绪八年（1882）举人，入赀为员外郎，历任湖广、两江、闽浙总督。宣统元年（1908）调直隶总督，旋坐事劾罢，宣统元年起为川汉、粤汉铁路督办，入川镇压保路运动，为起义新军所杀，谥忠敏。有《陶斋吉金录》、《端忠敏公奏稿》等。

② 南皮：张之洞（1837~1909）字孝达，号香涛，晚自号抱冰，河北南皮人。故人称张南皮。先为清流以敢谏闻名，后任山西巡抚，湖广总督。后入京为大学士，军机大臣。

③ 跽：（jì）长跪，挺直上身，两膝着地。

《两江优级师范学堂同学录》序

《记》曰："玉不琢，不成器；人不学，不知道"；"木中绳则直，金就砺则利。"非虚言也。虽有骐骥，不调训之，奔踶泛驾，不如驽骀；盲女痦①童，收而训之。式语手视，比于全人。教与不教也！是以王者之民知，伯者之民勇；弱国之民私，亡国之民无耻。环球之上，自古以来，未有无学而国不亡，有学而国不兴者，故师重焉。师者，所以存亡、强弱而致伯王之具也。

李瑞清曰：古无师有君，若相而已。其时天下未平，教民求饮食、谋栖处而已，无学也。余稽之载籍，多阙不可得而详。至于帝舜，使契②为司徒，敷五品之教，于是始有教民之官。命夔③典乐，教稚子，小学从此兴焉。虞有米廪④，夏有序⑤，殷有瞽宗⑥。司徒者，司土也，职兼教养，故教于米廪、瞽宗，盖乐师云："学制至周而大备。"周立三代之学，小学在公，宫南之左，大学在郊，立之师氏以教德，立之保氏以教道，立之司徒施十有二教焉。五家为比，比有长，五比为闾，闾有胥，四闾为族，族有师。五族为党，党有正，五党为州，州有长。五州为乡，乡有师，有大夫皆师也，属于司徒。小学则掌之乐师，有师职无师学。师学之兴自孔子。孔子门人盖三千，受业身通者七十有七人焉。孔子既没，七十子之徒各处四方授学。子路居卫，子张居陈，澹台子羽居楚，子贡终于齐，子夏教于西河，最称老师。孔子师学无专书，其说往往散见于《论语》。其后学者颇采摭其轶言为《学记》，是为中国教育学焉。

当是时，身毒⑦有释迦牟尼，雅典有苏格拉弟、柏拉图、亚里士多德，皆教育大家。或并孔子世，或后孔子。后世言欧洲学术者，莫不诵言希腊。苏伦言法学，毕达哥拉言天算，诺芬尼言名学，额拉吉来图言天演学。自时厥后，中国当秦时燔⑧诗书、坑术士，以吏为师，民学从此阙。而希腊学术亦稍凌迟衰微矣。

迄汉朝廷，尚黄老，政沿秦法，学立儒家，政学遂分。俗儒不察，往往缘饰诗书，附会时政，以希苟合，所谓利禄之徒也。当时学者董仲舒、贾谊、司马迁、刘向、扬雄、郑康成、许慎最著。司马迁为史学大宗；孔子微言得董仲舒而传；拾残补阙，古学不至坠地者，郑康成功也；许慎盖比于欧洲之达泰云。而耶苏基督以此时兴于犹太，犹太人恶之，遂杀基督，耶教于是大行。欧洲教育家颇因其说，有所损益焉。基督既没四百七十余年而罗马亡。千余年间，而欧洲教育亦寖衰，赖僧徒骑士不沦于亡而已，西人所谓之晦霾时代是也。是时正当中国齐梁之际，缙绅先生好清谈放恣，自喜滑稽乱俗，往往称老子。而佛学遂乘隙入中国，世并称佛老云。

至于唐时，海内既平，太宗喟然叹兴于学，建首善。京师立二馆六学，由内及外，郡县分三等，各视其地以立学，崇化修理，以广贤才焉。然其取士也以诗赋，四方之士，靡然争骛于文章矣。韩愈悼大道之郁滞，而嫉世人营于佛学、信因果，于是辟佛作《原道》，述唐虞三代之意，以自比于孟子，当世莫知也。

其后宋有程灏、程颐、朱熹、陆九渊之属。朱、陆为宋儒大宗，朱学尚穷理，陆学尚明心，其学咸不同，要皆探综佛学，因发明以序孔子之指意。而中国、身毒之学术合矣。东学遂通，然往往为世诟病，学者颇自讳，岂以孟子拒杨墨。韩愈辟佛故耶？孔子问礼于老聃，学乐于苌宏。达巷党人，七岁而为孔子师。孔子不以为耻，夫子焉不学。石垒成山，水衍成海，学集成圣，盖贵通也。

至于元尚武功，务在强兵并敌，无暇教育，学术后衰。及明王守仁创良知之说，颇近陆九渊，陆学复大。明世之言王学者则绌朱，言朱学者则绌王。是时意有麦志埃威里、伯鲁那；德有哥比尼、加士亚、格腊巴；法有门的伊尼；丹有泰哥伯里；英有培根，自此以来，欧西科学蒸蒸日兴焉。至明之季，利马窦以耶教来中国，徐光启颇从之言天算，此西学入中国之始。

清兴，承明之令。朝廷推崇朱学，背朱者至以背道论，著为功令，六艺皆折衷焉。其试士亦遵朱注，其有异解及新说者，有司不得荐，辄罢之。乾、嘉以来，天下承平久，士大夫好治经、言训诂，号为"汉学"，江淮之间最盛，学者多称郑康成，朱学少衰矣。自常州二庄子、刘逢禄习

《公羊春秋》，喜言微言大义，黜东汉古文，自号为"今文家"，盖即西汉博士学也。邵阳魏子，颇采刘逢禄之术以纪文，而世之言今文者由此盛。湖南罗泽南与曾国藩、刘蓉讲朱学于湘中，洪、杨之乱，卒赖以平。蒋益澧、杨昌浚、李续宜皆泽南弟子，其后均为名臣，此非其效耶？故自来言学术者，未有盛于本朝者也。

显皇帝时，海禁大开，与欧西互市，于是西学遂东入中国。其时士大夫颇易之，以为殊方小道不足学。甲午以来，国势日蹙，有志之士，莫不人人奋袂言西学。留学英、日、德、法、美一辈，大者数千百人，少者亦数十人。中国率一岁之中，相望于道，颇苦烦费，于是于京师设大学，各省皆立高等或中学。南皮张相国于江南建两江师范学校。中国师范学校之立，以两江为最早。聘日本教师十一人，综合中西，其学科颇采取日本，称完美焉。日本教育，初师中国，实近隋唐，其后尤喜王守仁。明治变法则一法欧西，王学益重。南虏琉球，西败强俄，遂为环球强国，侔于英、德矣。由此观之，有教育若此，无教育若彼，强弱之原，存亡之机，讵不重耶？顷者欧美日盛，有并吞东亚、囊括全球之势，非以其有教育耶？然欧美教育之兴，实始于培根、笛卡儿。统系之定，自廓美纽司澡垢曙昏，乃由陆克、谦谟、非希最为教育大家，近世学者又多折衷威尔孟。教育之学，数百年中，经名人数十辈积思参究，盖其成立若斯之难也。

两江本江南、江西地，本朝以来，名儒硕彦，飚起云兴。江宁程廷祚，扬州阮元、汪中，金坛段玉裁，高邮王念孙，常州孙星衍、洪亮吉、庄存与、刘逢禄，长洲宋翔凤，徽、歙之间则有汪绂、江永、戴震、凌廷堪、程瑶田、金榜之属；宣城有梅文鼎；方苞，姚鼐起于桐城；江西则有魏禧诸子、王源、刘继庄、谢秋水、朱轼、李绂、裴曰修，或显或晦，皆笃学异能之士也。故中国之言文学者必数东南，今学校肄业士，非诸先生子弟，即乡里后学，愿毋忘其先，溺于旧闻，壹志力学，为中国之培根、笛卡儿耶？廓美纽司耶？陆克、谦谟耶？非希、威尔孟耶？国且赖之矣！余尝东游日本，见其学校，综其学科，表其程度，其教师弟子详记其年名，兹效其意著于编，使参观者有所考览焉。

注释：

① 瘖（yīn）：失语，哑巴。

② 契（xiè）：古人名，中国商朝的祖先。传说是舜的臣，助禹治水有功，被舜任为司徒，掌管教化，后封于商。

③ 夔（kuí）：古人名。相传为尧、舜时乐官。

④ 米禀：官俸的粟米；官俸。《周礼·天官·宫正》："几其出入，均其稍食。"汉郑玄注："稍食，禄禀。"贾公彦疏："其禄，与之米禀，故云禄禀也。"禀又同廪。

⑤ 序：古代地方办的学校。

⑥ 瞽（gǔ）宗：殷代乐人的宗庙和学校。

⑦ 身毒：即"印度"之音译。

⑧ 燔（fán）：焚烧。

书宗子岱藏瞿忠宣公卷子后①

瞿忠宣公当明之季叶，正颜立朝，扶翼忠良，直言敢行，不避权贵。奸臣侧目，卒遭屏弃。及明社已墟，出万死不顾一生之计，于崎岖危难之中，抗节不屈，慷慨殉国，何其烈也！即观此一启，公谋国之忠、立身之正，可以见矣。向者使其不为温体仁②辈所挤，得竟其用，明之存亡未可知也。乃缓则置之，急则用之，计穷力绌，继之以死，事虽不济，亦可见先皇于地下矣。后有端忠愍③一跋，忠愍亦辛亥殉国者，尤令我负罪苟活之人，读之凄惨悲怀，汗流竟踵也。

注释：

① 瞿忠宣公：瞿式耜（1590～1650），字起田，号稼轩、耘野，又号伯略，江苏常熟人。崇祯朝官至户科给事中。晚年参加抗清活动，拥立桂王朱由榔。顺治四年（1647），城破被捕，与张同敞同在桂林风洞山仙鹤岭下就义。

② 温体仁（1573～1639）：字长卿，号园峤，浙江乌程（今湖州）人。万历年间进士。崇祯三年（1630）以礼部尚书兼东阁大学士，入阁辅政。对首辅周延儒阳为曲谨，阴为排挤，迫其引退，自为首辅，排斥异己。后罢官病死。

③ 端忠愍：即端方，见《上端陶斋尚书书》一文注。

书曲江手迹后

余幼性绝钝，稍稍习礼经。年十七八，尚不能执笔为破承题。外舅余蓉初①先生归老于家，主讲朗江，从学者数百人，日列帐谈艺。每询余，则芒昧不知所对。外舅因手抄国朝诸子文授余，曰："此以经术古文为文者。"余读之不解，辄欲卧，然于此始闻曲江诸子之名矣。

后随宦桂林，时山阳秦文伯先生官桂林知府。家大人使余与舍弟阿筠从先生问文法。先生极嗟赏阿筠文，以为有中子风，并谆谆道曲江诸子一时之盛。于余文不合义法者则大批抹，抹长一尺。余年少，负气曰："秦大伯大赏余文，乃为余画格也。"家大人闻之怒曰："长者教不谨奉，而敢为戏言，失子弟礼。"痛挞之。今且三十余年矣，顷因存默中丞出此属题，上有文伯先生手迹，追念昔游，恍如昨日。余已黄冠为道士，阿筠亦飘泊海上，不独曲江之胜不可得而见，而先辈于故人子弟殷殷教导，不稍宽假如家人，此其风谊又岂可得哉？书至此，令我泪下数行矣。

注释：

① 余蓉初：湖南常德武陵人，曾任德山书院山长。为作者之师，亦为其舅。

书郑大鹤山人尺牍册子后①

王半唐②侍御没，后世称海内大词家二人，朱古微③侍郎、郑大鹤山人而已。

山人本贵公子，游吴城④，喜其山水清旷，遂留寓焉。辛亥国变，康长素⑤先生招之来，鬻医于沪上。余是时亦鬻书画沪上，缣素⑥充几，称大贾矣，遂劝山人兼鬻书画以自给。余则著短袖衣，朝夕操觚，腕脱砚穿，其自待比于苦工。山人则非，时和气润，神怡务闲，未尝辄书，书又不即予，或经年不报。有持重币乞画者，山人久乃忘之，有时作画，会困乏，又往往为市贾以薄酬购去。故时人相语曰："郑先生画不卖，穷乃卖也。"山人之困实以此。

山人于学无所不通，考据、词章、训诂以及音律、金石、形家、占验诸书靡不备究。余初见山人于吴城孝义里，有梅坞山人构庐其中，阶砌竹篱，皆莳花木。会已莫，一瓦灯荧荧，萼枝入牖，四壁虫声唧唧，如入古冢云。及居沪上旅舍，余每过山人，未尝不移日也。山人过余恒以夜，往往更漏且尽，始言归。山人居京师时，与湖北张次山侍御号目能视鬼。余戏山人曰："余居有鬼否？"山人笑曰："君居陋巷中，故安所得鬼乎？鬼附势慕利，实甚于人，喜依阿富贾大官，争为之奉足舐痔，伺其喜怒而左右之，故富人博常胜也。即其一旦失势丧赀，则群起揶揄之，相引去。若暴富家及新得官者，则群鬼集矣。其言鬼敬忠孝、惮节义者，妄也！苟遇其人，辄纷纷鸟兽散，以为不祥人也。扬子云云：'高明之家，鬼瞰其室'。'高明'，言富贵也；'瞰'，盖言其慕仰云。"

山人虽鬻医沪上，然花时辄归，或数月不来，沪上租屋仍内⑦租金，其不善治生如此，以此愈益困。山人生时，康长素先生时时调护之，小空乏则养矫之力为多。养矫为人任侠，趋人之急，如赴私亲，观山人所往来尺牍可知矣。天下以此莫不多养矫，贫而能好贤也。

注释：

① 郑大鹤山人：郑文焯（1856~1918），字俊臣，号小坡，又号叔问，晚号大鹤山人，别署冷红词客，奉天铁岭人。光绪举人，曾任内阁中书。后屡试不第，遂旅居苏州，为巡抚幕僚四十余年。工诗词，通音律，擅书画，懂医道，长于金石古器之鉴，而以词人著称于世，与王鹏运、朱孝臧、况周颐并称"清季四大词人"。著作编为《大鹤山房全集》。

② 王半唐：王鹏运（1849~1904），自号"半塘老人"，桂林临桂县人。伤国忧时，发而为词，清代词坛大师。著有《半塘定稿》3卷，《剩稿》1卷。

③ 朱古微：朱祖谋（1857~1931），原名朱孝臧，字藿生，一字古微，号沤尹，又号彊村，浙江吴兴人。光绪九年（1883）进士，官至礼部右侍郎，因病假归作上海寓公。工倚声，为晚清四大词家之一。著有《彊村词》。

④ 吴城：苏州，春秋时曾为吴国都城。

⑤　康长素：即康有为，号长素。

⑥　缣（jiān）素：双丝的细绢。

⑦　内：通"纳"，缴纳之意。

跋谢叠山墨迹①

呜呼！死生之际，盖难言矣，谢叠山先生当有宋之季，非有一旅之众，百折不回，志存匡复。及其却聘，绝粒以全其节，亦可哀矣。彼诚无所利也，至若居高位、拥重兵，遨游二帝之间，曰观时变，语云"豪杰识时务"，殆谓此耶？

注释：

①　谢叠山（1226～1289）：谢枋得，字君直，号叠山，南宋弋阳人。历官抚州司户参军、江东提刑等。力拒元兵围攻，后流亡至福建，变姓名，以卖卜教书为生。宋亡后不仕，被强制送往大都（今北京市），后绝食而死。著有《叠山集》。

跋史阁部书苏诗屏风①

呜呼！明社之亡，忠臣烈士项背相望，下至屠沽乞丐，亦莫不奋袂悲愤，断胫陷胸曾不反顾，何其烈也。彼诚以人之所重，君臣大分也，丧节大耻也。冒耻而生，诚不如守节而死，孔子所谓"杀身成仁"者非耶？史忠正当北都既陷，庄烈皇帝②殉国，辅其贪淫之主，冒白刃出万死之计，犹欲报主仇以复其国。而全躯保妻子之臣方自逐利，如鸟兽之集，争功相嫉，结党而困厄之，卒至忠正死而国亦随亡，岂不哀哉！语云："人成于仁而败于利"。自古记之矣。余每睹忠正书，未尝不流涕而悲其遇，故亟论次之，使后之为人臣子者有所观览焉。

注释：

① 史阁部：史可法（1601～1645），字宪之，祥符人（今河南开封）。明南京兵部尚书、东阁大学士，因坚守扬州抗清被俘，不屈而死。清高宗追谥"忠正"。

② 庄烈皇帝：即崇祯帝。

黄维翰

黄维翰（1867～1930），字申甫，崇仁县人。光绪二十年（1894）中举人，次年登进士第。历官兵部主事、东三省总督参议、署黑龙江呼兰知府。调绥化知府。宣统二年（1910年）改龙江（治今齐齐哈尔）知府兼省会警务公所总办。因查禁烟赌，受谗去职归里。民国初任国史馆、编译馆纂修，后隐居故里。著有《稼溪文存》《稼溪诗存》等。以下诸文选自1927崇仁黄氏刊本。

条陈军政以济时艰折

兵部主事臣黄维翰跪奏，为条陈军政以济时艰，恭折仰祈圣鉴事。

窃维国无大小，战胜者存；国无瘠肥，兵强者富。此今时地球诸国强弱之大较，而与古昔异势而殊情也。今俄、日虎视于东北，英、法狼顾于西南，道远如美国，小如意，交深如德，亦莫不乘隙以缴利。增税为主国之权，而彼族梗阻之；开矿为内地之政，而彼族要夺之。甚至通商口岸，各国可以互市，而内地人已转不许设火柴公司。如去年法人梧州之事，揆之人情则不顺，证诸公法亦不合，而竟悍然相加者，殆窥我之度支绌，武备弛，不敢与之抗故也。

夫国何以贫？贫于弱。国何以富？富于强。间者诏改武科、设学堂，已握寓富于强之本。然窃谓训兵士而遗官弁，未足以储将才也；外有题参，而部无举劾，非所以励有功也。人不一其器，器不出于国，则有兵与无兵同，有器与无器同，而胜负之数，未可知也。伏惟皇帝陛下，明目达聪，迩言必察，以整军经武为先务，廑从善纳谏之虚杯，用敢举军政所宜整齐者数端，敬为圣明觇缕陈之。

一、训武职。自古有必胜之将，无必胜之兵，故欲练兵，必先选将。今武职大而提督、总兵，小至千总、把总，皆所恃为折冲御侮之士也。使不知地形险塞之所在，奚足以置之前行？使不明兵法奇正之相生，果何以摧乎强敌？应请旨饬下凡百武臣，举凡水陆扼要之境，中外纪战之书，以及测绘制造，皆宜习练讲求。其有能山川形势，了如指掌，营阵变化，别具精心者，准督抚特疏保荐。其贪滑顽钝、疏懒不堪教训之员，悉入于计典。进行以此为激扬，庶将吏因之生愧奋，较之武备学堂所成就者，当更大也。

一、专举劾。兵部者，国家军政之所寄也。提督、总兵请旨简放；副将、参游以下，归督抚题授。乃某地险要，某员才相宜，某员不才不相宜，某职重大，某员贤宜此，某员尤贤不仅宜此，部中不及知也。以为苟合例足矣。八旗、绿营人员，或论俸推升，或卓异保荐，或降革开复，兵部考验，带领引见。其骑射中程者，注曰"中平"。其未中程者，或竟不能者，注曰"平常"。其枪炮中程者，注曰"枪有准，炮合式"。其未中程者，或竟不能者，注曰"枪炮俱合式"。部中未有准炮也，以为此循例而已。夫以军政所寄之地，乃有其名而无其实，西国兵部异是，国家设兵部之初意，亦不如是也。似宜令总核群材，贤者举之，不肖者劾之，庶事权专一，朝廷收干城之材，而戎幕无滥竽之士矣。

一、壹军械。古以弧矢威天下，自火器兴，而弧矢失其利。西国制造日精，而所用则皆一律。英用"马梯尼"枪，"来福"大炮；德用"毛瑟"枪，"克鹿卜"钢炮；美用"林明敦"枪，官厂旧式炮；法用"格拉"枪，"罗乃尔阿布次"纯钢炮；俄枪购之美，炮购之德，与中国来自外洋同。《校邠庐抗议》有曰，能造能修能用，则我之利器也。不能造不能修不能用，则仍人之利器也。窃查各省机器厂局，汉阳能造快枪，四川能制"马梯尼"枪，大炮亦拟次第仿造。似宜谕令各省将军督抚，核议各营军械，就中国局厂能制造者，择其一而精用之。器同则手法同，无生疏错乱之患；器同则药弹同，无混淆枘凿之虞。庶几练万众如练一人，而快枪利炮，皆得尽攻坚破敌之用矣。

抑臣更有请者，军政之修明，视朝廷之赏罚。《书》曰："用命赏于祖，不用命戮于社。"此古今之通义，而中外无异同也。甲午辽东之役，卫汝贵等不战而溃，辱国丧师，夷祸从此日亟。卫汝贵虽正典刑，而叶志超、黄仕林等，犹稽显戮，未足寒误国奸臣之胆，而作薄海臣民之气也。方今外患迭起，应付甚难，诚令将士皆知兵，专阃①皆得人，利器皆获用，朝廷复以不次之擢，不测之威，鼓舞而鞭策之，庶远夷闻之心折气沮，梗阻不敢逞，要夺不敢肆，专利之见不敢存，则疆圉日固，而国亦富矣。

臣为整顿武备起见，管窥所及，不敢缄默，缮折具陈，伏乞皇上圣鉴，训示。谨奏。

注释：

① 专阃（kǔn）：专主阃外的事权，后称将帅在外统兵。阃，门槛，引申为统兵在外的将帅。

《华持庵诗》序①

乙丑（1925）

持庵治学善析理，其论经世之务亦不域于门户。苟为异同，何其通也。既丁国变，益键户治其学，与古之逃人绝世者相类，其隘也复如是。然持庵初不自知其通与隘也，无人与我二者之见存，惟求理之惬于心者，舆焉、宅焉、终其身焉而已，进不为仕荣、退不为名高，求之并世，未易一二觏也。持庵之诗，假途于韩、孟、黄、陈四家者也，真而不腐，清而不枯。其高也，翔于千仞而不见飞行之迹；其深也，入于九渊而初无沉晦难显之情。虽未能于韩、孟、黄、陈外自辟一境，要可谓奄有数子之长，卓然自树立者矣。吾乡诗人近推陈散原，持庵稍晚出，步趋乎矩矱之中，而神明乎法律之外，吾意前贤当畏后生也。

注释：

① 华持庵：华焯（1871～1923）字澜石，号持庵，崇仁县人。清末官翰林院编

修。尝出使日本。辛亥革命后，归故里。后应胡思敬邀，参与编刻《豫章丛书》。为近代同光体赣派重要诗人，与陈三立、魏元旷等人交游甚厚，著有《持庵诗》。

《路瓠庵苏黄诗句集联》序①

甲子（1924 年）

集句昉于宋，逮清大盛，有终其身拥百衲衣自襮者矣。简之为集联，用弥广，道亦愈降。语其奇，若神工鬼斧；语其自然，若天造地设，要无当于文章之事也。甚矣吾衰，稍构思则脑为之病不自宁，枯坐或嬉以游，又念此日之可惜，于是择乎不用吾心而稍可以寄其心者从事焉。尝集杜陵七言为耦句，积百数十联以示毕节瓠庵路子，则已先我为之。他日瓠庵出所集苏、黄二家句相示，卷厚逾寸。之二家者，余亦尝从事焉，然未若瓠庵之精且夥也。瓠庵未冠即能诗，比年益加进，盖欲穷古人之辙迹，辟一境焉。以自处其用意视余深，故其所得亦倍蓰之。瓠庵之传者，自有诗在，此亦其寄焉者也。

注释：

① 瓠庵：路朝銮（1880～1954），号瓠庵，别名金波，贵州省毕节人。清末举人，著名国画家、书法家、诗人。1913 年曾任北京教育部秘书。1937 年"八一三"事变后，在四川大学任教，并任四川通志馆副总纂，后又任东北大学教授。

《文华殿书画目录》序

乙丑（1925 年）

通万物之情，莫善于书；万物之状，莫善于画，故君子尚焉。自米氏①著录其所闻见，名曰《海岳书画史》，踵其武者数十百家。夫缙绅韦布之士，专一丘一壑之胜，沾沾焉自喜，非不知庐霍②之外尚有五岳；江汉之外尚有四海，力不能致也。一旦驱山倒海，毕置于吾人之前，得以晨夕目览心游焉，讵非天下之至乐耶！文华殿所储书画都数千种，自唐迄清中叶，名贤墨迹，灿然大备，谓为山之五岳、水之四海，非歟？故夫书画目录之作，犹之五岳四海之图志，而游览者先导之资也。是编也，属草有年，今部长合肥龚公始促成之，夫中外古先哲之礼制、典章、教化、法度，足与今制相维系、相绳墨者众矣！斟酌损益，非异人任，书画目录，特其微焉者耳。然微者尚不忍遗，则其大者远者，日往来于公心目中，盖可知矣。

注释：

① 米氏：米芾（1051～1107），字元章，时人号襄阳漫士、海岳外史，自号鹿门居士。北宋著名书法家、书画理论家、鉴定家、收藏家。

② 庐霍：庐山，在江西北部；霍山，在安徽境内。

《直省军政长官表》序

己未（1919 年）

有清兵制，京旗而外，诸省置将军、总督分治。满汉军政，兵有定额，都统提镇以下有定员。咸、同军兴，益之以召募，然事定即遣归，列校有功，记名军机处，候简用。维时内外相制，大小相维，朝廷下一纸之令，生杀予夺，无敢有恣睢抗命者。时迁事殊，谓旧制不足以御变，各省增拓军备，改用新法，内轻外重，首尾横决。不数年间，武昌起事，黎元洪自称都督，各省因之，清祚遂移。民国三年，改将军督理军务。五年，定名督军，力厚而势甚者则以巡阅使宠之。重以国内多故，强者拥众数十万，弱者数万，亲暱少年把持兵柄，政府不敢谁何。欧阳修言："兵者，将之事也。使得以用之，而不得有之。"各省有兵而国家无兵，大乱之来，正未有已时也。缔造之初，虑始不密，谋国者宜有以善其后，毋令重蹈唐代藩镇之覆辙也。清总督多文臣，民国则文武并用，而起家军旅为多云。

《黑水先民传》序上①

壬戌（1922年）

《山海经》："幽都之山，黑水出焉。"山处北徼②，其主名代有变迁。以水之自出考之，当为今肯武山。其水有二源，东北流千里而合，东过额沵古涅，又东至于察哈盐，南过精奇尼，又南会粟末之水，东至于完达，东迤北入于北海。唐暨五代仍旧称，《辽史》兼称黑龙江，清初为萨哈连乌拉，后置黑龙江省，萨哈连译言黑乌拉，言江非二名也。

滨水之国，肃慎③最先，后或称挹娄，或称勿吉。隋唐之际称靺鞨，辽以降称女真。方语重译，故文异而音略同。上古圣人，作弧矢以威天下。肃慎去中国绝远，乃传其制。经言黄帝、颛顼子孙有降居大荒以北者，肃慎岂其苗裔耶？自唐虞三代时，肃慎氏以楛④矢石砮⑤来宾，其后源源至中国不绝。隋开皇初，与宴劳礼使者，与其徒皆起舞，曲折多战斗之容。文帝顾谓侍臣曰："天地间乃有此物，尝作用兵意。"《唐书》称其俗劲悍、善骑射。《辽史》亦言："女真兵满万，不可敌。"有清之世，四征不庭，胥师武臣力，而索伦一旅尤以劲悍名天下，盖其习俗使然，非一朝一夕之故也。

中国之水，南部莫大于江，中部莫大于河，北部莫大于黑水。长江流域，山水瑰丽，其民秀而文，其习俗靡丽夸大，得天地之春气焉。黄河流域，土厚水深，其民朴而质，其习俗伉爽尚礼义，得天地之夏气焉。黑水流域，其山蜿蜒数千里，高或际天，丛林老树，若龙虎相搏击。熊罴、豺虎、鹰鹯⑥之属，骈蹄累迹，白昼出，攫人为粮；其水黝黑湍急，蛟龙鱼鳖所窟宅。老蚌寿逾千岁，孕明珠；其族环而居若城郭，善水者不敢犯，犯之辄创；其野丰水草，多马牛，马牛以谷量；其人民种族繁，约之为打牲、游牧、力田三种，咸猛鸷轻矫，精骑射。地苦寒季，秋即大雪，皑皑数千里，冰厚逾丈，万物咸蛰。而人民日益发舒，伍伍什什，臂鹰、腰枪矢，大合围山谷间。或选车徒、齐马力，载麦与豆输他境，穷日夕行，腾趋冰雪中，习以为常，盖得天地秋冬之气焉。

夫物之生也，蠢于春，大于夏，而成功于秋冬。自辽而金而元暨于有清，咸崛起黑水之滨，龙骧虎步，南向以制中国，虽曰人事，岂非天运使然哉！今者天下一家，无此疆彼界之别，诸夏人物稍凋耗矣。而大荒以北，阴霾退而天开，树艺繁而地辟，投戈讲艺，负耒谭经，而民智日加进。黑水泱泱，淳厖溢庆，当更有魁奇庞鸿、沐日浴月之士，挺生崛起于其间，以励相我国家也。

注释：

① 黑水：即今黑龙江。此文作于民国十一年（1922）。

② 徼（jiào）：边界。

③ 肃慎：古族名。北魏时称勿吉，隋唐时称靺鞨，五代时称女真。分布在松花江、牡丹江流域及黑龙江中下游，东至日本海。

④ 楛（hù）：古书上指荆一类的植物，茎可制箭杆。

⑤ 砮（nǔ）：可以做箭镞的石头。

⑥ 鹯（zhān）：猛禽名。亦称"晨风"。似鹞，青黄色，食鸠、鸽、燕、雀等。

《黑水先民传》序下

壬戌（1922 年）

昔者孔子作《春秋》，而左氏、公羊氏、谷梁氏各为之传。自时厥后，传之体滋繁。隋书《经籍志》以杂传为史，属著录者，都二百十有七部。大率分二类：刘向《列女传》、嵇康《圣贤高士传》类，以事为断者也；赵岐《三辅决录》、苏林《陈留耆旧传》类，以地为断者也。

《黑水先民传》之作，本以地为断之义，而视他郡国书，独别有二例焉：一，不以弃地者弃人。魏、隋以前，黑水为朝聘国，至唐渐设州府，金、元、有清，则龙兴地也。清初尼布楚之约，以外兴安岭为国界。岭北之水，北流入北海者，属之俄国；岭南之水，南流入黑龙江者，属之中国。今则西迤北、迤东折而东南，黑水左岸地胥沦异域。西境偏南，旧为蒙古喀尔喀部分地，亦稍稍被蚕食矣。夫黑水上游，若元初之木华黎四俊，下游若金之夹谷清臣，清初之巴尔达齐、倍勒尔之数人者，功著于当时，赏延于后世。易世之后，乃以疆埸一彼一此之故，既不获保其邱墓、庇其子姓矣，而并没其名氏，使不得著于本籍，不亦颠乎！

郡县变易，人随地迁，均之中国也。兹则屏诸四夷蒙，窃以为未安也。一不以籍其人而讳其所自出。关以内为汉族，漠南北为蒙族，夫人而知之，若黑水则种族繁矣。隋唐之际，靺鞨七部，黑水、白山同出肃慎，而南北异栅。辽之先八部，其后析为二十部。达呼尔索伦同承遥辇，而亲疏异属。蒙古遗裔分处漠南北，而巴尔虎初为姻娅额鲁特，乃其厮养，其部同矣，而强弱异势、贵贱异等。有清龙兴，编旗设佐统，名之曰"满洲"，然各保其先世之语言风俗，迄于今不变，且不相通，非仅殊绝于汉，即与陈满洲、女真旧族同者十一，不同者十九。数典忘祖，左氏所讥。《汉表》列二十三降王，《唐书》传五蕃将，直书不讳，使来者得以考镜也。虽然，传之为体也，贵洁而乃失之芜；传之为例也，贵严而乃失之泛，其戾于史裁也多矣。顾旧史以地别而转译屡误，清代官书以旗分而驻防不详。乾隆《一统志》、李元度①氏《国朝先正事略》，黑水无一人焉。以超勇公《海兰察之殊勋四图像》，紫光阁犹或遗之，文献不足故也。予之为是书也，于旧史先释其地，得其主名矣，乃求其人以实之。于当世先举其人，知为土著矣，乃求其事以实之。或本一人而二三其名，或同一名而二三其人，考异稽同，有疑则阙，稗说旗帐皆文也，驵卒间胥皆献也，积十余年而书始成，将以备史家之先驱，故不嫌其芜且泛也。

予家江右，北距黑水六七千里，京曹积资可外简，然黑水无先例，在事与势，无缘履其地。光绪季年，乃以督部天津徐公②之奏，守边郡四年；国变后又以巡按绍兴朱公之聘，厕志局数月，使予之勤勤于此，忘其衰朽鄙陋，悴心与力而不辞，殆有数存乎其间耶！丘明与孔子同时，公羊、谷梁皆私淑孔子者也，所传多异同。予冥行索途，一无凭藉，其乖违可知。世有发墨守针，膏肓起废，疾其人乎？固昕夕以求之者矣。

注释：

①　李元度：湖南平江县人。字次青，又字笏庭，自号天岳山樵。道光二十三年（1843）以举人官黔阳县教谕，仕至贵州布政使。著有《国朝先正事略》《天岳山馆文钞》等。

② 天津徐公：徐世昌，字卜五，号菊人，又号弢斋，直隶（今河北）天津人。清末曾任军机大臣。民国七年（1918），被国会选为民国大总统。辞职后隐居天津。著有《清儒学案》《退耕堂集》《水竹村人集》等。

魏潜园七十寿序①

乙丑（1925）

治世之学醇，乱世之学驳。世之治乱异，故学异；与学之纯驳异，故世异，与二者盖互为终始者也。惟君子不徇世以贬其学，且汲汲思以所学易乎世。退而求之吾党，恳恳乎其诚，挈挈乎其忧，冥心胶迹而不与物波流有人矣！懔亡国改物之忧，发为痛哭流涕长太息之言，既不获从龙比游，则吞炭茹荼以终其身，此退庐胡子②之行也；"韩亡子房愤，秦帝鲁连耻"，虽晓然知其不可为力，而犹庶几于万一，此潜楼刘子③之行也；其进也，不为仕荣；其退也，不为名高。人皆骛所徇，我乃立于独，此持庵华子④之行也。佽佽乎其身，皇皇乎其心，不拘挛于寻常绳墨之论，而卒蹈乎大方，此剑秋吴子之行也。谓以中国之道，治今日之中国，不假外求而自裕，日发挥而张皇之，修之其身，传之其徒，匆匆[1]乎不知老之将至，此潜园魏子之行也。

之数子者，予咸与之友，尝上下其议论，而潜园年最长，咸兄事之。潜园为学务精实，每树一义，创一解，不喜人动摇，人亦莫能动摇之。退庐、潜楼十九与之合，持庵盖六七焉，予与剑秋同者半，异者半，各信其所学然也。潜园尝与予书中国之与四裔，立国各有道，论者乃皇皇四裔是求。今六合之内，无一非祸国，其乱方长，后世当有以予言为蓍蔡⑤者，久之所言皆效。彼弃道德，掊仁义，恃区区之法以立国，其大乱也固宜。我乃褰裳濡首以从之，觥觥虺虺⑥，无一分之获，而万有馀丧，不亦悲乎！国既不幸，退庐、持庵相继以忧悴卒，潜楼独自奋有兴周复汉之志，而才与智两绌，故事几成而败。予与剑秋则浮湛人海，泛乎若不系之舟，无当代之名，亦无异时之悔，然视潜园奥窔之间，簟席之上，敛然圣王之文章具焉，未可同年语矣。

昔者龙门王通以策干世，主不用，退老河汾间，续诗书、正礼乐、修元经、赞易道，开有唐太平之基。潜园既隐，设教章、贡二水滨，述古以见志，有《易独断》《春秋通议》《离骚逆志》《史记达旨》诸作。门弟子有无房、魏、李、杜其人，我不敢知，然不足为潜园加损，"正其谊不谋其利，明其道不计其功"，吾学固如是也。潜园今年七十矣，谨疏此相质，未审视潜楼之说，奚若剑秋，则糠秕文字者也。不言之言，或过于予言，然予之寿潜园者，固不止此，世之未易与易也审矣。欲行所学，必先尊其生。古之至人，先天地生而不为久，长于上古而不为老，是有道焉。吾愿潜园无足乎已而更进于是也。

校记：

〔1〕勿勿：当为忽忽。

注释：

① 魏潜园：魏元旷，号潜园。

② 退庐胡子：胡思敬，号退庐。

③ 潜楼刘子：刘廷琛，字幼云，晚号潜楼老人，德化（今九江县）人。著有《潜楼文集》等。

④ 持庵华子：华焯，号持庵。

⑤ 蓍（shī）蔡：占卜用的大龟。

⑥ 臲臲卼卼（niè niè wù wù）：惶惶不安。

《灵谷云海图》跋①

甲子（1924）

江之南多名山，其在临川者，灵谷最著。山去城四十里而近，上有瀑布、云亭、石门诸迹，下有谢康乐墨池。少读王荆公、曾裘父诗文，惓其胜有年矣。壬寅春三月，魏比部潜园同年访予于临川，相携宿灵谷绝顶。终夜雨霭霡不辍，震雷虩虩②，山摇谷动，意谓虚此行也。

比晓，朝暾破窗入，若肃客然。亟出观，山腰以往，迷漫皓汗，缭以白云，茫茫如海，远抵数百十里外。阻于山不得越，却而复前，波涛腾起，高数十丈相撞击。日轮映海中，巨如车盖，晔晔作黄金色。山故多木，下逮田畴村落，俱坠巨浸中，不可辨山之胜，今不异昔，是则山之灵乞于造化以饷我两人，前之游者未之遇也。阅二十有三年，为述于毕节路君瓠庵，乞作图。瓠庵足迹虽未至，乃能神游焉。图成，顾不自慊，谓他日容更为之。若然，则当致之潜园，俾我两人日日在灵谷云海间也。

注释：

①灵谷：在江西临川县东南，其阳属金溪，其阴属临川，为县界大山。据《临川记》载："悬岩半岫，有瀑飞流，分于本末，映日望之如曳练。"山东二里许有灵运池。谢灵运为临川内史时，日游于此。

②虩虩（xì xì）：形容恐惧的样子。

江宁布政使李公瑞清传

公讳瑞清，字仲麟，一字梅庵，江西临川人。

明崇祯朝有名"国祯"者，以举人知湖南耒阳县，扞群盗有劳，祀湖南名宦，公之九世祖也。祖庚，广西兴安尉，洪秀全起广西，两犯兴安，令逸有守城复城功。父必昌，起家军功，越南之役以知府从，败，法入谅山。官至云南临安、开广、关道。尝任长沙府同知，遂寄籍长沙。公其仲子也。状貌魁硕，广颡①丰颐，大腰腹，神志内湛而乐易近人。儿时，关道君偶说文信国②、史忠正③易代时事，公蹙然问曰："何时又易代耶？"关道君谓："胡出此不祥语？"则对曰："儿亦欲为文、史二公耳！"

光绪辛卯，举湖南乡试，副榜第一，人以不合例注销。癸巳归，举本省乡试，联捷成进士。明年殿试，授庶吉士，寻丁内外艰。服阕，改官道员，分江苏总办两江师范学堂及宁属高等学堂，三署江宁提学使，得士志。辛亥八月，武昌革军起，江宁新军亦变，相持月余日，官绅洶惧多他徙。日教习请公避领事馆，不可，召诸生量道途远近资遣之。诸生以公不肯行，则相向哭，愿同殉。

　　十月辛亥，总督张人骏、提督张勋会议北极阁，闻钟声，询之，则公方率诸生上课也。是日，布政使樊增祥亦遁，人骏即电奏以公署布政使，并遣人促公，至则执公手曰："事迫矣！谨以此累公，毋固辞！"勋亦曰："好，肝胆男子！吾逮见尊公躬冒炮石，与法人搏战谅山也。绍先烈，报国家，此其时矣。"寻奉命真除。公既拜命，立购米万石，又运下关屯盐入城，与总督为死守计。时军事倚提督主办，提督军少，外援绝，美领事居间讲解，勋与人骏均渡江北走，惟公独留。革军将林述庆至，问库藏几何，速相授。公曰："江南库藏，当还之江南百姓。"述庆不敢逼。都督程德全以公民望，且旧交，使人迎之。谓："君何厚于安帅而薄我？"公曰："安帅守臣节，我安可去？公今日事我，又安能从耶？"德全拂衣入，左右咸怒，刃慑，公目几裂。或掖公下，耳语曰："公言太激，不如辞以疾。"徐绍桢复入，解于德全，乃已。安帅，谓张人骏也。人骏，字安圃，故云。然德全寻奉书币强留备顾问，公返币，报以书曰："瑞清顽阘，少窃科第，湛身学校，无意荣进。宁垣戒严，百官奔避，总督张公谬令承乏藩司，危城孤立，援师阻绝，覆巢之下，知无完卵，顾念事君之义，有死无二食焉。避难，古人所耻，是以城陷之日，引领端坐，待膏斧钺，不意未加显戮，重烦礼命。瑞清亡国贱俘，难与图存，翊赞新猷，更非所任，倘荷宽假，得以黄冠栖身江海，诚瞑目至愿。必相迫胁，义难苟活，虽沸鼎在前、曲戟加颈，所不辞也。"德全知不可夺，乃听其去。

　　去之日，召江宁咨议局士举簿书管钥，畀之，子身走沪上。自是为道士装，匿姓名，自署曰"清道人"，鬻书画自给。丁丑五月复辟，授学部右侍郎。或曰："张勋无远谋，事必中变，不宜往。"公曰："吾与张公谋者宿矣，忍以成败计耶？"卒以海陆道阻不得达京师，而勋亦竟败。

　　公文学庄周、司马迁，诗宗汉魏，下涉陶谢。书备各体，尤好作篆，胎息于三代彝器，尝谓："作篆必目无二李、神游三代乃佳。"画初学梅道人、黄鹤山樵，晚师龚半千、八大山人、大涤子。尝以钟鼎笔法写佛像，或花卉松石，多奇趣。异邦人高其节，亦争购之。庚申八月卒，年五十有四。宝应冯煦、宜黄吴铸具状呈清内务府转奏，予谥文洁。公初旅沪，无一日粮，门人醵金供给之。及卒，葬于江宁牛首山，亦门人志也。衡阳曾熙为建玉梅华庵墓侧以祀公。无子，以兄弟子承侃承传嗣。

　　论曰：公恂恂儒者，自谓难职繁剧。为庶常时，惴惴以部曹知县散馆是惧。后官江宁，管学务六年，诸生独守礼法，不为异说，迁见者皆知为李氏弟子。乱既作，城旦夕陷，受方伯重寄，无震色，无废事，俱若才馀于事者。革命之际，士大夫首鼠两端以图自全，卒乃以不仕为名高者，固无论矣。其或劫于势，为大义所迫，邂逅歼其身，与夫既富且贵，惟恐藏身之不固，而托于东海之东、南山之南者，君子亦或谅之。若公之始终一节，履虎尾不惧，蛰居槁饿不恤，坦然自行其志，谓与文山道邻比烈可也。

注释：

　　① 颡（sǎng）：额头。

　　② 文信国：文天祥（1236～1283），字宋瑞，一字履善，号文山。吉州庐陵人。抗元名臣，民族英雄。宝祐四年（1256）状元及第，官至右丞相，封信国公。于五坡岭兵败被俘，宁死不降。

　　③ 史忠正：史可法（1602～1645），字宪之，号道邻，河南祥符（今开封市）人，南明大臣，抗清名将，顺治二年（1645）清兵围困扬州，他拒降固守，城破被俘，不屈牺牲。副将史德威寻遍遗骸不得，遂葬其衣冠于梅花岭下。清高宗追谥为"忠正"。

胡思敬

胡思敬（1870～1922），字漱唐，号退庐，宜丰县人。光绪二十年（1894）中进士，选授翰林院庶吉士。历任辽沈、广东道监察御史。屡上书论财政盐法及用人之道，严词纠弹权奸贪吏。抨击朝廷议行的"新政"与"立宪"，以为其弊端必将导致满清皇朝的灭亡。后因清室日危，辞职归隐南昌，于东湖畔筑问影楼，藏书极富，著有《退庐文集》等。以下诸文选自台湾文海出版社刊本。

劾两江总督端方折^①

（宣统元年五月初八日上）

奏为督臣罔利行私、奸贪不法，谨据实纠参，请旨查办，恭折仰祈圣鉴事。

窃维今日天下之大患，不在法制之不善，而在内外无一可恃之人。忧国者或曰"兵弱"，或曰"财匮"，是固然矣。然即取欧美已富之国、汉唐已强之兵，付之此辈二三猥琐浊乱之臣，能保其不败乎？齐威公烹一阿大，夫赏一即墨大夫，不易政刑而境内大治，然则欲治中国不难，亦唯皇上申独断之明，于赏罚二端加意而已。以臣所闻，两江总督端方本一狷邪小人，戊戌以霸昌道留办农工商局，意扬扬自得也。旋见时事不佳，即请撤局销差，极言新政无益，数日之间，先后如出两人，反复阴狡，是其惯技。及出履外任，恣意奢侈。初至两江，人皆称为"债帅"。未及一年，宿负既清，挥霍益甚，所蓄古董、碑帖、珠宝、字画，价值数十万金。贪鄙嗜利，亡耻之徒相率归之，彼辄收为腹心之用。江南人众，恨入骨髓，惟其操术甚工，善趋风气，巧饰词说，貌为有才，又交欢朝贵，贿通报馆，招致游士，所以取宠固位者极密且周。自以为高枕无忧，益肆然无所忌惮。臣今得其侵吞赈款之罪一，公行贿赂之罪二，纵匪殃民之罪三，抗旨之罪一，滥用匪人之罪五，欺蒙之罪二，枉法之罪一，冒案滥保之罪一，挟娼淫宴之罪一，凡十罪二十二款。以臣一人闻见所及，已如此之多，若尽发其覆，当更十倍不止。此在乾隆、嘉庆以前，坐其一节，便合尸诸市朝。自光绪以来政尚宽大，上下师师习为软熟圆美，言路弹章必阴伺朝庭已厌之人而后敢发，疆臣覆奏，必秘揣政府私受之意而后敢陈。狐死兔悲，官官相护，无论如何，狼籍败露，弃此一官，了无馀惧，水懦易玩，伤人实多。此次端方情节较重，拟请特派查办大臣，并调取各部案卷以备质对。论今日疆寄之重，莫要于南洋；论近时大吏之污，莫甚于端方。以至污之人，应极重之任。长江会匪充斥，异日恐贻国家南顾之忧。臣为思患预防起见，谨列款开单具陈，伏乞皇上圣鉴。计开：

一，淮北赈务开支至六百馀万，该督报销不以各州县申报为凭，私在省城署淮扬道杨文鼎寓内捏款虚造，侵吞至二三百万之多。杨文鼎身署淮扬道，常住江宁省城，每夤夜至督署密商，踪迹诡秘。其初至江宁，其形窘乏，自赈款报销分肥后，骤然致富，于江宁城北起造大宅，费至数万。该督又委其女婿关炯署理通州以酬其劳。以上侵吞赈款之罪。

一，试用知府陆树声年少轻浮，馈该督府字画约值六七千金，得宝应厘差，后因侵蚀厘捐写票不符，经总巡三次禀揭，该督不予参究，反调厘捐总局提调，又委扬州堤工局总办。

一，知府许星璧馈该督古玩碑帖等物八大箱，赃值数万，遂派充财政局提调，独揽大权。藩司虽名总办，反事事仰其鼻息。又委许星璧署江宁府事兼办督署文案，言听计从，炙手可热。江南官场号为二端，虽丁忧不令回籍，仍充要差。

一，道员范德培交卸鄂岸督销，该督饬令报效三万金，不允，遽捏故将范德培押送江宁府看管，旋奏参革职。

一，道员夏时济交卸江西督销，勒缴洋蚨万元，名曰“助赈”，实肥私橐。

一，光绪三十三年三十四年五月，该督伯母生辰醵金演戏，寿礼不及五十金者不收，皆许星璧经手。以上公行贿赂之罪。

一，该督营私舞弊各节，恐报章举发，则奸迹尽露，密令上海道蔡乃煌以重金购买报馆，前后费四五十万。各报既购归官办，而造作谣言猖狂如故。去年两宫大丧，各报诬蔑宫廷之事，有非臣子所忍闻者，该督不加禁止，唯一己赃私，则障护唯谨，报馆不敢议及一字。又将新闻、时事、舆论三报交洋人福开森办，给予津贴，其《申报》、《中外日报》等亦各有津贴，每岁需十馀万金。

一，海洲绅士候补道许鼎霖前在安徽、浙江屡被参劾，该督出其侵渔所得之财与许鼎霖合股开办耀徐玻璃公司、海丰面粉公司、饼油公司，藉以牟利。许鼎霖出入督署，倚势横行往来徐海一带，夹带私货，抗不完厘，各局卡莫敢诘问。以上营私之罪。

一，崑山县征兵，因查赌戕杀平民十三命，该督授意查办委员丁相郁令回护，征兵不必深究。丁相郁抵崑详查知，系良民冤死，证供确凿，据实禀报，该督大怒，改派别员，遂以枭匪结案，且假他事奏参丁相郁。其颠倒是非，肆无忌惮如是。

一，都司米占元为该督侦探员，朝夕出入署内。其党有慧圆庵和尚某，本一盗匪，在镇江敲诈赵姓，得赃七八百元，又伙劫崇明典商五百馀金，经前署常镇道荣恒拿办。该督从米占元言，饬令解省，经委员讯供得实，竟狗庇不办。

一，安庆炮营兵变，该督时正阅操，手握重兵，不即赴剿，任其劫杀。直至叛兵既散，始乘轮赴安庆驻节。兵轮两日夜不敢上岸，叛兵饱掠而去。巡抚朱家宝登船数次，告以事平，始至，抚辕答拜，惶遽返宁。以上纵匪殃民之罪。

一，该督向有嗜好于禁烟一事，毫不措意，候补道王燮自知瘾重难戒，请予撤差，该督不允。候补知府许星璧欲请假戒烟，该督劝令勿戒。省城虽有戒烟公所，亦同虚设。以上抗旨之罪。

一，该督私人除许星璧、王燮外，其余最著者为湖北候补道孙廷林，一身兼十馀差，又委之署监道，又委之署粮道。其次为王瑾，以文案兼皖南茶厘差，又办火药局，又委署监道。该二员声名恶劣，人所共知。

一，督幕投效人员如蚁慕膻，流品甚杂。江南财政局每岁供应薪水至三十余万金，遇有优差缺，即以幕客充之。本省资深候补者非百计钻营，不能得差，贫困无聊，坐以待毙。

一，该督狎昵群小，不避物议。如夏鸣皋本优人，改名夏月恒，充武巡捕，遂委署上海守备。都司米占元本一马夫，委充侦探到处敲诈。

一，湖北候补直隶州金焕章，本江苏盐城县人，行同臧获，工于趋承，该督在湖北时即充巡捕，既而随同出洋，为司秘密事件，迨抵两江，改为内文案兼厘捐局收支并帮办提调，又兼裕宁官银钱局收支，今且为淮北六岸督销总办。以一土著，侵占本省要差；以一知州，充当监司差使，狼狈相倚，不问可知。

一，该督平时所信任者有一余驼子，皆称曰"二大爷"。本京城酒馆掌柜，派为文案。又有一李姓县丞，本木匠出身，专办各处工程。其余督销厘卡，罔非该督安置私人之地。以上滥用匪人之罪。

一，该督吞赈及设策兴办河工，皆杨文鼎之谋，主取各州县收发，案据与部案对勘，奸迹自见。杨文鼎前在福建按察使任内，经人奏参查明得宝，光绪二十九年二月二十六日奉上谕"杨文鼎恃才傲物，多揽利权，不恤民隐，难胜风宪之任，著以道员降补，钦此。"该督与之朋侵赈款，反藉办赈之名奏报开复，折内隐匿获咎，原案不露一字，但云开复降级处分。既颠倒功罪，又蒙混请旨，狼狈为奸，肺肝如见。

一，王燮系丹徒县知县王得庚胞兄，许星璧系江苏候补道许燮胞叔，该督倚三人为左右手，均不令呈请报部回避。以上为欺朦之罪。

一，厘局委员陈润藻，系该督私人卖放厘捐，劣迹昭著，为总巡汪乔年查获，禀请记过。该督不究治陈润藻，反将汪乔年奏参革职，其诬妄如此。本省属吏极恶劣者，奖之；稍知廉耻者，枉法陷之，百计摧折之。其参劾考语含混支离，无人不可通用。如索贿范德培不遂，则参以疲玩性成；恨丁相郁不扶同弄法，则参以心地糊涂；其参汪乔年也，则曰"居心巧滑"。以上枉法之罪。

该督所保办赈及萍乡肃清土匪，江苏办枭匪清乡各案，均非在事出力之员，优人夏鸣皋、马夫米占元并窜名其中，一保至参将，一保至游击，亵视名器，莫此为甚。以上冒案滥保之罪。

一，该督性好冶游，造浅水小轮，每携挟娟优游秦淮河，相聚为乐，署中招集私人行令赌酒，恒至达旦。候补道王燮以善唱二簧为该督所赏，夤缘代理上海道，远近资为噱谈。以上挟娟淫宴之罪。

注释：

① 端方：（1861～1911），清末满洲正白旗人。字午桥，号匋斋。曾任陕西按察使、护理陕西巡抚。后擢湖北巡抚、署湖广总督，再迁江苏巡抚、署两江总督。光绪三十一年（1905）出国考察政治，次年回国，建议预备立宪。同年任两江总督，宣统元年（1909）移督直隶，旋被摄政王载沣罢免。宣统三年（1911）起用为川汉、粤汉铁路督办大臣，率军入川镇压保路运动，在资州被起义士兵杀死。有《端忠敏公奏稿》《匋斋吉金录》等。

请严治赃吏开单汇呈乾隆历办成案折

宣统元年八月十二日上

奏为法行自上，请按律实治赃罪以儆官邪，并开单夤呈乾隆历办成案，恭折仰祈。

窃以人性之趋利，犹水性之趋下。趋之者众，则必争；争之甚，则必乱。圣人忧人生好利之心不可遏，而争乱者未有已也，于是而制礼；礼所不能齐之，不得已而用刑。

自邪说兴，礼教之防大袭，人主所恃以临驭四方者，惟此三尺之法。若又废而不举，彼视眈眈而欲逐逐，曾何惮而不恣睢？汉时，守令非察廉不得升擢。见之班、范二史列传可考而知。宋太祖立法最宽，自开宝以来，所犯重辟，多得贷死，惟赃吏不宥。古帝王所以兢兢于此者，非苟慕廉洁、恶贪浊之名为不美。恶夫贪浊之影响及于国政者，毒于猛兽洪水，将溃烂不可收拾也。

盖自苞苴请托之风盛，其用人也：狡而亡耻者，掖之骤登华要；贤而刚介者，压之使悲愤憔悴、困踬以死。其治狱也：贫而无辜者，可枉法陷之；富而好乱者，可破械出之。庙堂颁行一政，则此辈多一号召之符；部院添设一官，则此辈多一贩鬻之货。甚者如秦灭六国，广布金钱，使辩士游说东诸侯，使其君臣自携贰；汉用陈平计，捐四万金，纵反间于楚，遂灭项氏。人之无良，至以社稷输人，坐视其主虏死不恤，赃吏之可畏如此！

又况昔时之赃私易觉，今日之赃私难明。轮电交通，汇帖大行。无辇运之劳，无盗劫之险；商股洋行，伪名诡寄，罔非若辈输委之区。暮夜登门叩谒，出片纸于袖中，虽鬼神莫能踪迹也。

昔时之赃私易足，今日之赃私难餍。蓄一姬，可破数万金；建一第，可破数十万金。交游宴会，犒赏之资，骄子豪奴，浪掷无节。下至骨董书画，贾人悬赝鼎以招，必欲一致而后快。故奢侈之习既成，虽沾沾自喜之徒，末路窘乏无聊，不得不毁节丧名，作此日暮途穷之举，饕餮者更无论焉。

昔时赃私之途隘，今日赃私之径宽。新政用财如泥沙，私橐既充，出少许以供土木外观之耀。疆臣具疏奏报，计臣莫能驳也。用人之格既破，长官一纸调用，动辄数十百员，内自丞参以至各厅，外自使司以至各道，或指名请简，或报奏存记，谬列剡章，弥形铜臭，吏曹不能诘也。纽解纲弛，陵夷至此，虽日下敲金之令，骤增百千亿万官帑，不逾时而脔割尽矣。虽大治战舰，蓄养百万劲兵，一闻敌至，相率弃甲而逃耳。

臣观乾隆一朝，三品以上大员，以犯赃罪至斩、绞、自尽者，凡四十余人。其罪不至诛，及被诛而非犯赃，并四品以下犯官不与焉。以高宗之圣明，经世宗整饬纪纲之后，清议之公、名教之重，古所未有，污吏宜有所惮，乃六十年间，大狱屡兴，诛夷不绝。稽诸故府，案治之由，不尽发自言官也。或一时因事感触而生疑窦；或召对臣工面诘而得其端倪；或查办甲案而乙案同时发觉。其执法之坚，且不仅映及其身而止也，或牵连举主，或贻累同僚，或谴及同省科道。其查办之严，亦不尽付疆臣，任其一奏塞责也。初查不实，别简重臣覆查；覆查又不尽，解京廷讯，并查办之员坐之。不特此也，罪人不孥，古有明训，而良卿、富德、王亶望、陈辉祖、伍拉纳之狱，并取其子而投之边，岂好刻哉？奸人黩货，巧者暴殄以肥身；拙者居积以遗子孙。彼知一朝失败，不能全其身，且不能保其子也，惩一儆百，庶乎其共知戒矣。当时雷厉风行，无不伸之法，即无不破之奸。而高宗犹私叹"水懦易玩"，时时引疚于心。虽当耄期归政之年，尚诛一总督、一巡抚、一按察使，不肯法外施仁，稍露倦勤之意。

我皇上聪明天亶，诚不难上媲高宗；而今日政教、人心、风俗，视祖宗中叶，孰为盛衰？盖有不能为斯世讳者。数十年来，上下以相忍为国，未闻戮一吏、抄一产。岂乾隆之朝皆小人，而光绪以后之人皆君子？高宗全盛之势，推赤心置群臣腹中，黭不畏死者背风而驰，日趋陷大辟，而奸仍不止。皇上冲龄践阼，适当多难之秋，不一震天威，欲坐收富国强兵之效，此愚臣所未喻也。

一国之大，十数万方里之遥，朝廷所藉以寄耳目者，不过数十言官。虽许以风闻言事，而足迹不出一城。在作者密敛机牙，岂容有罅隙之漏；在言者深防螫毒，或不无嗫嚅之情。故近年仕路喧传，有谓袁世凯侵吞京奉铁路永平盐捐百余万者；有谓杨士骧①受李德明五十万金勾结洋商者；有谓袁树勋②以三十万金得山东巡抚者；有谓朱家宝③在吉林捆载六十万金回籍者；有谓杨士琦④饰美姬以献袁世凯，取名"杏娘"用示亲媚者。虽人言藉藉，不尽无因，谁敢以道听途说之词，贸然入告？是故上下赃私狼藉，偶有一二得挂台谏之弹章，因以上达天听者，盖几经迟回审慎而后出也。事下查办，大臣率多方为之掩饰，徒坐一二末秩微员，李代桃僵，涂饰众人耳目。即或罪状昭彰，不惮代为剖雪，如陈璧⑤之阴贼贪婪，又听其饱飏而去。上有法而不自行，臣下朋比营私，遂有心攘货偾辕，拼一官以相卖弄。盖早窥见朝廷之举动，知其必无后患矣。

今臣所开乾隆一朝赃私重犯，先后共二十九案，尚恐不无挂漏。念先朝缔造之艰，豫谋所以振聩发聋之策，以后有实犯奸赃、革职有余罪人员，应如何按律实行之处，出自宸断，非微臣所敢擅拟。谨将乾隆六年至六十年三品以上大员犯赃得罪各案，汇缮清单，恭呈御览。

注释：

① 杨士骧：安徽泗州人。光绪三十年（1904）任直隶布政使，二年后升任山东巡抚。

② 袁树勋：湖南湘阴人。光绪三十三年（1907）由苏松太道升任顺天府君，次年授民政部侍郎，旋改任山东巡抚，宣统元年（1908）署理两广督。

③ 朱家宝：云南宁州人，光绪三十三年（1907）以江苏布政使署理吉林巡抚，次年调任安徽巡抚。

④ 杨士琦：杨士骧之兄，历任商部右参议，右侍郎。

⑤ 陈璧：福建闽县人，光绪二十九年（1903）由顺天府尹升商部右侍郎，改署理户部右侍郎。光绪三十三年（1907）迁邮传部尚书，宣统元年（1908）被革职。

读《论语》

予读《鲁论》，颇怪孔子之言与其生平行事不尽相合。周之末季，可谓无道矣。孔子不尝自言之乎？曰："天下有道则见，无道则隐。邦有道，贫且贱焉，耻也；邦无道，富且贵焉，耻也。"又恐及门不能遍喻其意，其告原宪曰："邦有道，谷；邦无道，谷，耻也。"其赞蘧伯玉曰："君子哉！蘧伯玉，邦有道则仕；邦无道，则可卷而怀之。"夫其平日讲求于朋友师弟之间，既如此其精审，乃栖栖皇皇日奔驰于齐鲁之郊，匡人围之而不戒，晨门荷蒉沮溺讥之而不辞，明于论人，而黯于处己，岂故示人以不测哉？吾尝深思而知其故矣。

春秋之义大一统，管仲创霸，而孔子小之。颜渊问为邦，则告以四代之制，其心固未尝一日不在王室也。故曰："如有用我者，吾其为东周乎！"历聘以后，既知事不可为，则喟然曰："天下有道，礼乐征伐自天子出。天下无道，礼乐征伐自诸侯出。"诸侯而侵削天子之权，下陵上替，而春秋大一统之义破矣！丰镐两京之盛业，知不能再见于今，遂不得不绝意于周而转望于鲁。鲁周公之后又宗国也。佛肸公山之召，虚与委蛇，岂得已乎？定哀以还，三家之势益张。孔子为鲁司寇，阅时未久，两观之，诛仅及一少正卯，而不能息众喙之器，鲁亦不可为矣，则又喟然曰："天下有道，则政不在大夫。天下有道，则庶人不议。"庶人而干议国政，春秋变为战国，逞游说之风，而尽坏先王之法，已寖寖微露其端。孔子至是益知道之不行，不得已归老泗洙，订礼删诗，思藉述作以传后世。其"有道则见，无道则隐"两言，料必发于此时。原宪之问，伯玉之赞，皆倦游以后事也。

小人汲汲营进者，多褒一伯玉，以见君子之孤。嗜利亡耻之人，坐拥厚糈而觋不为怪。励一原宪，以见安贫守约之非病。犹恐及门诸子不善处变，愤激不平之气，时时流露于语言文字之间，则曰："邦有道，危言危行；邦无道，危行言孙。"又申其说，一为公冶长发之曰："邦有道则仕，邦无道免于刑戮。"一为宁武子发之曰："邦有道则智，邦无道则愚。"浊世非自秽，不足以求全。屈子之怨至云："众浊独清，众醉独醒。"其能免于沉溺乎？此宁武之愚所以不可及，而有子必托于公冶也。

呜呼！三代以后，时局亦屡变矣。要其理乱兴亡之故，可一言而决曰："有道无道而已，有道无道之分。"亦可一言而决："政在上，政在下而已。"圣人悲天悯人，但有一线之可延，即不忍决然舍去。必俟诸侯上侵天子，大夫又上侵诸侯，庶人又上侵大夫，纽解网弛而后，决其无道之邦，直指为无道之天下，避之唯恐不速，后世之张民权者可以鉴矣。

李布政守江宁记①

自革军起，瑞澂②弃武昌不诛，东南群帅多畏贼而逃。不一月间，天下俱变，甚者反从贼受伪职，号称都督。独江宁死守月余，大战数十，杀贼数千，以孤军无援力竭而陷。至今江人谈变乱者，犹啧啧称署布政使李瑞清之坚忍为不可及云。

当鄂耗初闻，张人骏③为总督，铁良为将军，樊增祥为藩司，吴鏐署提学使，李家绰为粮储道，徐乃昌为盐法道，汪嘉棠为劝业道，而瑞清以道员监督两江师范学堂，无政柄。江宁防军有总督卫队三千，赵某统之；陆军所隶新军五千余人，徐绍桢④统之。人骏虑兵单，令中军副将王有鸿别募六千人为一军，共筹防守。提督张勋以浦口防营至，旋奉诏援武昌，人骏留不遣。是时人情汹汹，皆言新军将变，绍桢请子弹，人骏疑之，增祥以百口保绍桢不反，劝发子弹。勋力持不可，遂调之出城，令守秣陵关。绍桢悻悻而去。增祥集僚谋独立。勋大怒，拔刀抵几曰："敢有倡邪说者，当血此刃！"增祥慑而止。

九月十二日，红帮会匪苏良彬暗通新军起事，期以薄暮六句钟举火为号，督署卫队与焉。及期，内城举火，而外城不应，盖误会以为次早六句钟也。良彬愤甚，遂率党劫模范监狱，出罪犯数百，各授以枪，导攻督署，卫队应之。人骏晨起闻炮声，皇遽失措，随穴通后墙，挟一仆微服潜逃。有鸿挺身独出，立辕门大呼。其旧部与乱者见主将慴服，不敢动。有鸿夺贼枪，见手执白旗者一发毙之，余众悉散。勋兵闻警续至，道遇总督，护居北极阁，分道诛乱党，顷刻而定。

当兵变未起时，日本教习匡知其谋，走告瑞清，请与俱避领事府。瑞清见苏皖赣学生留堂者尚四十余人，不忍弃之，坚谢不去。次日向明，闻东南角炮声，知有变，遣人探之，则各街巷遍布张军旗帜，良彬已败走。探囊得银洋二百，番召学生至，量归途远近多寡，各给以赀，令出城逃死，而孤身以待。学生见监督不行，则皆大哭。瑞清曰："学堂缔造甚艰，即仪器已值二十余万，我去，匪将入据，必难保全。且尔未闻前明洪承畴故事乎？承畴不死，其门人为文祭之，尔曹顾欲陷老师于不义？"摇手连呼："不可！不可！"一生趋进言曰："老师无守土之责。寇至则去，古人有行之者矣。有学生乃有监督，学生即散，监督死守何为？"因呼同辈起草，具公呈于总督，请监督挈学生逃难，派兵守护学堂。

是时人骏以北极阁为行台，召藩司计事，而藩司已逃；召学使，而学使亦逃，遍询粮道、首府、巡警道、劝业道，无一在者。人骏拍案大骂，瞠目顾左右，皆不敢发声，忽得学堂公呈，乃改容微笑曰："梅庵尚无恙乎？"急召之至，迎门举手长揖曰："樊山事，一以奉托。"樊山者增祥别号，梅庵则瑞清字也。瑞清以不谙财政辞，荐道员吴学濂，使询学濂，杳不得消息，人骏懊不已。瑞清耻临难苟免，毅然许之，遂署江宁布政使司。

布政使自增祥逃后，藩署抢掠一空，楼板门扉皆被奸人撬去，唯司库赖库兵保守未失。瑞清既受事，急趋财政公所，奖以月恩赏，善抚之，皆踊跃用命。勋知瑞清署藩司，大喜曰："吾两人故交，今得与共事，胆益壮矣！"于是勋专治兵，瑞清专治民政，人骏不问事，拱手受成。检校江南财政，尚有藩库银十五万、造币厂银二十万、铜饼二十万、财政公所银四十余万，唯米盐缺乏，乃设计运藩库造币厂银并入公所，出重金饬商会，运米得四万石，下关掣验局委员已逃，屯盐甚多，尽辇入城。搜缉内奸，出示安民，布置粗定，而革军已围城。勋分兵据守雨花台、幕府山、紫金山、孝陵街、乌龙山各险要，屡战屡败绍桢，叛兵死伤略尽。而浙林述庆、朱瑞苏、苏程德全，皖柏文蔚先后各以兵至。张军不及万人，兵变初起，分援镇江各路，已十去八九，城中守兵能战者只七八百人，潜遣人缒城觅间道电泣求援，袁世凯不应。人骏以姻娅之私三次致书，皆不报。马毓宝据九江，陈其美据上海，王天培据安庆，蒋雁行据徐淮，□□据镇江，沿江各省皆陷，只江宁一孤城支拄群贼之间。子弹垂尽，贼兵日增，识者知其必不能守。城内匪人纷纷告密，勋见剪发者，疑为奸细，辄诛之，人心益惧。

十八日，贼攻天保城，有鸿将五十人，怒马独出，战数合，贼败走，方鼓勇追杀，猝中弹坠马，军士扶之入城，贼不敢逼，而贼守复完。十月初三日，雨花台陷，初四日乌龙山陷，翌日幕府山复陷，勋并力守紫金山，拒战甚力。相持至十月初十日，天渐寒，勋出棉衣数百袭颁赏军士，守城者捷足争取，贼兵乘之，大败，遂失天保城。于是总督、将军皆迁避美领事府。勋知事不可为，徬徨室中，终夕不寐。美领事出而议和，勋要以三事：一不杀百姓，二不杀满人，三停战半月，俟请旨后退还浦口。革军许其一、二而指驳其第三条，且索银百万。天保俯瞰全城，贼已据胜，声言和议不成，次早即燃开花炮洗城，势汹汹危甚。瑞清走谒人骏，不见。见勋，勋告以故，约五更夺回天保城，不得，即以头输与总督。瑞清壮其言，誓与同殉。勋随赴雨花台察看形势，美人瞰勋出周堞而呼曰："张军门遁矣！"军士惧，窥其室，室无人焉，遂大溃。美领事乘机劫勋及人骏、铁良出城，乘轮舶渡江，宿浦口，而瑞清尚不知也。翌晨走谒人骏白事。门者曰："大人及铁将军、张军门皆出城矣！"瑞清急扪其舌曰："如是则全城皆乱，涂炭不堪矣！请秘之。有来谒者诳云：'制台齿痛不见客，有事可告藩司。'"急趋回公所，遣散仆人，坐以待变。日人包文与瑞清有旧，欲援之出险。瑞清不可，曰："我江南官，当死江南。"

十二月，贼兵从太平门入，全城皆树白旗。贼将林述庆至公所，问主者安在？左右惧不免，瑞清挺身独出，自认其名，以两指叩其额曰："我李瑞清，藩司是我，财政公所总办亦是我。我畏死，早逃矣！今城破，无以谢江南百姓，请就死。"述庆曰："子毋然，公在江南，声名甚好。雪帅慕公久矣，尚欲烦以职事。"瑞清曰："我朝为大清二品官，暮即毁节事人，人将不食吾馀，请枪毙我，毋缓须臾！"述庆曰："现尚不暇说到此，请问江南财赋究得几何？"瑞清曰："江南之赋，当付还江南百姓，我不能拱手让与民军，必俟咨议局议员至，乃可得也。"述庆虽恶其言，不敢逼之，拱手而出曰："俟我陈明雪帅，再见。"雪帅盖程德全也。德全闻述庆言，使告瑞清，少顷当遣队来迎。瑞清笑曰："何必遣队，遣人持一洋枪足矣。人生只有一死尔，虽遣队三千，我视之亦如一枪而已！"复致书数百言，中引文山、黄冠备顾问语词，侃侃不屈。德全得书，曰："如是则聘梅庵为顾问官可矣！"使人达意。梅庵怒曰："我所引乃方外顾问，非官也！"德全笑其崛强，再三召之，瑞清不欲示怯，拟往见，而马车非悬白旗不能行，计无所出，乃借红十字会旌驰以见德全。德全迎之上坐，曰："君何厚于安帅而薄于我？我两人交情与安帅何异？君佐安帅于危难之时，今日事平，乃不肯相助，为理耶？"瑞清曰："士各有志，岂能相强，我受事之初，即准备一死。大帅杀我，我当从文天祥、史可法游于地下；大帅释我不杀，我当从学大涤子、八大山人卖书画以自活！"左右露刃环立，闻其言，皆切齿指骂曰："无耻无耻！"德全拂衣入内，一人挽瑞清袖至西窗，耳语曰："汝言不必过激，明哲保身，但托病不能视事，我辈从中调停，当可脱险。"遂导瑞清入谢德全，德全倚栲栳佯闭目不省。瑞清前进曰："我有病，不能为大帅效力，今去矣。"遂趋而出，过朱廊，遇绍桢，卒然问曰："梅庵，闻汝不愿就事，汝办两江师范学堂十余年之久，何尚不开通至此！"挽至一小室，细诘对德全何语。瑞清述曰："我对大帅但云'士各有志，岂能相强，我受事之初即准备一死。大帅杀我，当从文天祥、史可法游于地下；不杀则当学大涤子、八大山人'。"

辞未竟，绍桢调之曰："汝满肚子臭历史，全不著题。文不事元，史不事清，元清皆夷狄也。大涤子、八大山人皆姓朱，明之宗室也，君非觉罗种族，安得援此自比？我劝君不必学此四人，但学吴梅村可耳。"因取巨觥酌波兰酒饮瑞清。瑞清一吸而尽，戏作壮语曰："臣死且不畏，卮酒安足辞！"绍桢复徐徐劝之曰："顷召熊希龄，希龄不至，目前实无人可用，君何不暂事羁縻，徐谋脱却？"瑞清曰："女子为强暴所污，何能自白？先生误矣！"绍桢知瑞清不可夺，乃改容谢曰："君志良可佳，仆亦非甘心如此！安帅疑我，我无以自明，遂不得已而为军士所迫耳。"瑞清言：

"君既为人所迫，奈何复陷朋友于不义？"因托绍桢婉谢德全，回至公所，召江南议绅至，以库款授之。卖破车得二百金，充行橐，遂黄冠改道士装，避居上海。

上海见增祥，已营广厦，仆从趋走如平时。问瑞清官兴何如，盖欲以小人之心度君子之腹也！瑞清面让之，无惭色。

注释：

① 李布政：即李瑞清，以任布政使而有此称。

② 瑞澂：满洲正黄旗人，字莘儒，号心如。光绪三十二年（1906）任九江道台，旋调任上海道台。次年授江西按察使，官至湖广总督、会办盐政大臣。辛亥革命前曾在武汉残杀革命党人。1911年武昌起义爆发后，弃城而逃，不久死于上海。

③ 张人骏：直隶人，进士出身。历任山东布政使、山西巡抚、两广总督。宣统元年（1909）改任两江总督。武昌起义爆发后，张人骏在同盟会组织的江浙联军的攻击下，逃往上海，以遗老自命。1927年去世。

④ 徐绍桢：字固卿，生于番禺，祖籍浙江钱塘。光绪二十年（1894）中举，历任江西常备军统领、福建武备学堂总办、两江总督衙门兵备处总办，负责编练新军，为第九镇统制。武昌起义爆发后，毅然率军起义。1911年11月13日，与上海都督陈其美、江苏都督程德全、浙江都督汤寿潜共同组织联军1万多人，推徐绍桢为总指挥，攻克南京。历任南京卫戍总督、广东军政府广州卫戍总司令、总统府参军长、广东省长、内政部长。

吴中访旧记

天下最惨毒伤心之事，莫甚于亡国。殷之亡也，以暴易仁，而《麦秀》《采薇》二歌，至今读者犹为之陨涕。我清历年三百阅十一，主无大失德，监国虽昏，不犹愈于纣乎！一夫作难，天下瓦解，士大夫身丁其厄，岂竟漠然无所动于中，而惓惓不忘故国，如谢皋羽、唐玉潜一流人者，何未之见耶？

壬子二月，予来南昌，欲仿西台故事，携酒登西山，招二祖六宗之魂，仰天大哭，而闻者以为狂。又欲仿吴潜翁①月泉吟社例，招二三知己，以气谊相结，托之文字诗歌，藉抒其旧国旧君之感，而畏祸者引以为诫。三月，杨昀谷②还省相见，携手大恸，询李梅庵消息，知寓上海横滨桥，已改道士装，贫甚，鬻书画自给。梅庵乡、会、殿三试均与予同榜，又申以婚姻，平时所极念也。问其馀京僚旧好，曰："皆散而之四方矣！唯刘潜楼③侨居青岛，去沪渎甚近。"予闻喜甚，即作书招潜楼至上海，约期相会。昀谷方遭家难，亦不愿久留江西，四月八日遂与之偕行。从者丰城熊亦园，精目录学，沈子培高足弟子也。九日过九江，潜楼旧第已为兵踞，其尊人云樵先生避居庐山，不得见。市屋数间，闻亦籍没矣！念之黯然。随附轮东下，十二日抵上海，寓丰厚客店。

是时京津初遭兵劫，百物荡尽，十室九空。滇粤约七省都督谋独立，军士露刃，蠢蠢欲动。江淮盗匪横行，白昼虏杀无人理。百货壅滞不行，工商俱困，京朝贵官及各省方面大员同时失职。四方糜烂，无田可归，则寄赇迁挐，混迹海滨，苟图自活。富者杜门不出，贫者至不能举炊。搢绅之祸，于斯为极，视汉唐党锢局势不同，而祸更烈矣岂非天哉！

予既蒞沪，则从陈考功伯严④访故人居址。伯严一一为予述之，曰："梁按察节庵、秦学使右衡、左兵备笏卿麦、孝廉蜕庵皆至自广州；李藩司梅庵、樊藩司云门、吴学使康伯、杨太守子勤皆至自江宁；赵侍御尧生、陈侍御仁先、吴学使子修皆至自北京；朱古微侍郎新自苏州至，陈叔伊部郎新自福州至，郑苏龛藩司、李孟符部郎、沈子培巡抚，皆旧寓于此。"又曰："苏龛居海藏楼，避不见客。节庵为粤人所忌，谋欲杀之，狼狈走免，身无一钱，僦小屋以居。子培伪称足疾，已数月不下楼矣！"

翌日，节庵闻予来，大喜曰："胡侍御能言中国之所以亡，吾京师广和居饮酒故人也！"致书伯严，急欲一晤。于是伯严与梅庵订期，招以上所举十六人，益以四川胡铁华、胡孝先，广东何擎一，福建林贻书、沈爱苍，同乡梅斐漪及昀谷、亦园八人，共二十七人，于四月十六日大会于愚园，皆步行无仆[1]从。到门探怀出刺自通名，相对唏嘘，无复五陵裘马之态。晚归宴六合春，约各赋一诗，未成而散。先是，旅沪诸同志岁暮无聊，尝间月一聚，或一月再聚，每聚各斋银五角，充酾饮赏，谓之五角会。其寒俭如此！是日人各携一元，共得二十余元，诧为豪举，同人互相嘲谑，咸谓此会为十角会也。

十七日，潜楼至，寓永泰客栈，因移榻就之，夜半谈及袁总统夺位事，呜咽不能出声。潜楼于京朝变乱皆目所亲见，具能详其本末，奏议学陆宣公而加以疏宕，因与聚谈三日夜。至二十日，始赴苏州访毛方伯实君⑤。苏城大宅多闭门逃徙，而实君与黄先生永年住严衙前，坐待吉凶，啸歌不辍，有孔北海之风，殆所谓知命者欤？夜与黄先生论学派，诸门人环侍而听先生勉予以"忧道不忧贫，谋道不谋食"二语。实君指南丰鲁氏兄弟，谓予曰："此吾乡后起之秀也。"次日返沪，大雨，而陈贻重、胡鼎丞两参议均从天津来。问郭复初、苏厚庵安在，皆曰"返湘矣"。问葵园无恙乎？曰："从厚庵避平江矣。"贻重闻予丧儿，甚戚。儿即贻重婿也。潜楼中男又予之次婿。两人方结邻筑室青岛，共邀予渡海歇夏。予急欲回乡，固辞，约以明岁，遂于五月朔日离沪。临行，伯严、云门、子勤、仁先、尧生各赠以诗，梅庵赠以书，节庵赠以影相，贻重置酒钱别。座客有子修、梅庵、潜楼、鼎丞六人者，各循其发，皆鬖鬖盘结如故，相视大笑，以为偶然，不可常也。

予留沪凡十六日，遇旧交二十四人，得新交六人。自潜楼至，又获交广东王叔用式，浙江陶拙存葆廉。叔用著有《正气集》，拙存著有《求己录》，皆有志之士也。其余未与予交，虽交而未见者皆不书。昔明社既屋，吾乡陈石庄③先生率同徐巨源、刘同升、杨廷麟等会哭于龙沙，又会哭于普贤寺。及金声桓入赣，相率逃遁入山，唯恐不深。如魏叔子、林确斋诸贤，经营翠微峰，即其时也，唯大江以南稍骛声气。松陵叶桓奏倡惊隐诗社，岁以五月五日祀三闾大夫，九月九日祀陶徵士。一时名流如归，元恭、顾宁人、吴赤深、顾茂伦、潘力田、朱长孺等皆与焉。盖其时中原大定，兵祸亦稍稍息矣。今日之乱，古所未有，今日避乱之方，亦古所未闻。诸子怆念故物，缅怀旧京，饘于斯、粥于斯，即当歌哭于斯，使四邻闻之，知中国尚有人在也。

校：

〔1〕仆：原文作兼，误。

注释：

① 吴潜翁：吴渭，号潜翁，江浦人，曾官义乌令，入元隐居吴溪，创立月泉吟

社。是元初宋遗民创立的人数最多、规模最大、影响最深的遗民诗社。《月泉吟社诗》是中国现存最早的一部诗社总集。借歌颂田园风光来抒发亡国之痛和故国之思。

②杨昀谷：杨增荦，字昀谷，号松阳山人，新建县人。光绪间进士，先后为刑部主事，热河理刑司员，四川候补知府，广东署法院参事。民国初年，为国史馆协修，交通部推事。逝于津沽。诗学王维之高秀，自居易之平易，苏东坡之旷逸。风骨峻深，秀外腴中，苍润疏秀。有《杨昀谷遗诗》8卷。

③刘潜楼：刘廷琛，字幼云，号潜楼，德化（今九江县）人。光绪二十年（1894）进士，历任国史馆协修、陕西提学使等。著有《潜楼文集》等。

④陈考功伯严：陈三立，字伯严，义宁（今修水县）人。曾为吏部主事。

⑤毛方伯实君：毛庆蕃，字实君，江西丰城人。光绪十五年（1889）进士，历任直隶布政使，江苏提学使，调任甘肃布政使。光绪三十三年，被诬以"玩误朝政"罪罢职，寓居苏州。著有《江苏学务公牍》1卷、《奏议》6卷、《书牍》6卷、《古文学馀》10卷。

⑥陈石庄：陈弘绪，字士业，清初新建人。著有《石庄集》。

介石山房记

庚子之变①，山西巡抚毓贤②蕴邪构乱，境内大扰，刘君幼云③方任学政，面诤不可得，密具疏弹之，力言匪宜剿，边衅不可骤开，词绝沉痛。是时东宫初建，端郡王载漪以私憾仇视各国公使，实主用兵，廷臣自枢府以下仰其鼻息，莫敢枝梧，有言不便者辄中以奇祸。袁太常昶初④拟一疏约许侍郎景澄⑤联名，未上而被难。李文忠⑥力疾至上海，驰疏陈说利害，亦道梗未前。当六七月间，匪乱大炽，言发祸随，内外臣工侧足重息，噤不敢出声，能冒死以直言上达天听者，只幼云一疏而已。袁、许之死，世人颇惜之，好事者用兼金募得太常手稿影摹上石，海内争传诵之。幼云此疏，独一二枢要大臣得见，外廷罕有知者。甚矣！幼云之介。幼云不自表襮，吾等辗转兵间，靦然视息对之，盖不能无愧也。

都城既陷，车驾过太原[1]，幼云扈从入关，见国事窳败如故，和议成，乃乞假南归。相庐山九峰之侧，筑室数椽，颜曰"介石山房"，左右杂蒔花木，辇书数万卷，充牣其中，将有终焉之志。其尊甫云樵先生年六十矣，自顾齿发衰，寇难踵至，日以湘乡、益阳一流人^⑦期望其子，促之出山，勉图报称。于是壬寅十月，幼云再来京师。与余握手相见，去乙未定交之时，忽忽已七八载。更变渐多，年齿俱壮，盖无复曩时意态矣。幼云于一切声伎玩好无所好，独好山水，于时辈不轻许可，独暱就余。尝为余言：“九峰之胜，其谷窈而深，其山挺拔而秀；其木小者亭亭如盖，大者如车轮；其石如蹲虎，如狠羊，如驼负重，如马介而驰，如两人相揖，如千万人相搏，如鬼物狰狞可怖；其绝壁飞瀑如白练，如明河，如龙蛇夭矫天半。每春夏之交，凭栏四眺，翠霭晴岚，顷刻万变，落日在户，凉飔动帷，翛然不知身之置何境也！”余闻而慕之，约结宅与幼云为邻，各以职事牵绊，奔走尘鞅，郁郁闭车辖中，愁闷欲绝。每诵欧公思颖之诗、东坡买田阳羡之语，掩卷三叹，为之怃然。

已而幼云示余以文，具述山居景物之美，铿锵可诵。又图而张之素壁，以时省览，用当卧游。古有身在江湖而怀魏阙者矣。幼云读中秘书，为天子侍从臣，既铮铮著节于朝，宜与山中人不类，顾独拳拳于是，以视欧、苏二公，感念旧游，往复慨叹，托诗歌以写无穷之悲，讵必异世遥遥相和，要其淡泊明志，崭然有难进易退之节，不汲汲于富贵者，必其能静观天下之变，而肩异时之钜任者也。幼云勉之矣！左侍御笏卿^⑧、杨昀谷刑部皆今世知言君子，既为发明介石之义，余交幼云久，特略而勿道，而书其出处本末如此。

校记：

〔1〕太原：原文误作“大原”。

注释：

① 庚子之变：光绪二十六年（1900），八国联军入侵中国，攻占北京。

② 毓贤：内务府正黄旗汉军人，监生。以同知纳赀为山东知府。累迁按察使，权布政使。二十四年，调补湖南，署江宁将军。代任山东巡抚，护大刀会尤力。将义和拳更名曰“义和团”，团建旗帜，皆署“毓”字。改任山西巡抚，拳术渐被山西。卒以纵“匪”罪被杀。

③ 刘君幼云：即刘廷琛，字幼云，号潜楼，时任山西学政。

④ 袁太常昶：袁昶，字爽秋，号浙西村人，浙江桐庐人。历官户部主事、总理衙

门章京，后任江宁布政使，迁光禄寺卿，官至太常寺卿。

　　⑤许侍郎景澄：许景澄，字竹篔，浙江嘉兴人。同治七年进士。历任驻法、德、意、荷、奥、比六国公使，总理衙门大臣兼工部左侍郎。

　　⑥李文忠：即李鸿章，合肥人。时任总理各国事务衙门行走。逝后谥文忠。

　　⑦湘乡、益阳一流人：指曾国藩、胡林翼等人，均中兴清室之名臣。

　　⑧左侍御笏卿：左绍佐，字季云，号笏卿，别号竹笏生。光绪六年（1880）进士，授翰林院庶吉士。历任刑部主事，郎中，都察院给事中，军机章京，监察御史。

冬青园记

　　国朝当乾嘉极盛时，闾阎丰乐，重士尚文。邑中世族多择附山水胜地营筑精舍，延师课子弟其中。嗣经咸、同兵火，重以国变，弦歌渐歇，室亦多毁，其存者只熊氏江陵别墅、蔡氏环秀斋及吾家冬青园而已。

　　冬青园斜倚北郭，西向而面石门，广十五丈，深倍之，旧名柏园。岁甲寅①正月，予居此读《礼》，见柏已槁死，独存冬青两株，因改易今名。以不祥之人遇不祥之物，又适当嬗代之秋，如入会稽，与唐玉潜、谢皋羽诸贤共话六陵遗事，念之悽怆，殊难为怀。园内有三官殿，偶像为社鼠所凭，僵仆在地，予取而祧之，改祀宋安定先生②，而配以澹庵③、五峰④，众皆曰善。

　　殿后有圃，环绕东南两面如坺，豕圈鸡桀，杂置其中，芜废不治者已数十年。发夫施畚，锄平其基，尽除杂卉，只留丹桂一株、老槐一株，与冬青夹峙，槐桂为藤所缚，生意婆娑尽矣！用巨斧诛藤，藤萎，树乃复苏。自古小人攀附君子，以起反谋，陷君子而夺之位，往往如是，是可叹也！榛莽既辟，乃跨墙左角筑一平台，而亭其右角，东西间以麂篱。亭曰"感旧台"，日北望以示身虽废退，犹有不能忘者。墙外有塘一方，穴而通之，水盈盈然，山苍苍然，林木郁郁葱葱，奔赴眼底。外累石成隈，内修月门。满塘皆种芙蕖，盛夏开花，袅袅婷婷，姿态百出，虽白泽无以过也。

　　予性僻不谐于俗，既避居斯园，或兼旬不见一客，或累月不一入城，惟熊芑丞大令、蔡春涛孝廉、蔡海荪、漆善卿两文学，时来存问，当其兴至，或煮茗焚香清谈，竟日忘倦。其邻殷贤祠，岁久且颓，数人者遭际既同，意趣相洽，相与捐钱设孤竹会，重新庙貌，为诗文以张之。酬神之日，里人聚观，谓此辈读书人素不媚神，今顾迷信若是，其有所祷耶？皆掩口匿笑不止。

城西有黄仪部子雅，性刚而好骂，乡人以灌夫避之。子雅亦不善与人接，独暱就予，遂来同居。每日向明即起，闭门手一编，独坐吟哦，声琅然达户外。问之，则程子《易传》也。是岁春夏多雨，凡近园旱田皆熟。去园不数武有翠竹园，即规抚柏园法式成之，不及廿年已残，屡欲易主，过者往往叹息而去。以是知家族盛衰无常，而先业之不易守也，可不戒哉！

注释：

① 岁甲寅：民国三年（1914）。

② 安定先生：胡瑗，字翼之，因世居陕西路安定堡，世称安定先生。北宋庆历、嘉祐间历任太子中舍、光禄寺丞、天章阁侍讲等。

③ 澹庵：胡铨，字邦衡，号澹庵，吉州庐陵（故里在今吉安青原区）人。南宋建炎二年（1128）进士，后任枢密院编修官。宋绍兴八年（1138 年），秦桧主和，金使南下称诏谕江南，上疏请斩秦桧因而被贬谪新州。后谪居海南。孝宗就位，被召任兵部侍郎。著有《胡澹庵文集》。

④ 五峰：胡宏，字仁仲，号五峰，人称五峰先生，福建崇安人。湖湘学派创立者。以荫补承务郎。著有《知言》《皇王大纪》和《易外传》等。

《屠光禄疏稿》序

光绪甲申、乙酉之间，孝钦显皇后①临朝，宦监骎骎用事。法夷初就款，即兴园工，而醇亲王挟太上之尊，结党以倾恭王。兄弟内阋，国势岌岌可危。其时谏垣勇于建言者，一为义乌朱蓉生一新②，一为孝感屠梅君先生③。

款夷之议初起，两人具疏力争，皆不报。其后朱君以劾李联英降官，先生请罢园工，触太后怒，竟假他事绌吏议，径降中旨黜之。由是言事者颇有戒心，台谏不振者累年。余尝读朱君《弦佩集》，见其料事之明、析理之精，及朋俦往来酬答论学之辞，辄掩卷咨嗟，叹其言论丰采为不可及，而犹以未见先生著述为恨。朱君尝受张文襄④聘，掌教端州。先生失官后，闭门却扫，不通宾客，益潜心宋五子书，发为言论，多沉冥之思，后亦西入太原，主令德讲席。吾友刘君幼云视学山右，相见甚欢，密疏奏荐，并许刻其奏议，即所传《渐室疏稿》，编为四卷，凡三十余篇者是也。

癸丑⑤六月，予来胶岛，始得尽读其书。知先生久居谏职，前后凡六七年，所上封事不仅园工一疏，能言人所难言。当海军初兴，亲贵渐出领事，群小趋附权门报效者辄予美官，举朝畏缩不敢出声。先生独愤然冒死力谏，且请裁抑亲藩，收回醇王会商枢务成命，进曲突徙薪之言，以杜履霜坚冰渐。若预知有今日之变者，小人贪宠不悟，不幸而使君子被知言之名。呜呼！其可哀也已！然光绪中叶之初，政虽日趋窳败，新说犹未盛行，故先生及朱君虽废弃不用，犹得优悠于端溪、汾水之间，设帐谈经，各专一席，著书立说，传之其徒，以期不朽。自国变作而夷服夷言，东南各省尽犬羊窟宅。国学既废，鹿洞、鹅湖先贤讲学之地，亦皆鞠为茂草。予还新昌，展转迁徙，遁迹穷山，黄冠改道服，幸乃获免。幼云拥书避难海滨，乱后相逢，执手唏嘘，亦有难言之隐。上海流寓诸公赁廉而居，妻孥相对悲泣，多不能自存。回念同光诸老罢官之后，坐拥皋比，牛酒束修，馈问不绝，殆不啻开元、庆历之人，再上而追溯康、雍全盛之时，更如海上神山，可望而不可即。

此予读先生之文，所以益增迟暮之感，而懔然于骨肉之亲不可离，祖法之不可轻变也。聊存数言，以尽后死之责。异时操吏笔者，本此以存一代是非之公，而先生绌于一时，伸于万世，九原有知，可以无憾矣！

注释：

　① 孝钦显皇后：慈禧太后。

　② 朱一新：字蓉生，号鼎甫，浙江义乌人。历官内阁中书舍人、翰林院编修、陕西道监察御史。直言遭贬。任肇庆端溪书院主讲及广雅书院山长。对经学尤有研究，

为清末著名学者。

　　③ 屠梅君：屠仁守，字静夫，号梅君，湖北孝感人。同治十三年进士，选庶吉士，授编修。光绪年间转任御史。

　　④ 张文襄：张之洞，字孝达，号香涛，河北南皮人。历任山西巡抚，两广、湖广总督，宣统元年（1907）后任大学士，军机大臣，次年逝，谥号"文襄"。

　　⑤ 癸丑：民国二年（1913）。

黄户部《凰山遗集》序

　　光绪丁亥、戊子之间，与余游学会城者，有孤介自守之士二人：一南昌魏君斯逸①，一都昌黄君百我②。斯逸笃守经义，而议论恢廓，能识大体；百我兼习词章，而冥心孤往，不为物欲所累。余皆引为畏友。既而两人皆成进士，官司曹，余亦由庶常改吏部，入谏垣，聚首都城，过从往来甚密。

　　其时新法盛行，用人不拘资格，每创立一部，自丞参以下皆由长官奏调，多至数十百员，俸稽优厚，捷足者往往得之。或藉酒馆娼寮为交流结纳之所，廉耻道丧，邪说大张，如巨浸稽天。相率招手褰裳，而不自知其灭顶，独百我与斯逸株守一庐，公退之暇，辄闭门读书，不复知世有枯菀。而百我鳏居寄食，前后累七八年，无论贫富贵贱之门，未尝以一刺自通。其踽踽凉凉之概，不但驰骛荒弃如予瞠乎莫及，即斯逸视之，亦恍然如有所失矣。

　　自辛亥国变，朋交星散，音问不通。斯逸避居鲁溪，壬子二月，曾冒雨一造其庐，而百我阻隔重湖，匿迹销声，终未由相见携手一痛哭。越四年，余来南昌，居湖滨三君子祠，编刻豫章先哲遗书，招百我同襄厥事。百我辫发依然，坚谢不至。或传其《五君咏》奇瑰直逼太冲③，喻、朱、陈、李④外，兼齿及贱名，虽内省不能无疚，未尝不叹百我才思日进、骎骎登古人著作之庭，私喜吾道之不孤也。而百我不幸死矣！其邑人、吾友胡雪抱⑤以《凰山遗集》见示。噫！群阴进至六四而剥犹未止，且先夺善人以绝来复之机，尚何言哉！尚何言哉！

百我深自韬晦，有所作不轻以示人。此集编为四卷，自三卷以下，多黍离麦秀之音，皆宣统逊位以后作也。呜呼！家父心伯废而变雅兴，屈平沉而楚骚出，士不得志于时而以空文自见，非士之幸，亦岂国之福哉？余与百我少时同肄业经训书院，又同领癸巳乡荐[⑥]，同官京师，非寻常投分可比。既承临终诿诿，俾序其诗，诗境之高，集之必传，非鄙言所能增重，因历序生平出处、交游本末，惟报死者，且以示斯逸。死者已矣，而予与斯逸尚靦颜偷生视息于人间，长夜漫漫，可叹也！

注释：

① 魏斯逸：魏元旷，字斯逸，号潜园，笔名潜园逸叟，南昌县人。民国初退居南昌，与新昌胡思进合作编校《豫章丛书》，著有《潜园全集》等。

② 黄百我：黄锡朋，字百我，号蛰庐，都昌县人。著有《凰山樵隐诗钞》《蛰庐文略》等。详见前黄锡朋选文。

③ 太冲：左思，字太冲。西晋著名诗人，辞赋家。

④ 喻、朱、陈、李：喻当作俞。俞兆蕃，萍乡人，官宁绍道台；朱益藩，莲花县人，官至宗人府府丞、都察院左副都御史。入民国后，继续为宣统皇帝师傅；陈三立，义宁人；李瑞清，作者简介见前。

⑤ 胡雪抱：都昌人，黄百我友人。

⑥ 癸巳乡荐：光绪十九年（1893）乡举，即考举人。

送赵侍御罢官南归序①

余读史，观古圣贤行事本末，若伊尹、傅说、太公望、诸葛武侯、李长源之徒，始皆遗世，独立末路，感激驰驱，不得已而一出，舍其躬耕乐道之志，而效股肱耳目之劳，非所好也。至段干木逾垣泄柳闭门，迫以不得不从之势，犹且绝物而逃。论其行，虽不合于圣人中道，皆以天爵自尊，无假于外物，以为荣辱者也。后世古义不明，人君私其爵赏，如操果饵以弄婴儿，喜则予之，怒则夺之，一夺一予，傲然有德色。及其变也，予授太滥，名器不足以动人，则有如天宝之乱，公侯告身，只博一人之醉饱；诛责太严，利禄不足以啖众，则有汉用公孙贺为相，临拜畏罪，顿首哭泣不起。以势交者，势衰则散；以利合者，利尽则疏。天子孤立于上，提公侯宰相之空名，至不能牢笼中才以下，岂不大可惧哉！

　　光绪丁未四月，余友赵芷生侍御以言事失官，京朝士大夫惜其去者，争扼腕奋髯，愤恚不平于色。盖犹未离乎一官得失之见，与余平日持论及芷生自相期许俱不合。或又慕其直声，置酒杨椒山②、吴柳堂③两先生故宅，作为诗歌，称引《楚辞》，互相褒重。呜呼！国步艰难，至今日而极，又恶直丑正，播其恶于四方，祸变极矣，海内将被其患，先生独从容受敢谏之名以去。推其平时依恋之忱，虽身在江湖，犹将引为大戚。国将乱而后有忠臣，家门不幸而后有贞女烈妇。彼不幸适丁其变，发于一时天性，悲痛无可奈何。万世之后，藉其名以维纲常、扶世教，不得不侈为美谈，令当时取忠义节烈之褒词，直陈于龙逄、比干、共姬、伯姬之前，吾知诸人呼天抢地、肝肠欲裂，不以为讥刺，必以为狂怪不入耳矣！然以此觇天下人心好恶之公，虽当破坏决裂之馀，直道犹存，是非未泯，知祖宗德泽绵长，士气奋发可用，鲁秉周礼，齐未敢动，中国大有可为之机。芷生非忘情于世者，异时相逼而来，责我以仁，协我以义，虽欲却聘陈情，执予前说以拒当路，当不吾谅也。其勉图之。

注释：

　　① 赵侍御：赵启霖，字芷生，湖南湘潭县人。光绪十八年（1892）进士。曾任河南道、江苏道、山西道、监察御史。因弹劾段芝贵献妓女杨翠喜给载振案，得罪清室被革职，但得到社会声援而获复职。

　　② 杨椒山：原名杨继盛，字仲芳，号椒山，直隶容城县人。明代嘉靖三十年（1551）任兵部员外郎，因上《请罢马市疏》弹劾咸宁侯仇鸾，被贬到甘肃临洮任典史。仇鸾死后，被召回京，擢升刑部员外郎，后改兵部武选司员外郎。又上《请诛贼臣疏》，奏劾严嵩十大罪状，被削职下狱，被杀于西市（今北京市西四）。

　　③ 吴柳堂：吴可楷，号柳堂，兰州人。道光三十年（1850）进士，授刑部主事、晋员外郎。咸丰九年（1859）分校顺天乡试。迁吏部郎中，转河南道监察御史。上疏弹劾成禄犯有"可斩者罪十，不可缓者五"。被诃责，镌三级。回到兰州，复掌教兰山书院。

送李梅庵南归序①

梅庵与予癸巳②同举于乡，后一年成进士，各以事留京师。又一年，始廷对同入翰林，为庶吉士，是时梅庵年二十六七。慕杨椒山先生之为人，侨寓松筠庵，与二三朋辈，唱酬游宴无虚日。予少梅庵一岁，方读《史记》《庄》《骚》，弃帖括为词章家言。两人遭际既同，志趣相若，握手论交，称为莫逆。

其后予游长沙，访梅庵城南寄庐，读其文而壮之。梅庵见予《岳游》诸诗，亦极口称叹勿绝。其弟筠仲嗜古劬学，所交尽当世名流，相与置酒碧浪湖，凭吊唏嘘，慨谈往事。予作长歌一篇，引岑参兄弟好奇以相比，况一时意兴之盛，可谓前无古人。及戊戌政变，再来京师，两人情好益笃。梅庵有子曰承侃，与予女合欢，年相若也，因指约为婚，未订盟，匆匆别去。盖自戊戌政变以后，中更兵火，凡四五年间，梅庵迭遭家难，由燕返楚，由楚而桂而滇，展转奔驰，莫能自主。予亦以贫故留滞京师，时时独居深念，咤叱无聊，不但湘楚旧游恍如隔世，即求重聚京师战艺论文，以验吾两人之进境，渺不知何日，乃叹岁月骎骎易逝，而交游离合之故，古人托之文字，一唱三叹，悲其难聚而易散者，为可念也。

壬寅十月，邵阳魏公承诏开云南学堂，聘梅庵为教习。梅庵既受魏公之币，严冬冒雨雪走视予于京邸。予方忧梅庵中岁多故，或牵率人事，不克宁静专一，以治生平未竟之业。而梅庵境愈穷，学愈进，言论之间，无几微不豫之色，方将发明春秋君臣大义，成一家之言，返其好古之心，以究末流世变。贤者固不可测。予自愧知人之浅，向之嗟叹梅庵，忧其穷途坎坷、爱莫能助者，今转得梅庵而且壮矣。梅庵持此而善守之，本之六经、四书、诸子百家之言以穷其理，考之历代国政朝章以明其制，参之二十一朝治乱兴衰之迹以详其事。我而用，小而试之一邑，为于罗江、陆嘉定可；大而试之军旅，为江忠烈③、曾文正④亦可；又不幸而遭国难，为袁太常⑤、王祭酒⑥亦无不可。我而不用，有朋友之和，有昆季群从之贤，把臂入山，读书乐道，为魏冰叔⑦可；独处穷荒，寂无声闻，为王船山⑧亦可。此数年来相与论交之意，梅庵所以期予者在是，予之临别赠言以报梅庵者亦在是。若夫苟合求容，藉口于枉尺直寻以贬其节，中材以下能辨之，固无待吾两人之规戒矣。

注释：

① 李梅庵：即李瑞清。

② 癸巳：光绪十九年（1893）。

③ 壬寅：光绪二十八年（1902）。

④ 江忠烈：江忠源，字岷樵，湖南新宁人。咸丰初练乡兵，号楚勇，解桂林之围，旋于蓑衣渡袭击太平军，致南王冯云山伤重而亡。又驰援长沙。授湖北按察使。

⑤ 曾文正：曾国藩，谥"文正"。

⑥ 袁太常：袁昶，字爽秋，号浙西村人，浙江桐庐人。历官户部主事、总理衙门章京，后任江宁布政使，迁光禄寺卿，官至太常寺卿。

⑦ 王祭酒：王先谦，字益吾，长沙人。曾任国子监祭酒、江苏学政，湖南岳麓、城南书院院长。校刻《皇清经解续编》，并编有《十朝东华录》《汉书补注》《后汉书集解》《荀子集解》《庄子集解》《诗三家义集疏》《续古文辞类纂》等。

⑧ 魏冰叔：魏禧，字冰叔，宁都人，清初在翠微峰论学，易堂九子之首领。

⑨ 王船山：王夫之，字而农，号姜斋，又号船山，衡州人。与黄宗羲、顾炎武并称为明末清初的三大思想家。中年起兵抗清，晚年隐居于石船山。有《船山全书》。

跋《自牧轩遗集》

右《自牧轩集》二卷，新昌李镜蓉柳庵著。柳庵性孤僻，不妄与人交，少时高自期许，在鲁望、白石之间，遇人过失辄面折，虽尊贵不避。岁暮天寒，尝解衣付质库以周故人之急。游学南昌数年，以拔贡生受知陈阁学弢庵①。诗学韩，文工宋四六，屡试不利，益使酒好骂，财币到手辄尽，不问家人生产。一日独坐饮酒，殽馔错列，有乞者过门，即倾一簋与之，其豪爽往往类此。晚年境愈穷，愤世愈甚，旅寓无聊，交游断绝，遂憔悴以死。死后，门人黄君子雅出其遗稿示予。予哀文士之多不偶，而独行君子之可以励俗也。为校阅一过，薙去散文二首、骈文五首、律赋一首、词三首，编次为诗文各一卷，付黄君弄而藏之以待知者。癸丑正月上元日跋。

注释：

①　陈阁学弢庵：陈宝琛，字伯潜，号弢庵，福建闽县人。同治七年（1868）科进士，授翰林院庶吉士。三年后授编修。曾任江西主考官。后官内阁学士兼礼部侍郎。著有《沧趣楼诗集》《听水斋词》。

刘淑人墓表

亡妻姓刘氏，新昌潭山人。年十七归予，归四载而没。没后十有八年，今天子即位，改元宣统，予官掌广东道监察御史，以登极恩，追赠淑人，始得改葬，为文以表其墓。

方淑人之来归也，吾母产四男三女，贫甚，莫知为计。或说吾父家贫食指多，宜早为所。有子皆令读书，读未成，馁死矣。长者愿曷令学贾。贾，良业也，不劳而易获，姑息肩焉，庸何伤？亲故皆然其言。淑人虽在室，闻予将废业，怼其母泣涕，坚卧不食，语稍达于吾家。吾父大悟曰："始刘翁以女配我儿，固谓吾累世业儒，今改而学贾，贾非吾家所素利，不可知，先见薄于姻党。"遂令就学如初。

及淑人来归，予年十八，已入学充弟子员矣。淑人鬻嫁时，奁衣得廿余金，资予游学南昌。由县城贾舟达上高四十里，是夕大风雨，泊舟西关，白浪轩起，逼柂楼鞺鞳有声，辗侧不能成寐。漏尽三鼓奔回，淑人方绩，闻叩扉声，惊曰："君归耶？"曰："归矣！"淑人且喜且惧，启门注视良久，曰："君归当告阿母知，少须之，妾且得罪。"旋篝火燎衣，两人一灯荧荧相对语，达旦不休。次日割秋罗半臂，送予出门，忍泪而别。自是予留学省会，四年间一归省，未久，旋即别去。辛卯秋试撤闱，闻淑人病，卜于神，不吉，两日尽二百四十里驰归，淑人方奄奄忍死相待就榻。呼之，张目熟视，哭无声。膝前有女，生三岁矣，招之来，欲有所属，舌强不可转，遂卒。

淑人自始嫁迄死，虽从予四载，先后聚处实不越一周岁。其平时事父母之恭，待兄弟姑姊妹之和，邻里人述之，皆以为难，予或不尽知也，惟一二房帏劝勉之词，拳拳梦寐间，如逆旅邂逅相逢，酬酢未终，遽执辔上马，一揖而散，念之有足悲者。始予少时，性卞急好胜。一日，淑人乳儿于怀，倚枕将就寝矣，一语不相中，口期期面赤忿发，就坐隅取栲栳投之，声铿然。淑人以手格去，血渍衣襟，默无语，徐拥衾候儿熟睡，披衣起，执手劝喻百端，指户外人影示予，相与一笑而解。予家自大父镇远公战死黔中，连遭期功之丧。先大母愤不欲生，遂长斋奉佛，日诵《法华》，数周返。顾吾母子女累累嘈然，恶其不静也，析令别居，谗人间之，渐生责望。自淑人来归，侍养重堂，吾母之隐所不能自达者，先大母始尽闻之，后遂无复间言。呜呼！淑人厉①予学于微时，不及待予仕禄而遂死。自淑人死，予所遇之境日以顺，而所怀之志日以荒，既私叹逝者禄命之薄，又自念学业孤立无成。述行表墓，只益悲也。

注释：

　① 厉：通励，勉励。

李祖陶传

　　李祖陶，字钦之，号迈堂，江西上高县举人。少时肆业南昌，为项家达①所赏。既屡困公车，自知穷达有命，不肯揣摩时好，贬节求伸，则一意肆力于文。家故贫，常节取馆金及应试旅囊用以购书，久之，累箧盈箱，经史之外，凡诸子百家下至唐宋以来专集，罔不具备，朝夕寝馈其中，日尽数十百纸，虽盛暑祁寒不辍。或夜半即起，篝灯危坐达旦，家人悯其劳，劝令少息，而祖陶吟哦自得。当其兴至，目短视以鼻抵几左右，朱墨淋漓，虽大盗持刀入室，不觉也。

　　自明七子倡言复古，沿及国初，咸言北宋以后无文。祖陶力辟其说，积二十年精力裒集诸家，于宋得范文正、李泰伯、韩忠献、司马文正、李忠定、子朱子、叶水心、文信国②，定为《两宋八家》。于金得元遗山③，于元得姚牧庵、虞道园、吴草庐④；于明得宋景濂、王阳明、唐荆川、归震川⑤，定为《金元明八大家》。于国朝则录熊钟陵迄陈惕园文为《初编四十家》，又录姚恪端迄姚秋农文为《续编六十家》。又欲选辑《江西文征》，有志未逮，仅录杨东里、罗圭峰、艾千子、胡颐庵、解大绅、何文肃、邹文庄、罗允恭⑥文定为《有明八家》。其选录大旨，务取诸家之长，不拘守近人宗派，故有明道之文，而近肤者不录；有论事之文，而大横大偏者不录；有记述功德之文，而谀者不录；有言情写景之文，而浮夸者不录。聚而诵之，如接诸老先生于一堂，而亲聆其謦欬，远承姚、吕，近接梨洲⑦，此亦极一时之大观矣！当《国朝文录》初出，其时姚氏《通艺阁选本》尚未盛行，欲考求本朝文派者争相购求，一时为之纸贵。《张氏书目答问》嫌其评点过繁，不脱明人陋习，颇有微词。然所辑多属名家，阅时既久，其本集渐亡佚。姚选简略，虽为大雅所称，而祖陶之书终不可废，识者至以唐人《文苑英华》比之，非过誉也。

祖陶虽早岁专攻词章，而记诵既博，才力过人，实隐具经世大略。历应公侯之聘，遨游幕府，足迹几遍天下，大而河防漕輓、盐法钱钞，小而间阎情伪、民生疾苦，无不随时研究，抵掌而谈，期欲见诸行事。故其在武昌，为李赞元序文稿，谓"票盐可通行各省"；在龙泉作《县令论》，谓"初得科目及异途出身人，不宜试以民事"。在吉安为张维屏题《救灾图》，谓"湖北不可筑堤"。在《景高见朱京卿变通钱法疏因》折中，为"重钱轻银兼用布帛谷粟私议"。其后作《救时四议》及《东南水患论》，议论愈奇肆。晚岁更好谈兵，辛丑英夷发难，方客广州，作问答三篇，不见用，因考求海疆形势，同时名公卿若单懋谦、许乃普、朱锦琮、王赠芳、张芾、刘绎诸人咸极口褒扬，或相与上下其议论，安化陶文毅澍知尤深。若稍事委蛇，攀附一人，功名即指契可取，而祖陶岸然不屑。自负笈游学，至受聘充诸侯上宾，历主鹭洲、洪都、凤仪、龙洲讲席，每与诸达官相见，只讲艺论文，慨谈古今世变，无一语及私。自言性有五反：一、对人言，呐呐不能出诸口，遇题则操笔立就；二、性畏见客，开卷与古人相对，声音笑貌如或遇之；三、身无一命之寄，而好谈天下之务；四、平时与人周旋，虽唾面自干，不以为辱。遇愤激不平之事，则须发怒张，恨不生啖其肉；五、在家终日抱卷，不出户限，游辙所至，动辄数千百里。闻者无不解颐。

生平自奉甚约，馆谷稍丰，辄以分遗诸弟。事母至孝，曲意奉侍，能得其欢心。其佐幕多所赞画，最著者为《奏请汤文正从祀一事》。其掌教成就弟子甚众，最有名者为傅九渊。所著书已刊行者，《国朝文录初编》八十二卷，续录六十三卷，《金元明八大家文选》五十三卷，《迈堂文略》四卷，《史论》一卷。未刊者尚有《通鉴大事录》、《唐二十家文钞》、《宋八家文钞》、《江西明八家文选》、《国朝四家诗选》，稿藏于家。《大事录》为晚年极得意之作。没时年八十有三，犹惓惓以著述未尽卒业为念，殆所谓死而后已者也。

注释：

① 项家达：字仲兼，号豫斋，星子县人。乾隆三十四年（1769）进士，授翰林院编修，入国史馆武英殿，参与编纂《四库全书》。历官光禄寺卿、太常寺少卿、安徽司郎中、顺天乡试同考官、主试河南、四川等省乡试。编有《初唐四杰集》。

② 范文正、李泰伯、韩忠献、司马文正、李忠定、子朱子、叶水心、文信国：即北宋范仲淹、李觏、韩琦、司马光，南宋李纲、朱熹、叶适、文天祥。

③ 元遗山：元好问，金代忻州人。

④ 姚牧庵、虞道园、吴草庐：元代姚燧、虞集、吴澄，皆古文家，一代大学者。

⑤ 宋景濂、王阳明、唐荆川、归震川：宋濂、王守仁、唐顺之、归有光，均明代古文家、学者。

⑥ 杨东里、罗圭峰、艾千子、胡颐庵、解大绅、何文肃、邹文庄、罗允恭：即杨士奇、罗玘、艾南英、胡俨、解缙、何乔新、邹元标、允恭不详，余皆明代江西名家。

⑦ 梨洲：黄宗羲，字太冲，世称梨洲先生，浙江余姚人。青年时领导复社成员坚持反宦官权贵的斗争。明亡后，他在江南招募义兵抗清，失败后隐居著述，多次拒绝清朝征召。著有《明儒学案》《明夷待访录》。

与三弟幼牒论治书①

接来书，知已抵任，通海民纯地僻，试摄亦颇得宜。吾弟初任地方，不患不勇往任事，患在看事太易，锐欲自见，于物理人情不甚透澈，中更盘错，有始无终，久而遂懈。近日官场败坏，非尽人之无良，候补人员株守一二十年，始得一缺，志气消磨，老期将至，或家本寒素，称贷而来，甫一履新，债主麇集，又或全家官派食指浩繁，子汰妻骄，六亲环逼，种种牵挂，丧其生平，其所陷溺其心者，非一朝夕之故矣。吾弟年甫二十，精力过人，随宦亲人无多，妻妾皆起贫乏，留滇数载，无丝毫亏累，家中买田负郭已逾二顷，高堂甘旨无待经营，民有赖于我，我无利于官，处斯境遇，虽中人以下，必勉思树立，况吾弟乎？

地方有司，莫急于惩创强暴、保护善良，天下而无强暴，斯不必设官而自治矣。极奸人伎俩，预设策以待之，虽肆咆哮，岂能螫毒？词讼坐堂皇收呈，不准者即时批还，准者随判随结，多延压一日，则民间多受一日拖累，多传质一人，则民间多受一人株连。官之可危者，一身孤立于上，左右前后，罔非蒙蔽播弄之人。书差衙役不得已而用之，签票一出，如虎如狼，恃一己聪明于数十百人机巧变诈相角，势必不胜，要在感之以恩，毋太刻畏之以法，毋姑从门丁，仆从尤宜简之又简，人少便于驱使可省力，人多难于周防，实劳心也。命案缉凶，购线悬赏，不可惜费，此等案情即时亲验明白，便须上禀，不可误听。幕宾隐匿不详，公罪转成私罪，命案四参不获，降一级留任。盗案四参不获，降一级调用。有级皆可抵销若署任，更无疑矣。保甲与巡警不同，保甲清其源，巡警遏其流，源清则流遏，此固一定之理，行之不得其人，其弊一也。

院司札办新政，可行者商请谨愨绅士体察地方情形，实事求是。凡立一法，必使垂之久远，虽后来不肖官绅皆可遵守无弊方，不至勤民反以厉民。不可行者如咨议局之类，只好随题敷衍，拟一局章、择一处所，举办事员、议员若干，悬立空名。照章详复，万不可搜括穷民卖儿帖妇之钱以饱刁生劣监之欲壑。政治馆分四等，考察州县事实，此自欺欺人、掩耳盗铃之术。读柳子厚《梓人传》，可知为宰相之体，读《郭橐驼传》，可知为州县官之体，惜庙堂诸公不学无术耳。自古言政治者，皆云兴利不如除害，所谓"害者"，强凌弱、众暴寡、钱粮之浮收、胥吏之需索、讼师之唆使、鸦片之流毒、赌馆娼寮之引诱、盗贼之剽窃，一害不除，则吾民一日不安。又一方必有一方恶俗，相沿既久，不觉其非。能留心考察，极力化导革除，亦闾阎莫大之福，此除害之说也。至所谓"兴利"，则难言之矣。矿务也，农业也，工艺也，皆所谓利也。此等事非合众力、人人皆知其利、而各自为之不能见效；非创办者久于其事，竭八年、十年心血，任劳怨、忍诟尤、挟全力赴之，亦不能见效；非资本富、辅助多，不畏亏折、坚忍持久、气魄足以举之，仍不能见效。今之办农业者，拓地数十亩，有亭有轩，有池有沼，有接待所，有试验场，远购东西，洋耕种、器具、肥料，如豪富人家花园而已；今之办工业者仿西式建造洋楼房，以重赀雇工至少许，洋皂、洋手巾、洋毯、洋烛、洋烟卷、洋铜玩器，岁耗公帑数千金，妆点门面而已。吾曩持议，亦以为救民当从农工下手，今渐知其不然。人莫急于谋生，谋生之道，莫切于布帛菽粟。天子亲耕，后妃亲蚕，自古重之矣。蚕丝、棉花、米豆，皆通商出口之物，必内地有余而后溢及海外。中土以农桑立国，远过欧美，举一隅，馀可推也。迩来习俗骄淫，趋重末作，百物昂贵，皆数倍于曩时。米价稍上，则游惰之民相聚噪呼。起而闭粜，而农民不能支矣。加以邮传交驰，便于迁徙，通商之埠、开矿筑路之区，土木大兴，谋食甚易，农民相率改业，而田土荒矣。夫已熟之田而任其荒，世守之业而弃之，勿有今变。一说而令种蔗熬糖，种樟取脑，种葡萄酿酒，舍其固有以就缓不可知之利，谁则从之？今日贫瘠之故，不在士大夫不晓农学，而在乡村之间无农夫。其不肯归农之故，在市井获利多而逸，田亩获利寡而苦。究其所以致此之故，在政乱官邪，挥霍无度。如京师一官宅岁费千金，用以救身家饥寒者不过十之二三，其余车马、宫室、玩好游宴之类皆附之末。以此知古人用礼教维持上下。

自汉以来贵粟重农抑商，贾不得衣丝乘车，盖有深意存焉，非一孔之儒所知也。工艺之说较农业为易行，吾等倡办本意，一在收养无业游民，一在振兴实业，抵塞外货。其言虽美，恐亦有不尽验者不凡。游手坐食之徒，多系好逸恶劳，避生业而逃之，其无业可托者盖无几也。吾邑纸棚雇工皆不愿赴，不得已而募客民。其攻金、攻木、攻皮之匠，无一不自外来城市，觅一用力粗人，难于学堂之聘教习。以此类推，虽设局招工亦不过二三。谨愿乡愚舍彼业而就此业，其刁猾游食无聊者自若也。至抵制外货之说，尤属荒谬之谈，人力不能与机器争，此不待办而知者。用机器织布、缫丝、札麻之类，动须数十万金，非通都巨镇纠合公司不能举行。吾用吾土法就荒僻小邑设一工厂，开办之初，必大亏折，可决而知。办理得人，有物力以持其后，久之亏折渐少，始可支持。人见吾无利可图则哑然笑，人见吾不唯无利而且亏本，则摇手动色，指以为戒。区区一厂有倡无和，所出货物几何，所养游民又几何，吾知其必无济矣。天下之物，自足供天下之用。人虽至愚，未有坐而待尽者。通商惠工之道，要在薄赋敛、明政刑、戒奢侈、禁淫巧、惩游惰、抑兼并，随时奖励。如国初给老农顶戴，外洋办农工商有成效者奖以徽章，皆可变通其意仿而行之。若必亲诣田间而教之耕，尽驱市人而授之艺，尧舜犹病博施愿欲太奢，恐无是理。君子不患贫而患不均，上多一豪侈之民，则下增十百饿死之人。官家剥削太甚，民丧其乐生之心。群起构乱，兵祸一起，死亡流散或数千里旷无人烟，何有于农？通都宝货，山积践为泥，溢荡为灰烬，何有于工？

我今日在朝，专以正人心、息邪说为主。汝今日在州县，当以宽民力为主。善用兵者，无赫之名。舍利达之途不趋，负罪谤、犯不韪以与斯民争旦夕之命，虽至愚极拙者莫肯为。且除害之事，无形而兴利。而兴利之空名易攘，除害虽才智人有时棘手。兴利虽庸，懦人嗟咄可办。吾弟尽从吾言，或背俗俪时，不能久立于不败之地，略体吾保民遏乱之心，不激不随，与时消息，庸讵为人所忌乎？治国如治病，内科风邪不清，不能投补剂；外科毒热不去，不能补血生肌。凡事物之理，层折极多，思虑要周，眼光要远。两害相形，则取其轻；两利相形，则取其重，其大较也。宪法是无稽之谈，咨议局是儿戏，所谓选举权、被选举权，举国若狂，如谈梦呓。似此一切厉民之政，吾必抗疏直谏，即他时险遭不测，甘之若饴，无庸惊骇，父母妻子，一以托弟，吾何惧哉！附寄小学章程四纸，中学以上，非州县所领，不赘。

注释：

① 幼腴：（1878～1951），即胡思义，谱名棠孝，字幼腴，胡思敬三弟。

答华澜石书

前得书承询昆山学派，适为俗事所牵，又感冒兼旬，久延未答，甚歉甚歉。

亭林之学偏重考据、经济，而略于义理，彼以言心言性言道为空，而以博文为实，故平时与诸子论学书，皆暗含讥刺宋儒之意。方东树诸人皆不直之。其论吏治，欲寓封建于郡县，凡县令老疾乞休者皆得举子弟以代；其论选举，欲尽废生员而改用辟举之法，稍有经验者皆知其说之难行。光宣末年所行新政，若裁胥吏、设乡官、破除用人资格，其议皆自《日知录》发之。推其仇视法令之心，使得志而居上位，鲜不为荆公之续执事，重其行并重其言，且欲以道归之，毋乃震强秦余威，舍目狗耳。未暇详察其言之有弊欤！

大抵三代以前之学，其心思专萃于一途。自格致以至修齐治平，一以贯之，别无他歧之惑。后世书越多学越杂，谈经者有小学、有汉学、有宋学，易有象、数学，诗有音韵学，书有今古文学；谈史者有舆地学、政治学、谱牒学、金石学；谈词章者有骈文学、古文学、诗学、词学；谈性理者有程朱学、陆王学、有程朱兼通陆王，近又有颜李学。骈文有汉魏六朝、唐宋之分；古文又有秦汉八家、桐城、阳湖各派之别；考据、目录二家始于宋，盛于本朝；校勘始于国初，何义门诸人盛于乾隆以后。士之稍具聪明者一为所炫，辄舍本逐末而生驰骛之心。习俗移人，贤者不免，此鄙人于顾氏之为人，虽服其气节文章，而不敢许为知道也。

论君子穷理尽性之功，一物不知，儒者所耻，远而至于天，幽而至于鬼神，微而至于虫鱼草木。好学深思之士，皆欲考索探求而得其故。顾于一身天所赋之性，性所具之理，理所由之道，生人所藉以立命，累代圣王推己及人所赖以出治者反漠而置之度外，可谓知本乎？鄙意借宋五子阶梯以窥孔孟门庭，乃为学不易之方。周子之《通书》、张子之《正蒙》、程子之《易传》，固可羽翼六经，即明儒之《读书录》《传习录》《居业录》《困知记》《呻吟语》等书，皆发明经义有功，不可不勤加讽诵，藉为师资。逸叟[①]治经，但教人涵泳白文，不肯看宋儒书，并注疏亦不甚措意，是其隘处。六经四书之义，包蕴甚广，冥搜苦索，何由骤通？吾读宋儒书，即与程朱诸贤坐而谈经；吾读明儒书，即与薛、胡诸贤坐而谈经。聚古今无数大贤坐论一堂，以为师友，事半功倍，经何患不明？学何患不进？顾氏以为经学之外别有理学、道学，则诬甚矣。曩在京与赵芷荪议三先生入庙即持此见，至今未有变也，如或未当，尚祈教之。今秋家君七十生辰，谨寄朱笺一幅，求贤者宠赐数言，藉博老人之欢。逸叟尚未回馆，省城太热，鄙人亦拟望后返里。续有所得，当再奉闻。

注释：

　① 逸叟：魏元旷。

夏敬观

夏敬观（1874～1953）字剑丞，号映庵，江西新建人。举人出身，光绪二十一年（1895）入南昌经训书院，随皮锡瑞治经学。光绪二十八年入张之洞幕府，参预新政，主办西江师范学堂。光绪三十三年任江苏提学使，兼上海复旦、中国公学监督，1909年辞官。辛亥革命后，率先剪辫，不以遗老自居。1916年任涵芬院撰述。1919年任浙江省教育厅长，1924年辞职。寓居上海，潜心著述。对经学、音韵、训诂、诗赋、文史、书画等造诣精深，著有《词调朔源》《古音通转例证》《忍古楼画说》《历代御府画院兴废考》《忍古楼诗集》《忍古楼词》《音学备考》等。以下诸文选自1936年出版的《青鹤》杂志。

范彦殊《蜗牛舍诗集》序①

光宣间天下言文章者咸称通州三范，而伯子②诗名尤著。予与仲林③甲午同年乡举，后往来南京、通州、上海，因获以诗谒伯子。时时闻绪论，至一变予往所为。继又于京师识彦殊、彦矧兄弟，与彦殊磨勘官书，共砚席数月。别去十余年，两人踪迹疏阔，虽不出吴越，邈若天壤。顷始自李生融之，得互致存问。世乱途荒，平生文字交游亦几离绝，可怪叹也。

今年秋，彦殊渡江持所自订诗卷过予穷巷间，谆谆以点定相属，执手惊视，垂垂老矣。予曩论彦殊诗，有其尊甫伯子之风。伯子丁世衰微，愁愤悲叹，一寓于诗，其气浩荡，若江河趋海、群流奔凑，滋蔓曲折，纳之而不繁，审而为渊，莫测其深。窃意世知重伯子之诗，未必能尽喻其旨也。彦殊才如其父，饫庭闻久，每一篇出，波澜起伏，吹漂千里，固恒人所不能效，而抒写其穷苦啾发之音，不自悯而悯世。盖所遭际，更非伯子所及见也。人生数十寒暑，若目击世变，俄顷愈烈，如今日者，亘古所未有。彦殊自幼而壮而老，历兹飘忽无常之境，感非一端，赋诗宁止于此。今存者数百篇，类皆绝空华、道情性、含讽刺之什。朋游酬唱，列为别集，则其自删弃者多矣。伯子之诗道在是，予舍是复何所去取哉！

注释：

①范彦殊：南通人，范当世之子。

②伯子：范当世，字无错，号肯堂，因排行居首，又号伯子。桐城派后期重要作家，其诗开同光体之先声。

③仲林：范锺，号仲林，范当世之弟。

映庵词话（选录）

长洲吴瞿安梅为曲家泰斗，其词亦不让遗山、牧庵诸公。近得其《霜厓读画录·题郑所南画兰次玉田韵·清平乐》云："骚魂呼起，招得灵均鬼。千古伤心留一纸，认取南朝天水。□□北风吹散繁华，高邱但有残花。花是托根天地，人还浪迹无家。"《题龚半千画·桂枝香》云："凭高岸帻，爱面郭小楼。红树林隙，妆点晴峦古画。二分秋色，高人去后栏干冷。笑斜阳、往来如客。野花盈路，当时俊侣，梁燕能识。□□但破屋、西风四壁，对如此江山，谁伴幽寂。湖海元龙未老，醉嫌天窄，笛中唱到渔歌子。胜无多、金粉堪惜。暮寒人远，何时重认，旧家裙屐。"《题王东庄画·长亭怨慢》云："是谁写、荒寒情绪，千丈悬崖，几丈瀑布。一水潆洄，大堤环绕万丛树。远峰清苦，留黛色，飞眉宇。胜地记曾经，但梦想、登临何处。□□延伫、对江山如此，恨少钓佳侣。沙棠箫管，已无复昔年豪举。纵剪取、十里吴波，怕难测、明朝晴雨。仗妙笔云槎，点缀思翁真趣。"诸词豪宕透辟，气力可举千钧。予尝谓元初词得两宋气味，不似明清诸家，堕入纤巧。曲盛词衰，实在明代。元曲高过后来，正由继两宋后，词尚且未衰也。

香山扬铁夫玉衔，吴兴林铁铮鸥翔，皆沤尹侍郎之弟子。铁夫著有《抱香室词》，铁铮著有《半樱词》，造诣皆极精深，力避凡近。铁夫《和彊村韵·倦寻芳》云："檐阴阁雨，帘隙梳烟，庭户初晚。绕树归鸦，戢戢欲栖还散。西崦斜阳鶗鴂苦，东风残信蘼芜怨。黯天涯、自王孙去后，带将春远。□□恨阻隔，相思官路，望眼周遮，图画屏展，薪簟才亲，转瞬便疏纨扇。湖酒醖嫌红日薄，榆钱买费青山贱。梦长安，又丛钟，声声敲断。"《戊辰除夕和梦窗韵·双双燕》云："诗魂酒债，正检点年涯。沉沉庭户，海檀自爇，翠缕拂帘千度。邻舍笙歌博簺，醉哗在、红楼深处。萧然四壁琴书，影被青灯留住。□□慵举、依梁倦羽，芳讯报初番。试花风雨，迎春灯火，一任九衢歌舞，胜得痴呆意绪。待持向、东君分诉，开镜兴阑，懒听街头人语。"铁铮《寄费恕皆用梦窗韵·霜花腴》云："避烟瘦鹤，傍野梅清癯，倦倚尘冠。人淡于秋，客贫非病，瑶台梦也通难。带围眼宽。拼壮心、消得尊前。报花开、又阅红桑，夜窗风雨伴高寒。□□仙曲世间谁记，算鷓巢一睫，茙共寒蝉。楼阁蓬莱，沧洲身世，清商迸入吟笺。去来画船。有旧时、蟾素娟娟。傲霜姿、笑比黄花。晚枫同耐看。"《度西湖泛舟憩倚虹园·清平乐》云："兰桡去后，人立河桥久。金粉飘零湖亦瘦，花比夕阳红杏。□□争如江水多愁，长堤杨柳丝柔。怕有箫声飞到，玉人何处高楼。"

如皋冒鹤亭同年广生，亦号疚斋，巢民先生其二十世祖也。鹤亭最熟于明清间诸老遗事。其词亦宗竹垞、迦陵，旨趣与余绝异，尊前辨难，辄不相下，然每经一度商榷，转益相亲。其题余填词图用王通韵，《天香》云："天水名公，金源作者。词坛领袖多少。砌宝楼台，槎橙院落，此境几人能到。偷声减字，分与寸、商量不了。秦柳几为世弃，姜张犹道家小。□□天公被他夺巧。正江南、乱莺芳草。画出轶伦髯也，扇巾谈笑，一事为君绝倒。都未怕、尊前被花恼。依样胡庐，迦陵也好。"盖讥余不喜迦陵，而又效迦陵所为而有此填图也。此词风致绝佳，置之迦陵集中，殆不能辨。宋词少游、耆卿、清真、白石，皆余所宗尚。梦窗过涩，玉田稍滑，余不尽取，谓余弃秦柳，小姜张，则冤矣。顷复得其近词数阕，流丽清俊，如珠走盘。近人词多极端，趋向涩体，守律过严，病在沉晦，此派固亦不可少者。《江城梅花引》云："自浇杯酒自填词，界乌丝，写乌丝，写到肠回气荡没人知。不信愁多人易老，才一夜，褪容光，减带围。□□带围带围念前时，春已归，花又飞。望也望也，望不见，油壁车儿。今夕泪珠，瞒不过罗衣。□□惟有药烟笼满院，人病卧，冷清清，绣帘垂。"其二云："绣衾推了倚屏山，解连环，琐连环。算是相思长日不曾间。生恐鲤鱼书不到，书到也，又愁他，损玉颜。□□玉颜玉颜在长干，见也难，别也难。梦也梦也，梦不到。楼下雕栏，又是灯昏，又是五更寒。又是退红帘子处，无赖月，照愁人，鬓成斑。"《踏莎行》云："月堕花初，梦回酒后，迢迢数尽长更漏。待抛前事不思量，无端心上来偏又。□□道是缘悭，因何巧凑，众中一见亲如旧。几番欲说又还休，问他持底偿人瘦。"《浣溪纱》云："记得麻姑降蔡家，偶因眉语脸生霞。却将纤手绿橙夸。□□几阵落梧风飐飐，一条芳草路斜斜。者回望断七香车。"《摸鱼子》云："早安排，听歌清泪，今宵添助愁赋。十郎薄倖，三郎醉。一样可怜儿女。离恨苦，浑不道，天涯即在门前路。锦屏寄语，便海样黄金。韶华可惜，难买好春驻。□□邯郸道、富贵黄粱久悟，依然痴梦无据。相逢都道神仙好，毕竟道山何处。君且住、须换了轻言，衣薄妨多露。琵琶罢诉，又画舫灯收，严城鼓急，缺月四更吐。"《荷花生日自后湖夜归·虞美人》云："马啼路滑行人静，忽漫心头省。风裳水佩怪相招，忘却荷花生日是今朝。□□近来情绪添潦倒，说与花知道。为花推枕起填词，未到晓钟犹是不曾迟。"

注释：

①　沤尹：

②　竹垞：

忍古楼诗话（选录）

予于诗话中录存亡友遗诗、远近朋交，往往以予所不及见者录示。兹又得任君心白《写寄王乂门存遗诗》二篇，题云《金夔意来诗，盛言彭泽山水之胜。君官翰林二十年，未尝求外。今忽两作县令，寄此调之》。诗云："平生金翰林，懒不听朝鼓。平生送作郡，高枕卧江浒。胡然百六会，攘臂说治谱。辞尊而居卑，舍身救众苦。岂云恋升斗，颇亦商出处。诸侯有惠爱，打景相媚妩。犹能赋新诗，艳说名山主（君来诗有"一年管领小姑山"之句）。三径资有无，公田祝时雨。"其二云："昔我折腰日，人祸未蔓延。入官已惊惮，百怪来蜿蜒。不免用意气，中更相哀怜。知罪仍窃碌，徇己稍任天。如是八九载，颜厚手足胈。较知偏瘠区，差得试所便。喜君山水县，远绍陶公贤。陶公岂不美，吏事无述焉。毋亦望而走，胜可酒作缘。疲氓今子遗，况入义熙年。君勿小百里，岂弟足回旋。"

长乐王又点允晢以工词名，予既书其词《忍古楼词话》，迩来李君拔可复为刊印遗集，叠搜得其逸词，又点为词固工，其诗亦真气弥满，扫尽凡近之语。近得《寿林琴南》七古一篇，乃拔可所刊《碧栖诗词》中所未有也。诗云："竹筠素节生已坚，松柏苟造神纯全。在物既尔人亦然，偃风零秋何足言。卓哉贞世畏庐叟，志事早日凌云天。承平家巷记谈笑，兴废辄刺山阴船。李（曾畬）高（兄铸、弟龙）方（亭雨）魏（季渚）选宾主，人物景气常清妍。此日信乐足毕景，瞥眼乃类秋林烟。君行入浙旋游燕，随身德义高璵璠。文笔画史将诗禅，古今得一堪引年。君擅三事还旁兼，传薪桃李尤翩翩。向来忠爱出天性，九度柳雪趋陵园。亭林若见定惊叹，千秋名业知难专。嗟我周旋久随肩，偶然去国还家边。昨闻雁宕亲行缠，道阻欲往空忧悁。寄诗一溯平生叹，停云直望思此贤。西山苍翠犹眼前，高秋作健当宾筵，酾白为我髯频轩。"

元和孙益菴德谦著述甚富，已刊者有《太史公书义法》《汉书·艺文志举例》《刘向校雠学纂微》《六朝丽指》《稷山段氏二妙年谱》《古书读法略例》，未刊者有《诸子要略》《诸子通考》《孙卿子通谊》《吕氏春秋通谊》《古书录辑存补》《南北史文志》《文选学通谊》《四益宦骈文稿》。其生平为诗绝少，友人黄君公渚顷写其所作《三末谣》见示，谓益菴尝读元诗选及元遗山诗，见有同姓名者二人。《元诗选》中之孙德谦，官平章，且殉节，其人皆遭末造，与己身世略同。因为《三末谣》自悼，诗云："金末能诗寿不长，元末殉难官平章。及余而三又清末，不夭不节守其常。"益菴虽不以诗见长，视此亦可以知其生平抱负也。

胡雪抱

胡雪抱（1881～1927），名孟舆，字元轸，号穆庐，又号雪抱，都昌县人。天资英隽，十岁能诗，肆力经史。优贡生，宣统二年（1910）赴京参加廷试，适废考。授广东盐经历，辞不就。民国初年寓居南昌，应胡思敬邀，校勘《豫章丛书》，后于景德镇等地设塾教读。著有《昭琴馆诗文小录》。好友王易序云："其所为文章歌诗，沉郁绵邈，长言无穷"。以下诸文选自日本明治年间东京刊行本。

秋津山记

乡有山曰"马鞍"者，从其似也。距屏风山①五里为邻，天清雾没，远见湖口②，汽船烟出鞋山③以北。东十余里，有苏山④、尖山⑤，南抚左蠡⑥诸沙山，重湖迭巘，烟云草树如织。隔水背南康⑦而蹑⑧大姑⑨，各水程三十里。南康楼塔参差，匡庐瀑布及内湖往复商船，电灯煤火，都历历在目。

山色苍而少树，惟凹际小壑青松数百。临波翠竹修森，穿竹径，入故青云寺。其屋因山架楼，曲折四五层，足揽彭蠡全胜。老僧法圆在时，疏钟鱼梵，与橹歌樵语、砧碓诸声，相赠送于风涛林籁间者。趁斜阳时往闻，则山水一一俱响。已而月上，又寂如也。隆冬水降，东渡桥约共五里，为余居村，开门即面马鞍山。秋九观涛，春三看竹，登游之乐，盖不胜纪。

于是雪抱生叹曰：美哉山乎！然而犹有憾。马鞍之称，第从其形，要为不雅，当易其名。且山形起伏，辄似马鞍，多同亦在所恶，而考图经者或误焉。顾余思易之而久未得，适瘦道人者，东游太平洋归，偶指此山，谓大似日本内地山景，第色稍苍，葱翠较减耳。余检日本山水影画，果不诬，遂亦以为然。考日本古国称秋津洲，既以此山为似日本之山，而山又趾湖洲之上，于是毅然易命曰"秋津"，命故青云寺曰"搴若"。"搴汀洲兮杜若"，《楚辞·九歌》语也。虽然，吾赤县神州所以不及小秋津洲者，其人民性质咸乐，因仍而惧变易，吾乡民智愈益拘墟。今乃举数百千年固有之山名，忽变以远东岛国旧谥，则大书曰某年月日，改马鞍山为秋津山，山之寺为搴若寺。吾知虽勒碑十丈，人必不能知其说，乐其雅，而遂改呼此山之名也。噫！况国政乎？

注释：

① 屏风山：今名屏峰，在湖口县西南，与都昌交界。一山如屏，插入鄱阳湖中，扼水运要冲。

② 湖口：鄱阳湖汇入长江之口。

③ 鞋山：在湖口县城南5公里，鄱阳湖中，形似鞋。

④ 苏山：一名元辰山，在都昌县城西北20公里，道书以为第五十二福地。

⑤ 尖山：在苏山南，笔锐如削。

⑥ 左蠡（lǐ）：在都昌县城西北15公里，多宝乡境内，鄱阳湖东岸沙山，以彭蠡之左而名。

⑦ 背南康：在南康的背面，即南康城之北面。南康，指星子县城，旧为南康府治。

⑧ 蹠（zhì）：至，足迹所至。

⑨ 大姑：山名，在鄱湖西岸，山下有姑塘。

《后汉书·列女传》书后

传凡十七人，类皆才行高洁，贞一不二，史所谓"端操有踪，幽娴有容"者非耶？独蔡琰有失节之讥①，读者憾焉。

雪抱生曰：琰之失节，犹之未失节耳。何也？原心之论也。方其被掠出边，骑卒凭陵，何所不至？若仓猝捐躯，转刻露其风节，虏必故辱而后杀之。夫辱而死，不如不辱而生矣。及终不得脱，而致之胡酋，初必有生还之志，不欲葬蛮夷中，故未即死，而只身绝域，呼吁无门。胡狡悍异恒情，不可以礼义动，一不从命，必怒而迫胁，隳其节以自快。吾意此时必有求死所而不得者，节已隳而又死，无是理也。呜呼！此所以不幸为胡妇，而其遇诚苦矣。然则盍自陈以取谅于世？曰生平憾事，所不忍言，纵言亦不见信，适足增羞，故第曰："薄志节兮念死难，虽苟活兮无形颜。"斯言也，引咎归己，深自怨痛之言，而悔不死于初至之时也。后之女子思之，以琰之才与遇，不幸失节，犹怨痛终身，矧才非其才，遇非其遇者，愈当宝其节而裁决之早矣。是有益于女教也。故曰琰之失节，犹之未失节耳。至于重嫁董祀，尤无足议。不然，自己非卫氏妇，顾为胡人守节于身名，果何裨欤？乃世或不察，引绳批根，以为才不补行，与父邕②座上一叹，陷于怀董，同一訾议，是皆过刻之论也。夫邕与琰，皆才高而操节行者也，而范史③于传录之，且以为殿④，若有馀痛，所见亦卓矣。

注释：

① 蔡琰：字文姬，蔡邕女，东汉陈留人。博学能文，善音律。初嫁河东卫仲道。后为乱兵掠，嫁匈奴左贤王。建安间曹操遣使赎回，改嫁同郡屯田都尉董祀。有《胡笳十八拍》纪其悲惨遭遇。

② 父邕：蔡琰之父蔡邕，字伯喈，博学好辞章，工书画、善鼓琴。东汉末，汉灵帝时拜为郎中。后董卓征为祭酒。王允等大臣诛董卓，蔡邕于座上叹息，被人攻陷为怀念董卓，以卓党死狱中。

③ 范史：西晋范晔作《后汉书》。

④ 殿：最后。

《诗课》序

自吾国以科学教授编教科书者踵起，以矜尚浮藻，即实学所由替也。故诗歌一科，虽知为《骚》《雅》之遗，为社会所不灭，而编者弗肯措意，间有作者，不过以浅语踏歌等诸秋千、蹴鞠①，甚非所以昌国粹而适滋以瑕累也。《夏书》曰："诗言志"；"传"曰："不学诗，无以言。"又曰："诗可以兴，可以群。"然则诗之所从来远矣，盖其旨温柔敦厚，而作者之精神气韵随以存，故君子用抒写其志，芳其辞，以寄托其所思，《离骚》之意也。状物体以征民风，风之遗也；美嘉会以戒荒亡，托哀歌以讥阙失，《大雅》《小雅》之教也；或正之黄钟②，被之清瑟③，则《颂》之体也。小之足范一己之性情，使勿纳于邪；大之足移其俗之风尚，而一轨于法度。盖非快意耳目之事所可比伦，即社会所以不灭是者，实亦由此。

顾吾谓以诗立教，尤莫如取最近之诗，箝释指示，使与读者相入，则性情风尚距离最近。其事为读者知识所可求，其人为师与父兄耳目所尝接，气韵自与之融化，而精神亦易于感孚。往往幼聪学诗，读其父兄之作，婉挚妙曼，逾于恒常。余叔弟若少余一岁，学诸兄诗，于余最易肖，若是者何也？亦性情风尚距离最近故耳。余承乏斯校二年，屡欲以诗教学子，而力有未逮，然欲吾群之能肄习其言，以兴起厥志者，终非诗不为功。又袁丈铁梅、徐君介青允分任钞印以助，于是取近人名作，编为若干课，起于道、咸④，以迄今日，别裁备体。以星期五日躬泪讲席，笔舌兼施，务尽其意，庶读其诗者咀嚼涵泳，而精神气韵有相感于不自知者至。由是而上规国初、明、元之盛，台隶乎两宋，衙官乎三唐，驰骋乎萧《选》⑤之林，偃息乎柏梁⑥之圃，此又诗家天秩之序，而非可以輓[1]近自域才矣。

校记：

〔1〕輓：疑为晚字之误。

注释：

① 蹴鞠：古代军中习武之戏，有类今天的足球赛。

② 黄钟：古乐十二律之一，声调最洪大响亮。

③ 清瑟：清和之乐声，所谓庙堂之音。

④ 道、咸：道光与咸丰年间。

⑤ 萧《选》：南朝梁代萧统编《文选》，收集《楚辞》以来的优秀作品。

⑥ 柏梁：柏梁体，七言古风之一种。相传汉武帝在柏梁台上与群臣赋诗，人各一

句，每句一韵，后世模仿其体，称柏梁体。

徐燮廷明府传

徐明府灼者，江右都昌人也，字燮廷，号问源，自号丹华道人。世居苏山之北。父凝绩，号庶卿，以名进士历授四川知县，升绵州直隶州。燮廷长于蜀，甫成童，蕴藉工诗。以蜀道辽远，艰于小试，弃举业，习诗古文辞及史汉丛书①，娴书画，已而才名籍甚。为张南山②高弟，旗亭顾曲，画舫流杯，有南都四公子③之风。故其诗或缘情绮靡，乡人乐传诵之。因称燮廷为工香奁体。实则燮廷非工香奁体。观其关河羁旅、咏怀古迹、伤离话旧，作为歌行，其律格似魏晋名家，似盛唐人，似元人，而遒炼过之，世所目击者。为香奁体者，其馀慧耳。余尤觉其模山范水，境愈僻而诗愈精。又好以窄韵为钜篇，凿险缒幽，一如其叱驭经历之际，虽亦所见使然，抑其性质实有殊长。至律绝小体，转非余所慑服。

燮廷尝早纳赀为知县，庶卿先生卒于官，扶榇归葬，服阕需次于蜀。居官干练，有名吏才。历署广元、内江、新津等县。同治二年，署冕宁知县，间关抵任，得番猓④心。有诗云："十四年来忆宦程，七权繁剧五提兵。危邦抱印妻孥泣，绝域征夷性命轻。"纪实迹也。时太平石达开就擒，自云目击甚悉，而原籍于是岁被扰。母周太君殂于燹。燮廷事母孝，情见乎诗。道梗，至甲子秋，始得耗解篆归，已无家矣。素豪侈，未事产业，售田筑室，拟终制出手。手定《绿波草堂诗集》八卷，思付梨枣。未几，以疾卒于家，年四十有一，时同治四年也。

其集由先伯观察赍至京师，长沙张野秋⑥尚书尝什袭之，后归李秀峰司马⑦，今不复见。书皆自制，用名笺刻绿丝栏，圈点涂金错采，精致绝伦。其他服御陈设，珍丽称是。余所见原稿三册：一《北游草》，上题道光丙午，由左绵之长安；一《归舟草》，自绵州抵宜昌府，自署片月寸香之馆，即扶榇归葬时也。二册皆其少作。一《宦蜀草》，为季年官冕宁之作，状西边阻隘，与番猓风土颇详。又见所著《蚁偶语》，仿古志异，多涉灵狐艳鬼。诗词极凉惨幽媚之趣，《绿波草堂丛书》也。闻其著有曰

《花帘琐语》者，殆即指此书。余尝欲以所见诗，择其尤，梓其精，而力犹未逮。惜哉！

燮廷既没，琴书散乱，惟馀囊麝若干。然家君言弱冠时至其家，如夫人犹必礼服见客，银杯象箸，鸣钟铿然，去明府风流未远也。都昌于本朝工诗不乏人，燮廷之世，如万云巢明府起鸿，官直隶东鹿知县；黄子谷太史文璧，官直隶涞水知县，行辈稍先，而并以甲科起家，后乃为诗，虽读其稿，雅炼清丽，各臻胜境，然可以卓然名家、传于后世者，燮廷一人而已。

注释：

① 史汉：即司马迁《史记》、班固《汉书》。

② 张南山：张维屏，字子树，一字南山，广东番禺人。道光二年进士，历官吉安府通判，南康知府。有《听松庐诗钞》。

③ 南都四公子：指明末吴梅村、冒辟疆等四人，南都即南京。

④ 番猓；指西南少数民族。

⑤ 先伯观察：作者已故的先伯父胡廷玉。赍：携带。

⑥ 张野秋：张百熙，字冶秋，又字野秋，官邮传部尚书。废科举后，为管学大臣，逝后谥文达。

⑦ 李秀峰司马：李乘时，字子和，号秀峰，都昌人。同治间诸生，历任东乡县训导，崇仁县教谕。中举后分调安徽督办三河税务。

谭艺卿国学传

国学君姓谭，讳树谷，号艺卿，江西都昌人也。世居茅陇村，以谱字行，里人因传谭锡仕。本殷富子，其父立路隅，遇强梁以掌批其颊。父愧愤，破产延善技击者，令诸子废书习之。君方成童，专心致志，足不下楼者三年。师见君心静手柔，罄所秘授之，其最著称者曰"沾粘手"。业成，师自以为弗如，而君敬师弥笃。君兄稍息其业，后亦擅名于时，然家以渐落，向之强梁者亦失故步。君不念旧恶，子弟报复，且止之。于是所习以御侮者，竟不得施其艺。近州数百里，莫出其右，合邑不知其名者，非夫也。

景镇某名师闻君至，造君请业，甫上场，即告屈求免。君初不以上人为喜，亦不以授人。以为少恶凌人，罪在其师，已以家难迫为此意，殊不乐。第习一艺须精一艺，学者大例也。久之，度不复讲，潜心数理及遁甲诸书①。自恨文未全通，然好学深思，心知其意。晚年尤醉心翰墨，见文士辄心折，文士亦异之。见先伯观察于江南，少观察二岁，而以弟子自居。余十一，引为侪类，尝与君宿，误触君。晨起，将指痛不可伸。君拂之，立愈。

往岁，君友人知技击者，恶君自秘，故挑之。伺君盥阶下，突击其后，君以手自背应之，曰"无浪戏"，友已越阶外。君曰："后击则某不暇顾，此次必伤，须御药十馀剂。"友未如君言，旋卒，君自是益讳言其术。营卒某，力挽五六百斤，尝猝拔君前足起，君曰："不放即受伤。"卒乃退。又有一卒自后突至，抱君欲旋。君以足点地，已仆二丈馀外，卒竟不伤。盖君恐二卒毙命，不与较，但逼令撒手而已。

偶护观察至苏闻②，中路清谧，无以显君之难，然尝自言于此艺已通其理。时南京水师学堂新入学生始由技击练习一切，当事遍访名师，观察拟荐君，君不就。生平古服岸容，弗贰于色，而怀抱不俗。侨寓古桃叶渡③，辄月夜命侣泛一扁舟，尾画舫往来，听秦淮水上丝竹。

观察总办金陵掣验④，时君亦执榷盐事，上下数十人，独君不私受一钱，盐舶交口赞之。所例得银不自奉，日与僚友趋茗肆，或济其乏，馀悉寄家奉兄，友爱达于乡党。当是时，君虽自秘，龙江老湘营弁勇，咸知君名。观察捐馆，君在家，甫闻即来吊，后必岁省余家，往来徒步。归，君以嗣续置妾，好宾客，岁费不赀，子弟复坚请稍传其业。晚乃随意授徒，兼业医科。其为医，虽起人死，未尝索谢；遇贫者，必辞馈遗，远近德之如此。然犹岁入五六百元，而君且贫甚。余尝宿其家，款客周挚，其卧室仍置一案，列文玩、古书数事，似劬学者所设。君虽不轻以艺授人，然尝劝余习之，谓异时出入燕赵间，小有不测，足以制变，惜余未遑及此也。

庚子⑤七月，余丁内忧。未几，君亦卒，春秋五十有八，竟无子。其以艺显著多佳话，君自讳之，乡人所传，又惧未必确，故略要之。君没后，未闻有继君者。

注释：

① 遁甲：古方士术数之一，《后汉书·方术传》注文："推六甲之阴而隐遁也。今书七志有《遁甲经》，以六甲遁环推数。

② 苏阊：苏州阊门，苏州西门象天门之有阊阖，故名。

③ 桃叶渡：在南京秦淮河畔，传说晋代王献之所居处。

④ 挈验：清代官府对盐商贩运的盐进行抽查，是否超过定额。见《清会典事例·户部·盐法》。其时作者伯父胡廷玉在金陵下关任职挈验官书筹防善后局。

⑤ 庚子：光绪二十六年（1900）。

云爪笔记

龚定庵诗云："不求鬼神谅，剀向生人道。东云露一鳞，西云露一爪。与其见鳞爪，何如鳞爪无？况凡所云云，又鳞爪之馀。"彼为戒诗说法，余盖断章取义，以冠旧著笔记之首，因定名为《云爪笔记》，亦示戒之意也，雪抱生识。

《华年小志》旧曰《痕史》，以为事迹之于人，易灭不留，留者仅其痕耳。譬如露之于花，翠之于竹，泽之于发，黛之于眉，亦皆易灭不留，所可幸而留之者，仅其痕耳。不独事之于人，即人之于世也，亦易灭不留，留者仅其痕耳。噫，此《痕史》之所由作也。

今日之昔，昔日之今，则今日之见，为雪积尘叠者，即昔日之见，为麇至沓来者也。

何时唾弃一切，斩除一切。筑小林馆，风清日丽之馀，延所最爱之美人，淡妆靓服于丛花间，常画图看，而美人复曼声绣口，吟我最佳之作，此亦人天奇福也。

夫爱一物而不推及其影类，其爱非真也；爱及其影类而不挚切，其爱仍非真也。彝鼎尊罍，古绿斑斓，累重不适于用，然而君子爱之挚切。夫有其先人者在也，是孰可与论爱力者？

毅庵①谓爱好类由积习使然，余谓爱诚习也，然人不爱而独爱，与人共爱而独爱之挚，二者皆于性质有所存，不尽由于习也。屈建之于芰，人不爱而独爱者也；屈平②之于香草，人共爱而独爱之挚者也，然则爱诚习也，爱而独非习也。

窃以美人犹兰花美玉，可珍视而不可亵渎。故伧父遇之，虽芳馨必败，虽莹洁必污。贤者之于美人，有爱心即有敬心；有十分之爱，亦必有十分之敬。与其爱相等而俱积，如掘土为堑，爱之掘也愈深，斯敬之壁也愈峻。徒曰以敬制爱，所谓申礼防以自持，而非丝毫不涉于欲，犹仅贤于伧父也。

航长洋，达新岛，必经无数之风涛震撼而来，乃有一震撼而即覆者，必航者之术有未精、器有未备，故其保险有不到也。

世界总总，阶级天定，无可平等。至于作诗，少陵野老③，可以设身皋夔④；王公贵人，生而藻井绮疏，亦解栗里⑤田家风味，故诗乃有真平等。呜呼，其姿质弥高，其缺憾弥钜。

天下事之乱我心经，毁我脑力者，奇渺繁丽，莫可究诘。以一人之心脑相敌，无不大绌。惟恃以渊沉之量纳之，以澹泊之怀制之，而事事复应弦赴节，不稍停滞。有如花深寺邃，无量数士女参谒，老僧终不出定。然其中有真诚膜拜者，老僧不满三日，已挂锡相访，度他出劫矣。

美人香草，娱我清暇，飘然归去，而吾书必有传者。

注释：

① 毅庵：袁铁梅（1876～1926），号毅庵，都昌苏山鹤舍村人。清末优贡生，民国初年任江西省参议员。

② 屈平：即屈原，其《离骚》人以为有香草美人之思。

③ 少陵野老：杜甫自称少陵野老，《曲江》："少陵野老吞声哭，春日潜行曲江曲。"

④ 皋：皋陶，传说舜之臣，掌刑狱之事。夔：相传是舜时的乐官，精通音乐。

⑤ 栗里：陶渊明曾居栗里，在庐山南麓，今星子温泉镇。

《昭琴馆诗小录》自跋

　　自《锦瑟集》稿录成，尝动四念：其一欲广征名公巨子题咏；其二，欲刊入丛报；其三，欲付藏秋津山寺①；其四，欲印赠乡土人士。四者雅俗不同，其名心之为累一也。夫吾之为此，所以本淡定之怀，抒高散之韵，写幽淑之情，不假丝毫之外求，而志足以自立。今书小成，而先挟此种种不洁之思，是自隳其志矣。顾其稿已寄国学保存会②友删订，今亦任其飘零海上，淘于自然。第诗者余之所爱也，生乎斯世，不能不以所爱者与物相接。芳馨之贻，聊娱粲者；焦桐之爨③，犹冀解人。用是节取近存，颜曰"昭琴馆诗小录"，从今志也。庄④不云乎："爱之所以成，道之所以亏也。有成与亏，故昭氏之鼓琴也；无成与亏，故昭氏之不鼓琴也。"将焉致此？雪抱生自跋。

注释：

　　① 秋津山寺：即马鞍山，在都昌苏山乡西，邻鄱阳湖。见此卷首篇。

　　② 国学保存会：清末广东顺德人邓秋枚与浙江绍兴人诸宗元在上海所创立，未久废。

　　③ 焦桐之爨（cuǎn）：东汉末蔡邕曾以烧焦的桐尾木造琴。爨，灶下烧剩的良木。

　　④ 庄：庄子，下引庄子《齐物论》。

黄为基

黄为基（1884～1915），字远庸，笔名远生，江西九江县人。光绪三十年（1904）进士，后游学日本，入中央大学习法律，学成回国，宣统元年（1909）调邮传部，奏改员外郎。后从李盛铎之劝，改从事新闻记者之业。入民国，为京、沪各报作时评与论说。袁世凯称帝，欲使为基至上海主编《亚细亚报》，以为帝制张目。为基力拒，乃避至日本。后赴美洲，在旧金山遇刺而卒。其所著由好友林志钧编为《远生遗著》。以下诸文选自台湾文海出版社刊本。

平民之贵族，奴隶之平民

远生曰：今日中国无平民，其能自称平民，争权利、争自由者，则贵族而已矣。农工商困苦无辜、供租税以养国家者，所谓真平民也，则奴隶而已矣。盖恣睢无道、惨酷不仁，至于中国今日之平民政治为已极矣。

大总统、革命元勋、官僚政客、新闻记者、奸商著猾、豪强雄杰，此其品类不同，阶级亦异，然其享全国最高之奉，极其饮食男女之乐，则一也。此等极乐世界中人，统计全国最多不过百万，而三万万九千九百万之国民，则皆呻吟憔悴、困苦颠连，于莫敢谁何之下，而供租税、服劳役者也。此其人，口不能为文明之言、身不能享共和之福，皆以供百万贵族之奴隶狼藉而已，非大总统及政府之所能顾念而轸惜，非舆论机关之所屑为代表而呼吁，非彼堂堂政客之所屑为调查而研究。何则？以其为奴隶而非平民也。

读者疑吾言乎？革命以来，吾清洁高尚之国民，以爱国之热诚，奔走于义师之下，此所谓人心革命，非一手一足之烈也。顾国体既定，则争功攘利者盈途、窃位素餐者载道，而议论风起、造作党会者，亦得游手而饱食，独吾伤痍满目、困苦无告之国民，惨为天僇之奴才。临时政府成立以来，政府之教令、议会之法律、报馆之呼号而不平，或为大总统之私，或为政府之私，或为官僚之私，或为党会之私，或为豪强雄桀、奸商著猾之私，固有丝毫分厘为民生社会请命者乎？此无他，以其为奴隶非平民也。

呜呼！三万万九千九百万之真正平民听之，文明之政府、文明之司法、文明之警察，皆以保护文明贵族，非君等所能享受。高尚之学理、深远之政策，皆以扶植贵族势力之用，非君等所能归纳于其中，君等可以休矣。

呜呼！百万之贵族听之，吾闻"多行不义必自毙"，又曰"人皆有不忍人之心，无不忍人之心者非人"。君等试思今日中国是否多数幸福？抑系少数幸福？此等惨酷不仁之幸福，吾少数人者，若稍有良心，宁忍不泣血剖心以自谢于国民之前？若记者之流，亦能造作文字，遇事生风，然何尝稍益于衣食我而恩厚我之同胞？今若有创议曰：此少数者皆可杀，则记者必先自服上刑矣。

三党合并论

今之国民党、共和党、民主党三党者，所谓中华民国之三大政党也。其于过去之功罪得失可勿复论，若继此以往，不欲为私人之拥护人、官僚之利用品、个人权利竞争之私有物，而愿少有益于国而福于民者，其速合并！其速速合并！

呜乎！自有此三党，而雄才大略之袁君①，得以操纵而左右之，而政治监督之基础益坏；自有此三党，入主出奴、党同伐异，而中国几无公是非、无真毁誉。一般无耻之官僚，反得利用为护符，而立于不败之地；自有此三党，而烂头烂胃之徒，纷纷蠢动，皆足分党中之余润以为活，而徒以痛苦吾真正之国民；自有此三党，而吾国民始无同仇敌忾之心；自有此三党，而金钱重于政策，权力植其党徒，于是吾国民始无廉耻、无气节；

自有此三党，全国稍有才力聪明之士，各据旗帜，奋矢相攻，彼此立于不共戴天之地，而全国乃骚然内讧，以坐待他人之宰割。覆巢之下无完卵，栋折榱崩，同归于尽。异日者，吾三党有心之人，欲求一隅以为歌苦相闻、呴沫相噢咻之地而不可得，而安用今日之纷纷旗帜为？

故以封外言之，则不可分党。私人窃据，大盗载途，今日正宜聚优秀之贤于一途，以与此腐败之官僚社会、政治社会宣战，而后国家乃有廓清之一日，而安用泾渭不分、玉石同尽？故以封内之政策言之，尤不必分党。吾亦知法治国家不可无政党之对立，特今日中国诚非其时耳。我是国民党，非非国民党者，皆吾友也，于是鸡鸣狗盗之徒皆入之；我是共和党，非非共和党者，皆吾友也，于是又一派之鸡鸣盗者入焉；民主党亦然。将来不知如何发生、如何变化之别党者，亦莫不然。政府之监督、政务之调查、政策之研究、非所急也，惟是以诟詈斗殴、钻营运动为务。入吾党者，讼可得直，贱可得官，穷可得钱，蝼屈而不伸者，可以得名誉。以吾视今日之党，其何以异于往日之天主耶稣也？万民愤恨睚眦，不敢谁何，怨毒中于人心，将有揭竿起事之人，尽取今之党会而焚之，执今之政客者而杀之，如往日义和拳故事，此不得云事之不必有者也。不然，则煮豆燃萁，相煎而尽耳。不然，则中古黑暗时代之教徒，徒以为奸僧蠹吏之护符耳。吾亦知法治国必有大党之对立，三党合并之说之不衷于理。虽然，即事实上不能合并，而以合并之精神行之，实做政敌，勿作私敌；实做政友，勿作比匪；实为政党，勿为朋党。则亦庶乎其可也。

刊于民国元年十一月《少年中国周刊》

注释：

　　① 袁君：袁世凯，字慰亭，号容庵，河南项城人。1911 年武昌起义后，凭借北洋势力和帝国主义的支持，出任内阁总理大臣，以武力威胁孙中山让位，挟制清帝退位，成为民国临时大总统。随后数年恢复帝制。1916 年在全国反袁声讨中被迫宣布取消帝制，不久忧惧而死。

少年中国之自白

自《少年中国》出版后，内外之议论蜂起，有谬奖过甚者，有妄相揣度者，亦有平日同志以矫激相规者。记者窃不料以此浅薄之著作，而过蒙海内之推重至此！因以验凡人生精力之所激射，则必有一部分之感应，无论正负，皆不能不名为此精力所激射之效果，故精力愈奋，则其感应愈深愈速。因以知吾辈少年，决不可不从奋斗努力上做工夫。悲观消极之说，决无当也。

第一，今请述《少年中国》发行之动机。

不佞及同社二君，其于社会无所建树，言不足重于天下，斯固然矣。然以良心不死，乃不能不时时有伤心触目之悲。今日国中之伤心人之伤心之远过于吾辈者亦岂少数，然所谓稳健云云者之意识，梏之四围之情势、梏之党见、梏之醇酒妇人，又复梏之国民之精神，神州之正气日以消绝，遂令堕心丧气，亲见大难之将至，而不为之动心。今外人号我为议论文章之国，固可耻已，然议论文章，亦何尝非国家之元素？希腊之雄辩家、中古之文学派、近世之革命哲学，其于历史上占何等价值，众所知也。故议论文章不足耻，其可耻者乃系举国言论趋于暮气、趋于权势、趋于无聊之意识，不足以表见国民真正之精神。今吾国言论界之可悲，尚未至此，然其不可不根本廓清，以新民气而葆国光，殆内外所同认。

同人等虚薄无似，亦未敢以此自任，但种种伤心怀之已久。动作进止，如或诏之，踚天蹐地①，无可自容。当夫酒酣耳热，或冥心独往之时，觉吾等生今之世，实以旦夕间粉骨碎身，令我皮骨为灰、为土、为飞尘、为野马为快。幸及未死，得倾心沥血，以吐其积郁，以冀幸当局中者，或少数之同志，或异志者之览而见省焉，斯固尚矣。即令此少数者见而作呕、见而大怒、见而大鄙薄之，则吾之积郁固已一快。"朝从屠沽游，暮拉驵卒饮。此意不可道，有若茹大鲠。"吾《少年中国》之发行，亦仅积鲠在喉，不能不吐，幸以三人积鲠相同，乃遂相共而倾吐之。用力至俭，无藉于外援；发机至微，无所用其考虑，盖起意只此三人。三人者定谋于立谈，而举事于旬日。发行之后，自视欿然，然其动机之纯白清洁，则可昭告于天地鬼神。同人等将誓守此，以发挥公论于一二。

夫人生之最惨，莫惨于良心之所不欲言者而以他故不能不言，良心之所急于倾吐者而乃不得尽言，而身死或族灭乃次之。今尽吾党良心之所欲言者，以一新政治或社会之空气，其他则让之世之能建功名而立大业者，斯同人等固定之宗旨也。夫社会未达于理想政治，尤易接近罪恶，此固中外所同，然在彼，皆有一国之元气足以支持，而在我则元气消沉，惟恃此虚伪之模仿、恶劣之手段、腐秽之习惯以为立国，而与外竞，其何以存？今全国心理，疑贰相乘，几不信世间有真正爱国之人或真正公理之发现，惟是手段与习惯交相为用，以演成今日之现象。盖国家之基础，窳朽极矣，一摧拉之间，便可崩折。故吾人今日以为中国优秀分子，必当分二派努力：一派则实际躬亲政治及社会之事业者，以贞固稳健之道持之；一派则屏绝因缘，脱离偏倚，主持正论公理，以廓清腐秽，而养国家之元气。今中国无不亡之术，而有必亡之机，犹得及今，培持元气，固植根本。即令国社尽屋，而意大利之中兴、日耳曼国之再建、脱兰斯法卫之苦战、斐利滨之独立，百年之后，吾黄种犹有再兴之日。若长此沉沉，奄然待尽，究令人不亡我，而尸居馀气之国，亦决非血气男子之所能涵忍而生存，此同人等所固持之意见也。同人等虽未敢以爱国之雄辩家或文学家自任，然甚望吾国大有识者，蕴其伤心之血之泪，幸勿吞声呜咽于暗室之中，消磨于醇酒妇人之下。及今且一吐之，且大吐之，犹得挽回国家元气于一二，则亡国之后，犹将赖之。我《少年中国》特为君等之前驱之牺牲耳。我之述此，非急急自白，亦以此物此志而已。

第二，则吾人须述对待袁总统之感想。

夫国家危殆之秋，非明定专责不足救亡，箝制与妒嫉实为祸根，此记者所承认也。又袁总统之势力、魄力、经验，中国今日无可比偶，维持危亡，惟斯人任之，亦记者所承认也。然国内少数优秀对袁之心理，除绝对与袁立于反对之地位者外（今已无之），其皆渐由绝对的倚赖而渐变为分明的督责，而向立于反对之地位者，乃反由绝对的排斥而变为绝对的倚赖。前之倚赖或尚有为国之心，今之倚赖则直是希慕虚荣，变厥初志。综之，今日绝对排袁，人人知其危险，然绝对倚赖，试问何以立国？故吾侪今日所希望于各党派或言论界者，在以公明之心、政治之轨道忠告袁公，以渐迎前途一线之曙光。若不然，则惟有推倒耳！若既排斥之，复又拥戴之；既拥戴之，复又谩骂而盗贼之，其人可谓以国家为儿戏者耳！然因拥戴之，遂倚赖之；因倚赖之，遂神圣之，袁总统以马为鹿，我亦不敢以为马，袁总统以粪为香，我亦不敢以为臭，此其人除为袁氏之家奴或走狗，有何用处，我不知之矣！今举国非无爱国之人，然其对袁，多以儿戏或奴隶之心出之，此我之所不解者也。吾国人习惯，有两种反对之心理：其未近权势也，则倨慢以凌之；其既近权势也，则牺牲一切以媚之，排外与媚外之交迭，即此心理之见端。某敢痛哭以告国人曰：此等根性不改，则亡国之祸即是天理昭彰、报应不爽。故本报对袁之宗旨，实系为国家让一步，不愿绝对排之；亦欲勉袁进一步，而愿普天下皆以公明之正义督责之，而我今则为其前驱者也，为其牺牲者也。持论或有偏激，宗旨决不少变者也。

自本报出世后，言论界遂发生一种政治与社会问题之争，谓本报督责当道过急，而不知社会之不可补救，非一方面之罪恶，记者不幸不能与之同意。今论者无论提出何种学说，然断不能谓政治非养成社会之一大动力，又断不能谓言论家之立言，不当专向有权责之人督，而专凭空发论以罪责无踪无迹之社会。今东西之持社会改革说者，吾亦稍知一二，然其立论未有不向大权责之人或专门一种阶级立说者，而我奈何反之？此其误一也。又凡哲学家研究人类有自由意思与否，实为一大争论。然综言之，主持论理或政治者，则多崇人心之自由；迷信物质者，则等人类若机械。凡一国之存，必以自由之人类立国，决不能以机械之人类立国。又一国之士气发达，必先有独立自尊、以为匪我其谁之意，决不能一切万事归过于社会。孟子曰"万物皆备于我"，又曰"豪杰之士，虽无文王犹兴"，又曰"我无他，我善养吾浩然之气"，又曰"其自反而缩者，虽千万人吾往"，一国中之赖有志士仁人者，赖有此耳。今吾国人之论议国事者，不从政治学、伦理学立说，而乃专就社会云云者立说，一似中国乃彼凭吊流连之孤墟，而特以供彼人所研究之人类学、考古学之参考者，爱国心之薄弱如此，士气之隳丧如此！又非仅对待袁氏一人心理之误而已也。

其他则另有一说，谓今日系责任内阁制度，袁总统不负责任，不应专责袁总统。本报发愤立愿，将对于今之总统、政府、政党、议院及言论界，尽相当之忠告。所注目者决非袁总统一人，然究以袁总统一人言之。今日中国，事实上已否实行责任内阁，袁总统是否在不负责任之列，此当诉之国民常识之公判矣。今以责任内阁制为理想之政治家，既不能厉行督责，期于必行，于事实上已从根本打破，乃又掩蔽事实，而从空理上立论，为袁总统放开生路，窃谓忠于议论国事者不当尔尔也。大抵袁总统之为人，并非不可与为善之人，然自其受政以来，则善日少而恶日多者，此由于其本身之原因者半，由于其左右及政党政客之原因者亦半。今试更详言之。袁总统之为人，意志镇静，能御变故，其长一也；经验丰富，周悉情伪，其长二也；见识阔远，有容纳之量，其长三也；强干奋发，勤于治事，其长四也；拔擢材能，常有破格之举，能尽其死力，其长五也。有此五长，而乃善日少而恶日多者，一由智识之不能与新社会相接，一由公心太少而自扶植势力之意太多。综言之，则新智识与道德之不备而已，故不能利用其长于极善之域而反以济恶。即自愿手执政权者十余年，天下之大，变故之繁，无不为其牢笼而宰御，则益骄视一切，以为天下事不过如此，于是其手段日以老辣，其执行益以勇往，乃至举中国之人物为供奔走；尽中国国家之所有，供其政治演剧之材料。某今敢断言于此，长此不变以终古，袁总统者，在世界历史上，虽永不失为中国怪杰之资格，而在吾民国历史上，终将为亡国之罪魁！

夫以其明达阔远、举世难得之资，若令其左右能进职而忠规，议院能守法以监督，言论界秉公劝告，则向能利用潮流以立功名、不愿逆斗潮流以取咎戾之袁总统，未必不能进化。今则彼有牢笼驾御之长，而世之稍有智识者，皆必求得其牢笼驾御以为快，或始谩骂之而终倚赖之，或始倚赖之而终遂神圣之。雀入大水为蛤，鹰化为鸠。雀耶？蛤耶？鹰耶？鸠耶？是一是二，不得而知之矣。故吾党今日所急者，乃在发扬中国之元气，而以公明督责，督责此最有权力者。吾党浅薄无似，未敢遂曰胜任，顾愿为此公明之舆论之先驱可也，之牺牲可也。我之述此，非急急自白，亦此物此志耳。此物也，此志也，其将为灰为土，为飞尘为野马耶？抑遂能光大发辉于我神圣之中华民国，而遂能为少年中国之先驱耶？牺牲耶？我等不复计之矣。

注释：

① 踢（jú）天蹐（jí）地：恐惧畏缩，无处容身的样子。

官迷论

今吾国上下，中一痼病，驯至以此亡国，即亡国之后而犹不可解者，则官迷之病是也。满清时代之科举、捐纳、保举，纷纷以为利薮；民国时代之内外，纷纷以争权夺利为诟病。争者何权？官权是也。夺者何利？官利是也。有直接而争者，有间接而争者，有用旧势力、旧资格而争者，有用新势力、新资格而争者，是皆无足道，吾所欲论者，则此官迷之历史及心理与今日官迷之过大者而已。

以数千年专制之毒，世主既以官爵为唯一羁縻之具，而全国职务劳少利大而威武最盛者既莫如官，则全国之争趋如鹜者固已宜矣。于是实官不必得，即得一虚职已为大荣；本身不能得，乃致以其祖父、子孙、亲戚、朋友之衔名为追赠及馀荫；且并实名实利亦不必有，并得一虚排场者即为大乐。盛宣怀当去官后，犹用手谕衔札谕其厨厕，出入时犹令厕仆站班。相传某达官退职后，忽大病几死，百药不愈，其亲信某自谓能愈之，遂令缮写官吏参谒手本百十枚，以其役示之病床，曰"某某禀安"、"某某道贺"，数日而病大瘥①。前清开府大官，免职居家，则必夤缘②为铁路总办，或学堂监督，或团防会办等等，此其意不必尽在得钱，盖一日无官之排场，则一日不乐而已。以是父勉其子、兄勉其弟、妻勉其夫，皆以官为门楣家训，遂成一种社会心理。

民国成立后，此心此理谓稍有以愈于前清时代乎？窃知其不然也。彼直接以争一官者不具论矣，乃至组织政党，彼之视一党之干事、参事犹之官也，勋位勋章，上将、中将、少将有辞之而不屑矣，然不得而怒者抑已多，且宁可与之而辞，不与则怫然③之色见于面矣。今中央之所以能维系地方者，亦岂有他谬巧，曰"官非中央任命者不尊"，故中央之号令可以不行，而中央形式之任命则仰承恐后也。此等恶劣心理，既弥满于上下，故一切皆以官式行之。国体既变，而专制之官样文章则愈接愈厉，故专制可革而官之命不可革也。

夫戏剧之有神仙，盖可谓理想中之妙境矣。演神仙者将必举俗界而神仙化，而吾国戏剧之演神仙者乃以神仙而俗化。神仙之有百官、有仪仗、有一切种种官样，无异于俗界也，盖其毒之深如此！吾人敢为不敬之言，今袁大总统之为总统，则亦以官样行之而已。彼既扬厉内外，襄赞枢密甚久，故一切不能脱满廷之旧。总统府之秘书，盖无以异于大拉密、小拉密，其命令盖无以异于上谕也。论者将以为此形式之偶同乎？吾人窃以为此乃心理上之关系。用此心理演为政治，将无往而合于共和原则。共和国之百官，有如往日引见故事，分班谒见总统，领受训辞者乎？于元日有分班赴总统府朝贺者乎？有总长被部员呈控，著令明白回覆者乎？进一步言之，比者何为以教令发表官制官规？以吾论之，盖政府中人心目中只知有官。所主管而纲维者，官也；所必须整齐而画一者，官也。对于官为直接主管之关系，其他种种理由皆为间接附加之关系，以故不必如此、不可如此之事，而政府乃以为千钧一发所在，不惮尽临时政府最短之运命而与上下以此一问题为决战。盖违犯约法，系何等重大问题，而政府犯罪之理由，则情状至可酌量。总言之，不外"官迷"二字而已。有以吾言为诞者，必其不知官场心理者也。更进一步言之，如各省都督民政官之必由中央任命，吾人固亦以国家之统一关系而主张之者，然政府之所以主张此者则表面之理由与吾人同，而内部之心理初不必与吾人同。盖其意以为中央不能任命地方长官，则中央之威严皆失，中央政府之为中央政治遂同虚设而已。推之内务部之所以为内务部者安在？以得放巡警道也；教育部之所以为教育部者安在？以得放提学使也。虽谓其他各部莫不如此，非过言也。虽谓吾国大官之心理莫不如此，亦非过言也。盖此官迷之心理既大发达，则一切道德心、廉耻心、名誉心，乃至一切功名心（建功立业之野心），皆为所刻削而无余。

今国势至此，而争权利之心不衰，此可见亡国之后，则其熙熙扰扰而争此虚荣者必不下于今日。南洋侨民中，盖有以得一甲必丹为荣，而以奴隶吾同胞者。往者吾游满洲之安东，见附郭数十里皆日本人居留地，用日本风俗，用日本法律，不知其非日本也。安奉铁道之终点，在安东鸭绿江一苇可杭。其时方筑堤工，对岸之韩人与此岸之吾国人，皆吁喝作工于泥淖之中，两岸上之华服而骄视者，皆日本人也。其他以吾所闻见，满洲之现状，外交权之陵替，盖非复人间羞耻心之所能堪，然而满洲官吏之耀武扬威者自若，即此安东县区区一县，有道台、有道台以下大小百官，其扬扬者亦不下于内地。往日日人有贺长雄著《满洲统治论》，力主满洲之当合并，谓"或有以留学生反对为虑者……其实此节大可不虑，盖今只月以数十百元予满洲所有之留学生，给以位置，必能为日本之用矣"。盖其窥我之深至此极也！

　　盖官迷之毒之所由来，一以虚荣心，一以贪心。其原因皆由政治腐败，令官吏为一种特别阶级，特能多取不义之财而淫威以逞，故求者极丧尽其廉耻；与者乃极肆其骄倨，而恶劣之心理，遂影响于一切政治。夫文明何物？立宪何物？谓一国之人皆有人格，此人格各有独立平等之价值，而各以劳力于社会上受相当之报酬耳。今有官迷，则社会之人，各欲奴隶人而鱼肉人，则其去政治之轨道也远已。故夫有人心者，不可不去此陵人与劫人财之心，二者官迷之毒所由生也。

注释：

　① 瘥（chài）：病愈。

　② 夤（yín）缘：本指攀附上升，后喻攀附权贵。

　③ 怫（fú）然：忿怒的样子。

外交部之厨子

　　自前清恭王管理总理衙门时代至于今日之民国外交部，其间易若干管部亲王、易若干尚书侍郎、易若干司员，至于今日又将易若干总长，而始终未脱关系者，则余厨子其人也而已。

　　此厨子之声势浩大、家产宏富，亦在奕劻、涛洵之间。其所管家产，有民政部街之高大洋房一幢，有万牲园中之宴春园，有石头胡同中之天和玉，皆京中之巨观也。此厨子在满清时代，连结宫禁、交通豪贵，几另成厨子社会中之大总统。庚子变后，西太后及光绪回銮时，西太后研究媚外主义，乃大宴各国公使夫人及在京东西洋贵妇人，耗资巨万，人所共知也。其时议和大使李鸿章，以世界外资之雄才参与樽俎之事，已为西太后雇一著名西洋厨夫，以备供奉。既已得面许可次日入御，至于次日，西太后忽谓李鸿章曰："我看明日请客，还是用外务部的厨子罢。"此厨子运动力之大，乃至能力回西太后之意，与中外赫赫之李鸿章对抗，其他可知，厨子以此亦所赢不资矣。

余厨子自前清恭王时代已入外部，凡各亲贵及外部尚侍有燕会喜庆诸事，厨子无不极力供奉。此诸王公者亦待厨子以殊礼，以平等主义待之。故诸公家有大庆典时，厨子亦公服掌招待之职，与王公贵人及其时搢绅先生之流，分庭抗坐。此厨子虽号称厨子，其所隶部下固不止一标一营。厨子固不躬亲七刉，而其身则以其家产之千分一，捐取得前清候补道花翎二品衔也。此等王公贵人，既屡受厨子馈进，固亦待以友礼。厨子之公子，一赫赫捐纳之外部司官也。以厨子之力，得本部管库差事，全部财政出纳之权实在其乎？而厨子实间接以供刀俎上之鱼肉，又稍以其余沥沾溉司员中之有势力者而为之垫款焉，或小借款焉。司员中或预支薪水，厨子之子秉承父命，无不为之周转，故各司员中之无耻者则待厨子以丈人之礼，称为老伯，见厨子则鞠躬如也。汪大燮氏自外部司员历跻侍郎，未尝受此厨子分文馈进，故厨子稍惮之。一日，汪赴贺庆王之宴，方及门，遥见厨子方辉煌翎顶，与众客跄济于一堂，愕然不能举步。厨子见汪大人来，则亦面发颒而口嗫嚅，仓卒中避入侧室。汪亦未遑久留，退而告人，谓："今日余厨子尚是给我面子，可为荣幸。"北京旧官场中传以为笑也。

奕劻管部数年，为余厨最得意之时代，顾其人亦颇能谦挹守分，不敢为十分高倨之状，于本部司员，则竭力笼络之。其时外部衙门，最称阔绰。司员日在署一饭，而额定饭银每人八钱，故外部恒食一席之费，盖六两四钱。司官既贵倨已甚，辄颦蹙谓衙门饭不能吃，故常家食而后上署，于是此等饭银为厨子中饱一半。以此故，则司员需索极多，或临时换菜，或全席都换，或饭不吃而别索点心，厨子无不一一供应。盖厨子之能有今日，其处世哲学固亦有不易学者在也。

外务部之厨，暴殄既多，酒肉皆臭，于是厨子乃畜大狗数十匹于外务部中而豢养之。部外之狗，乃群由大院出入，纵横满道，狺狺不绝，而大堂廊署之间，遂为群狗交合之地，故京人常语谓外务部为"狗窑子"。"窑子"，京中语谓妓院也。

余厨子之历史甚多，记者居京未久，所得特其大事记中之一节耳。自民国成立后，终胡总长之任，人惟求旧，故厨子之盘踞于民国外交部也，如其在满清时代之外务部时。暨最近陆徵祥君到任，厨子谨遵常例，送一份绝大礼物于此新到任之陆总长，其礼单未之见，要之决非寻常火腿、海参之类。在厨子之意，以为今昔之国体虽异，而官长之爱财物未必不同，匪今斯今，未尝开罪也。不料此欧洲政治家派之陆子欣君，见所未见，震怒异常，次日到部，乃令司官查明昨日送礼某人系本部何等人物，此系新总长之一种政治手段。及司官回复，系此光禄寺大夫余君，陆君大怒，痛词申斥，即立意开除。厨子震恐，以此项饭碗非寻常饭碗可比，乃遍奔走运动于各司官，求其缓颊，但凡稍有声势者之家皆有厨子之车辙马迹，其中固有受者，有不受者，卒以陆总长之毅然决然与诸司官之全体一致赞成开除。于是此二十年内盘踞外交部中之厨子，声势与王公大人比隆者，亦随其旧日恩主之名字以俱去。虽然，以厨子之力，犹可辇致巨金储之外国银行，遨游青岛、天津、上海之间也。厨子之姓名待考，北京人但称为"余厨"，故余亦"余厨"之而已。

新旧思想之冲突

自西方文化输入以来，新旧之冲突莫甚于今日。

盖最初新说萌芽，曾文正、李文忠、张文襄之徒，位尊望重，纲纪人伦，若谓彼之所有，枪炮工艺制造而已，政法伦理以及一切形上之学，世界各国莫我比伦。嗣后国势日削，祸辱臻迫，彼此比较之效，彰明较著，虽以孝钦顽嚚，亦不能不屈于新法。庚子之后，一复戊戌所变。其时新学髦俊，云集内外，势焰极张，乔木世臣、笃故缙绅亦相率袭取口头皮毛，求见容悦。虽递嬗不同，要皆互为附庸，未有如今日笃旧者高揭复古之帜，进化者力张反抗之军，色彩鲜明，两不相下也。且其争点，又复愈晰愈精，愈恢愈广。盖在昔日，仅有制造或政法制度之争者，而在今日，已成为思想上之争。此犹两军相攻，渐逼本垒，最后胜负，且夕昭布。识者方忧恐悲危，以为国之大厉，实乃吾群进化之效，非有昔日之野战蛮争，今日何由得至本垒？盖吾人须知新旧异同，其要点本不在枪炮工艺以及政法制度等等。若是者犹滴滴之水、青青之叶，非其本源所在。本源所在，在其思想。夫思想者，乃凡百事物所从出之原也。宗教、哲学等等者，蒸为社会意力，于是而社会之组织作用生焉，于是而国家之组织作用生焉，于是而国际界之组织作用生焉。今人好称一国各有其特别之历史习惯不能强同，斯固然矣。其实所谓不同，义乃相对，非谓绝对。浮杯水于堂坳之不得为江河，现昙花于弹指之不足为嘉树。人身有长短大小，而戴角负翼者之不得为人，斯非其形色异也，乃其种类性质异也。即非种类性质异，然同是一人，何为不期其肥硕而聪明，乃必令其枯腊而鲁陋？同是一国，何为不张之使发扬而光大，乃必束缚驰骤之，若待萎之木、沟中之瘠？庄周有言："民食刍豢，麋鹿食荐。蝍蛆甘带，鸱鸦嗜鼠，谁知正味？"味之何，正不可知，要其所嗜异，故所食异，斯即其思想异而行为亦异之说也。

近代论者，以西洋文化从出之源不外二种：一由文艺复兴，继承希腊艺术科学而发挥之；一由基督教宗教的精神，普及浸润。合斯二者，乃有今日。

所谓希腊艺术科学之精神者，不拘泥于习惯，凡百事物以实验为主，从实验所得之推论，以发见事物之真理是也。学者叙述时代思想之变迁，有三时代：其一曰无意识时代，其二曰批评的时代，其三曰学说构成时代。中国今日，盖方由无意识时代以入于批评时代之期。夫批评时代，则必有怀疑与比较之思想。怀疑之极，必至破坏，比较之后，必至更新。而当此之时，笃旧守故者，方在不识不知顺帝之则之中，必将出其全力以与斗，于是乃生冲突。冲突之后，有知识者胜，不知不识者败，而后新说成焉。然其为变，视其国与时代之差异各有难易，又因其国境遇能自变与否，因亦有幸有不幸。其在欧洲，今日所以能合二此思想以极其盛者，即由自古即互相接触竞争。所有文明，非独其固有，乃吸收古今东西世界各国方面之文化而成。最先吸收巴比伦、埃及之文明，于中世吸收亚剌比亚及印度之文明，至于近世又吸收磁石、火药、印刷术三大要素之文明，而又以非洲之回航新世纪发见之结果，通商贸易，遍于各国，取精用宏，遂成骄子。然其所以能吸取而消纳之者，即由有希腊的精神之故。其在希腊之盛，亦在波斯战争以后，至于贝理克时代 Pericle Period（四四四——四二八），当此之时，希腊民族，地位既高，文化亦达于绝顶，史家称为启蒙时代，即前此所谓批评时代者，实希腊文化发达之源。盖先此希腊之民，遍殖民于四方，至纪元前第五世纪时，殖民地精神物质上之文明，反远驾乎祖国。领土既广，交通亦便，前此不须留意于政治之善恶制度之是非者，至此接触既广，乃不能不起其研究之心。昔之无意识以服从旧道德、旧习惯，以为天经地义不可磨灭者，今则目睹其樊然殽乱之迹。甲之所谓善者，不必乙之所谓善。此之所谓是者，不必彼之所谓是。宗教道德、社会组织，一切皆失其信仰，于是怀疑，于是批评，于是求学之风大盛，于是乃有周游全国、传道授业之讲师。虽其末流，诡辩派出，风气靡然。要之，比于吾国秦汉以来，推崇一尊，排斥异说，闭关据守，习常蹈故，以至今日，余焰不死，斯其出发之点，绝然不侔矣。故论者谓希腊、印度、中国，同是独特之文明，而前者之发达欧美以极其盛，印度、中国之不能丐其死亡者以此。当此之时，批评学派之态度，即与今日科学家相同。彼派之言曰："法律及道德者，人为之物，非恒常普遍者也。其为恒常而普遍者，自然而已。"至于后孔子之死十年而后生之大哲苏格拉底，其讲学之精神亦无大异于批评派，其视道德、风俗、习惯种种人为之法，亦不认为如常人所称，若天经地义之不可毁。其论个人之主观的判断，虽不可少，要亦不绝对认为确实普遍与自然之物。彼之言曰："凡个人之判断，虽为特殊的，要亦自有其普遍者，吾人亦须以法求其普遍的、道德的之判断标准。"求此普遍要素之法，论者名为辩证法。渠之言曰："一切之恶，皆由于缺乏善之真知而来。"故其所重在求真知。读者应知苏格拉底为此后希腊各学派之胎源，彼其持论如此。故希腊之思想特色，在认一切为自然之径路，非其终极。凡人当以忠实之心，研究此径路所存，故其精神在实证不在虚定，在研究不在武断。即如伦理道德，道在实践躬行，似非自然界之事物，而希腊人即以人为自然界之一物，人之行为为自然界之一逕路。综其所论，不出于自然论与主知论之范围。夫在造化之国之所以能吸收各种文明而构成之者，即在去独断之心为忠实之研究，以实证其真否而已。故曰：欧西文化，其第一根源，发于希腊艺术科学之精神也。

所谓基督教宗教之精神者，其内容颇与希腊思想相反，而以路德改教之结果。斯二者之特色，乃能吸化于优秀民族思想之中，此应吾人所为发愤而叹息者也。（一）希腊思想主知，而此则主意。前者以人类为一研究之对象，同于自然；后者则以人类为中心，故其视自然也，谓乃无限人格之神与有限人格之人相关系相共同之舞台，万物中最尊之物，莫过于意志。故前者研究人生与至善为何物，而后者则以道德为神人所命令之律法，违诚者有一定之制裁从其后焉。（二）前者重视理性、爱重自由，而后者则以人类附属于神，故重服从。（三）前者重视理性，故恃自力，故重勇气。后者则以信神之故，觉自己之无能，而谦逊之心尚焉。（四）前者以当古初之时，以霸国雄于四境，故守国家主义。后者则以宗教之博爱，而四海同胞主义尚焉。（五）宗教家梦想天国，主于修行，故禁欲主义亦为斯教之特色。准斯以谈，以二者之扞格不能相容，何以能调和归于一致？则以中世社会黑暗，教会之徒藉神愚民，专以束缚欺诈为事。而至于十五世纪之时，以十字军兴、封建废，自由市兴，天文学、解析几何、微分、积分，种种学问之发见，印刷术、磁石、显微镜等物质上之进步，宿师大儒崛起于前，社会从风于后，举世之人，振聩发迷，荡瑕涤秽，宗教上、社会上之专制，乃无立足之地。个人之自由、个人之独立、个人之教化、个人之天才，乃大为实重于时。其教义有可与调和者则调和之，谓为神之真意所在；其不可与调和者，则破坏之，谓为妖僧之瞽说。而信教之徒，复能辈出宗师，标立教义，以与社会潮流相合。故今日宗教之所以不可废者，一以旧日惰性犹存，一则博爱节制之精理，实有以深入于人心。科学虽盛，究之人，知尚有不可解之域，宇宙必有不可思议之一境，其为教未至哲学得最后解决之时，终不克以破除一切之信仰故也。

准上所述，吾所谓新旧思想冲突之点，不外数端。第一，则旧者崇尚一尊、拘牵故习，而新者则必欲怀疑，必欲研究；第二，新者所以敢对于数千年神圣不可侵犯之道德习惯、社会制度而批评研究者，即以确认人类各有其自由意思，非其心之所安，则虽冒举世之所不韪而不敢从同，而旧者则不认人类有此自由；第三，新者所以确认人类有此自由，因以有个人之自觉，因以求个人之解放者，即以认人类各有其独立之人格。所谓人格者，即对于自己之认识，即谓人类有绝对之价值与其独立之目的，非同器物供人服御，非同奴仆供人役使，在其本身，并无价值，并无目的。而旧者则视人类皆同机械，仅供役使之用；视其自身，亦系供人役使者，故为奴不可免，而国亡不必悲；第四，新者所以必为个人求其自由，且必为国群求其自由者，即由对于社会不能断绝其爱情，对于国家不能断绝其爱情，而旧者则束缚桎梏于旧日习惯形式之下，不复知爱情为何物。故其现象，一尚独断，一尚批评；一尚他力，一尚自律；一尚统合，一尚分析；一尚演绎，一尚归纳；一尚静止，一尚活动。以此类推，其他可罕譬而喻。

呜呼！使吾国今日犹能闭关自守，而此怪物之希腊思想与基督思想者，永远隔绝，不相往来，则吾人固亦犹安其故而乐其生矣。

新剧杂论

此来大江以南盛行新剧，意以现身说法，涤秽布新，甚美甚善。惟是饾饤残文，傅[1]会俚事，下里巴人，杂口而出，亦一新剧。敷演悬谈，高鸣哲理，自附雅乐，而观者思卧思呕，亦一新剧。将使弹词小曲，皆为佳句，帮闲恶少，尽作名优，顾名思义，殆有未忍。大抵吾国万端，不变则已，一变则种种现象予世间以诟病，此在国家政制无不然者，剧亦其一耳。夫文学者，实灵魂所造第二之自然，而戏剧乃复合艺术之圣品，观感万象，无异教宗，眇悟人生，实斟哲学，乃其协和情性，宣扬美感，则礼乐之化也，以故彼土剧场釀自国费，脚本著于博学，优孟衣冠，抗衡大雅。今奈何欲以沐冠比于汉仪瓦釜而乱黄钟乎？余初不知此中理论，但好观大意，识其条理一二，因以馀暇，杂辑各书，但求达意，不必直述原文，雅非统系之言，窃比于荜路蓝缕云尔。

说脚本（一）

脚本有根本要件二，第一必为剧场的，第二必为文学的。所谓剧场的者，即下笔时必须注意此中每字每句，皆须上之舞台，必令上之舞台时，令观客为之娱悦、为之与感，或对于人生妙谛有所直觉是也。摩利爱尔有言："不佞所书脚本，必俟登之舞台后，乃愿丐大雅之批评，至仅仅过眼一览后之批评，则非不佞所愿承教者。"奥大利大戏曲家顾利尔巴沙亦曰："凡戏曲必剧场的，但剧场的未必即是戏曲。"皆此意也。希腊之索贺苦斯、十七世纪之莎士比亚、近代之伊蒲善，所以得为作家者，皆以执笔时心中有最大条件，即著成后一字一句皆能上之舞台，藉托俳优播于座客故也。美国剧界大家勃兰脱马西斯教授曰："剧之为物，必其性质，一上之舞台，即能诉之观客之情感，纵令聋哑之人瞥然一见，即复趣兴益然"。盖剧者即以原始时代原人象物模拟而来，模仿云者，不必语言，即仅以身体之表情，而能予观客以理解，令生观感乃合，此乃剧之最大要素。如沙氏名作《霍姆雷敌》，令聋哑观之，必生趣味。斯言最含真理，盖缺乏剧场的要素之脚本，乃一冒托脚本之轮廓而成一种文学而已。

第二，乃其所作必以文学为中心，否则决非有生命之脚本。盖永久有生命之脚本，实以文学为中心故也。若仅仅情节离合、人物出入、分配得宜，如上所云合于剧场的要素，而与人生真味渺无接触，不能供给观者以一种悠眇深远、哀感顽艳之思，如所谓深味及厚味者，则决不得名为真实有力或有生命之脚本。若司克利勃若柯奇爱勃哀若沙德所作，只能名为剧场的脚本之名家，即以其缺乏文学保证，故在今日颓然已消歇其剧场之生命。至伊蒲善乃实能涵濡此等名家作用，而以其形式应用于文学内容，故得成不朽之业者也。盖脚本家与小说家之布文于纸者之态度大异，于此以上或于此以外，更须一面有画家作画之态度，有雕刻家雕刻之态度，或音乐家妙用耳鼓之态度，具此则于前述二义思过半矣。

凡作小说，不必尽将其书中人物之颜色、形状、动作，或其室中光景、背景详情，一一描摹，成为具体的印象，叙事直写之小说，固如此矣，至以心理方面为主之小说尤然。然此等外面千态万状之描摹，令所有印象一一沉浮而出，在于剧本乃为最要之需。传说伊薄善著脚本时，几置偶象，操演动作，一面操演，一面执笔，虽其说真否不可知，要之为脚本者，不可不以一面操演、一面执笔之精神为之也。以故凡小说家未必即能取得脚本家之资格，有如托尔斯泰，为一世文豪，亦偶作剧本，而其于剧本之成功，乃不敌其在小说界成功之半，仅以《暗黑之威力》一作沉浮生息于剧界而已。

近来一部分之青年文学家所艳称之静剧，其大意要在仅以精神上起伏之物而剧化之，对于上述之第一义颇不置意，大有自做自看之嫌，盖一种几上戏文而已。窃以为吾曹所须努力者，动剧更急于静剧也。

说脚本（二）

脚本之本来性质，既必须上之舞台，因此乃于文学中占特殊之位置，故凡为脚本者，最初即须以此点置之心坎中也。

脚本如船，脚本以外之文学，乃如地上之建筑物，但使其中足以居人，纵令广廓如阿房宫、挺拔如纽约之摩天阁，固皆无害，盖既合于足以居人之条件，则其他皆建筑家之随意与自由也。至如船则不但须足以居处，并须能浮游，且不但须足以浮游，更须能以快速力自在航转。若造一船，纵横雉堞、铁板铜钩，纵令意匠经营，金碧灿烂，而入水不浮，或浮矣而航转不能自在，则一废物耳。老船罗虽泰今已变为罗虽泰大旅馆（按：以船锁置水面便作旅馆，今东西多有之）者，以其已失船之能力故也。若自初即造无能力之船，则岂非暴殄物力与人工耶！

盖此等虽名为船，实乃普通之地上建筑物，与赛会之地上龙舟无异。所谓几上戏文者，义即同此，谓非真正戏文，乃别一种文学也。此等不特不能生普通人之趣味，乃令评剧名家为之起栗[2]汗下。盖以本非真船，强令入水，宜得此结局。今欲试验船之真否，莫如浮水试航，即如试验脚本真否，莫如上之舞台，固知船佳亦须善驾，亦如脚本须有适当之背景、合格之名优，但美景良优既备，而其所得结果如何，即犹之大理院宣告之最后判决已。历览古今名作，其间自有一贯之理，足名为技术上之法则者，聊为条举于左方：

第一原则，即剧的经济是也。脚本与小说异，小说不妨纡徐曲折、淡写轻描，如温游旅客人之行长路者，可以三里一驿、五里一站，脚本则于时日及经费二事，须打点精密之算盘，此等旅行计画，丝毫不许自由及滥费，由初站以达终站，必取最捷近、最直线之径路精密之算计，即在此二点最近之距离。近代演剧，尤重此关。譬如以时间计，演作不过三小时或三小时半，舞台广亦不过数台，上场者乃须于此甚短之时光、甚狭之地亩，捉取人生一大事实之烧点，以为说法现身，若有所杆格而不能行，则其收效薄矣。须知剧场座客，与在书齐中观书者不同，此曹耳眼无寸秒停其作用，欲令此曹集中其全体之注意力，但有厌气之生，则全局瓦解。故必须于最短时光中，以经济之方法，兴其感奋、达于高潮。如坐电车然，行时忽尔停电，则坐客厌气大作，旁怨朋兴。演剧最忌停电，欲免停电，须以经济之法则，流通电力。剧场若停电者，若其过不在俳优，则即为脚本缺点之大暴露，停电愈多，则脚本能力愈为暴白，或作者之未成熟，甚者乃为缺乏剧之本能也。

第二原则，即自第一原则所生，则剧中之性格描写方法是也。要令随时随处皆有最强烈之印象，以刻入座客之脑影，故以与普通小说所描之性格较，览读之时，或颇觉其不自然，然须知剧之为物，如前所云，须提取人生之烧点，此非仅如一般肉眼，观察此生存于普通空气中之人世万千。盖直以显微镜子，照取一切在密度浓厚压榨而出之空气生存中之人情物理。故往往有一种著作，读之如矫揉造作之机械然，而自上之舞台，则性格活现者此也。盖由脚本中所写人物性格，能与俳优伎俩浑然一体，以活全舞台之上，故预料上场后之印象，深入而浅出，而能令读时所觉其不自然者，泯然而亡，斯为杰构。故脚本之描写性格，不比自然派小家，仅桎梏于自然的、写实的，或平面描写之方面，而须惨淡经营于扮演登场之如何，供给观客之人间活现之印象之方面也。

又近代剧，颇注重女优之活动，故作脚本时要须注重女性得为名角中心之方法。此从剧之全体上得一种最美之调和论，从舞台上之色彩加以一种浓厚论，亦自然必相随属之条件，薰醉座客脑筋之女性之场所特色，盖最为脚本作者之珍秘作料也。又即描写男性时，必须撮取一二人物，意志如何刚强、感情如何激锐，以此种性质之材料，乃能予舞台上一种之紧缩力，亦作者之所不可忘者也。

第三原则，亦自第一原则而生，即剧的危机中心之意志之争斗如何配置是也。大抵人性喜于起哄捣乱，盖亦一种本能之兴味。此不只观剧为然，市井之中、夫妇诟卒、行道奋臂，乃至鸡争狗斗，则路人哄集如山。至如竞渡竞走，观者常若堵墙，盖由谁胜谁负，固所关心，抑以另有一种兴味，欲观察此争斗之性格发现进行至如何极故也。故脚本之对于此点如何描写其进行，及俳优之对于此点如何活现，乃最足以深引观客人兴味，此即生人本能之要求之一种发现也。若不能捉取此等烧点，巧为描摹，则虽船浮于水而不能航，究令可航，决不能以速力运转，而惰气生矣。所谓活人画的脚本者，即以缺此要素，凡静剧之失败多而成功少，亦以专描单简之气性，而妄置此最要之机能于不顾，译者按此说是也。此所谓意志之争斗者，所引例虽多指喧争或竞争，著者意盖包含一切人生之竞争暗斗嫉妒破坏而生之种种现象，文章之有波折者在此，即吾国作文，亦以波澜愈壮者为佳。波澜壮者，言竞争烈也。

　　第四，则为脚本用语。近来欧美剧坛一般趋势，凡会话总以接近于普通日用语言者为佳，若全然一致，则亦实有所不能。盖既为舞台上所用之语言，非择其力强而印象锐者，则从剧之经济方面论，亦不能得十分之效果故也。故突出或远于实现之词，决不能生座客之兴趣。第一，必须切近，第二，一字一句必须警快，沁人心脾、动人肝胆，乃为佳也。译者曰此其意可于《厢西记》中《拷红》一幕，金圣叹所改红娘道白见之矣。译者案吾闻今之剧家，乃亲取聊斋及新出译著小说演之，更无脚本，舞台中脚色人物既七拼八凑而成，曰白亦自由胡诌而出，更何论脚本意义！今日道白，尚渐渐求近于社会惯语，若如往日，则直破落户之半瓶醋演说，满口新名词，便称新剧矣，如此尚何文学艺术之足言？人生作事大难，必先自知其所作事业之神圣，而以牺牲之精神为之，乃能成事。若先不自了了，便求使人了了，则吾见其惫也。况新戏乃文学革新之一种，国命民魂所系，谈何容易！谈何容易！

校：

〔1〕傅：当作附。

〔2〕粟：当作栗。

陈衡恪

陈衡恪（1876～1923），字师曾，号槐堂，修水县人。陈三立子。少年留学日本巢鸭弘文书院、高等师范。归国后应张謇聘，在南通师范教书，后任北京美术学校国画教授，教育部编审，声名渐著。往南京侍继母疾，母逝，竟亦中暑而卒。善诗文、书法，尤长绘画、篆刻，曾得吴昌硕指授，笔简意饶。山水画参合沈周、石涛笔法，喜作园林小景；写意花果取法陈道复、徐渭，结合写生；偶亦作风俗文物画。著有《中国绘画史》《文人画之研究》《槐堂诗钞》。近人编有《陈师曾诗文钞》。

文人画之价值

何谓文人画？即画中带有文人之性质，含有文人之趣味，不在画中考究艺术上之工夫，必须于画外看出许多文人之感想，此之所谓文人画。或谓以文人作画，必于艺术上功力欠缺，节外生枝，而以画外之物为弥补掩饰之计。殊不知画之为物，是性灵者也。思想者也，活动者也；非器械者也，非单纯者也。否则直如照相器，千篇一律，人云亦云，何贵乎人邪？何重乎艺术邪？所贵乎艺术者，即在陶写性灵，发表个性与其感想。而文人又其个性优美，感想高尚者也，其平日之所修养品格，迥出于庸众之上，故其于艺术也，所发表抒发写者，自能引人入胜，悠然起淡远幽微之思，而脱离一切尘垢之念。然则观文人之画，识文人之趣味，感文人之感者，虽关于艺术之观念浅深不同，而多少必含有文人之思想；否则如走马看花，浑沦吐枣，盖所谓此心同、此理同之故耳。

世俗之所谓文人画，以为艺术不甚考究，形体不正确，失去画家之规矩，任意涂抹，以丑怪为能，以荒率为美；专家视为野狐禅，流俗从而非笑，文人画遂不能见赏于人。而进退趋跄，动中绳墨，彩色鲜丽，搔首弄姿者，目为上乘。虽然，阳春白雪，曲高和寡，文人画之不见赏流俗，正可见其格调之高耳。

夫文人画，又岂仅以丑怪荒率为事邪？旷观古今文人之画，其格局何等谨严，意匠何等精密，下笔何等矜慎，立论何等幽微，学养何等深醇，岂粗心浮气、轻妄之辈所能望其肩背哉！但文人画首重精神，不贵形式，故形式有所欠缺而精神优美者，仍不失为文人画。文人画中固有丑怪荒率者，所谓宁朴毋华，宁拙毋巧；宁丑怪，毋妖好；宁荒率，毋工整。纯任天真，不假修饰，正足以发挥个性，振起独立之精神，力矫软美取姿、涂脂抹粉之态，以保其可远观、不可近玩之品格。故谢赫六法，首重气韵。次言骨法用笔，即其开宗明义，立定基础，为当门之棒喝。至于因物赋形，随类傅彩，传摹移写等，不过入学之法门、艺术造形之方便、入圣超凡之借径，未可拘泥于此者也。

盖尝论之，东坡诗云："论画贵形似，见与儿童邻。"乃玄妙之谈耳。若夫初学，舍形似而骛高远，空言上达，而不下学，则何山川鸟兽草木之别哉？仅拘拘于形似，而形式之外，别无可取，则照相之类也；人之技能又岂可与照相器具药水并论邪？即以照相而论，虽专任物质，而其择物配景，亦犹有意匠寓乎其中，使有合乎绘画之理想与趣味。何况纯洁高尚之艺术，而以吾人之性灵感想所发挥者邪？

文人画有何奇哉？不过发挥其性灵与感想而已。试问文人之事何事邪？无非文辞诗赋而已。文辞诗赋之材料，无非山川草木、禽兽虫鱼及寻常目所接触之物而已。其所感想，无非人情世故，古往今来变迁而已。试问画家所画之材料，是否与文人同？若与之同，则文人以其材料寄托其人情世故、古往今来之感想，则画也谓之文亦可，谓之画亦可。而山川草木、禽兽虫鱼、寻常目所接触之物，信手拈来，头头是道。譬如耳目鼻舌，笔墨也；声色臭味者，山川草鸟兽虫鱼，寻常目所接触之物也。而所以能视听言动触发者，乃人之精神所主司运用也。文人既有此精神，不过假外界之物质以运用之，岂不彻幽入微，无往而不可邪？虽然，耳目鼻舌之具有所妨碍，则视听言动不能自由，故艺术不能不习练。文人之感想性格各有不同，而艺术习练之程度有等差，此其所以异耳。

今有画如此，执涂之人而使观之，则但见其有树、又山、有水、有桥梁、屋宇而已。进而言之，树之远近、山水之起伏来去、桥梁屋宇之位置，俨然有所会也；若夫画之流派、画之格局、画之意境、画之趣味，则茫然矣。何也？以其无画之观念，无画之研究，无画之感想。故文人不必皆能画，画家不必皆能文，以文人之画而使文人观之，尚有所阂，何况乎非文人邪？以画家之画，使画家观之，则庶几无所阂，而宗派系统之差，或尚有未能惬然者。

以文人之画而使画家观之，虽或引绳排根，旋议其后，而其独到之处，固不能不俯首者。

若以画家之画与文人之画，执涂之人使观之，或无所择别，或反以为文人画不若画家之画也。呜呼！喜工整而恶荒率，喜华丽而恶质朴，喜软美而恶瘦硬，喜细致而恶简浑，喜浓缛而恶雅淡，此常人之情也。艺术之胜境，岂仅以表相而定之哉？若夫以纤弱为娟秀，以粗犷为苍浑，以板滞为沉厚，以浅薄为淡远，又比比皆是也。舍气韵骨法之不求，而斤斤于此者，盖不达乎文人画之旨耳。

文人画由来久矣，自汉时蔡邕、张衡辈，皆以画名。虽未睹其画之如何，固已载诸史籍。六朝庄老学说盛行，当时之文人，含有超世界之思想，欲脱离物质之束缚，发挥自由之情致，寄托于高旷清静之境。如宗炳、王微其人者，以山水露头角，表示其思想与人格，故两家皆有画论。东坡有题宗炳画之诗，足见其文人思想之契合。王广，王羲之、献之一家，则皆旗帜鲜明。渐渐发展至唐之王维、张洽、王宰、郑虔辈，更蔚然成一代之风，而唐王维又推为南宗之祖。当时诗歌论说，皆与画有密切之关系。流风所被，历宋元明清，绵绵不绝，其苦心孤诣，盖可想矣。

南北两宋，文运最隆，文家、诗家、词家彬彬辈出，思想最为发达，故绘画一道亦随之应运而兴，各极其能。欧阳永叔、梅圣俞、苏东坡、黄山谷，对于绘画皆有题咏，皆能领略；司马君实、王介甫、朱考亭，在画史上皆有名。足见当时文人思想与绘画极相契合。华光和尚之墨梅、文与可之墨竹，皆于是时表见。梅与竹，不过花卉之一种。墨梅之法，自昔无所闻，墨竹相传在唐时已有之。张璪、张立、孙位有墨迹；南唐后主之铁钩琐、金错刀，固已变从来之法。至文湖州竹派，开元明之法门，当时东坡识其妙趣。文人画不仅形于山水，无物不可寓文人之兴味也明矣。

且画法与书法相通，能书者大抵能画，故古今书画兼长者，多画中笔法与书无以异也。宋龚开论画云："人言墨鬼为戏笔，是大不然。此乃书家之草圣也；岂有不善真书而能作草者？"陆探微因王献之有一笔书，遂创一笔画。赵子昂论画诗："石如飞白木如籀，写竹还须八法通。若也有人会此，须知书画本来同。"又赵子昂问画道于钱舜举："何以称士气？"答曰："隶体耳。画史能辩之，即可无翼而飞。不尔便落邪道，愈工愈远。"柯九思论画竹："写竹干用篆法，枝用草书法，写叶用八分法，或用鲁公撇笔法，木石用折钗股、屋漏痕之遗意。"南唐后主用金错书法画竹。可见文人画不但意趣高尚，而且寓书法于画法，使画中更觉不简单。非仅画之范围内用功便可了事，尚须从他种方面研究，始能出色。故宋元明清文人画颇占势力，盖其有各种素养、各种学问凑合得来。即远而言之，蔡邕、王广、羲、献，皆以书家而兼画家者也。

倪云林自论画云："仆之所谓画者，不过逸笔草草，不求形似，聊以自娱。"又论画竹云："余画竹聊以写胸中逸气耳，岂复较其是与非。"吴仲圭论画云："墨戏之作，盖士大夫词翰之余，适一时之兴趣。"由是观之，可以想见文人画之旨趣，与东坡若合符节。元之四大家，皆品格高尚，学问渊博，故其画上继荆、关、董、巨，下开明、清诸家法门。四王、吴、恽，都从四大家出。其画皆非不形似，格法精备，何尝牵强不周到，不完足？即云林不求形似，其画树何尝不似树，画石何尝不似石？所谓不求形似者，其精神不专注于形似，如画工之钩心斗角，惟形之是求耳。其用笔时，另有一种意思，另有一种寄托，不斤斤然刻舟求剑，自然天机流畅耳。且文人画不求形似，正是画之进步。何以言之？吾以浅近取譬。今有人初学画时，欲求形似而不能，久之则渐似矣，久之则愈似矣。后以所见物体记熟于胸中，则任意画之，无不形似，不必处处描写，自能得心应手，与之契合。盖其神情超于物体之外，而寓其神情于物象之中，无他，盖得其主要之点故也。庖丁解牛，中其肯綮，迎刃而解，离形得似，妙合自然。其主要之点为何？所谓象征 Symbol 是也。

　　征诸历史之经过，汉以前之画甚难见；三代钟鼎之图案与文字，不过物象之符记，然而近似矣。文字亦若画，而不得谓之画。汉之石画，古拙朴鲁，较三代则又近似矣。六朝造象，则面目衣纹，俨然画家法度，此但见于刻石者也。若纸本缣素，则必彩色工丽，六朝进于汉魏，隋唐进于六朝，人意之求工，亦自然之趋势。而求工之一转，则必有草草数笔而摄全神者。宗炳、陆探微之有一笔画，盖此意欤？宋人工丽，可谓极矣。如黄筌、徐熙、滕昌祐、易元吉辈，皆写生能手。而东坡、文与可，极不以形似立论。人心之思想，无不求进；进于实质，而无可回旋，无宁求于空虚，以提揭乎实质之为愈也。以一人之作画而言，经过形似之阶段，必现不形似之手腕；其不形似者，忘乎筌蹄，游于天倪之谓也。西洋画可谓形似极矣！自十九世纪以来，以科学之理研究光与色，其于物象体验入微。而近来之后印象派，乃反其道而行之，不重客体，专任主观，立体派、未来派、表现派，联翩演出，其思想之转变，亦足见形似之不足尽艺术之长，而不能不别有所求矣。或又谓文人画过于深微奥妙，使世人不易领会，何不稍卑其格，期于普及耶？此正如欲尽改中国之文辞以俯就白话，强已能言语之童而学呱呱婴儿之泣，其可乎？欲求文人画之普及，先须于其思想品格之陶冶；世人之观念，引之使高，以求接近文人之趣味，则文人之画自能领会，自能享乐。不求其本而齐其末，则文人画终流于工匠之一途，而文人画之特质扫地矣。若以适俗应用而言，则别有工匠之画在，又何必以文人而降格越俎耶？

　　文人画之要素：第一人品，第二学问，第三才情，第四思想；具此四者，乃能完善。盖艺术之为物，以人感人，以精神相应者也。有此感想，有此精神，然后能感人而能自感也。所谓感情移人，近世美学家所推论，视为重要者，盖此之谓也欤？

汪辟疆

汪辟疆（1887～1966），名国垣，号辟疆，号方湖，彭泽县人。1909年入北京京师大学堂，1912年毕业，1918年任江西心远大学教授。1927年起在南京第四中山大学、中央大学、南京大学任教授。其间曾任监察院委员、国史馆纂修。专攻经学、文学、目录学，成就卓著。有《光宣诗坛点将录》《近代诗人述评》，均为近代诗学的重要著作。又《唐人小说》为收唐人小说之重要之作，贵在校订和考释。其诗作辑有《方湖类稿》，其他论著还有《目录学研究》《汉魏六朝目录考略》等。以下诸文选自1988年12月上海古籍出版社出版的《汪辟疆文集》。

近代诗派与地域（节选）

晚清道咸以后，为世局转变一大关捩，史家有断为近代者。本文论诗，标题曰近代诗者，非惟沿史家通例，亦以有清一代诗学，至道咸始极其变，至同光乃极其盛，故本题范畴断自道光初元，而尤详于同光两朝。在此五十年中，凡诗家不失古法而确能自立者，本文皆得条其流别，论其得失，俾治诗学者得所借镜，亦近代文献得失之林也。

今于未论列近代诗派之先，当不可不先知有清二百五十年间之诗学变迁。清代之诗，约可分为三期：曰康雍，其初期也；曰乾嘉，则中期也；曰道咸而后，则近代也。今姑就此三时期论列之：

有清康、雍之初，承明代前后七子之后，流风余韵，至此犹存。观于复社、几社诸贤如陈子龙、李雯之伦，罔不奇情盛藻，声律铿锵，当时号为七子中兴。流风所播，乃在明末遗民，下逮清朝，仍未歇绝，不过稍益以悯时念乱之思，麦秀黍离之感，故读者罔觉为七子余波耳。语其至者，如顾炎武、杜濬、陈恭尹、侯方域、陈维崧、吴兆骞、夏完淳诸家，皆此风会中所孕育者也。其与此派接近而稍大其气体者，则有钱谦益、吴伟业二家。惟钱氏记醜学博，其诗出入于学李、杜、韩、白、温、李、苏、陆、元、虞①之间，兼以留心内典②，名理络绎，辞采瑰玮，故独步一时。吴氏则藻思绮合，实具乐府、古诗、四杰③、香山④之长，兼有玉谿⑤咏史之理，故世称绝调，与钱氏并称为江左大家。或有以龚鼎孳俪之，适成鼎足，抑其亚也。至所谓一代正宗之王渔洋氏，早年受知谦益，晚岁雄视中原，以诗歌奔走天下士者，垂数十年。后生末学，得其奖借以诗名家者，不胜偻指，当时似可蔚成风尚矣。然王氏虽曾标举神韵之说，实则植体大历，而略参宋贤，语妙中边，而声趋浮响，非可俪元裕之、虞伯生之于金元也。吴乔比之清秀李于鳞，差为近是，故虽主盟一时，而及身则声光俱邈，盖以此耳。其与王氏并推为清初六家之朱彝尊、赵执信、施闰章、查慎行、宋琬五家，亦复自成宗派，不相蹈袭。朱竹垞帜江左，心仪杜陵；赵秋谷敌体新城，语多枯淡；宋荔裳有高、岑之清警；施愚山存古诗之遗音；若查初白氏，则又于诸家宗尚之外，力追苏、陆，而于陆尤近，皆与新城王氏迥然不同。此外吴嘉纪之孤往、田雯之清艳、宋荦之骏快、冯班之绮丽、顾景星之雄瞻、余怀之秀逸、吴之振之拗捩、顾图河之骀宕、黎士宏之清拔，亦皆各有独到，不主一宗，皆此时期之弁冕也。盖以时际开创，民物维新，才杰之士，各抒藻思，将以鸣其盛世，点缀升平，各有千秋之心，不甘后尘之赴。曹子建⑥所谓"人人握灵蛇之珠，家家抱荆山之玉"者，古今开物成务之交，其情形正复相同也。故此期之诗，众制咸备，风会总杂。此第一期也。

　　乾嘉之世，为有清一代全盛时期，经学小学，俱臻极盛，而诗独不振。盖以时际升平，辞多愉悦，异时讽诵，了无动人。试观尔时诗家，在朝如沈归愚⑦，在野若袁简斋⑧，非所谓负一时诗坛重望，仰之为泰山北斗乎？迄今试翻其遗集，沈则篇章妥帖，涂泽为工，袁则纤语谀词，小慧自喜，虽一则揭温柔敦厚之旨，一则标诗本性灵之言，探源诗教，宁可厚非？迹其所诣，殊难相副。其它名亚沈、袁者，如赵翼、蒋士铨、张问陶、吴嵩梁、彭兆荪、刘嗣绾、吴锡麟、郭麐、舒位诸家，诗非不工，然或失之侧媚，或失之粗豪，或以纤巧为工，或以肤廓自喜，此又当时诗坛风气也。在此期中，其蹊径别辟，门庭较广者，高其倬、梦麟之澄旷，厉鹗、汪仲鈖之巉秀，翁方纲、谢启昆之密栗，钱载、黎简之拗折，黄景仁、王又曾之清新，祝德麟、姚鼐之雅正，皆与尔时诗家宗尚，迥然异趣，而诗名不亚赵蒋诸家。惟以托体较高，步趋不易，号召之力，或逊沈袁，然皆绝去依傍，摆脱习尚者也。要之，此期诗家，其能风靡一时，万流奔赴者，类皆辞采有余，意境差少，益以遭逢盛世，歌咏升平，故题材不外应制、游宴、祝贺、赠答、赋物、怀古、述征、题图诸端，既无所用其深湛之思，遂少回荡之妙，极其所诣，但求对仗之工稳、声调之铿锵、辞采之裔丽而已。诗歌必内质外形并重，方为双美。乾嘉中盛之诗，偏重外形，其不能卓然独立以自造复绝之境者，固世人所同慨也。故此期之诗，芳华典赡，才质并弱。此第二期也。

综此二期之诗，无自成风会之可言，即无真确面目之可识。清诗之有面目可识者，当在近代，所谓第三时期也。虽然，近代诗派，自道光以后迄于光宣，历时既久，而作者弥繁，兹析为道咸与同光二期分论之。

夫文学转变，罔不与时代为因缘。道咸之世，清道由盛而衰，外则有列强之窥伺，内则有朋党之叠起。诗人善感，颇有"瞻乌谁屋"之思、小雅念乱之意，变徵之音，于焉交作。且世方多难，忧时之彦，恒致意经世有用之学，思为国家太平，及此意萧条，行歌甘隐，于是本其所学，一发于诗，而诗之内质外形，皆随时代心境而生变化。故同为山水游宴之诗，在前则极摹山范水之能，在此则有美非吾土之感；同为吊古咏史之作，在前则抒怀旧之蓄念，在此则皆抑扬有为之言，斯其显著者也。此期诗人之卓然名家者，如龚自珍、魏源、陈沆、程恩泽、邓显鹤、祁寯藻、何绍基、曾国藩、郑珍、莫友芝、江湜诸家，类皆思深[1]虑远，骨力坚苍，每于咏叹之中，时寓忧勤之感，异时讽诵，动移人情。虽由诸家学擅专门，诗本余事，然心境与世运相感召，遂不觉流露于文字间也。其直接影响于同光者，尤以春海、子尹、太初、弢叔⑨四家为著。程郑二氏，学术淹雅，诗则植体韩黄，典赡排奡，理厚思沉，同光派诗人之宗散原者，多从此人。江陈二家，人情练达，诗则体兼唐宋，清拔淡远，富有理致。同光派之学继起者，又多借径。此二派者，发轫于道咸，而大盛于同光，逮于今日，流风未沫。此道咸间诗人之荦荦者也。至其时最负盛名之张亨甫[10]氏，扬七子之余波，振钱吴之坠绪，声情非不绵邈，格调亦近浑成，顾风行仅止一时，后来所好，殊不在是。得失之数，此尤其显然者也。

诗至道咸而遽变，其变也既与时代为因缘。然同光之初，海宇初平，而西陲之功为竟，大局粗定，而外侮之患方殷，文士诗人，痛定思痛，播诸声诗，非惟难返乾嘉，抑且逾于道咸。忆甲午中日战后，吾乡文道羲[11]学士尝语先公曰："生人之祸患，实词章之幸福。"其言至痛。然觇诗学风会者，可长深思矣。在此五十年中，士之怀才遇与不遇者，发诸歌咏，悯时念乱，旨远辞文。如陈宝琛、张之洞、张佩纶、袁昶、范当世、沈曾植、陈三立诸人之所为者，渊渊乎质有其文，海内承风，蔚为极盛。或有称此时期诗为同光体者，因诸家为近五十年中之弁冕，其诗流布至广，影响至深，后学踵其宗风，亦能自拔俗流。故当时诗人，推许甚至，实则此不过近诗之一派，而未可概近代之全。此外如黄遵宪、康有为之雄奇骏发，樊增祥、易顺鼎之瑰丽精严，王闿运、章炳麟之高文藻思，李慈铭、俞樾之典雅精切，皆为近代诗之英华，又非同光体所能孕举者也。

或有疑近代诗为宋诗者。曰：此亦但指同光者而言之者也，即指同光，亦殊不类。文学递嬗之迹，必前有所创，而后有所承。善承前人者，非举前人体制而模拟貌袭也，必变化镕铸之，方足自成体格，否则为优孟，为伪体。清初诗学，承嘉隆七子之后，人生厌弃之心，吕晚村、吴孟举之伦，固尝标举宋诗，号召当世矣！其时作者，如查初白之规抚剑南[12]，宋牧仲[13]之嗣响苏轼，徒存面貌，终鲜自得，此学宋而未能变化者也。夫性情无间古今，体格本有新旧，诗文嬗变之交，往往有借径古人，而成就各不相对犯。道咸以后，丧乱云腾，诗人吟咏，固尝取径宋贤，如宛陵、六一、临川、东坡、山谷、后山、简斋、放翁、诚斋[14]之诗，尤为人所乐道。迹其所诣，取拟宋贤，实多不类。其尤显然者，可得言焉。宋诗承三唐之后，力破余地，务为新巧，大家如东坡、临川，亦复时弄狡狯，以求属对之工、使事之巧，如鸭绿鹅黄、青洲从事、乌有先生之伦，已肇其端。南宋诸贤，迭相祖述，益趋新巧。近代诸家，虽尝问途宋人，然使事但求雅切，属对只取浑成。其异一也；诗歌以蕴蓄为极致，汉魏如北海、曹瞒[15]，微伤劲直，然雄厚足以救之。唐如昌黎、香山[16]，亦嫌太尽，然韵味足以救之。两宋诗家，力求意境之高，终鲜洄漩之致。才高体大，如坡公、山谷、放翁、诚斋，颇有讥其太放太尽之病。临川早年意气自许，诗语惟意所向，不复更为涵蓄，晚年始造深婉不迫之境，则其他诸家伤于直率，更未能免。近代诗家虽尝学宋，然力惩刻露，有悁悁不甘之情，故调高而思深，言近而旨远。其异体二也；晚唐诗家，极研声律，一篇之内，音节谐美，宋人病其啴缓，救以古调，专事拗捩，其运古入律者，往往古律不分。山谷、师川[17]以力避谐熟之故，间为此体，末流所届，逮于余杭二赵[18]、上饶二泉[19]、江湖末派之伦，钩章棘句，至不可读，则力求生涩之过也。近代诸家，审音辨律，斟酌唐宋之间，具抑扬顿挫之能，有谱圄不迫之趣。其异三也。其尤有进于是者，诗歌一道，原本性情，似与学术了不相涉。才高意广与夫习闻西方诗歌界义者，尤乐道之，咸主诗关性情，无资于学。然杜陵一老，卓然为百代所宗，彼固尝言"读书破万卷，下笔如有神"，又云"熟精文选理"。昌黎亦言"余事作诗人"，是诗固未尝与学术相离也。两宋诗家，承三唐声律极盛之后，独出手眼，别开面貌，其精思健笔，洵足惊人！然尔时作者，惜多不学。荆公《字说》，腾笑千古；东坡经学，尤甚粗疏；宛陵但汲流于乐府；后山只丐馥于杜陵；新安[20]泛滥六经百氏，然天纵余事，时落理障；永嘉[21]抗志内圣外王，然经籍熔液，终鲜变化。他如永嘉四灵、江湖末派，敝精力于五言，穷物态于七字，空疏婾陋，更无论矣。近代诗家，承乾嘉学术鼎盛之后，流风未泯，师承所在，学贵专门，偶出绪余，从事吟咏，莫不熔铸经史，贯穿百家，故淹通经学，则有巢经、默深[22]；精研许书[23]，则有馫斴、匹园[24]；擅长史地，则有春海、寐叟[25]；通达治理，则有湘乡、南皮[26]；殚精簿[2]录，则有邵亭、东洲[27]，其专为骚选盛唐，如湘绮、陶堂、白香、越缦、南海、余杭[28]诸家，亦皆学术湛深，牢笼百氏，诗虽与宋殊途，要足与学相俪，则又两宋诸诗家所未逮也。乾嘉经师，固尝尊汉学，而惠、戴、段、王[29]，实不相袭，故不曰汉学而曰清学。近代诗家，亦尝尊宋派，而郑、何、陈、沈[30]，实不相犯，故不说宋诗而曰清诗。有清二百五十年间，使无近代诗家成就卓卓如此，诗坛之寥寂可知，诵晚清百年内之诗，此应知之一义也。

　　清诗既以近代为极盛，则近代诗地位，重视可知。道咸之世，虽为清诗转变一大关捩，然时代较远，姑置勿论。即同光以后，诗人云起，蔚为极盛，吾人欲于最短期间，举此五十年内之有名诗家，逐一论列，非惟遽数之不能终其物，抑且无以统摄之。势必散漫无纪，挂一漏万，欲人之识其派别，明其正变，斯亦难矣。无已，姑从地域言之。近代诗家，可以地域系者，约可分为六派：一，湖湘派；二，闽赣派；三，河北派；四，江左派；五，岭南派；六，西蜀派。此六派者，在近代诗中，皆确能卓然自立蔚成风气者也。湖湘风重保守，有旧派之称，然领袖诗坛，庶几无愧。闽赣则瓣香元祐，夺帜湖南，同光命体，俨居正宗，抑其次也。北派旨趣，略同闽赣，虽取径略殊，实堪伯仲。江左稍变清丽，质有其文，风会转移，亦殊曩哲。嶺南振雄奇之逸响，西蜀泻青碧之灵芬，并能本其风土，播诸声诗，驰骋骚坛，允无愧作。其他诸省部，或以僻处而声气鲜通，或以诗少而面目难识，无从铨次，姑附阙如。惟八旗淹雅，皖派坚苍，今以便于叙述之故，入八旗于河北，附皖派于赣闽，亦以同声之和，具审渊源，非仅地域之接壤而已。

或有疑分派之说，最难凭信。昔张为《主客》而升堂入室，已极谬悠；方回《律髓》而一祖三宗，尤为褊隘。标举不出诸初祖，刀圭贻误于后贤。今论列近代之诗，乃复蹈其故辙，不亦贻讥大雅乎？曰：是亦有辨。夫诗写性情，本无派别，名高百代，各有宗师，必欲守一家之言，衍已坠之绪，任己意为进退，谓他人无是非，则立论未当人心，斯折衷难垂定论，此张、方所由见讥于后世也。若夫民函五常之性，系水土之情，风俗因是而成，声音本之而异，则随地以系人，因人而系派，溯渊源于既往，昭轨辙于方来，庶几訧焉。况正变十五，已肇国风；分野十二，备存班志[31]，观俗审化，斯析类之尤雅者乎。（以下略）

校记：

　〔1〕思深：原作"思流"，语不通，故改。

　〔2〕簿：原作"薄"。

注释：

　① 李、杜、韩、白、温、李、苏、陆、元、虞：唐代李白、杜甫、韩愈、白居易、温庭筠、李商隐，宋代苏轼、陆游，金代元好问，元代虞集。

② 内典：佛典，包括三藏十二部一切经典。因佛法是心性内求的一门学问，所以称为内学，内典。北齐颜之推《颜氏家训·归心》："内典初门，设五种禁；外典仁义礼智信，皆与之符。"

③ 四杰：初唐王勃、杨炯、卢照邻、骆宾王。

④ 香山：白居易，号香山。

⑤ 玉谿：李商隐，号玉谿生。

⑥ 曹子建：三国魏时曹植，以下引言出自《与杨德祖书》。

⑦ 沈归愚：沈德潜，倡格调说。

⑧ 袁简斋：袁枚，倡性灵说。

⑨ 春海、子尹、太初、弢叔：即程恩泽、郑珍、江湜、陈沆。

⑩ 张亨甫：张际亮，字亨甫。

⑪ 文道羲：即文廷式。

⑫ 查初白之规抚剑南：查初白，即查慎行；剑南即陆游。

⑬ 宋牧仲：宋荦。

⑭ 宛陵、六一、临川、东坡、山谷、后山、简斋、放翁、诚斋：即北宋梅尧臣、欧阳修、王安石、苏轼、黄庭坚、陈师道、陈与义，南宋陆游、杨万里。

⑮ 北海、曹瞒：孔融、曹操。

⑯ 昌黎、香山：韩愈、白居易。

⑰ 山谷、师川：黄庭坚、徐俯。

⑱ 余杭二赵：赵汝谈、赵汝谠，皆赵宋宗室，居余杭。

⑲ 上饶二泉：赵蕃，号章泉；韩淲，号涧泉，韩元吉之子。

⑳ 新安：朱熹，其籍贯新安郡，即徽州。

㉑ 永嘉：陈亮，为永康人，作者此处疑误。

㉒ 巢经、默深：郑珍，号巢经巢；魏源，号默深。

㉓ 许书：许慎著《说文》。

㉔ 镘鉥：祁隽藻，著有《镘鉥亭诗集》。匹园：陈衍，筑匹园于故里。著有《说文举例》《说文解字辨证》《音韵发蒙》等。

㉕ 春海、寐叟：程恩泽、沈曾植。

㉖ 湘乡、南皮：曾国藩、张之洞。

㉗ 邵亭、东洲：莫友芝、何绍基。

㉘ 湘绮、陶堂、白香、越缦、南海、余杭：王闿运、高心夔、邓辅纶、李慈铭、康有为、章太炎。

㉙ 惠、戴、段、王：惠栋、戴震、段玉裁、王念孙。

㉚ 郑、何、陈、沈：郑孝胥、何振岱、陈宝琛、沈瑜庆。

㉛ 班志：班固《汉书·艺文志》。

何谓诗

诗歌为文学大辂。文学有广狭二义，诗歌亦然。语其荦荦，可得而言。

诗必有韵，今古无更。在心为志，发言为诗，言之不足，嗟叹永歌，情发于声，声韵遂起。继此有作，凡属诗歌，靡不有韵。有韵者皆为诗，其容至博，匪但骚、赋、乐府、宋词、元曲，举可称诗，即如刘勰所举颂、赞、祝、盟、铭、箴、诔、碑、哀、吊、谐、讔诸体，下至流俗所称之医方歌括，凡有韵者皆得为诗。以工拙论，诗人词客，容或鄙夷；以体裁言，固亦诗歌之流也，此就诗歌之形式而言之也。或又曰：诗歌为体，本非一端。形式精神，缺一不可；形式宜区，精神尤贵。何谓精神？旨趣是也。《虞书》称"诗言志，歌永言"，卜商论"在心为志，发言为诗"，无韵非诗，初无定律，可知古人论诗，但明旨趣。后人习于韵语，胶柱之见，已自不侔。其能窥见诗之旨趣者，如东坡称"王维画中有诗"，此真不拘拘于诗之形式者也。根诸情感，精于艺术者，有韵固诗，无韵亦诗；平铺直叙，不带情感者，无韵非诗，有韵亦非诗。是故昌黎古近，乃属韵文；道玄《水经》①，咸寓诗意。辨微知味，宜具别裁。此就诗歌之精神而言之者也，皆广义也。

至于《七略》著录，分列歌诗；钟嵘品藻，标榜五言，诗歌分界，于此为严。匪惟箴、铭、哀、诔，画诸诗外，即以附庸蔚为大国之辞赋，亦复别成分野，不与诗淆。嗣是以还，诗歌领域，仅及歌谣、乐府，五七古近，而宋词元曲，体虽出于诗歌，徒以众作纷繁，自成体制，遂亦脱离诗歌而独立。治词曲者，亦于诗歌鲜措意焉。此就诗歌之本体而言，不规规于形式旨趣者也，所谓狭义也。

夫诗歌为体，以韵律为形貌，以旨趣为神采，两者备具，乃为真诗。

使执有韵无韵之说，判诗文之标准，则是遗神采而重外形，势必举隐语呓词，被以诗号，但求趁韵，奚裨感情。反之则专求旨趣者，又必尽去声律，求诗歌神采于散文小记之中。偶见一二短篇，笔具感情、辞兼描写者，惊为创获，宝若球琅，则文章之囿，采获何限，必尽锡以诗名，亦乖体制。以二者之交讯，乃知合则双美，分则偏犄。虽复持之有故，言之终难成理也。至于狭义者，但求本体，既非同主形式者之兼容并包，亦殊尚旨趣者之进退无定。就诗言诗，界限较确。

　　至于诗之为义，其说不一。有以志释诗者，始载《虞书》，则"诗言志"是也，《大序》承之。《说文》："诗，古文作䚶，从言，从㞢，㞢亦声"，"诗，志也"，嗣后言诗，以志释义者，远溯唐虞，近沿浟长②者，无虑百十。有以持释诗者。《诗纬·含神雾》云："诗者持也。"又云："在于敦厚之教，自持其心，讽刺之道，可以扶持家邦。"孔颖达《毛诗正义》引之，且疏说其义，则曰："持人之行，使不失坠。"而刘勰《文心雕龙·明诗篇》亦云："诗者，持也。持人性情。《三百》之蔽，义归无邪。持之为训，有符焉尔。"有以承释诗者。《礼记·内则》说负子之礼云："诗负之。"郑玄《注》云："诗之言承也。"孔颖达《疏》复加申说，谓"作者承君政之善恶，述己志而为诗。"有以情释诗者。《诗大序》云："情动于中而形于言，言之不足，故嗟叹之，嗟叹之不足，故永歌之，永歌之不足，不知手之舞之足之蹈之也。"以情释诗，此为最早。继此立说，洞见症结者，则如班固所谓"哀乐之心感，歌咏之声发"、陆机《文赋》所谓"诗缘情而绮靡"，博稽众说，此其扼要者也。有以声释诗者。诗必依声，虞书》《诗序》已括此旨。后贤探索，要莫能外。其标举立义者，则如郑玄《六艺论》云："诗者弦歌讽喻之声也。"以声释诗，远溯上世，所谓"婴儿孩子，则怀嬉戏忭跃之心；玄鹤苍鸾，亦含歌舞节奏之应。"上世虽无文字雅颂，必有讴歌吟呼。诗之兴起，声音为先。持此说诗，容无不合，故阐斯旨者，亦复有人。

　　综此数说，诗之为义，略可识矣。顾居今衡古，终觉未安。盖举偏而遗全，执一而多窒。自非疏通众说，钩稽微言，鲜能包举内蕴，变易旧观。此犹待商榷者也。

　　夫思虑为志（《春秋说题辞》），心之所之为志（《说文》），是志之为物，不过言语之造端。述事达怀，何所区别？以志释诗，似亦未谛，惟古籍言志，皆括情感而言。如《左传》昭公二十五年，子太叔对赵简子曰："民有好恶喜怒哀乐，生于六气，是故案则宜类，以制六志。"杜《注》："为礼以制好恶喜怒哀乐六志，使不过节。"则古人言志，实混于情。即就《诗大序》"情动于中而形于言"观之，志为情志之称，益可取证。诗歌以情感为第一义，旧所诠释，虽主一偏，然于诗歌根诸情绪之要旨，远在虞廷，早已决其大宝矣。惟志之伸引，曰持曰承，一名三训，歧而又歧，牵合之迹，至可哂笑。至于声音者，远溯古初，近征众制，诚莫能外，惟立论仅引一端，含义遂难周匝，与专以情释诗者，同其得失，此皆不足以诗歌界义也。

遍稽往籍，其能窥见诗之本体，诠释较为完备者，惟唐人白居易氏所论次为得其真。白居易《与元九书》论作文大旨曰："感人心者，莫先乎情，莫始乎言，莫切乎声，莫深乎义。诗者，根情、苗言、华声、实义。上自圣贤，下至愚骏，微及豚鱼，幽及鬼神，群分而气同，形异而情一，未有声入而不应，情交而不感者也。"虽然，白氏之论卓矣！顾尚有未尽善者，则以诗之本体功用，迥不相侔。其言诗者，根情、苗言、华声、实义者，诗之本体也；其言群分气同，声入情感者，诗之功用也。白氏以诗为感人心之具，而遂推论无贤愚幽微之阻隔，语涉含混，厥病为均。至其言诗之定义，以情、言、声、义四事并列，诗歌要义，囊括靡遗，固唐宋诸家所未诠次者也。夫诗之为体，当括内质外形而言。所谓内质者，有情感、有想象、有实义之谓也。他种文学，举莫外是，而诗为尤贵。所谓外形者，有规律之句语、有谐美之声韵、有简练之辞采之谓也。本此二端，其由主观而发舒心境之感觉者，可谓之抒情诗；其由客观而叙述流传之事实者，可谓之本事诗，或曰乐府诗。白氏以根情实义说明诗之内质，以苗言华声说明诗之外形，差为确当。准斯以谭，则白氏所论定者，姑取之以为诗之界义可也。

注释：

① 道玄《水经》：即北魏时期郦道元《水经注》，玄通元。

② 泣长：许慎，汝南召陵人，为郡功曹，再迁除泣长。

校定宋临川内史《谢灵运集》后记

影写明成化刊本《谢灵运集》，勘校断手，乃系以后论曰：谢客为人，其特异有四：谢既生长世族，又以祖父之资，生业甚厚，不惟车服鲜妍，器物新异，抑且凿山浚湖，穿池植援，驱课公役，邪许无已。居则极顾盼之娱，出则侈徒党之盛。登山蜡屐，有前齿后齿之分；别业营栖，尽傍山带江之胜。享乐既极于生前，声华遂动于朝右。是曰豪奢。平生爱好，莫若遨游。到郡必历名山，选胜必依曲水。千重岩嶂，经旬而不归；百数门徒，结队以惊众。永嘉作郡，号山水之乡；始宁卜宅，尽幽居之美。临海有山贼之称，临川被叛逆之号。

昔孙登[①]寄啸，只眷苏门，石崇思归，但美金谷[②]。即同时陶公，解组归来，衡门息影。栗里上京[③]，不逾庐阜；柴桑彭泽，鲜过百里。蜡屐所经，烟岚所赏，未有逾于谢客者也。是曰游放。谢公生长华腴[④]，锐志功名，自怀济世之才，鲜有斧柯之假。胸怀抑塞，遂流放而不归；梦想超迁，卒讥弹以获谴。刘宋之初，以非毁执政，而出守永嘉；元嘉之时，以称疾不朝，而坐罪免职。成佛生天，既构爨于周颙[⑤]；抚坟解剑，复申痛于庐陵[⑥]。若斯愤懑，皆由怀才未遇所致也。上书自试，永契陈思[⑦]；列军河桥，近慕陆子[⑧]。临终见志，亦可哀矣！是曰怨懟。

夫摛辞挦藻，多本情文；即景贮兴，皆由顿悟。故河梁赠别，出自武夫[⑨]；秦徐叙答[⑩]，亦繇小吏。其学术皆非卓越也。六朝诗家，学术之博，谢公为最。整齐世传，则有《晋书》之作；研精流略，则有四部之编。阐扬漆园[⑪]，义深于郭象；典审《涅磐》[⑫]，领袖夫南宗。上至经史百家，下至书画艺术，罔不钩稽要义，熔铸篇章。记诵之传，择别之精，诗人以来，未尝有也，是曰淹洽。凡兹四者，迥绝人伦。发为诗歌，宜其矜式百代，冠冕当时矣。惟淹洽游放，为诗人之本怀；怨懟豪奢，乃士流之微眚。在它人则以为溺志，在谢公则适成济美。盖谢公以世胄之家，处豪华之境，又能留意坟籍，雅爱篇章，结习所存，任情适志。在魏阙则思江湖，处江湖则思魏阙。思虑靡常，动定失节，故见于诗者，有江山重复之观，其气格回荡之妙。鹤声一一飞上天，其夐绝之境，远非颜鲍⑬所能望项也。虞伯生⑭赞谢公云："刊山木以遮眺，抗浮云而脱屐。望高秋兮极浦，见夫容之出水。"因论谢客，载诵斯言。

校记：

〔1〕磬：当为槃。

注释：

① 孙登：晋朝隐士。

② 石崇思归，但美金谷：石崇，西晋富商，在洛阳筑金谷园。

③ 栗里上京：均陶渊明故里村落与山名，在庐山南麓星子县境内。

④ 谢公生长华腴：谢灵运生长于华贵富饶之地。

⑤ 周顗：字伯仁，晋元帝时为仆射，与王导交情深。

⑥ 庐陵：庐陵王刘义真，与谢灵运情谊颇存。后被刘裕安排的顾命大臣杀害，造成刘宋初年的政局动荡。

⑦ 陈思：曹植，封陈思王，有《求自试表》。

⑧ 列军河桥，近慕陆子：《晋书》曰："陆机河桥之战，始临戎而牙旗折，意甚恶之。列军自朝歌至于河桥，鼓声闻数百里。"陆机河桥一役败后，临刑叹曰："欲闻华亭鹤唳，可复得乎？"

⑨ 河梁赠别，出自武夫：苏武回归大汉时，身陷匈奴国的名将李陵作有《河陵赠别》诗，但学者疑为伪托之作。

⑩ 秦徐叙答：秦嘉，字士会，陇西人。东汉桓帝时为郡吏，岁终为郡上计簿使赴洛阳，后病死津乡亭。秦嘉赴洛阳时，妻徐淑因病还家，未能面别。两人以诗作往来，收辑于严可均《全上古三代秦汉三国六朝文》。

⑪ 阐扬漆园，义深于郭象：言谢灵运阐扬庄子学说，其义深于郭象注。漆园：庄子故里之地名，代指庄子。

⑫ 典审《涅磬》：言谢灵运校勘佛经《涅槃经》。

⑬ 颜鲍：南朝文人颜延年、鲍照。

⑭ 虞伯生：虞集，字伯生，元朝文学家。

《光宣诗坛点将录》定本跋

旧撰《光宣诗坛点将录》一卷，为己未年①在南昌时所草创。又五年乙丑六月间过南京，柳翼谋诒徵②、杨杏佛铨③见之，亟推为允当，且有万不可移易者。当时杏佛拟刊诸《学衡》杂志，余辞以当须改定，愿以异日。是月至北京，适长沙章士钊办《甲寅》周刊。一日，章氏遇余宣武门江西会馆，见而携去，谓不可不亟为流传，乃为刊于《甲寅》。惟余雅不欲于此时流布，又以录中所评诸人，寓贬于褒，且有肆为讥弹之词，而其中人又多健在，有不可不留为后日见面地者，故于校稿时，稍为更易，实乖余本旨。不谓此书甫刊，旧京及津沪老辈名流，大为激赏，且有资为谈助者。而陈散原④、康南海⑤、陈苍虬⑥、王病山⑦、李拔可⑧、周梅泉⑨、袁伯揆⑩诸公，辄举此以为笑乐。惟陈石遗⑪以天罡自命，而余位以地煞星首座，大为不乐。康南海但以"伤摹拟"三字致憾。夏剑丞⑬自负其诗，而不得与天罡之列，意亦未嫌。其他生存诸诗家，亦无若何拟议。至徐凌霄、一士⑬昆仲，则谓此录实较乾嘉间舒铁云⑭氏旧撰，缜密切附，更为胜之，则阿好之词也。有赣县王某者，在沪主南海家，任西席，余于丙寅春间，遇之南昌，谓余此书初刊于《甲寅》，因分期连载，沪上诸名流过南海，多预猜某为天罡，某为地煞，某当为某头头，日走四马路书坊，询《甲寅》出版日期。比寄沪，争相购致，一时纸贵。及急为翻阅，中者半，不中者半，偶见其比拟确切处，辄推允洽。袁伯揆尝往来沪杭间，见此书，尤大叹服。每言："汪先生今之许子将也。不然，平品何乃洽合如是，惜某未见其人也。"因询诸散原。散原云："余年家子耳。"

及癸酉⑮秋间，散原由庐山来金陵，寓俞大维⑯家。伯揆自沪来视散原，一日，余适在座，散原忽若有忆，徐曰："子今来甚佳，有慕君近十年而不见者，今可见矣！"亟呼侍者请楼上客来，则袁伯揆也。握手道渴慕，且曰："吾向不知《点将录》作者为谁，今见之，欢慰平生。"余谢之，曰："原稿多不妥，他日当别有定本也。"余又言："君追随散原先生，诗必高座。"伯揆曰："散老但教余作文，不教余作诗，此事当散老负责。"但此乃伯揆谦辞，实则袁不仅文高，诗亦春容大雅，有大历钱郎⑰之遗，但不近散原体格耳。

又康南海于丙寅⑱夏间，应江西督军蔡成勋之招，教育会同人宴之百花洲第一中学。席间，忽询曰："坐中谁为汪辟疆先生者？"南海操粤音，人初不晓，又再三言之。余睿、王易⑲应曰："汪先生已返庐山，南海有何事，某可代达。"南海曰："汪撰《光宣诗坛点将录》，甚佳，必传无疑。但某平生学术，皆哥伦波觅新世界本领，中外无异词，不知汪先生何以谓之摹拟也？"余、王皆言："君恐只见南海早年诗，未见晚年诗也。"南海唯唯。已而席散，乃呼艇赴三道桥心远大学。讲演毕，李中襄[20]、余謇等导南海参观心远图书馆。南海又问曰："有《甲寅》周刊否？"馆员乃取而呈南海，南海再翻此录。又曰："奖饰之语不敢当，摹拟之评不肯受，且某亦未尝小苏黄也。"已而又曰："某平生经史学问可谓前无古人，但下笔作诗却总是忘不了杜甫。汪但就诗论诗，或有以窥其隐欤？"此为余謇亲告余者，亦此书一段故实也。

按此录自《甲寅》周刊首次刊布后，又十年，上海陈灏一《青鹤》第三卷又再刊之。山西原某且为此录作笺注。原氏并拟携稿至金陵，谒余商榷体例，及未审行履著作者，拟细加笺释，精校问世。适丁丑芦沟桥战起，余在庐山，与原氏相左，今未审其书曾否付杀青也。犹忆癸酉九月，散原老人从余索副本，余仓卒未能觅得，乃将陈生行素手抄一册呈之。散原复阅一过，极感兴趣，乃从首至终，逐人审定，并云："吾所识同时诗人，应有尽有，评语亦有分际，视瓶水斋主人为审谛。虽为兴到戏笔，实足以备一时诗坛掌故，如得好事者，如刘翰怡、杨子勤[21]辈刊入丛书，或详征诸家逸闻逸事篇附以笔记，如钱东涧[22]《列朝诗集小传》、朱竹垞[23]《静志居》、王德甫《蒲褐山房诗话》之例，尤为征文考献之资，不必待叶焕彬[24]搜求乾嘉人遗集于百余年后也。"余因请老人重加校正。老人细勘一过，曰："王梦湘不可漏[25]。"程穆庵康[26]赠余诗，所谓"宁偿一士丧千金，漫谓遗珠负王叟"者，即指此者，今定本已补入。又以光宣两朝诗人独盛，百八人之数，未足以尽之，故遗珠仍不免。更用瓶水斋旧录"一作某"例，俾多备家数。然必其人其学其诗果足匹敌者，方用此例。否则负有时名而其诗不能自具面目者，则就其子弟门人故吏关系，用附见例著之。如陈兆奎、杨庄附王闿运，寿富附宝廷，黄懋谦附陈宝琛之类也。又瓶水斋旧例，间附赞语，或论人，或论诗，或论其比附之旨，随笔所至，不主故常，极见风趣。今定本仿而补之；又此录刊本，其重要家数，或系以论诗绝句，然为数不多，今定本多补之；章士钊在渝时，从余索缮本去，又就其师友及所知者，各为绝句若干首。惟旨在论人，不在论诗。其原诗附以小注，尤多诗人故实，正与余诗相发，遂亦附入。此三例皆视刊本为备，知人论世，或有取焉。至今本张之洞、杨增荦在天罡，俞明震在地煞，左绍佐附见周树模，张佩纶为丑郡马，柯劭忞为井木犴，林纾为铁笛仙，周达为周通，曹震为曹正，曾广钧为浪子燕青，蒋智由为拼命三郎石秀，张登寿为汤隆，张宗杨为朱富，其他诸家位置亦多有移易或芟增者皆新定，故与《甲寅》本不同。惟近三十年来，时贤及日人新著，辄多引用，传之方来，必有以地位评品互异而起是非争执者。要之，言近代诗派者，必不可废也。

　　凉州马生骕程㉗，颇有感于散原老人言，拟就定本诸家，各系小传。其中主要家数如湘绮、石遗、苍虬诸公，则摭录其生平说诗粹语，以见宗旨。凡本录诗论引而未申者，并为长笺以详之，并及其遗闻逸事、名章俊句，俾得觇见其概略。再请余严选诸家诗若干篇，为《点将录诗选》六卷殿焉。近时私家别集易刻亦亡，而录中名氏或至有不审其人者。至平品是非，尤难判断，篇什存佚，亦难访求。然则马生此举，在今日似不可缓也。张彦远㉘云："不为无益之事，安能悦有涯之生？"殆谓是乎！

甲申㉙十一月记于重庆西里覃家小湾，方湖

注释：

① 己未年：民国八年（1919）。

② 柳翼谋诒微：柳诒微字翼谋，南京人，中央大学教授。

③ 杨杏佛铨：杨铨，字杏佛，江西清江人。东南大学教授，后为中央研究院院士。

④ 陈散原：陈三立，号散原，同光体诗代表人物。

⑤ 康南海：康有为，广东南海人。为诗界革命派代表人物之一。

⑥ 陈苍虬：陈曾寿，字苍虬、耐寂，湖北浠水人。

⑦ 王病山：王乃徵：号病山，四川中江人。

⑧ 李拔可：李宣龚，字拔可，福建闽县人。

⑨ 周梅泉：周达，号梅泉，合肥人。

⑩ 袁伯揆：袁思亮，字伯夔、一字伯葵，号蘉庵、莽安，别署袁伯子。两广总督

袁树勋之子，湖南湘潭人。

⑪ 陈石遗：陈衍，号石遗，福建侯官人。

⑫ 夏剑丞：夏敬观，字剑丞，江西新建人。

⑬ 徐凌霄、一士：徐凌霄，北京宛平人，祖籍江苏宜兴。《京报》创始人。著有《凌霄一士随笔》等。徐一士原名徐仁钰，字相甫，自号亦佳庐主人。以"一士"为笔名为各大报章撰文，遂以徐一士之名行世。所撰掌故小品，曾誉为"晚近掌故史料之巨擘"。

⑭ 舒铁云：舒位，号铁云，瓶水斋主人，直隶大兴（今属北京市）人。乾隆间举人。博学，善书画，尤工诗、与王昙、孙原湘齐名，有"三君"之称。所著有《瓶水斋诗集》《乾嘉诗坛点将录》等。

⑮ 癸酉：民国二十二年（1933）。

⑯ 俞大维：浙江绍兴人，俞明震之子。留学德国，攻火药专业，后为国民党军政要员。

⑰ 大历钱郎之遗：钱起，字仲文，大历间名诗人。

⑱ 丙寅：民国十五年（1926）。

⑲ 余謇、王易：余謇、王易，均南昌人，心远大学教授。余謇后为厦门大学教授。

⑳ 李中襄：字立侯，南昌县人。1912年入南昌心远中学。1915年，考入唐山工程专门学校。毕业后，任心远中学监学。1923年参与创办心远大学，任校务主任。1928年，任江西省建设厅秘书，综理厅务。1931年春，任南昌行营党政委员会党务设计委员。

㉑ 杨子勤：杨守敬，湖北黄州人，著名版本目录学家。

㉒ 钱东涧：钱谦益，字受之，号牧斋，晚号蒙叟，东涧老人，学者称虞山先生，苏州府常熟县（今江苏省苏州市常熟市）人，清初诗坛的盟主之一。

㉓ 朱竹垞《静志居》、王德甫《蒲褐山房诗话》。

㉔ 叶焕彬：叶德辉，字焕彬，号直山，别号郎园，湘潭人。光绪进士，吏部主事，不久辞官归湘里居，并以提倡经学自任。有《书林清话》。

㉕ 王梦湘：王以慜，字子捷，号梦湘，湖南常德人。光绪间进士，授翰林院编修，后为南康知府。有《檗坞诗存》。

㉖ 程穆庵康：程康，字穆庵，宁乡人。

㉗ 马生骕程：字北空，甘肃民勤县。1944年毕业于中央大学。在校期间，曾与其师汪辟疆编《中国文学月刊》。

㉘ 张彦远：字爱宾。蒲州猗氏人。曾任舒州刺史、左仆射补阙、大理寺卿。擅长书画，著《历代名画记》、《法书要录》等。

㉙ 甲申：民国三十三年（1944）。

赛金花

赛金花即曹梦兰，或云傅彩云，樊樊山①为赋《彩云曲》者也。妍丽为光宣朝冠，余于宣统间过析津②曾见之，丰容盛鬋③，不减畴曩。顷见林畽谷④与李拔可手札有云："曹君小照前留在尊处，想必收好，千万记着带出来，至要至托。此人已成广陵散矣！"诗集有二首亦及之，不谓倾城乃见眷眷于名士者若此。

又有吉同钧⑤者，著《乐素堂诗存》，中有《癸卯年狱中观妓赛金花感赋》一首并序。盖时以刑部主事，署提牢职，见之狱中也。其序谓："侍郎没后，不甘寂寞，复落勾栏理旧业矣。初居沪，旋携姊妹花入京，遂隶乐籍为诸录事长。五陵豪贵，咸以先睹为快。庚子之变，联军入都，德督瓦某⑥，僭居西苑。金花以能操德语，前往迎迓，瓦见而狎焉。瓦好杀，居民苦之，金花为缓颊，多获宥者。由是名倾一时，知与不知，皆仰慕之。洋人至，影其像以相夸异，其动人欣羡如此。今夏以毙小鬟逮入狱，人皆指为淫报，而怜香惜玉者流，又复群相惋惜，替花请命。嗟嗟！人各有心。憎花者固为方领矩步之俦，而怜花者亦不尽倚翠偎红之辈，其用情固未可厚非也。余久耳其名，观其像，未获睹其容。今闻定谳拟递籍，行有日矣。窃谓薛涛⑦、苏小⑧，好事者想象其美，至于连篇累牍，相与歌咏于数百年后。今绝世名媛近在咫尺而不一睹芳容，讵非憾事！适代署提牢，入狱察诸囚，次及花，果然丽出肌表，虽徐娘已老，犹娇娆如处子，洵天生尤物哉！见余遥屈一膝，似有乞怜意。夫猛虎在山，百兽震恐，一人陷阱之中，摇尾而求食。赛金花当得意时，非达官贵人不得一接芳泽，及幽身圜扉，虽以余之卑老，犹若俯首帖耳，望其援救，岂不重可惜哉？"诗云："京都多名妓，艳说赛金花。车马门如市，宾客列座嘉。争求一识面，声价高云霞。腰乏十万贯，徒抱虚愿赊。一朝入囹圄，阴院黑云遮。

妖星临贯索，泪雨湿荷枷。乞怜犬摇尾，束缚兔罹罝。我署提牢职，放饭趁晚衙。鸡鹜群争食，一鹤静不哗。见我曲一膝，请安礼有加。涂泽去脂粉，艳如碧桃葩。小蛮腰支细，杨柳新吐芽。花甲年逾半，犹如初破瓜。含情羞掩面，犹似抱琵琶。谛视未了了，忽被禁卒拿。须臾双扉阖，深锁不可挝。归来思不寐，深夜趺坐跏。"

此诗及序，俱无足观。然赛金花以一妓女，既为洪文卿⑨所惑，而外邦如瓦得西以及中外名流为所震荡者，实繁有徒。余过津门，以某君介，曾一至其妆阁。时年已三十八，而妍丽犹如廿许人。余因忆暾谷"颜色能骄西海花"之句，问："识暾谷否？"赛曰："光绪丙申间，曾见林君于沪上，不三年，而林君死矣。"及民国初元，赛尝往津沪及旧京，年已五十有几，望之犹卅许，可谓尤物。最后闻其再嫁吾乡魏斯炅⑩。魏尝语人曰："吾以古法物视之，不犹愈于赝鼎耶？"魏氏不久亦卒。赛不知所终。（以下略）

注释：

① 樊樊山：樊增山，字樊山，湖北恩施人。曾任江宁布政使，民国初年先后寓居上海、北京。近代中晚唐诗派代表人物。

② 析津：古县名。辽开泰元年改蓟北县置。与宛平县同治今北京城西南，为燕京析津府治所。此代指北京。

③ 盛鬋（jiǎn）：女子美盛的鬓发。《楚辞·招魂》："盛鬋不同制，实满宫些。"洪兴祖补注："女鬓垂貌。"

④ 林暾谷：林旭字暾谷，号晚翠，侯官（今福州）人。光绪十九年举人，官内阁中书。光绪帝决意变法，林旭充军机章京，参与新政。慈禧垂帘执政，被杀，年仅二十四岁。

⑤ 吉同钧：字石笙，号顽石。清末任提升秋审处坐办兼外律例馆事务。精于法学，为两任尚书倚重，凡疑狱大案均委吉同钧审定。编成《大清律讲义》，著有《随扈记程》《南游记程》《乐素堂文集》《诗集》刊行。

⑥ 瓦某：瓦德西（waldersee）：一作瓦得西，德国人，1899 年 9 月来华，次年担任八国联军统帅。传说中瓦德西和名妓赛金花有一段交往。

⑦ 薛涛：中唐名妓，居益都（今成都市），传说与白居易有交往。

⑧ 苏小：苏小小，南朝齐时生活在钱塘的著名歌妓。

⑨ 洪文卿：洪钧，字陶士，号文卿。江苏吴县（今苏州）人。同治七年（1868）状元，任翰林院修撰。后出任湖北学政，视学江西。官至兵部左侍郎。曾任清廷驻俄、德、奥、荷兰四国大臣。

⑩ 魏斯炅（1873～1921）：字阜欧，江西金溪人。光绪二十年（1894）举人。东渡日本，考入东京中央大学攻读政法。加入同盟会，奉命赴南洋与华人华侨接触，宣传反清主张。

王　易

王易（1889～1956），字晓湘，号简庵，南昌人。少时随父官居中州封丘县，与其弟王浩并有诗名。尝合刊《南州二王词》，人称"南州二王，麟凤景星"。入河南省立高等医学堂，旋入京师大学堂。毕业后执教心远大学、南京第四中山大学（即后来南京大学），与王瀣、汪东、吴梅、黄侃、王伯沆、胡小石等有名教授相唱酬，人称"江南七彦"。抗战初返赣，流寓庐山、袁山。中正大学创立于泰和县杏岭，出任文史系主任，后任文学院院长，创办《文史季刊》。晚年就任湖南文史馆员。

《词曲史》导言

东西诸国，文化各殊，溯其渊源，每由民族质性之有偏，居处环境之互异，用是演进，各展所长，经时既遥，遂歧趋尚。西方种糅国密，待竞而存，生生所资，无敢暇逸，理智所注，科学兴焉；中华地大物博，闭关自足，历岁数千，同文一贯，情感所凝，文学尚焉。夫文学公物也，亦文化之果也，有文化者即有文学，宁独中国？虽然，事有偏胜，物有特征。文学者，中国所偏胜百数千年所遗之特征也。西国未尝无文学，而历世未若中国之久，修养未若中国之深，好之者未若中国之多且专，此无可逊也。然则吾人姑谓中国文学甲于坤舆①，殆非过矣！

虽然，国人之瘝②于文学也亦甚矣！自汉魏六朝唐宋元明迄于清，举凡文士才人所毕生萃精力而为之者，何莫非文学哉？其为类也，有散有骈有韵律；其为体也，有文有赋有诗词歌曲。任举一端，皆足耗其人半生心血以求一当。则妨生事，阻普化，非文学之本意也。然而业无幸成，功无虚牝，力之所及，效则致焉。苟时方丧乱，尚申、商之法③，右孙、吴之谋④，用苏、张之策⑤，抑文黜学，驱民以归于惨礉⑥苟营之途，斯已矣；如其不然，欲养和平康乐之风，存温柔敦厚之教，使心声所播，文采所敷，濡染弥漫，蔚成国华，则艺不厌精，心无求暇。盖文章政事，分道扬镳，纵未兼长，无妨并进。使持功利之见，杂诸性情之间，行见顾忌迁就，无有已时，而支绌陨落，可立待矣。故恶高美之文学者，不必言文学，揭简易以为倡者，不足言文学。

所谓文学之优劣，果以何为标准乎？征诸中西论文者之语，可以睹矣。西方之论文，恒以读者之赏鉴为准，其重在外缘；中国之论文，则以文章之本质为准，其重在内美。波斯奈谓"文学志有取悦于大多数人"；而杜甫乃云"文章千古事，得失寸心知"。赫德森谓"文学论情述理，对大多数人类生兴趣"；而昭明太子⑦乃云"事出于沉思，义归乎翰藻"，梁元帝⑧更云"绮縠纷披，宫徵靡曼，唇吻遒会，情灵摇荡"。察其所揭之帜，则其内外轻重之不同，明矣。故中国文学惟务充内美，而不计外缘，其得在高超，而失在不普；西方文学，务容悦当时，趋附风静，其利在广被，而弊在委随。此亦中西人性之殊，而文学根本之歧点也。

文章之内美，约四端焉：曰理境也，情趣也，此美之托于神者也；曰格律也，声调也，此美之托于形者也。托于神者，为一切文体所同需；托于形者，则诗歌词曲所特重也。理境高矣，情趣丰矣，无格律声调以调节而佐达之，犹鸟兽之不被羽毛也，犹人体之不著冠服也，犹舞无容而乐无节也。虽自矜其精神之美，何济焉？《诗序》云："情发于声，声成文谓之音。"沈约⑨云："欲使宫羽相变，低昂舛节，若前有浮声，则后须切响。一简之内，音韵尽殊；两句之中，轻重悉异。妙达此旨，始可言文。"则格律声调之重，昔人固论之周已。

昔季札⑩观乐，闻声而识其国风。《诗》三百篇，大率可被之弦管。故班固⑪云："诵其言谓之诗，咏其声谓之歌。"夫声不谐则乐不叶，欲咏其声何由乎？故诗歌之与格律声调，源固并也。汉魏乐府，置协律之官；隋唐登歌，传坐立之伎。乐曰盛矣。然太白《清平调》、香山《杨柳枝》，本属绝诗，却开词脉。自时厥后，诗乐并兴。词则应运而生，汇流而大。于是格律声调，尤重于诗歌矣。

或曰：词曲之事，亦仅于抒情而已，乃至佽色揣称，刻羽引商，词调数百，曲体千余，得无有玩物丧志之患乎？曰：人心情态，何啻万千！声本乎情，自然殊致。如其挚情流露，正赖声律，以成抑扬动静、刚柔燥湿之观。譬之五服六章，纵异布絮之功，能资黼黻之美，苟非墨翟之非乐贵俭，孰能拒而斥之哉！自唐以降，作者千数，岂尽愚蒙？何以不惮烦劳，行兹艰阻？岂不以宝藏所存，糜躯无惜，不为其易者，正欲达其深耳！

或又曰：抒情之道，岂必词曲哉？方今欧化东渐，新潮日长，创无韵之诗，行自然之体，未尝不足以抒情。居今日而盛谈格律最严、声调最复之词曲，得无贻章甫适越[12]之诮乎？曰：人不能乐，不害其为人；士不能吟，无伤其为士。聋者无以与夫钟鼓之声，然遂欲铄绝竽瑟，塞瞽旷[13]之耳，而自盖其不聪，不可也。文学者，学之专门者也；词曲者，又文学之专门者也。专门之事，不能责之众人；然而百夫之所不能扛者，乌获[14]可一臂而胜，无害也。无韵自然之诗，不禁人为；欲遂扫其固有之美，强天下而尽从其后，于势亦有所不可能矣。

今述词曲史，其事有三难：一、昔人言词曲者，率重家数，而鲜明其体制源流也；二、词曲宫调律格，至为复杂，言之不能详尽也；三、词曲之界混，后人不能通古乐，无以直捣奥窔也。兹惟旁稽群籍，折衷事理，区为十篇，撮述于次。

为学务先正名，名正则学之条理可具。矧词曲上承于诗，旁通于赋，下流于歌剧盲辞，其质难明，其界易混。不有以揭之，曷从而辨之！述《明义第一》。

事无突如，物不骤至。欲纳其理，必探其源。词曲各具封疆，领域颇广。宋元以降，卓焉大声。穷其所自，各有根本。衷索列举，务观其通。述《溯源第二》。

唐代声色冠绝，士耽骚雅，众习宫商，几于人握灵珠，家抱荆璧。词体之立，实肇斯时，五季更迭，百度废弛，人文凋敝，独词则洋洋大观。述《具体第三》。

有宋龙兴，文风大畅。倚声之道，习焉为常。自理学名臣，才人志士，缁羽闺阁，巨佞神奸，皆擅胜场，各具面目。佳篇伟作，发数尤难。

词学至此，若决江河。述《衍流第四》。

北宋全盛，词苑辉煌。晏、欧、柳、苏、贺、秦、周、李[15]，并挺英哲，以佐元音。南渡中衰，词人抑塞。辛、姜、吴、史、王、蒋、张、周[16]，或见江左风流，或感西周禾黍，列而论之。述《析派第五》。

诗律宽放，词则倍严。调既陆离，韵复纷杂。四声既别，五音益分。剖析毫厘，咀嚼微妙，语其组织之密，实无匹伦。浅学者感其难，而深好者领其味。述《构律第六》。

词体层出，流变渐乘。北宋大晟，已开乐府。转踏、大曲、宫调、赚词，递衍递繁，遂成曲体。金元以降，南北并趋，结族之交，探索最难。苟非别详，不足指信。述《启变第七》。

物盛必衰，理所应具，宋元词曲，至明渐芜。高、刘、瞿、李[17]，尚有正声；乃及杨、王[18]，强作解事。歌剧亦逊胡元，虽有名篇，或舛声律。述《入病第八》。

胜清人文，自然浡焉，曲苑词坛，备臻上极。词则朱陈[19]竞响，曲则洪孔[20]飞声。末季格调益高，订勘尤密，古华烂发，坠绪能明。但歌剧中衰，伧声代作耳。述《振衰第九》。

士困于学，文患其难。趋势所归，似缛丽之词，在所必扫。然美不自灭，情有同然。情苟欲舒，美应无缺。词曲浩博，无美不臻，历世弥光，可以操券。述《测运第十》。

注释：

① 坤舆：《易·说卦》："坤为地……为大舆。"孔颖达疏："为大舆，取其能载万物也。"后因以"坤舆"为"地"的代称。

② 瘏（tú）：疲劳致病，《诗经》："陟彼砠矣，我马瘏矣。"

③ 申、商之法：战国时申不害与商鞅的并称。两人均为法家的重要人物。

④ 孙、吴之谋：战国时孙子、吴起之兵略。

⑤ 苏、张之策：战国时苏秦、张仪的合纵连横之策。

⑥ 惨礉：惨酷苛严。司马迁《史记·老子韩非列传赞》："韩子引绳墨，切事情，明是非，其极惨礉少恩。"

⑦ 昭明太子：萧统，生于襄阳。萧衍时任雍州刺史，镇守襄阳，后乘齐内乱，起

兵夺取帝位，在建康（今南京）建立梁朝。天监元年（502 年）十一月，被立为皇太子。未及即位而卒，谥昭明，世称昭明太子。以下引言出自他编的《昭明文选》中。

⑧ 梁元帝：萧绎，历任会稽太守、江州刺史、荆州刺史。大宝三年（552），击败侯景，称帝于江陵（今湖北荆州）。以下引言出自其《金楼子·立言篇》。

⑨ 沈约：字休文，吴兴武康人。历仕宋、齐、梁三朝。在宋仕记室参军、尚书度支郎。以下引言出自《谢灵运传论》。

⑩ 季札：吴国公子，曾出使鲁国观看演奏周乐。透析了礼乐之教的深远蕴涵，以及周朝的盛衰之势，语惊四座，使众人为之侧目。

⑪ 班固：字孟坚，扶风安陵人。东汉史学家、文学家。著有《汉书》。以下引言出自《汉书·艺文志》。

⑫ 章甫适越：《庄子·逍遥游》："宋人资章甫而适诸越，越人断发文身，无所用之。"章甫：古代一种礼帽。

⑬ 瞽旷：春秋晋盲人乐官师旷。《庄子·胠箧》："擢乱六律，铄绝竽瑟，塞瞽旷之耳，而天下始人含其聪矣。"

⑭ 乌获：战国时秦国的大力士，后用作力士的泛称。

⑮ 晏、欧、柳、苏、贺、秦、周、李：晏殊、欧阳修、柳永、苏轼、贺铸、秦观、周邦彦、李清照，均北宋著名词人。

⑯ 辛、姜、吴、史、王、蒋、张、周：辛弃疾、姜夔、吴文英、史达祖、王沂孙、蒋捷、张炎、周密，皆南宋著名词人。

⑰ 高、刘、瞿、李：高启、刘基、瞿祐、李祯。

⑱ 杨、王：杨慎、王世贞。

⑲ 朱陈：朱彝尊、陈维崧。清初大词家。

⑳ 洪孔：洪升、孔尚任，清代大戏剧家。

《昭琴馆诗存》序

尝论战国之世，时变云扰，学术纷歧，为有史以来所仅见。顾第其术之优劣，有三品焉：上焉者博爱群生，叙饬伦纪，苦心劳形，以济天下，儒墨是也；中焉者明分定位，控名责实，严辞专断，以正天下，名法是也；下焉者托饰富强，窥慕禄利，夸言诡辩，以乱天下，纵横是也；儒墨旨主兼善，其道行则福被众而己不与；名法执一为治，民不咸便而国可兴；独纵横者诪张①穷奇，不顾流祸，凡所为速亡迫乱而已。于此有人焉，澹乎埃壒之外，超乎云霓之上，变化无常，芒昧未尽，而非三品之所得囿者，庄周是也。夫世乱之极，儒墨之道不行，名法之体亦敝，所乘以颠倒播弄、猖獗不已者，惟纵横之徒耳。庄周具达观、外死生、无终始，独与天地精神往来，而不傲倪于万物，不谴是非，以与世俗处，可谓特立者矣。然世犹有以玩世不恭、放言无当讥之者，独不思其高举出世、皎然不滓，以视彼乱天下者贤不肖为何如哉！

吾友都昌胡孟舆，今世特立之士也。其所为文章歌诗，沉郁绵邈，长言无穷，既早见而异之，甲寅识于章门②，神意萧散，不似并世间人。其三十前尝贡优行③，授盐经历，未赴，遭会时变，遂淡驰骛。平居旷达自许，养之以沉，莫窥其际。稠人丛坐，有时伸眉抵几，慷慨论故事者，则席间无俗士也。否则穆然敛容，默默隅坐而已。近更屏迹里门，罕与世接，世亦几忘其人，而吾知孟舆，兹益远矣。日前寄示近定《昭琴馆诗》数卷，属易弁以言。易维孟舆之为人与诗，有识者自知之，独其生乎今日，不为治世之学，而以末艺自遣，宁免壮夫不为之讥？然返观于屈身丧志以役禄利者，其高下之品迥殊，且推其素所蕴蓄，与彼诪张穷奇、不顾流祸之伦，趋舍既分，善恶亦有不相容者矣！呜呼，乱者治之反也，世不乱则治矣。好乱者多，则乱日深，治于何求？君子观于战国之祸，不病颜阖④、鲁连⑤之不出，而深痛仪⑥、秦⑦、轸⑧、衍⑨之日以肆。欧阳修曰："处夫山林而群麋鹿，虽不足为中道，然与其食人之禄，俯首而包羞，孰若无愧于心，放身而自得。"洵笃论也。昔庄周尝却楚聘，而取喻于神龟⑩，今之君子，苟能绝外求，安内养，自得而不滓于物，亦庶几庄氏之旨，此易序孟舆诗所不能已于言者也。

孟舆自言幼习声韵，早得世父香玖公之教，其后尝以诗受知侯官沈涛园⑪、长乐林篪疏⑫两先生，皆藏之心、不敢忘者，则其渊源亦有自矣。世有诵其诗而知其人者乎？愿持吾言质之。

己未⑬十月南昌王易　简庵

注释：

① 诪张：虚诞放肆。《尚书·无逸》："古之人，胥教诲……民无或胥，诪张为幻。

② 甲寅：民国三年（1914）。章门：即南昌，城西古有豫章门，代指南昌。

③ 贡优行：即取得优贡生资格。

④ 颜阖：颜回闭门不出。阖同合。颜回，孔子大弟子，贫而好学，笃于存仁。居陋巷而不改其乐。

⑤ 鲁连：战国时齐人，常为人排难解纷。长平战后，秦围赵国邯郸，他义不帝秦。平原君欲封官爵，他再三辞谢，后逃隐海上。

⑥ 仪：张仪，魏国人，游说入秦，首创纵横，惠王以为相，封武信君。又离秦相魏，引韩魏事秦以制齐楚。遭公孙衍合纵排斥。复返秦。后奉命使楚，破坏齐楚同盟。

⑦ 秦：苏秦，字季子，东周洛阳人，游说燕昭王，奉命入齐搞反间活动，又与赵奉阳君发动韩赵魏齐燕五国合纵，迫使秦国废帝请服。赵封为武安君，秦约齐伐赵，他献策齐王，离间齐秦关系。后被车裂死。

⑧ 轸：陈轸，战国时纵横家，曾游说入秦，受惠王礼待。张仪为相。他离秦至楚，途中劝魏犀首北连燕赵，胁刘为从亲，共制强秦。

⑨ 衍：公孙衍，晋人，一称犀首。早年赴秦游说，任大良造。返魏后为将，倡韩赵魏齐燕合纵抗秦，佩五国相印。

⑩ 庄周尝却楚聘：《庄子·秋水》："庄子钓于濮水。楚王使大夫二人往先焉，曰：'愿以境内累矣！'庄子持竿不顾，曰：'吾闻楚有神龟，死已三千岁矣，王以巾笥而藏之庙堂之上。此龟者，宁其死为留骨而贵乎？宁其生而曳尾于涂中乎？'二大夫曰：'宁生而曳尾涂中。'庄子曰：'往矣！吾将曳尾于涂中。'"

⑪ 沈涛园：沈瑜庆，号涛园，福建侯官人。历官南昌知府、贵州布政使等。

⑫ 林籀疏：林诒书，福建长乐人。曾为江西学政，乡试主考官。

⑬ 己未：民国八年（1918）。

《晓月词》跋

小令至五代而最盛，其总集之存者，有《花间》《尊前》二编，外有《金奁集》，并存温庭筠、韦庄、欧阳炯、张泌四家之作；余如《兰畹集》《家宴集》，则均不传。别集则存者尤少，如温庭筠之《握兰》《金荃》二集，和凝之《红叶稿》，原本皆佚。惟冯延己之《阳春录》仅存，但为其外孙陈世修所辑，一百十九首中，多杂入他人之作，然就其全体观之，固不愧"思深词丽、韵逸调新"矣。汤玉茗①云："词至南唐、西蜀，作者日盛，往往情至文生，缠绵流露，不独苏、黄、秦、柳之开山，即宣和、绍兴之盛，皆兆于此。"虽然，《蜉蝣》《羔裘》，曹桧之所以弱小；《敝笱》《墙茨》鲁卫之所以衰微，词之盛也，徒以病国。五代之词，止于嘲风弄月，怀土伤离，节促情殷，辞纤韵美。苟语夫情推忠爱，体备刚柔，嗣响风骚，争衡铙鼓，固有不逮。是以学者多目为郑声，鄙为小道，不屑为也。仙贻先生②学富海山，心殷理乱，于民族抗战之年，为《庚子秋词》之和，运苏、辛③之气骨，擅欧、晏④之才华，使锦簇花团，中含剑气，阳春白雪，尽入正声。以视言中无物，靡靡相因者，奚啻上下床也？校录既竣，附志欣仰。

注释：

① 汤玉茗：汤显祖，字义仍，号海若、若士、清远道人，临川人。诗词名家，大戏剧家。其戏剧作品《牡丹亭》《紫钗记》《南柯记》和《邯郸记》合称"临川四梦"，又称"玉茗堂四梦"。故称汤玉茗。

② 仙贻先生：欧阳祖经（1884～1972），字仙贻，别号阳秋，南城人。宣统二年（1910）东渡日本，就读东京高等师范。归国任省立一中校长，北京女子师大教务主任。1927、1936年两任省图书馆长。后聘为中正大学历史系教授。

③ 苏、辛：苏轼，辛弃疾，两人词以豪放雄迈著称。

④ 欧、晏：欧阳修、晏殊，两人词均婉畅清新，开西江词派。

《玄庐诗草》序

甲寅①秋，余在章门②，闻九江熊香海③先生，以诗学设教浔阳，心焉慕之。既而先生命嗣君葆年持书问讯，许同声气，由是唱和商摧，历五载，卒未一见，而先生遽归道山。箧中简逾尺，检玩泫然也。先生布衣乐道，以诗鸣大江南北，垂五十年。易笏山④、范肯堂⑤诸名流皆倾忱纳交。

晚岁慨世变，杜门远嚣，结持社，课有期，会有所，弟子数十人，彬彬各有造诣。而玄香陈子[6]则其门之少隽也。禀师门诸论，复能勤精专壹，自发其才，跌宕骚雅，自先生之没阅二十年，而宗风藉以不坠者，玄香之力为多。昔欧公谓少陵"残膏剩馥，沾溉后人"，世每以声律辞采当之。然诗人之为教，温柔敦厚，而其情芬芳悱恻，足以箴薄俗、励仁风，杜公所以树千秋之鹄者在此，声律辞采，其残剩耳。晚近人心习于惨礉[7]利忮，营汲无厌，使得涵濡诗教，或返肫渊，则先生当日用心，弥足尊已！今玄香既奋起以继先生之志，后此二十年，俗美风淳，殆胜今日，是先生大有造于国人也，沾溉云乎哉？

庚辰[8]春仲，南昌王易序于袁山[9]敦陶窟

注释：

① 甲寅：民国三年（1914）。

② 章门：即南昌城，城西有豫章门，代称南昌。

③ 熊香海：熊光，字香海，清末民初九江人，执教为生。

④ 易笏山：易佩绅，字笏山，湖南龙阳人。咸丰八年（1858）举人。从军川陕间，积功授知府。官至江宁四川藩司。晚年隐居九江城东。诗学随园，有《两楼诗钞》《文钞》《词钞》，并传于世。

⑤ 范肯堂：范当世，字无错，号肯堂，江苏通州（今南通市）人。曾应吴汝纶之邀，在保定莲池书院讲学。屡试不第，以诸生终。曾入李鸿章幕，晚年致于本乡教育事业。为同光体诗派重要诗人，有《范伯子文集》。

⑥ 玄香陈子：陈醴泉（？～1965），号玄香，九江人，曾任南昌二中教员。抗战时流寓永新，后任省教育厅秘书。

⑦ 惨礉（hé）：严酷、核实，引申为苛刻。形容用法严酷苛刻。《史记·老子韩非列传》："韩子引绳墨，切事情，明是非，其极惨礉少恩。"

⑧ 庚辰：民国二十九年（1940）。

⑨ 袁山：在宜春，当时作者在此有别业敦陶窟。

陈寅恪

陈寅恪（1890～1969），字鹤寿，陈三立第三子，修水县人。早年赴日本求学，后入上海吴淞复旦公学，1990 年起负笈欧美，先后在德国柏林大学、瑞士苏黎士大学、法国巴黎高等政治学校和美国哈佛大学学习。1925 年归国，为清华研究院导师。1929 年清华研究院改制为清华大学，为中文系、历史系合聘教授。抗战时为广西大学、西南联合大学、华西大学等校教授。新中国成立后，任中山大学教授、中央文史馆副馆长。著有《隋唐制度渊源略论稿》《唐代政治史述论稿》《元白诗笺证稿》《柳如是别传》等，并有《金明馆丛稿》《金明馆丛稿二编》等。以下诸文选自2001 年 4 月出版的《陈寅恪集》。

王观堂先生纪念碑铭①

海宁王先生自沉后二年，清华研究院同人咸怀思不能自已。其弟子受先生之陶冶煦育者有年，尤思有以永其念，佥曰："宜铭之贞珉，以昭示于无竟。"因以刻石之词命寅恪，数辞不获已，谨举先生之志事，以普告天下后世。其词曰：士之读书治学，盖将以脱心志于俗谛之桎梏，真理因得以发扬。思想而不自由，毋宁死耳。斯古今仁圣所同殉之精义，夫岂庸鄙之敢望。先生以一死见其独立自由之意志，非所论于一人之恩怨，一姓之兴亡。呜呼！树兹石于讲舍，系哀思而不忘。表哲人之奇节，诉真宰之茫茫。来世不可知者也。先生之著述，或有时而不彰；先生之学说，或有时而可商。惟此独立之精神、自由之思想，历千万祀，与天壤而同久，共三光而永光。

注释：

①　王观堂：王国维（1877年~1927年6月2日），字静安，又字伯隅，晚号观堂，谥忠悫，浙江海宁人。国学大师，与梁启超、陈寅恪和赵元任号称清华国学研究院的"四大导师"。自沉于昆明湖。著有《曲录》《宋元戏曲考》《人间词话》等。中国新学术的开拓者，在文学、美学、史学、哲学、金石学、甲骨文、考古学等领域成就卓著。

王观堂先生挽词

或问观堂先生所以死之故。应之曰：近人有东西文化之说，其区域分划之当否，固不必论，即所谓异同优劣，亦姑不具言。然而可得一假定之义焉。其义曰：凡一种文化值衰落之时，为此文化之人，必感苦痛，其表现此文化程量愈宏，则其所受之苦痛亦愈甚；迨既达极深之度，殆非出于自杀、无以求一己之心安而义尽也。吾中国文化之定义，具于《白虎通》①三纲六纪之说，其意义为抽象理想最高之境，犹希腊柏拉图所谓 Eidos 者。若以君臣之纲而言之，君为李煜②，亦期之以刘秀③；以朋友之纪言之，友为郦寄④，亦待之以鲍叔⑤。其所殉之道，与所成之仁，均为抽象理想之通性，而非具体之一人一事。夫纲纪本理想抽象之物，然不能不有所依托，以为具体表现之用；其所依托以表现者，实为有形之社会制度，而经济制度尤其最要者。故所依托者不变易，则依托者亦因以保存。吾国古来亦尝有悖三纲、违六纪、无父无君之说，如释迦牟尼外来之教者矣，然佛教流传播衍盛昌于中土，而中土历世遗留纲纪之说，曾不因之以动摇者，其说所依托之社会经济制度，未尝根本变迁，故犹能藉之以为寄命之地也。

近数十年来，自道光之季迄乎今日，社会经济之制度，以外族之侵迫，致剧疾之变迁；纲纪之说，无所凭依，不待外来学说之抨击，而已销沉沦丧于不知觉之间；虽有人焉，强聒而力持，亦终归于不可救疗之局。盖今日之赤县神州，值数千百未有之巨劫奇变；劫尽变穷，则此文化精神所凝聚之人，安得不与之共命而同尽，此观堂先生所以不得不死，遂为天下后世所极哀而深惜者也。至于流俗恩怨荣辱、萎琐龌龊之说，皆不足置辨，故亦不之及云。

注释：

①《白虎通》：书名，汉班固著。向来被视为东汉白虎观经学会议之资料汇编，此书不仅是经学发展中之产物，更是当时上自天子、下迨儒生之学术共识，具有保存当时经学样貌之典范价值。《四库提要》曰："方汉时崇尚经学，咸兢兢守其师承，古义旧闻，多存乎是，洵治经者之所宜从事也。"

② 李煜：南唐后主，大词人。

③ 刘秀：即东汉光武帝。

④ 郦寄：字况，高阳（今河南杞县）人。汉高后吕雉驾崩后，侄吕禄、吕产掌兵权，率吕氏宗族叛乱。陈平、周勃密谋，让郦寄进言吕禄。周勃夺取军权，率军伐吕氏家族，恢复汉朝刘氏家族统治地位。郦寄凭借同吕禄的友情，为巩固刘汉王朝立下大功，却落下卖友求荣的千古骂名。

⑤ 鲍叔：鲍叔牙，春秋时齐国大夫。以知人并笃于友谊称于世。后常以"鲍叔"代称知己好友。

读吴其昌撰《梁启超传》书后①

任公先生②殁将二十年，其弟子吴子馨君其昌始撰此传。其书未成，仅至戊戌政变，而子馨呕血死。伤哉！任公先生高文博学，近世所罕见。然论者每惜其与中国五十年腐恶之政治不能绝缘，以为先生之不幸。是说也，余窃疑之。尝读元明旧史，见刘藏春③、姚逃虚④皆以世外闲身而与人家国事。况先生少为儒家之学，本董生国身通一之旨⑤，慕伊尹天民先觉之任⑥，其不能与当时腐恶之政治绝缘，势不得不然。忆洪宪称帝之日，余适旅居旧都，其时颂美袁氏功德者，极丑怪之奇观。深感廉耻道尽，至为痛心。至如国体之为君主抑或民主，则尚为其次者。迨先生《异哉所谓国体问题者》一文出，摧陷廓清，如拨云雾而睹青天，然则先生不能与近世政治绝缘者，实有不获已之故。此则中国之不幸，非独先生之不幸也，又何病焉？

子馨此书，叙戊戌政变，多取材于先生自撰之《戊戌政变记》。此记先生作于情感激愤之时，所言不尽实录。子馨撰此传时，亦为一时之情感所动荡。故此传中关于戊戌政变之记述，犹有待于他日之考订增改者也。

夫戊戌政变已大书深刻于旧朝晚季之史乘，其一时之成败是非，天下后世，自有公论，兹不必言。惟先生至长沙主讲时务学堂之始末，则关系先世之旧闻，不得不补叙于此，并明当时之言变法者，盖有不同之二源，未可混一论之也。咸丰之世，先祖[7]亦应进士举，居京师，亲见圆明园干霄之火，痛哭南归。其后治军治民，益知中国旧法之不可不变。后交湘阴郭筠仙侍郎嵩焘[8]极相倾服，许为孤忠闳识。先君[9]亦从郭公论文论学，而郭公者，亦颂美西法，当时士大夫目为汉奸国贼，群欲得杀之而甘心者也。至南海康先生[10]文公羊之学，附会孔子改制以言变法。其与历验世务欲借镜西国以变神州旧法者，本自不同。故先祖先君见义乌朱鼎甫先生一新[11]《无邪堂答问》驳斥南海公羊春秋之说，深以为然。据是可知余家之主变法，其思想源流之所在矣。新会先生居长沙时，余随宦巡署，时方童稚，懵无知识。后游学归国，而先君因言晚岁多病，未敢以旧事为问。丁丑[12]春，余偶游故宫博物院，见清德宗[13]所阅旧书中，有时务学堂章程一册，上有烛烬及油污之迹，盖崇陵乙夜披览之余所遗留者也。归寓举以奉告先君，先君因言聘新会至长沙主讲时务学堂本末。先是嘉应黄公度丈遵宪[14]，力荐南海先生于先祖，请聘其主讲时务学堂。先祖询之先君，先君对以曾见新会之文，其所论说，似胜于其师，不如舍康而聘梁。先祖许之。因聘新会至长沙。新会主讲时务学堂不久，多患发热病，其所评学生文卷，辞意未甚偏激，不过有关议会等说而已。惟随来助教韩君[15]之评语，颇涉民族革命之意。诸生家属中有与长沙王益吾祭酒先谦[16]相与往还者。葵园先生见之，因得挟以诋訾新政。韩君因是解职。未几新会亦去长沙。此新会主讲时务学堂之本末，而其所以至长沙者，实由先君之特荐。其后先君坐"招引奸邪"镌职，亦有此也。

自戊戌政变后十余年，而中国始开国会，其纷乱妄谬，为天下指笑，新会所尝目睹，亦助当政者发令而解散之矣。自新会殁，又十余年，中日战起。九县三精，飙回雾塞，而所谓民主政治之论，复甚嚣尘上。余少喜临川新法[17]之新，而老同涑水迂叟[18]之迂。盖验以人心之厚薄，民生之荣悴，则知五十年来，如车轮之逆转，似有合于所谓退化论之说者。是以论学论治，迥异时流，而迫于事势，噤不得发。因读此传，略书数语，付稚女美延藏之。美延当知乃翁此时悲往事，思来者，其忧伤苦痛，不仅如陆务观[19]所云，以元祐党家话贞元朝士之感已也[20]。

乙酉[21]孟夏青园病叟陈寅恪书

注释：

① 吴其昌：字子馨，号正厂，浙江海宁人。少年考入无锡国学专修馆，受业于唐文治。1925 年，考入清华大学国学研究院，从王国维治甲骨文、金文及古史，从梁启超治文化学术史及宋史。钻研不辍，时有著作发表，深得王、梁两先生器重。1928 年任南开大学讲师，后任清华大学讲师，1932 年任武汉大学历史系教授。抗战军兴，随校迁至四川乐山，旋兼历史系主任。1944 年逝世，年仅 40 岁。

② 任公先生：梁启超，字任甫，号任公，又号饮冰室主人，广东新会人。清光绪举人。青年时和康有为一起，倡导变法维新，并称"康梁"。陈宝箴任湖南巡抚力行新法时，陈三立荐梁启超来任时务讲堂主讲。辛亥革命后一度入袁世凯政府，担任司法总长，后为清华研究院导师。著作合编为《饮冰室合集》。

③ 刘藏春：刘秉忠，字仲晦，号藏春散人，邢州（今河北邢台市）人。曾为僧，后助元灭宋。他对元代政治体制、典章制度的奠定发挥了重大作用。一生在天文、卜筮、算术、文学等方面卓有成就。

④ 姚逃虚：姚广孝，字斯道，号逃虚子，明初僧人，助燕王朱棣篡位的重要谋士，并为靖难之役的功臣之一。著《逃虚子集》。

⑤ 董生国身通一之旨：汉儒董仲舒主张国与身通为一。

⑥ 慕伊尹天民先觉之任：伊尹，夏末商初人。曾辅佐商汤王建立商朝，贤相，奉祀为"商元圣"。天民先觉，乃以先知觉后知之义。语出《孟子·万章下》："予，天民之先觉者也；予将以斯道觉斯民也。非予觉之，而谁也"、"此亦伊尹之言也。"

⑦ 先祖：作者祖父陈宝箴，字相真，号右铭，咸丰元年（1851）中举。咸丰十年（1860）庚申赴京城参加进士会试，留滞京师，得交四方隽雅之士，与湖南举子易佩绅、罗亨奎重以道义、经世济民之学相切磋，时称三君子。

⑧ 郭筠仙侍郎嵩焘：嵩焘，号筠仙，湘阴人，道光间进士，先后任广东巡抚，兵部左侍郎，后出使海外，为首任驻英国大臣，光绪四年兼驻法国大臣。他留心西方政

事与中外利害得失，是最早醒眼看世界的士人之一，但因他的洋务主张，被人毁谤为通外。陈三立说："府君与郭公嵩焘尤契厚，郭公方言洋务，负海内重谤，独府君推为孤忠宏识"（《先府君行状》）。

⑨ 先君：作者父亲陈三立。

⑩ 南海康先生：康有为，广东南海人。倡春秋公羊学，以学说为其政见服务。

⑪ 朱鼎甫先生一新：朱一新，字蓉生，号鼎甫，浙江义乌人。光绪进士，历官内阁中书舍人、翰林院编修、陕西道监察御史。后历任东肇庆端溪书院主讲及广州广雅书院山长。他强调义理，兼融今古。

⑫ 丁丑：民国二十六年（1936）。

⑬ 清德宗：即光绪帝，后文中的崇陵亦同。

⑭ 黄公度文遵宪：黄遵宪，字公度，别号人境庐主人。广东嘉应州（今梅州市）人。戊戌变法期间署湖南按察使，助巡抚陈宝箴推行新政。

⑮ 韩君：韩文举，梁启超弟子，为时务学堂中文教习。

⑯ 长沙王益吾祭酒先谦：王先谦，字益吾，学人称葵园先生，长沙人。著名湘绅领袖、学界泰斗。曾任国子监祭酒、江苏学政，湖南岳麓、城南书院院长。他对陈宝箴安排梁启超为时务学堂总教习极为不满。

⑰ 临川新法：指宋神宗时王安石变法。安石，江西临川人，世称王临川。

⑱ 涑水迂叟：司马光祖籍山西涑水，号迂叟，反对安石变法。

⑲ 陆务观：陆游，号务观，南宋大诗人。

⑳ 元祐党家：宋哲宗年号。反对变法者此时被打成"元祐党人"。后解禁。贞元朝士：唐刘禹锡《听旧宫中乐人穆氏唱歌》诗："曾随织女渡天河，记得云间第一歌；休唱贞元供奉曲，当时朝士已无多。"刘在贞元中任郎官御史，后坐王叔文党贬逐，历二十馀年，始以太子宾客再入朝，感念今昔，故有是语。

㉑ 乙酉：民国三十四年（1945）。

胡先骕

胡先骕（1894～1968）字步曾，号忏庵，新建县人。民国元年（1912）为江西省首批赴美留学生之一，入加利福尼亚大学农学院攻读森林植物学，获农学士、植物学硕士学位归国至南昌。被聘任为庐山森林局副局长。民国七年（1918）聘为南京高等师范学堂农业专修科教授，改聘为东南大学植物系教授。其时为学衡派代表人物之一，与胡适辩论新文化运动之得失。1919年至次年，在浙江、江西赣南采集大量植物蜡叶标本。与陈焕镛教授合写《中国植物图谱》十二卷。1923年再赴美哈佛大学攻读植物分类学，获博士学位归。1928年，任静生生物调查所所长。1934年在第二届中国植物学年会上，当选首任会长。是年创办庐山森林植物园。1940年出任在泰和创办的中正大学校长。新中国成立后，任中国科学院研究员，北京大学、北京师范大学教授。著有《胡先骕先生诗集》（台湾中正大学校友会1992年编印），《胡先骕文存》（江西高教出版社1995年版）。

中国文学改良论

自陈独秀、胡适之创中国文学革命之说，而盲从者风靡一时。在陈、胡所言，固不无精到可采之处，然过于偏激，遂不免因噎废食之讥。而盲从者方为彼等外国毕业及哲学博士等头衔所震，遂以为所言者在在合理，而视中国文学果皆陈腐卑下不足取，而不惜尽情推翻之，殊不知彼等立言大有所蔽也！彼故作堆砌艰涩之文者，固以艰深以文其浅陋，而此等文学革命家则以浅陋以文其浅陋，均一失也。而前者尚有先哲之规模，非后者毫无文学之价值者所可比焉。某不佞，亦曾留学外国，浸馈于英国文学，略知世界文学之源流，素怀改良文学之志，且与胡适之君之意见多所符合，独不敢为鲁莽灭裂之举，而以白话推倒文言耳。今试平心静气，以论文学之改良，读者或不以其头脑为陈腐而不足以语此乎！

文学自文学，文字自文字，文字仅取其达意，文学则必于达意之外，有结构、有照应、有点缀，而字句之间有修饰、有锻炼。凡曾习修辞、学作文者，咸能言之，非谓信笔所之，信口所说，便足称文学也，故文学与文字迥然有别。今之言文学革命者，徒知趋于便易，乃昧于此理矣。或谓欧西各国言文合一，故学文字甚易而教育发达。我国文言分离，故学问之道苦，而教育亦受其障碍而不能普及。实则近年来文学之日衰、教育之日敝，皆司教育之职者之过，而非文学有以致之也。且言文合一，谬说也。欧西言文，何尝合一？其他无论矣，即以戏曲论，夫戏曲本取于通俗也，何莎士比亚之戏曲所用之字至万余？岂英人日用口语须用如此之多之字乎？小说亦本以白话为本者也，今试读 Charlotte Bronte 之著作，则见其所用典雅之字极夥。其他若 Dr. Johnson 之喜用奇字者，更无论矣。且历史家如 Macaulay, Prescott, Green 等，科学家如达尔文、赫胥黎、斯宾塞尔等，莫不用极雅驯极生动之笔，以纪载一代之历史，或叙述辨论其学理，而令百世之下，犹以其文为规范，此又何耶？夫口语所用之字句多写实，文学所用之字句多抽象。执一英国农夫，询以 Perception、conceptio、consciousness、freedomofwill、reflection、stimulation、trance、meditation、suggestion 等名词，彼固无从而知之，即敷陈其义，亦不易领会也，且用白话以叙说高深之理想，最难剀切简明。今试用白话以译 Bergson 之创制《天演论》，必致不能达意而后已，若欲参入抽象之名词、典雅之字句，则又不为纯粹之白话矣，又何必不用简易之文言，而必以驳杂不纯口语代之乎？

且古人之为文，固不务求艰深也。故孔子曰："辞达而已矣。"今试以《左传》《礼记》《国语》《国策》《论》《孟》《史》《汉》观之，除少数艰涩之句外，莫不言从字顺。非若《书》之《盘庚》《大诰》、《诗》之雅颂可比也。至韩、欧以还之作者，尤以奇僻为戒，且有因此而流入枯槁之病者矣。此等文学苟施以相当之教育，犹谓十四五龄之中学生不能领解其义，吾不之信也。进而观近人之著，如梁任公之《意大利建国三杰传》《噶苏士传》，何等简明显豁，而亦不失文学之精神。下至金圣叹之批《水浒》，动辄洋洋万言，莫不痛快淋漓、纤悉必达，读之者几于心目十行而下，宁有艰涩之感！又何必白话之始能达意、始能明了乎？凡此皆中学学生能读能作之文体，非《乾凿度》《穆天子传》之比也。若以此为犹难，犹欲以白话代之，则无宁铲除文字，纯用语言之为愈耳。

更进而论美术之韵文。韵文者，以有声韵之辞句，附以清逸隽秀之词藻，以感人美术、道德、宗教之感想者，故其功用不专在达意，而必有文采焉，而必能表情焉、写景焉，再上则以能造境为归宿。弥尔顿、但丁之独绝一世者，岂不以其魄力之伟大，非常人所能摹拟耶？我国陶、谢、李、杜过人者，岂不以心境冲淡、奇气恣横、笔力雄沉，非后人所能望其肩背耶！不务于此，而以为白话作诗始能写实、能述意，初不知白话之适用与否为一事，诗之为诗与否又一事也。且诗家必不能尽用白话，征诸中外皆然。彼震于外国毕业而用白话为诗者，曷亦观英人之诗乎？Wordsworth、Browning、Byron、Tennyson，此英人近代最著名之诗家也。如Wordsworth之重至汀潭寺 Tintern Abbey 诗，理想极高洁而冲和，岂近日白话诗家所能作者！即其所用之字，如 Seclusion、Sportive、Vagrant、Tranquil、Tririol、Aspect、Sublime、Serene、Corporeal、Perplexity、Recompense、Grating、Interfused、Behold、Ecstasy 等，岂白话中常见之字乎？其他若 Byron 之 ThePrisoner of Chillon、Tennyson 之 Aenone、Longfellow 之 Evangeline 皆雅词正音也。至 Browning 之 RabbiBen Ezra 则尤为理想高超之作，非素习文学者不能穷其精蕴，岂元、白之诗，爨妪[①]皆解之比耶！其真以白话为诗者，如 Robert Burns 之歌谣，《新青年》所载 Lady A. Lindsey 之 AuldRobinGray 等诗是，然亦诗中之一体耳。更观中国之诗，如杜工部之《兵车行》《赠卫八处士》《哀江头》《哀王孙》《石壕吏》《垂老别》《无家别》《梦李白》诸古体，及律诗中之《月夜》《月夜忆舍弟》《阁夜》《秋兴》《诸将》诸诗，皆情文兼至之作，其他唐宋名家指不胜屈，岂皆不能言情达意，而必俟今日之白话诗乎？如刘半农之《相隔一层纸》一诗，何如杜工部之"朱门酒肉臭，路有冻死骨"十字之写得尽致？至如沈尹默之《月夜》诗，"霜风呼呼的吹着，月光明明的照着，我和一株顶高的树并排立着，却没有靠着"，与其《鸽子》《宰羊》诸诗，直毫无诗意存于其间，真可覆瓶矣。试观阮大铖之《村夜》："坐听柴扉响，村童夜汲还。为言溪上月，已照门前山。暮气千峰领，清宵独树间。徘徊空影下，襟露已斑斑。"其造境之高，岂可方物乎？即小诗如"小娃撑小艇，偷采白莲回。不解藏踪迹，浮萍一道开。"亦较沈氏之《月夜》有情致也，不此之辨，徒以白话为贵，又何必作诗乎？

不特诗尚典雅，即词曲亦莫不然。故柳屯田之"愿奶奶兰心蕙性"之句，终为白圭之玷。比之周清真之"如今向渔村水驿，夜如岁、焚香独自语"同一言情，而有仙凡之别。然周之"许多烦恼，只为当时一晌留情"之句，犹为通人所诉病焉。至如曲，则《牡丹亭》"原来姹紫嫣红开遍"一折，亦必用姹紫嫣红、断井颓垣、良辰美景、赏心乐事、雨丝风片、烟波画船、锦屏人、韶光诸雅词以点缀之，不闻其非俗语而避之也。且无论何人，必不能以俗语填词而胜于汤玉茗此折之绝唱，则可断言之矣。

以上所陈，为白话不能全代文言之证。即或能代之，然古语有云："利不十不变法"，即如今日之世界语，虽极便利，然欲以之完全替代各国语言文字，则必不可能之事也。且语言若与文字合而为一，则语言变而文字亦随之而变。故英之 Chaucer 去今不过五百余年，Spencer 去今不过四百余年，以英国文字为谐声文字之故，二氏之诗已如我国商周之文之难读，而我国则周秦之书尚不如是，岂不以文字不变始克臻此乎？向使以白话为文，随时变迁，宋元之文，已不可读，况秦、汉、魏、晋乎？此正中国言文分离之优点。乃论者以之为劣，岂不谬哉！且《盘庚》《大诰》之所以难于《尧典》《舜典》者，即必前者为殷人之白话，而后者乃史官文言之记述也。故宋元语录与元人戏曲，其为白话大异于今，多不可解，然宋元人之文章则与今日无别。论者乃恶其便利，而欲故增其困难乎？抑宋元以上之学，已可完全抛弃而不足惜，则文学已无流传于后世之价值，而古代之书籍可完全焚毁矣，斯又何解于西人之保存彼国之古籍耶？且 Chaucer, pencer 即近至莎士比亚、弥尔敦之诗文，已有异于今日之英文，而乔、斯二氏之文，已非别求训诂，即不能读，何英美中学尚以诸氏之诗文教其学子，而不限于专门学者始研究之乎？盖人之异于物者，以其有思想之历史，而前人之著作，即后人之遗产也。若尽弃遗产，以图赤手创业，不亦难乎？某亦非不知文学须有创造之能力，而非陈陈相因即尽其能事者，然亦非既能创造，则昔人之所创造便可唾弃之也。故瓦特创造汽机，后人必就瓦特所创造者而改良之，始能成今日优美之成绩。而今日之汽机，无一非脱胎于瓦特汽机者，故创造与脱胎相因而成者也。吾人所斥为模仿而非脱胎，陈陈相因是谓模仿，去陈出新是谓脱胎，故《史》《汉》创造而非模仿者也。然必脱胎于周秦之文，俪文创造而非模仿者也，亦必脱胎于周秦之文。韩柳创造而革俪文之弊者也，亦必脱胎于周秦之文。他若五言、七言古诗，五律、七律，乐府歌谣词曲，何者非创造，亦何者非脱胎者乎？故欲创造新文学，必浸淫于古籍，尽得其精华而遗其糟粕，乃能应时势之所趋而创造一时之新文学，如斯始可望其成功。故俄国之文学，其始脱胎于英法，而今远驾其上，即善用其遗产而能发扬张大之耳，否则盲行于具茨①之野，即令或达，已费无限之气力矣。故居今日而言创造新文学，必以古文学为根基而发扬光大之，则前途当未可限量，否则徒自苦耳！

注释：

① 爨［cuàn］妪：指烧火煮饭的妇女。

② 具茨：山名，在今河南密县。唐钱起《奉和圣制登会昌山应制》："睿想入希夷，真游到具茨。"

读郑子尹《巢经巢诗集》①

梁任公所著《清代学术概论》中论有清学术，以为文学不发达，其称咸、同以后诗之稍可观者，厥为"生长僻壤之黎简、郑珍辈"；又云"直至末叶始有金和、黄遵宪、康有为，元气淋漓，卓然称大家。"此语大足以证明任公之于诗，实浅尝者也。黎氏之诗，貌袭唐人，语无精采，读之令人恹恹欲睡。金氏虽以乐府擅场，然亦才人之诗，未足语乎大家作者，其近体且时有元、明人纤巧尖新之陋习。黄公度、康更生之诗，大气磅礴则有之，然过欠剪裁，瑕累百出，殊未足称为元气淋漓也。其所推崇之诸子，独郑珍（子尹）卓然大家，为有清一代冠冕。纵观历代诗人，除李、杜、苏、黄外，鲜有能远驾乎其上者，则又非仅稍可观而已也。

《巢经巢诗》最足令人注意之处，即其纯用白战之法，善于驱使俗语俗事以入诗也。其以点染俗语俗事擅场之诗句，予于《评尝试集》文中尝数举之。此外如"倚枕饲么豚，泪俯虺盘抹"、"行得山水绿，望家如隔邻。隔邻未即到，人情觉已亲"、"指麾小儿女，亦学事作家。观之不如意，复起为补苴"、"更迟数日终汝劳，多笑几回亦吾意"、"可念阿翁先溺爱，便令新妇莫教啼"、"半日不逢人，深林犬时吠。知越山几重，去途仍挂鼻"、"顾壁有悬肉，大小知未饿。米盐问梗概，儿女犹拜贺"、"处处胡麻花，缘坡白如雪"、"老怀一慰转叹息，人生难此饭一碗"、"闰岁耕事迟，一牛常卧旁。嚼草向人读，其味如我长"，皆以日常俚俗之事语，为前人所未道之辞句，而以新颖见长者也。然其诗虽故取材于庸俗，而绝非元、白颓唐率易之可比，盖以苏、黄、韩、杜之风骨，而饰以元、白之面目者，故愈用俗语俗事，愈见其笔力之雄浑、气势之矫健。东坡诗云："笔所未到气已吞"，正足以况其才思之横逸，而其《自毛口宿花塀》诗句云："此道如读昌黎之文少陵诗，眼著一句见一句，未来都非夷所思。"亦可举以况其章法结构之奇恣也。尝读其子知同所作之行述，谓其"早年胎息眉山②，终抚韩以规杜。"又尝出程春海③侍郎门下，治学之方受其影响者亦至大，而程春海之诗雄奇奥夐，亦昌黎、山谷之流。其渊源所自，明眼人固能辨之也。

《巢经巢诗》，写景抒情皆有过人之长。梅圣俞有言："必能状难写之景如在目前，含不尽之意见于言外，然后为至。"悬此为格，二三流诗人殊不易到，而《巢经巢诗》则优为之焉。其写景之佳，如《下滩》句云"前滩风雨来，后滩风雨过。滩滩若长舌，我舟为之唾。岸竹密走阵，沙洲圆转磨。指梅呼速看，著橘怪相左。半语落上岩，已向滩脚坐。榜师打懒桨，篙律遵定课"，语语生动，下滩迅驶之状，森列目前，真"能状难写之景"者。又如《春尽日》句云："绿荷扶夏出，嫩立如婴儿。春风欲舍去，尽日抱之吹。"此等凌空设想之笔，真有文章天成、妙手偶得之胜。又如《怀阳洞》句云："我行长啸入其中，负壁肃立伟丈夫。孔雀惊人竦翎翼，白虎倒喷苍龙逋。海山真官四五下，踏云没足端以舒。不知何者报我至，严饰万象先须吾。细视乃皆石髓成，矫观中顶更绝殊。小夫人乳致百道，乳头一一仙草敷。万古不受雨露恩，元气来往翠不枯”，其刻画之工肖，笔力之雄杰，殆可直追昌黎。至若《云门磴》句云“眉水若处水，春风吹绿裙。迎门却引去，碧入千花村”，则又隽妙无匹，可夺范石湖、姜白石之席矣。其《自大容塘越岭快至茅洞》末段云“是时天向黑，气象更惨切。阴寒杉松林，一翠静兀兀。下顾暗无底，上窥密无缺。旋途盘修蛇，向背邈胡越。儿子置我前，喜惧乘见灭。怪鸟突一声，怯胆悬忽掣。舆夫去默默，快若风搅雪。移时见人村，相唤颜色悦。却望高蒙笼，知从何处出。夜寐尚屡魇，醒乃寨苗聒。”乃将黔中山径险恶之状况，及经行伏莽中畏惧之心理，一一写出如绘，致读之者尚觉不寒而栗。即其他间闲点染之句，如：“人住四围浅竹里，鸟[1]呼一碧低松间”、“久坐绝声响，林影澹无际。松风回夕阳，苍然两峰翠”、“白云淡晴色，草树阴徐来”、“双江一碧渺然去，孤屿中流无限佳”、“旷岸一庵白，晴砧双妇红”、“碧云旷合四无底，白鸟一双归正闲[2]”、“万山浮软翠、双鸟带遥天”、“棕叶不摇风日静、细黄一椴茴香花”、“云里闻遥钟，风边度疏磬。屡上若无路，斗转忽见径。攀缘著精庐，清极不可更。沉沉绿无际，白日澹幽映”、“一路乱蛙初插稻，半溪明月不连人”、“日落西山寒，孤烟上渔爨。”亦深入王、孟之室，可于自然派诗人中占一席焉。

至其描写叙述极平易庸俗之事，而生动空灵，尤证作者想像力之强，初不待雕琢堆砌以炫人耳目也。如《武陵烧书》叹云：“烘书之情何所似，有如老翁抚病子。心知元气不可复，但求无死斯足矣。书烧之情又何其，有如慈父怒啼儿。恨死掷去不回顾，徐徐复自摩抚之。”可谓极比附之能事，文人之爱书者，读之当为首肯。又如《完末场卷，矮屋无聊，成诗数十韵，揭晓后因续成之》一诗中叙应试情况云：“四更赴辕门，坐地眠懵腾。五更随唱入，阶误东西行。揩眼视达官，蠕蠕动两桁。喜赖搜挟手，按摩腰股醒。携篮仗朋辈，许贿亲火兵。拳卧半边屋，隔舍闻丁丁。黄帝自知晚，蜗牛喜观灯。梦醒见题纸，细摩压褶平。功令多于题，关防映红青。文字如榨膏，爇急膏亦倾。”此段将科举时代应试情形，如候门、唱名、搜检、携食具、钉号板、出题、盖关防诸步骤曲曲描出，令人读之有如身历，诚科举之一绝佳史迹也。彼预试者五百年来何啻千万，就中大诗家出身科举者亦未可屈指数，然无作诗以纪之者，非以其平淡无奇，甚或鄙为无谓之功令，但为猎取仕进之途径，羞以形诸章句耶！然化臭腐为神奇，正足以彰作者之才力焉。又《候涨退》"岸树尽相熟"一段，《题新昌俞秋农先生书声刀尺图》"女大不畏爷"一段，一写旅客候涨退而不得之心理，一写小儿塾中就学顽劣之情况，皆人人所知，欲言而不克言，笔底化工，其斯之谓欤！

至于言情，则尤为《巢经巢诗》所擅长。盖其天性特厚，故于父母、兄弟、友朋、妻子之伦，出语倍能深挚也。如《度岁澧州寄山中》句云："今宵此一身，计集几双泪。炉边有耶娘，灯畔多姊妹。心心有远人，强欢总无味。忆在十载前，旧事已酸鼻。老怀况愈慈，如何淡此际。"非天性肫挚者，安能体贴入微至此。至遭母丧后，哀慕惨怛之情尤溢于言表。如《自望山堂晚归垚湾示两弟》句云："汝曹相惜好料理，放我墓边闲几时"；《重经永安庄至石堠》句云："秋雨烂途度阡陌，婿乡来到天暮色。每逢曲处便看我，远听慈声唤窗槅。当时归去自洗泥，女媭詈我冠犹儿。抛书寸步不离母，随母应到须过脐。而今我须正如此，再欲母随不得矣"；《子午山诗》句云："生兮依母居，死兮依母厝。山下有隙地，暇时补竹树。结茅期不广，取足蔽子妇"；《罗斛寄莫荫臣》句云："悠悠坟墓心，不死誓不渝。"孺慕之忱，可格天地，孝子不匮，其郑君之谓乎？又如《腊月十七日冯氏姊还瓮海》一诗，琐琐絮语，孝友之情，盎然满纸。他如《度岁澧州寄山中》第三首云："卯卯今夕乐，乐到不可名。（中略）阿耶十年来，慈祥喜渊明。青袍误愚我，残灯澧州城。安得与尔辈，叫跃如群羹"；《出门十五日初作诗黔阳郭外》云："记我出门时，梅花绕茅亭。携儿坐石上，吹笛使酒醒。山妻持灯来，大字写纵横。妹女各袖扇，争书压吾肱。哄哄一宵事，不知鸡已鸣"，叙述家人父子之乐，历历如绘，非天性肫挚者不能为，非诗之才力过人者亦不能为也。尝读阮大铖《咏怀堂诗》，虽模范山水之佳作，美不胜收，而全集绝无性情语，固知言为心声，非可假托者也。

《巢经巢诗》不仅艺术之工有如上述，其风格遒上，要由于其学术识见之过人。尝读其子知同所作之行述，具言郑君十余岁时就村塾读，仅攻帖括，即以为天下人所读书必不尽是。年十五，值舅氏黎雪楼令浙归，购藏古籍甚富,乃尽发读之,嗣惩涉猎为无所归,乃专研程朱性理之学。黎雪楼工诗古文,时有启瀹,即得要领。乙酉拔贡成均,学使者为程春海侍郎,侍郎见郑君文,奇其才,俟其廷试后,即招入湖南学使幕,使之服膺许、郑④,遂博综五礼,探索六书,以经学、小学名世,曾作《仪礼私笺》《考工轮舆私笺》《郑学录》等书。学术之博赡,自宋欧阳文忠、王荆公、苏文忠以下,殆罕其匹,而以经师兼擅文学,盖朱文公以后一人而已。尝读孟郊诗,每嫌其怨声满纸,绝无安贫乐观之志趣,而登科后一诗:"昔日龌龊不足夸,今朝放荡思无涯。春风得意马蹄疾,一日看尽长安花",尤为卑鄙。一若人生之意义,全系于仕进之穷通者。而郑君则不然,郑君家极贫,然自潜心古学后,即不以世俗功名为重,其所以未绝意仕进者,盖以"父母两忠厚,辛苦自夙婴。一编持授我,望我有所成",而"贵从老亲眼,见此娇子荣",故虽自知"名成得美仕,岂遂贵此生"而已,"十年弃制艺,汗漫窥六经",然仍"痴心有弋获",而作"焉知非我丁"之想也。尝读其《平夷生》诗云:"半世求禄心,甘为古人拙。负母一生力,枯我十年血。维母天地眼,责命不责术。但得母如此,又敢自暇逸。千秋非所知,儿死此事毕。"其心可哀,其志亦可睹矣。故其论八股,即有"古云经大义,毋乃不若是"之语,其《追寄莫五北上》诗亦云:"木天固有君旧毡,然止藉此为亲欢。得意慎勿受所牵。"盖以道义相劝勉,而薄视功名有如此者。故虽及第,亦作"安知上钓鲇,忽作掉尾鲸。自视穷此骨,何让棱等登。归去见儿女,夸我头衔增。但愁世上语,高文真有灵。又愁邻舍翁,故生分别惊",自贬之语也。又云:"何必父母身,持受达官虐";"焉知妻妾羞,百倍衣食恶";"闭门藏耻未可罪,违己献笑真难吾",其风格之高骞,固非寻常功名之士所能望其肩背者。乃生于寒素,生于僻壤,可知无地不生才也。

巢经巢之诗既脱胎苏、黄,追踪韩、杜,则非王、孟、韦、柳漠视人生、徒鹜暇[3]想者可比,故其诗对于民生疾苦、家国休戚,极为关怀。如《吴公岭诗》句云:"三代井法废,大利归贾魁。肥痴享厚息,锦绣挥舆儓。生人十而九,无田可耕栽。力恶不出身,令力致无阶。每每好身手,饿僵还活埋。"盖对于小民之颠沛已慨然言之。至"朝廷用书生,亦曰其言善。岂其所读书,到官即收卷。治法止两端,世有几人阐。甚或剔刻之，伤我枝蹄跰。冤乎颂德碑，盍不刻稍浅"、"国家禄尔曹，其罪举当斩"，则对于贪官怯将为严厉之切责矣。其他纪乱之诗，皆杜陵《八哀》之流亚，然又无金亚匏《来云阁诗》讥谤怨愤之音，此大家之所以异于庸俗也。

诗人每喜自夸，动则讥弹他人，而以契、稷、管、乐自命。又或甘于颓放，而以沉湎酒色为高，世无李杜之抱负，而徒摭拾李杜之牙慧，此所以陈套语之可厌也。惟见道之士，确有自知之明，其能克己复礼者，则自省自讼，惟日孜孜虚骄之气尽，而诗句亦倍耐寻味。东坡谪黄州后之诗，即渐多见道之语，南迁后尤甚。《和陶》诸作，虽迥异其体裁，然精气内敛，殊觉远出少作之上也。郑君志道日早，故其诗较他人为醇，虽洋洋巨篇，亦时蹈矜才使气之习，然见道之语，屡见不鲜，此其所以可尚也。如"子孙不易为，抚首增浩叹"、"一笑遂称翁，颜厚不可沐"、"生无益于世，思之颈先赤"、"人生免幸获，何事非艰难。心手尽其分，美恶随之天"，皆谦谦君子之言。卫如《书柏容存稿》句云："文章万古无底窦，权此千金享敝帚。细念人生殊可怜，顷刻儿童谥为叟。生前百苦不稍放，死去应知骨速朽。何取千秋万岁后，一句两句在人口。"则对于独擅之文艺，亦谦退如此。温柔敦厚，郑君有焉。

然《巢经巢诗》亦非有醇无疵者也，其长篇巨制，有时不免矜才使气，上文已言之。其善于驱使俗事俗语，诚如上述，然有时务为新巧，卖弄精神，亦觉稍过。如《题俞秋农书声刀尺图》句云："黄鸡屋角叫，今日又生子。速读去拾来，饭余吾尔饲。（中略）有蔬苦无盐，有水苦无米。速读待春来，饭团先搦与。（中略）夏楚有笑容，尚爪壁上灰。为捏数把汗，幸赦一度笞。"非不生动，然终嫌故逞才思、刻意雕饰，视作者《题史适洲〈秋灯画荻图〉》句云："平生我亦顽钝儿，家贫读书仰母慈。看此寒灯照秋卷，却忆当年庭下时。虫声满地月在牖，纺车鸣露经在手。以我三句两句书，累母四更五更守"，深挚真切，自然流露之情则有逊色矣，然此亦惟作家为能辨于几微耳。又作者以惯用俗事俗语见长，日与之习，遂间有失于抉择之处，如"悔到阎罗勾命急"；"题诗答珍赐，笑带干鱼气"、"三杯入肚涨牢骚，（中略）挑灯醉看杀人刀"；"只待投胎咒骂多"；"何辜只叫天"；"撑命待秋田"，皆为市井之语，无论何等才人，亦无法点染使为雅音者也。又老年颓放，趁韵之弊，亦所尝有，如："海内论诗至今日，浅彼未免难为篙。（中略）小诗耳耳竞何有，羞觉不为时俗臊"；"午山池上楼，读书之所于"；"营成子午山，儿长头渐鹤"，篙、臊、于、鹤四韵，皆极率强，迨老年精力就衰，乃有此率笔欤！

然此乃严格之批评，殊不足以贬损《巢经巢诗》之价值也。尤有一事，读者宜加注意，即自来诗人多有逃禅之习，每赖西方悲智，以得精神上之慰藉。惟郑君则笃行孔子之教，尊德性而道问学，其学盖冶汉宋于一炉者。吾尝于其"止觉百无路，来循夫子墙"之句，讽诵数四，不忍去日，于觉百无路之时，而来循夫子之墙，其襟抱为何如乎？则区区诗人之称，又不足以尽郑君也，明矣！

校记：

〔1〕鸟：原作"乌"。

〔2〕间：疑为"闲"字之误。

〔3〕暇：原为霞，不通，故改。

注释：

① 郑子尹：郑珍（1806～1864），字子尹，晚号柴翁，贵州遵义人。道光间举人，曾任荔波县训导。治经学、小学。为道光、咸丰年间经学家、宋诗运动的主要诗人。著有《仪礼私笺》《说文逸字》《巢经巢集》等。

② 眉山：苏轼，号东坡，四川眉山人。

③ 程春海：程恩泽，字云芬，号春海，安徽歙县人。嘉庆间进士，授翰林院编修，历官贵州学政、侍读学士、内阁学士，官至户部侍郎。熟通六艺，善考据，工诗，是近代宋诗运动之提倡者。

④ 许、郑：许慎、郑玄，均东汉著名经学家，训诂大师。

评亡友王然父思斋遗稿①

余友王君然父，于癸亥②三月十三日殁于南昌，余曾为诗以哭之。余与然父之兄简庵③为逊清宣统年间太学同学，文字道义相切磨，谊同骨肉。

丙辰④余自美洲游学归南昌，乃获交然父，闻声相慕者已久，握手遂如故人。自此踪迹益密，煮茗谈艺，时至夜午。寻同为椽省⑤中，两廨相隔，仅一短垣，赠诗所谓"过墙邻叶绿婉婉"者是也。坐曹之余，每乘隙过从，清言竟午，一篇脱手，争相举视，一字推敲，辄忘尔汝，故然父为诗之甘苦，余知之最深。戊午秋余客秣陵⑥，然父亦往来燕、赣间，后又从使车西渡，契阔日甚，然函问无间，诗筒亦无间。即在壬戌⑦卧疾京邸之候，病情进退，客怀郁愉，靡不尽告，哀赴之来，瞠若梦幻。久欲俟其遗稿刊定，为文论之，兼述其人。人事奄忽，倦羽再自海外归来，而简庵镌其遗诗，亦蒇事⑧矣。忽忽三载，斗酒只鸡之酹尚亏，回车腹痛，情何以堪！雒诵佳句，追维言笑，真不知涕之何从也。

然父名浩，一字瘦湘，吾乡南昌王香如先生益霖之第三子也。伯兄简庵，夙擅时誉。仲兄再湘，亦有才名，早卒。君随宦河南，舞勺⑨即能文，十六为诗摹拟长吉⑩，金称神似。为骈体文，抗手徐庾⑪，上薄汉魏，唐宋以下视之歁然。十八与伯兄同学倚声，片玉⑫、稼轩⑬，皆窥堂奥，积草褒然，刊为《南州二王词》，传诵士林，旋亦弃去。国变后，随封丘公⑭挈眷居袁州。癸丑⑮封丘公卒，君哀毁骨立，大病几殆。病中读《晋书》《南史》，文体益进。翌年君兄弟就食南昌，主持报章文苑，诗文辞以及小说笔记莫不佳妙，一时顿翔纸贵之誉。丙辰省计司罗君德甫聘君任秘书，优礼逾恒。吾邑程汪山先生以部郎居端忠敏⑯幕中有年，擅丹青，精鉴别，久为艺林推重，国变家居，于报端得读君兄弟诗文，极为欣赏，乃嘱其门下曹东敷⑰为介。一日，君兄弟与曹君三人造谒，时汪山先生方患腰脊之疾，偃蹇在床，闻报矍然起坐，不自知其患苦也。握手欢忭，相见恨晚。先生藏庋昔贤书画至富，轻不示人，至是乃尽出所藏以供藻鉴。君于《采菱图》端题北曲一散套，后夫人程氏来嫔，即以此图随媵，文字因缘，极风流之佳话焉。君在计司时，文誉著甚，一时耆宿皆折节相交，如义宁陈散原、崇仁华持庵⑱、仁和吴麻斋⑲诸先生，其尤著者也。陈散原称其诗"吐弃凡近，多骨重神寒之作。力追山谷，笔端可畏。"散原近代诗家第一，评骘文字，素不假借，称许少年如此，诚异数也。义宁曹东敷夙与陈散原、程汪山诸先生游，识高而疏狂自喜，于名下少所许可，于君独推重。每谓"以华持庵为盟主，而吾二人辅翼之，当为西江坛坫生色。"其余自附风雅者，靡不以从君兄弟交游为幸。英年有文采，如程汪山之诸子柏庐昆季、都昌吴端任、胡雪抱、安义胡湛园、南丰刘伯远，皆士林之彦，而君兄弟之上客也。比年以来，盛事云散，端任、东敷、湛园先后殂谢，文运之盛衰，殆亦有天命耶。

君二十以后为诗宗奉宋贤，少时摹拟汉魏、昌谷、浸淫杜韩之作二三百篇，悉刊落不存。君思力精锐，风格隽上，吐语不同凡近。服膺山谷，得其神髓，虽间有摹拟太似处，然无宋派粗犷喑哑之弊，亦无浮响，各体均工，无分古近也。此期之诗，余最喜其《八月十四夜听汪竹居先生鼓琴》一七言古诗，精力弥满，通篇无懈可击，格调句法，置之山谷集中，可乱楮叶，殆韩昌黎《听颖师弹琴诗》后有数之杰作也。如"初弹㝉㝉昧甘苦，蛾江女儿神弦语。忽然进作万猿叫，施州去天尺有五"之美其琴。如"纷如九秋下鞲鹰，稍稍雪山落霜翎。胸中直有《过秦论》，下指已是陶唐生"之美其人。其人其琴，得此佳什以彰之，殆可千古，而读者尽人皆欲"洗净从前筝笛耳"矣。其意境之超、句法之炼，确为涪翁法乳，而非西江末流所可比拟者。又如《寄赠印佛三十二韵》句云："报家十年官不徙，遗核作花子跳鲤。王掾无功治黑头，陆郎有书属黄耳"、"长安万事抱冰炭，胜日王孙老官判。祁寒仆妾杂恭怨，待饭未来极鹅雁"，亦已尽山谷之能事。

律诗之佳者尤夥，如《夏日侍母偕诸兄弟泛湖归灯书兴》云："南湖北湖柳一围，十里五里荷满陂。斜日风烟草殊碧，冲堤水气云与随"，又云"人家临水女郎艳，第宅近街童仆宜"；《东敷属题汪山翁遗画》云："苍颜一壁科头静，花雨风泉镇百回。买地直愁无计隐，看山微觉有人来"；《闲居》云："折脚铛中稍自全，曲肱枕上解哀怜。半窗云气润篁雨，一院午香收麦天"。意象高超，句亦妍丽。如《旧疾复作感成》云："情欲两无婚宦累，灵光多半老庄成"，则又深于理境。《二日哭仲兄再湘生忌》句云："摇琴泼茗望不见，浅雪乱山方独明"；《恸哭（挽汪山先生）》云："恸哭斯翁竟息机，骤传惊问至今疑。人天无幸成知我，霄壤相违剧此悲。期许三年在飞突，踉跄一拜了恩私。城中万眼无青向，偃蹇终防海鹤知"，则善于曲达哀思，盖君天性固过人也。

丁巳[20]春初，余任庐山林局职，而家居南昌，暇辄就君昆季谈，君渐觉步趋涪翁，失之不广，从览宛丘、淮海、白石、石湖诸名家集[21]，知雕镂肝肾之外，别有意境存焉。时罗君德甫调任川省计司，君为掾教育厅，长吏浙人许寿裳，局度褊隘不学，不知重君，君益得偃蹇自放，肆力于文章，不数月而气体一变。陈散原"句法如参曹洞禅，奇芬孤秀，亭亭物表"之评语，即指此以后之作也，清新而不浮薄，妍炼而不晦涩，以君学山谷为病者，至是亦无讥焉。改弦后之作，余亟赏其《雨余见道士策蹇驴从一小童经行市中类有道者》一七言古诗，其佳句云："一藤挂腹驴不畏，自知鸡肋不任试。山中雨早不经霜，芹芽薇甲值残醉"；"满怀行处无朱门，岂谓不妨常掉臂。不知道人蹇驴意，梦觉丹砂箭头似"，其人其事，邂逅遇之，本无足异，一经点染，便觉地行仙旦夕可接对于尘土中焉。新建令余铁山，亦擅文艺，与君过从甚密，以兵役去官。君有《过寥天一庐未遇》一长律句云："衙斋依旧两行绿，涕笑犹为一世难。斯世儒冠可溲溺，几年官酒照清寒"，即嗟其遇。懊恼之怀，出之平淡，为铁山生色，殊不鲜也。又如《坐曹得句示内子》云："熏香独坐人如梦，斜日无言鸟下啼"；《思袁山》句云："潦痕上坂蛇行迹，雪后开门笋出香。尚欲移家穷去住，满川花雨入斜阳"；《庐山旅居其盛夏似袁山秋日》云："山色溪光晓镜开，小窗茶力上村醅。鸡声人语异时路，深巷远钟何处雷。风定岩花红自落，泉通午枕梦初来。旧家松石苍颜在，知傍云根长暗苔"；《牯岭卧疾》句云："剩携独客怜俜影，来悦空山昼夜风"；《饮仙人崖望江流》句云："花袍白马少年意，古屋荒冈秋日晴。下岭寒深依酒力，万杉风急失溪声"；《登五老峰》句云："独抱秋心上烟雨，好留眉鬓照青山。江云欲淡晚尤美，楚女不来人自闲"，皆极新隽可喜，盖能以山谷、后山之句法，运用石湖、白石之意境者，亭亭物表，诚非虚语也。《秋间游京师呈欧阳仲涛丈》句云："来从积毁倘可取，冷矣人丛真自聊"；《重晤梅斐漪京师》句云："重过已辨来时路，此聚真成隔世僧"；《都门与印佛话乡中事意甚悲》之句云："陌巷相逢真一乐，严秋得气独能晴"，沉郁之中．而具萧瑟之气，秋士襟怀，固有如此者。君初入都，由于同邑饶君敬伯之招，都中贤豪耆宿之曾读君诗者，皆欲争相结识。铅山胡诗庐[22]，陈散原之诗弟子，沉湎于诗有年，尝恨识君晚，谓君若更三年前来京师，则其诗必益多而益进。其赠诗云："晚交得斯人，私喜吾道盛。曹（东敷）胡

（湛园）皆愧汝，英妙进德猛。"推许备至。而陈散原之序思斋诗亦云："诗庐天才差不及然父，然好学深思则同。"其为士林所交誉，类如此也。

君自戊午秋入都，先后就参议院秘书、民国国会史纂修、币制局秘书，交游益广，文誉益昭。耆宿如陈弢庵㉒、马通伯㉓皆折节与商论学艺，浸渐之余，君诗益进。如《院廨初夏[1]》句云："静处目视鼻，小几傍暗窗。花气日亭午，谁为此人双。四边风籁鸣，一鸟下沧江。云天远荒忽，惟闻水淙淙"；又云："杂树雨余馨[2]，古木俨生音。会须日暮来，斐几嚣鸣琴"，京尘十丈中，有此神游之笔，真大隐在朝市也。余最喜其《思斋一日夜书事》八诗云："朝露已满窗，淡红散著纸。披衣默数息，寒意生两齿。甜眠老赤脚，鼾声尤在耳"，又云："蚊蝇不到处，坐观欲忘机。短日不下檐，昼长无是非。帘外睡起猧，悄然来未知"；又云："危坐眼渐明，夜久炉烟直。回肠一气清，饥人畏茶力。相看莲微末，穴鼠饮砚滴"；又云："夜火以细胜，小鼎作蝇语。单衣忽微凉，飘窗一片雨。凉飔抱之吹，扶[4]以梦中去"，眼前事物摭拾成章，便成绝唱。陈散原先生亟赏其《寒夜独咏》："短发搅以篦，头垢落如磨。寒灰栗欲爆，此景不可过。先春阜万物，登瓮鼠已大"诸语，亦此旨也。律句之佳者，如《庸庵约游万寿山饮于三贝子花园即席赋呈》句云："著我刺天万木下，来寻急雨乱山中。衰年老卒蹉跎语，旧院红薇蓓蕾风"，《与白坚甫》句云："极知尘土侵双鬓，莫办诗书对曲肱"，环诵之余，几不辨其为思斋诗抑山谷诗矣。

庚申㉕，君随饶君敬伯赴欧陆国际财政会议，时余于夏间旅游在京，值直皖兵役起，乃偕遵海程来沪，积年契阔，于兹一罄，不意与君遂成永诀，哀哉！君海程中佳章亦多，《印度洋舟中杂诗》云："儿啼不可止，甚似我阿齐。披衣起瞻望，凉月在吾西。忆昨辞家行，儿笑不解啼。平明抱之吻，映窗双小眉"，能状骨肉离别之情，盖以真胜者。《地中海中秋寄内》句云："银山拥髻夜如拭，海水卷帘天自闲。蛛网灯花成底事，一秋万里两朱颜"，情景双融，矜严得体，不让杜老"清辉玉臂"之什矣。其《还家》一诗云："万里还家一欠伸，好怀不隔九州尘。略回海内呻吟意，归及江南橘柚新。小儿安花如有约，幽禽入户似无人。更烦翠袖围佳寐，茗碗炉熏事事真"，鞅掌之怀、琴瑟之好，视之甚易，成之实难也。

京师为奔竞之区，士行儇薄，倾轧之风甚盛。君以少年挟策游公卿间，以宏文卓识为朝宇所推重，青蝇之谗，常无因而至。虽君明于得失之理，处之以澹定，间亦兴辞以见志。如《苦蚊》一什句云："平生少肌肉，通体一把拱。自伤瘠至骨，魂梦思臃肿。城中万硕腹，不被众妒宠。何厚瘦小人，无乃见一孔"，盖已慨乎言之。《辛酉人日闲居》句云："小却功言神所劳，稍安兰鲍世宜宽"，亦此意也。君与徐东海㉑之遇合，亦关于谗人，其事有可得而述者。先是法国议以文学博士赠东海，东海思为一文以酬其盛典，万几无暇，因命某秘书为之。某不能任其事，转以属君，于是中华民国之元首在法兰西民国荣膺文学博士之论文《贤斋述学》，乃成于年未三十之诗人之手。文成，东海大为激赏。某不但贪其功且匿其酬，事为赣籍某显宦所闻，举以入告，东海震怒，立欲逐某，经左右环请而止，遂辟君为国务院统计局佥事。君后《病中奉讯黄哲维诗》句云："择术俳优原共命，争鸣蛮触镇何心"，即有感于此也。

　　君饱更世难，知澄清之无日，意兴日渐衰飒。如《狮子窝看红叶》句云："收拾斜阳吾辈事，低昂孤抱少年游。堂堂此夕僧寮客，尚喜余生及百忧"，已不类盛年人之语。壬戌夏，患足疟，旅怀尤萧索，其《雨余楼坐》云："小儿幽花寂未曾，似闻微语出秋层。流萤堕地光不灭，古木吟风意有棱。窗角露窠如织索，雨余凉气欲吹灯。更番坐忆江南梦，添个蒲团我亦僧。"以格调论为集中之绝唱，凄怆之情，溢于楮墨。曩以举似王伯沆㉒先生，即以其疾为虑，言为心声，其信然也。其《思阿牛》句云："吾于所爱者，将别不更视。视之恨转生，恨乃根爱起"，又云："儿长早过母，孙大不知翁。此事人所憾，我然儿亦同"；"自我亦莫知，视子更无从。娶妇自生儿，天与不为丰。如何此细事，先后不及逢"，辞至酸哽，盖已自知其疾之深矣。壮岁之人，语同衰暮，环诵至此，每用潸然。

　　君笃于情爱，而诗亦能曲达胸臆。《思阿牛诗》固已颉颃后山矣。其《阿齐一首寄内子南昌》句云："有时对镜自呼狗，亦或抱枕认作子。爱花腹猫当马骑，见赤脚婢呼鬼鬼。宵来乞母拍使睡，向明唤爷吻而起。万古不及此微物，往觉四大无其伟"，状小儿娇憨至为可爱。又云："只今百念了万里，投入母怀惟尺咫。大车怒马不称意，惟母两臂差可恃"，孝思不匮，又不仅以诗鸣矣。其《五月二十八日送客作三诗》本事未详，陈散原先生亟赏之。如："行已有定期，濒行意犹疑。昔念有此日，于今真见之。

握手未吐辞，白日遂西驰。独立天冥冥，此间我为准"；又如："睡已不可能，中宵起徘徊。今宵命成丝，痴面槁若灰。言笑未及晏，每以春我怀。今此并无之，于意尤堪哀"，纯用白描，语至含蓄而极真挚，以宋体写情，可称创格，方之海藏翁㉗，未遑多让也。

君复敦于友谊，在赣计司时，宾朋常满座，乡中隽秀连翩缔交，高会每每竟日。都昌吴端任，颇长有丰采，温文好学，擅才艺之美。君深契之，馆君家常累月。端任家贫，中道夭折，诸孤无所依，君为抚其一，其《戒同生》句云："呵朴我何忍，抚视空陨涕。伤哉爱与恩，此局岂常在。"即谓此子也。义宁曹东敷才高而嫉俗，兀傲忤物，所如不合，独与君兄弟契，缓急之通，非常人所克任，而君具季路之谊，解衣推食，犹其余者。故于君之丧，遐迩悼叹，有自京赴吊者，风义之盛，盖一时无两焉。

君诗以黄、陈为宗，能自出机杼，以成思斋之诗，然非不能为别体也。在全集中气格稍异而异曲同工者，厥为《欧战阵亡烈士马善楚挽辞》，如："始岁戊午迄九月，创痛再裹宁疲颜。烟昏日出血霡下，往往锋镝欺鼻端。大使劳军劝休养，曰虏未灭臣能安。国家养士垂卅载，临难安得忘丧元。昆明落日春风寒，归原白骨青草缠。父涕誉儿兄啜哭，万口转恤嗟新田。通都大邑广传播，耳其事者皆正冠。"的是昌黎家法。余偶意黄哲维赠君诗，颇有讽君取法临川㉘以广其度之旨。须知才人技俩，无所不能，设天假以年，成就何可限量。奴仆命骚之誉，宁仅长吉一人克负荷于千载之上耶！

君貌白皙，瘦弱如不胜衣，温蔼有仪容，目光炯炯如电，而辩才无碍，陈述一事颠末曲折，明晰委婉如身历，时杂以雅谑，使人狂噱。预人机要，辄谈言微中，公卿咸乐就之。居恒有澄清之志，非甘以应刘、嵇阮㉙终者，期向至大，立言殆其余事耳。吾乡自赵宋以还，以文章领袖宇内，逮清而稍衰，至清之末叶尤不振。自陈散原先生出，始重振西江绪余。夏映庵、华澜石、黄百我、杨昀谷诸前辈，亦能各树一帜。如胡诗庐君与简庵两昆季，与彭泽汪辟疆则后起之彦，然殊寥寥如晨星。君复夭折不获竟其业，踽踽之感，与时俱深。天涯雪夜，思极憭栗，品次君诗，百念坌涌，宁独切于黄垆之痛，亦为乡邦文献悲也！

校记：

〔1〕夏：原为厦，诸本皆误。

〔2〕馨：原本误为香，不押韵，故改。

〔3〕扶：原本作抉，不通，故改。

注释：

① 王君然父：王浩（1893～1923），字然父，又字瘦湘，号思斋，南昌人。与其兄并有文名，钱仲联比为"眉山兄弟。"先后任江西财政厅秘书，参议院秘书，币制局秘书，国会史纂修。民国九年，偕出席国际财政会议代表饶孟任赴欧考察。归国后，总统徐世昌见其文而异之，擢为统计局佥事。有人以为"镂刻太过，虑呕心而不寿也。"集中间有诗句，得无谶语之嫌："无缘得乞神龟术，雕俎功名政自矜"；"三十功名成邓笑，无因早宅蒿天民。"年三十大骨疾卒于家。

② 癸亥：民国十二年（1923）。

③ 简庵：王易，号简庵，王浩之兄。

④ 丙辰：民国五年（1916），此年作者自美国归来。

⑤ 椽省：省府椽吏。其时作者进入省府为职员，王浩为省财政厅秘书。

⑥ 戊午秋余客秣陵：民国七年（1918）作者应聘在南京高等师范学校任教。

⑦ 壬戌：民国十一年（1922），其时王浩在京为币制局秘书。

⑧ 蒇（chǎn）事：完事。

⑨ 舞勺：古代儿童学文舞。《礼记.内则》："十有三年，学乐诵诗舞勺。成童舞象学射御。"后以指幼年。

⑩ 长吉：李贺，字长吉，号昌谷，中唐大诗人。

⑪ 徐庾：南朝梁徐摛、徐陵父子及庾肩吾、庾信父子。

⑫ 片玉：周邦彦，北宋著名词家，著有《片玉集》。

⑬ 稼轩：辛弃疾，号稼轩，南宋大词人。

⑭ 封丘公：王浩父王益霖在清末任封丘知县，故称。

⑮ 癸丑：民国二年（1913）。

⑯ 端忠敏：端方，满洲正白旗人，托忒克氏，字午桥，号陶斋，谥忠敏。历督湖广、两江、闽浙，宣统元年调直隶总督，旋坐事劾罢，宣统元年起为川汉、粤汉铁路督办，入川镇压保路运动，为起义新军所杀。

⑰ 曹东敷：义宁（今修水县）人，曾游学东瀛，入"同盟会"，系诗人兼鉴赏家，时有"曹才子"之誉。

⑱ 华持庵：华焯，字澜石，号持庵，崇仁县人。清末进士，官翰林院编修。辛亥

革命后，寓居省城，助勘《豫章丛书》。著有《持庵集》。

⑲ 吴麻斋：吴士鉴，号公詧，仁和（今浙江杭州）人，曾任江西学政、资政院议员、清史馆纂修。

⑳ 丁巳：民国六年（1917）。

㉑ 宛丘、淮海、白石、石湖：分别指宋代诗人梅尧臣、秦观、姜夔、范成大。

㉒ 胡诗庐：胡朝梁，字梓方，号诗庐，铅山县人。早岁毕业于江南水师学堂，先后任教两江师范学堂，震旦、复旦二校。民国初入徐又铮幕府，为部曹小官。陈三立弟子，著有《诗庐诗集》。

㉓ 陈弢庵：陈宝琛，字伯潜，号弢庵，福建闽县人。清末历任翰林院编修，内阁学士兼礼部侍郎。辛亥革命后为溥仪之师。著有《沧趣楼诗集》《听水斋词》。

㉔ 马通伯：号其昶，桐城县人。清末为学部主事。民国初重返京主京师法政学堂教务兼备员参政院。会修清史，受馆长赵尔巽聘为总纂。

㉕ 庚申：民国九年（1920）。

㉖ 徐东海：徐世昌，字卜五，号菊人，又号弢斋、东海，天津人。清末进士。为袁世凯谋士，民国五年（1916）袁被迫取消帝制，恢复民国年号，起用徐为国务卿。1918年为民国大总统。

㉖ 王伯沆：王瀣，字伯沆，晚号冬饮，江宁人。先后执教于两江师范学堂、南京高等师范学校、中央大学。

㉗ 海藏翁：郑孝胥，字苏戡，也作苏堪，一字太夷，别号海藏，闽侯人。民国初年，隐居上海。后怂恿溥仪至东北，成立满洲国，为总理大臣，成为大汉奸。崇尚梅尧臣，工白描。为同光体著名诗人。

㉘ 临川：王安石，临川人。宋神宗时著名宰相，推行变法。

㉙ 刘、嵇、阮：魏晋著名文人刘桢、嵇康、阮籍。

白　采

白采（1894～1925），原姓童，名汉章，字国华，号吐凤，高安县人。1915 年从师学画，后入上海美术专门学校。1923 年加入郭沫若等创办的创造社。1925 年任上海立达学园国文教授。积极从事反帝反封建反黑暗现实的文学创作。著有《白采的小说》《白采的诗》《绝俗楼我辈语》《绝俗楼遗诗》等。下文选自上海开明书店 1927 年 2 月出版的《绝俗楼我辈语》。

绝俗楼我辈语卷二（节选）

袁随园①爱美人长白，不喜闻人说生子。又性不拘检，而不解枭卢②，不喜仙佛、葬师、阴阳家，集中屡见辟仙、谤佛、嘲偶像、嗤迷信之作。作诗不喜次韵叠韵，不善书，皆与余合。尝有句云："学书不就求人苦，佳句双存割爱难。"小生拙劣处，被渠道破矣。近世樊、易③诸人题咏，亦多假手代书。随园又云："久离禄仕，而戚里纷纷诋诼不已。初颇厌之，既乃有悟于物理，变嗔为喜。"其诗有云："树堪避雨偏多鸟，水不通河少泊船。"可谓善解嘲矣。余亦有此感，亦不厌人之噪聒，盖性本慕恬退。拙诗尝有"自不干名无可怨，人争识面转难亲"之句。今读随园诗，先得我心矣。又其《遣怀》句："聪明得福人间少，侥幸成名史上多。"亦与余诗"世上大名终有幸，人间清福得来难"之句相似。其说诗句"选词如选将，非胜不用兵。"余少时亦与之意同。又随园五十岁后数染须，足见其天性爱好。余他日未知亦如此否，一笑。

随园诗格，实在蒋、赵④之下，殊卑卑无足论。然其主重性灵，一革当时饾饤扯掳之习，其功有足称也。余丁巳⑤十一月十一夜产女，痁生不举，作五律二首云："望女心偏切（余惟爱产女，颇有中郎辩弦传书之羡），分明愿已偿。虚传吴小玉，暂降杜兰香。貌喜真吾似，腰怜□母长。返魂应有术，一误恨艰忘（本尚可苏救，因余疏忽致殒）"；"月下江流迥，闺中独泪零。亲心何日答（未生时，堂上数遣人来问），家难昔时经。堕地原辛苦，生天定性灵。慰情陶靖节，肠断不堪听。"曩见《小仓山房诗》⑥亦云："余春秋四十有三，尚抱邓攸⑦之戚。今年六月二十九日陆姬生男不举，五律四首。"其前后二首，与余作甚似，录之云："举日为人父，三生事可嗟。如何投玉燕，忽又隐昙花？壮发初离母，长眉颇类耶。木皮棺纸薄，裹汝送泥沙"；"老母含愁坐，殷勤作慰问。道'孙生有日，恐我见无期。'此语何堪听，全家一味悲。苍天与人隔，何处问灵归。"又有"漫说胞衣紫，庄公亦痁生"之句，则亦以痁生不举者矣。

余画樱桃花海棠绝句云："姚魏由来重洛阳，灵祠玉药说维扬。他年莫负看花眼，日本樱花蜀海棠。"盖尝谓："余无他事，须至日本，独看樱花与华严泷⑧耳。"

余少始为诗，常求能攻我者，无不敬之；至赞我者，亦无不爱之。攻者虽有时不中肯綮，要皆甚有益于我；若赞者苟不确，转不如攻者之为愈矣。攻人诗易，而赞人诗难也。并世可语此者几人乎？昔人云："三折肱知为良医。"诗文亦然。善下针砭者，必善诗文者也。诗文非至善而好评骘者鲜当矣。或云："有清一代，议论愈工，诗文愈下。"此殆有激之语，恶时下妄人喜讥弹刻薄者耳。实则清代诗文何尝尽下？其论诗文法，何尝尽工？或曰："赵括⑨不为将而著书，当不灭孙吴。"余笑曰："第闻括徒读父书，不知其能著书也。"

注释：

① 袁随园：袁枚，字子才，号简斋，别号随园，钱塘（今杭州）人。清代诗人，散文家。曾官江宁知县。为"江左三大家"之一，文笔与大学士纪昀齐名，时称"南袁北纪"。

② 枭卢：古代博戏樗蒲的两种胜彩名。幺为枭，最胜；六为卢，次之。唐杜甫《今夕行》："冯陵大叫呼五白，袒跣不肯成枭卢。"

③ 樊、易：樊增祥，字嘉父，号云门、樊山，别署天琴老人，湖北恩施人。光绪三年（1877）进士。历任陕西宜川、渭南等县知事，陕西布政使、江宁布政使。辛亥革命爆发，逃居沪上。袁世凯执政时，曾为参政院参政。易顺鼎：字实甫，号哭庵，湖南龙阳（今汉寿）人。光绪元年（1875）举人，纳赀为江苏候补道，旋师事张之洞。马关条约签定后，上书请罢和议。反对割让辽东与台湾。曾二次去台湾，入刘坤一军，后赴台湾协助刘永福筹划防务。后入张之洞幕，主讲两湖书院。辛亥革命后寓居上海。袁世凯称帝，出任代理印铸局局长。樊、易两人为近代中晚唐诗派代表诗人。

④ 蒋、赵：蒋士铨，字心馀、苕生，号藏园，江西铅山人。乾隆二十二年（1757）进士，官翰林院编修。辞官后主持蕺山、崇文、安定三书院讲席。工诗词，与袁枚、赵翼并称为"乾隆三大家"。著有《忠雅堂诗集》《红雪楼九种曲》。赵翼，字云崧，号瓯北，阳湖（今江苏常州市）人。乾隆二十六年进士。官至贵西兵备道。旋辞官，主讲安定书院。论诗主"独创"，反摹拟。著有《廿二史札记》。

⑤ 丁巳：民国六年（1917）。

⑥ 小仓山房：袁枚所作诗文集名。

⑦ 邓攸：字伯道，平阳襄陵人。

⑧ 华严泷：在日本栃木县日光市，被称为日本三大瀑布之一。发自中禅寺湖，流入大谷川。

⑨ 赵括：战国时期赵国名将赵奢之子，年轻时学兵法。接替廉颇为赵将，在长平之战中因指挥错误被秦军大败，赵军四十万人尽数被秦将白起活埋。

后　记

　　20世纪80年代以来，近代文学作品的整理与研究、成为一大热点。如任访秋编《中国近代文学大系·散文集》、贾植芳《中国近代散文精华类编》等。近百年地方文献的整理、选编工作，日益提上了议事日程。

　　江西早有尚文传统，清乾隆间应麟编《江右古文选》，影响极大。迨至20世纪90年代，周銮书编有《江西古文精华丛书》，中有《游记卷》《散文卷》，因涵盖千年，近代部分极少。近代江西文学的研究虽出现了胡迎建先生这样的研究专家，亦有《近代江西诗话》这样的大作，但与外省与京沪的研究热潮滚滚相比，显得颇为冷清。谈起近代江西文学，人们大都把目光集中在黄爵滋、吴嘉宾、陈三立等少数作家身上，其实"古文自成一家"的徐湘潭、主张"不事摹仿、不求工巧，自然流露，若不容已，则虽词浅旨近，往往见其真焉"的刘绎、"下笔省净"的杨士达，与胡思敬并称"西江两御史"的饶芝祥等，他们都具有较为系统的文学思想及丰富的文学创作，值得学术界大力整理并研究。

　　早在2002年，此项目作为江西省社科院古籍整理的一项重要工程，发凡起例，其后，本人到省图书馆、王咨臣新风楼、胡迎建泊如斋藏书中搜集、复印资料甚多，其中不乏手稿、抄本，艰辛备尝。其间还多次调整选篇，以力求精选精编。至2008年完成点校工作，简注与修订工作主要由胡迎建先生负责，并删去10余篇，另增加8篇。整部书稿基本完成后，面临的最大问题是，出版这一部卷帙巨大的古籍整理图书，洵非易事。

　　幸赖近年江西省社联设立哲学社会科学成果出版资助项目，并将此书稿列入江西省哲学社会科学成果文库，万分感谢，使此书稿在沉寂多年后得以顺利付梓。

　　此书稿字数繁多，编辑、校对工作异常艰辛，感谢社会科学文献出版社编辑们付出的艰苦努力，谢谢你们！

上官涛

2014 年 12 月 26 日

图书在版编目（CIP）数据

近代江西文存/上官涛，胡迎建编注．—北京：社会科学文献出版社，2015.6

（江西省哲学社会科学成果文库）

ISBN 978 - 7 - 5097 - 7493 - 9

Ⅰ.①近… Ⅱ.①上…②胡… Ⅲ.①古典散文 - 散文集 - 中国 - 近代 Ⅳ.①I265

中国版本图书馆 CIP 数据核字（2015）第 094798 号

·江西省哲学社会科学成果文库·

近代江西文存

编　　注／上官涛　胡迎建

出 版 人／谢寿光

项目统筹／王　绯　周　琼

责任编辑／赵子光　孙燕生

出　　版／社会科学文献出版社·社会政法分社（010）59367156
　　　　　地址：北京市北三环中路甲 29 号院华龙大厦　邮编：100029
　　　　　网址：www.ssap.com.cn

发　　行／市场营销中心（010）59367081　59367090
　　　　　读者服务中心（010）59367028

印　　装／三河市尚艺印装有限公司

规　　格／开　本：787mm × 1092mm　1/16
　　　　　印　张：37.5　字　数：591 千字

版　　次／2015 年 6 月第 1 版　2015 年 6 月第 1 次印刷

书　　号／ISBN 978 - 7 - 5097 - 7493 - 9

定　　价／158.00 元